ULRIKE LADNAR

Wiener Vorfrühling

KRIEGSJAHRE März 1917, drittes Kriegsjahr. Die Front ist weit weg, doch die Not wächst in Wien. Sophia Sachtl, eine junge Witwe mit einem einjährigen Sohn, ihr Vater, Felix von Wiesinger, und dessen Frau Ada leiden wie andere wohlhabende Gesellschaftsmitglieder selbst weniger unter dem Krieg. Doch sie können ihren Blick nicht von dem Elend um sie herum abwenden und sind intensiv karitativ tätig. Doch in zwei Wohltätigkeitseinrichtungen geschehen schreckliche Dinge: Ein Neugeborenes wird tot aufgefunden, ein Säugling verschwindet. Die Polizei interessiert sich nicht dafür. Also macht sich Sophia gemeinsam mit ihrem Vater daran, die mysteriösen Vorgänge aufzuklären. Langsam geraten sie immer tiefer in einen gefährlichen Strudel aus Missbrauch, Macht und Gier. Kann sich menschliche Güte dagegen behaupten?

Ulrike Ladnar wurde in Baden bei Wien geboren und wuchs in Baden-Württemberg auf. Sie arbeitete als Gymnasiallehrerin, Lehrerausbilderin und Schulbuchautorin in Frankfurt am Main. Jetzt, in der Pension, hat sie Zeit für viel Neues. Zum Beispiel für das Schreiben Historischer Kriminalromane.

Bisherige Veröffentlichungen im Gmeiner-Verlag:
Wiener Herzblut (2012)

ULRIKE LADNAR

Wiener Vorfrühling

Historischer Kriminalroman

Original
GMEINER

Besuchen Sie uns im Internet:
www.gmeiner-verlag.de

Im Ehnried 5, 88605 Meßkirch
Telefon 07575/2095-0
info@gmeiner-verlag.de

1. Auflage 2013

Lektorat: Claudia Senghaas, Kirchardt
Herstellung: Mirjam Hecht
Umschlaggestaltung: U.O.R.G. Lutz Eberle, Stuttgart
unter Verwendung des Bildes »Porträt der Johanna Staude«
von Gustav Klimt 1917-1918;
http://commons.wikimedia.org/wiki/File:Gustav_Klimt_054.jpg
Druck: GGP Media GmbH, Pößneck
Printed in Germany
ISBN 978-3-8392-1449-7

Es läuft der Frühlingswind
Durch kahle Alleen,
Seltsame Dinge sind
In seinem Wehn.

(Hugo von Hofmannsthal: Vorfrühling)

PROLOG

Das kleine Mädchen schob mit mütterlichem Stolz einen Puppenwagen durch den Raum. Sophia Sachtl kannte den schlichten hölzernen Puppenwagen ganz genau, und sie wusste, dass es fast unmöglich war, ihn geradeaus zu schieben, da das linke Vorderrädchen einst gebrochen war, als sie ihn mit ähnlichem Eifer wie das kleine Mädchen heute von der Küche aus über die drei breiten Steinstufen in den Garten hinausschaffen wollte, um dort ein schönes Picknick zu veranstalten. Damals war ihre Puppe herausgefallen, und die Köchin, die den Unfall beobachtet hatte, hatte ihr mit einem bunten Küchentuch, das sie unter das kalte Wasser gehalten hatte, einen Umschlag gemacht, was die heftig schluchzende Sophia zunächst getröstet hatte. Doch der Anblick des zerbrochenen Rades ihres Puppenwagens und der Kissen, die ins Gras gefallen und dabei schmutzig geworden waren, hatte sie erneut zum Weinen gebracht. Nicht einmal ihr Vater, der im Salettl* über seinen Akten saß und auf ihr Weinen hin sofort zu ihr geeilt war, konnte sie trösten. Am nächsten Tag kam er mit einem neuen Wagen von der Arbeit nach Hause, einem riesigen, eleganten Wagen mit metallenen Rädern und seidenen Kissen in verschiedenen Pastellfarben. Doch auch der vermochte Sophia nicht von ihrem Kummer zu befreien, sodass ihr Vater sich daran machte, das Rädchen wieder funktionsfähig zu machen, indem er quer darüber ein schmales Holzstäbchen nagelte. Das ge-

* Salettl: kleines offenes Gartenhaus

lang ihm leider nur unvollkommen, aber Sophia dachte bis heute voller Rührung an diese Episode zurück. Sie hatte ihren Vater nur selten etwas mit den Händen tun sehen, deswegen hielt sie ihn immer für etwas ungeschickter als die anderen Männer in ihrem Hause, den Diener oder den Kutscher zum Beispiel. Das wusste sie inzwischen besser.

Dass auch das kleine Mädchen dem bescheidenen Korbwagen mit den Holzrädchen und den bunten Kissen den Vorrang vor der herrschaftlichen Equipage gab, die Sophia ebenfalls für das Spielzimmer der von ihr mitbetreuten wohltätigen Einrichtung *Frauenrat* beigesteuert hatte, brachte sie in heiterer Stimmung zurück in die Gegenwart, in der ein kleines Missgeschick unmittelbar bevorstand.

Sie stand auf, um dem Mädchen, das den Wagen zu ihr in die Ecke lenken wollte, auf dem Weg zu helfen, den es um den großen Tisch und die daran sitzenden und spielenden Kinder herum und dann geradeaus zu ihr zu meistern galt. Doch ihre Hilfe kam zu spät, der Wagen fiel um, das Rädchen brach, und eine große, in eine weiße Decke gewickelte Babypuppe kullerte heraus und schlug mit einem dumpfen Hall auf den Boden.

Diese Puppe hatte Sophia noch nie gesehen. Sie ging zu der kleinen Puppenmutter, die in heftiges Weinen ausgebrochen war, und strich ihr mit der rechten Hand tröstend über den Kopf, während sie mit der linken nach der Hand der Puppe auf dem Boden griff. Die fühlte sich aber so glatt und kalt an, dass sie unwillkürlich zurückschreckte und die Puppenhand wieder losließ. Dann wollte sie die Puppe erneut aufnehmen, diesmal mit beiden Händen, und sie hob sie hoch und wiegte sie wie ein Baby auf den Armen. Dabei summte sie ein kleines Schlaflied, das zumindest bewirkte, dass das kleine Mädchen sein Weinen einstellte. Sophia erklärte ihm, dass sie das Puppenkind jetzt zum Arzt bringen müsse, woraufhin das Mädchen sich getröstet trollte.

Jetzt erst betrachtete Sophia genauer, was sie da auf dem Arm trug.

I.

Sophias Stiefmutter, Ada von Wiesinger, wartete im allmählich dunkel werdenden Wintergarten ihres Hauses auf ihren Mann Felix. Sie saß auf einem der Liegestühle, die sie nach ihrer Heirat vor über drei Jahren hatte hierher stellen lassen, um aus dem großen, aber damals kaum möblierten Raum eine Insel der Ruhe und des Friedens zu machen, wo sie und Felix, aber auch Sophia und ihr Mann, sich zu offenen Gesprächen zusammenfinden konnten. Diese fanden früher immer in einer gelösten und heiteren Atmosphäre statt, selbst wenn sie den ernsten Themen galten, die die Umbrüche der Zeit mit sich brachten. Sogar zu Beginn des Krieges vermochten sie es noch, hier im Wintergarten gegen die trostlose und kriegerische Welt ihren eigenen Frieden zu behaupten. Doch seit dem tragischen Tod Rudolf Sachtls, ihres Schwiegersohns und zugleich besten Freundes ihres Mannes, konnten sie ihre frühere Ruhe hier nicht mehr finden. Der Raum wurde deswegen kaum noch verwendet und wirkte inzwischen etwas ungepflegt und vernachlässigt. In einer Ecke, dort, wo ehemals Palmen und Hibiskussträucher ihren Fantasien Wege in exotische Welten öffneten, entdeckte Ada ein paar große Pflanzentöpfe, in die ihre Köchin offenbar einige Nutzpflanzen gesetzt hatte. Die Sprösslinge waren aber noch zu klein, als dass Ada hätte erkennen können, um welche Pflanzen es sich handelte.

Paradeiser* wahrscheinlich, dachte sie. Paradeiser waren, wie sie wusste, für die Köchin unentbehrlich. Sie waren für sie der Inbegriff normalen Lebens, weil normales Leben für sie seit langer Zeit einfach bedeutete: wohlschmeckende Mahlzeiten für ihren Herrn und dessen Tochter herzustellen, inzwischen wohl auch für sie selbst, die neue Frau im Haus. Mit Paradeisern konnte Marie alles raffiniert verfeinern, Soßen exotischer erscheinen lassen, Salate verzieren, sogar den verhassten Steckrübensuppen, die sie sich kaum anzubieten traute, mit winzigen roten Fleckchen etwas exquisiten Charme verleihen. Natürlich hatte Ada bereits im letzten Sommer bemerkt, dass die Köchin immer größere Teile des großen Gartens hinter dem Haus für Nutzpflanzen beanspruchte, und im schwierigen Winter des Jahres 1916 dankte sie ihr häufig für ihre klugen und umsichtigen Vorsorgemaßnahmen. Und dass inzwischen ihr früherer Wintergarten allmählich zu einem Gewächshaus umfunktioniert wurde, war ebenfalls eine dieser resoluten Maßnahmen der Köchin, denen sie es wahrscheinlich verdankten, an den Versorgungsengpässen weniger leiden zu müssen als andere Menschen in der Stadt.

Einen wirklichen Engpass, rief sich Ada zur Ordnung, würden sie wahrscheinlich sowieso nie erleiden müssen. Ihr Mann besaß in den fruchtbaren Ebenen im östlichen Teil Österreichs an der Grenze zu Ungarn zahlreiche Ländereien, und auch die Kriegszeiten hatten nichts an der Loyalität seiner Pächterfamilien ändern können, die ihm von allen Produkten, die nicht vom Militär konfisziert wurden

* österreich.: Tomaten

oder für den Eigenbedarf unentbehrlich waren, einen Teil zukommen ließen, oft auf abenteuerlichen und gefährlichen Wegen.

Aber auch ohne diese Kanäle konnte man, wie Ada genau wusste, im Krieg genauso luxuriös leben wie vor dem Krieg, wenn man nur das erforderliche Geld hatte. Und das hatten sie.

Nur hatte ihr Mann, wie sie alle im Haus wussten, zu große moralische Skrupel, um einfach sein früheres Wohlleben fortzusetzen. Ada sinnierte wie so oft über den Zauber, der von ihrem Mann ausging, als leise klopfend der alte Diener eintrat. »Gnädige Frau«, sagte er, »der gnädige Herr hat angerufen und lässt ausrichten, dass es ein wenig später wird.«

Wie eigentlich immer, dachte Ada leicht resigniert, und sie dankte ihm für seine Mitteilung.

»Ich dachte«, setzte der Diener neu an, »ich bringe der gnädigen Frau vielleicht eine winzige Jause und ein Glaserl Wein. Sie wollen doch gewiss mit dem Nachtmahl warten, bis der gnädige Herr z' Haus ist?«

»Ja, danke, Jean. Das ist genau das Richtige«, antwortete Ada. Sie war es ganz zufrieden, dass jemand ihr die Entscheidung abgenommen hatte.

Das Warten auf ihren Mann war sie inzwischen gewohnt.

Im ganzen letzten Kriegsjahr war Felix von Wiesinger manchmal wochenlang in geheimen diplomatischen Missionen unterwegs gewesen, und oft hatte sie lange Zeit keine Nachricht von ihm erhalten. Der Krieg, hatte er erklärt, konnte aus österreichischer Sicht im Osten nicht mehr gewonnen, aus deutscher Sicht aber im Westen auch nicht verloren werden. In erbarmungslosem Stellungskrieg wurde in Frankreich unter hohen Verlusten um jeden Meter gekämpft, und Deutschland war zum Aufgeben nicht bereit. Der Krieg glich dort einem Schachspiel gleich ehrgeiziger und gleich gut ausgerüsteter Spieler. Da Österreich aber nur noch verlieren konnte, galten geheime diplomatische Verhandlungen lediglich dem Versuch zu einem wenigstens halbwegs ehrenwerten Friedensschluss. Nach dem Tod des alten Kaisers intensivierte dessen Nachfolger Karl, unterstützt von seiner Gattin Zita, diese Versuche zunächst, doch Felix zog sich im Januar 1917 aus den Verhandlungen zurück, bevor Karl sie in Belgien noch einmal verstärkte. Nach von Wiesingers Ansicht hatte die Habsburger Monarchie nichts mehr anzubieten. Der bevorstehende Kriegseintritt der Vereinigten Staaten ließ nur noch den Zeitpunkt des Endes des Krieges offen, nicht aber seinen Ausgang. »Wir werden bald in einem kleinen deutschsprachigen Land leben«, sagte Felix von Wiesinger, »und das wird keine Monarchie mehr sein.« Ada konnte sich das Leben in diesem neuen Land nicht vorstellen, allerdings hatte sie zum Vorstellen auch wenig Zeit.

Denn sie war wie ihr Mann fast ständig unterwegs, allerdings immer nur in Wien. Sie konnte die vielen hungernden Menschen in der Stadt, vor allem die vielen hungernden Kinder, nicht vergessen und arbeitete deswegen in diversen Wiener Wohltätigkeitseinrichtungen. Zwei Tage in der Woche beaufsichtigte sie die Essenszubereitung und -verteilung in einer Kriegsküche in Favoriten, eine Aufgabe, bei der sie sich ständig überfordert fühlte. Zwei Tage verbrachte sie in einem von Kindern überquellenden Waisenhaus, wo sie versuchte, den Kleinen ein wenig Zuwendung zu geben und ihnen ein paar fröhliche Stunden zu bereiten, und zwei weitere Tage arbeitete sie in der von einigen ihrer Freundinnen ins Leben gerufenen privaten Wohltätigkeitseinrichtung *Frauenrat*, in der auch Sophia und deren Freundin Mascha mithalfen.

Inzwischen hatte sie ihr Glas Wein erhalten und nahm einen tiefen Schluck.

Jetzt erst entspannte sie sich ein wenig und konnte an die Vorgänge des Nachmittags zurückzudenken. Sie lehnte sich weit in ihrem Stuhl zurück und sah das tote Baby wieder vor sich, das ihr Sophia am späten Nachmittag in die Hände gelegt hatte. Ein wunderschönes, sehr kleines, aber wohlgestaltetes Kind, vielleicht einen Tag, höchstens zwei Tage alt. Die dichten schwarzen Haare waren seidenweich. Das Kind war fest in eine saubere Decke gewickelt. Sie hatte es sorgfältig auf die Untersuchungsliege gelegt und Sophia gebeten, ihre Freundin Mascha, eine junge Ärztin, die im *Frauenrat* unentgeltliche Beratungen und Untersuchungen anbot, zu rufen. Mascha wickelte das Baby aus seiner Decke. Dann zog sie ihm sein Hemdchen aus feinem dünnen Baumwollgewebe aus und öffnete die Windel. Ein kleiner Junge kam zum Vorschein, makellos und ohne jegliche äußerliche Anzeichen gewaltsamer Übergriffe. Mascha bat eine der Helferinnen des *Frauenrats*, zur Wache am Karmeliterplatz zu laufen und dort den schrecklichen Fund zu melden. Schon nach kürzester Zeit kam von dort eilig der alte Pospischil* angerannt, seinem Namen alle Ehre erwei-

* tschech. pospišiti: eilen

send. Trotz der erst zagen Spätmärzsonne musste er sich mit seinem Taschentuch den Schweiß von der Stirn wischen. Im Ordinationszimmer des *Frauenrats* hatte er nur Augen und Ohren für Mascha, die er bewunderte wie eine Heilige, seit sie vor etwas mehr als einem Jahr seiner Schwiegertochter bei deren Entbindung beigestanden hatte. Die zuständige Hebamme war nirgends aufzutreiben gewesen, und die vielen herbeigeeilten Nachbarinnen wiegten bedenklich und ratlos ihre Köpfe und schienen mit den üblichen Vorbereitungen auf eine Geburt, dem Abkochen von Wasser und dem Zurechtlegen sauberer Handtücher, keine positiven Aussichten zu verbinden. »Das arme Ding ist so schmal«, hörte er eine von ihnen flüstern. »Und so schwach«, fügte eine andere hinzu. »Der Kummer hat sie vernichtet«, murmelte eine dritte, »das Kind scheint sich nicht mehr zu bewegen«, eine vierte, die eine Hand auf den Bauch seiner Schwiegertochter legte. Diese selbst sah ihn mit angst- und schmerzgeweiteten Augen an. Aber als er zu ihr ans Bett trat, um ihr mit der Hand über den Kopf zu streichen, wurde er von den Frauen weggeschickt, um einen Arzt zu holen. In seiner Not war er ins Nachbarhaus gerannt, um sich bei Mascha Rat zu holen. Diese aber war sogleich mit ihm gegangen, hatte die versammelten Frauen, die die Gebärende sichtlich zu verschrecken schienen, hinausgescheucht, und schon nach einer knappen Stunde trat sie aus der Tür, einen Säugling im Arm, den sie seinem Großvater zeigte. Durch die geöffnete Tür sah dieser seine Schwiegertochter zwar erschöpft, aber glücklich lächeln. »Ein Knabe«, sagte Mascha, und seitdem war der alte Gendarm bereit, für Mascha durchs Feuer gehen, wenn es nötig sein sollte.

Als sie ihm nun den toten Knaben zeigte, den sie inzwischen gründlich untersucht hatte, dachte er sofort dankbar daran, wie sie ihm damals vor über einem Jahr seinen Enkelsohn präsentiert hatte, der inzwischen sein Leben wieder mit Freude erfüllt hatte. Er ließ sich alles über das Auffinden der Leiche erzählen. Er sprach mit den Besucherinnen des *Frauenrats* und notierte ihre Adressen, bevor er sie wegschickte. Zu den für die Einrichtung zuständigen Frauen sagte er nach ihrer Befragung nur kurz: »Dafür bin ich jetzt zuständig. Sie gehen jetzt besser alle nach Hause und lenken sich von dem traurigen Vorfall ab. Sollte ich noch eine Frage haben, werde ich mich an Sie wenden. Wann ist Ihre nächste Öffnungszeit hier?«

»In drei Tagen«, antwortete ihm Mascha, woraufhin er beruhigend sagte: »Da können Sie Ihre Arbeit wie immer wieder aufnehmen, verehrtes Fräulein Doktor.«

Ada konnte ihre Gedanken nicht von dem toten kleinen Knaben weglenken. Es kam ihr vor, als habe sie noch nie so etwas Schönes und Bewegendes vor Augen gehabt. Dass ihr aber jetzt deswegen Tränen in die Augen stiegen, wunderte sie selbst. Sie war, und das war eigentlich ihre hervorstechendste Eigenschaft, eine ruhige, gelassene und heitere Frau, die sich selten durch etwas aus der Fassung bringen ließ. Deswegen, da war sie sich sicher, hatte schließlich Felix von Wiesinger sie auch geheiratet, obwohl sein früheres Leben mit seinen vielen und sicherlich schöneren und lebhafteren Freundinnen um etliches anregender und abwechslungsreicher gewesen sein musste als das ruhige Leben, das er jetzt führte.

Felix von Wiesinger, der inzwischen nach Hause gekommen war, betrat den Wintergarten mit der angebrochenen Flasche Wein und einem weiteren Glas in der Hand. »Das freut mich, Ada«, sagte er, »dass wir wieder einmal vor dem Abendessen hier in unseren Liegestühlen sitzen und ein wenig plaudern können. Jean hat mir gesagt, dass du hier auf mich wartest. Aber warum sitzt du denn so im Dunkeln?«

Er schenkte seiner Frau ein weiteres Glas Wein ein, danach bediente er sich selbst und nahm neben ihr Platz. Als er sich ihr zuwandte und ihr einige der Erlebnisse seines langen Arbeitstages erzählen wollte, sah er trotz des Halbdunkels, dass Ada geweint hatte. Das kam so selten vor, dass er erschrak. Natürlich hatte er schon seit Längerem bemerkt, dass seine Frau die ihr eigene heitere Seelenruhe manchmal zu verlieren drohte. Dabei war er inzwischen sehr abhängig von ihrer Gelassenheit geworden, weil er es sich angewöhnt hatte, seine Bürden bei ihr abzuladen und von ihr pragmatische und unemotionale Ratschläge zu erhalten. Ihre veränderten Verhaltensweisen erklärte er sich, wenn er in der Hektik seiner Tage überhaupt darüber nachdachte, damit, dass Ada sich einfach übernahm und weit über ihre Kräfte hinaus versuchte, etwas von dem Elend, in das der Krieg die Bevölkerung gestürzt hatte, durch Mitarbeit in verschiedenen karitativen Institutionen aufzufangen. Es machte von Wiesinger inzwischen wütend, wenn er daran dachte, wie wenig der Staat in der Lage war, Leben und Gesundheit seiner ärmeren Bevölkerung zu schützen, und wie sehr er auf die Wohltaten der besser gestellten Bürger und Bürgerinnen vertraute. Im letzten Winter war die Ernährungslage in Wien so angespannt geworden, dass viele nur mit Hilfe von

Steckrübengerichten überlebten, dazu kamen die steigenden Preise, die von denen gemacht wurden, die sich am Krieg bereicherten, vor allem auch die unermesslich höher werdenden Wohnungspreise. Letztere wurden glücklicherweise durch ein neues Mietgesetz etwas gebremst. Aber letztlich konnten viele ihren täglichen Überlebenskampf nur mithilfe vieler Frauen wie Ada gewinnen, die ihre Kräfte in einem Windmühlengefecht gegen übermächtige und unbarmherzige Gegebenheiten erschöpften und dabei ständig darunter litten, dass es ihnen selbst besser ging als denen, denen sie zu helfen versuchten.

Von Wiesinger sah, dass Ada ihr Glas in hastigen Zügen leer trank.

»Was ist mit dir, meine Liebe?«

»Ich bin etwas mitgenommen. Ich habe heute einen toten Knaben im Arm gehalten. Er war … so klein … und so schön«, begann sie ihm alles zu erzählen, was sie heute im *Frauenrat* erlebt hatte. Von Wiesinger ergriff die Hand seiner Frau und hörte ihr aufmerksam zu, ohne sie zu unterbrechen.

»Jetzt weißt du alles«, beendete sie ihre Erzählung. »Und ich wollte dich bitten, dass du den Tod des Säuglings untersuchen lässt. Eine Obduktion veranlasst.«

»Warum, Ada? Du weißt doch, dass ich schon seit Langem mit der Arbeit der Sicherheitswache und in der Justiz nichts mehr zu tun habe. Und es ist leider nicht einmal wirklich ungewöhnlich, dass eine verzweifelte Frau ein tot geborenes Kind einfach irgendwo hinlegt. Ablegt. Man kann froh sein, wenn sie es nicht einfach auf den Müll wirft, tut mir leid, Ada. Die Mutter in eurem Fall wollte offensichtlich nicht, dass ihr Kind ganz unbemerkt und unbeweint in einem Armengrab seine letzte Ruhe findet. Und du hast doch erzählt, dass Mascha sich das Kind genau angesehen hat. Und dass sie gemeint hat, dass das Kind eines natürlichen Todes gestorben sei?«

»Ja, das stimmt schon. Aber ist es nicht auch so, dass du, wie soll ich sagen, dass wir in den letzten beiden Jahren fast eine Million Menschen verloren haben, sodass das Interesse an einem einzigen Menschen einfach …«

»Nein, das darfst du so nicht denken. Es ist halt auch alles eine Frage der Kapazitäten, die man hat. Ich meine nicht nur organisatorische, ich meine vor allem auch physische und psychische und moralische. Meinst du nicht, dass wir das Ganze jetzt hintanstellen sollten und uns unserem sicherlich sehr bescheidenen Abendessen widmen sollten? Und außerdem – wenn der alte Pospischil vom Karmelitermarkt sich der Sache angenommen hat, dem entgeht so leicht nichts. Der hat wegen seiner Gewissenhaftigkeit und Unbestechlichkeit in der ganzen Stadt einen sehr guten Ruf. Seinem Urteil würde ich einfach vertrauen.«

»Das stimmt schon, aber weißt du, Sophia hat das Kind auch auf dem Arm gehabt.«

»Das Sopherl?«

»Ja. Sie wirkte zwar gefasst und umsichtig, aber ich glaube, eine richtige Bestätigung eines anerkannten Pathologen, dass das Kind keinem … nun ja, Mord zum Opfer gefallen ist, könnte vielleicht dazu beitragen, dass Sophia ihre Fassung auch behalten kann, sogar in ihren Träumen …«

»Gut. Ich werde jemanden anrufen. Der Pospischil hat das Kind mitgenommen?«

»Ja, das glaube ich schon. Er hat uns ja weggeschickt. Du weißt doch, wie er zu Mascha steht. Er meint immer, dass er sie vor allem beschützen muss. Obwohl sie Ärztin ist und sich durchaus furchtlos verhält und allein für sich einstehen kann, hat er wohl gedacht, dass das alles zu viel für sie sei. Und für uns.«

Von Wiesinger fiel ein, wie Mascha ihnen damals von der Entbindung des Enkelsohns des alten Pospischil erzählt hatte. Es sei eine völlig normale Entbindung gewesen, aber für den Pospischil war sie wie ein Wunder. Der alte Beamte hatte im ersten Kriegsjahr seinen einzigen Sohn kurz nach dessen erstem Heimaturlaub an der Front verloren, und als dann klar wurde, dass seine Schwiegertochter schwanger war, hatte er den Rest seines Lebensmuts an die Schwangerschaft seiner Schwiegertochter geheftet, und mit dem Wachsen ihres Bauches wuchsen auch der alte Optimismus und die alte Lebensfreude wieder in Pospischil. Es war von Wiesinger klar, dass Pospischil alles tun würde, damit der *Frauenrat* nicht mit irgendwelchen Verdachtsmomenten in irgendwelchen polizeilichen Akten auftauchen würde.

»Ada, verlass dich auf mich. Morgen werde ich mich mit dem Pospischil in Verbindung setzen. Ich werde herausfinden lassen, was wirklich mit dem Säugling passiert ist.«

»Danke, Felix.«

»Du musst dich nicht bedanken, Ada. Ich tu das für Sophia.«

Von Wiesinger ging mit Ada hinüber ins Speisezimmer, wo der Tisch wie immer stilvoll gedeckt war. In der Mitte des

Tisches stand ein Körbchen mit einigen Brotscheiben. Von Wiesinger brach in Erwartung der Suppe ein Stückchen Brot ab, das sofort unter seinen Fingern zerbröselte.

»Kukuruzbrot*?«, schaute er fragend seine Frau an.

Ada antwortete nicht, aber der Diener, der mit der Suppenterrine kam, nickte. »Wir hatten heute keine Zeit … und auch kein Mehl besorgt, um anderes zu backen. Heute ist doch Dienstag, und die Köchin hat im Auftrag von Fräulein Sophia … Entschuldigung! Ich meinte natürlich im Auftrag der gnädigen Frau Sachtl … Also sie hat heute Kukuruzbrot für den *Frauenrat* gebacken, und da dachten wir, wir probieren es hier auch einmal aus.«

»Natürlich«, stimmte von Wiesinger zu und klaubte die gelblichen Brösel von der Tischdecke auf. »Ich möchte nicht wissen, was da sonst noch drin ist«, sagte er zu Ada, die aber, wie immer beim Gespräch über häusliche Angelegenheiten, schwieg. »Und was passt zu Kukuruzbrot?«, fragte von Wiesinger, und, um sich seine Frage selbst zu beantworten, sagte er: »Steckrübensuppe.«

»Nein«, widersprach der Diener stolz. »Wir haben heute einmal ein Hendl geschlachtet, ein altes, das hat nur noch wenige Eier gelegt. Und deswegen gibt es heute eine kräftige Suppe, und morgen und übermorgen auch noch wunderbare Sachen aus Hendlfleisch.«

»Und woher haben wir das Hendl, das wir geschlachtet haben?«

»Das Hendl?«

»Ja, das Hendl.«

»Nun, das Hendl … die Hendl haben wir in der Remise.

---

* österreich.: Maisbrot

Für das Auto gibt es ja diese Garage, und mit der Kutsche fährt schon seit ein paar Jahren keiner mehr.«

»Also unsere Hendl legen ihre Eier in dem prächtigen roten Samt unserer Kutschbänke?«

»Ja, wenn sie es mal tun würden. Da könnt' man sie schön finden. Aber die denken sich doch jeden Tag neue Verstecke aus.«

Natürlich hatte von Wiesinger schon seit Längerem die Quelle des stetigen Eierangebots in seinem Haushalt entdeckt, aber das kurze Gespräch mit seinem alten Diener hatte ihm Freude gemacht. Er wollte schon weiterfragen, ob das die einzigen Haustiere seien, die man neuerdings bei Wiesingers halte, als ihm auffiel, dass Ada zu dem ganzen Gespräch nicht nur kein Wort beigesteuert hatte, sondern offensichtlich nicht einmal zugehört hatte. Deswegen dankte er Jean und bedeutete ihm, das Zimmer zu verlassen.

Ada rührte schweigend in ihrer Suppe.

»Schmeckt es dir nicht, Ada?«, fragte von Wiesinger seine Frau.

»Doch«, antwortete sie ihm, ohne ihn anzublicken.

Sophia und Mascha saßen zur selben Zeit vor derselben Suppe. »Sie entlassen mich immer noch nicht von zu Hause«, amüsierte sich Sophia. »Schau, da muss die alte Köchin mit ihrem Suppentopf durch die halbe Stadt gehen, damit wir hier nicht verhungern.« Mascha freute sich, dass ihre Freundin offensichtlich durch den schlimmen Vorfall im *Frauenrat* nicht so verstört war, wie sie es befürchtet hatte. Ein Gespräch darüber, so hatten sie vereinbart, wollten sie erst nach dem Abendessen führen.

»Es war nicht eure Köchin, es war euer Diener«, erwiderte Mascha. »Und ums Verhungern geht es sowieso nicht, aber ums Hungern schon. Meinst du, du kämst allein mit deinen Lebensmittelmarken, für die es nicht einmal immer entsprechende Lebensmittel gibt, besser zurecht als die vielen anderen jungen Frauen, die in die Kriegsküchen gehen müssen, um zu überleben?«

»Ja, das stimmt natürlich«, gab Sophia zu. »Und selbst wenn meine Familie mich nicht immer versorgte, hätte ich Ressourcen, die andere nicht haben. Ich habe ein Haus mit mehr Zimmern, als wir brauchen, sodass ich vermieten könnte. Ich habe Geld, ich könnte Schmuck verkaufen, Kunstgegenstände, Kleider …«

»Du warst immer eine Prinzessin, die in einem verzauberten Schloss lebt. Das Schloss war eure schöne Villa in Hietzing*. Aber auch hier, in der Florianigasse, bist du die Prinzessin geblieben.«

»So siehst du mich also?«, fragte Sophia ihre Freundin. »Und wer bist dann du?«

»Ich?«, fragte Mascha zurück. »Wahrscheinlich die böse Hexe … Aber lass uns doch jetzt unsere Prinzessinnensuppe essen, ich freue mich schon die ganze Zeit darauf.«

Viel später, der Esstisch war bereits abgeräumt, Mascha hatte ihre Sachen für den nächsten Tag zurechtgelegt, und Sophia hatte noch einmal nach ihrem ruhig schlafenden Sohn geschaut, setzten sich die beiden Freundinnen auf zwei bequeme Sessel, die an einem kleinen runden Tisch in einer

* 13. Wiener Gemeindebezirk, gilt wegen der Ansiedlung vieler Adliger und hoher Beamter als vornehmes Wohngebiet. In Hietzing befindet sich Schloss Schönbrunn, die Sommerresidenz der Habsburger

Nische standen, die einen Blick hinaus in den Garten eröffnete. Noch waren die Bäume mit ihren kahlen Ästen eher spätwinterlich als vorfrühlingshaft, nur beim genauen Hinschauen ließen sich erste Blattansätze erkennen. Allerdings versprühte der Hamamelisstrauch an der gegenüberliegenden Mauer bereits erste gelbe Tupfer, und auch die Forsythien ließen bereits ihr bald kräftiges Gelb erahnen.

»Du solltest morgen einmal mit der Anna sprechen«, sagte Mascha, »vielleicht will sie einen Teil des Gartens zum Anbau nutzen und traut sich nur nicht. Das tun inzwischen alle. Sogar im Stadtpark habe ich gestern Frauen herumgraben sehen.« Anna war eine junge schwangere Frau, die bei Sophia und Mascha wohnte. Sie hatten Anna bei einer der Veranstaltungen im *Frauenrat* kennengelernt, bei der Anna erzählt hatte, dass sie allein lebe und ihr Geld in einer Rüstungsfirma verdiene, dass sie aber davon kaum mehr ihre Miete bezahlen könne und auch nicht wisse, wie sie nach der Entbindung für ihr Kind sorgen solle. Sophia hatte ihr angeboten, bei ihr im Haus ein Zimmer zu beziehen und mit ihr und Mascha zusammenzuleben, wobei sie bei Bedarf auch auf Sophias Sohn aufpassen solle, so wie sie selbst sich auch später um Annas Kind kümmern wolle. Das Arrangement erwies sich als sehr gut für alle. Sophia war zufrieden, dass sie ihren Sohn nicht überall mit hinnehmen musste, und Anna war glücklich, der erschöpfenden Fabrikarbeit entkommen zu sein. Allerdings schien sie ihren Status als weniger gleichberechtigt zu empfinden, als Sophia und Mascha sich das gedacht hatten. Manchmal verhielt sie sich eher wie ein klassisches Kinder- oder Dienstmädchen. Im Haus herrschte seit Annas Einzug Ordnung, und es war für alles gesorgt, der Garten war gepflegt, die Wäsche der beiden jungen Frauen war gewaschen und gebügelt, auch das Zimmer von Sophias lebhaftem Jungen war immer aufgeräumt. Der kleine Karl schien sehr an Anna zu hängen und beobachtete es mit Gleichmut, wenn seine Mutter ohne ihn das Haus verließ, um in die Bibliothek oder in den *Frauenrat* zu gehen. Wenn aber Sophia oder Mascha Anna bei ihren eigenen Angelegenheiten einmal zur Hand gingen, schien Anna sich unwohl zu fühlen. Abends blieb sie meist für sich, auch heute war sie nicht zu dem gemeinsamen Abendessen erschienen. Deswegen sagte Sophia jetzt auch nur halbherzig: »Oh ja, da hätte ich schon längst einmal dran denken sollen. Aber sie wird vielleicht wieder nur denken, wir erteilten ihr eine neue Aufgabe.«

»Na ja, da siehst du es ja, schöne Prinzessinnen sind nun einmal von schönen Mägden umgeben, aber ihre Mägde sind nicht ihre Freundinnen. Diesen Status haben nur die bösen Hexen.«

Obwohl Mascha versuchte, den latenten Konflikt in dem Haus in der Josefstadt zu verharmlosen, gab es Sophia doch einen kleinen Stich. Wie macht mein Vater das nur, dachte sie, dass er mit jedem Menschen, auf den er trifft, so umgeht, dass er der *verehrte* Herr von Wiesinger bleibt und trotzdem der *liebe* Herr von Wiesinger ist, dem gegenüber man keine Scheu und Unterwürfigkeit zeigen muss. Vielleicht bin ich tatsächlich eine dieser Prinzessinnen, wie Mascha sagt, aber eine Eisprinzessin, oder noch besser eine, die in einem hohen Turm lebt und dabei meint, auf derselben Erde zu stehen wie alle andern. Dann müsste ich wirklich irgendwie herunterklettern und auf derselben Erde stehen wie die anderen. Eine Stufe jeden Tag, ja, und morgen fange ich an damit. Warum eigentlich morgen? Heute Abend, wenn Anna nach Hause kommt.

Mascha griff den Gesprächsfaden wieder auf: »Wo bleibt die Anna denn nur? Es ist doch schon sehr spät.«

Ada von Wiesinger machte sich auf zu ihrem Dienst im Waisenhaus. Die freiwilligen Helferinnen, zu denen sie gehörte, hatten verschiedene Aufgaben zu erfüllen. So betreuten sie je nach Einsatzzeit die Essensausgabe für die größeren oder das Füttern der kleineren Kinder, spielten mit den kleinen oder erledigten Schularbeiten mit den größeren. Etliche der Kinder hatten Mühe mit dem Schulstoff, was aber, wie Ada feststellte, nichts mit ihrer Intelligenz zu tun hatte. Denn viele der Kinder hatten, bevor sie hier landeten, schon die eine oder andere unerfreuliche Zwischenstation durchlaufen müssen, zum Beispiel Unterkünfte in Familien in der Stadt oder auf dem Land, wo sie viel helfen mussten, sei es beim Betreuen kleinerer Kinder, bei der Küchen-, Garten- oder Feldarbeit. Und diese Unterkünfte waren trotzdem noch die besseren Alternativen. Bei ihrem eigenen Lernen fanden sie allerdings nirgends Unterstützung.

Viel von dem, was sie inzwischen über die Kinder wusste, hatte sie von Albert gelernt. Albert war ungefähr zwölf Jahre alt, als sie ihn im letzten Herbst kennengelernt hatte. Er war unabhängig und sehr intelligent und verblüffte Ada wie alle anderen oft durch seine schnellen und originellen Einsichten, für die er Formulierungen fand, um die manche Erwachsene ihn beneidet hätten. Er schien zu keinem Menschen eine engere Bindung entwickelt zu haben und hielt sich von den meisten fern, soweit das Leben in einem überfüllten Waisenhaus und in den engen Schlaf- und Speisesälen das erlaubte. Allerdings schien er sowohl bei den jüngeren als auch bei den gleichaltrigen Kindern nicht nur wohlgelitten, sondern sogar sehr respektiert zu sein.

Albert sah blass und grau aus. Er war nicht eigentlich klein, aber er wirkte so, weil er sich nicht gerade hielt und sehr schmal war. »Es ist ein Glück«, erzählte Albert ihr einmal, »dass ich so klein wirke. Sonst hätte ich schon längst irgendwohin zum Arbeiten gehen müssen.« Er wuchs allerdings in den letzten Monaten des Jahres 1916 beinahe sprunghaft; fast jede Woche, wenn Ada ihn im Waisenhaus sah, schien er um einige Zentimeter größer geworden zu sein.

Immer wenn Ada auf ihn stieß, sprach sie ein paar Sätze mit dem aufgeweckten Jungen. Doch dann, nach den Weihnachtsferien, baten die Schwestern Ada, sich intensiver mit ihm zu beschäftigen. Albert war inzwischen schon ein wenig größer als sie, immer noch schlaksig, mit für sein Alter typisch unproportionierten Gliedmaßen und einer Stimme, die sich zwischen kindlichem Piepsen und männlicher Tonhöhe nicht entscheiden zu können schien. Vorgefallen war, dass sein Lehrer im Waisenhaus eröffnet hatte, was sowieso alle wussten, dass sie da ein besonders begabtes Kind hätten. Er wollte den Knaben unbedingt fördern und um ein Stipendium für ihn in einem Knabeninternat nachsuchen, trotz der Kriegszeiten, die Jungen seiner Herkunft und Lebensgeschichte nur noch selten solche Möglichkeiten eröffneten. Er war mit einigen Aufsatzproben Alberts zu einem ihm aus Universitätszeiten her bekannten reichen und angesehenen Mäzen gegangen, den er für seine Mission gewinnen konnte. Dieser war Mitglied eines noch recht jungen Wohlfahrtsvereins mit dem schönen Namen *Kinderwünsche*. In der Tat wurde Albert bald vor eine Kommission geladen, die seine Eignung überprüfen wollte. Doch dort verweigerte sich Albert nicht nur, sondern er schien von da an alles zu tun, um zu demonstrieren, dass er keinerlei Förderung würdig sei. Seine Aufsätze spickte er fortan mit unlogischen Folgerungen und Rechtschreibfehlern, in seinen Rechenarbeiten strotzte es nur so von Fehlern. Sein ihm zugetaner Lehrer und die verantwortungsvolle Oberschwester waren ratlos, weil er auf ihre Vorhaltungen nur mit einem Schulterzucken reagierte, wollten aber noch nicht aufgeben. Deswegen sahen sie sich bei den freiwilligen Helferinnen nach Verstärkung um und baten schließlich Ada, einen der beiden Nachmittage, die sie im Waisenhaus arbeitete, ausschließlich Albert zu widmen. Wie genau dieses Widmen aussehen sollte, wussten alle nicht. Da die Bitten und Befehle der Schwestern und des Lehrers erfolglos geblieben waren, müsste man, so erklärte die Oberschwester Ada, lediglich irgendwie herausbringen, warum er auf einmal um jeden Preis ein durchschnittlicher oder eigentlich sogar nur unterdurchschnittlicher Schüler sein wollte. Und dann mit ihm darüber diskutieren und ihm vor Augen halten, was für eine glänzende Zukunft vor ihm liegen könnte, wenn er seine Halsstarrigkeit aufgeben würde.

Und so verbrachte Ada seit Mitte Jänner jeden Mittwochnachmittag zwei oder drei Stunden mit Albert. Sie pflegte ihn von der Schule abzuholen, was er anfangs gleichmütig zur Kenntnis nahm. Vor dem ersten Mal dachte sie, um wieviel leichter ihr Unterfangen vor dem Krieg gewesen wäre, als das Leben in der Stadt so verlockend und verführerisch vor einem lag. Dann wäre sie mit ihm in die feinen Kaffeehäuser der Inneren Stadt gegangen und hätte ihm mit den feinsten Mehlspeisen ohne große Worte vor Augen geführt, was für ein süßes Leben vor ihm liegen könnte, wenn er es mit seiner Begabung und seinem Fleiß schaffen würde, sich selbst eine, wenn auch bescheidene, bürgerliche Existenz aufzubauen. Oder sie hätte ihn durch die reichen Kunstmuseen der Stadt geführt und ihm die Augen für Schönheit und Glanz geöffnet. Oder sie hätte ihn in die naturwissenschaftlichen Sammlungen der Stadt geschleppt oder in Vorlesungen der Universität hineingeschmuggelt und seine intellektuelle Neugier erweckt. Natürlich könnte sie das alles theoretisch immer noch mit ihm unternehmen, wie sie sehr wohl wusste, aber für sie schien jetzt, im dritten Kriegsjahr, die Stadt ihren Glanz verloren zu haben, obwohl die Front so weit entfernt war. Sie hatte schon häufig darüber nachgedacht, ob es wirklich die Stadt war, die sich verändert hatte, oder ob es ihre eigene Wahrnehmung war, die ihr die frühere ungetrübt genussvolle Sicht auf die schöne Innenstadt verwehrte. Trotzdem entschloss sie sich dazu, an ihrem ersten Nachmittag mit ihm einen langen Spaziergang in der Stadt zu machen, um herauszubekommen, was dabei sein Interesse weckte und was nicht und um ihn irgendwann im passenden Augenblick auf seine plötzlich aufgetretenen schulischen Probleme und deren Auswirkungen für seine Zukunft anzusprechen. Dabei bemerkte sie, dass Albert nur einen dünnen und viel zu kleinen Mantel trug. Trotzdem ging er ohne zu klagen neben ihr her und sah sich durchaus interessiert, aber stumm um. Vom Dach des Burgtheaters aus schien Boreas* den kalten Nordwind durch seine gedrehte Muschelschale direkt auf den schma-

* Boreas: Personifikation des winterlichen Nordwinds

len Albert zu blasen. Ada wies auf ihn und fragte Albert, ob er wisse, wer das sei. Albert antwortete nicht, und sie erzählte ihm die Geschichte des Gottes des Nordwinds. Albert zeigte keinerlei Reaktion. Sie gingen weiter. Ada, in Erwartung der Fortuna*, die bald über der Neuen Hofburg mit ihrem Füllhorn locken würde, stellte Albert trotz seines Schweigens die entscheidende Frage. Wieder erwiderte er nichts. Daraufhin ging sie mit ihm schweigend den gesamten Ring, der die Innere Stadt umschließt, ab.

Ihren zweiten Mittwochnachmittag verbrachten sie auf dieselbe Weise. Sie brachte ihm einen der alten Wollpullover Felix' mit, den er ohne jegliches Anzeichen von Freude oder Dankbarkeit anzog. Sein Mantel wurde deswegen allerdings noch enger und ließ sich kaum mehr zuknöpfen. Albert war natürlich klar, weswegen er die Mittwochnachmittage mit Ada verbringen musste, und er wusste, dass er dieses Programm durchhalten musste, bis entweder Ada oder er aufgaben.

Ein paar Tage vor dem dritten Mittwoch holte sich Ada Rat bei ihrem Mann. »Schau, ich kann doch nicht das ganze Jahr lang mit ihm wie ein Hamster in seinem Rädchen den Ring entlanglaufen. Das ist außerdem schon eher ein sportliches als ein pädagogisches Programm«, sagte sie. »Und er spricht kein Wort mit mir. Früher hat er immer mit mir geredet.«

»Jungen in diesem Alter sind schwierig. Und sie sprechen nicht so viel. Vor allem nicht mit fremden Leuten.«

»Aber ich bin ihm doch nicht fremd.«

---

* Fortuna: Glücksgöttin

»Ich war in Alberts Alter auch ein recht schweigsamer Junge, das kann man sich heute gar nicht mehr vorstellen … Und außerdem – warum lässt du dich mit ihm in einen Machtkampf ein? Er ist so viel jünger als du und er wird nicht so unter euren Ring-Runden leiden wie du. Wahrscheinlich gefällt's ihm sogar noch.«

»Vor allem, wenn er mich keuchen hört. Aber was soll ich denn sonst tun?«

»Was du sowieso am besten kannst, Ada: plaudern. Du musst mit ihm sprechen, Ada. Nicht wie eine Pädagogin oder eine Vorgesetzte. Damit manövrierst du dich in die Liga seiner Gegner. Sprich einfach wieder als *du*. Wenn du wieder wie *du* bist, wird er auch wieder mit dir sprechen wie früher. Vielleicht über irgendetwas, was ihm am Herzen liegt. Irgendwann auch über das, worüber du sprechen willst. Ich würde übrigens an deiner Stelle zuerst einmal, aber das ist meiner juristischen Gewohnheit zuzuschreiben, in den Akten und Dokumenten ein wenig nach seiner Geschichte forschen. Und vielleicht mit dem Lehrer sprechen. Und dann bring ihn doch einfach einmal hierher mit zu uns. Lass ihn sich ein paar Bücher in der Bibliothek aussuchen. Ich werde eine kleine Vorauswahl treffen. Du findest sie dann auf dem kleinen Glastisch.«

Ada folgte dem Rat ihres Mannes gleich am nächsten Morgen. Sie ärgerte sich über sich selbst, dass sie nicht schon früher auf diesen Einfall gekommen war. Die Schwestern im Waisenhaus legten ihr gern die Akten zur Durchsicht in ein kleines Büro. Sie waren aber, wie Akten so oft, in ihrer kargen Faktizität nichtssagend. Ada erfuhr, dass Albert das uneheliche Kind einer Lehrerin war, die im Frühherbst 1916 an der Grippe verstorben war. Da sich keine Verwandten auffinden ließen, wurde Albert in das Waisenhaus gebracht. Ada beschloss, den Spuren der verstorbenen Mutter Alberts ein wenig genauer nachzugehen. Die Akte enthielt sowohl die Adresse ihrer Schule als auch die ihrer letzten Wohnung. Ein knapper handschriftlicher Vermerk hielt fest, dass eine ihrer Nachbarinnen dort, eine Frau Häuptl, Albert einen Brief zu Weihnachten geschrieben hatte.

Ada besuchte zunächst die Schule, in der Alberts Mutter gearbeitet hatte. Sie erhielt dort bereitwillig Auskunft, allerdings war auch diese wenig ergiebig. Frau Londres sei eine sehr gebildete junge Frau gewesen. Sie habe zwar nicht alle erforderlichen Examina gehabt, sei aber von einem Professor der Universität persönlich empfohlen worden. Sie habe vorher als Gouvernante gearbeitet und habe sich dann wirklich als hervorragende Lehrerin erwiesen und sich die Achtung ihrer Kollegen und Kolleginnen und die Zuneigung ihrer Schülerinnen rasch erworben. Man sei froh, die junge Witwe eingestellt zu haben, und habe ihren tragischen Tod sehr betrauert. Über ihr Privatleben wisse man nichts, da die junge Frau sich während der vielen Jahre ihres Schuldienstes an niemanden enger angeschlossen habe.

Danach suchte Ada die letzte Adresse von Albert und seiner Mutter auf. Troststraße. Welch eine tröstliche Adresse in solch untröstlicher Zeit, dachte Ada, als sie die hässliche Straße, die von der Triester Straße abzweigte, beschritt. Aber das Haus hatte nichts Tröstliches an sich, ein fünfstöckiges, hässliches und heruntergekommenes Zinshaus. An der Eingangstür hingen neben den Klingelknöpfen zahlreiche Namensschildchen, viel mehr, als Klingelknöpfe vorhanden waren. Ada war nicht erstaunt, wusste sie doch um die hoffnungslose Überbelegung der Wiener Wohnungen in den Arbeiterbezirken. Die Haustür war nur angelehnt, sodass Ada das Haus mühelos betreten konnte. Ein unangenehmer Geruch dampfte aus der Stiege, ein Geruch nach angebrannten Steckrüben, nach Schimmel, Schmutz und Urin. Ada stieg in den zweiten Stock hinauf, wo Frau Londres mit Albert gelebt hatte. Zu ihrer Überraschung fand sie an der zweiten der drei links von der Stiege gelegenen Türen immer noch ein kleines Metallschildchen mit dem Namen der Toten, das abzunehmen sich offenbar niemand die Mühe gemacht hatte. Darum herum waren einfach Papierschildchen mit anderen Namen geklebt. Ada las alle Schildchen ganz genau, dann entdeckte sie an der dritten Tür den ihr nach ihrer Aktendurchsicht bekannten Namen Häuptl. Ada klopfte an die Tür. Nach langem Warten nahm sie aus dem Inneren der Wohnung ein schlurfendes Geräusch wahr, und eine Frauenstimme fragte, wer da sei. Ada nannte ihren Namen und den Grund ihres Besuchs, woraufhin sich das Schlurfen der Tür näherte, die schließlich geöffnet wurde. Vor Ada stand eine alte Frau in gekrümmter Haltung. »Kommen Sie herein«, sagte sie freundlich und wies auf eine geöffnete Zimmertür, »und nehmen Sie Platz.« Ada folgte Frau Häuptls Einladung und betrat deren Zimmer. Es war schmal und klein und vollgestopft mit Möbeln, die nur wenig Platz ließen. An der linken Wand standen ein schmales Bett und ein Kasten*, an der gegenüberliegenden Seite ein großer und dunkler Gründerzeitschrank mit zahlreichen Säulchen vor kleinen bücherbeladenen Nischen und

* österreich.: Schrank

einem hohen Aufsatz, auf dem zwei Dichterbüsten, in denen Ada Goethe und Schiller erkannte, montiert waren. Hinter dem Schrank standen eine Biedermeiercouch mit stark zerschlissenen Bezügen, davor ein kleiner, runder Tisch mit angeplatzten Intarsien und zwei Stühle. Zwischen der linken und der rechten Wand war nur eine schmale, längliche leere Fläche, durch die man sich zum Fenster zwängen konnte. Ada wusste nicht, wie die alte Frau mit ihrer offensichtlich arthritischen Hüfte sich durch diese schmale Öffnung quälen konnte. Frau Häuptl wies erneut auf einen ihrer beiden Stühle, und Ada setzte sich. »Es tut mir leid, ich kann Ihnen jetzt gar nichts anbieten«, sagte Frau Häuptl zu Ada. Ada lächelte ihr freundlich zu: »In diesen schwierigen Zeiten …« Frau Häuptl setzte sich mühsam auf den zweiten Stuhl.

»Sie wollen mir etwas über den lieben Albert erzählen? Das freut mich aber«, eröffnete sie das Gespräch.

»Ja, ich kann Ihnen einiges erzählen. Aber eigentlich bin ich da, weil ich hoffte, dass Sie mir etwas erzählen können.« Ada klärte die alte Frau über die Schwierigkeiten auf, in denen Albert zurzeit steckte.

»Das kann ich mir gar nicht erklären, denn der Albert, der ist so ein liebes Kind. Der macht niemandem Kummer. Und er weiß, dass seine Mutter immer gewollt hat, dass er einmal die Matura macht und studiert. Und er hat doch nie etwas getan, das seiner Mutter Kummer bereitet hat. Und bestimmt auch jetzt nicht, wo sie tot ist. Nein, das kann ich mir nicht zusammenreimen.«

Ada stimmte ihr zu. »Wir auch nicht. Und deswegen dachte ich, dass der Schlüssel in irgendetwas Vergangenem liegen muss, das ich gern herausfinden würde. Erzählen Sie mir doch bitte einfach alles, was Sie über Frau Londres wissen. Wir tappen da nämlich völlig im Dunkeln. In den Akten steht zum Beispiel, dass sie nicht verheiratet gewesen sei. Aber in der Schule hat man sie für eine Witwe gehalten.«

»Sie war wirklich nie verheiratet. Sie hat mir einmal erzählt, dass sie unter dieser Lüge leide, aber sie tue das für Albert und damit sie ihre Stelle auch bestimmt behalte. Ich glaube, deswegen wohnte sie auch hier, wo keiner den anderen so genau anschaut, obwohl sie von ihrem Beruf und ihrer Herkunft her in einen anderen Bezirk gehört hätte.«

»Das trifft aber doch für Sie auch zu, oder?«, fragte Ada interessiert nach.

»Das Leben ist voller seltsamer Geschichten«, antwortete die alte Frau, die aber die Gesprächspause, die Ada einlegte, nicht dazu nutzte, diesen Faden weiterzuspinnen. So half Ada ihr auf das vorige Gesprächsthema zurück, indem sie wieder nach Alberts Mutter fragte.

»Was ich sonst über sie weiß, das ist leider so viel nicht, wie man denken würde, nachdem wir jahrelang Nachbarinnen gewesen sind. Wissen Sie, mir geht es schon seit vielen Jahren nicht gut. Die Hüfte mag eben nicht mehr. Aber Frau Londres hat die ganzen Jahre für mich eingekauft. Und mir oft mit der schweren Arbeit in der Wohnung geholfen. Mich mit neuen Büchern versorgt. Und ich? Ich habe auf den kleinen Albert aufgepasst, wenn sie länger zu arbeiten hatte. Mit ihm gemalt, geplaudert, gesungen, ihm erzählt. Und sie war mir so dankbar dafür. Dabei hatte nur ich Grund zur Dankbarkeit. Als sie dann plötzlich gestorben ist, hätte ich den kleinen Albert gern bei mir behalten. Aber Sie sehen ja, wie schlecht es mir geht. Das wäre für das Kind eine Zumutung gewesen, mit so einer alten Frau. Wo er jetzt so wunderbare Gönnerinnen gefunden hat wie Sie.«

»Ich glaube, die Liebe, die er hier erfahren hat, hat ihm viel mehr gegeben, als ich es vermag. Aber ... entschuldigen Sie, wenn ich in Sie dringe, was wissen Sie über das frühere Leben der Frau Londres? Über Alberts Vater?«

»Eigentlich gar nichts. Sie können sich nicht vorstellen, was für eine diskrete Person sie gewesen ist. Zusammenhängend hat sie nie etwas erzählt, aber nach den vielen Jahren nebeneinander und miteinander habe ich mir das eine oder andere aus Beobachtungen und Andeutungen zusammengereimt. Das klingt jetzt wie ein Gartenlauberoman aus dem letzten Jahrhundert. Sie war hochgebildet, stammte aus einer sehr guten Familie. Das konnte man an ihrem Benehmen und an ihrer Sprache erkennen. Die Familie war jedoch durch die Wirtschaftskrise in Zusammenhang mit der Weltausstellung verarmt. Sie war früh verwaist und ist dann in Stellung gegangen. Als Gouvernante, hat sie einmal angedeutet. Und dann hat sie sich, wenn ich mich nicht irre, in den Sohn der Familie verliebt und wurde aus dem Haus gejagt. Da war sie wohl schon schwanger. Und ob das alles so stimmt, weiß ich nicht genau. Als sie dann krank war und ins Spital musste, hat sie dem Albert ein kleines Kästchen gegeben. Der Albert hat damals ein paar Tage bei mir gewohnt, und wir haben das Kästchen angesehen. Ein paar Fotos waren drin, von ihren Eltern und eines von einer vornehmen Familie und eines von einem jungen Mann. Rückseitig waren sie alle beschriftet. Auf dem ihrer Eltern stand »Alberts Großeltern«, auf dem der Familie ein Name, den ich aber wirklich völlig vergessen habe. Mit irgendeinem »von« vor dem Namen, glaube ich. Derselbe Name stand auf dem des jungen Mannes. »Ob das mein Papa ist?«, hat mich Albert gefragt. Und ich hab' ihm geantwortet: »Das glaub' ich schon.«

Obwohl Ada nicht sah, wie ihr diese Geschichte, die wirklich einem Roman des 19. Jahrhunderts entnommen zu sein schien, helfen könnte, bedankte sie sich höflich bei der alten Frau: »Sie haben mir wirklich weitergeholfen, Frau Häuptl. Ich danke Ihnen sehr. Darf ich heute Abend noch einmal kurz bei Ihnen hereinschauen, wenn mir noch eine Frage einfällt?« Frau Häuptl stimmte bereitwillig zu, und Ada stand auf. Beim Hinausgehen warf sie einen kurzen Blick in die leere Küche, in der keinerlei Vorräte zu sehen waren, und in das zweite, sehr kleine Zimmer, in dem zwei Betten und ein Kasten standen. Das Bettzeug, eigentlich nur zwei schmutzige, zerschlissene Decken, lag zusammengeknüllt auf den Betten. »Sie wohnen nicht allein? Das ist sicherlich gut so.«

»Ja«, stimmte Frau Häuptl etwas zögernd zu. »Sie wissen ja, wie teuer die Mieten geworden sind in Wien durch den Krieg. Und da hab' ich zwei junge Fabrikarbeiterinnen aufgenommen. Sie zahlen sehr sehr wenig, aber dafür sollen sie, wenn sie ihre Lebensmittelkarten einlösen, das auch für mich mit erledigen. Oft gibt es ja für die Karten nichts, und wenn es etwas gibt, dann ist das so wenig. Es sind bestimmt sehr fleißige junge Frauen, allerdings weiß ich nicht, ob ich ihnen wirklich so ganz trauen kann. Aber ich bin ja abhängig davon, dass sie mir überhaupt etwas bringen.«

»Oh je«, bedauerte Ada die alte Frau, »in was für schweren Zeiten leben wir doch.«

Zu Hause ging Ada – unüblich für sie – zunächst in die Küche. Dort saßen Sophia und der kleine Karl an dem großen Holztisch, auf dem die Köchin allerlei Wurzelzeug klein schnitt. Sophia half der Köchin, wie sie es schon als Kind so gern getan hatte, und Karl zerstach gerade mit seinem kleinen, breiten Kinderlöffel das zarte gelbe Rund in der Mitte seines Spiegeleis und betrachtete mit lautem Jauchzen die zähflüssigen gelben Rinnsale, die langsam aus dem Eigelb herausquollen und das Einweiß mit einem Muster wie Sonnenstrahlen bedeckte.

»Darf ich stören?«, fragte Ada, und Sophia lächelte ihrer Stiefmutter, die sich über sie beugte und ihr einen Kuss gab, herzlich zu. »Ich brauche Hilfe.«

»Du, Ada?«, und, »Sie, gnädige Frau?«, schallte es zur Antwort.

»Ja, Haushaltsfragen«, gab Ada einsilbig zur Antwort und erzählte von ihrem Besuch der bei alten Frau im 10. Bezirk. »Ich möchte ihr gern etwas zum Essen schicken, aber ich weiß ja nicht, was wir haben und was wir entbehren können. Ein paar Bücher will ich ihr auch mitbringen, sie vermisst das Lesen so.«

»Da verlassen Sie sich mit dem Essen ganz auf mich, gnädige Frau«, sagte die Köchin, »und kümmern Sie sich um die Bücher. Und schreiben Sie ihr ein Brieferl, ich glaub', es ist besser, wenn ich da hingeh'. Die beiden Menscher*, oh, entschuldigen Sie den Ausdruck, aber ich meine, es ist besser, wenn ich mir die einmal vorknöpfe. Sie sind zu gut für so eine Aussprache.« Ada und Sophia, die wussten, dass ihre herzensgute Köchin vor vielen Jahren als Prostituierte auf dem Gürtel gearbeitet hatte, bevor Felix von Wiesinger sie bei sich einstellte, weil er von ihrem guten Kern überzeugt war, nickten sich zufrieden zu. Beide waren sich sicher, dass die Köchin Worte finden würde, die sie

* österr. Dialekt: abschätzig: Mädchen

selber wahrscheinlich gar nicht kannten und die die beiden jungen Mieterinnen der Frau Häuptl so schnell nicht vergessen würden.

Am nächsten Tag suchte Ada noch den Lehrer Alberts auf. Dieser war des Lobes voll, aber er hatte auch keine Erklärung für Alberts verändertes Verhalten. Er schilderte lebhaft, aber bekümmert, wie er mit Albert in die wohltätige Einrichtung gegangen sei, wo Albert sich einer Kommission vorstellen musste. Albert sei unterwegs ziemlich nervös gewesen, habe aber insgesamt einen entschlossenen, fast schon glücklichen Eindruck gemacht. Seine neuesten Arbeiten trug er in einer alten Zeichenmappe aus Karton mit sich. Unterwegs habe er sogar gefragt, ob sie wirklich gut seien. Und er hatte keine Angst vor den Fragen der Kommission gezeigt. Die vier Kommissionsmitglieder seien sehr freundlich zu Albert gewesen, sie hatten sich vorgestellt und dann nur wenige Fragen nach Alberts Lebenslauf gestellt. Doch Albert habe sich plötzlich verhalten wie versteinert und verstockt und habe keinerlei Auskünfte gegeben, sodass die vier Herren ihn schließlich ratlos verabschiedet hätten. Mehr wusste der alte Lehrer nicht zu sagen. Ada merkte ihm an, wie sehr er darunter litt, dass der Junge nicht nur seine Chancen nicht wahrnehmen wollte, sondern auch ihm kein Vertrauen zu schenken bereit war.

Am darauffolgenden Mittwoch wartete Albert schon am Ausgang der Schule auf Ada, die sich wegen eines dringenden Telefongesprächs um einige Minuten verspätet hatte. Er nickte ihr nicht unfreundlich zu und wollte den Weg in die Innere Stadt einschlagen, bereit, seine übliche Runde zu absolvieren. Dichter Schnee fiel herunter, so dicht, dass er wie ein Vorhang zwischen ihm und Ada hing.

»Nein, Albert«, hielt Ada den Jungen zurück. »Heute haben wir ein anderes Ziel. Dorthin müssen wir mit der Elektrischen fahren.«

Albert nickte schweigend. Glücklicherweise kam bald eine Straßenbahn angerollt. Eine junge Frau lenkte das Gefährt. Immer noch ein ungewöhnlicher Anblick, dachte Ada.

Sie fuhren durch die Stadt, aber der Schnee war so dicht, dass man meinte, zwischen zwei geheimnisvollen, weiß schimmernden Wänden hindurchzufahren, hinter denen kaum etwas zu erkennen war.

Nur das breite Schloss Schönbrunn konnte man erahnen, eine gelbe Märchenfront.

»Jetzt sind wir bald angekommen«, sagte Ada zu dem Jungen, der wieder nur durch ein Nicken andeutete, dass er ihr zuhörte.

Doch sie beobachtete, dass er ein wenig an der Scheibe wischte und versuchte, das Schloss genauer zu betrachten.

Drei Haltestellen später stiegen sie aus und Ada legte mit ihm den Rest des ihm unbekannten Wegs zu ihrem Haus zurück. Albert schwieg immer noch, schaute sich aber interessiert um und schien sich den Weg und die Straßen einprägen zu wollen. Ada bemerkte, dass er an jeder Ecke versuchte, die Straßenschilder zu lesen, sodass auch sie ihre Aufmerksamkeit darauf legte. »Wie ein Großer Brockhaus«, dachte sie, »diese ganzen großen Namen unserer Geschichte.« Da hätte sie gute Gesprächsthemen mit Albert gehabt, aber sie wusste nicht, wie sie das anfangen sollte, ohne dass es wie eine Belehrung oder gar eine Schulprüfung klang.

»Und hier wohne ich«, sagte sie schließlich, als sie vor ihrem Haus ankamen.

Albert schaute sich im Haus so aufmerksam um wie auf den Straßen des ihm unbekannten Stadtteils.

Die Köchin hatte einen kleinen runden Tisch in die große Bibliothek gestellt und mit feinem weißem Leinen, dem Augartenporzellan und silbernen Löffeln und Gabeln gedeckt und servierte Ada und Albert etwas zu trinken und kleine Stückchen einer bestimmt sündhaft süßen Mehlspeise. Ada hatte es schon längst aufgegeben, nach den Quellen des Essens, das ihnen immer aufgetischt wurde, zu forschen, eigentlich wollte sie es auch nicht. Erstens war es so beruhigend, dass der Krieg ihre Köchin nicht kleinkriegen konnte, und andererseits würde sie sowieso keine völlig aufrichtige Antwort erhalten. Das eventuelle moralische Dilemma zwischen der Wahrheit und dem Wohlergehen ihres geliebten gnädigen Herrn würde die Köchin ohnehin aus dem Bauch heraus entscheiden. Wobei natürlich das Wohlergehen ihres Mannes kein moralischer Wert wäre, wie Ada amüsiert dachte. Aber Alberts Anblick lenkte sie sogleich wieder von diesen Gedanken ab. Denn sein Gesicht war gelöst und glücklich. Allerdings war sein Blick dabei nicht auf den Teetisch gerichtet, sondern auf die mit Büchern überreich gefüllten Fächer der Bibliotheksschränke und der Bücherregale. »Die gucken wir uns nachher gleich an«, sagte Ada, »aber zuerst schauen wir einmal, was wir da auf dem Tisch finden.« Albert setzte sich, folgsam wie immer, mit ihr an den kleinen Tisch und ließ sich ein Stückchen des süßen Gebäcks auftun, dessen Wohlgeschmack dann doch das hungrige Kind in ihm hervorrief, sodass er sich gern ein weiteres und dann noch ein drittes geben ließ. Ada freute sich, als sie in das Gesicht des Jungen schaute, das endlich wieder einmal entspannt und offen wirkte.

Nach ihrer Teestunde machte sie ihr Versprechen wahr. »Schau, dort auf dem Tisch liegen einige Bücher, die mein Mann für dich zurechtgelegt hat. Es sind, glaube ich, Bücher, die er in deinem Alter gern gelesen hat.«

Albert ging auf den Tisch zu. »Das kenne ich«, sagte er glücklich, als er auf dem Tisch eine alte Jugendausgabe von *Robinson Crusoe* entdeckte. Ada konnte den Blick nicht von dem Jungen wenden, der erstmals seit drei Wochen wieder das Wort an sie richtete. »Das hat meine Mutter mir vorgelesen. Wir hatten das gleiche Buch mit den gleichen Bildern. Sie hat mir aber erzählt, dass das die Ausgabe für Kinder sei. Und dass das Buch eigentlich für Erwachsene geschrieben worden sei, das sei aber viel länger, und ich könne es lesen, wenn ich größer bin. Und das bin ich doch jetzt, oder?«

»Ja«, sagte Ada, »viel größer. Wir können ja schauen, ob hier irgendwo auch das Buch für Erwachsene zu finden ist. Ich kann dir die Bibliothek erklären. Hier, diese ganze Wand entlang, stehen Romane, Theaterstücke und so weiter alphabetisch angeordnet.«

»Alphabetisch nach was?«

»Nach den Autorennamen. Und schau, dort in der Ecke ist die Bibliotheksleiter. Die steht auf Rollen, so kannst du sie dir herrollen und dann das Buch an dieser Wand suchen. Den Autor kennst du ja.«

»Ja, Daniel Defoe. Das muss …«, Albert warf einen Blick auf die Namen der Buchrücken in seiner Gesichtshöhe im mittleren Regal, »das muss also dann dort irgendwo stehen, entweder ganz unten im ersten Regal oder ganz oben im zweiten. Darf ich suchen?«

»Natürlich, mach' das.«

Albert machte sich geschäftig auf die Suche, bevor er sich wieder enttäuscht an Ada wandte. »Es ist nicht da.«

»Komm, so schnell geben wir nicht auf, Albert. Schau, dort, rechts und links vom Fenster, das sind richtige Zauberschränke. Da sind ganz seltene oder sehr teure Bücher drin, links Erstausgaben oder ganz frühe Ausgaben oder signierte Bücher, und rechts solche mit wertvoller Graphik. Weißt du, was das ist, eine Erstausgabe oder Originalgraphik?«

»Ja, das hat mir meine Mutter erklärt. Sie war, wie sie es nannte, eine richtige Büchernärrin. Wir waren so oft, wenn sie Zeit hatte, in den riesigen Kellergewölben von Antiquariaten. Am liebsten war sie in einem in der Wiedner Hauptstraße. Aber wir haben immer nur alte Bücher für ein paar Heller gekauft, keine wertvollen. Also Erstausgaben sind die ersten Exemplare eines Buches. Was eine Originalgraphik ist, hat sie mir auch erklärt. Radierungen oder Kupferstiche oder Holzschnitte und so weiter. Aber eine Erstausgabe von *Robinson Crusoe*? Die wäre bestimmt so teuer, dass man sie kaum anfassen dürfte.«

Ada öffnete den linken Schrank, und Albert steckte vorsichtig seinen Kopf hinein.

»Ist bei diesen alten Büchern wieder alles alphabetisch geordnet oder nach Erscheinungsjahr zum Beispiel?«, fragte Albert.

»Alphabetisch«, antwortete Ada.

»Warum?«

»Weil«, so hörte Ada die Stimme ihres vor Kurzem unbemerkt eingetretenen Mannes, »weil ja niemand alle Erscheinungsjahre auswendig im Kopf hat, und wenn man dann ein Buch suchen würde, müsste man jedes Buch herausholen und aufklappen, weil viele dieser Bücher, wie du siehst, keinen Titel auf dem Buchrücken haben.«

»Ja«, sagte Albert, ohne sich dem Sprecher zuzuwenden. »Viele sehen sogar ganz wertlos aus in diesen blauen, schmucklosen Kartoneinbänden.«

»Ja, das nennt man Interimsbindung. Verstehst du das Wort?«

»Ich weiß, was eine Interimsregierung ist.«

»Ja, und bei Büchern bedeutet es, dass sich Leute früher Bücher in dieser Interimsbindung gekauft haben und sie dann nach ihrem Geschmack oder so, wie sie für ihre Bibliothek gepasst haben, von einem Buchbinder haben nachbinden lassen. Ich habe sie einfach so gelassen, wie ich sie in Antiquariaten gefunden und gekauft habe. Aber sag' mir mal, Ada, haben wir ab heute hier einen Bibliothekar beschäftigt? Den könnte unsere Bibliothek wirklich gebrauchen.«

Albert lachte und wandte sich grüßend um. »Ich bin Albert Londres. Und Frau von Wiesinger hat mich heute hierher eingeladen. Und gerade zeigt sie mir ihre Bücher.«

»Ihre und meine Bücher, mein Junge. Ich bin der Hausherr hier.«

»Guten Tag, Herr von Wiesinger«, sagte Albert ganz ohne Scheu, bevor er seine Blicke wieder auf den Schrank richtete. »Ich glaube, das muss es sein. Das blaue in der Interimsbindung. Wir suchen nämlich den richtigen *Robinson Crusoe*, nicht das Kinderbuch. Hier hat jemand handschriftlich *Crusoe* draufgeschrieben. Darf ich es herausnehmen?«

»Ja gern.«

Mit viel Sorgfalt entnahm Albert das Buch und schaute auf die erste Seite. »Oh, das ist aber sehr alt.«

»Ja, aber es ist nicht die Erstausgabe. Eine sehr frühe und seltene Ausgabe ist es schon«, sagte von Wiesinger, der sich freute, mit welcher Leichtigkeit der Junge das neue Wort ›Interimsbindung‹ in seinen Satz hatte einfließen lassen. »Ich erkläre dir die Bibliothek jetzt weiter. Du erlaubst, Ada?«

»Gern, Felix.«

»Also die ganze linke Wand gehört der Philosophie, der Staatswissenschaft, der Geschichte und vor allem der Rechtswissenschaft. Denn das ist ja mein Beruf. Aber da wird es nicht viel Interessantes für dich dabei geben.«

»Doch, eigentlich schon«, widersprach Albert vorsichtig. »Ich interessiere mich sehr für Recht und Unrecht. Und Gerechtigkeit und Ungerechtigkeit. Zum Beispiel frage ich mich, weswegen so viel Unwichtiges verfolgt wird, und so viel wirklich Wichtiges nicht geahndet wird.«

»Wie meinst du das?«, fragte Ada.

»Zum Beispiel, wenn jemand etwas stiehlt oder wegnimmt, das einen bestimmten Wert hat, selbst wenn es nur wenige Heller sind, dann wird er verfolgt und bestraft. Wenn aber jemand jemandem zum Beispiel sein Glück streitig macht oder vorenthält oder sogar nimmt, dann interessiert sich keine Behörde dafür.«

»Da muss ich dir recht geben«, antwortete von Wiesinger.

»Aber da müsstet ihr einmal eine richtige lange Diskussion führen«, sagte Ada. »Und ich fürchte, heute geht das nicht mehr. Ich muss dich zurückbringen, sonst macht man sich Sorgen im Heim.«

»Ja«, stimmte Albert zu, aber sein ›Ja‹ klang eher wie eine Frage.

Folgsam wandte er sich der Tür zu und blickte von Wiesinger an. »Auf Wiedersehen, Herr von Wiesinger. Und vielen Dank, dass ich Ihre Bibliothek ansehen durfte.«

»Auf Wiedersehen, Albert. Aber du hast etwas vergessen.«

»Ich?«

»Ja, ich habe doch meiner Frau versprochen, dass du dir das Buch ausleihen darfst, das dich am meisten interessiert. Und du hast diese Ausgabe von *Robinson Crusoe* auf dem Tisch liegen lassen.«

»Aber das Buch kann ich doch nicht mitnehmen.«

»Warum nicht?«

»Das ist viel zu wertvoll. Und die Kleinen im Waisenhaus reißen an allem herum und machen alles dreckig. Nein, das geht wirklich nicht.«

»Das geht auf mein Risiko, Albert. Versprochen ist versprochen.«

»Bitte nicht.«

»Gut, dann mache ich dir einen anderen Vorschlag. Fährst du gern Auto? Wir fahren jetzt ganz schnell in ein großes Antiquariat und suchen nach einer Erwachsenenausgabe, die nur ein paar Heller kostet, wie du vorhin gesagt hast, die also richtig billig ist und die man auch mit schmutzigen Händen anfassen kann. Und dann fahre ich dich zurück ins Heim. So bist du bestimmt noch pünktlich. Einverstanden?«

Alberts große Augen und sein begeistertes Nicken ersetzten jede Antwort.

Und Ada rief, als die beiden schon im Hinausgehen waren: »Fahr doch mit ihm in die Wiedner Hauptstraße.«

In der Bibliothek verbrachten Ada und Albert an den nächsten drei Mittwochen schöne Stunden. Ada weihte ihn auch in die Buchbestände links und rechts der Eingangstür ein. Rechts fanden sich Adas Gedichtbände, und links standen ihre geliebten Kunstbände. Und diese beiden Abteilungen brachten sie einander besonders nahe. Albert gestand ihr, wie sehr er Gedichte liebe, auch seine Mutter habe ihm immer Gedichte vorgelesen, darunter viele, die er als Kind noch nicht verstanden hatte. Manche davon entdeckte er in der Bücherei der von Wiesingers wieder und erstaunte über das, was er jetzt in ihnen erkannte. Als Kind hatten ihn nur der Wohlklang und die geheimnisvollen Bilder fasziniert. Und beim Blättern durch Kunstbände und Kataloge teilten er und Ada sich alles mit, was sie in den Bildern entdeckten, und Ada merkte, dass ihr die Zeit immer viel zu schnell verging. Sie sah, dass auch ihr Mann von Albert sehr angetan war, denn er kam nach diesem ersten Treffen mittwochs früher nach Hause als sonst, wenn er es einrichten konnte. Den Grund ihrer regelmäßigen Treffen schnitt Ada bei Albert nicht an, obwohl die Oberschwester sie drängte und immer wieder nach dem Fortschritt ihrer Bemühungen fragte.

Doch dann, Anfang März, meinte Ada, dass das Vertrauen Alberts zu ihr so gewachsen sei, dass sie das Thema wieder ansprechen könnte. Sie hatte sich ihr Vorgehen lang überlegt und begann es mit dem Umweg über Alberts geliebtes *Robinson Crusoe*-Buch.

»Erinnerst du dich, Albert, wie Robinson diese Liste macht?«

»Ja natürlich. Er schreibt alle Argumente für und gegen sein Leben auf der Insel in eine Tabelle.«

»Hast du dir schon einmal überlegt, eine ähnliche Liste für deine Situation zu erstellen?«

»Nicht nur überlegt, Frau von Wiesinger, ich habe sie sogar fix und fertig.«

Albert holte einen zusammengefalteten Zettel aus seiner Hosentasche, dem man ansah, wie oft er schon auseinander- und wieder zusammengefaltet worden war. »Hier, sehen Sie? Zwei Spalten.« Ada sah, dass eine der Spalten ganz voll beschrieben war, während in der anderen nur ein oder zwei Worte standen.

»Verrätst du mir, welche Spalte welche ist?«

»Ich glaube, das wissen Sie«, sagte Albert. »Es spricht doch alles dafür, dass ich in das Internat gehe. Ich möchte so gern viel lernen, vielleicht studieren, einen schönen Beruf haben, wenn ich erwachsen bin.«

»Und was spricht dann dagegen?«, fragte Ada direkt.

»Nur eine Sache. Wohltat.«

»Wohltat?«

»Ja, Wohltat.«

»Aber wir tun uns doch alle immer wieder *wohl.* Ich hab' so oft im Waisenhaus gesehen, wie du die Kleinen getröstet hast, wenn sie hingefallen sind oder hungrig waren oder einfach traurig. Das sind doch alles Wohltaten, gute Taten. Und dein Lehrer hat dir eine Wohltat erwiesen, als er für dich das Stipendium gesucht hat. Und die Schwestern im Heim, die mich gebeten haben, einen meiner beiden Heim-Nachmittage nur mit dir zu verbringen, obwohl ich dort so viel für alle zu tun hätte. Und ich tue dir einen Gefallen, meine ich. Und du tust mir einen Gefallen, wenn du immer bereit bist, mit mir die dicken Kunstbücher durchzusehen, auch wenn du vielleicht zu etwas anderem viel mehr Lust hättest. Und nächste Woche wollte ich mit dir deine alte Nachbarin aus der Troststraße, die Frau Häuptl, besuchen. Das wäre dann doch auch eine gute Tat.«

Albert schaute ernst drein. »Das weiß ich. Ich könnte sicherlich auch einen Aufsatz darüber schreiben, warum das gesamte soziale Gefüge auseinanderbrechen würde, wenn niemand mehr zu diesen guten Taten oder *Wohltaten* bereit wäre. Ich hab' mich falsch ausgedrückt. Ich meine, dass es davon abhängt, wer etwas für einen tut. Von wem die Wohltat kommt. Und von manchen kann man nicht alles annehmen.«

»Verstehe ich dich recht: Es lag an der Kommission, dass du das Stipendium nicht erhalten wolltest? Weil du von einem dieser Männer nichts annehmen wolltest?«

»Ja«, sagte Albert, »unter gar keinen Umständen. Aber mehr möchte ich dazu nicht sagen. Bitte.« Ada zwang ihn nicht dazu, die traurige Geschichte zu erzählen, die sie sich jetzt zusammenreimen konnte. Das Gesicht eines der vier Männer war Albert bestimmt von einem Foto her bekannt gewesen, und auch dessen Namen mochte er von der Rückseite einer Aufnahme gekannt haben. »Das heißt aber auch, Albert«, sagte Ada, »dass du gern ein Stipendium annehmen würdest, wenn es dir von einer anderen Organisation angeboten würde?«

»Ja«, antwortete Albert sofort und ohne zu überlegen, »und wie gern ...«

Der Rest schien Ada ein Leichtes zu sein. Ihr Mann würde schnell in der Lage sein, eine andere staatliche, kirchliche oder private Organisation zu finden, und mit Hilfe von Sophia, die im Recherchieren sehr geschickt war, würde sie es auch schaffen, über die Kommission, die Albert so verschreckt hatte, Genaueres zu erfahren. Aber eigentlich war das ja gar nicht so wichtig, da ihr die Grundzüge der Geschichte bekannt waren. Aber sie war jetzt so in die Geschichte der Familie Londres involviert, dass sie einfach mehr über die Hintergründe erfahren wollte.

Doch bis sie dem Waisenhaus eine andere Lösung anbieten konnte, würde sie dort noch nicht erzählen, dass sie der Sache auf den Grund gekommen war, sondern lieber weiterhin ihre Nachmittage mit Albert verbringen.

An diesem Mittwoch war allerdings vom Waisenhaus ein Anruf gekommen, sie möge doch bitte direkt dorthin kommen. Es seien zwei Schwestern erkrankt, und darüber hinaus hätte noch eine weitere freiwillige Helferin absagen müssen, sodass sie dringend gebraucht werde. Um Albert solle sie sich dann erst nächste Woche wieder kümmern. Ada folgte der Bitte nur ungern. Unterwegs musste sie immer wieder an Albert denken, der bestimmt ratlos vor der Schule auf sie warten würde.

Im Waisenhaus angekommen, wurde sie nur knapp begrüßt, bevor man sie bat, beim Füttern der Säuglinge zu helfen. Ada wollte eigentlich, den toten Säugling des gestrigen Tages immer noch vor Augen, ablehnen und um eine andere Tätigkeit ersuchen, aber die geschäftige Schwester war schon wieder weggehuscht, und eine junge Schwester kam schüchtern auf sie zu. »Da bin ich aber froh, dass Sie mir helfen. Sie haben bestimmt viel Erfahrung mit den Neugeborenen. Und ich bin ja erst seit Kurzem hier im Waisenhaus und habe bisher die Kinder bei der Küchenarbeit beaufsichtigt. Das war schwer genug, darauf zu achten, dass sich niemand in den Finger schneidet. Und sie zur Schnelligkeit anzutreiben. Mir tun die Kinder immer leid, dass sie so viel helfen müssen. Aber es geht ja nicht anders, wir sind wirklich zu wenige Schwestern hier. Gehen wir in die Küche? Die Fläschchen sind fertig.«

Ada folgte der jungen Frau in die Küche, wo auf einem Tisch ein paar Fläschchen mit einem Saugaufsatz lagen, die wohl mit der dünnen weißen Flüssigkeit gefüllt werden mussten, die in einem Topf auf dem Herd vor sich hinbrodelte. Das war wahrscheinlich keine pure Milch, sondern eine stark mit Wasser versetzte, vielleicht aber auch irgendeine Mischung aus Milchpulver und Mehl und Wasser. Diese Arbeit hatte sie bislang im Waisenhaus noch nie gemacht, genauso wenig wie die junge Schwester neben ihr. Aber natürlich hatte sie einige Erfahrung beim Füttern von Säuglingen, da im Hause von Wiesinger jeder, sie eingeschlossen, darum gewetteifert hatte, den kleinen Karl zu füttern, wenn er mit Sophia zu Besuch kam. Diesen Wettstreit gewann zu Adas Leidwesen häufig ihr Mann. »Ich seh' den Kleinen doch viel seltener als du«, sagte er häufig bittend, »lasst mich ihn doch füttern.« Aber immerhin hatte sie von da her Erfahrung im richtigen Halten eines Säuglings, auch davon, wie lang der Vorgang dauern konnte und was für eine beglückende Erfahrung er sein konnte. »In einer Stunde sollen wir die Fläschchen wieder in der Küche abgeben, hat man mir aufgetragen«, sagte die junge Schwester. »Wir müssen uns also beeilen.« Ada überschlug im Kopf, wie viel Zeit dem einzelnen Säugling zugestanden wurde, und sie hatte viel Mitleid mit den Kleinen, die abgesehen von den wenigen, in regelmäßigen Zeitabständen erfolgenden Ritualen des schnellen Fütterns und Wickelns unbeachtet in ihren Körben liegen mussten. Die beiden Frauen füllten jede ein

Fläschchen, hielten es kurz unter kaltes Wasser und ergriffen ein Geschirrtuch, um es auf ihre Schulter zu legen. So betraten sie das Zimmer, in dem die Kleinen in dicht aneinandergedrängten Körben lagen. Viele schrien laut und ihr Gesicht war davon ganz rot. Andere schliefen trotz des Lärms friedlich. Ada griff nach einem der lautesten Schreihälse, setzte sich auf einen der beiden Stühle an dem Schwesterntisch in der Ecke, nahm das schreiende Häufchen Unglück sanft in den Arm und reichte ihm die Flasche. Sofort stellte das Kind sein Weinen ein und saugte glücklich an der Flasche, während die letzten Tränen noch an seiner Wange herunterkullerten. Die junge Schwester tat es ihr gleich. Beide Säuglinge tranken in großen und hastigen Zügen, sodass die Flasche wirklich im Nu leer war. »Jetzt müssen wir dafür sorgen, dass die Kleinen aufstoßen. Da legt man sie sich am besten über die Schulter, geht ein wenig mit ihnen herum und klopft sie sanft auf den Rücken. Das machen wir am zeitsparendsten, während wir in der Küche die Flaschen für die nächsten beiden holen.« Die junge Schwester folgte ihrem Beispiel, und so arbeiteten sie nach dem von ihnen entwickelten Rhythmus konzentriert und versonnen. Ada wusste nicht, ob die junge Schwester aus innerer Anspannung so schweigsam war oder aus denselben Gründen wie sie: Es war einfach eine Freude zu beobachten, wie die kleinen Gesichter sich beim Trinken entspannten, wie manche sie dabei mit großen Augen betrachteten und sich nicht nur an der Milch, sondern auch an dem zärtlichen Körperkontakt zu erfreuen schienen. Erst beim vierten, einem sehr kräftigen und beim Aufnehmen laut und rebellisch brüllenden Säugling, gab es, da er nicht so bereitwillig und prompt wie die anderen seinen kleinen Rülpser von sich geben wollte.

So ließ sie ihn weiter über ihre rechte Schulter hängen und umklammerte ihn mit dem Arm, mit dem sie dem fünften die Flasche reichte. Dieser schlief noch, als sie ihn aus seinem Korb holte, und auch während des Trinkens schien er vor allem müde zu sein. Er trank in langsameren Schlucken als die vorigen und schien nach der halben Flasche schon satt zu sein, sodass Ada aufstand. Schon wieder schlafend, stieß er leise auf, und auch der vierte ließ endlich einen lauten Rülpser hören, genauso wie der fünfte der jungen Schwester, den diese sogleich zurück in seinen Korb legen konnte. Sie musste lächeln, als sie Ada mit den beiden Säuglingen über ihren beiden Schultern dastehen sah, nahm ihr die Babys ab und legte sie zurück. Einträchtig gingen sie, das erste Mal ohne einen Säugling, zurück in die Küche. Ada reckte sich ein wenig, weil ihr Rücken nach der fast unbeweglichen Haltung der letzten Minuten etwas verspannt war, bevor sie ihre letzte Flasche auffüllte. Die junge Schwester hatte das mit ihrer schon getan, sodass sie wartend am Fenster stand und in den Garten hinaussah. »Schauen Sie«, wandte sie sich an Ada, »es scheint so, als stünde der Frühling unmittelbar vor der Tür. Man sieht es noch nicht, und es ist auch noch kalt. Aber irgendwie spürt man es.«

»Es läuft der Frühlingswind durch kahle Alleen«, zitierte Ada den Beginn eines ihrer Lieblingsgedichte, und die junge Schwester setzte zu Adas Freude kenntnisreich fort: »Seltsame Dinge sind in seinem Wehn.« Sie gingen zurück in das inzwischen ruhige Säuglingszimmer, in dem die meisten gesättigt schliefen. Ada ging zu dem letzten Körbchen in ihrer Reihe, um das Kind aufzunehmen. Dabei warf sie einen Blick zurück auf den Säugling in dem vierten Körbchen, der sie so beschäftigt hatte. Zu ihrem großen Schrecken war das Körbchen leer. »Ein Kind ist verschwunden«, schrie sie ganz laut, und die junge Schwester kam zu ihr gerannt und starrte ungläubig in den leeren Korb. Einige der Kleinen waren von Adas Schrei aufgewacht und schrien ihrerseits wieder, und Schwestern kamen aus den Nachbarzimmern herbeigerannt. Aber niemand konnte Ada trösten, die immer nur stockend wiederholte: »Ich habe ein Baby verloren, ich habe ein Baby verloren.«

»Die Nerven«, flüsterten die Schwestern Felix von Wiesinger zu, den sie nach vielen Bemühungen telefonisch im Innenministerium erreicht hatten, und der sofort in das Waisenhaus geeilt war, um seine Frau abzuholen und nach Hause zu bringen. Bei den Schwestern stand Albert, ganz blass und erschrocken. Dieser sah ihn ernst an und sagte: »Sie weint jetzt schon seit einer halben Stunde. Ich bin erst sehr spät gekommen, weil ich vor der Schule auf sie gewartet habe. Ich habe ja nicht gewusst, dass sie heute hier arbeiten musste. Sonst hätte ich ihr doch geholfen.«

»Das weiß ich, Albert. Vielleicht kannst du morgen nach der Schule einmal bei uns vorbeikommen und dann wirst du sehen, dass es ihr wieder besser geht. Mach' dir keine Sorgen.« Er bat die Schwestern noch, Albert am nächsten Tag nachmittags zu beurlauben, fragte danach, welche Ermittlungen eingeleitet worden seien, und ging dann ins Haus, um seine Frau herauszuholen und zum Auto zu bringen.

Zu Hause setzte er sich mit Ada in die Bibliothek und bat sie, ihm alles noch einmal zusammenhängend zu erzählen. Als sie gerade dabei war, von dem schreienden vierten Säugling zu berichten, setzte erneut ein verzweifelter Weinkrampf ein, der von Wiesinger völlig verunsicherte. Er nahm seine Frau in den Arm und flüsterte ihr nur immer »ruhig, ruhig« zu, bis die Tränen nach und nach versiegten.

Von Wiesinger hörte es zwar an der Haustür klingeln, hoffte aber, dass Jean den späten Besucher, wer auch immer es sei, abwimmeln würde. Eigentlich war es eher eine Gewissheit als eine Hoffnung, denn Jean wusste immer, was zu tun war. Durch die geschlossene Tür hörte er verschiedene aufgeregte Stimmen, die von der ruhigen Stimme seines alten Dieners unterbrochen wurden. Von Wiesinger erwartete, dass der ganze Aufruhr im Korridor damit beigelegt worden sei, als kräftiges Babygeschrei ertönte. Sofort sprang Ada auf und rannte hinaus in das Vestibül, ohne dass er es verhindern konnte. Von Wiesinger folgte ihr, verärgert über Jean und irritiert über die späten Besucher, als er im Vorraum zu seiner Erleichterung vertraute Gesichter sah: das anteilnehmende Gesicht Alberts und das aufgeregte Gesicht der jungen Schwester, mit der Ada an diesem Nachmittag gearbeitet hatte. Sie hielt einen Säugling im Arm und reichte ihn Ada: »Da ist er, gnädige Frau, Ihre Nummer vier. Er war gar nicht weg, sehen Sie?«

»Aber wir haben doch überall gesucht«, wunderte sich Ada sichtlich erleichtert.

»Nein, nach ihm haben wir nicht gesucht. Wir haben einen leeren Korb gesehen, den leeren Korb von Nummer vier. Und als Sie und die Gendarmen dann weg waren, haben die Kleinen alle entsetzlich gebrüllt, weil sie sich vernachlässigt gefühlt haben. Sie wissen ja, dass wir sie in regelmäßigen Abständen füttern und wickeln. Und an das Wickeln haben wir in der ganzen Aufregung alle nicht mehr gedacht.

Und da lagen sie nun einmal alle da, ganz nass und voll. Wir haben uns schnell zusammengetan und uns an die Arbeit gemacht. Bei Ihrem vierten Korb waren wir wieder ganz traurig. Als wir dann aber zum nächsten Kind kamen, sahen wir, dass wir einen großen Fehler gemacht hatten. Nein, nicht wir, ich, ich ganz allein.«

»Inwiefern?«, fragte Ada.

»Ich habe Ihnen doch die beiden abgenommen, und da habe ich sie einfach in der Eile in die falschen Körbchen gelegt. Ich hätte es gar nicht gemerkt, aber beim Aufwickeln haben wir gesehen, dass in dem fünften Körbchen eben kein kleines Mädchen lag, sondern dieser Schreihals da, der Josef.« Die Schwester reichte Ada den immer noch schreienden Säugling. Ada ergriff ihn, sah in sein vom Brüllen rotes Gesicht und sagte froh: «Ja, das ist er, der Quälgeist«, und wiegte ihn sanft in den Armen.

Jetzt war aber von Wiesingers ermittlerische Neugier geweckt, sodass er fragte: »Wie sind denn die Kinder gekennzeichnet?«

»Nun«, antwortete die Schwester, »sie haben an ihrem Körbchen ein Namensschild und ein zweites um ihre Fußgelenke. Zur Sicherheit eben. Und wir haben dann alle Kleinen aufgewickelt, sowohl die bereits neu als auch die noch nicht gewickelten, und haben die Namen an den Fußgelenken mit denen auf den Körbchen verglichen. Und es fehlt eindeutig ein kleines Mädchen, die Elisabeth. Alle anderen elf Kinder sind da.« Ada lächelte sie an, und die beiden Frauen betrachteten zufrieden den kleinen Josef, der durch das liebevolle Wiegen wieder in tiefen Schlaf gefallen war. Von Wiesinger verstand gar nicht, was die beiden Frauen so erleichterte. Ob der kleine Josef oder die kleine Elisabeth fehlte, worin bestand da der Unterschied? Nein, so viele Frauen er auch in seinem Leben gekannt hatte, die sich von ihm verstanden fühlten, so blieb da doch ein unerklärlicher Rest. Selbst Albert schaute achselzuckend zu ihm auf und schien eine erste Ahnung dieses Restes zu verspüren. Und Ada, auf ihren Mann und Albert schauend, schien ihre frühere ruhige Menschenkenntnis wiedergefunden zu haben, denn sie sagte erklärend: »Ihr versteht natürlich nicht, wo da der Unterschied liegen soll, ob ein kleines Mädchen oder ein kleiner Junge verschwindet. Beides ist natürlich gleich tragisch. Aber wisst ihr, dieser da, der hat mir so viel Mühe gemacht. Erst schien ich ihn nicht satt zu bekommen, und dann wollte er nicht zurück in sein Bettchen. Ein richtiger Schreihals. Die arme Kleine, die jetzt fehlt, wie soll ich es erklären, die hab' ich einfach nur gefüttert. Sie hat dabei fast geschlafen, und ich hatte, als ich ihr das Fläschchen gab, immer nur an diesen Josef hier gedacht.« Ada wandte sich an die junge Schwester: »Das war sehr freundlich von Ihnen, dass Sie mit dem Säugling hergekommen sind. Wenn Sie nur angerufen hätten, hätte ich es nie geglaubt. Jetzt geht es mir schon viel besser.«

Ada blickte ihren Mann an: »Ich weiß, um mich sollte es eigentlich gar nicht gehen dabei, denn natürlich müssen wir jetzt unser ganzes Augenmerk auf die kleine Elisabeth richten. Dir danke ich ebenfalls, Albert. Vielen Dank, dass du die Schwester und das Baby hierher begleitet hast.« Auch die Schwester lächelte Albert zu, und von Wiesinger strich ihm durch die Haare und sagte verschwörerisch: »Ganz ohne unseren männlichen Schutz kommen sie doch nicht zurecht, mein Junge, was?«

Jean, der die Szene unbemerkt verlassen hatte, kehrte

zurück. Er befürchtete, dass sein *gnädiger Herr* nicht ganz zufrieden mit ihm sein würde. Doch dann bemerkte er, dass das Gegenteil der Fall war. Denn alle Anwesenden schienen entspannter zu sein als zuvor, Frau von Wiesinger lächelte sogar wieder, und Herr von Wiesinger hatte einen leicht amüsierten Gesichtsausdruck. Jean meldete, dass er für die späten Besucher im kleinen Salon einen Imbiss hatte herrichten lassen. Alle setzten sich in Bewegung, und Jean nahm zufrieden zur Kenntnis, dass auch sein Herr und dessen Gemahlin der Mahlzeit kräftig zusprachen.

Später fuhr von Wiesinger die junge Schwester, Josef und Albert zurück ins Waisenhaus. Während die Frau mit Josef im Fond des Wagens Platz genommen hatte und, wie von Wiesinger im Rückspiegel erkennen konnte, die Fahrt trotz aller Aufregung bewusst genoss, ähnlich übrigens wie ganz unbewusst auch Josef, dessen Gesicht jetzt wieder eine normale Farbe angenommen hatte und der von der ruhigen Fahrt in einen tiefen Schlaf gewiegt wurde, in dem er vielleicht von Tausenden Milchfläschchen träumte. Albert saß aufrecht neben ihm, entschlossen, sich keine Sekunde der spätabendlichen Fahrt entgehen zu lassen. Da seit dem 19. Februar die nächtliche Beleuchtung erheblich eingeschränkt worden war, um Gas zu sparen, verbreiteten die wenigen Straßenlaternen nur ein blasses, diffuses Licht. Trotzdem waren noch viele Menschen unterwegs; von Wiesinger fragte sich oft, woher und wohin sich diese Menschenströme in der Stadt ergossen, selbst jetzt noch, an diesem doch recht kalten Spätmärzabend. Auch Albert warf einen Blick auf die Passanten, die sich schemenhaft wie schwarze Scherenschnittsilhouetten vor dem grauen Hintergrund bewegten. Nur ihre Gesichter sah man genauer unter den Laternen; sie hoben sich bleich von dem schon dunklen Himmel ab. Eine Dirne stand an der Ecke unter einer Laterne, in ihrem blassen Gesicht leuchtete ein roter Mund. Als sie über die Straße ging, sich dabei von der Laterne entfernte, verwandelte sich ihr rotes Lippenrund in eine schwarze Höhle. Aus einer Straße, die in den Gürtel mündete, kamen ihnen drei gut gekleidete Männer entgegen, einen von ihnen kannte von Wiesinger aus dem Ministerium. Wenig später musste von Wiesinger kräftig auf die Bremse treten, weil ein unvorsichtiger oder in Gedanken versunkener Spaziergänger unerwartet die Straße überqueren wollte. »Herr von Wiesinger«, zupfte Albert ihn am Ärmel, als der Wagen in der Straßenmitte stehen blieb. »Das ist einer aus der Kommission, wissen Sie, von *Kinderwünsche*.«

»Ich habe auch schon einen Bekannten gesehen«, erwiderte von Wiesinger.

»Meine Mutter ist einmal mit mir in der Nacht mit dem Zug gefahren«, erzählte Albert. »Es war sehr dunkel, nur gelegentlich sah man ein Haus, wenn die Fenster erleuchtet waren. Sie hat sich immer gefragt, was für Schicksale sich hinter all diesen Hausfassaden verbargen. Daran erinnere ich mich noch ganz genau.«

Von Wiesinger war überrascht, dass der Junge einem ähnlichen Gedanken nachhing wie er selbst vor wenigen Augenblicken. Doch er ging nicht darauf ein, sondern entspannte die für Albert vermutlich mit traurigen Assoziationen verbundene Situation, indem er fragte: »Und was sich wohl hinter dieser Fassade verbirgt?« Von Wiesinger zeigte auf die Vorderfront des Waisenhauses am Spittelberg, das sie erreicht hatten. Aus einem Fenster neben dem Eingang drang schwaches Licht. Sonst war der große mit Gras bewachsene Hof, auf dem große Büsche schwarze Flecken bildeten, sehr dunkel. Den gepflasterten Weg, der durch die Büsche und den Rasen direkt auf die Vordertür zuführte, konnte man im Finstern kaum ausmachen. »Das kann ich Ihnen erzählen«, lachte Albert auf. »Das habe ich ja ganz vergessen zu erzählen. Wir, also die größeren Knaben, halten heute Nacht Wache. Abwechselnd. Jeder zwei Stunden. Am Hauseingang.«

»Das stimmt«, bestätigte die Schwester von ihrem Rücksitz her. »Sie haben der Oberschwester diesen Plan vorgetragen, damit kein Kind mehr geraubt wird. Sie war einverstanden, dass die Knaben dort stehen. Im kleinen Zimmer rechts vom Eingang schläft die Oberschwester, um die Knaben im Falle einer Gefahr zu unterstützen.«

Von Wiesinger sah im Rückspiegel, wie die sympathische junge Frau leicht lächelte. Er verstand, dass die so bestimmt wirkende Oberschwester den Knaben die Gelegenheit zu einer aufregenden Nachtwache nicht verwehren wollte; wo sonst bot sich ihnen schon die Gelegenheit, sich stark und mutig zu fühlen? Er stieg aus und öffnete die hintere Tür, um die Schwester mit dem Säugling aussteigen zu lassen. Wirklich, dort am Hauseingang sah er, beleuchtet von dem aus dem kleinen rechten Zimmer sich ergießenden Licht, die mittelgroße Gestalt eines circa zwölfjährigen Knaben, der sich angesichts des vor dem Hofeingang anhaltenden Wagens hoch aufrichtete. Albert, der inzwischen auch ausgestiegen war, rief seinem Kameraden mit lauter Stimme zu: »Ich bin's nur«, worauf sich der nächtliche Wächter wieder entspannte und auf die Steinstufen setzte. Albert eilte zu ihm. Von Wiesinger nahm der jungen Schwester den Säugling ab, damit sie besser aussteigen konnte. Sie bedankte sich wortreich bei ihm, was er aber sogleich unterbrach: »Wenn sich jemand bedanken muss, dann ich. Sie haben meiner Frau mit Ihrem Besuch so geholfen, wie Sie es sich kaum vorstellen können. Ich möchte auch Ihrer Oberschwester noch einmal persönlich danken, dass Sie zugestimmt hat, dass Sie mit dem Baby zu uns kommen durften. Es gab ja viel anderes zu tun, wobei Sie gefehlt haben werden. Und auch, dass Albert mitkommen durfte.«

»Wissen Sie, hier mag einfach jeder Ihre Gattin. Es war selbstverständlich, dass wir ihr den kleinen Josef zeigen wollten. Ich glaube nämlich, dass sie ihn sehr gern hat.«

Inzwischen hatten sie den Hof betreten. Von Wiesinger hielt das Kind immer noch auf seinem linken Arm, als erneut Babygeschrei ertönte. Er blickte auf das Gesicht des wie ein kleines Paket gewickelten Kindes: »Dich Schreihals also mag meine Frau?«, sagte er hinunter und erblickte das weiterhin fest schlafende Gesicht Josefs. »Schreit er auch im Schlaf?«, fragte er vergnügt. Doch die junge Frau erstarrte. »Das ist nicht Josef, der da weint«, sagte sie. »Aber ein anderes Baby schreit ganz in unserer Nähe.« Sie näherte sich dem großen Busch rechts von der Hoftür. »Hier«, rief sie aus, »sehen Sie, Herr von Wiesinger. Das ist, wenn mich nicht alles täuscht, unsere vermisste kleine Elisabeth.« Und sie nahm das in eine warme Decke gewickelte Kind auf, das in einem kleinen, mit vielen Polstern ausgelegten Körbchen lag. Als sie es auf den Armen hielt, stellte es sein Weinen ein. »Das ist ein sehr stilles und zufriedenes Kind«, sagte sie. Von Wiesinger, der die Wange des kleinen Mädchens berührte, sagte: »Lang liegt sie da noch nicht.

Sie ist noch ganz warm, trotz der kalten Nachtluft.« Die beiden Knaben am Eingang sahen erstaunt, wie von Wiesinger und die junge Schwester sich mit zwei Säuglingen der Haustür näherten. »Ihr könnt schlafen gehen«, sagte von Wiesinger lächelnd. »Niemand fehlt. Und es hat wahrscheinlich auch nie jemand gefehlt, oder?« Er war überzeugt, dass irgendjemand im Heim sich einen sehr bösen Scherz erlaubt hatte.

In diesem Augenblick rannte die Oberschwester aus dem Haus. »Hier muss irgendwo das zweite Kind sein«, rief sie laut. Die junge Schwester hob ihr die kleine Elisabeth entgegen, und die Ältere nahm Elisabeth erleichtert auf den Arm.

»Ich habe eben einen merkwürdigen Anruf erhalten, eine gespenstische Stimme, sehr verstellt, hat nur verkündet, dass das fehlende Kind hier im Hof liege.« Sie musterte den Säugling noch einmal ganz genau: »Ihr scheint ja nichts zu fehlen.«

Nein«, sagte von Wiesinger. »Aber trotzdem – wir müssen herausfinden, was da passiert ist. Wenn es ein Kinderstreich war, ist das Ganze schlimm genug, aber letztlich lösbar. Wenn es jemandem aus der Schwestern- oder Freiwilligenfront zuzuschreiben ist, dann gibt es wirklich ein Problem. Ich werde Ihnen, wenn Sie möchten, jetzt sofort helfen, die Sache aufzuklären.«

»Das ist sehr freundlich, Herr von Wiesinger. Aber wirklich unnötig. Was da passiert ist, werde ich noch heute selbst herausfinden. Das können Sie mir glauben.« Sie richtete sich resolut auf, und von Wiesinger sah keinen Anlass, ihr nicht zu glauben.

Danach fuhr von Wiesinger bei seiner Tochter vorbei, um sie abzuholen, da er wollte, dass sie sich ein wenig um Ada kümmerte. Glücklicherweise war Mascha schon aus dem Krankenhaus zurück, sodass sie auf Karl aufpassen konnte, denn Anna war immer noch nicht wieder in die Florianigasse zurückgekehrt.

Zu Hause fanden Sophia und ihr Vater Ada im Wintergarten in ihrem Liegestuhl und setzten sich zu ihr. Ada sah immer noch ein wenig blass und verstört aus. Schon gestern war Sophia aufgefallen, dass Ada ohne ihre übliche Gelassenheit reagiert hatte, als sie das tote Kind im *Frauenrat* fanden. Als Ada Sophia erblickte, fragte sie sofort nach Karl.

»Karl ist zu Hause. Es geht ihm sehr gut. Mascha passt auf ihn auf und bringt ihn zu Bett«, antwortete Sophia, da sie bemerkte, dass Ada sich um ihn sorgte.

»Ich habe heute einen Säugling verloren«, sagte Ada dann unvermittelt und erzählte, was sie am Nachmittag im Waisenhaus erlebt hatte. »Und dann wurde er wiedergefunden. Aber es fehlte ein anderes Kind, ein kleines Mädchen. Aber das ist jetzt auch wieder da.«

»Das ist ja alles völlig verwirrend, was du da erzählst. Da ist es nicht erstaunlich, dass du dich jetzt so nervös fühlst«, sagte Sophia teilnehmend. »Du solltest dich einfach hinlegen und ganz lang schlafen. Und dann sagst du für ein paar Tage alle deine vielen Termine ab und erholst dich und lässt dich hier von Vater und der Köchin verwöhnen. Karl und ich kommen dich morgen früh besuchen.«

»Ja, und Albert kommt morgen Nachmittag nach der Schule zu einem Besuch vorbei. Dem hast du auch einen schönen Schrecken eingejagt«, fügte Felix von Wiesinger hinzu. Ada stand auf. »Ihr habt recht, ihr beiden. Ich gehe jetzt wirklich zu Bett.«

Sophia und ihr Vater diskutierten noch ein wenig darüber, ob die beiden, eigentlich die drei Vorfälle wirklich unabhängig voneinander gesehen werden könnten oder ob sie in einem ihnen nur noch nicht ersichtlichen Zusammenhang stünden. »Ob wohl eine Frau ein totes Kind zur Welt gebracht hat und in ihrer Verzweiflung ein anderes rauben wollte?«, fragte Sophia. Aber sie war doch der Ansicht, dass das Risiko relativ groß gewesen sein musste, wenngleich eine verzweifelte Frau ihre Schritte vielleicht keiner rationalen Überprüfung unterzöge.

»So groß ist das Risiko eigentlich nicht. Weißt du, die Beamten sind überlastet, es gilt, die minimale Verpflegung der Bevölkerung zu organisieren und ihren geordneten Ablauf zu schützen, und du kannst dir ausrechnen, wie viel Zeit da für die Suche nach einem geraubten Kind bleibt. Ja, wenn es ein Kind aus einem vornehmen Haus wäre, aber so? Aus dem Waisenhaus? Das heißt doch allemal, irgendwohin in ein besseres Leben.« Felix von Wiesinger erzählte Sophia von den vielen Waisenkindern in Wien, auch von denen aus den verlorenen südlichen und südöstlichen Gebieten der Habsburger Monarchie. »Man ist über jeden Menschen froh, der ein verwaistes Kind zu sich nimmt. Es besteht also keinerlei Notwendigkeit, deswegen eine Straftat zu begehen. Du kannst dir gar nicht vorstellen, unter welcher Not diese Kinder leiden. Größere Kinder sind im Übrigen sowieso kaum mehr vermittelbar. Die werden oft aufs Land gebracht, wo sie dann zusammen mit Frauen und Kriegsgefangenen die Felder bearbeiten, und zwar so wie im letzten Jahrhundert ohne Pferde, weil die ja fast alle von der Armee konfisziert sind. Und Mädchen werden ganz jung in Fabriken gesteckt, wenn ihnen nicht noch Schlimmeres angetan wird. Was ich wirklich meine, ist, dass es für jedes Kind direkt ein Glücksfall ist, wenn jemand es will. Aber warum dann eines geraubt und dann doch zurückgelassen wurde? Ein Rätsel. Vielleicht nur ein böser Spaß der anderen Kinder im Haus. Allerdings ein sehr makabrer. Aber ich glaube, Sopherl, du solltest jetzt nach Hause fahren und dich nicht mit so schweren Gedanken befassen, so wie du selbst es Ada empfohlen hast.«

Am nächsten Tag eilte Felix von Wiesinger noch vor Dienstantritt in das Gerichtsmedizinische Institut, wo sein früherer Kollege abweisend, aber philosophisch wie immer seinen Dienst verrichtete. Eigentlich sollte er längst seine Pension genießen, aber er gab seine Souterrainräume nicht auf, solang kein kompetenter Nachfolger in Sicht war. Und Ärzte wurden heutzutage überall mehr gebraucht als in der Gerichtsmedizin, in den überfüllten Krankenhäusern Wiens und in den Lazaretten, in denen die Verwundeten der östlichen und südlichen Front *zusammengeflickt* wurden, wie er das gern nannte. »Denn das ist keine ordnungsgemäße Medizin mehr«, schimpfte er. »Obwohl wahrscheinlich jeder sein Bestes gibt. Aber die Kollegen werden mit Schrecknissen konfrontiert, auf die ihre Lehrbücher sie nicht vorbereitet haben, und vor unermessliche Probleme gestellt, die sie jetzt irgendwie lösen müssen. Schwerpunkt liegt auf dem *Irgendwie*. Aber Sie wissen das ja selbst, Herr Hofrat. Und über das Ausmaß des Schreckens wissen Sie bestimmt viel besser Bescheid als ich armseliger Pathologe. Stellen Sie sich vor, man hat mir sogar angeboten, die Leitung eines Lazaretts zu übernehmen. *Verantwortungsvolle Position*, damit wollte man mich ködern. Aber ich habe gesagt, mir seien meine wirklichen Toten hier im Keller lieber als ihre Halbtoten und Fasttoten und die Bessertoten an den Kriegsfronten.«

Von Wiesinger lenkte das Gespräch unauffällig auf das tote Kind, das dem alten Arzt vor zwei Tagen gebracht worden war.

»Sie waren dafür verantwortlich? Jetzt verstehe ich das. Ich habe mich nämlich noch gefragt, was für ein hochgestelltes Wesen das arme Hascherl wohl sein muss, dass man sich die Mühe macht, es zu mir zu bringen. Dabei hat es sich doch wirklich nur einfach still und leise und von selbst aus dieser Welt gestohlen. Und wer will es ihm verdenken? So mancher würd's ihm gern nachmachen.«

»Gestohlen«, murmelte von Wiesinger.

»Jemand hat das tote Kind gestohlen?«, fragte der alte Polizeiarzt verwirrt. »Und dann zu Ihnen gebracht?«

»Nein, nein«, antwortete von Wiesinger. »Das Wort hat mich nur an etwas anderes erinnert. Der Säugling wurde in einer Wohlfahrtsorganisation abgelegt.«

»Etwas zu spät für Wohlfahrt, würde ich sagen.«

»Aber vielleicht nicht für ein Begräbnis außerhalb des Armengrabes.«

»Armengrab?«, fragte der Arzt zurück. »Davon würde ich nicht ausgehen. Hat sich niemand die Decken angesehen, in die das Hascherl gewickelt war? Zartestes, handgewobenes weißes Leinen.«

Von Wiesinger vermochte sich keine Gewissheit darüber zu verschaffen, ob er eher erleichtert oder verunsichert war über die Auskünfte des alten Polizeiarztes, dem er unbedingt zu vertrauen gelernt hatte. Er überlegte sich, in einem der wenigen Kaffeehäuser, in denen es noch so etwas Ähnliches wie den Vorkriegskaffee gab, Zeitungen zu lesen und erst danach zum Dienst zu gehen. Wie die Frauen seiner Familie spürte auch er erste Anzeichen des herannahenden Frühlings und meinte, als er durch eine kleine Grünanlage ging, einen Duft von Veilchen wahrzunehmen, obwohl er dort eigentlich nie welche gesehen hatte. Vielleicht hatte aber auch eine der vorbeigehenden Damen einen Tropfen zu viel aus einem alten Vorkriegs-Veilchenparfum erwischt. Er wunderte sich, wie viele Frauen unterwegs waren. Nein, berichtigte er sich selbst, darüber könne er sich nicht wundern, das war lediglich die Gewohnheit alter Wahrnehmungsmuster, die sich gegen neue Wirklichkeitssegmente sperrten. Die hübschen und leichtsinnigen Leutnants waren schon längst aus der Innenstadt verschwunden, ebenso wie die müßiggängerischen Flaneurs, die sonst durch die Stadt spazierten, begierig, keine schöne Frau zu übersehen, jedes Kaffeehaus zu betreten und nach Freunden zu suchen, und genauso die eleganten Damen, die unbeschwert und miteinander fröhlich plaudernd ihre neuen Frühjahrsmäntel und -hüte spazieren führten. Fast schien es ihm, als hätten andere Menschen die Stadt innerhalb des Rings erobert, eine nichtwienerische Schar grauer, gebückter, armer und leiser Menschen, in dunklen, meist schwarzen Mänteln, dazwischen Invaliden und, ja, auch kleinere Menschengruppen, die dieses Grau durchbrachen: Menschen, die ihren Reichtum protzend zur Schau stellten, die Hüte der Frauen ein wenig zu bunt, ein wenig zu groß, die Röcke ein wenig zu kurz, die Schmuckstücke um etliches zu glänzend und prunkend. Von Wiesinger verabscheute diese in den letzten beiden Jahren reich gewordenen Menschen, die am Krieg unverhältnismäßig viel verdienten.

Unwillkürlich war er stadtauswärts gegangen und bemerkte, dass er sich in der Berggasse befand, fast vor dem Haus seines guten Bekannten, des Professors Sigmund Freud. Befreundet waren sie nicht, aber wann immer sie aufeinandertrafen, kam es zu einem guten Gespräch zwischen dem weltbekannten Wissenschaftler und von Wiesinger.

»Na, da will ich offenbar hin. Da bin ich schon so gut geschult, dass ich das schon ohne den Professor durchschauen kann«, schmunzelte von Wiesinger. Dann klingelte er und hoffte, dass der viel beschäftigte Arzt einige Minuten für ihn erübrigen konnte. Freud schien sich zu freuen, als er ihn sah.

»Wir haben schon lang nicht mehr Tarock miteinander gespielt, mein Lieber«, sagte er freundlich. »Der Krieg scheint allen unseren lieben Gewohnheiten und kleinen Freuden den Kampf angesagt zu haben. Oder hat man ein schlechtes Gewissen, wenn man einfach nur der Lust an seinen Leidenschaften nachgibt?«

Von Wiesinger freute sich, den Professor aufgesucht zu haben. »Ja, ich denke, darunter leiden alle zurzeit.«

»Die Guten, nur die Guten.«

»Ja, meine Frau zum Beispiel. Sie reibt sich auf, weil sie darunter leidet, wie gut es uns im Gegensatz zu anderen geht. Sie will sich, glaube ich, an gar nichts mehr freuen, weil sie überzeugt ist, es sei nicht gerecht, dass sie sich freuen darf und andere nicht.«

»Sind Sie deswegen vorbeigekommen, Herr von Wiesinger?«

»Nein, eigentlich ... eigentlich wie immer, wenn ich richtig besorgt bin, wegen meiner Tochter.«

»Ach ja, die Töchter ... um die ist man doch immer besorgt, oder?«

Von Wiesinger wusste, dass Freuds jüngste Tochter Anna ungefähr gleich alt war wie seine Sophia. »Seit einem Jahr besucht Anna jetzt meine Vorlesungen an der Universität. Sie scheint auch als Lehrerin sehr erfolgreich zu sein. Sollte sie aber nicht eigentlich lieber eine glückliche Frau sein?« Von Wiesinger wusste, dass der fortschrittliche Freud für seine drei Töchter konventionelle Lebenswege bevorzugte. Er hatte oft über die Ursachen dieser Vorliebe des Vaters nachgedacht, die so gar nicht den Neigungen des Forschers und Wissenschaftlers zu entsprechen schienen. ›Annakind‹, so nannte Freud seine jüngste Tochter oft. Er erinnerte sich, wie besorgt Freud um sie war, als sie nach der Matura erkrankte und zur Genesung nach Meran geschickt wurde. Auch als sie in London weilte, schien er nicht ganz ruhig. Zu Beginn des Kriegs hatte er sie aus dem *feindlichen* Ausland zurückholen lassen, und seitdem schien er gelassener. »Aber jetzt erzähl' ich Ihnen über mein Kind, und Sie wollten doch über Ihre Tochter sprechen.«

»Ja, ich bin in Sorge. Wie viel Kummer kann eine junge Frau ertragen? Sie hat als Kind ihre Mutter verloren, als junges Mädchen ihre Jugendliebe, als junge Frau ihren Ehemann ... – Wissen Sie, sie hat vorgestern ein totes Kind im Arm gehabt ...« Und von Wiesinger erzählte von dem Vorfall.

Freud stellte einige Zwischenfragen und sagte dann: »Aber sie hat doch offensichtlich sehr umsichtig und professionell gehandelt, gar nicht ... bedroht.«

»Vielleicht … zu … umsichtig? Unterdrückt sie da ihre Ängste?«

»Ach, lieber Herr Hofrat, Sie sollten sich nicht so von der Lektüre meiner Schriften verunsichern lassen. Trauen Sie doch Ihrer Tochter. Wissen Sie, ich hab' sie gestern erst zufällig getroffen, als ich in die Universität gegangen bin. Und da wirkte sie völlig vernünftig und sogar fast heiter.«

»Wo war sie da?«

»Ihre Tochter? Aber das werde ich Ihnen doch nicht verraten. Sie wird es Ihnen bald selbst erzählen. Sie ist eine erwachsene junge Frau. Wenn ich da an das Annakind denke …«

Von Wiesinger fühlte sich seltsamerweise trotz Freuds tröstlichen Äußerungen nicht beruhigt. Er verfiel in ein kurzes Schweigen, um über diese seltsame Auskunft nachzudenken. Freud entzündete sich eine Zigarre und blickte ihn dann direkt an. Seine Brillengläser funkelten.

Wie aus dem tiefsten Unterbewusstsein zitierte von Wiesinger dann zwei Sätze: »Ich habe heute einen toten Knaben im Arm gehalten …« Und dann, kaum vernehmbar: »Ich habe ein Baby verloren.«

»Wer hat das gesagt? Doch nicht Ihre Tochter?«, fragte Freud leicht beunruhigt.

»Nein, nicht meine Tochter. Meine Frau. Sie war dabei, als meine Tochter den toten Säugling gefunden hat. Und am nächsten Tag ist im Waisenhaus, in dem sie arbeitet, ein Säugling verschwunden.«

»Aber so, wie sie das ausdrückt … Sie will Ihnen irgendetwas sagen. Sprechen Sie mit ihr. Vielleicht sollte ich Ihnen auch jemanden empfehlen, der mit Ihrer Frau Gemahlin eine Analyse durchführt? Ich selbst nehme ja derzeit kaum mehr Patienten an. Wie alt ist Ihre Gattin eigentlich?«

»Sie wird in diesem Herbst 40 Jahre alt. Und eine Analyse? Nein, das wird nicht nötig sein. Ada ist nicht so … Ich habe mir nur sehr wenig Zeit für sie genommen, fürchte ich.«

»Und eigentlich sind Sie ja auch nicht wegen Ihrer Frau bei mir hereingeschneit, nicht wahr? Sondern wegen Ihrer Tochter …«

In einem der vielen Kaffeehäuser der Inneren Stadt dachte von Wiesinger über das kurze Gespräch nach. Er war in das nächstbeste gegangen, nicht, wie es ihm kurz durch den Kopf gegangen war, ins Café Landtmann, wo er vielleicht doch auf einen Bekannten gestoßen wäre. Und er wollte ein wenig allein sein, nachdenken. Eigentlich hatte Freud mit wenigen Bemerkungen ein Problem offenbart, das er selbst nicht erkannt oder vielleicht auch nur verdrängt hatte. Hatte Freud recht mit seiner Andeutung, dass in seinem Gefühlsleben Sophia immer noch die erste Rolle spielte? Vor seiner Frau? Und hing alles vielleicht wirklich mit Adas bevorstehendem Geburtstag zusammen, mit dem, was man umgangssprachlich verschämt auch den *Wechsel* nannte? Männer hatten davon, wie von so vielen Vorgängen im weiblichen Körper, meist nur vage Vorstellungen. Mit *Wechsel* verband von Wiesinger vor allem unerklärliche und belastende Stimmungsschwankungen; eine alte Tante, die Schwester seines Vaters, hatte mit dem Wort *Wechsel* jahrzehntelang ihr tyrannisches Verhalten ihrer Familie gegenüber entschuldigt, sodass das Wort immer mit einem Lächeln aufgenommen wurde und in seiner Familie eine ironische und eigentlich unangebrachte Nebenbedeutung gewonnnen hatte. »Bist du im Wechsel?«, konnte beispielsweise seine Mutter seinen Vater gelegentlich fragen, wenn er hartnäckig darauf bestand, dass sie ihn zu einer langweiligen Abendgesellschaft begleitete. Und dieser mochte zu seinem Sohn, um ihn beim Spielen etwas zu dämpfen, sagen: »Sei ein wenig leise, du weißt doch, die Mama ist im Wechsel.« Ähnlich hatte er selbst auch zu Sophie gesprochen, sodass diese wie er als Kind bestimmt dachte, *Wechsel* bedeute so etwas wie gereizte Stimmung. Dieses Spiel mit dem Wort hatte ihn vielleicht auch davon abgehalten, darüber nachzudenken, was das Wort eigentlich bezeichnete und dass Ada ja wirklich unter unangenehmen Umstellungsprozessen leiden könnte. Er schloss auch nicht ganz aus, dass seine heitere Ada in den drei Jahren ihrer Ehe ganz still die heimliche Hoffnung gehegt hatte, noch eine, wenn auch sehr späte, Mutter zu werden, obwohl sie immer sehr glücklich damit zu sein schien, eine wunderschöne und kluge Tochter mitgeheiratet und einen Enkel bekommen zu haben. Doch hatte er diesem Gedanken in sich nie Raum gegeben; war für ihn als Witwer die Eheschließung doch eine Entscheidung für das Zusammenleben mit einer klugen und vernünftigen Gefährtin, mit der er offen und ehrlich seine Gedanken und Gefühle austauschen konnte und mit der er leidenschaftlich gern das Bett teilte. Ein Hauch Vernunft war dabei gewesen, als er damals seinen vielen Freundinnen und Liebhaberinnen den Abschied gab, mit denen er den frühen Tod seiner ersten Frau eher zu verdrängen als zu verarbeiten versuchte. Außerdem war von Wiesinger ein Mann, der privat nicht zu Askese, Schwermut und negativer Lebensstimmung neigte; in seinen politischen Wahrnehmungen war er da deprimierter, skeptischer und hoffnungsloser. Die letzten beiden Jahre hatten diesen Zug in ihm intensiviert.

Er nahm einen Schluck der Melange, die eigentlich nur durch das altmodische Ambiente des Kaffeehauses den Anschein einer Wiener Kaffeespezialität behaupten konnte. Da waren dieselben zarten Porzellantassen wie ehedem, an den Zeitungsständern hingen die Gazetten wie früher, nur dass das Papier dünner, holzhaltiger und grauer geworden war, was aber von Weitem nicht zu sehen war, da waren die runden Tische, an denen Menschen saßen und sich vom Alltag und der Arbeit etwas erholen wollten. Aber es war stiller als früher, wo neben dem Zeitungsrascheln immer auch lebhafte Gesprächsfetzen durch den Raum klangen, eine ständige Geräuschkulisse fröhlich plaudernder und oft auch ergrimmt diskutierender Stimmen herrschte. Nur aus einer Ecke vernahm er heute eine lebhafte und erregte Diskussion. Als er sich unauffällig umwandte, sah er drei wohlbeleibte Männer an ihren dicken Zigarren ziehen und genüsslich den Rauch ausstoßen, in nagelneuen Anzügen und mit glänzenden, etwas zu protzigen Goldketten für ihre Taschenuhren. Sie betrachteten Fotografien oder kleine Bilder, das konnte von Wiesinger aus der Entfernung nicht ausmachen, da sie sie unter dem Tisch hielten und ihre lüsternen Augen geradezu hineinzubohren schienen. Neben ihnen saß eine junge Frau mit Haaren, deren Rot zu intensiv war, als dass es echt sein konnte, in einem grellgrünen Seidenensemble, das ihre fortgeschrittene Schwangerschaft kaum kaschierte. Der eine Mann dozierte etwas zu laut und sagte Beifall heischend zu den andern: »Gibt es irgendwas, was sich im Krieg nicht zu Geld machen lässt? Irgendetwas?« Von Wiesinger überlegte im Stillen mit. Was lässt sich nicht zu Geld machen? Liebe? Freundschaft? Kunst? Wahrheit? Er erschrak vor der Hohlheit der großen Worte in seinem

Kopf, und die Frau lachte unvermittelt laut auf, als hätte sie in seinen Kopf gesehen. Nur ihre Antwort passte nicht zu seinen Gedanken: »Nichts. Nicht einmal Kinder«. Sie wies dabei triumphierend auf ihren Bauch und grinste hinunter auf die Bilder, die die Herren unter dem Tisch kreisen ließen. Von Wiesinger wandte sich etwas indigniert ab. Außerdem wurde ihm bewusst, wie schnell er schon wieder dabei war, seine Gedanken von Ada ablenken zu lassen.

Unzufrieden mit sich selbst zahlte er. Der höfliche jüngere Ober, der sonst seine Gäste immer freundlich nach ihrem Befinden fragte und ihnen einen schönen Tag wünschte, war schon seit Längerem nicht mehr hier. »Im Krieg wahrscheinlich«, dachte von Wiesinger. »Und vielleicht schon nicht mehr am Leben.« Jetzt bediente hier ein alter Mann, der den Beruf sichtlich nie erlernt hatte. Er hielt die Untertasse zwischen dem Daumen und dem Zeigefinger der linken Hand und die Kaffeeschale fasste er mit dem Daumen und dem Mittelfinger der rechten Hand am Henkel, wenn er das Gedeck aus der Küche brachte. »Was bin ich doch für ein Snob«, dachte von Wiesinger schlechten Gewissens.

Für den Abend besorgte er Opernkarten, um Ada auf andere Gedanken zu bringen. Deswegen ließ er auch vieles unerledigt auf seinem Schreibtisch liegen und ging früh nach Hause. Auf dem Nachhauseweg machte er noch einen nicht unbeträchtlichen Umweg über den 2. Bezirk, weil er kurz mit Pospischil sprechen wollte, um diese leidige Angelegenheit mit dem toten Säugling, die gerichtsmedizinisch keinerlei Verdachtsmomente ergeben hatte, auch kriminalistisch abschließen zu können und Sophia und Ada, selbstverständlich auch Mascha, beruhigen zu können.

Er ging ein paar Schritte über den Karmelitermarkt und betrachtete das dürftige Marktangebot. Vom Marktrand her nahm er einen kräftigen Duft nach Knoblauch wahr, der den Geruch nach leicht ranzigem Fett in den Hintergrund treten ließ. Langos*, dachte er und kaufte sofort einen kleinen runden Fladen, der leider aus viel Maismehl und wenig Weizenmehl bestand. Geschmacklich konnte das ranzige Fett dann doch nicht so von dem Knoblauchwasser, mit dem der Fladen nach dem Ausbacken bestrichen wurde, übertönt werden, wie es der Geruch versprochen hatte. Dennoch aß er den Langos, der ihn an frühere Praterbesuche erinnerte, rasch auf, bevor er die Wache am Karmelitermarkt betrat. Er hoffte, dass Pospischil noch anwesend war.

Er fand die Amtsstube übervoll. Zwischen vielen Männern in Polizeiuniform und einigen wenigen in Zivilkleidung stand mit einem breiten Grinsen der alte Pospischil. Er erblickte von Wiesinger und strahlte noch breiter: »Dass Sie mir auch die Ehre erweisen, das hätte ich nicht gedacht.« Die meisten Männer hielten ein Weinglas in der Hand, und auch von Wiesinger wurde eines in die Hand gedrückt. Ein ihm vom Sehen bekannter Beamter klopfte an sein Glas und hielt eine glühende Lobrede auf Pospischil, der heute offensichtlich in den Ruhestand versetzt wurde. Danach prosteten die Versammelten Pospischil zu, und auch von Wiesinger nahm einen Schluck aus seinem Glas. Die warme essigsaure Flüssigkeit neutralisierte wenigstens etwas den starken Knoblauchgeschmack auf seiner Zunge. Von Wiesinger war es peinlich, unwissentlich mitten in eine Abschiedsfeier geraten zu sein, zumal er selbst bis vor zwei Jahren einer

* ungarische Spezialität, in schwimmendem Fett gebackene dünne Fladen

der bekanntesten und geachtetsten Beamten Wiens gewesen war, obwohl er meist nur im Hintergrund gewirkt und mit der alltäglichen Polizeiarbeit wenig zu tun hatte. Dennoch fühlte er, dass von ihm als dem Ranghöchsten und auch Bekanntesten der Anwesenden ein paar Sätze erwartet wurden, und er wollte den Stolz Pospischils nicht dadurch mindern, dass er jetzt auf den eigentlichen Anlass seines Erscheinens zu sprechen kam. »Sehr geehrter, lieber Herr Pospischil, so will ich Sie jetzt schon ganz als Privatperson ansprechen, ich möchte Ihnen für die langen Jahre Ihrer Arbeit hier im 2. Bezirk danken. Obwohl Ihre gesamte Dienstzeit sich hier, in Ihrem Bezirk, abgespielt hat, sind Sie in ganz Wien bekannt geworden, da nur wenige so wie Sie das verkörpern, was sich der Staat und die Bevölkerung von den Angehörigen der Gendarmerie erwarten: Unbestechlichkeit, Zuverlässigkeit, Gerechtigkeitsstreben, Menschlichkeit, Pflichtgefühl.« Er führte in seiner aufrichtigen Lobrede noch einige Beispiele für die Eigenschaften an, die er Pospischil zuschrieb, bevor auch er unter großem Beifall der Anwesenden und unter sichtbarer Rührung Pospischils die Gäste erneut anstoßen hieß. Dann wandte er sich noch rasch an Pospischil, der ihm für seine Worte mit festem Händedruck dankte, entschuldigte sich, dass er unter großem Zeitdruck stehe und leider wieder aufbrechen müsse, und verabschiedete sich. Doch Pospischil folgte ihm kurz hinaus auf den Karmelitermarkt, um ihm mitzuteilen, dass nach seinen Ermittlungen das tote Kind, das von Wiesinger ja sicherlich interessiere, von einer Frau in den *Frauenrat* gebracht worden sein musste, da kein einziger Mann anwesend gewesen sei. Es habe aber niemand eine fremde junge Frau mit einem Säugling kommen sehen. Allerdings habe zum Zeitpunkt des Leichenfunds ein reges Kommen und Gehen geherrscht. In dem Gewirr, das bei der Öffnung immer herrsche, müsse sich eine junge Frau eingeschlichen haben, das Kind abgelegt haben und dann unverzüglich wieder gegangen sein. Früher könne das Kind nicht gebracht worden sein, da an dem Schloss keinerlei Spuren einer gewaltsamen Öffnung aufzufinden gewesen seien. Deswegen bleibe ihm die Sache rätselhaft, aber es könne sich, wie er und wohl auch von Wiesinger von Anfang an vermuteten, wirklich nur um eine verzweifelte junge Frau gehandelt haben, die ihr Kind tot geboren und dann irgendwohin gebracht hatte, wo sie auf einen würdigen Umgang mit dem kleinen Leichnam hoffte. Von Wiesinger bedankte sich bei Pospischil, der ihn seinerseits erneut seiner Ergebenheit versicherte, und rief ihm noch nach: »Keine Sorge, Euer Gnaden, auf das Fräulein Doktor und das gnädige Fräulein Tochter werde ich weiterhin ein Auge haben. Auch als Pensionist und ohne Uniform. Den beiden wird hier in meinem Bezirk nichts passieren.«

Ada freute sich sehr auf den Opernbesuch, vor allem auch darüber, endlich wieder einmal allein etwas mit ihrem Mann zu unternehmen und dabei vielleicht die aufregenden Erlebnisse der letzten Tage vergessen zu können. Ada, eine sehr modebewusste und stilsichere Frau mit einem Hang zur unkonventionellen Kleidung, suchte in ihrem Kleiderschrank nach einem passenden Kleid, wobei sie die Prachtroben früherer Zeiten entschlossen beiseiteschob und ein schlichtes grünes Seidenkleid im Empirestil mit einer auffallenden roten Stickereiborte um den viereckigen Ausschnitt wählte. Ada bevorzugte seit Langem dezente Schnitte, und sie hatte in den letzten Jahren vor dem Krieg viele Stoffe in der Wiener Werkstätte gekauft, aus denen sie im Lauf der Zeit Kleider nach eigenen Entwürfen hatte schneidern lassen. Erst vom dritten Kriegsjahr an hatte sie sich dieses Vergnügen nicht mehr gegönnt; wie bei so vielem anderen war sie nicht in der Lage, ihr Leben so unverändert weiterzuführen, wie es ihr Stand und vor allem der Reichtum ihres Mannes ihr erlaubt hätte. Auch das grüne Kleid stammte noch aus dem Jahr 1915, und sie hatte es bislang noch nicht getragen. Als sie in diesem Kleid und mit sorgfältig hochgestecktem Haar das Speisezimmer betrat, sah sie, wie ihr bereits am Tisch sitzender Mann glücklich zu ihr aufschaute: »Das ist ja ein aufsehenerregendes Kleid, Ada.«

Sie freute sich über das Kompliment und klingelte nach Jean. Fast gleichzeitig hörten sie die störende Klingel an der Haustür. Wenig später betrat Jean das Speisezimmer: »Entschuldigung, gnädiger Herr. Aber draußen ist ein junger Herr. Er behauptet, es sei sehr wichtig. Er sagt, er sei der Sohn von Frau Christine.«

Ada musste kurz überlegen. Frau Christine? Ein besonderes Merkmal des Dieners ihres Mannes waren sein Gedächtnis, seine Menschenkenntnis im allgemeinen und im besonderen die Kenntnis seines Herrn. Ada kannte die hervorstechendste Eigenschaft ihres Mannes, seine grenzenlose Großzügigkeit und Hilfsbereitschaft. Diese wurzelte in seinem Charakter und wurde von seinen politischen Überzeugungen noch gestützt. Deswegen hatte er in allen Schichten der Stadt seine ›Frau Christines‹, Frauen und Männer, die sich ihm verbunden fühlten und die sich in Notsituationen immer an ihn wandten. Und Jean kannte sie alle und merkte sie sich alle, die lange Schlange der Besucherinnen und Besucher dieses Hauses. So kannte er auch diese Frau Christine offenbar gut genug, um zu entscheiden, dass ihretwegen das Nachtmahl vor dem Opernbesuch gestört werden durfte. Ada durchforstete ihr Gedächtnis, als es ihr auf einmal einfiel: Christine war ein Kontakt ihres Mannes, der lang vor der Zeit ihrer Bekanntschaft entstanden war. Sie war einst, wenn auch nur kurze Zeit, die Gouvernante von Felix' erster Frau gewesen. Christine war damals nur knapp zehn Jahre älter als das ihr anvertraute junge Mädchen, und Sophias Mutter schloss sich ihrer Gouvernante eng an, nahm großen Anteil an deren Interessen und war untröstlich, als diese sich zwei Jahre später mit einem in der Familie zu Besuch weilenden wesentlich älteren Mann verlobte. Dieser Mann gehörte dem englischen Landadel an, und Sophias Mutter, die sich ihre kunst-, musik- und literaturbegeisterte Gouvernante nicht auf einem einsamen englischen Landsitz vorstellen konnte, wollte sie um jeden Preis bei sich behalten. Doch Christine entschloss sich für eine schnelle Heirat, und ihr ehemaliger Schützling, der seine Gouvernante in den nächsten Sommerferien besuchte, berichtete später zu Hause, dass zwischen Christine und ihrem Mann eine enge und zärtliche Beziehung bestand und dass Christine sich entgegen ihren Befürchtungen gut in ihre neue Rolle eingefügt hatte und offensichtlich sehr glücklich war. Sie entfaltete Aktivitäten in der Gemeinde und unterstützte ihren Mann, indem sie ihm die Büroarbeit und die Buchhaltung abnahm. Ihren Kunstsinn entwickelte sie im Entwerfen und Ausführen immer kunstvollerer Stickereiarbeiten weiter. Der Kontakt zwischen Sophias Mutter und ihrer Gouvernante brach nie vollständig ab. Zur Hochzeit ihres ehemaligen Schützlings reiste Christine ebenso an wie zu Sophias Taufe. Nach dem frühen Tod seiner ersten Frau hielt Felix von Wiesinger die Verbindung durch Geburtstags- und Weihnachtsbriefe aufrecht, wie vordem seine Frau. Dann, vor ungefähr drei oder vier Jahren, verstarb Christines Mann, und diese beschloss, ihr restliches Leben daheim in Wien zu verbringen. Ihr Sohn blieb in England, ihre wesentlich jüngere Tochter nahm sie mit sich. Viel Geld warf der englische Landsitz nicht ab, das alte Gemäuer fraß selbst in den Jahren guter Ernte einen hohen Teil der Einkünfte wieder auf. Doch sie war von ihrem Mann gut versorgt worden. Trotzdem beschloss die Frau, die untätiges Herumsitzen nicht gewohnt war, wieder zu arbeiten. Felix von Wiesinger verschaffte ihr eine Stellung im Außenministerium, wo ihre perfekte Beherrschung der englischen und der französischen Sprache sie bald unentbehrlich machte. Nach dem Ausbruch des Krieges kündigte sie ihre gute Position, weil sie weder direkt noch indirekt durch ihre Übersetzungen in den Konflikt zwischen ihrem eigenen Vaterland und dem ihres Sohnes geraten wollte. In dieser Situation kam sie erneut zu Felix von Wiesinger, der ihr empfahl, sich karitativ zu betätigen und ihr die Adressen einiger Wohlfahrtsorganisationen gab, bei denen sie sich um eine Anstellung im Sekretariat bewerben konnte. Sie war dann auch irgendwo untergekommen, wo genau, daran konnte sich Ada nicht mehr erinnern. Aber Felix würde es wissen, dachte sie. Ein- oder zweimal im Jahr sahen sie Christine bei sich zu Hause oder besuchten sie in ihrer kleinen Wohnung im 8. Bezirk. Bei einer dieser Gelegenheiten konnte Ada auch Christines Stickereien bewundern und bat sie, ihr eine Stickereiborte und einen Stickereigürtel für eines ihrer neuen geplanten Kleider anzufertigen, was diese auch gern tat. Doch zu einem engeren Kontakt kam es trotz des gemeinsamen Interesses der beiden Frauen in diesen Jahren nicht, obwohl Christine gelegentlich eine weitere Borte für Ada anfertigte, so auch die, die ihr heutiges Kleid schmückte. Insgesamt gehörte Christine nur zur Peripherie des riesigen Bekanntenkreises ihres Mannes, doch, wie es seine Art war, konnte sie jederzeit wieder in das Zentrum seiner Aufmerksamkeit geraten, falls sie seiner Hilfe erneut bedürfen würde.

Und dies könnte jetzt der Fall sein.

Denn Ada konnte sich sonst nicht erklären, warum der Sohn Christines sich im März des Kriegsjahres 1917 auf den gefährlichen Weg von England nach Wien gemacht haben könnte und warum er ihrem Mann unangemeldet seine Aufwartung machte.

Der Mann, den Jean hereinführte, sah erschöpft und müde aus, trotzdem wirkte er sehr anziehend. Wegen seines angestrengten Gesichtsausdrucks fiel es Ada auch schwer, sein Alter zu schätzen. Er war sicherlich über 30 Jahre alt, aber auch noch um einiges unter 40. Er trug keinen Bart, aber seine hellen Haare waren ein wenig zu lang, so, als schenke er seiner Erscheinung nicht das allergrößte Interesse. Auf seiner Nase saß eine etwas zu lockere Brille, die er nach seiner höflichen Verbeugung mit dem Mittelfinger seiner linken Hand wieder nach oben schob. Er lächelte Ada und von Wiesinger freundlich an und stellte sich vor: »Es tut mir leid, Sie zu dieser Stunde zu inkommodieren«, sagte er. »Das ist gewiss sehr ungehörig.« Ada gefiel der Klang seiner Stimme, er formulierte sein schönes Wiener Deutsch sorgfältig und eine Spur langsamer als üblich.

Sie bemerkte, dass Jean, wie immer die Gedanken und Wünsche ihres Mannes vorwegnehmend, inzwischen unbemerkt weggegangen war und mit einem dritten Gedeck wieder eintrat.

»Nehmen Sie bitte Platz und essen Sie mit uns«, forderte sie den Gast höflich auf.

Er setzte sich sofort auf den Stuhl, den Ada ihm mit einer Geste anwies, sagte aber: »Das ist sehr freundlich. Aber ich habe keinen Hunger, danke. Ich bin voller Sorgen.«

»Dann erzählen Sie einmal, was Sie hierher geführt hat«, forderte von Wiesinger ihn auf.

»Der Krieg«, sagte der Mann, »es ist der Krieg. Die Post funktioniert schlecht, alles wird zensiert. Meine Mutter und ich schreiben uns nur noch selten und wenn, dann erzähle ich von meinen Feldern und sie von ihren Spitzen, also nicht gerade die Themen, die den anderen interessieren. Deswegen sehen wir uns seit Kriegsausbruch regelmäßig in der Schweiz, wo wir zweimal im Jahr gemeinsam eine Woche oder zwei verbringen. Nach der Ernte im Herbst und vor der Aussaat im Frühling. Manchmal gehen wir Ski fahren, aber meistens genießen wir das friedliche Leben in einer der Schweizer Städte. Und nun waren wir vor drei Tagen in Zürich verabredet. Aber sie kam nicht. Ich habe zwei Tage vergeblich gewartet und dann bin ich nach Wien gefahren.«

»War das nicht sehr schwierig? Mit Ihrem englischen Pass?«, erkundigte sich von Wiesinger.

»Ja, wie soll ich sagen? Meine Mutter hat mir im Herbst erzählt, dass ich, wenn es einmal Probleme geben sollte, Ihnen unbedingt trauen kann. Also tue ich das einfach einmal.« Er blickte Ada an und sagte offen: »Von Ihnen hat sie mir auch erzählt.«

»Bin ich auch vertrauenswürdig?«, fragte Ada fast ein wenig, wie von Wiesinger fand, kokett.

»Das kann ich nur hoffen. Von Ihnen hat sie gesagt, dass Sie ein selten ausgesuchtes Gefühl für Mode haben. Und das stimmt ja«, sagte er höflich. »Also wird das mit dem Vertrauen auch seine Richtigkeit haben.« Er wurde ernster: »Die Sache ist die: Mein Vater, ein sehr misstrauischer aber auch vorausdenkender Mann, hat, als er das letzte Mal mit Mutter in Wien war, für uns alle österreichische Pässe auf den Mädchennamen meiner Mutter erworben. Ich sage absichtlich: erworben. Denn ich glaube nicht, dass die Pässe echt sind. Dass sie je eine Behörde gesehen haben. Oder von einer Behörde in Augenschein genommen worden sind. Woher sie stammen, das weiß ich nicht, nur, dass vor jenem Urlaub eine große Geldsumme von unseren Konten abgehoben wurde. Ich hatte mir damals nämlich schon bei meiner Mutter ein wenig abgesehen, wie ein solches Gut buchhalterisch zu führen ist. Sie hat auch gelächelt, als sie die Fehlsumme entdeckt hat, und gesagt, dass wir da ja ganz schön verschwenderisch gewesen seien. Auf jeden Fall hat mein österreichischer *Pass* der schweizer und der österreichischen Passkontrolle standgehalten. *Quality has a price*[*], das war eine Redewendung meines Vaters.«

»Da sind Sie also mit einem falschen Pass hier bei uns«, sagte von Wiesinger.

»Das sollten Sie nicht so direkt formulieren, das klingt ja dann wie eine kriminelle Handlung. Sehen wir es doch so: Ich habe den Mädchennamen meiner Mutter als Künstlernamen gewählt«, antwortete der junge Mann und schaute

---

* engl.: Qualität hat ihren Preis

von Wiesinger in die Augen. »Dann stelle ich mich also noch einmal vor. Ab heute also nicht mehr Lord Pennington, sondern einfach Herr Max Heger.«

»Und welche Kunst übt dieser Herr Heger auf seinem sicherlich schönen Landsitz aus?«, fragte von Wiesinger amüsiert.

»Lachen Sie nicht«, sagte Heger, »aber das ist wirklich nicht gelogen. Natürlich stecke ich den ganzen Tag in meinen schmutzigen Stiefeln. Sie würden mich überhaupt nicht wiedererkennen. Aber ich male. Nur ist meine Kunst recht bescheiden. Mädchenkunst. Ich male nämlich Aquarelle. Nach der Natur. Bevorzugt Landschaften. Notgedrungen. Etwas anderes bekomme ich ja derzeit nicht zu sehen. Wie man es in der Schule oder bei Gouvernanten lernt. Meine Mutter hat es meiner Schwester beibringen wollen, aber ich war es, der, schon fast erwachsen, Gefallen daran fand.«

Von Wiesinger und seine Frau freuten sich über die Offenheit ihres Gastes, die sie stark an seine ungekünstelte und aufrichtige Mutter erinnerte.

Während des ganzen Gesprächs hatte Max Pennington der als ersten Gang servierten Suppe kräftig zugesprochen, entgegen seiner ursprünglichen Beteuerung, nicht hungrig zu sein. Auch einem zweiten Teller, den Jean ihm eingefüllt hatte. »Grießnockerl«, sagte er da plötzlich, »habe ich nicht mehr gegessen, seit meine Mutter damals England verlassen hat. Überhaupt … Ich weiß gar nicht, ob ich ihre Speisen mehr vermisst habe oder die Wörter für diese Speisen.«

»Sie haben Glück«, sagte von Wiesinger, »heute gibt es noch mehr schöne Speisen … oder schöne Wörter? Ich hab' was von Backhendl zum zweiten Gang läuten hören, und von Erdäpfelsalat.«

»Das ist nicht nur von den Wörtern her etwas anderes als *chicken and chips,* wie wir zu Hause immer scherzhaft statt *fish and chips* sagten«, blieb auch Max Heger auf der Ebene der unverbindlichen Konversation.

Nach dem Essen, das zur allgemeinen Freude mit Palatschinken mit Marillenmarmelade, von der Köchin im letzten Sommer eingemacht, abgeschlossen wurde, wurde Felix von Wiesinger wieder ernst. »Jetzt müssen wir aber auf Ihr eigentliches Anliegen zu sprechen kommen. Das Problem ist nur, dass wir in die Oper wollten. Darf ich Sie einen Moment allein lassen? Ich werde meine Tochter anrufen, damit sie herkommt. Ich muss ihr irgendein Taxi besorgen oder auch meinen dienstlichen Fahrer anrufen, egal, irgendetwas fällt mir schon ein. Ada, wie wäre es, wenn du unserem Gast noch ein schönes Glas Cognac anbietest?«

Ada wollte sich erheben, aber Max Heger winkte ab. »Danke, aber ich bin viel zu müde nach der Reise und der Aufregung und dem guten Essen. Wenn ich jetzt einen Cognac tränke, fiele ich gleich auf Ihr schönes altes Canapé und schliefe ganz ungehörigerweise ein.«

Zwischen Ada und Max trat ein entspanntes Schweigen ein, sodass Ada ihren Gedanken nachhängen konnte. Natürlich verstand sie, dass ihr Mann Max Heger sofort bei der Lösung seiner Probleme helfen wollte, und sie war froh, dass er den Einfall hatte, Sophia zu ihrer Begleitung einzuladen. Eine junge Frau, so dachte sie, mit einer älteren. Vielleicht war das auch gut so, denn sie hatte, als ihr Felix die Karten für den *Rosenkavalier* präsentierte, unbewusst geahnt, dass das ein Test für sie werden würde, ein Test, ob ihr Mann, wenn die Marschallin sich ihres Alters bewusst wird, mitleidige Blicke in ihre Richtung werfen oder gar tröstend ihre Hand ergreifen würde. Sophia würde einfach die Musik genießen und ihr die bedrohliche psychologische Dimension ersparen. So konnte sie sich leicht in die neue Situation finden.

Sie lächelte ihrem Mann zu, als er wieder eintrat.

»Steh' bitte auf, Ada, wir müssen uns ein wenig beeilen.«

»Wir?«

»Ja, wir sind knapp dran. Aber es hat alles geklappt. Sophia wird in kurzer Zeit da sein und sich um unseren Gast kümmern. Sie schlafen selbstverständlich bei uns«, wandte er sich an Max Heger. »Meine Tochter wird alles veranlassen. Und wundern Sie sich nicht, ich habe ihr aufgetragen, alles genau zu eruieren, was der Klärung zum Aufenthalt Ihrer Frau Mutter dienen könnte. Meine Tochter ist juristisch und polizeilich geschult, die wird Sie ganz schön ausfragen. Und dann gehen Sie ins Bett, meine Tochter wird auf mich warten, und wir werden dann überlegen, was zu tun ist. Morgen früh haben wir ein Konzept. Jetzt machen Sie sich keine Sorgen mehr, Lord Pennington.«

Ada hängte sich bei ihrem Mann ein. Sie freute sich sehr auf die Oper.

Sophia war gespannt, Max Pennington kennenzulernen. Mit seiner Mutter hatte sie sich einmal länger unterhalten und dabei viel von ihrer Mutter als jungem Mädchen erfahren. Dann jedoch hatte sich Sophia wegen ihrer Schwangerschaft und später wegen der Trauerzeit um ihren Mann sehr zurückgezogen und nur deswegen die Bekanntschaft nicht vertieft.

Lord Pennington bzw. Herr Heger, wie er sie ihn zu nennen bat, schien Sophia ein sehr sympathischer Mann zu sein, der sich nicht besonders um Konventionen und Formen kümmerte. Andererseits war ihr klar, dass sie aus der Zeit vor dem Krieg nur wenige Engländer gut genug kannte, um beurteilen zu können, ob manche von Penningtons Verhaltensweisen vielleicht auch nur ihr hier in Wien seltsam vorkamen. Er wirkte entsetzlich müde, gleichzeitig aber erleichtert darüber, dass jemand, also ihr Vater, ihm quasi die Verantwortung für die Lösung seiner Probleme abgenommen hatte. Über Sophia und ihr Leben wusste er recht gut Bescheid; seine Mutter habe ihm viel von ihr erzählt, erklärte er. Christine hingegen hatte über ihn nur wenig berichtet, Sophia, ihr Vater und Ada wussten eigentlich nur, dass er existierte und dass er das väterliche Landgut bewirtschaftete. »Mehr schlecht als recht übrigens«, erzählte er offen. »Mein Vater hat mir, was eigentlich völlig ungewöhnlich ist, freigestellt, ob ich das Gut einmal übernehmen wollte oder nicht. Er hat sogar darauf bestanden, dass ich erst ein Studium meiner Wahl absolvieren sollte, bevor ich diese Entscheidung treffe. Sie sehen also einen studierten Kunstgeschichtler und Architekten vor sich, der sich allerdings dazu entschlossen hat, ein Bauer zu sein. Aber glauben Sie nicht, dass ich davon überzeugt bin, dass es mir im Blut liegt«, fügte er hinzu, »das tut es sicherlich nicht. Es ist eine heillose Knochenarbeit, und man kann das Leben nicht genießen, weil man es ständig unter Nützlichkeitserwägungen beurteilen muss. Scheint zum Beispiel die Sonne zu lang, fürchtet man, dass das Gemüse vertrocknet, regnet es zu viel, fürchtet man, dass das Getreide fault – so geht es das ganze Jahr über.« Sein Gesichtsausdruck machte aber deutlich, dass seine Klagen nicht von Herzen kamen, sondern einer Attitüde entsprangen, die ihm Spaß machte. Fast wie ein raunzender Wiener, dachte Sophia, fragte ihn aber, warum er das Gut dann übernommen und keine andere Lösung gesucht habe.

»Fragen Sie das bitte nicht. Ich muss Ihnen ja wirklich wie ein Tölpel vorkommen. Ich dachte, ich versuche es einmal. Vielleicht hat ja einmal eines meiner Kinder wirklich Lust, den Hof zu bewirtschaften, und dann, dann ziehe ich mich zurück und baue wunderbare Häuser, statt mein ganzes Wissen für Kuhställe und Scheunen zu verwenden – oder zu verschwenden.«

»Und zeigt eines Ihrer Kinder diese Neigung?«

Herr Heger lachte laut auf. »Das müssen Sie doch sehen, dass Sie einen Junggesellen vor sich haben. Meine Mutter sagt immer, eine kluge Frau sieht das, an der Frisur, der Brille, der Kleidung, den Schuhen, an vielen Kleinigkeiten. Und Sie sind doch eine kluge Frau?«

»Das hoffe ich. Und deswegen war meine Äußerung auch nicht ganz ernst gemeint. Ich weiß zwar, dass man den Briten Humor zuschreibt, aber wir hier nehmen das Leben auch lieber leicht, zumindest dann, wenn das Leben es zulässt. Ich habe übrigens weder Ihre Haare noch Ihre Schuhe studiert, sondern einfach auf Ihren Ringfinger gesehen. Und der ist leer. Aber ich glaube, dass ich einmal gehört habe, dass englische Männer nicht unbedingt einen Ehering tragen.«

Nach allerlei oberflächlichen und trotzdem amüsanten Wortwechseln wandten sie sich dem Grund seines Wiener Aufenthalts zu. Max Heger war inzwischen wesentlich ruhiger und neigte bereits dazu, seine ursprünglichen Sorgen um seine Mutter als übertrieben anzusehen. »Wissen Sie, es wäre besser gewesen, ich hätte einfach weiter in Zürich auf meine Mutter gewartet. Es kann immer etwas dazwischenkommen. Wahrscheinlich etwas mit meiner Schwester. Die ist nämlich recht eigenwillig und gerät oft in schwierige Situationen. Meine Mutter deutet das immer nur an, nennt es Mädchenkonflikte oder Frauenkonflikte und überlässt das Weitere mir. Ich stelle mir meine Schwester seit vielen Jahren immer entweder als unglücklich verliebt, unpassend verliebt, heimlich verliebt, heimlich verheiratet, schwanger oder in anderen Kalamitäten vor. Inzwischen hatte ich eigentlich gehofft, sie sei aus dem Gröbsten heraus, da sie hier im Allgemeinen Krankenhaus als Krankenschwester arbeitet. Vielleicht ist ja meine Mutter unterwegs auch krank geworden oder wurde in ein Abenteuer verstrickt, oder es war aus Kriegsgründen etwas mit dem Zug, oder ihr falscher Pass wurde entdeckt ...«

»Letzteres nicht«, beruhigte ihn Sophia. »Ich weiß definitiv, dass sie während ihrer Arbeit im Außenministerium einen österreichischen Pass auf ihren Mädchennamen erhalten hat. Sie hat gesagt, ihre englische Lebensepoche sei vorüber und sie wolle wieder eine echte Wienerin sein. Vor allem im Außenministerium hat sie sich nämlich ein wenig fremd mit ihrem englischen Pass gefühlt. Sie ist also wieder eine ganz echte Heger, eine behördlich legitimierte sozusagen!«

»Also eine Alternative weniger. Ich bin übrigens direkt vom Bahnhof zu ihrer Wohnung gefahren und habe ihre Nachbarin herausgeläutet. Das hätte ich mir aber auch sparen können. Sie hat meine Mutter seit Tagen nicht gesehen, sich aber darüber auch nicht gewundert, da sie wusste, dass sie verreisen wollte.«

Sophia versuchte, von Max Pennington noch einige weitere Informationen über das Leben seiner Mutter zu erhalten, aber sehr ergiebig war das Gespräch nicht. Irgendwann wirkte Max Heger dann doch so müde, dass er das Gähnen nicht unterdrücken konnte. So hielt Sophia es für besser, ihn zum Schlafen in das inzwischen vorbereitete Zimmer zu schicken. Sie schrieb einen kurzen Brief für ihren Vater und Ada und verließ die Villa, um nach Hause zu gehen.

Am nächsten Morgen saßen Sophia und Mascha lang zusammen, da Mascha ihren freien Tag hatte. Sie hatten einiges zu besprechen. Zum einen war da die irritierende Tatsache, dass sie Anna seit nunmehr zwei Tagen nicht mehr gesehen hatten, zum anderen hatte Sophia noch keine Zeit gehabt, Mascha von den Vorfällen im Waisenhaus zu erzählen, und auch von dem merkwürdigen Engländer hatte sie noch nicht berichtet. Außerdem musste besprochen werden, ob der *Frauenrat* sich um die Beerdigung des toten Säuglings kümmern sollte oder ob man staatlichen Stellen überlassen sollte. Wie immer einigten sie sich hier schnell: Da das Kind ihnen übergeben worden war, fühlten sie sich auch für das Begräbnis verantwortlich. Mascha wollte alles in die Wege leiten, da Sophia Max Heger versprochen hatte, sich um seine Angelegenheit zu kümmern.

Auch für die nächste Öffnungszeit des *Frauenrats* galt es, einiges zu regeln, da Ada ja zumindest für einige Tage ausfiel. Nicht zu vergessen die kleine Abendgesellschaft, mit der Sophia ihren Vater und Ada überraschen wollte, und zu der sie in aller Verschwiegenheit einige der engsten Freunde und Freundinnen der Familie eingeladen hatte. Doch, wie Sophia erleichtert bemerkte, hatte sie für dieses an und für sich aufwändig zu organisierende kleine Fest glücklicherweise gar nichts zu tun, da sie alles in die bewährten Hände der Dienerschaft in ihres Vaters Haus legen konnte. Schon vor einer Woche hatte sie alles mit Jean und der Köchin genau abgesprochen und geplant.

Meine liebe Freundin! So klug und so gebildet, weiß über alles Bescheid. Dabei ist Sophia noch ein richtiges Kind. Und das trotz ihrer Mutterschaft, trotz zweier großer Lieben, die beide mit einem jähen Tod des Geliebten endeten. Und trotz ihrer Bildung und ihres immensen Wissens. Umsichtig ist sie, planvoll, vernünftig. Will alles richtig machen, will ihrem Vater gefallen. Eine gute Tochter sein, eine gute Freundin, eine gute Mutter, ein guter Mensch.

Inzwischen hat sie ihre Studien heimlich wieder aufgenommen, ohne es ihrem Vater zu sagen. »Rudolf hätte es so gewollt«, sagte sie mir einmal. Und vor einiger Zeit hat sie einen weitreichenden Entschluss gefasst, wie sie mir sagte, ohne mir zu erzählen, um was es sich handelte. Seit Tagen freut sie sich schon auf das überraschte Gesicht ihres Vaters, wenn sie ihn ihm mitteilen würde. Sie hofft nur, dass die wenigen, die davon wissen, ihm nichts verraten haben. Es wisse nur ein alter Professor an der Universität davon, und der hat ihr Verschwiegenheit zugesichert. Ja, und dann hat sie vor einigen Tagen zufällig Professor Freud getroffen, und dabei ist es ihr irgendwie herausgerutscht. Aber soweit sie weiß, hat ihr Vater Freud schon längere Zeit nicht gesehen, sodass auch aus dieser Quelle nichts bekannt geworden sein sollte.

Aber bei alledem ist sie immer noch ein Kind. Und wenn ich es ihr sagte, würde sie mich nur auslachen. Sie weiß nicht, dass sie mir eben von diesem Engländer erzählt hat, wie eine

Frau, die von einem Mann spricht, den sie anziehend findet. Ich wünschte nur, dass ich die Macht dieser Anziehung nie erfahren hätte …

Felix von Wiesinger stand an diesem Donnerstag ebenfalls früh auf und freute sich, dass Ada sich mit ihm zum Morgenkaffee setzte. Von Max Heger war noch nichts zu hören und zu sehen. Ada sprach noch einmal den Opernbesuch des Vorabends an: »Ich bin immer wieder erschüttert, wenn die Marschallin ihre große Arie singt.«

Von Wiesinger goss so viel Milch in sein großes Kaffeehäferl, dass sein Frühstückskaffee in die Untertasse überschwappte. Er blickte gedankenversunken auf die cremefarbene Flüssigkeit. Ada schob ihm lächelnd eine neue Untertasse zu. »Was bin ich ungeschickt heute, Ada«, sagte von Wiesinger und trank einen Schluck aus seiner vollen Tasse. »Aber weißt du, mich hat diese Arie auch ergriffen.«

Ada sah ihn an. Er schien keinen seiner Scherze über den *Wechsel* im Sinn zu haben, denn ernsthafte Wort wie beispielsweise *ergriffen* vermied ihr Mann normalerweise. Sie griff zu ihrer Tasse und nippte an ihrem starken Kaffee. Er schien aus richtigen Kaffeebohnen zu bestehen und keinerlei Zusätze zu enthalten. Sie setzte schon zu einem kleinen Scherz über ihren geheimnisvollen Haushalt an, doch beschloss dann zu schweigen. Es könnte ja sein, dass ihr Mann, wenn sie ihn weder ablenkte noch nachfragte, den Grund für seine Ergriffenheit noch erläutern würde. Und wirklich sagte er nach einer langen Pause: »Ich habe daran denken müssen, dass ich bald ein alter Mann bin. Und du noch so jung. Weißt du, als ich dich gestern Abend mit unserem englischen Lord habe plaudern sehen, da dachte ich, dass so ein netter, sympathischer junger Mann eigentlich besser zu dir passen würde als ich.«

Ada antwortete nicht. Der Augenblick war zu kostbar, um ihn zu zerreden. Auch ihr Mann schien das Thema nicht weiter besprechen zu wollen. Stattdessen ergriff er ihre Hand und küsste sie. »Gut ist unser Morgenkaffee heute«, wechselte er locker das Thema, aber Ada ging noch nicht sofort auf seinen leichten Ton ein, sondern griff ihrerseits nach seiner Hand und legte sie auf ihr Herz. Felix sah sie verwundert an, und er erinnerte sich der Leidenschaft ihrer letzten Nacht. Marie klopfte und unterbrach die intime Szene. Ada errötete leicht, aber Marie, so hoffte sie, bemerkte nicht, wie spannungsgeladen die Atmosphäre war.

»Sie müssen heut' am Abend sehr pünktlich nach Hause kommen«, sagte Marie streng. »Es darf gar nichts dazwischen kommen, kein Versorgungsmangel, kein verschwundener Säugling, keine Nachrichten von der Front. Sie erinnern sich, dass Ihr gnädiges Fräulein Tochter, also, dass die gnädige Frau Sachtl eine Überraschung für Sie geplant hat.«

»Danke, Marie, dass Sie mich erinnern. Wissen Sie eigentlich, was für eine Überraschung uns erwartet?«

»Nein, woher denn?«

Marie verließ das Zimmer. Ada und ihr Mann hörten sie beim Weggehen noch murmeln: »Aber denken kann ich mir's schon.«

»Was kann sich die Marie etwas denken, das wir uns nicht denken können?«, fragte Ada.

Und ihr Mann antwortete: »Sie denkt nicht nur. Sie weiß. Aber es kann nur etwas Angenehmes sein, sonst hätte sie tragischer dreingeschaut.«

Von Wiesinger konnte sich an diesem Morgen nur schwer von seiner heute so liebenswürdigen Frau trennen, aber nachdem er gehört hatte, dass er den Arbeitstag heute auf keinen Fall bis in den späten Abend oder gar die Nacht hinein ausdehnen durfte, musste er notgedrungen so früh wie möglich im Büro sein. Außerdem musste er vor der Arbeit noch einmal in den 2. Bezirk fahren, weil ihn die seltsamen Erlebnisse seiner Frau und seiner Tochter in den letzten beiden Tagen mehr irritierten, als ihm selbst noch gestern bewusst gewesen war. Die letzte Nacht jedoch hatte ihm seine Nähe zu Ada erneut intensiv sichtbar gemacht, seine schöne Frau in ihrem grünen Kleid, die in der Pause mit einem Glas Champagner in der Hand lächelnd Bekannten zunickte, in deren Augen er seine Bewunderung für Adas Charme widergespiegelt fand. Im Bett kuschelte sich Ada dann zufrieden an ihn, und auf seine Umarmung hatte sie so zärtlich wie leidenschaftlich reagiert. Dieser Widerspruch zwischen Adas äußerlicher Gelassenheit und ihrer manchmal aufbrechenden Leidenschaftlichkeit hatte von Wiesinger schon immer besonders erregt. Die Zeit zum Schlafen war dann nur kurz, aber während Ada in seinen Armen schlummerte, quälten ihn in dieser Nacht die Bilder von Säuglingen, die da irgendwo auftauchten oder verschwanden, die schrieen oder sanft schlummerten oder auch entschlummerten wie der tote Junge in dem Puppenwagen.

Er küsste seine Frau zum Abschied und legte ihr noch einmal seine Hand auf ihren Busen. Dieses Mal errötete sie, und er wusste, dass nicht nur er, sondern auch Ada die Erinnerung an die gemeinsame Nacht heute mit in den Tag nehmen würde. Darüber mussten sie nicht sprechen.

Schon um acht Uhr kam er am Karmelitermarkt vorbei. Die meisten der schmutziggelben kleinen Marktstände hatten bereits geöffnet und präsentierten lieblos ihre mageren Angebote. Von Wiesinger nahm sich ein paar Minuten Zeit und überprüfte die Produkte, ihre Menge und ihre Qualität. Er wusste, dass sich unter den Ladentischen selbst eines so bescheidenen Marktes wie dem in der Leopoldstadt immer mehr und Besseres befand als darauf. »Wenn es doch unter einem der Tische auch Rosen gäbe«, sagte er unwillkürlich, sich im gleichen Moment wundernd, dass er jetzt schon die Angewohnheit vieler älterer Männer und Frauen angenommen hatte, mit sich selbst zu sprechen. So leise er auch gesprochen hatte, so waren seine Worte doch an die Ohren eines älteren Marktweibs gelangt, das ihn von der Seite her taxierend musterte. Sein warmer dunkler Winterrock und sein Hut schienen ihr genug zu sagen, sodass sie ihn fast unhörbar ansprach: »Da könnt' man schon was machen. Heut' war einer da, in der Früh, der hat was in einem Koffer g'habt, das hat einen Duft verbreitet, sag ich Eahna. So ein Fremder, Großer, Dunkler. Wo der herkam? Das weiß man heut ja gar nicht mehr, früher, da hat man seine Händler 'kannt. Man weiß ja auch nicht mehr, ob die noch zu eim' g'hörn, die Italiener, die Ungarn, die Tschuschen* alle, oder ob ma's im Krieg verlor'n hat. Also ich könnt' nachschaun, ob das, was da so geduftet hat wie Rosen, vielleicht wirklich Rosen warn. Wenn der gnädige Herr a Momenterl Geduld hätt? Aber billig wird's net wer'n.« Von Wiesinger harrte der Dinge, die da kommen würden. Die Frau verließ ihren Stand und ging in eine andere Marktbude, von wo aus sie mit einem dicken Zeitungspaket zurückkam.

* österreich.: abschätziger Ausdruck für Fremde (meist Osteuropäer)

Von Wiesinger war es ein wenig peinlich, jetzt so ungewollt am Schwarzmarkt teilgenommen zu haben, den abzustellen ja seit Wochen eine seiner dienstlichen Aufgaben war. Als er den Preis hörte, zuckte er zwar ein wenig zusammen, aber als er an Ada dachte, stimmte er dem Betrag durch stillschweigendes Bezahlen der verlangten Summe zu. »Wenn Sie jetzt noch jemanden wüssten, der das Packerl ausliefern könnte, würde ich mir das auch noch etwas kosten lassen«, sagte er. »Das macht mein Bub ganz umasunst«, sagte sie. Diese überraschende Großzügigkeit machte von Wiesinger endgültig klar, dass er sich da so richtig blamabel hatte übers Ohr hauen lassen. Er dachte an die zahlreichen Demonstrationen hungriger Frauen aus den letzten Wochen, in denen es nicht um ein Luxusgut wie Rosen gegangen war, sondern um das Lebensnotwendigste, dessen Mangel er bislang am eigenen Leibe genauso wenig verspürt hatte wie die meisten Menschen seines Bekanntenkreises. Wegen Kohle hatten Frauen die Fenster eines Kohlenhändlers im 10. Bezirk zertrümmert, Buben hatten in Favoriten mit Eisstücken die Fenster eines Lebensmittelhändlers demoliert, der ihnen für ihre Bezugsscheine keine Waren mehr geben wollte oder konnte. Ständig wurde er in seiner Dienststelle im *Amt für Volksernährung* mit derartigen Vorfällen konfrontiert, und die Mitglieder der Wache waren dauernd im Einsatz, um weinende oder schreiende Frauen davon abzuhalten, ihre verzweifelten Unmutsdemonstrationen in größere und gefährlichere Aktionen auszuweiten, für die ihnen dann sogar eine erhebliche Strafe drohte. Wenn er daran dachte, dass ein Großteil seiner Arbeit in der letzten Woche darin bestanden hatte, eine vorläufige Rationierung der Kartoffeln vorzubereiten – wobei im Amt heftig über die dem Einzelnen zugestandene Menge diskutiert wurde, dann kam ihm sein Ausflug in die Welt des Tausch- oder Schwarzmarkts noch skurriler vor.

Vor vielen Buden standen lange Schlangen wartender Frauen und Kinder. Von Wiesinger wusste, dass manche sich bereits in der Nacht angestellt hatten, um für ihre Scheine auch bestimmt etwas zu erhalten. Er wusste auch, wie brisant die Situation werden konnte, wenn sich die Frauen, die sich wegen ihrer Arbeit in den Fabriken und wegen ihrer häuslichen Pflichten mit der Kinder- und Altenbetreuung hinten an die Schlange anstellen mussten und dann oft nichts mehr erhielten, zu den Wartenden gesellten. Er sah, dass ein oder zwei Sicherheitsmänner an der Ecke die Schlange beobachteten, bereit, jederzeit beschwichtigend einzugreifen.

Etwas vom Karmeliterplatz entfernt, an der Ecke zur Taborstraße, standen trotz der frühen Uhrzeit eine andere Menschengruppe, Juden aus Galizien, die sich hier trafen, um sich auszutauschen oder aber auch, wie es den Anschein hatte, miteinander zu schweigen. Sie wollten nichts kaufen, sie entflohen nur der Enge ihrer Wohnungen und vereinten sich auf diese Weise stumm mit anderen, die das gleiche Schicksal teilten. In ihren schwarzen langen Mänteln und ihren schwarzen Hüten sahen sie wie Fremde aus.

Danach ging er durch ein oder zwei kleine Gassen, bis er vor dem Haus stand, in dem Pospischil wohnte. Das alte Mietshaus sah weniger heruntergekommen aus als viele andere in dem Viertel. Vielleicht war es auch die ständige Kontrolle des äußerst geachteten Gendarmen, die für Ordnung in Hauseingang und Vorraum sorgte. Pospischil wohnte in der links gelegenen Wohnung im Parterre, der ehemaligen Hausbesorgerwohnung. Ein kleines, mit einem dünnen Vorhang versehenes Fenster neben der Eingangstür verwies noch darauf. Wahrscheinlich hatte die, wie von Wiesinger sich erinnerte, vor längerer Zeit verstorbene Frau Pospischil einmal diese Aufgabe im Haus erfüllt. Von Wiesinger läutete an der Wohnungstür und hörte dahinter ein langsames Schlurfen und ein lautes Juchzen. Pospischil öffnete ihm, noch im Schlafrock, mit seinem Enkel auf dem Arm. Der Bub sah wacher in die Welt als der von der gestrigen Feier wohl noch etwas verkaterte Großvater. »Was für eine Ehre, gnädiger ...« Von Wiesinger unterbrach ihn: »Ich muss mich entschuldigen für die frühe Störung. Und das am ersten Tag in der Pension. Und bitte nichts mit gnädiger Herr oder Herr Baron oder Herr Hofrat oder Herr Ministerialdirektor oder sonst etwas. Ich bin heute ganz privat gekommen, als Kollege zum Kollegen. Nein, eigentlich nicht einmal das, sondern von Mann zu Mann.« »Dann treten Sie bitte ein, Herr von Wiesinger. Soll ich so sagen?« »Ja, das ist gut, lieber Herr Pospischil.« Pospischil deutete auf einen alten Schaukelstuhl, der vor dem Fensterchen stand, mit vielen Kissen und Decken zugedeckt. »Da saß meine Frau immer, sie war hier die Hausbesorgerin. Als sie gestorben war, hat mich mein Vermieter weiter hier wohnen lassen. Natürlich mit einer höheren Miete, wie das heute eben so ist. Aber eine neue Hausbesorgerin hätte ihn nur Geld gekostet. Und geringere Mieteinnahmen für diese Wohnung gebracht. Wahrscheinlich hat er sich sogar gedacht, dass ich hier weiterhin für Ordnung sorgen werde. Ehrenhalber eben.«

»Und?«, lächelte von Wiesinger. »Tun Sie das nicht? Mir jedenfalls kam hier alles sehr ordentlich vor, sogar die Mistkübel hinten im Hof, soweit ich das sehen konnte.«

Pospischil lächelte etwas resigniert. »Na ja. Und der Kleine da, der liebt diesen Schaukelstuhl. Und so sitzen wir eben oft da und beobachten, wer alles rein und raus geht. Wie früher meine Frau. Und wir gehen auch raus und keppeln*, wenn jemand draußen im Vorraum unordentlich ist. Meistens müssen wir nicht einmal keppeln, wenn ich die Uniform anhab' …« Pospischil wechselte das Thema: »Darf ich Ihnen etwas anbieten, Herr Hofrat, Herr von Wiesinger?« »Nein, danke. Ich habe gerade gefrühstückt. Aber Sie und der Kleine sollten sich nicht vom Frühstücken abhalten lassen«, sagte er, auf den breibeschmierten Löffel deutend, den das Kind in der Hand hielt.

»Wenn Sie also erlauben?«, sagte Pospischil und ging zur Küchentür. »Wenn das nicht zu unhöflich ist?«

»Ich bitte Sie«, entgegnete von Wiesinger. »Ich habe einen Enkel, der etwa im Alter des Ihren ist. Der kleine Karl. Den könnte nicht einmal sein hochgestellter Namensvetter, der Kaiser, von seinem Frühstück abhalten. Deswegen versuchen wir lieber, den Kleinen bei Laune zu halten. Dann wird es leichter für uns sein, sich ein wenig zu unterhalten. Wie heißt er denn?«

»Auch kaiserlich«, lächelte Pospischil. »Franz heißt er, der Fratz.«

Der Fratz pantschte mit seinem Löffel in seinem Brei herum, der in von Wiesingers Augen eine recht eigentümliche Farbe aufwies, nicht milchfarben, nicht cremefarben, vielleicht, so dachte er wehmütig, verwaschenes Schönbrunner Gelb. Kukuruzmehl, Wasser, ein bisschen Milchpulver, so schätzte er die Ingredienzien von Franz' Glück-

* österreich.: schimpfen, meckern

seligkeit ein. Beide Männer versanken gedankenverloren in den Anblick des zufriedenen Kindes, bis von Wiesinger die Stille unterbrach: »Was ist es nur, lieber Pospischil, das uns alte Männer beim Anblick eines Enkels so selbstzufrieden macht? Ist es vorbei mit uns? Und ist das die Verheißung, dass etwas bleibt von uns, dass wir unbedeutenden Menschen eine kleine Spur hinterlassen auf dieser Welt?«

»Kinderln halt«, antwortete Pospischil pragmatischer. »Alles an ihnen ist noch so unschuldig und rund und zutraulich und vertrauensvoll und ehrlich. Paradieswesen wie Engerln.« Pospischil nahm seinem Enkel den Löffel ab, um ihn zu füttern. Doch sehr hungrig schien Franz nicht mehr zu sein, er bevorzugte die Freude des Matschens im Brei. »Lassen wir ihn«, sagte Pospischil, »zum Erziehen ist später auch noch Zeit. Jetzt bin ich wirklich neugierig, was Sie hierher in die Leopoldstadt geführt hat.«

»Ehrlichkeit und Vertrauen«, griff von Wiesinger die Worte des alten Beamten auf. »Zu Ihnen.« Und er erzählte die Vorfälle um die Säuglinge in allen Details, die ihm bekannt waren. Pospischil nickte ernsthaft. Als jahrzehntelang im 2. Bezirk tätiger Beamter wusste er, dass es keinen Zufall gab, so unwahrscheinlich er auch sein mochte, der nicht tatsächlich ein Zufall sein konnte. Und keine logische Verknüpfung, so stringent sie auch sein mochte, die nicht trotzdem auf einem Zufall basieren konnte. Auch unbewussten Irritationen hatte er zu trauen gelernt. »Da müsste man nach dem toten Kind im *Frauenrat* noch einmal genauer hinterher ermitteln«, meinte er ernsthaft.

»Ja, und deswegen bin ich hier bei Ihnen. Es ist ja gewissermaßen kein Polizeiakt, keine offizielle Angelegenheit. Sondern nur, wie ich schon sagte, ein privates Unbehagen. Und in den Ämtern wird jetzt jeder Mann gebraucht. Wenn es zu einer offiziellen Ermittlung käme, wäre das natürlich etwas anderes. Aber so? Eine Kommission einsetzen, weil der alte Wiesinger Bauchgrimmen hat? Da lacht man mich ja aus.«

Wieder nickte Pospischil verständnisvoll.

»Und da habe ich mir eben gedacht, ob ich Sie gewissermaßen als privaten Detektiv für mich gewinnen könnte. Selbstverständlich gegen ein gutes Honorar.«

Pospischil zögerte nicht lang. »Eigentlich sollte ich ab jetzt den Franz hüten und mich um Lebensmittel anstellen. Halt die Hausfrau spielen. Und meine Schwiegertochter wollte sich eine Arbeitsstelle suchen. Die Pension allein reicht nicht ganz für uns drei. Wegen der Miete vor allem. Und überhaupt die Preise. Ich will ja nicht klagen, wir sind so viel besser dran als andere. Aber sie kann sicher ein paar Tag' warten mit dem Arbeiten, wenn ich einen Zusatzverdienst hab'. Und außerdem: Eine Woche lang bin ich ja noch im Dienst. Ich hab' mich nur gestern schon verabschieden lassen, weil mir noch eine Woche Urlaub zusteht vor der Pension. Das heißt aber auch, dass ich sogar in meiner alten Uniform ermitteln kann.«

»Ja, dort, wo es Ihnen hilft. Aber für andere Ermittlungen brauchen Sie möglicherweise ein anderes Gewand. Etwas Vornehmes, was zum Beispiel ein reicher Gönner tragen würde. Ich lasse Ihnen hier Geld«, von Wiesinger holte einen prall gefüllten Umschlag aus der Tasche seines Winterrocks und schob ihn auf den Tisch, »und wenn es nicht reicht, dann geben Sie einfach Bescheid. Private Ermittler zahlen manchmal auch für Aussagen, was man als Beamter ja nicht arrangieren darf.«

»Dürfte«, verbesserte Pospischil seinen Besucher, der wissend nickte.

Das Päckchen interessierte jetzt auch den kleinen Franz, der mit seinem Löffel ein wenig Brei darauf schüttete. »Nicht, du Fratz«, sagte sein Großvater, aber so wenig entschlossen, dass es den Kleinen nicht von seiner neuen Beschäftigung abhielt. Von Wiesinger holte seine beiden großen Schlüsselbunde, den privaten und den dienstlichen, aus der Tasche und schob sie zwischen den Umschlag und den Breiteller. Als erfahrener Großvater wusste er um die Faszination dieser Utensilien für kleine Kinder.

»Aber da ist noch etwas«, sagte er und erzählte die Geschichte von Albert und seinem vermeintlichen Großvater und die Geschichte von der verschwundenen Frau Christine, die bei der Einrichtung *Kinderwünsche* arbeitete. »Der Name *Kinderwünsche* taucht also in beiden Zusammenhängen auf«, sagte er nachdenklich.

»Kenne ich. Die Betreiber dieser wohltätigen Gruppe gehören zur besten Gesellschaft Wiens«, sagte Pospischil.

»Da muss ich ja stolz sein«, lachte von Wiesinger. »Denn mich hat man seinerzeit auch gefragt, ob ich mitarbeiten will. Aber ich wollte nicht, konnte nicht, vielmehr. Aber gespendet habe ich schon das eine oder andere Mal. Früher. Inzwischen spende ich natürlich eher dem *Frauenrat* oder dem Waisenhaus.«

Auch Pospischil lachte, doch er wurde sehr ernst, als von Wiesinger erzählte, dass Albert in der vorigen Nacht kurz vor dem Auffinden des vermissten Säuglings ein Mitglied von *Kinderwünsche* zu sehen gemeint hatte.

»Zufall oder nicht?«, fragte er sich so intensiv wie von Wiesinger selbst. Ausgesprochen allerdings hörte es sich noch bedrohlicher an als bloß gedacht.

»Ich möchte Ihnen völlige Freiheit lassen«, sagte von

Wiesinger abschließend. Er dankte Pospischil für seine Bereitschaft, für ihn zu arbeiten, und fühlte sich sehr erleichtert. Pospischil seinerseits dankte ihm auch, ›untertänigst‹, wie er in den Abschiedsfloskeln nun wieder nicht umhin konnte zu formulieren. »Vielleicht auch ein bisserl freundschaftlich?«, sagte von Wiesinger leicht. Und dann hatten die beiden Männer genug damit zu tun, dem heftig protestierenden Enkelsohn des alten Pospischil die vielen Schlüssel von Wiesingers wieder zu entreißen.

Er hat sich gewiegt,
Wo Weinen war,
Und hat sich geschmiegt
In zerrüttetes Haar.

Er schüttelte nieder
Akazienblüten
Und kühlte die Glieder,
Die atmend glühten.

Lippen im Lachen
Hat er berührt,
Die weichen und wachen
Fluren durchspürt.

II.

Unmittelbar nach der Rückkehr seiner Schwiegertochter setzte sich Pospischil auf den Schaukelstuhl seiner Frau. Er legte sich einige Decken über die Knie; schon vor dem Krieg hatten er und seine Frau mit ihren vielen Decken, die überall in der Zweizimmerwohnung auf Stühlen und dem Sofa lagen, in der Vorfrühlingszeit auf diese Weise ein paar Kohlestücke gespart. Er dachte über den Besuch nach, ein wenig auch noch darüber, dass er von Wiesinger in der Küche empfangen hatte, aber eine *gute Stube* gab es in der Wohnung schon seit einigen Jahren nicht mehr. Seine Schwiegertochter und sein Enkelkind nutzten jetzt sein ehemaliges eheliches Schlafzimmer, während er auf dem Sofa in der früheren *guten Stube* schlief. Die aber war inzwischen mit allem vollgestopft, was er brauchte, und auch mit dem, was man wegen des Kleinen wegräumen musste. Ein hässlicher Kasten stand neben dem eigentlich ebenso hässlichen Gründerzeit-Wohnzimmerbuffet, das er zu Beginn seiner Ehe gekauft hatte, weil es für seine Frau den Inbegriff gediegener Bürgerlichkeit darstellte, während er selbst es immer nur spießig fand. Bei einer seiner Ermittlungen vor dem Krieg hatte er in einer Wohnung ein Buffet gesehen, in das er sich regelrecht verliebt hatte: schlicht, schnörkellos, schwarz mit messingfarbenen Griffen und Kanten. Später hatte er in der Inneren Stadt nach einem solchen Möbel gesucht und er hatte in der Neustiftgasse im Verkaufsladen der Wiener Werkstätte ein sehr ähnliches Exemplar gefunden. »Nur über meine Leiche«, hatte seine

Frau gemurrt, als er ihr wenig später das edle Stück gezeigt hatte und vorschlagen wollte, sich etwas Ähnliches, nur in einer etwas preiswerteren Version, beim Tischler herstellen zu lassen. »Da könnt' ich ja niemanden mehr in meine gute Stube hineinlassen, so armselig sieht das aus.« Und da er seine Frau sehr, seinen häuslichen Frieden aber fast noch mehr liebte, ließ er das Thema fallen. Nachdem seine Frau dann gestorben war, hatte er noch manchmal an das Möbelstück gedacht, doch immer, wenn er das Projekt in Angriff nehmen wollte, fiel ihm der Ausdruck *nur über meine Leiche* ein, der ihm dann jegliche diesbezügliche Initiative unmöglich machte. Auf den mittlerweile leeren Pflanzengestellen, auf denen seine Frau leidenschaftlich gern steife und langweilige Grünpflanzen hegte, die sie Fette Hennen nannte, hatte er, nachdem sie unter seiner mangelnden Fürsorge vertrocknet waren, seine Bücher verteilt, und das Bettzeug räumte er nur selten von dem Sofa weg. So war es letztlich in der Küche fast wohnlicher als in der Stube.

Zu dem Schaukelstuhl hatte er als Schreibunterlage eine alte Bibel mitgenommen, auf die er jetzt ein Blatt Papier legte und sich fachmännisch einige Notizen machen wollte, bevor er irgendeines der Details, die der gnädige Herr – in seinem Kopf musste er ihn ja schließlich nicht Herr von Wiesinger nennen – ihm erzählt hatte, vergaß. Immerhin merkte man sich in seinem Alter auch nicht mehr alles. Und vielleicht hat einem ja die Arbeit auch das Gedächtnis abgewöhnt, dachte er. Über alles, was man gesehen oder gehört hatte, musste ein Akt angelegt werden. *Quod non est in actas, non est in mundo**. Seine Frau war immer stolz auf

* lat.: Was nicht in den Akten steht, existiert nicht.

ihn, wenn er irgendwo, meist, wenn er als Zeuge vor Gericht auftreten musste, einen seiner aufgeschnappten lateinischen Sprüche zitierte. Eigentlich war es für sie, aber das würde er nie jemandem sagen, weniger Stolz, sondern eher ein bisserl ein Aphrodisiakum.

Also notierte er:

Ein toter Säugling wird in der Wohlfahrtsorganisation *Frauenrat* gefunden. Anwesend u.a.: Ada von Wiesinger (Gattin v. Wiesingers), Sophia Sachtl (Tochter v. Wiesingers), Dr. Mascha Grünberg (Freundin Sophias), weitere Damen. Erklärungsansatz: Eine verzweifelte Mutter legt ihr totes Kind dort ab, wo sie davon ausgehen kann, dass es nicht einfach verscharrt wird

Ein Säugling wird aus dem Waisenhaus am Spittelberg entführt. Anwesend u.a.: Ada von Wiesinger

Ein Säugling wird vor dem Waisenhaus am Spittelberg abgelegt. Anwesend u.a.: Felix von Wiesinger. Ein Zeuge sieht eine Person der Wohlfahrtsorganisation *Kinderwünsche.* Erklärungsansatz zu 2. und 3.: Kinderscherz (?) oder Tat einer der dort arbeitenden Frauen (Verzweiflung? Hysterie?)

Ein Waisenknabe lehnt ein Stipendium von *Kinderwünsche* ab (Erklärungsansatz: Der Knabe meint, seinen Großvater erkannt zu haben, der seine schwangere Mutter auf die Straße gesetzt hatte, also ausschließlich private Motive und deswegen wohl ohne Zusammenhang mit den anderen Punkten)

Eine Frau verschwindet: Christine Heger. Ihre Arbeitsstelle: *Kinderwünsche* (Erklärungsansätze: Probleme der

Tochter, Zugpanne bei Reise in die Schweiz, Verhaftung wegen unklarer Identität, Krankheitsausbruch während der Reise u.v.a.)

Zu suchen ist: Tochter der Frau Christine Heger (arbeitet als Krankenschwester im AKH)

Ist Max Heger wirklich Max Heger?

Die siebente Frage hatte er mit von Wiesinger nicht angesprochen, aber das gesunde Misstrauen eines alten Gendarmen machte es unmöglich, sie auszuklammern. Die achte, wahrscheinlich die wichtigste Frage, schrieb er nicht auf: Untersuche ich sieben Einzelfälle oder eigentlich nur einen einzigen Fall?

Trotz des etwas im Übermaß genossenen Alkohols am Vorabend und des ihn sonst regelmäßig schläfrig machenden quietschenden Schaukelns des Stuhls plante Pospischil seine nächsten Schritte hellwach, bis Franz, der in der Zwischenzeit seine Mutter in der Küche beim Verstauen der wenigen, mühsam ergatterten Lebensmittel beobachtet hatte, zu seinem Großvater robbte, um von diesem beschäftigt zu werden. Doch Pospischil ließ sich nicht erweichen, er stand auf, zog seine Dienstuniform an und verabschiedete sich mit einigen erklärenden Worten von seiner Schwiegertochter und mit einigen schmatzenden Busserln von dem traurigen Kleinen.

Sein erster Weg an diesem Vormittag sollte ihn zur Magdalenenstraße führen, wo die karitative Organisation *Kinderwünsche* ein Haus angemietet hatte. Er überquerte den Donaukanal und ging dann schnellen Schritts den direktesten Weg quer durch die Innere Stadt bis zum Karlsplatz. Er bemerkte, dass auf der Kuppel der Karlskirche noch einige Schneepolster das Kupfergrün bedeckten, und freute sich wie immer in dieser Gegend auf den Anblick der Kuppel des Secessionsgebäudes. Seiner langjährigen Beobachtung nach lag der Schnee auf dessen Goldkuppel nicht so lang wie auf der Kupferkuppel der Karlskirche, sondern rutschte immer wieder schnell ab. Er vermied es aber, länger hier innezuhalten, wie er es sonst bei all seinen privaten und dienstlichen Gängen meist tat. Der weiße schlichte Bau mit seiner goldenen Kuppel berührte ihn immer tief im Herzen, viel mehr noch als seinerzeit das Wohnzimmerbuffet. Es war ihm selbst, der sich als schlichten und anspruchslosen Menschen sah, suspekt, wie intensiv und fast schon enthusiastisch er auf manche Häuser, Fassaden, Möbel und Bilder reagierte, aber darüber nachzudenken scheute er sich. Nur wenige Menschen standen vor dem Gebäude, aber zu seiner Überraschung erblickte er von Wiesingers Tochter, Frau Sachtl, die als Freundin des Fräulein Doktor einer seiner besonderen Schützlinge war. Sie hatte einen Kinderwagen bei sich und unterhielt sich fröhlich mit einem jungen Mann, der trotz der Kälte seine Handschuhe ausgezogen hatte und mit einem Bleistift die Umrisse des Secessionsgebäudes auf einem Blatt Papier festhielt. Zumindest vermutete Pospischil das, denn der Mann blickte zwischen schnellen Strichen immer wieder zu dem Gebäude hin. Irgendwie nahm ihn das für den Fremden ein. Doch Pospischil ging weiter, ohne sich bemerkbar zu machen, und näherte sich den erst im letzten Jahr errichteten neuen Verkaufsbuden des Naschmarktes, durch die das frühere anarchische Durcheinander einem planvollen Gesamtkonzept gewichen war. Doch die neue Ordnung war nur äußerlich, und jetzt, wieder ein Kriegsjahr später, spürte man beim Durchschreiten der Hauptwege zwischen den Marktbuden, dass sich ein anderes anarchisches Durcheinander, nicht das der Lebensfreude, des Genusses und der Sinnlichkeit, sondern das des Hungers, der Verzweiflung und der Gier jederzeit Bahn brechen konnte.

Das Haus, das in der Magdalenenstraße die *Kinderwünsche* beherbergte, konnte Pospischil auf Anhieb als einen ehemaligen *galanten Salon*, ein vornehmeres Wort für Bordell, identifizieren, wie sie sich immer wieder entgegen aller Verbote auch innerhalb der Stadt zu etablieren versuchten. Er erinnerte sich, wie er dort vor vielen Jahren, ja, es war wirklich schon über zwei Jahrzehnte her, eine Arretierung vornehmen musste. Das war weit weg von seinem Gemeindebezirk, aber er war einem Marktdieb, der sehr schnell geflüchtet war, durch die ganze Stadt hindurch gefolgt, fast auf demselben Weg wie heute. Er hatte einem der letzten Standler auf dem Markt die Abendkasse geraubt und war von diesem bei der Tat ertappt worden. Pospischil hatte gerade an einem andern Stand ein Achterl getrunken, als er aufgefordert wurde, den Dieb zu verfolgen. Der Standler war ein Invalide, wie er beteuerte, und außerstande, das selbst zu machen. Ein Invalide war Pospischil zwar nicht, aber der Gauner war ihm immer weit voraus, und der Abstand zwischen ihnen wuchs, weil er schon damals nicht mehr der Schnellste war, sodass er ihn schon verloren zu haben fürchtete. Und dann sah er ihn in dieses Haus eilen und er keuchte hinterher und klopfte an die Haustür. Schummriges Licht empfing ihn, und alle Wände waren mit dunkelrotem Samt verkleidet. Der Türsteher ließ ihn zwar dank seines Ausweises nicht einmal unhöflich ein, zeigte aber keinerlei Bereitschaft, ihm beim Auffinden des letzten Besuchers zu helfen. Er beobachtete Pospischils Bemühungen gleichmütig. So war Pospischil gezwungen, nach einem Blick in den Salon im Erdgeschoss, der voller halbnackter Mädchen und angezogener Herren war, die Stiegen hochzueilen, eine Tür nach der anderen zu öffnen, bis er dann glücklicherweise schon im dritten Zimmer seinen Vogel fand. Als habe die weite Flucht ihn willenlos gemacht, zumindest jedoch zu kraftlos, um an seiner Unternehmung mit der jungen Frau wirklich noch Freude zu haben, ließ er sich ohne Gegenwehr festnehmen und abführen.

Pospischil fragte sich nicht ohne heimliche Freude, ob die hochgestellten Herrscher über die *Kinderwünsche* wohl wussten, auf welch unrühmliche Vergangenheit der Sitz ihrer ehrenwerten Organisation zurückblicken konnte.

Ein Knabe öffnete Pospischil auf sein Läuten hin die Tür und führte ihn in ein Zimmer, auf dessen Tür ein Messingschild mit der Aufschrift *Bureau* befestigt war. Roter Samt und Plüsch waren es nicht mehr, die die Wände zierten, aber teure beigefarbene Stofftapeten mit goldenen und schwarzen Längsstreifen machten mehr als deutlich, dass hier nicht jedermann willkommen war. Im sogenannten Büro erinnerte nur ein Schreibtisch vor dem Erkerfenster, auf dem ein Telefonapparat und eine Schreibmaschine standen, an diese Bezeichnung. Sonst nahmen eine großes dunkelbraunes Ledersofa auf der einen Seite eines Mahagonitisches und zwei Ledersessel auf seiner anderen Seite einen Großteil des Raums ein. Auf einem dieser Sessel saß ein Mann, der sich mit Papieren beschäftigte, die in hohen

Stapeln auf dem Tisch lagen. An einer Wand stand ein großer Bücherschrank, dessen Inhalt mit Glastüren geschützt war. Er barg offensichtlich die Akten, die zu diesem Büro gehörten. Gegenüber stand ein kleiner Tisch mit verschiedenen wohlgefüllten Karaffen sowie Gläsern. An den Wänden hingen einige kleinere Ölgemälde, die allesamt glückliche Kinder zeigten. Ein großes Kunstwerk schien Pospischil nicht darunter zu sein, zumindest erzeugte keines der Bilder in ihm den Hauch des Schauders, mit dem er seismographisch auf gute Kunst reagierte. Da waren die runden Augen seines Enkels zu Hause schöner anzusehen als die leeren Augen der hier porträtierten Mädchen und Jungen, die zumeist steif in einem prachtvollen Interieur posierten und den spanischen Infantenbildern im Kunsthistorischen Hofmuseum ähnelten.

Pospischil räusperte sich, und der ältere Herrn blickte auf und stellte sich als Clemens von Falkenberg vor. Er war formell gekleidet und hielt sich sehr gerade.

»Ich muss mich entschuldigen«, sagte er, »dass Sie so formlos empfangen werden.«

Pospischil machte eine abwehrende Handbewegung. »Ich bitte«, sagte er, »ich danke Ihnen, dass Sie sich Zeit für mich nehmen, obwohl Sie ja bestimmt viel beschäftigt sind.«

»Das ist doch selbstverständlich. Sagen Sie mir bitte, womit ich Ihnen helfen kann.«

»Wir sind auf der Suche nach einer Dame«, sagte Pospischil. »Sie arbeitet hier bei Ihnen, und wir können sie nirgends auffinden.«

»Frau Heger?«, fragte von Falkenberg zurück. »Das ist auch unser Problem. Sie hat uns völlig überraschend gekündigt, und wir wissen gar nicht, wie wir uns ohne eine Sekretärin behelfen sollen. Aber wir haben schon in der Zeitung inseriert, heute oder morgen erwarten wir passende Bewerberinnen.«

»Hat sie denn ihre Kündigung begründet?«

»Nein, nein. Zuerst war nur die Rede von einem Urlaub, den wir ihr selbstverständlich bewilligt haben. Vor drei Tagen wollte sie ihn antreten. Hat ihn auch angetreten. Doch dann kam vorgestern oder gestern eine schriftliche Kündigung.«

»Darf ich diese Kündigung einmal sehen?«

»Ja natürlich. Sie muss hier irgendwo auf dem Tisch liegen. Das sind alles Briefe und Karten, die in den letzten drei Tagen hier eingelangt sind. Und Visitenkarten von Besuchern.« Er wühlte in dem hohen Papierstapel, der sich auf dem Tisch angehäuft hatte. »Und hier, sehen Sie, Spendengeld, das jemand spontan vorbeigebracht hat.« Er zeigte Pospischil einen großen Geldschein, den er an einer Ecke aus dem Stapel herauszog. »Hoffentlich ist eine ordentliche Spendenquittung ausgestellt worden, und ein Durchschlag davon als Beleg vorhanden. Wir haben gar nicht gewusst, wie viel sich hier in ein paar Tagen anhäufen kann. Das hat unsere Frau Heger immer alles sofort geordnet, in Stapel sortiert und uns zur Beantwortung vorgelegt. Quittungen hat sie immer gleich abgelegt und das Geld am Ende ihres Arbeitstags zur Bank gebracht. Wir dachten eigentlich eher, dass sie hier eine recht geruhsame Arbeitsstelle hätte, aber die letzten Tage haben uns eines Besseres belehrt. Unsere Organisation ist erst im letzten halben Jahr so enorm angewachsen, deswegen sind wir bei ihrem Urlaub im letzten Jahr noch nicht so in Papier versunken wie jetzt. Und unsere

Aktivitäten sind inzwischen sehr umfangreich und auch verschiedenartig. Ich glaube, dass Frau Heger eigentlich die Einzige war, die einen kompletten Überblick hatte.«

»Haben Sie irgendetwas an ihr bemerkt in letzter Zeit? Dass sie Kummer hatte oder Probleme?«

»Nein«, antwortete von Falkenberg schnell. »Doch sie hätte mich auch kaum eingeweiht. Einen privaten Kontakt pflegten wir eigentlich nicht, obwohl sie eine sehr sympathische Dame war.«

»Wer sind die anderen Herren, die hier verantwortlich sind?«, fragte Pospischil.

Von Falkenberg schaute ihn fragend an. »Wollen Sie die Namen aller unserer Förderer?«

»Nein, nein, nur die der Gründungsmitglieder und der im juristischen Sinn Verantwortlichen für Ihren Verein. Ich werde auch die anderen Herren nach Frau Heger fragen. Vielleicht kennt ja einer von ihnen Frau Heger etwas besser als Sie.«

Herr von Falkenberg nannte Pospischil vier andere Namen, die dieser sich sorgfältig notierte. Die Namen waren bekannt in Wien. Hier engagierten sich wirklich nur die Spitzen der Gesellschaft.

Endlich hatte von Falkenberg das gesuchte Papier gefunden und reichte es Pospischil. Pospischil las das getippte Schreiben. Ganz knapp und schnörkellos und ohne jegliche Begründung reichte Christine Heger ihre sofortige Kündigung ein. Als von Falkenberg aufstand, um ihn zur Tür zu begleiten, bemerkte Pospischil, dass dessen aufrechte Haltung nur einer harten Disziplin zuzuschreiben war; de facto war der Mann kaum imstande, auch nur einen Schritt schmerzfrei zu gehen.

An der Tür schaute von Falkenberg Pospischil ins Gesicht. »Was ist denn eigentlich mit Frau Heger?«, fragte er, recht spät, wie es Pospischil schien. »Warum suchen Sie sie? Ich habe Ihnen doch vorhin erzählt, dass sie schon vor längerer Zeit, als von der Kündigung noch gar keine Rede war, um Urlaub gebeten hat. Sie war mit irgendjemandem verabredet, den sie nicht oft sieht. Hat sich sogar gefreut, glaube ich. Aber ich erinnere mich leider nur sehr vage. Dort wird sie sein.«

»Sie ist dort nicht aufgetaucht, wo sie verabredet war«, antwortete Pospischil. »Und ihre Familienangehörigen sind besorgt.«

»Wissen Sie was«, warf von Falkenberg ein, »ich glaube, ich kann Ihnen ein wenig helfen. Heute Abend haben wir eine Vorstandssitzung, und da dürften alle Herren anwesend sein. Da müssten Sie nicht durch ganz Wien irren, um sie aufzusuchen.«

»Danke vielmals«, antwortete Pospischil. »Das ist wirklich eine große Hilfe.«

Anschließend trank Pospischil in einem recht schmuddeligen alten Beisel gegenüber des Naschmarkts, in dem vor allem die Standler verkehrten, einen kleinen Schwarzen. Dabei wollte er sich die Zeitungen vornehmen. Wie erwartet, war der Beiselwirt, der so schmierig wie sein Lokal war, keiner dieser guten Kaffeehausbetreiber, die in der Früh die alten Zeitungen aus ihren Klammern lösten, wegwarfen und die neuen einklemmten. So konnte er sicher sein, auch noch Exemplare der letzten Tage, wie zerfleddert auch immer, auf dem kleinen Ecktisch zu finden. Zufrieden kehrte er mit einer Ausbeute an Tageszeitungen der letzten paar Tage zurück an seinen Tisch. Bekümmert sah er auf die bräunlichen Journale, das Papier war dünn und sehr holzhaltig, beim leichtesten Umblättern schien es unter den Fingern zu zerkrümeln. Zudem bestanden die meisten nur noch aus wenigen Blättern. Die Kriegsnachrichten nahm Pospischil nicht zur Kenntnis, er hoffte inzwischen nur noch – wie der Großteil der Bevölkerung Wiens – darauf, dass es zu einem raschen Ende kam. Wenngleich die befürchteten Folgen für sein Land schlimm sein würden.

Pospischil wusste auch nicht genau, wonach er suchte, aber er hoffte vage, dass er beim Lesen auf eine Meldung von irgendeiner Panne oder einem anderen ungewöhnlichen Vorfall bei der Eisenbahn stoßen würde, wodurch sich das Verschwinden der Frau Heger erklären ließe. Aber außer einer kleinen Meldung über geringfügige Verspätungen des Zugverkehrs am Nordbahnhof konnte er nichts finden. Andererseits wurden in Kriegszeiten viele Angelegenheiten als Geheimsachen behandelt und blieben deswegen unveröffentlicht, sodass er um ein Gespräch mit einem alten Bekannten, einem Dienstmann am Nordbahnhof, nicht herumkommen würde. Diese Dienstmänner wussten seiner Erfahrung nach oft mehr über die Vorgänge auf ihren Bahnhöfen als die Bahnpolizei.

Beim Blättern stieß er auch auf die ihm eben durch von Falkenberg beschriebene Stellenanzeige des Wohlfahrtsvereins *Kinderwünsche*. Die gesuchte Dame sollte vor allem über drei Eigenschaften verfügen: gute Umgangsformen, Verschwiegenheit und Erfahrung im Planen und Durchführen größerer und kleinerer Festlichkeiten. Pospischil hatte eigentlich anderes erwartet, wie etwa Schreibmaschinen- oder Buchhaltungskenntnisse, Fleiß oder Zuverlässigkeit. Verwundert nahm er zur Kenntnis, wie viel Platz die Blätter selbst in diesen Zeiten den Kulturnachrichten und den Berichten aus der Gesellschaft widmeten. Da waren Kritiken zu Aufführungen im k.k. Hof-Operntheater und dem Hofburgtheater, ein Interview mit einem selbst- und kriegsverliebten sogenannten Dichter, Fotos festlich gekleideter Damen, die sich zu einer Wohltätigkeitsgala trafen, und vieles andere. Meldungen über die Lebensbedingungen der kleinen Leute waren rar gesät, nur eine kleine Nachricht über erboste Frauen, die in Favoriten vor einer Anker-Filiale demonstrierten, fand sich. Berufsbedingt las er die Kurznachrichten über kriminelle Delikte besonders sorgfältig. Bei manchem musste er wie befreit schmunzeln; Zechprellern und Taschendieben musste er ab nun ja nicht mehr hinterherhecheln, und auch aus Nachbarschaftsstreitereien und dem Gerangel von Eheleuten durfte er sich jetzt heraushalten. Doch drei Nachrichten gingen über das Übliche hinaus: In der Zeitung vom Wochenanfang las er, dass ein durch brutalste Gewaltanwendung halb toter Knabe von ca. 13 Jahren ins AKH eingeliefert worden sei. Über die Identität des Täters sei noch nichts bekannt, die Polizei ermittle noch. Traurig, dachte er. Immer sind es die Schwächsten, die leiden müssen. Pospischils Mitgefühl war auch nach einem langen Gendarmenleben noch keiner professionellen Nüchternheit gewichen.

Glücklicherweise hatte diese Nachricht nichts mit seinem Fall zu tun, so wenig wie eine andere, die vom tragischen Selbstmord einer jungen Frau berichtete, die sich in einem vornehmen Hotel am Ring das Leben genommen hatte. Die Frau habe keine Papiere bei sich gehabt, durch die man sie hätte identifizieren können. Man vermute ein Liebesdrama in allerhöchsten Gesellschaftskreisen und werde den geneigten Lesern in den nächsten Tagen Genaueres mitteilen. Eine inhaltlich ähnliche Nachricht, nur viel kürzer und kaum ausgeschmückt, fand er in einer Zeitung von der Wochenmitte. In einem Zimmer eines übel beleumundeten Hotels am Gürtel habe sich eine junge Frau vergiftet. Die Polizei, so las er, bitte nun die Bevölkerung, sich zu melden, wenn jemand etwas über ein verschwundenes Mädchen oder eine verschwundene Frau wisse.

Nach seinem kleinen Schwarzen, einem hellbraunen dünnen Zichorienwasser, das den Namen *Kaffee* eigentlich nicht verdiente, machte sich Pospischil auf den Weg zum AKH, wo er mit der Tochter Christine Hegers sprechen wollte. Der Weg erschien ihm nach den vielen Stunden, die er mittlerweile auf den Beinen war, so weit, dass er beschloss, das erste Mal den Inhalt von von Wiesingers Umschlag zu nutzen – er hatte ein Bündel Scheine in seine Brieftasche gelegt – und sein Ziel mit einer Mietsdroschke anzusteuern. Kriag muss es wer'n, damit i im Luxus leb, sinnierte Pospischil.

Bald war er vor dem Eingangstor zum AKH angekommen, durch das ein schmaler Weg über ein Rasenstück zum Gebäudeeingang führte. Er ging zielsicher zur Verwaltung und verlangte von der unfreundlich dreinblickenden Schwester hinter der Empfangstheke, ihm mitzuteilen, wo er Schwester Heger sprechen könne. Wie immer fragte kaum einmal jemand nach dem Grund oder der Berechtigung seines Ansinnens, sobald er irgendwo in seiner Dienstuniform erschien. Darüber hatte er schon etliche Male während seiner aktiven Dienstzeit nachgedacht. Die Vertrauensseligkeit der einfacheren Wiener Bevölkerung Uniformen gegenüber hatte ihm zu Beginn seiner Dienstzeit viel Freude und Stolz eingeflößt, inzwischen empfand er sie nachgerade als erschreckend. Denn er wusste schon längst, dass diese beflissene Autoritätsgläubigkeit nicht nur den *Kieberern** wie ihm galt, sondern allen Personen, die Uniformen trugen, nicht nur den Armeeangehörigen, sondern jeder Form von Schutz- und Wachmännern. Eine zivile Art von Uniform trugen die Mitglieder der höheren Gesellschaftsschichten, die in der Inneren Stadt oder am Ring wohnten. Auch denen gegenüber pflegte man sich unterzuordnen und geflissentlich zu Diensten zu sein. So erhielt er auch hier sogleich eine Antwort: »Die würden wir auch gern sprechen. Sie ist am Montagabend verschwunden. Hier«, sie schlug einen Akt auf und hielt ihm ein getipptes Schreiben vor die Nase, »dieses Kündigungsschreiben haben wir am Dienstagmorgen in der Post gefunden. Rücksichtslos, bei unserem Pflegerinnenmangel, meine ich. Wir haben ein wenig im Schwesternheim herumgefragt, nicht, dass sie viel Anschluss gehabt hätte, aber keine der Kolleginnen konnte sich den plötzlichen Auszug der Schwester erklären. Irgendein Arzt meinte zu wissen, dass sie einmal davon gesprochen hatte, in einem Lazarett arbeiten zu wollen. Aber das tut man doch nicht so Hals über Kopf, oder?« Pospischil hörte kaum zu, denn ihn frappierte das Kündigungsschreiben, das sowohl vom Aussehen als auch vom Text her mit dem ihrer Mutter identisch war.

Eigentlich ist es Sophia, die ihr Tagebuch als eine Art selbstanalysierendes Therapeutikum benutzt. Eine für sie wahrscheinlich lebensrettende Therapie, zu der ihr Rudolf, aber

* österreich.: Polizist

auch, wenngleich aus einer eher intellektuellen Perspektive, Arthur Schnitzler geraten haben. Inzwischen, so glaube ich zumindest, hat sie ihre Aufzeichnungen beiseitegelegt.

Ich selbst habe weder das Interesse noch die Zeit für derartige Analysen meiner Person, nur sehr selten, wenn einmal alles durcheinanderzugeraten scheint, notiere ich mir schriftlich das, was ich dann meine private Anamnese nenne. Das Problem ist wahrscheinlich, dass jemand wie ich niemanden finden kann, mit dem ein völliger seelischer Austausch möglich ist. Wenn es den überhaupt geben kann. Dabei habe ich Eltern, die mich lieben, meine Freundin Sophia, die mir aufrichtig und bedingungslos zugetan ist und mir vertraut, und einen Mann, der mich liebt. Zumindest spricht er von Liebe.

Aber es gibt so viele Barrieren, die solche selbstoffenbarenden Gespräche verhindern. Katholiken können vielleicht in ihrem Beichtvater eine Art Therapeuten finden, mindestens aber eine Möglichkeit, Quälendes einmal auszusprechen. Inzwischen kann man bei einem Psychologen eine Analyse machen lassen. Aber im Beichtstuhl gilt das Quälende meist als Sünde oder wird als zu erduldendes Leid gedeutet. Und auf dem Sofa des Analytikers ist es Untersuchungsobjekt. Und sowohl das Gespräch mit dem Beichtvater als auch das mit dem Psychoanalytiker ist eigentlich kein Gespräch, sondern nur ein einseitiges Sich-Aussprechen bei jemandem, der dafür bezahlt wird. Und der eigentlich auch nur für das zuständig ist, was sich jenseits der psychischen oder moralischen Normalität, wenn es die überhaupt gibt, ansiedeln lässt.

Natürlich sind es Grenzen der Scham und auch der Sitte, wenn ich meinen lieben Eltern so wenig von mir erzähle. Sie selbst haben wahrscheinlich in ihrer Jugend ihren Eltern sogar noch weniger über sich berichtet. Aber ist es vorstellbar, seine Mutter zu fragen, wie es ist, das Lager mit seinem Vater zu teilen? Oder ihr zu sagen, dass man eine verbotene Lust mit einem Mann empfinden kann, die einen sich selbst gegenüber fremd macht? Oder darüber mit Sophia zu sprechen, die, obwohl sie glücklich verheiratet war, immer noch wie jemand wirkt, dem diese Empfindungen fremd sind?

Und mit welchen Worten sollte man darüber sprechen?

Selbst die einfachsten Wörter versteht man doch kaum. Ich selbst weiß ja nicht einmal genau, was meine Patienten und Patientinnen damit meinen, wenn sie über ihre Schmerzen sprechen. Ich weiß zwar, was ich bei starken Schmerzen verabreichen muss und was bei sehr starken, kaum zu ertragenden. Selbst aber erinnere ich mich nur an einen einzigen starken Schmerz. Ich war damals ein kleines Mädchen, wir lebten noch in der Bukowina, und ein paar Tage zuvor hatte mir mein Vater mit der altbewährten Methode, einen Zwirn um einen stark wackelnden Milchzahn zu wickeln, diesen Zwirn an der Türklinke festzubinden und die Tür dann fest und vor allem ganz schnell zuzuschlagen, meinen ersten Zahn ›gezogen‹. Danach waren meine Eltern beide sehr glücklich, bewunderten mein kleines weißes Zähnchen und legten es in eine besondere Dose, in der meine Mutter alles bewahrte, was ihr wertvoll erschien. Die Eltern nannten mich ein ›großes Mädchen‹, ein ›tapferes Mädchen‹. Wenige Tage später wirkten meine Eltern bedrückt auf mich. Sie sagten, sie müssten mich eine Weile alleine lassen und etwas im Rathaus erledigen. Da fiel mir ein, wie ich sie wieder glücklich machen könnte, und ich beschloss, mir selbst einen Zahn zu ziehen, so, wie mein Vater es getan hatte. Schließlich war ich ja groß und tapfer, und das winzige und kurze Ziepen war ja nun kaum der Rede wert. Nur wählte ich leider den falschen Zahn, einen, der noch recht fest saß und der beim Zuschlagen der Tür nur schmerzte und blutete, aber nicht herauskam. Aber da war dieser Riesenschmerz, und der Schmerz war besonders groß, weil ich so alleine in unserer Stube war, weil ich nicht wusste, warum meine Eltern so traurig waren, und weil zu allem Überfluss ein entsetzliches Gewitter tobte, das schon für sich genügt hätte, um mich zum Weinen zu bringen. Ich weinte sehr lange, bis meine Eltern endlich wieder nach Hause kamen, mich in den Arm nahmen, mich trösteten und ihr ›kleines Mädchen‹ nannten. Inzwischen weiß ich natürlich, dass es Probleme mit den Papieren gab, die sie sich ausstellen lassen wollten, weil sie beschlossen hatten, nach Wien zu gehen. Inzwischen weiß ich auch, dass sie nur deswegen nach Wien gehen wollten, weil sie dachten, dass das besser für mich sei.

Hilft also die Erinnerung an den Schmerz des kleinen Mädchens bei dem ungelenken Versuch, sich eines Milchzahns zu entledigen, beim Sprechen mit Menschen, die wegen ihrer Schmerzen zu mir kommen? Wohl kaum.

Und wie ist es mit anderen Empfindungen? Angst hatte ich schon in vielen Situationen meines Lebens gehabt, auch jetzt. Verstehe ich deswegen, was mir Menschen erzählen, die vor etwas Angst haben? Ist nicht in Wirklichkeit die Angst des einen nie vergleichbar mit der Angst des anderen, außer eben, was die physiologischen Manifestationen dieser Angst betrifft? Dass man Schweißausbrüche bekommt, dass das Herz rast und der Blutdruck steigt? Aber diese Zeichen machen die Angst nicht aus.

Und was ist mit der Liebe? Wegen der Liebe kommt niemand in das AKH, und über die Liebe spricht man wenig, wenn man erwachsen ist. Kichernde Backfische sprechen über die Liebe – ich habe das übrigens nie getan -, aber das, was sie dabei meinen, dürfte etwas ganz anderes sein als das, was Sophia gegenüber Ferdinand empfunden hat oder auch später gegenüber Rudolf. Oder als das, was ich empfinde.

Was für ein Abend war das heute! An solche Abende, wie sie früher bei von Wiesingers sehr viel häufiger als heute stattfanden, kann ich mich immer noch nicht restlos gewöhnen. Dass niemand mich hinauswirft oder auch nur fragt, was ich da wolle, wundert mich immer noch. Dabei bin ich längst kein Zaungast bei einem feierlichen Ereignis mehr, eine fremde Jüdin aus einem weit entfernten galizischen Dorf, sondern fast schon so etwas wie ein Familienmitglied im Haus von Wiesinger.

Natürlich musste ich am Nachmittag zu meinen Eltern gehen und ihnen vorsichtig beibringen, dass ich den Sabbat nicht mit ihnen verbringen konnte. Sie schauten wie immer ein wenig traurig drein. Sie waren wegen mir in einem entsetzlichen Schlamassel. Einerseits bekümmerte es sie, dass ihre erwachsene Tochter keinen der (ihrer Ansicht nach) netten, jungen jüdischen Männer aus der Nachbarschaft geheiratet hatte und mit diesem in ihrer Nähe ein glückliches Familienleben führte, dass da keine Enkelkinder waren, die sie in ihre strenge Welt einführen konnten. Andererseits waren sie, das wusste ich, sehr stolz auf mich, ihr kleines Mädchen, das maturiert und studiert hatte und nun eine Stelle im Allgemeinen Krankenhaus hatte. Eine Gelehrte! Noch dazu eine, deren Loblied sie um den Karmeliterplatz herum überall hören konnten, angestimmt von meinem lieben alten Pospischil, weitergetragen von

Mädchen und Frauen, die sich bei uns im Frauenrat *hatten Rat und Hilfe holen können. Oder zumindest einen zusätzlichen Teller Suppe. Auch mein Umgang mit den von Wiesingers und meine Bekanntschaft mit so vielen berühmten Leuten ließen das Bild, das sich meine Eltern von mir machten, noch heller strahlen.. Dafür waren sie bereit zu leiden.*

Und ihr größtes Leid war bisher, dass ich aus der elterlichen Wohnung ausgezogen bin. Ich wusste schon seit Langem, dass ich weggehen musste. Das streng geregelte Familienleben, die Orientierung an nie hinterfragten Riten und Ritualen, das Wissen um alles, was man tut und was man nicht tut, die Unschuld der alten, frommen Eltern. Aber als dann Sophia, drei Monate, nachdem ihr Sohn geboren wurde, Witwe wurde und sich trotzdem weigerte, zurück in ihr Elternhaus zu ihrem Vater und zu Ada zu ziehen, da konnten sie nicht ablehnen, als ich vorschlug, zu Sophia zu ziehen und ihr beizustehen. Diese Art der Nächstenliebe ist in ihrem strengen Glauben fest verankert. Und wieder strahlte mein Bild hell auf, da sie meinen Umzug für ein Opfer halten konnten, das ich der Freundin zuliebe brachte. Die ersten Monate haben sie noch oft bei meinen Besuchen zu Sabbat gefragt, wann ich denn wieder nach Hause zöge, aber inzwischen stellen sie diese Frage kaum noch. Anfangs war ich wirklich jeden Sabbat bei ihnen und habe sogar eine Nacht bei ihnen geschlafen. Inzwischen bin ich noch nicht einmal mehr jeden Freitagabend dort. So wie heute. Natürlich haben sie verstanden, dass ich zu Sophia gehen musste. Ich habe ihnen erzählt, dass meine Freundin in den letzten Monaten sehr viel nachgedacht und einen Entschluss über ihr weiteres Leben gefasst hatte und dass heute ein

Fest veranstaltet wurde, bei dem sie ihren Eltern und allen ihren Freunden diesen Entschluss mitteilen würde. Natürlich habe ich sie, auf Sophias Vorschlag hin, auch eingeladen. Aber ich wusste schon, dass sie nicht kommen würden. Zum einen war Sabbat für sie ein ganz wichtiger Familienabend, den sie kaum bei Fremden, noch dazu bei Nichtjuden, verbringen würden, wo man sowieso weder den angebotenen Speisen noch den Getränke ansah, ob sie koscher waren oder nicht, zum anderen fühlten sie sich bei größeren Gesellschaften außerhalb ihrer familiären oder religiösen Zusammenhänge nicht wohl, vor allem dann nicht, wenn auch bekannte, berühmte und wortgewaltige Persönlichkeiten anwesend waren. Mit Sophias Vater und ihrer Stiefmutter alleine plauderten sie bei den seltenen intimeren Gelegenheiten, wo sie aufeinandertrafen, hingegen nicht ungern.

Sophia hatte, wie sie mir erzählt hatte, die Köchin angewiesen, einen bescheidenen Abend vorzubereiten, also kein aufwändiges Mahl zu kochen, bei dem die Gäste steif bei Tisch sitzen mussten, sondern ein kleines Buffet mit einfachen Speisen herzurichten, wie bei einem Heurigen, an dem jeder sich selbst bedienen konnte. Deswegen ließ sie auch den großen Tisch aus dem Salon räumen und stattdessen kleine runde Tische mit drei oder vier Stühlen herum herrichten. Der immer noch gut gefüllte Weinkeller ihres Vaters allerdings sollte nicht geschont werden. Und für den Beginn des Abends sollte Champagner zurechtgestellt werden. Obwohl Sophia nur engste Freunde eingeladen hatte, waren etwa 20 Menschen anwesend, darunter einige Studienkolleginnen und ein Professor, den Sophia von der Universität her kannte und der ihr bei ihrer Zukunftsplanung geholfen hatte. Dass Arthur Schnitzler zugesagt hatte, freute Sophia besonders.

Zwar gehörte er nicht zum Freundeskreis ihres Vaters, wohl aber war er seit circa drei Jahren einer ihrer engen Vertrauten, der sich nach den tragischen Geschicken, die Sophias Jugend überschattet hatten, ihrer sehr freundschaftlich angenommen hatte. Ein jüngerer Mann war noch da, er plauderte mit Ada und Sophia. Das musste Max Heger sein. Er schien Ada sehr zu amüsieren, und auch Sophia lachte über seine Bemerkungen und konnte ihre Augen kaum von ihm abwenden. Ich bemerkte sofort, was ich schon seit ihren morgendlichen Erzählungen vermutet hatte, dass Sophia sich verliebt hatte. Dass sie das selbst nicht wusste, war mir klar. Ich hoffte, dass auch Max Heger über die Sensibilität verfügte, um das zu erkennen und sie nicht zu überrumpeln. Die übrigen Gäste waren im Alter ihres Vaters und Schnitzlers, manche auch noch älter. Unter ihnen erkannte ich Victor Adler und Karl Renner, zwei führende Sozialdemokraten der Stadt, mit denen Felix von Wiesinger eng zusammenarbeitete. Sophia hatte mir erzählt, dass Renner einer der Direktoren des Amts war, in dem ihr Vater arbeitete. Mit Adler stand er schon seit den 90er Jahren des vorigen Jahrhunderts in engem politischen Austausch, der nur durch Adlers Kriegsbefürwortung unterbrochen wurde. Doch seit einem Jahr hatten sich die beiden wieder angenähert, vor allem hatte Felix von Wiesinger tiefes Mitgefühl mit Adler, seit dessen Sohn Friedrich seine Gegnerschaft gegenüber der Kriegspolitik seines Landes und auch deren Duldung durch die Sozialdemokratie durch ein politisches Attentat zum Ausdruck gebracht hatte. Dass die Todesstrafe, mit der Friedrich Adlers Tat bestraft werden sollte, in eine Freiheitsstrafe umgewandelt wurde, konnte Victor Adlers Schmerz nur teilweise lindern. Der ungefähr 65 Jahre alte Adler sah krank und blass aus und erzählte mit leiser Stimme davon, dass er große Friedenshoffnungen auf eine sozialistische Friedenskonferenz setze, die im Sommer in Stockholm stattfinden sollte. Ich lauschte ihm gespannt, sodass ich erst spät einen Blick auf die anderen Gäste warf, die ich nicht persönlich kannte. Einige waren mit ihren Ehefrauen anwesend.

Und auch – er! Ebenfalls mit seiner Frau, die ich noch nie gesehen hatte. Selbstverständlich wusste ich nicht, dass er eingeladen worden war, sonst hätte nichts mich dazu veranlassen können, den Abend bei meinen Freunden zu verbringen. Und sie? Das war seine Frau? Diese attraktive, lebhafte Frau? Sie war natürlich nicht mehr jung, aber sie war auch in keiner Weise eine alte Frau, so wie meine Mutter eine alte Frau geworden war. Ich wusste, dass sie fast 50 Jahre alt war, also fast im Alter meiner Mutter, und irgendwie hatte ich sie mir deswegen so ähnlich vorgestellt. Natürlich anders gekleidet, wohlhabend, wie sie waren, mit einem anderen, selbstsichereren Auftreten als meine Mutter, aber trotzdem eben eine alte Frau, für die Liebe und Leidenschaft schon längst nur noch vage Reminiszenzen an ein weit entferntes Irgendwann waren oder die einen sentimental in Opern und Schauspielen bewegten. Diese Frau allerdings wusste noch, was Liebe war, und sie verlangte noch nach der Aufmerksamkeit ihres Gatten, wie der vertraute Blick, den sie ihm zuwarf, als einer der bei ihr Stehenden etwas Amüsantes sagte, bewies. Auf diesen Blick reagierte er mit einem ebenso zärtlichen Lächeln.

Danach sah er auf und erblickte mich. Sein Gesicht erstarrte für den Bruchteil einer Sekunde, sein Körper schien zu vereisen. Er hatte mich hier so wenig vermutet wie ich ihn. Ohne das geringste Anzeichen von Vertraut-

sein oder Nähe schauten seine Augen durch mich durch zu der geöffneten Tür, durch die, endlich, Felix von Wiesinger eintrat.

Er blickte so verblüfft drein wie ein kleines Kind, das am Weihnachtsabend die bunt geschmückte und von vielen brennenden Kerzen erleuchtete Tanne erblickt und meint, ein Wunder zu sehen. Sein Blick suchte Ada, von der er Auskunft über die unerwartete Festlichkeit erwartete. Doch diese wies auf Sophia, die mit einem Glas Champagner in der Hand auf ihn zueilte und sagte: »Das ist ein Überraschungsfest, Vater. Ich möchte mit dir und allen anderen Anwesenden feiern, denn ich habe endlich eine Entscheidung über mein weiteres Leben getroffen. Und diese Entscheidung möchte ich dir hier im Kreise deiner und meiner nächsten Freunde mitteilen. Hat jeder ein volles Glas? Ich werde nämlich ein bisserl ausholen und bitte Sie, euch alle, mich nicht zu unterbrechen. Das gilt auch für dich, Vater. Ich weiß nämlich nicht, ob du über meinen Entschluss traurig oder froh sein wirst.«

Alle schauten gespannt auf Sophia. Auch ich, wusste ich doch schließlich nur, dass sie die letzten Wochen unablässig über etwas gegrübelt hatte und ihre alten juristischen Fachbücher wieder herausgekramt hatte.

»Ich habe mein bisheriges Leben geführt wie ein Kind«, setzte Sophia an. »Als ich jung war, ganz jung, habe ich an der Universität Vorlesungen gehört und mich gefühlt wie eine Studentin unter Studentinnen. Dabei wissen wir alle, dass das eher ein Rollenspiel war.«

Schnitzler unterbrach seine junge Freundin:

»Also spielen wir Theater,
Spielen unsre eignen Stücke,

Frühgereift und zart und traurig,
Die Komödie unsrer Seele …«

»Nicht unterbrechen, bitte«, sagte Sophia, »auch nicht mit den schönen Versen von Hugo von Hofmannsthal zu Ihrem Anatol. Auch wenn sie das viel besser beschreiben, was ich meine, als ich es selbst ausdrücken könnte.«

Aber auch Sophias Vater konnte sich nicht zurückhalten: »Kind, diese alten Geschichten. Es war so wunderbar für mich, dass du dich für die Rechtswissenschaft interessiert hast. Und studieren wolltest. Auch inhaltlich richtig studiert hast, eigentlich. Eine kleine Dispens zum Gasthören hatten wir ja bewirkt. Und Professor Goldscheider gefunden, der bereit war, deine Studien zu unterstützen und sogar deine Arbeiten zu korrigieren, als sei das Spiel Realität. Was war ich stolz auf dich! Und ehrlich gesagt, damals, vor dem Krieg war ich selbst noch so ein unverbesserlicher Optimist. Ich war so davon überzeugt, dass es sich nur um Wochen, höchstens Monate handeln könnte, bis Frauen auch offiziell an der juristischen Fakultät inskribieren könnten, bis aus dem Spiel Wirklichkeit werden würde, dass ich das ›Als-Ob‹ in unserem Tun tatsächlich manchmal fast vergessen habe.«

»Vater, bitte. Lass' mich doch fortfahren. Auf jeden Fall ist das alles nicht erfolgt, was du dir erhofft hast. Und jetzt, im Krieg, ist die Erweiterung des für Frauen zugelassenen Fächerkanons politisch völlig in den Hintergrund getreten. Aber das war mir lange Zeit gleichgültig. Wie Sie, wie ihr alle wisst, war die Komödie meiner Seele«, Sophia lächelte Schnitzler zu, »bald ausgespielt. Und dann? Neue Rollen warteten auf mich, erwachsenere Rollen. Ich wurde Ehefrau, wurde Mutter, wurde Witwe. Und das alles in den zweieinhalb Jahren, die der Krieg jetzt dauert. Und eine alte Rolle

habe ich weiter gespielt: die eurer Tochter.« Sophia suchte ihren Vater und Ada mit den Augen.

»Aber jetzt möchte ich nicht mehr so weitermachen, nur an meiner privaten Biografie herumwursteln sozusagen, sondern ich möchte wirklich und wahrhaftig Juristin werden, wie ich es schon als junges Mädchen erträumt habe. In unserer wunderschönen Stadt aber geht das leider immer noch nicht. Deswegen habe ich beschlossen«, sie machte eine kurze Pause und sah ihrem Vater fest in die Augen, »nach Zürich zu gehen und mich dort zu inskribieren. Professor Goldscheider, der heute auch meiner Einladung gefolgt ist und der mich schon als junges Mädchen quasi als Privatlehrer unterstützt hat, hat mir in den letzten Wochen sehr geholfen. Sein Bruder, Rechtswissenschaftler wie er, hat seinerzeit eine Schweizerin geheiratet und lehrt heute in Zürich. Mit ihm hat er wegen meines Falles korrespondiert, und es ist alles in Zürich vorbereitet: Eine kleine Wohnung wartet auf mich und Karl, eine Kinderfrau ist gefunden, und ein sich für mich engagierender Professor scheint sich auf mich zu freuen. Ihnen, lieber Herr Professor Goldscheider, vielen Dank für das alles! Und jetzt bin ich fertig mit meiner Ansprache und werde herausfinden, ob du, Vater, eher glücklich oder traurig bist.«

Das war aber nicht so einfach, denn Felix von Wiesinger war so gerührt, dass ihm Tränen in die Augen traten. Doch bald wurde mir und allen anderen klar, dass es Tränen der Freude waren. Er umarmte Sophia, dann Ada, dann mich, dann eigentlich jeden, der geladen war, und das alles war so voller ansteckender Lebensfreude, dass sich seine Begeisterung allen mitteilte und auch die Gäste ihrerseits sich umarm-

ten und ihre Gläser aneinander zum Klingen brachten. Ich beobachtete, wie Victor Adler Felix von Wiesinger zu seiner Tochter gratulierte: »Das Mädel war schon immer so klug und so vernünftig«, sagte er, seinen Freund umarmend. »Du bist ein beneidenswerter, ein glücklicher Vater!« Und von Wiesinger umarmte den Freund herzlich und voller Verständnis. »Meine Tochter ist ja erst acht Jahre alt«, sagte Arthur Schnitzler, Felix von Wiesinger die Hand drückend, »und ich hoffe, das Schicksal meint es auch einmal so gut mit uns wie mit Ihnen.«

»Dass ausgerechnet Sie das Schicksal ansprechen, überrascht mich«, antwortete Felix von Wiesinger, »sind Sie nicht der aufgeklärten Ansicht, dass es allenfalls Zufälle gibt, nicht aber das Schicksal existiert?« Schnitzler lächelte: »Vielleicht sind das nur unterschiedliche Wörter für etwas letztlich Gleiches; wir nennen eben die großen Tragödien und Komödien des Lebens Schicksal, die kleineren Zufall.«

»Das mag sein, aber Sophia zumindest hat durch intensives Nachdenken und Entschlossenheit ihrem Schicksal oder ihrem Zufall auf die Sprünge geholfen. Und dass sie das geschafft hat, daran sind Sie ja nicht unbeteiligt. Darf ich Ihnen noch einmal ganz aufrichtig danken?«

Weil ich diesem Gespräch lauschte, mich geradezu konzentriert darauf fixierte, damit ja nichts anderes meine Augen oder Ohren treffen könnte, bemerkte ich nicht, dass der Glückwunsch- und Gläseranstoß-Reigen inzwischen bei mir angelangt war. Doch dann konnte ich nicht umhin, das leise Klingen aneinanderstoßender Glaskelche zu hören und blickte auf und sah das so geliebte, begehrte Gesicht dicht vor mir. Seine Augen schauten direkt in die meinen, und ich meinte, weniger Liebe als vielmehr ein leichtes Amüsement in ihnen zu entdecken. »Darf ich Ihnen, Fräulein Doktor Grünberg, meine Gattin vorstellen?« Ich schaute, obwohl es mir fast nicht gelang, meine Blicke von ihm abzuwenden, auf seine Frau, die mir ebenfalls ein Sektglas entgegenhielt und mit mir anstoßen wollte. »Ich habe gehört«, sagte sie mit freundlicher Stimme, »dass Sie die beste Freundin von Sophia von Wiesinger – oh, Entschuldigung, da hat die alte Gewohnheit sich wieder durchgesetzt – von Sophia Sachtl sind und dass Sie sogar zusammenwohnen. Was für eine interessante Konstellation, wo doch Sophias Vater sie und das Kind sehr gerne wieder im väterlichen Haus aufgenommen hätte. Das war ein richtiger Kampf damals, nicht wahr?« Ihre Äußerung machte mir deutlich, dass sie wirklich zum engen Freundeskreis Felix von Wiesingers gehören mussten; anders könnten sie um diese Interna nicht wissen. Ihre Äußerung klang aber nicht unsympathisch, nicht neugierig, sondern es waren die Worte einer Frau, die herzlichen Anteil an einer befreundeten Familie nahm. »Wissen Sie, ich war eine Freundin von Sophias Mutter, sogar verwandt, wir waren entfernte Cousinen. Sophia nennt mich daher Tante«, informierte sie mich. »Jetzt verstehe ich«, sagte ich. »Dann sind Sie Sophias Tante Helene, nicht wahr?« »Ja«, lächelte sie. »Jetzt sehen Sie, dass ich nicht indiskret sein wollte.« Sie war also nicht nur eine schöne, sondern auch eine sehr kluge und sensible Frau, hatte sie doch meinen leisen Vorbehalt bemerkt und ihn sogleich unauffällig entkräftet. »Wissen Sie, das habe ich Sophia auch gesagt, ich finde es einfach mehr als aufregend, welche anderen Lebensformen die heutige Zeit entwickelt hat im Vergleich zu meiner eigenen Jungmädchenzeit. Wir sind damals ja ohne unsere Gouvernanten kaum einen Schritt auf die Straße gekommen«, erzählte sie. »Und Frauen, natürlich gilt dies nur für eine gewisse gesellschaftliche Schicht, lebten einfach immer nur bei ihren Eltern, bis sie verheiratet waren.« »Ich glaube, meinen Eltern wäre es lieber, wenn es heute immer noch so wäre«, antwortete ich, den leichten Ton aufnehmend.

Eigentlich habe ich von dem schönen Fest Sophias kaum mehr etwas in Erinnerung, so sehr ich mich auch bemühte, allen Anforderungen, die an die beste Freundin der Hauptperson gestellt wurden, gerecht zu werden. Nur dass spät noch Herr Pospischil auftauchte, der mich in ein längeres Gespräch über seinen Franz verwickelte, weiß ich. Den glücklichen und ausführlichen Erzählungen des Großvaters über seinen Enkel zu lauschen, bedurfte glücklicherweise keiner besonderen Konzentration oder Vorsicht meinerseits mehr.

Pospischil war in der Tat noch sehr spät bei von Wiesinger aufgetaucht, um ihn über seine bisherigen Ermittlungen zu informieren. Waren auch seine Besuche im Haus *Kinderwünsche* und im AKH eigentlich erfolglos gewesen, so war das noch gar nichts gegen die spätnachmittägliche Befragung der Präsidenten der Wohlfahrtsinstitution. Fünf ältere, eigentlich schon alte Männer, die einer früheren Zeit anzugehören schienen. Sich bis hin zur Karikatur aufrecht haltend, geprägt bis zum heutigen Tag von einer in ihrer Jugend erhaltenen militärischen Ausbildung, mit weißen, streng gescheitelten Haaren und einem im einen oder anderen Fall schon etwas ausgedünnten hochgezwirbelten Bart nach der Mode des verstorbenen Kaisers, mit dem leicht nasalen, mit vielen französischen Wendungen durchsetzten Schönbrunner Deutsch der guten Gesellschaft Wiens, wie es ebenfalls längst nicht mehr so gesprochen wurde, altmodisch gekleidet mit einer goldenen Uhrenkette für die Taschenuhr, schienen sie offen und ehrlich zu sein, sagten aber eigentlich gar nichts. Außer dass sie ihre Sekretärin Frau Heger lobten und ihren Verein in den Himmel hoben.

Dass er in ein Fest geplatzt war, war ihm natürlich sehr peinlich, aber von Wiesinger beruhigte ihn und lud ihn sogar noch zu einem Glas Wein zu seiner Gesellschaft ein. Von Wiesinger ließ sich die Freude am Fest nicht durch Pospischils Mitteilungen stören, obwohl natürlich die Duplizität der Kündigungen von Mutter und Tochter Heger schon mysteriös wirkten und nach Klärung schrieen.

Er wunderte sich, wie gelassen Max Heger auf das Verschwinden von Mutter und Schwester reagierte. Doch offenbar waren ihm von Kindheit an schnelle und nicht vorhersehbare Entscheidungen seiner Schwester vertraut. Und Frau Christine war dann wohl immer unterwegs, um ihre Tochter durch gutes Zureden und Versprechungen aus diversen Bredouillen zu retten. Von den neuesten Entwicklungen wusste er ja noch nichts. Heger hatte viel Freude an dem Fest, dessen fast familiäre Ungezwungenheit und Lockerheit ihn zu animieren schien. Er war ja auch fast der einzige männliche Vertreter einer jüngeren Generation, sodass sich Sophias Freundinnen naturgemäß alle um ihn scharten. Doch auch Sophia schien seine Konversation zu genießen.

Selbst von Wiesinger spürte in sich, mehr noch als beim gestrigen Opernbesuch, etwas von der Leichtigkeit seines früheren Lebens, die er wegen der tragischen Brüche im Leben seiner Tochter und durch die Schatten des Krieges endgültig verloren zu haben fürchtete. So sehr er unter der Vorstellung litt, seine Tochter und seinen Enkelsohn nicht mehr in der Nähe und somit unter seinem Schutz zu wissen, so sehr beglückte ihn das Wissen, dass seine Tochter ihr Leben in die eigenen Hände nehmen wollte. Sie hatte wohl all die Tragödien ihres jungen Lebens unbeschadet verarbeitet. Und schließlich, das hatte sie ihm versprochen, würde sie so oft wie möglich zu Besuch zu ihnen kommen.

Am nächsten Morgen berichtete er Ada und ihrem Logiergast von den bisherigen Ermittlungen Pospischils im Zusammenhang mit Frau Christine. »Also doch«, seufzte Max Heger auf, »da ist meine Schwester wieder einfach irgendwohin aufgebrochen. Wahrscheinlich wirklich in ein Lazarett, das passt zu ihr, obwohl sie einmal gesagt hat, dass sie nichts tun würde, das sie zu irgendeiner Parteinahme in diesem entsetzlichen Krieg zwingen würde. Und Mutter hat dann auch ihre Zelte abgebrochen und ist ihr nachgereist. Das alte Schema. Wissen Sie, als sie noch zu Hause war, ist sie zweimal nach London ausgerissen. Einmal wollte sie Schauspielerin werden, und Mutter hat sie von einem eitlen alten Mimen, der sie nicht nur finanziell ausnutzen wollte, weggerissen. Gegen ihren heftigsten Protest natürlich! Ein Jahr später war sie wieder fort. Diesmal plante sie, an einer Kunstakademie zu studieren. Na ja, begabt ist sie ja dafür. Begabter als ich, nehme ich an. Aber sie war erst 17 Jahre alt, und man konnte sie einfach nicht allein in London lassen. Sie hat Mutter und Vater ewige Rache geschworen, ist dann aber doch mit nach Hause. Dort hat sie sich dann wieder neuen Projekten verschrieben, u.a. der Verführung eines alten Witwers, den sie mit ihren hoffentlich unschuldigen Attacken völlig verschreckt hat, bis sie sich dann zur Krankenschwester und Hebamme ausbilden lassen hat – für alle unverständlich und täglich voller Anspannung beobachtet. Das scheint sie wirklich ernst gemeint zu haben. Trotzdem war ich froh, dass sie, als Mutter nach Vaters Tod zurück nach Wien wollte, beschlossen hat, mit ihr zu ziehen und nicht länger mein bescheidenes bäuerliches Leben teilen zu wollen.« Er schien beruhigt zu sein und bedankte sich bei seinem Gastgeber. »Wenn ich vielleicht noch ein oder zwei Tage bleiben und mir von Frau Sachtl die Stadt zeigen lassen dürfte? Das wäre doch noch ein richtig wunderbarer Urlaub. Am Montag, spätestens am Dienstag, ist mein Urlaub dann schon wieder zu Ende. Ich muss mich ja um meinen Hof kümmern. Höchste Zeit für manche Feldarbeiten.«

Von Wiesinger nahm sich zweierlei für den Samstagvormittag vor. Das erste Vorhaben wollte er vor seiner Arbeit angehen, das zweite ließ sich von seinem Büro aus erledigen.

Zunächst wollte er dem alten Gerichtsmediziner einen erneuten Besuch abstatten. Dieser schien sich gar nicht zu wundern, ihn schon wieder in seinem Kellergewölbe zu sehen.

»Ich glaube, ich hab' da etwas für Sie. Vielleicht sogar sehr interessant. Vor drei Tagen haben Sie mir doch diesen toten Säugling bringen lassen. Und damals ist auch eine junge Frau eingeliefert worden, deren Untersuchung ich nur etwas zurückstellen musste. Es schien ja nicht so wichtig zu sein. Und jetzt habe ich mir überlegt, dass sie vielleicht etwas damit zu tun hat. Vielleicht aber auch nicht. Das zu entscheiden ist allerdings glücklicherweise nicht meine Aufgabe. Kommen Sie mit.«

Von Wiesinger folgte dem alten Arzt zu einer Liege, auf der ein großes weißes Tuch über einer Leiche ausgebreitet war. Von seiner früheren juristischen Tätigkeit her wusste er, dass dies das letzte Anzeichen von Würde war, die man toten Menschen zugestand, die in diesem Keller gelandet waren. Zumindest sollten sie zufällig hier eintretenden Fremden nicht in ihrer unfreiwilligen Nacktheit und mit all den ihnen von ihren Mördern häufig mehr oder weniger planlos und den von dem Herrscher über dieses Todesreich planvoll zugefügten Wunden und Einschusslöchern, Stichen und Schnitten präsentiert werden. Auch für von Wiesinger entfernte der alte Arzt nur das obere Ende des Tuchs, sodass dieser nur das Gesicht der toten Frau sehen konnte. Dieses Gesicht war jung, sehr jung, viel zu jung für den Tod, sei er nun selbst zugefügt oder Folge einer Krankheit oder gar einer Gewaltausübung anderer. Ihre Augen hatte jemand, vermutlich der Gendarm, der sie aufgefunden hatte oder auch erst der alte Arzt geschlossen, sodass wirklich nur ein ausdrucksloses, ebenmäßiges Gesicht zu sehen war, das nichts über die Herkunft oder die Geschichte der jungen Frau verriet. »Sie hat kurz vor ihrem Tod ein Kind zur Welt gebracht. Deswegen habe ich die Verbindung hergestellt. Eine totes Kind ohne Mutter, eine tote Mutter ohne Kind.« Er blickte kurz zu von Wiesinger hinüber, der sehr nachdenklich wirkte.

»Aber beim Auffinden der Leiche war nichts von einem Kind zu sehen?«, fragte er.

»Sie wissen doch, dass ich mich darum nicht kümmere. Nicht einmal danach frage. Dass ich Ihnen heute diese Verknüpfung anbiete, geht weit über mein übliches Verhalten hinaus. Ich glaube übrigens nicht, dass Sie bei der Behörde irgendetwas herausfinden. Eine junge Frau in einem sogenannten Hotel, das eher ein Freudenhaus ist? Und ohne sichtbare Verletzungen? Da macht sich doch keiner die Mühe, sich *so eine* genauer anzusehen. Vielleicht gibt's ja sogar die Syphilis, wenn man sie anlangt. Auf jeden Fall hat's *so eine* doch nicht besser verdient.«

Von Wiesinger lauschte dem ungewohnt zynischen Gefühlsausbruch des Arztes mit schweigender Zustimmung. Er wusste aber auch, dass die Gendarmen, waren sie nun mit Vorurteilen befrachtet oder nicht, bis an ihre Grenzen arbeiteten. Diese Männer konnten heute nicht mehr ihren ruhigen Dienst absitzen wie früher, sie waren mehr oder weniger ständig draußen, vor allem auch, um die Verteilung der knappen Lebensmittel abzusichern. Und dann, ja, auch wenn der Krieg weit weg war, so war er doch nicht zu vergessen. Hunderttausende waren an der Front gefallen, und irgendwie reduzierte das die Bedeutung eines einzelnen toten Zivilisten, gar einer Prostituierten. Von Wiesinger hatte gar nicht realisiert, dass er das Letztere unwillkürlich vor sich hingemurmelt hatte, sodass er überrascht war, als er eine Antwort auf seinen Gedanken erhielt: »Aber jeder hat das Recht, zweimal in seinem Leben wichtiger zu sein als alles andere. Das erste Mal ist, wenn er zur Welt kommt. Und da hat die Natur ja dafür gesorgt, dass nichts und niemand die Mutter davon abhalten kann, an irgendetwas anderes zu denken als an das Kind, das sie gerade zur Welt bringt. Und der Augenblick, in dem sie es dann zum ersten Mal sieht, wird für sie immer unvergesslich bleiben, unabhängig davon, was sie dann mit dem Kind tun wird. Und das kann ja oft sehr schrecklich sein. Und das zweite Mal ist der Tod. Nur da sorgt die Natur nicht mehr für die entsprechende Fokussierung. Da muss das Soziale eintreten. Und glücklicherweise tut es das auch fast immer. Die Familie, die Geliebte, Freunde werden um einen trauern und einen würdigen Abschied bereiten. Der Sarg wird mit Kränzen beladen, uniformierte Sargträger bringen den Toten zum Grab, er erhält einen Gottesdienst, der nur für ihn abgehalten wird. Aber das wissen Sie ja alles. Kann ja wirklich sehr pompös sein. Trauerkutsche. Musik. Leichenschmaus. Kein böses Wort, nur Lobenshymnen. Ein kleiner Bruchteil der Todesworte hätte manchem vielleicht das Leben verschönert. Wenn niemand da ist, der um einen trauert, wird das Ganze trotzdem gnadenlos durchgezogen. Nachbarn. Kollegen. Alle in Schwarz, das sieht dann auch ohne Tränen würdevoll aus. Aber die Würde einiger, glücklicherweise nur weniger, muss von einem anonymen größeren Sozialen gesichert werden, die Würde der ganz Armen, der ganz Einsamen und der ganz armen Alten, die alle anderen überlebt haben und auch durch kein Erbversprechen formelle Kontakte erpressen können, und die Würde der Ärmsten der Armen, der Obdachlosen. Und für die Würde derer, die sich selbst oder denen jemand anderer das Leben genommen hat, für deren Würde bin ich zuständig.«

Von Wiesinger hatte den Mann noch nie soviel auf einmal sprechen hören. Was für ein Leben mochte das sein, dachte er, ein Leben lang hier unten von Leichen umgeben zu sein. Der Gestank, die Dunkelheit der Keller einerseits, dann die blendend hellen Lampen über den Toten, die Schnitte, das Blut, all das aus den toten Körpern Herausquellende, das ich nie gern gesehen habe. Und oft auch ganz allein bei der Arbeit. Und wem kann man von seiner Arbeit erzählen? Davon will doch niemand etwas hören.

Von Wiesinger dachte erstmals darüber nach, dass er von dem Mann, den er aus beruflichen Zusammenhängen schon mehr als zwei Jahrzehnte lang kannte, überhaupt nichts wusste. Bislang hatte er immer gedacht, dass sein Gegenüber trotz seiner oft abweisend wirkenden Art hilfsbereit sei, da er nie gezögert hatte, etwas noch und noch einmal zu prüfen, da er immer bereit war, Sonderschichten einzulegen. Jetzt erkannte er, dass diese vermeintliche Hilfsbereitschaft gar nicht ihm und anderen Lebenden oder gar der abstrakten Idee der Gerechtigkeit galt, sondern einzig und allein den Toten, denen er sich verpflichtet fühlte. Diese Toten aber würden ihm dereinst bei seinem eigenen Leichenbegängnis nicht folgen können.

»Übrigens sind an der Leiche keine Spuren zu finden, die in irgendeiner Weise auf Fremdeinwirkung schließen lassen. Die arme Frau hat sich offensichtlich wirklich selbst ums Leben gebracht. Veronal, aber das bekommt man ja gegen ein schönes Aufgeld nicht nur in den Apotheken, sondern in vielen der einschlägigen Etablissements am Gürtel, dort, wo sie auch gefunden wurde. Die Polizei wird in den nächsten Tagen trotzdem versuchen, ihre Identität zu klären, aber übermäßig eifrig werden sie dabei wohl nicht sein. Wir haben eine Fotografie angefertigt, warten Sie einmal, ja, dort auf dem kleinen Tisch muss sie liegen. Die Polizei wird mit dieser Fotografie in der Nähe des Fundorts ein wenig nachforschen, aber die Ergebnisse erhalte ich ja sowieso nicht. Ich wollte trotzdem vorschlagen, dass man die Fotografie in der Zeitung veröffentlicht. Irgendwem wird diese schöne junge Frau doch abgehen.«

»Sonst haben Sie Ihrer Untersuchung nichts entnehmen können?«, fragte von Wiesinger nach. »Doch, einiges. Nicht polizeiverwertbar. Die junge Frau hat nicht mit ihren Händen gearbeitet, da, schauen Sie.« Er hob die Decke ein wenig auf und wies auf eine schöne weiße Hand, die keinerlei Spuren schwerer Arbeit aufwies. »Und es ist ihr nicht schlecht gegangen. Wissen Sie, den Hunger sieht man den Toten an. Nicht nur daran, dass sie bis zum Skelett abgemagert sind. Und sie war sehr gepflegt, hat auf sich gehalten.«

»Das könnte aber alles auch dazu passen, dass die Polizei sie für eine Prostituierte hält?«

»Schon, aber andererseits – da geht's leider nur selten so ganz ohne Hämatome und Kratzer und andere Spuren von Gewalt ab. Wenn Sie einen Augenblick Zeit haben, zeige ich Ihnen noch jemanden, dann verstehen Sie, was ich meine. Ungefähr gleichzeitig, nein, das war einen Tag vorher, ist mir eine andere Frauenleiche gebracht worden. Sehr ähnlich: keine sichtbaren Gewaltspuren, keine Ausweispapiere, ohne Gepäck in einem Hotel gestorben, Tod durch Veronal, vermutlich auch Selbstmord. Wegen dieser aber wird viel Wirbel gemacht, da schaut jeden Tag ein Polizeiagent bei mir herein und fragt, ob wir noch irgendetwas gefunden hätten. Haben wir aber nicht. Man hat uns Gläser gebracht, damit meine Assistenten Fingerabdrücke nehmen, man hat mich geradezu gelöchert. Löchert mich noch immer. Deswegen liegt sie noch immer hier bei uns. Kommen Sie mit«, forderte er von Wiesinger auf und ging mit ihm an einen anderen Tisch im Kühlraum. »Hier, das ist sie.« Er hob wieder achtsam das weiße Leinentuch von dem Gesicht der Toten.

Von Wiesinger warf einen kurzen Blick auf die schöne junge Frau. »War sie auch Mutter?«, fragte er.

»Nein, sie ist sogar noch *virgo intacta*. Aber deswegen macht man nicht so einen Wirbel um sie.«

»Warum dann?«

»Nun, es ist ihr Fundort. Diese junge Dame wurde im *Grand Hotel* gefunden. Feinstes Hotel am Kärntner Ring, Sie kennen es bestimmt. Also handelt es sich wohl um eine reiche junge Dame aus bester Gesellschaft. Da werden andere Fantasien wach als bei einer jungen Toten am Gürtel. Liebeskummer, geheime Beziehungen in die höchsten Kreise, Spionage und so weiter. Da komm' ich nicht mit. Ich habe ja diese Fantasie nicht, die man als Ermittler entwickelt. Ich habe nur gesagt, was ich gesehen habe. Dass diese junge Dame zwar sehr schön, jung, unschuldig und kerngesund war, dass sie aber durchaus mit ihren Händen etwas anderes getan hat als nur Maniküre.« Wieder schlug er das weiße Leinentuch ein wenig hoch, um die Hand der Toten zu zeigen. Auch diese Hand war klein und gepflegt, aber, wie von Wiesinger sogleich sah, viel kräftiger. »Hier, sehen Sie, da sind ganz kleine Spuren ehemaliger Verletzungen, die aber nichts mit ihrem Tod zu tun haben, und die Haut ist recht rau. Fast wie meine alte Medizinerhand. Was diese Frau mit ihren Händen getan hat, weiß ich natürlich nicht. Küchenarbeit, leichte Fabrikarbeit, Pflegearbeit. Sogar kleinere Verätzungen wie vom Umgang mit chemischen Substanzen. Säuren zum Beispiel. Ich habe die Polizeiagenten darauf hingewiesen, aber das hat sie nicht besonders interessiert, nachdem ich ihnen versichert habe, dass die Verletzungsspuren einige Zeit vor ihrem Tod entstanden sein müssen. Sie haben etwas von Handarbeiten gemurmelt. Sie haben doch eine Tochter, nicht wahr? Und hat die sich die Hände blutig gestochen beim Sticken?«

Von Wiesinger wusste fast alles über die Ungerechtigkeiten, die das menschliche Leben bestimmten, jetzt dachte er darüber nach, dass diese sogar noch den Tod begleiteten. Obwohl er gern mit dem alten Gerichtsmediziner darüber gesprochen hätte, hielt ihn sein dichtes Tagesprogramm davon ab. So bedankte er sich nur für die Bereitschaft, ihm die vielen Informationen zu geben, obwohl er doch schon seit drei Jahren nichts mehr mit dem ganzen Rechtsapparat zu tun hatte. »Einmal Ermittler, immer Ermittler«, murmelte der Arzt, der sich schon immer mehr an seine eigenen als an dienstliche Vorschriften gehalten hatte, und fügte fast freundlich hinzu: »Immer wieder gern.«

Im Büro schaute von Wiesinger schlechten Gewissens auf die hohen Papierberge, die sich vor ihm stapelten. Vor allem die Frage des Quantums der Kartoffeln war noch ungeklärt. Gestern am Abend hatte er auch mit Karl Renner darüber gestritten. Mehr als ein halbes Kilo pro Kopf und Woche schien unrealistisch zu sein, andererseits würde dieses halbe Kilo für die Ärmeren, für die Erdäpfel das wichtigste Nahrungsmittel war, nicht ausreichen. Aber mehr anzuweisen, würde die nächsten Verteilungskämpfe nach sich ziehen.

Bevor er weiter darüber nachdachte, erledigte er die zweite außerdienstliche Aufgabe, die er sich für den Vormittag vorgenommen hatte, nämlich einen Anruf bei einem alten Freund, den er bitten wollte, bei ihm im Büro vorbeizukommen. Zwei andere ehemalige Weggefährten hatte er zu seiner großen Freude gestern Abend getroffen und sie für heute in sein Büro gebeten. Diese drei Männer, ein Cousin, ein früherer Schulfreund und ein ehemaliger Kommilitone, sah er trotz ihrer in der Jugend sehr engen freundschaftlichen Bindungen äußerst selten. In zu unterschiedliche Richtungen hatten ihre Lebenswege sie geführt. Aber trotzdem vertraute er ihnen so uneingeschränkt wie früher. Sie verkehrten alle in der obersten sozialen Schicht, in einer Gesellschaft, zu der von Wiesinger schon als junger Mann eine innere Distanz fühlte, sodass er Geselligkeiten dort meist gemieden hatte. Aber auch die Hartnäckigkeit, mit der er trotz seines sehr großen Vermögens einen bürgerlichen Beruf ausübte, und zwar immer im Staatsdienst, mehr aber noch seine konsequente sozialdemokratische Gesinnung und gewisse Eigenarten von Wiesingers, vor allem sein fehlendes Gefühl für Standesgrenzen und seine Missachtung gesellschaftlicher Konventionen, würden ihm inzwischen einen herausragenden Platz in diesem engen Kreis kaum mehr möglich machen. Aber die drei Männer, die er ausgewählt hatte, würden über mindestens drei der Vorsitzenden von *Kinderwünsche* alles wissen, was es über sie zu wissen gab. Und: Sie würden es ihm erzählen. Was auch immer es war.

Sophia setzte inzwischen ihre Besichtigungstour mit Max Heger durch Wien fort. Wie gestern hatte sie Karl im Kinderwagen bei sich, dem diese langen Spazierfahrten sicherlich guttun würden. Das Tempo ihres Stadtspaziergangs war sehr gemächlich, weil Max Heger sehr oft einfach stehen blieb und Hausformen, am liebsten, wie Sophia bemerkte, Ensembles benachbarter Hauskuppeln, mit seinem Bleistift auf seinem Zeichenblock festhielt. Sie gingen durch das Gelände *Am Steinhof*, weil Max Heger sich die *Kirche zum Heiligen Leopold* ansehen wollte, die seit etwa zehn Jahren als Kirche für die Patienten der weiträumigen Krankenanstalt für Gemütskranke diente. Die Gesamtanlage war mit ihren über 50 weißen Pavillons nach einem Plan des von Max Heger so bewunderten Architekten Otto Wagner errichtet worden. Sophia wusste, dass es wohl in erster Linie die große goldene Kuppel war, die Max Heger aus Büchern kannte und die er unbedingt sehen – und wahrscheinlich auch zeichnen – wollte. Sophia, die schon am vorigen Tag versucht hatte, mit Max Hegers Augen zu sehen, spürte schon von Weitem die Verlockung, die für dessen schönheitsdürstendes Auge von dieser großen Kuppel ausgehen musste, die sich in gold-grüner Ornamentik über dem schlichten weißen Sakralbau erhob. Die Sonne schien an diesem Märztag recht kräftig von einem strahlend blauen Himmel herunter, und nach den Schnee- und Regenfällen der letzten Tage zeigte das Gras um die Kirche herum ein dunkles, sattes Grün, sodass Sophia plötzlich die kunstvolle Farbreduktion des Ensembles auf weiß, grün, goldgelb, blau und ein wenig graubraun durch den Steinsockel, der das Gebäude umgab, wahrnahm, die sich so stark vom anarchischen Bunt der nicht künstlerisch gestalteten Stadtwirklichkeit abhob. Erhaben, dachte sie und fand das hohe Wort vor sich selbst ein wenig peinlich. »Erhaben«, sprach da Max Heger neben ihr laut aus, was sie eben gedacht hatte. »Aber ich weiß nicht, ob so ein großes Wort heutzutage nicht etwas peinlich ist?«

»Eigentlich schon«, sagte Sophia, »aber ein passenderes fällt mir auch nicht ein. Um es abzumildern: Viele nennen das Gelände hier *Lemoniberg*, weil die Kuppel wie eine halbe Zitrone aussieht.« Max Heger schmunzelte.

»Wollen wir hineingehen?«, fragte Sophia.

»Nein«, erwiderte Max Heger so direkt, wie es seine Art war. »Mehr Kultur sollten wir dem kleinen Karl heute nicht zumuten. Ich fertige noch geschwind meine Skizzen an und dann schauen wir, ob wir nicht doch noch einen Ort finden, der dem Kleinen mehr Freude macht, wenn er aus seinem Vormittagsschlaf erwacht. Ich gehe dann noch einmal allein her, während Sie Charly zum Mittagessen heimbringen.« Sophia musste lachen, als Max Heger ihren Sohn mit der englischen Variante seines Namens bezeichnete, fühlte sich aber auch ein wenig ausgeschlossen. Sie hatte so viel Gefallen an den gemeinsamen Spaziergängen gehabt. Sie fürchtete, etwas aufdringlich und übergriffig gewesen zu sein, indem sie ihm an jedem seiner bisher zwei Wiener Abende eine Unternehmung für den nächsten Tag angeboten hatte.

Doch ihre Befürchtungen zerstreuten sich, als Max Heger fragte: »Darf ich Sie heute Abend vielleicht besuchen? Damit wir unsere Pläne für morgen besprechen können? Meinen letzten Tag?«

»Ja, gern«, antwortete Sophia, »aber nur, wenn Sie mir ein paar Ihrer Skizzen zeigen, die Sie immer so vorsichtig vor mir verbergen, als hätten Sie etwas zu verstecken.«

»Vielleicht mein mangelndes künstlerisches Talent«, entgegnete Max Heger. »Aber ich bringe einige mit. Dann werde ich heute Nachmittag ein paar Aquarelle zu meinen Skizzen anfertigen. Erwarten Sie nicht zuviel. Ich bin ein langsamer Maler, und ich werde erst in England genauer an meinen Entwürfen arbeiten.«

»Karl hat einen Lieblingsplatz«, sagte Sophia, »doch da gehen wir heute nicht hin. Sonst an jedem Samstagnachmittag. Aber unser *Frauenrat* hat heute geschlossen. Und da gibt es eine volle Kammer mit ausrangierten Spielsachen, das ist für ihn wie der Himmel, glaube ich.«

»Was ist dieser *Frauenrat* eigentlich?«, fragte Max Heger. »Es klingt ein bisschen wie ein feministischer Verein. Damit kenne ich mich auch ein wenig aus, weil meine Schwester bei ihrem zweiten Ausreißversuch nach London Freude an den Demonstrationen der Suffragetten gefunden hat. Sie hat uns dann ewig damit gequält, dass Papa und ich sie und Mama unterdrückten. Aber Sie wirken ganz und gar nicht unterdrückt.«

»Mit Ihrer Schwester haben Sie wohl wirklich schon viel mitgemacht«, lachte Sophia.

»Ja, das schon. Aber Sie können sich gar nicht vorstellen, was für ein wunderbarer und warmherziger Mensch sie ist. Nur eben sehr spontan. Das sind Sie gar nicht, oder?«

Sophia wurde durch diese direkte Frage etwas verlegen und griff lieber das vorige Gesprächsthema wieder auf. »Der *Frauenrat*«, begann sie, »wurde von einigen Freundinnen von Mascha und mir im Sommer 1915 gegründet. Ziel war eigentlich eine unentgeltliche und auf Wunsch auch anonyme Beratung von Frauen, vor allem in medizinischer und juristischer Hinsicht. Das war Maschas und mein Part. Aber Maschas Angebot war von Anfang an überlaufen, meines fand nur wenig Zuspruch. Wir hatten wirklich große Pläne, Berufsberatung, Kursangebote, die den Einstieg in bestimmte Berufe fördern sollten und so weiter. Mascha hat natürlich nur untersucht und beraten, keine Behandlungen im eigentlichen Sinn vorgenommen. Schwangerschaften festgestellt und so weiter, gesagt, wann eine Frau eher zum Arzt gehen soll, solche Sachen eben. Zu Beginn lief der *Frauenrat* sehr gut. Wir hatten und haben während der Beratungen eine Kinderbetreuung, wir veranstalteten Nachmittage für spezielle Gruppen wie Mädchen oder Schwangere, dazu servierten wir Kaffee und Kuchen. Inzwischen haben die Frauen aber kaum mehr Zeit, sich um sich selbst zu kümmern. Sie arbeiten ja fast alle in den Fabriken oder sonst wo. Berufsvorbereitung wäre nur ein Luxus für sie. Und die ausführlichen Gesprächskreise, für die hat keine mehr Zeit. Und unser Essensangebot ist mager geworden, obwohl es immer noch reichlich genutzt wird. Ich glaube, unsere Suppe ist den Frauen inzwischen wichtiger als unser Rat. Doch ist es immer noch recht voll bei uns, auch weil die Kinder so gern kommen. Aber der *Frauenrat* ist überhaupt nicht mehr das, was wir eigentlich wollten. Ich hoffe, ich langweile Sie nicht?«

Max Heger verneinte entschieden. »Erzählen Sie weiter«, bat er.

»Sie müssen wissen, die Wohltätigkeit war zu Beginn des Kriegs so glänzend und wohltuend. Es gab Wohltätigkeitsbälle, Wohltätigkeitskonzerte, Wohltätigkeitssammlungen, Wohltätigkeitssoupers, Dichter wurden um Kriegsgrüße für Soldaten oder für Kinder gebeten, die dann in feinen Lederbüchlein mit Goldschnitt erschienen. Der Krieg war ein einziges Fest, denke ich rückblickend. Sein hässliches Gesicht zeigte sich später, als so viele Männer fielen oder als Invaliden nach Hause zurückkehrten, als die Arbeit für die Frauen immer mehr wurde, als sie begannen zu hungern und darunter zu leiden, dass sie ihre Kinder oft schlecht versorgt oder gar allein zu Hause wussten. Als der Krieg ihr Leben vernichtete. Und darauf eben war unser idealistischer *Frauenrat* nicht eingestellt. Wir diskutieren dauernd, wie wir ihn umorganisieren und den heutigen Gegebenheiten anpassen können. Vielleicht nur noch Kinderbetreuungsangebote. Jetzt, wo ich bald weggehe, wird Mascha allein entscheiden müssen, ob sie den *Frauenrat* sogar ganz einstellt.«

Da Karl inzwischen erwacht war, verlangte er nach der Aufmerksamkeit seiner Mutter und des lustigen Fremden, sodass Sophia und Max Heger sich wieder leichteren Themen zuwandten.

Von Wiesingers drei Freunde kamen am späten Vormittag vorbei. »Da habe ich zwei von euch gestern Abend gesehen, aber dich, mein Lieber, schon lang nicht. Eigentlich unverzeihlich, denn das mit gestern, das war nicht mein Verdienst, sondern das meiner Tochter. Und wir drei haben uns ja auch nicht richtig unterhalten können, so viele Gäste, wie da waren. Schade, wir haben uns alle mehr oder weniger aus den Augen verloren.« Die anderen nickten zustimmend. Von Wiesinger spürte eine Nähe, die man oft in der Gegenwart von Kinderfreunden wahrnimmt, beispielsweise auch bei Maturatreffen. Obwohl man in den Gesichtern der Männer dort oft nur mit Mühe die ehemaligen Klassenkameraden wiedererkennt und obwohl man fast nichts über ihr gegenwärtiges Leben weiß, bildet die gemeinsame Erinnerung eine emotionale Klammer, die zumindest ein paar Stunden lang trägt und verbindet. Doch in Kriegszeiten war zum Unterschied von anderen Zeiten eine Frage unerlässlich, die von Wiesinger denn auch stellte: »Ich hoffe, dass es euren Familien gut geht …?« Diese Frage barg indirekt die Hoffnung, dass die Söhne der früheren Freunde, so sie denn an der Front waren, noch am Leben waren. Die Miene eines der Männer sagte alles. Von Wiesinger ging auf ihn zu und umarmte ihn schweigend. Auch die anderen kondolierten ihm wortlos, nur durch einen Händedruck.

»Lasst uns bitte gleich zu dem Grund unseres Treffens kommen«, sagte von Wiesingers Schulfreund Rudolf von Sachtleben leise. »Ich kann noch nicht über meinen Sohn sprechen, und das Einzige, was mir überhaupt hilft, ist Ablenkung, gleich welcher Art. Außer natürlich große Feste wie gestern bei euch. Das geht noch nicht. Erzähl' doch, Felix, was so Dringendes anliegt.«

»Ich weiß gar nicht, ob das, was anliegt, dringend ist. Ich weiß nicht einmal, ob überhaupt etwas anliegt. Ich habe nur so ein diffuses Gefühl, dass etwas ganz und gar nicht in Ordnung ist. Es geht um die bekannte karitative Einrichtung *Kinderträume*. Der Name ist mir in Zusammenhängen begegnet, die nicht recht zueinanderpassen. Und die Vereinsvorsitzenden kenne ich teilweise persönlich, aber nur oberflächlich, teilweise auch nur vom Hörensagen. Sie gehören einfach nicht zu den Kreisen, in denen ich regelmäßig verkehre. Im Unterschied zu euch.«

»Du verkehrst, wie ich höre, ja immer noch vor allem in deinen sozialistischen Kreisen. Bist sehr eng mit Renner und Adler. Und verbringst deine Freizeit gern mit Arbeitern in Favoriten«, sagte Hans von Wiesinger, sein Cousin. »Du hast ja schon als Kind in den Sommerferien, wenn wir bei den Großeltern waren, lieber mit den Bauernbuben gespielt als mit uns«, erinnerte er ihn.

Felix von Wiesinger lächelte. »Es war halt nicht so fad, weißt du. Hinter dir und den andern Kindern liefen immer Aufsichtspersonen her, und mit meinen Spielgefährten habe ich alles das machen können, was euch verboten war.«

»Das stimmt«, bestätigte Hans von Wiesinger, »und ich trauere den versäumten Möglichkeiten bis heute nach. Du warst halt immer viel mutiger als ich.«

»Das glaube ich nicht«, sagte Felix von Wiesinger. »Meine Eltern waren eben nur toleranter als deine. Haben mehr erlaubt.«

»Es sind diese verdammten Konventionen«, seufzte Hans von Wiesinger. »Du kannst ihnen nur konsequent folgen oder gar nicht. Und das ist eine Lebensentscheidung.«

»Jetzt fangt ihr doch wieder an zu philosophieren«, unterbrach sie Felix von Wiesingers Studienfreund, Leopold von Gaupern. »Es geht also, wenn ich richtig verstehe, darum, dass du etwas über die Direktoren der *Kinderträume* von uns erfahren willst. Und wenn ich deine so dringende und konspirative Einladung richtig verstehe, willst du etwas Schlechtes erfahren. Etwas Böses, Doppelbödiges, Geheimes und Geheimnisvolles, Unkonventionelles, Kriminelles …«

»Schon gut«, unterbrach Felix von Wiesinger seinen Studienfreund, der einer exklusiven Anwaltskanzlei in der Inneren Stadt vorstand. »Wir wissen alle, dass du dein Synonymenlexikon schon während des Studiums auswendig gelernt hast. Aber du hast völlig recht.«

Seltsam, dachte er. Außer mir ist Leopold der Einzige von uns, der arbeitet. Im bürgerlichen Sinne arbeitet. Und laut fuhr er fort: »Ich will wirklich, dass ihr mir jeglichen Klatsch und Tratsch über die fünf Herren erzählt, von dem ihr je gehört habt. Auch die unwichtigsten Einzelheiten. Und ich verspreche euch, alles sofort wieder zu vergessen, wenn ich hier einen unnötigen Aufruhr gemacht habe.«

»Aber du musst wissen, dass die Männer, nach denen du dich erkundigst, eigentlich solche Männer sind wie wir.«

»Nicht ganz«, antwortete von Wiesinger. »Sie sind älter als wir, sie sind standesbewusster als wir, sie sind rückwärtsgewandter als wir.«

»So viel älter sind sie nicht«, entgegnete sein Studienkollege. »Wir sind um die 50 Jahre, und sie sind so zwischen 55 und 60, würde ich einmal schätzen. Und beim anderen – wie kannst du dir da so sicher sein?«

»Und sie sind auch insofern nicht ganz so wie wir«, fuhr sein Cousin fort, »als sie eben nicht nur unsere gute alte Gesellschaft vertreten, die eh bald untergehen wird, sondern auch die neue. Man muss anerkennend feststellen, dass es diesem Vorstand gelungen ist, alles zu repräsentieren, was wichtig ist heute: Adel, Bürgertum, Geist und Geld. Chapeau!«

Viele Stunden später, nachdem er sich endlich zu einer Meinung über das Quantum des zugesicherten Kartoffelbezugs durchgerungen hatte, ging von Wiesinger in die Leopoldstadt, um Pospischil mitzuteilen, was seine Ermittlungen zutage gefördert hatten. Er war auch schon gespannt, was dieser im Lauf des Tages herausbekommen hatte. Er nahm eine Flasche Wein mit, da er am gestrigen Abend bemerkt hatte, wie gern der alte Polizist dem etwas süßen ungarischen Rotwein zugesprochen hatte.

Er traf Pospischil aufgewühlter, als er es vermutet hatte, sodass dessen Neuigkeiten zunächst im Mittelpunkt stehen sollten. Pospischil führte ihn wieder in die Küche, die sehr aufgeräumt und wohnlich wirkte. »Es tut mir leid, meine Frau würde schön keppeln mit mir, wenn Sie wüsste, dass ich mit Ihnen in ihrem Kucherl sitze.«

»Mir gefällt es hier, und da haben Sie auch nicht lang nach zwei Gläsern zu suchen«, sagte von Wiesinger beschwichtigend und zog die Weinflasche aus der tiefen Tasche seines Winterrocks. »Worauf stoßen wir an?«, fragte er seinen Gastgeber.

»Ich fürchte«, brach es aus diesem heraus, »dass die Angelegenheit für mich zu diffizil ist. Da braucht's einen richtigen Kriminaler. Nicht so einen simplen Wachtmeister wie mich.«

»Das seh' ich ganz anders«, entgegnete von Wiesinger. »In den meisten Angelegenheiten braucht's einen ehrlichen Mann, der Augen und Ohren offen hält und überall seine Kontakte hat.«

»Daran mangelt's nicht bei mir«, sagte Pospischil schon etwas getröstet. »Ich kenn ja in jeder Dienststelle in Wien jemanden. Nach über 40 Dienstjahren, da hat man überall jemanden sitzen, den man kennt. Und so mancher schuldet einem einen Gefallen.«

»Na sehen Sie«, sagte von Wiesinger und prostete ihm zu. Ihm selbst war der Wein doch zu süß, aber Pospischils Geschmack hatte er richtig eingeschätzt. »Wie die Sonne in Ungarn«, sagte Pospischil träumerisch. »Einmal war ich dort. Sogar eine richtige Dienstreise. Wir mussten einen nach Budapest überstellen. G'seh'n hab' ich nicht viel von der Stadt, aber die Fahrt mit der Eisenbahn, das war einmalig. Und dort auf der Dienststelle, es war so heiß, so einen Sommer haben wir hier gar nicht in Wien, da haben's mir einen Roten spendiert, der war fast so g'schmackig wie der hier.«

»So, dann erzählen Sie mir einmal, was Sie heute erfahren haben«, ermunterte von Wiesinger den alten Beamten. »Na ja, in der Früh, da war ich im Waisenhaus. Aber da gibt's nichts Neues. Über die Stimme der Person, die dort angerufen und gesagt hat, man solle im Garten nach einem Kind suchen, konnte die Oberin nichts sagen, nur, aber das wissen Sie ja, dass sie sehr verstellt geklungen habe. Unecht. Vielleicht doch eher eine Frauenstimme, meinte die Oberin. Sie war im Übrigen sehr kooperativ, und ich versichere Ihnen, wenn das jemand aus dem Haus selbst war, dann bekommt die Frau das heraus. Das ist nur eine Frage der Zeit. Aber besser als die könnt' ich da auch nicht ermitteln.«

»Davon bin ich überzeugt«, stimmte von Wiesinger zu.

»Aber der Anruf? Spricht das nicht dafür, dass es jemand Außenstehender war?«

»Nicht unbedingt. Schauen Sie, die vielen Helferinnen, die da zugange sind, wie ja auch meine Frau. Und es könnte auch ein Kind in der Nacht abgängig gewesen sein und mit verstellter Stimme angerufen haben. Es herrschte ja ein großes Chaos an dem Abend.«

»Richtig, das wird schwierig werden.«

»Was hat Ihr Tag sonst noch gebracht?«, fragte von Wiesinger.

Pospischil erzählte von seinen verschiedenen Unternehmungen in Zusammenhang mit von Wiesingers Auftrag und ging dann auf seine Zeitungslektüre ein.»Das war schon deprimierend. Zwei tote Frauen und ein misshandeltes Kind. Und da hab' ich mich genauer nach allem erkundigt. Sie müssen schon entschuldigen, denn damit hatten Sie mich ja eigentlich nicht beauftragt.

»Erzählen Sie's trotzdem«, lächelte von Wiesinger, der den Beamten gut verstand. Wenn ein erfahrener Kriminalist von einem Fall hört, dann muss er dem einfach nachgehen. Auch wenn er in Pension ist und gerade mit etwas anderem beschäftigt.

»Aber machen Sie's bitte kurz«, forderte er Pospischil auf.

»Geht nicht ganz kurz. Warten Sie nur ab, Sie werden's später schon verstehen. Also: Über die tote Frau aus dem Hotel hat mir ein Inspektor bei der Liesl*, den ich gut kenne, alles erzählt. Und der hat definitiv zugegeben, dass die Sache nicht sehr entschieden untersucht worden ist. *De mortuis nihil nisi bene*, aber Sie wissen ja, dass manche den Tod bei Prostituierten für ein Berufsrisiko halten. Und den Inspektor, der fürs AKH zuständig ist, den kenn' ich auch. Auch ein ganz alter Beamter. Ich weiß gar nicht, was mich getrieben hat, bei dem auch noch nachzufragen. Aber das mit dem Jungen hat mir keine Ruhe gelassen. Und wissen Sie was? Es war eine furchtbare Vergewaltigung, stellen Sie sich das vor! Die Vergewaltigung eines Knaben! Aber der Junge lebt, und es geht ihm schon wieder ganz gut. Und mein Gewährsmann hat ganz genau nachgeforscht, wer den Knaben gebracht hat. Aber niemand wusste das im Krankenhaus genauer, weil alle sich gleich um das Kind geschart haben, der Arzt und die Schwestern. Und jetzt kommt's: Eine Schwester ist gleich nach der Erstversorgung verschwunden. Der Inspektor wollte sie nämlich nach dem Mann fragen, der den Buben gebracht hat. Man vermutet, dass sie ihn gesehen hat. Der Arzt hat so eine vage Erinnerung, dass es ein älterer und vornehmer Mann war. Er hat ja auch nur nach dem Kind gesehen und gedacht, alles andere habe noch Zeit. Der Mann hat wohl gesagt, er habe das Kind nur gefunden und kenne es nicht. Und als man sich dann mit ihm genauer unterhalten wollte, war er verschwunden. Genauso wie die Schwester. Und wissen Sie, wie die Schwester heißt? Heger.«

Von Wiesinger verstand jetzt die Erregung Pospischils.

---

* Polizeigebäude und Gefangenenhaus, Spitznamen aufgrund der damaligen Straßenbenennung Elisabethpromenade

»Gut gemacht, mein lieber Pospischil. Und da meinen Sie, ich könnte einen besseren Mann als Sie finden?«

Von Wiesinger schenkte noch einmal die Gläser voll. Jeder nahm einen tiefen Schluck. Der Wein gewinnt mit der Quantität, dachte von Wiesinger. Dann begann er selbst zu erzählen. Doch schon in seinen ersten Satz platzte Pospischils Schwiegertochter, eine liebe junge Frau, mit Franz auf den Armen. »Entschuldigen Sie bitte, dass ich störe, aber der Fratz will nicht ins Bett, ohne seinem Großvater eine gute Nacht gewünscht zu haben.« Zwischen Großvater und Enkel wurden laute und feuchte Schmatze ausgetauscht, bevor Pospischils Schwiegertochter mit ihrem Sohn das Zimmer wieder verließ.

»Sehr schade, dass meine Tochter mit ihrem Sohn nicht bei uns wohnt und bald sogar nicht einmal mehr in unserer Nähe ist«, sagte von Wiesinger von Großvater zu Großvater. »So ein abendliches Bussi ist doch irgendwie tröstlich.«

»Ja«, nickte Pospischil ihm zu. »Aber es ist trotzdem was anderes.«

»Inwiefern?«

»Nun, Sie sind nicht allein. Ich habe doch gestern am Abend Ihre wunderschöne Frau Gemahlin gesehen. Und die gnädige Frau wird sich doch der Gute-Nacht-Bussis auch nicht völlig enthalten?« Pospischil erschrak über seine Ungehörigkeit, doch von Wiesinger lächelte, sodass er fortfuhr: »Und Ihr Fräulein Tochter … Entschuldigen S', der zweite Fehler in einer Sekunde. Ich weiß auch nicht, warum jeder zu ihr *Fräulein* sagt und nicht *Frau*. Wo sie doch sogar Witwe ist und Mutter.«

Von Wiesinger nickte. Ihm war auch schon aufgefallen, dass Sophia bei vielen Menschen, vor allem aber bei der Dienerschaft in seinem Haus, das *Fräulein Sopherl* oder das *gnädige Fräulein* geblieben war. Immer gefolgt von einem raschen »Entschuldigen S'« wie eben.

»Also Ihre Frau Tochter – sie lebt. Ach, ich kann einfach nicht ausdrücken, was ich meine. Aber bei mir – ich war einsam ohne meine Frau, obwohl's mit ihr nicht immer leicht war. Und dann ist unser Sohn gefallen. Da war irgendwie alles zu Ende. Ich glaube fest, dass ein Enkel, wenn das eigene Kind tot ist, eine andere Rolle spielt. Nicht, dass Sie Ihres weniger lieb hätten. Aber Ihrer ist in erster Linie *Sophias Sohn* und meiner ist *mein Enkel*. Eigentlich unverständlich, was ich meine. Denn Ihr Enkel ist für Sie doch auch *mein Enkel*.«

Von Wiesinger verstand trotz der ungeschickten Darlegung eher gefühlsmäßig als rational, worauf Pospischil hinauswollte. Er wusste, dass er am Abend noch einmal würde darüber nachdenken müssen, aber jetzt lag ihm mehr an einer zügigen Fortsetzung des eigentlichen Gesprächs. So setzte er seinen Bericht fort, und Pospischil hörte ihm aufmerksam zu.

Dann verabschiedete sich von Wiesinger. Den nächsten Tag, den Sonntag, wollte er in aller Ruhe mit Ada verbringen. Pospischil erzählte ihm noch, dass er bei den Nachbarn der Frau Heger Nachforschungen anstellen wollte, vielleicht auch noch im Schwesternwohnheim. »Eine Idee hätt' ich noch«, sagte er, als von Wiesinger schon in der Tür stand. »Wir sollten jemanden finden, den wir in die *Kinderwünsche* einschleusen könnten. Als Sekretärin. Wissen Sie da jemanden? Eine verschwiegene und gebildete Dame mit guten Umgangsformen.«

»Ich werde darüber nachdenken«, versprach von Wiesinger.

Pospischil nahm wieder auf seinem Schaukelstuhl Platz und notierte sich die Informationen, die er von von Wiesinger erhalten hatte:

Der Vorstand der karitativen Einrichtung *Kinderwünsche*:

Clemens von Falkenberg, 58 Jahre. Oberst. Hat bei einem Manöver vor dem Krieg einen Unfall erlitten, bei dem ihm das linke Bein unterhalb des Knies amputiert werden musste. Nicht mehr aktiv im Dienst, übt aber noch verschiedene beratende Tätigkeiten aus und hat als *graue Eminenz* immer noch großen Einfluss in der Kommandozentrale. Leidet sehr unter der zerbrechenden Front im Osten. Fürchtet den Zusammenbruch der Monarchie nach dem Krieg. Sehr geschätzte Persönlichkeit. Kein Skandal bekannt. Allerdings munkelt man über eine Teilnahme an außergewöhnlich vielen Duellen. Seit vier Jahren verwitwet. Sein Haus wird von seiner unverheirateten Tochter Olga geführt, die vorher schon aufopferungsvoll ihre kränkelnde Mutter gepflegt hat. Im Spätherbst 1916 ist sein einziger Sohn gefallen. Seitdem wirkt er gebrochen, obwohl er sich mit aller Macht aufrecht zu halten versucht und seinen beratenden und auch karitativen Tätigkeiten in *Kinderwünsche* pflichtbewusst nachgeht.

Prof. Dr. Franz J. Kaiser, lehrt Geschichte an der Wiener Universität. Ist in zweiter Ehe mit einer Professorentochter verheiratet und führt ein großes Haus. Hat drei Töchter, von denen zwei verheiratet sind und eine noch im elterlichen Haus lebt. Gilt als äußerst karrierebedacht. Veröffentlicht viele Studien mit dem Schwerpunkt Militärgeschichte. Ist stolz auf seine berufliche und soziale Position. Gehörte zu den frühen Verfechtern des Frauenstudiums, obwohl keine seiner Töchter ein Studium absolviert hat. Aus seiner ersten Ehe hat er einen Sohn, der als junger Mann nach Amerika ausgewandert sein soll.

Otto von Hochwald, 56 Jahre. Wohnt auf einem großen Landgut in Niederösterreich. Hatte dort riesigen und fruchtbaren Landbesitz, den er durch Heirat mit der einzigen Tochter eines Nachbarn fast verdoppelte. Scheint sich aber für die Weiterverarbeitung seiner Produkte nicht zu interessieren, sondern verkauft sie, u.a. seine Marillen aus der Wachau, an Oskar Pranger. Man spottet über seinen Geiz. Er nennt sich selbst sparsam. Seine Frau scheint ihn beim häuslichen Sparen zu unterstützen, jemand hat einmal erzählt, dass sie jeden Morgen die für den Haushalt benötigten Zuckerstückchen selbst abzähle. Interessanter jedoch ist, dass offensichtlich sie, zunächst eher im Hintergrund, seit Kriegsbeginn auch als aktive Geschäftsfrau und harte Verhandlerin das wirtschaftliche Familienimperium leitet. Im Krieg selbst haben sie ihr Vermögen vervielfacht, indem sie heruntergekommene Fabriken ankauften, in denen sie mit sicherem Geschäftssinn kriegsnützliche Produkte herstellen lassen. Beide gelten als schwierige Arbeitgeber und sind bei ihren Arbeitern und Arbeiterinnen gefürchtet. Zwei Kinder, eine Tochter und ein Sohn, beide wuchsen bei ihren Großeltern väterlicherseits auf und haben keine enge Verbindung zu ihren Eltern. Hochwalds Beteiligung bei *Kinderwünschen* scheint ein Versuch gewesen zu sein, sein gesunkenes gesellschaftliches Ansehen wieder zu heben. Im Unterschied zu den anderen Vorstandsmitgliedern lässt er sich kaum im Büro sehen, und seine eigenen Spenden sollen, wie man es ausdrückt, äußerst *überschaubar* sein.

Julius, Graf von Haid, 60 Jahre. Hochadel. Altes geschichtsreiches Geschlecht. Einer seiner Vorfahren war ein Kampfgefährte des Kaisers, ein anderer einer der österreichischen Verhandlungsführer beim Wiener Kongress. Name taucht aus diesen Gründen sogar in Geschichtsbüchern und Lesebüchern der Monarchie auf. Familie hat traditionell enge Verbindung zum Hof. In der Wirtschaftskrise 1873 verarmt. Der Familie blieben nur eine Sommervilla in Baden bei Wien und ein kleines Stadtpalais in Wien. Er verbringt den Sommer in Baden, wo er äußerst bescheiden leben soll, man erzählt sich sogar, überwiegend von den Erzeugnissen seines eigenen kleinen Gartens hinter dem Haus, und den Winter in Wien. Haid ist ledig und gilt als großer Frauenheld. Er wurde und wird in immer anderer Damenbegleitung bei Opernpremieren gesehen. Man munkelt aber, dass er seine Loge in der Oper seit Jahren nicht mehr bezahlt. Die Operndirektion kündigt sie aber wohl nicht auf wegen des Glanzes, der von seinem Namen ausgeht. Als er jünger war, war die Frage einer Eheschließung ein ständiges Thema in den Gesellschaftsnachrichten der Zeitungen. Auch jetzt noch wird gelegentlich von Heiratsabsichten des Grafen geredet, vor allem, wenn er sich mit einer reichen Frau zeigt.

Oskar Pranger, 55 Jahre. Aus armen Verhältnissen stammend, hat er sich durch Organisations- und Anlagegeschick und eine Heirat mit einer begüterten Bäckertochter, deren Bäckerei er schon vor dem Krieg zu einer großen Konkurrenz der Ankerwerke ausbauen konnte, hochgearbeitet. Besitzt inzwischen außerdem zwei Nahrungsmittelbetriebe, in denen Konfitüre, vorwiegend aus Marillen, hergestellt wird. Beliefert auch die Armee. Gilt bei den Arbeiterinnen und Arbeitern in seinen Betrieben als sehr humaner, sogar gutmütiger Arbeitgeber. Träumt (und spricht gern) von seinem Hauptinteresse: der Herstellung vorgefertigter Backmischungen für Kuchen. Experimentiert damit viel in der eigenen Küche. Seit dem Krieg hat er sich durch viele hohe Spenden ausgezeichnet. Hat seit Langem den Ehrgeiz, seine hervorragende materielle Position durch einen gesellschaftlichen Aufstieg zu ergänzen. Kleidet sich wie konservative, vornehme Wiener. Seine Frau ist Gerüchten zufolge immer noch die tüchtige kleinbürgerliche Bäckertochter geblieben, die seinen gesellschaftlichen Ehrgeiz nicht teilt. Eine Tochter, die er im Hochadel verheiraten möchte. Über die Tochter kursiert das Gerücht, dass sie heimlich als Fahrerin bei der Elektrischen arbeitet, während ihre Eltern denken, sie studiere an der Universität. Pranger soll sehr stolz gewesen sein, als man ihm einen Vorstandsposten bei *Kinderwünsche* angeboten hat. Dort investiert er sehr viel Geld, erwartet dafür aber auch Fortschritte in seinen gesellschaftlichen Bestrebungen. Man munkelt, sein Hauptziel sei eine Einladung bei Hof.

Ada hatte für den Samstagnachmittag den längst fälligen Besuch bei Frau Häuptl in der Troststraße geplant und mit der Oberschwester abgesprochen, dass Albert sie begleiten durfte. Albert freute sich auf die alte Frau, die ihm während seiner Kindheit ein wenig die Großmutter ersetzt hatte. In der Nähe seines alten Wohnhauses hüpfte er vor Ada her wie in Kind. Ada freute sich an seinem Gehüpfe, das sich so deutlich von Alberts sonstigem großschrittigen und langsamen Gang unterschied, mit dem er wohl unterstreichen wollte, dass er schon eher ein junger Mann als ein Kind sei. Als sie sich der Wohnungstür näherten, wirkte er wieder sehr erwachsen und gefasst. Doch Ada merkte ihm an, wie gern er ein paar Tränen vergossen hätte: um seine Mutter, um seine an Liebe so reiche Kindheit. Auf ihr Läuten an der Wohnungstür der Frau Häuptl hörte Ada wieder die langsamen schlurfenden Schritte. Die alte Frau freute sich sehr, als sie Albert sah, und Albert seinerseits erlaubte sich jetzt auch ein paar Tränen. Die alte Frau und der Junge hielten sich lange umarmt. Dann bat Frau Häuptl Ada und Albert in ihr Zimmer, wo sie voller Stolz einen Rührkuchen präsentierte.

»Den haben meine beiden Untermieterinnen nach meinen Anweisungen gebacken. Extra für dich, Albert. Und natürlich auch für Sie, gnädige Frau. Weißt du, Albert, wie viel Gutes mir die gnädige Frau tut? Fast jede Woche kommt wer aus ihrem Haus hier bei mir vorbei und bringt mir das eine oder andere Lebensmittel in einem Korb vorbei. Der reinste Luxus.« Albert strahlte, weil Ada für ihn sowieso schon längst eine der gütigsten und liebsten Frauen der Welt geworden war. Er freute sich auch immer, wenn in seinem Waisenhaus jemand lobend über sie sprach. Ada wunderte sich, weil sie von diesen Gaben aus ihrem Haus nichts gewusst hatte, aber als sie darüber nachdachte, wurde ihr klar, dass die Köchin es nicht bei dem einmaligen Gespräch mit den beiden Untermieterinnen belassen hatte, sondern gelegentliche Kontrollbesuche für erforderlich hielt. Und dass sie dann etwas mitbrachte, war eigentlich selbstverständlich. Wahrscheinlich wollte sie die beiden jungen Frauen nicht nur mit der Peitsche in Schach halten, sondern gelegentlich auch mit einem bisschen Zuckerbrot neu motivieren.

Sie setzten sich um den Tisch, und Frau Häuptl legte ihnen Kuchen vor. »Schmeckt's dir, Albert? Den Kuchen hast du als kleines Kind schon so gern gegessen.«

»Der Kuchen ist wirklich sehr gut, Frau Häuptl. Aber Sie haben, so scheint es mir, noch mehr Schmerzen als früher.«

»Das ist nicht so schlimm, Junge«, antwortete sie. »Weißt du, das Altwerden ist nicht so leicht. Aber ausweichen kann dem keiner. Und mir geht's doch eigentlich gut. Wie viele Menschen mussten ihr Leben lassen in den letzten Jahren. Aber darüber sollte ich nicht mir dir sprechen.«

»Mit dem Albert kann man über alles sprechen«, widersprach Ada und wandte sich an den Jungen: »Vielleicht magst du noch ein wenig allein mit der Frau Häuptl plaudern? Über frühere Zeiten? Ich gehe dann schon einmal hinaus und warte auf dich. Es ist ja heute fast ein wenig frühlingshaft und vor allem so warm geworden, da halte ich mein Gesicht gern in die Sonne und lasse mich ein bisserl wärmen.«

Albert war einverstanden, und Ada verabschiedete sich von der alten Frau, ging die Stiegen hinunter und trat vor das Haus. Die helle Sonne, die sie draußen empfing, erschien ihr schon recht frühlingshaft. Sie wunderte sich immer wieder über die Überraschungen, die einem das Wiener Wetter um diese Jahreszeit bescherte. Sie ging ein paar Schritte durch die graue, recht trostlose Straße mit ihren Zinshäusern, von denen die Farbe abbröckelte. Mochten sie auch bei ihrem Bau in verschiedenen Pastelltönen gestrichen gewesen sein, so waren sie jetzt alle nur noch schmutziggrau. Die Sonne brachte das noch mehr zum Vorschein als der kalte und dunkle Wintertag, an dem sie die Straße zum ersten Mal aufgesucht hatte. An einem Laternenpfahl blieb sie stehen und lehnte sich ein wenig an. Die Vorbeigehenden warfen ihr neugierige Blicke zu, und sie erkannte, dass sie mit ihrer gepflegten Garderobe nicht recht hierher passte. So mancher würde sich fragen, was sie hier zu tun habe und auf wen sie an der Laterne warte. »So entstehen Romane«, dachte sie, »Geschichten wenigstens.« Ein junger Mann auf der anderen Straßenseite zumindest schien dieses Geheimnis ergründen zu wollen, denn er starrte viel zu lang in die dürftige und schäbige Auslage eines Tandlerladens, über dem auf einem großen grüngestrichenen Schild in kalligraphisch exakten Buchstaben das Wort *Verlassenschaften* zu lesen stand. Er war also wohl eher an dem Spiegelbild, das sie in der dunklen Glasscheibe warf, interessiert, da war sie sich sicher. Er trug eine Uniform. Ada kannte sich in militärischen Dingen zu wenig aus, um zu erkennen, welchen Rang der junge Soldat hatte. Aber als er sich endlich umdrehte, bemerkte sie zweierlei: zum einen, dass der linke Ärmel seines Uniformrocks leer herunterhing, und zum andern, dass er ihr schon am Vortag, als sie einen kurzen Besuch bei Sophia gemacht hatte, aufgefallen war. »Was für ein bedauernswerter junger Mann«, dachte sie, »und was für ein Zufall, dass ich ihm an zwei Tagen hintereinander begegnet bin.«

Endlich kam Albert fröhlich von Frau Häuptl zurück, und die beiden traten den Rückweg in die Stadt an. Ada vermochte es nicht genau zu sagen, aber sie hatte den Eindruck, als folge ihnen der junge Mann noch eine ganze Zeit lang.

Sophia legte ihren Sohn schlafen. Er liebte das begleitende Ritual von leisem Singen und leichtem Streicheln seines vollen Bäuchleins und schlief meistens schnell ein. Seit einigen Monaten schon schlief er die ganze Nacht durch. Sophia dachte an das schöne Fest zurück und sah dabei immer wieder das freundliche Gesicht Max Hegers vor sich, der ihr lachend sein Glas entgegenhielt.

Sie hatte ein einfaches Nachtmahl zubereitet. Mascha wollte ausnahmsweise die Nacht in ihrem alten Kinderzimmer bei ihren Eltern verbringen, um diese für den einsamen Sabbat zu entschädigen. Glücklicherweise war auch ein kurzes Briefchen von Anna gekommen, die sich entschuldigte, so sang- und klanglos verschwunden zu sein, aber sie kehre bald zurück und sei sehr, sehr glücklich (viele Ausrufezeichen). Es habe sich überraschenderweise etwas sehr, sehr Schönes (wieder viele Ausrufezeichen) ergeben.

Max Heger kam pünktlich mit einer großen Zeichenmappe unter dem Arm.

Sophia war neugierig und wollte die Zeichenmappe sofort öffnen. »Oder sind Sie sehr hungrig?«

»Ich? Mitnichten. Ihre Köchin hat mich eben richtig gemästet, als ich sagte, dass ich den Abend nicht zu Hause verbringen würde. Oh«, er erblickte den gedeckten Tisch, »das wusste ich aber nicht, dass Sie auch etwas vorbereitet haben.«

»Das macht nichts«, sagte Sophia fröhlich. »Ich bin auch nicht hungrig. Was haben Sie denn bekommen?«

»Topfenpalatschinken, stellen Sie sich das vor.«

»Das war eine meiner liebsten Mahlzeiten, als ich noch ein Kind war.«

»Vielleicht bin ich immer noch ein Kind, wenn es ums Essen geht.«

Sophia lud ihn ein, auf dem Biedermeiersofa, das ihr verstorbener Mann von seiner Großmutter geerbt hatte, Platz zu nehmen. Danach erbat sie sich energisch die Mappe. Er zeigt ihr bereitwillig einige Blätter. Den Anfang machten zwei Skizzen, die er in Zürich gemacht hatte, während er auf seine Mutter gewartet hatte. Sophia betrachtete sie aufmerksam, war ihr doch die Stadt, in der sie ihre nächsten Lebensjahre verbringen sollte, fremd. Danach zog er eine Zeichnung des Majolikahauses von Otto Wagner heraus; die schönen Jugendstilornamente hatte er schon in märchenhaften Farben koloriert, die der Vorlage zwar im Wesentlichen – dem Rosarot, Grün und Blau entsprachen, die aber die realistische Zeichnung dennoch ins Märchenhafte enthoben. Das Rosa war nicht nur rosa, sondern leuchtete wie eine von der untergehenden Sonne beleuchtete weiße Wolke, das Blau glich einem hellen zarten Sommerhimmel, und das Grün war sehr satt und dunkel wie eine Tanne in einem dichten Laubwald. Sophia erkannte es auf den ersten Blick, genauso wie die am Vormittag besuchte Kirche am Steinhof, deren Kuppel direkt über einer orientalischen Stadt zu thronen schien. Max Heger war ein begabter und genauer Zeichner mit einem fast fotografischen Auge, doch er war auch ein fantasiereicher Künstler, der seinem Motiv eine symbolische Bedeutung zu unterlegen vermochte.

»Verstehen Sie jetzt, warum ich sagte, dass ich wie ein Mädchen male?«, fragte er Sophia, für seine Verhältnisse fast schüchtern.

»Nein«, sagte Sophia. »Nicht wie ein Mädchen, sondern nur wie ein Mann, der sich noch nicht zu seiner Kunst bekennt.«

»Darf ich Ihnen jetzt meine schönste Zeichnung zeigen?«

»Ja gern.«

Max Heger reichte Sophia ein Blatt mit der Rückseite nach oben und beobachtete sie gespannt, während sie es umdrehte.

»Das bin ja ich«, sagte Sophia und schaute auf ihr eigenes Porträt. Es war hellblau wie ein Bergsee, aus dem heraus zwei dunkelblaue Augen den Betrachter direkt, furchtlos und unbestechlich musterten.

»So sehen Sie mich?«

»Ja, so wunderbar klar und vernünftig.«

»Flirten Sie etwa mit mir?«, fragte die in dieser Kunst wenig erfahrene Sophia.

»Gern, wenn Sie es mir gestatten«, erwiderte Max Heger und näherte seinen Kopf langsam Sophias Gesicht und fühlte, wie er in diesem Bergsee unterging.

Erst im Morgengrauen trennten sie sich. »Ich glaube, ich muss zu deinen Eltern zurück«, murmelte Max Heger an Sophias Schulter, »sonst glauben sie noch, dass die ganze Familie Heger abgängig ist.«

»Wie vernünftig du doch bist«, sagte Sophia zärtlich und kuschelte sich erneut in seine Arme, »und wie unvernünftig ich«, wunderte sie sich.

Sophia hatte die vergangene Nacht kein Auge schließen können, selbst in den kurzen Phasen, in denen Max ein wenig zu schlummern oder auch nur zu sinnieren schien, war sie sich seiner Nähe so überdeutlich und überwach bewusst, dass es keinen Weg zurück in das Unbewusste des Schlafs zu geben schien. Sie verstand nicht, was in dieser Nacht mit ihr geschehen war. Zwar wusste sie schon längst, dass die Liebe des jungen Mädchens, das sie einst war, mit der Liebe einer erwachsenen Frau nichts gemein hatte; das Äußerste an Nähe, was ihre Fantasie ihr damals eröffnete, war ein langer, süßer, nicht enden wollender Kuss. Und in ihrer großen Liebe zu ihrem Mann Rudolf hatte sie vor allem Zärtlichkeit und Freundschaft gesucht und gefunden. Sie hatte sehr gern das Bett mit Rudolf geteilt und sie vermisste seine körperliche Nähe bis zum heutigen Tag. Doch sie hatte das nie erfahren, was sie in der vergangenen Nacht erlebt hatte, grenzenlose und haltlose Hingabe und fordernde Leidenschaft. Vielleicht war es das ja gewesen, was Rudolf manchmal nach einer zärtlichen Liebesnacht in ihren Augen gesucht hatte, mit einem irritierenden Blick, den sie nicht deuten konnte.

Den Blick, den Ada auf ihren Mann richtete, als sie ihn nach einem langen Gespräch vom Stuhl hochzog und ins Schlafzimmer führte, konnte er sehr gut deuten. Und er folgte ihrer Aufforderung sehr gern, denn am Abend war Ada angespannt gewesen, nachdem er ihr über den bisherigen Ermittlungsstand berichtet hatte. Besonders beunruhigt war sie über den Verbleib der Mutter und der Schwester ihres Logiergastes. Sie konnte den verharmlosenden Erklärungsversuchen Max Hegers nicht mehr glauben, der die Angelegenheit immer wieder herunterspielte. Dabei hatte seine Sorglosigkeit sie bislang immer anstecken können.

»Was wissen wir eigentlich über ihn?«, fragte sie ihren Mann. »Kannst du dir vorstellen, dass Sophia so gleichmütig reagieren würde, wenn sie hierher käme und wir wären beide verschwunden?«

»Nein«, war sich ihr Mann sicher. »Aber wir sind ja auch nicht die Menschen, die spontane Entschlüsse fassen, wie es offenbar die Eigenart von Helene Heger ist.«

»Sind wir das nicht? Haben wir nicht spontan und Hals über Kopf geheiratet?«

»Doch, aber wir haben uns vorher schon recht lang und sehr gut gekannt …«

Am frühen Morgen hörte Ada Max Heger heimkommen. Sie weckte ihren Mann. »Wo mag er denn herkommen? Er kennt doch hier niemanden außer uns?«

Felix von Wiesinger lachte und murmelte, noch fast im Schlaf: »Junge Männer finden in einer Großstadt schon Gesellschaft. Selbst wenn sie fremd sind. Glücklicherweise weißt du wenig davon, welchen Verlockungen man in verschwiegenen Gassen folgen kann.«

Ada schmiegte sich in seine Arme und erzählte ihm von ihrem Besuch bei Frau Häuptl, der am Abend wegen der wichtigeren und bedrohlicheren Mitteilungen ihres Mannes im Gespräch untergegangen war.

»Stell dir vor, was Albert nun wieder für einen Plan hat. Er will das Gymnasium besuchen, aber nicht mit dem ihm angebotenen Stipendium, sondern ganz einfach so, dass er bei Frau Häuptl lebt und sie pflegt, für sie einkauft und putzt und sie umsorgt. Er will sich in ihrer Küche ein Klappbett aufstellen. Er hat sich ausgerechnet, dass sie mit ihrer Rente und den Mieteinnahmen durch die beiden Fabrikarbeiterinnen auskommen könnten, wenn er noch ein bisschen dazu verdient. Er denkt daran, als Botenjunge zu arbeiten oder, was er sich geradezu herbeisehnt, in einer Bibliothek, wo er Bücher reparieren und einsortieren oder verleihen kann. Glücklicherweise hat er noch nicht mit Frau Häuptl darüber gesprochen, aber er hat sie ganz genau über ihre Einkünfte befragt und dann den ganzen Heimweg damit verbracht, mich auszufragen, was Kartoffeln kosten und Brot und Schulhefte. Dazwischen ist er immer wieder verstummt und hat gerechnet. Dabei weiß ich doch gar nicht so gut Bescheid mit diesen Sachen. Ich habe ihn erst einmal an unsere Köchin zur weiteren Planung verwiesen. Er will wieder einmal eine Robinson-Liste machen.«

»Der Junge ist großartig«, amüsierte sich von Wiesinger. »Aber eigentlich habe ich andere Pläne mit ihm, die ich mit dir besprechen wollte. Wir haben nur zurzeit keinen Moment ungestörte Ruhe und Muße.«

»Doch, jetzt«, schlug Ada vor. »Frühstück hat hier im Haus noch keiner gemacht, und es wird allemal besser sein, wir warten auf unsere Köchin, als dass wir uns auf meine Fähigkeiten in der Küche verlassen.«

Von Wiesinger gähnte noch einmal kräftig, dann gab er nach.

»Ich habe mir überlegt, ob wir den Jungen nicht einfach zu uns nehmen sollen. Er scheint ja sehr selbstständig zu sein und wird sich sicherlich gut bei uns einfügen. Und wenn du deine karitativen Aufgaben ein bisserl reduzierst, vielleicht das Waisenhaus sein lässt, wenn du dann doch einen Waisenjungen zu Hause hast, und vielleicht auch die Suppenküche, wo du sowieso nicht hinpasst, dann müsste das gehen. Schau, der Junge braucht nur ein paar Jahre, bis er seine Matura hat, das müssten wir doch schaffen, diese kurze Zeit. Und bald ist auch der Krieg vorbei, und alles wird wieder besser und leichter.«

Von Wiesinger musterte seine Frau. »Warum sagst du denn gar nichts, Ada? Wir machen das nur, wenn du das auch möchtest. Wenn du bereit bist, das auf dich zu nehmen.«

Ada spürte ein so starkes Glücksgefühl, wie sie es bisher gar nicht kannte. Es schien sie beinahe zu zerreißen, und Worte fand die sonst so sichere Frau keine. Sie umarmte stattdessen ihren Mann mit einer solchen Intensität und unverhohlenen Leidenschaft, dass an Aufstehen immer noch nicht zu denken war und sie im Bett blieben, bis sie von ferne leises Geschirrklappern hörten.

Felix von Wiesinger sah seine Frau an. »Und da hab' ich doch tatsächlich bis vorhin gedacht, dass ich dich sehr gut kenne.«

Ich stand sehr früh an diesem Morgen auf, nach einer schlafarmen Nacht, die ich bei meinen Eltern verbracht hatte, um sie dafür zu entschädigen, dass ich den Sabbat nicht mit ihnen verbracht hatte. Der Abend war nicht so schlimm wie befürchtet, aber schlimm genug. Zuerst habe ich ihnen von dem Fest bei Wiesingers erzählt, wobei sie, die Lieben, natürlich eher darauf fokussiert waren, wie ›weit‹ ich es gebracht hätte, als darauf, dass Sophia es in den letzten Monaten geschafft hat, ihre Zukunft entschlossen und mutig zu planen und ihr Studium wieder aufzunehmen, und zwar weit weg von allen, die ihr vertraut sind. Wir setzten uns gerade zum Nachtmahl, als es an der Wohnungstür meiner Eltern klopfte.

»Oh, wir haben vergessen, dir zu erzählen, dass wir einen Gast eingeladen haben«, sagte meine Mutter, scheinbar überrascht.

Es war offensichtlich, dass meine liebe Mutter, die gute, wahrheitsliebende und wahrheitspreisende, log. Denn das Spiel vollzieht sich in dieser oder ähnlicher Weise immer, wenn ich meinen Eltern einen längeren Besuch abstatte: Es *läutet, und ins Zimmer tritt ein meist junger, manchmal auch ein etwas älterer jüdischer Mann, der mir ans Herz gelegt werden soll. Die Unterhaltung führt dann zunächst meine Mutter, die dem Gast von meinen tatsächlichen und vermeintlichen Vorzügen erzählt, danach ergreift mein Vater das Wort, um die des Gastes aufzulisten. Der jeweilige Mann und ich bleiben dabei meist recht stumm, und die Begegnung gleitet in unbehagliches Schweigen ab. Dieses Mal war nur der Beginn wie immer, dann schnitt der Fremde, ein Kollege, der seit Kurzem eine Armenpraxis in der Leopoldstadt betreibt, ein medizinisches Thema an, das uns rasch in ein Fachgespräch verwickelte, das meine lieben Eltern zwar ausschloss, dem sie aber mit stiller Hoffnung lauschten. Als ich das bemerkte, entschuldigte ich mich und zog mich völlig ungehörig in mein Zimmer zurück. Im Bett liegend, malte ich mir aus, wie der Abend verlaufen wäre, hätte ich gesagt, dass ich seit einiger Zeit die Geliebte eines verheirateten Goi* bin.*

Sophia traf mit Karl, der an diesem Sonntagmorgen etwas missgelaunt war, ein wenig später bei ihren Eltern zum Frühstück ein als vorgesehen. Sie war etwas besorgt bei der Vorstellung, Max Heger unter den Augen ihrer hellsichtigen Stiefmutter zu begegnen.

Doch ihre Befürchtung war unnötig. Max Heger war gut gelaunt und locker wie immer. Einem Mann wie ihm war kein Geheimnis anzumerken. Ihre Eltern hingegen strahlten und teilten offensichtlich eine Neuigkeit, die sie kaum für sich behalten konnten. Doch sie würden selbstverständlich

* hebr.: Nichtjude

in Gegenwart des jungen Heger nicht erzählen, was das war, das sie in eine wahrhaft sonntägliche Stimmung versetzte. Dieser schien zu bemerken, dass er in diesem Augenblick seine freundlichen Gastgeber einschränkte. So schnappte er sich den kleinen Karl und fragte, ob er mit dem Kind ein wenig in den Garten hinaus dürfe, er sei bislang immer in der Stadt unterwegs gewesen, sodass er noch keinen Fuß in den großen Garten hinter dem Haus gesetzt habe. »Außerdem«, so sagte er, »habe ich nur noch heute Zeit dafür. Ich muss am Abend wirklich zurückfahren. Heute ist ja auch mein letzter offizieller Urlaubstag in Zürich.« Von Wiesinger und seine Frau erwiderten nichts; sie wussten, dass sie Max Heger später Mitteilungen machen würden, die vielleicht seine Pläne ändern würden. Doch dieser setzte hinzu: »Ich muss einfach zurück. Meine Felder müssen bestellt werden. Und jetzt, in Zeiten des Krieges, bin ich dabei unentbehrlich. Mein Verwalter ist an der Front, meine tüchtigen Knechte auch, die meisten meiner ›Rösslein‹ sind vom Militär konfisziert worden. Ich nehme aber an, dass das hier in Österreich genauso ist.«

Von Wiesinger nickte.

Heger fuhr fort: »Da muss ich einfach selbst mitarbeiten und schauen, welche der Frauen und der älteren Männer im Dorf mir zur Hand gehen werden.«

Und wie zur Bekräftigung sang er im Hinausgehen dem kleinen Karl, den er auf den Armen hielt, ein Lied vor, das ihn seine Mutter schon gelehrt hatte, als er klein war: »Im Märzen der Bauer die Rösslein einspannt …«

Die Zurückgebliebenen sahen noch eine Weile durch die großen Fenster und beobachteten, wie Max Heger im Garten umherging, sich immer wieder bückte, um etwas genauer zu mustern. Dabei sang und sprach er unaufhörlich mit Sophias Sohn.

Endlich ergriff von Wiesinger das Wort: »Wir müssen dir etwas sagen, Sophia. Oder müssen wir sie fragen, Ada?«

Abgelenkt durch die rätselhaften Ankündigungen ihres Vaters konnte Sophia sich wieder auf ihn konzentrieren und wandte ihren Blick vom Fenster ab.

»Wir wollen Albert zu uns nehmen und bis zur Matura hier wohnen lassen.«

Sophia hatte die wachsende Zuneigung ihres Vaters und Adas zu dem Waisenknaben schon seit Längerem bemerkt und war über diese naheliegende Lösung weniger überrascht, als diese dachten: »Das finde ich wunderbar. Und der Junge ist so eine Bereicherung für uns. Wollt ihr ihn adoptieren?«

»So weit haben wir noch gar nicht gedacht. Das ist auch zweitrangig. Erst einmal spreche ich so bald wie möglich mit der Oberschwester und schlage ihr vor, den Jungen völlig unbürokratisch zu uns in Pflege zu nehmen. Das Weitere findet sich mit der Zeit.«

Sophia umarmte Ada: »Ich habe mir schon die ganze Zeit gedacht, dass das hier für dich zu leer im Haus ist, seit Vater so viel arbeitet. Und du hast dich aufgerieben mit all deinen diversen Tätigkeiten. Und warst immer irgendwie unglücklich. Oder zumindest weniger froh als früher. Ich habe mir schon solche Sorgen um dich gemacht.«

In diesem Moment trat die Köchin mit einem frischen Brot ein. Von Wiesinger teilte ihr die Neuigkeit gleich mit. Sie strahlte genauso wie Ada: »Das wird aber auch höchste Zeit, dass wir den Jungen hier behalten. Ich hab' mir schon überlegt, wie ich Ihnen das vorschlagen soll. Untertänigst natürlich.«

»Natürlich«, bestätigte von Wiesinger. »Und dürfte ich genauso untertänigst darum bitten, dass Sie und Jean sich jetzt eine Stunde oder so mit dem kleinen Karl beschäftigen? Wir haben etwas leider sehr Ernstes mit Herrn Heger zu besprechen. Und da wären wir gern ungestört.«

Die Köchin ging wortlos hinaus in den Garten, um sich den kleinen Karl zu schnappen, der ihr nach der schönen Abwechslung mit dem singenden Mann im Freien gern folgte, weil er wusste, dass ihr Reich etwas Wunderbares war. Hätte er das Wort dafür schon gekannt, hätte er es als Schlaraffenland für Kinder bezeichnet.

Max Heger ging zurück in den kleinen Salon, wo ihm unerwartet ernste Gesichter entgegenblickten.

»Herr Heger«, begann von Wiesinger, »wir haben leider einige Beobachtungen gemacht, die uns befürchten lassen, dass das Verschwinden Ihrer Mutter und Ihrer Schwester doch nicht ganz so harmlose Gründe haben könnte, wie Sie es bislang angenommen oder auch nur gehofft haben.«

Von Wiesinger erzählte den bisherigen Ermittlungsstand Pospischils. Für Sophia waren die zusammengetragenen Fakten so neu wie für Max Heger, und sie war sehr betroffen, als sie zu demselben Schluss kam wie ihr Vater, dass nämlich Helene Hegers Kündigung so wenig geplant war wie die Christine Hegers. Die beiden Frauen mussten sich, ob gemeinsam oder getrennt, in einer prekären und gefährlichen Situation befinden. Voller Mitgefühl schauten sie Max Heger an, der zum ersten Mal seit seiner Ankunft in Wien etwas von seiner positiven Grundstimmung zu verlieren schien und erschrocken wirkte. Gern hätte Sophia ihn tröstend in die Arme genommen, doch das hätte ihren Vater und Ada vor ein neues Rätsel gestellt, das jetzt nicht am Platz war. Fast beneidete sie Ada, die unbefangen ihre Hand auf die Max Hegers legte und leise auf ihn einsprach. Das hing wohl mit ihrem Prinzessinnensyndrom zusammen, von dem Mascha neulich gesprochen hatte und zu dem sicher auch die gewisse Distanz allen anderen Menschen gegenüber gehörte. Nur war es bei ihr kein sozialer Prinzessinnendünkel, sondern ein emotionaler, wie sie wusste, ihre Vorsicht vor zu starken Empfindungen und Gefühlschaos. Deswegen war sie zu ihren Mitmenschen immer freundlich, nett und gerecht und versuchte, sich vernünftig zu verhalten. Nur im Umgang mit ihrem Sohn entdeckte sie andere Seiten an sich. Und da waren natürlich noch die irritierenden Erfahrungen der letzten Nacht, über die sie noch nicht *vernünftig* nachgedacht hatte.

Nein, dachte sie. Vielleicht ist für *Vernunft* jetzt wirklich nicht mehr die Zeit. Und sie ging entschlossen auf Max Heger zu und umarmte ihn. Er schmiegte sich eng in ihre Arme und flüsterte dabei leise und kaum vernehmbar unverständliche englische Worte. Erst nach einiger Zeit richtete er sich auf und sagte: »Wir müssen uns überlegen, was wir heute noch ausrichten können. Wobei ich helfen kann. Denn, auch wenn das herzlos klingt, ich muss Wien verlassen. Heute, allerspätestens morgen.«

Von Wiesinger berichtete von Pospischils Vorschlägen. Max Heger fand es unumgänglich, die Wohnung seiner Mutter zu untersuchen, obwohl man dafür geradezu einbrechen musste. Außerdem aber schlug er vor, auch im Schwesternwohnheim das Zimmer seiner Schwester nach Hinweisen zu durchsuchen. Eventuell fand man bei den Sachen seiner Schwester ja sogar einen Schlüssel zur Wohnung seiner Mutter, deswegen sei es vielleicht sogar sinnvoller, dort anzufangen. Von Wiesinger hielt es für wahrscheinlich, dass das Zimmer der Krankenschwester von der Verwaltung nach ihrer überraschenden Kündigung bereits geräumt worden sei. Aber ihren Besitz bewahre man sicherlich irgendwo auf.

Pospischils Idee, jemanden in das Sekretariat von *Kinderwünsche* einzuschleusen, fand ebenfalls großen Zuspruch.

»Eigentlich kommen nur Ada oder Sophia infrage«, sagte von Wiesinger. »Wir sollten nicht noch mehr Menschen in die Angelegenheit einweihen. Mascha natürlich auch, aber die hat ja ihre Arbeit im AKH und deswegen kaum Zeit. Wenn wir irgendeinen Anhaltspunkt finden, auch nur den kleinsten Hinweis, müssen wir die Angelegenheit sowieso der Polizei übergeben. Eigentlich denke ich sogar, dass wir das jetzt schon tun sollten, was meint ihr?«

Sophia widersprach: »Was haben wir denn? Identische Kündigungsschreiben, eine Mutter, die ihrer stets spontan handelnden, durch irgendetwas konkret verstörten Tochter irgendwohin nachgefolgt sein mag, was sie schon oft getan hat. Was ich denke, ist, dass Helene den Herrn gekannt hat, der das Kind im Krankenhaus abgeliefert hat, und dass sie ein diffuses Unbehagen dabei gehabt haben mag, über das sie sofort mit ihrer Mutter sprechen wollte. Was dann passiert ist, weiß man nicht. Befürchten kann man vieles. Aber die Polizei wird vermutlich nur vermuten, dass die Mutter sich mit ihrer Tochter irgendwo erholt, um so mehr, als ja allgemein bekannt war, dass sie sowieso verreisen wollte. Können wir überhaupt wissen, ob sie nicht inzwischen in Zürich angekommen ist? Vielleicht sogar mit Helene?«

»Helen«, korrigierte Max Heger unwillkürlich.

»Vielleicht doch inzwischen Helene?«

»Das mag sein.«

Sophia fuhr fort: »Ich denke also, unsere Anhaltspunkte sind noch zu unbestimmt. Und die andern Zusammenhänge, die wir derzeit sehen, könnten alle Zufällen zuzuschreiben sein.«

»Wahrscheinlich hast du recht«, stimmte von Wiesinger seiner Tochter zu. »Aber ich habe ein gewisses Unbehagen, dich oder Ada irgendwo zu wissen, wo ich nicht ganz für eure Sicherheit eintreten kann.«

»Sicherheit ist nirgends«, zitierte Sophia einen der bekanntesten Sätze Arthur Schnitzlers.

»Und wenn wir nun jemanden in diese Unsicherheit schicken, wer von euch beiden soll das dann sein?«

»Vielleicht machen wir das davon abhängig, wer von uns Personen aus dem Umfeld der fünf ehrenwerten Herren kennt. Das wäre ja wenig günstig«, sagte Sophia. »Wie sind die Namen der Herren?«

Von Wiesinger nannte die fünf Namen: Clemens von Falkenberg, Otto von Hochwald, Julius von Haid, Franz Kaiser, Oskar Pranger.

»Ich kenne Professor Kaiser«, sagte Sophia.

»Ich auch«, lachte ihr Vater. »Wir haben ihn schon immer den *Unikaiser* genannt, als er noch Assistent war.«

»Den Spitznamen hat er immer noch«, amüsierte sich Sophia. »Aber ich kenne ihn nicht persönlich, nur vom Sehen.«

»Ich kenne eine Olga Falkenberg«, sagte Ada. »Sie arbeitet auch als Freiwillige mit mir in der Kriegsküche.«

»Und was weißt du über sie?«, fragte Sophia.

»Ich glaube, viel weniger als sie über mich. Also: Sie ist eine unglaublich effiziente Person. Neben ihr komme ich mir immer ganz klein und unbedeutend vor, was ich ja auch bin. Wenn ich nicht immer bei unserer Köchin zu Hause nachfragen würde, was in die Suppen hineingehört und wie viel man wovon braucht, wäre ich sowieso überflüssig dort. Außer natürlich, dass ich immer kontrollieren muss, ob die Köchinnen heimlich etwas einstecken. Und diese Falkenberg weiß alles über Suppen, obwohl ich nicht weiß, woher. Und an den Tagen, an denen sie Schicht hat, gibt es mehr Suppe, billigere Suppe und vor allem eine wesentlich bessere Suppe.«

»Wie macht sie das?«

»Nun, sie hat immer Ideen, wie das Gleiche etwas anderes zu sein scheint. Neulich haben wir zum Beispiel ein bisschen Maisbrot gehabt. Wenn wir Brot haben, legen wir zu jedem Teller Suppe eine Scheibe oder eine halbe Scheibe Brot. Aber dafür hat es nicht gereicht. Also ließ sie die Frauen das Brot in dünne Scheiben schneiden und dann würfeln und hat es anrösten lassen. Wie die Croutons, die wir von unserer Köchin erhalten. Nur nimmt die ja weißes Brot. Auf jeden Fall war das richtig gut, wie ich gesagt habe, das Gleiche, das etwas anderes zu sein scheint. Und warum wir mehr haben? Es traut sich keine, etwas wegzuschummeln, wenn sie da ist.«

»Zu stehlen, meinst du, Ada«, unterbrach sie ihr Mann.

»Wenn du das so nennen willst? Ich bin dort einfach absolut fehl am Platz. Mir ist es zu peinlich, von den Köchinnen die Kartoffeln oder das bisschen Fett oder was auch immer es ist zurückzufordern, was diese in ihren Schürzentaschen oder darunter verbergen und nach Hause tragen. Selbst wenn ich es gesehen habe. Aber die Falkenberg, der entgeht nichts und die verzeiht nichts. Was sie sieht, deckt sie auf. Und ihr wisst ja, dass einer erwischten Köchin oder Hilfsköchin fristlos gekündigt wird. Ich glaube inzwischen, dass nichts wegkommt, wenn sie da ist. Wenn ich da bin, mit einer anderen Frau als Aufseherin, dann ist das ganz anders.«

»Und was meintest du, als du gesagt hast, sie wisse mehr über dich als du über sie?«, fragte Sophia nach. Von Wiesinger blickte seine Tochter von der Seite her an. Er kannte ihren scharfen Verstand, mit dem sie schon in ihrer Jugend manche Erwachsenen mit ihren konsequenten Fragen verunsichern konnte.

»Sie fragt mich immerzu aus. Über mich, über Felix, über dich, über Karli. Wie Rudolf gestorben ist. Über das Waisenhaus, in dem ich arbeite. Über den *Frauenrat*, was wir dort machen. Wer überall mitmacht.«

»Hast du sie einmal gefragt, warum sie so an uns … nun, interessiert ist?«

»Ja, indirekt natürlich. Ihr kennt mich ja.«

»Ja, meine Liebe. Du hast immer noch nicht gelernt, dass man ein bisserl indezent sein muss im Leben. Ein kleines bisserl natürlich nur …«, lächelte von Wiesinger.

»Und was hat sie gesagt?«, fragte Sophia.

»Nun, sie ist einfach eine Person mit einem riesigen Energieüberschuss. Ein Organisationsgenie. Sie sagt, die zwei Tage in der Küche seien ihr zu wenig, sie suche noch nach anderen Betätigungsfeldern. Deswegen frage sie überall nach, was man noch so machen könne. Das Waisenhaus hat sie schon ausgeschlossen. *Nur Kinder*, hat sie gesagt. Und im *Frauenrat* gäbe es nach allem, was ich erzählt habe, auch zu viele davon.«

»Mag sie keine Kinder?«

»Das weiß ich gar nicht so genau. Neulich kam einmal ein aufgeregtes kleines Mädchen in die Küche, das seine Mutter gesucht hat, weil irgendetwas passiert ist. Und da war sie ungeheuer zugewandt, hat das Mädchen getröstet, die Mutter nach Hause geschickt, aus ihrer Privattasche nach irgendeiner Kleinigkeit für das Kind gesucht. Sie hat dann etwas gefunden, einen kleinen silbernen Taschenspiegel, und hat den dem Kind gegeben. Das war ganz aus dem Häuschen, könnt ihr mir glauben.«

»Und hat sie dann auch erklärt, warum sie ihre Fähigkeiten nur dort einsetzen möchte, wo es keine Kinder sind?«

»Sie hat erwähnt, ach, du liebe Güte, jetzt fällt es mir ganz genau ein, sie hat also gesagt, dass ihr Vater auch irgendetwas Karitatives für Kinder mache und dass er wolle, dass sie ihm hilft. Und dass er das dann nicht verstehen würde, wenn sie etwas Ähnliches in anderen Einrichtungen tun würde. Dass sie aber jetzt endlich allein entscheiden möchte, was sie tut und was sie lässt.«

»Das klingt nach strapazierender häuslicher Diskussion zwischen Vater und Tochter. Da kann man nicht ausschließen, dass sie auch zu Hause über dich erzählt hat. Vielleicht kommt sie auch manchmal im Büro ihres Vaters vorbei. Das wäre sicherlich seltsam, wenn sie dabei auf dich stieße, Ada«, sagte von Wiesinger.

»Ich bin sowieso besser geeignet«, sagte Sophia. »Mich kennt sie nicht persönlich, und mein Gesicht ist auch nicht so bekannt wie das deine, nach meiner Schwangerschaft und während der Trauerzeit habe ich ja sehr zurückgezogen gelebt.«

»Ja«, musste von Wiesinger zustimmen. »Ada ist auch immer wieder in den Gesellschaftsnachrichten abgebildet.

Bei all diesen Wohltätigkeitsveranstaltungen und bei Ausstellungseröffnungen und überall werden ja Fotografien gemacht. Der Wiener liebt den Gesellschaftsteil in seiner Zeitung. Und dass du, meine Liebe, mit deinem schönen Gesicht und deiner ausgefallenen Kleidung, da so häufig als Motiv gewählt wirst, ist nicht überraschend. Wien ist eigentlich ein Dorf.«

»Aber kennt man dann Sophia und ihre Geschichte in diesem *Dorf* nicht auch?«, fragte Max Heger nach.

»Doch, das glaube ich schon. Sie müssen wissen, dass ich in Wien sehr bekannt bin. Und dass deswegen auch am Schicksal meiner Tochter viel Anteil genommen worden ist. Aber ihr Gesicht war eben lange nicht zu sehen, wegen der Trauerzeit, wie sie richtig bemerkt hat. Wenn Sophia mit uns am Abend irgendwohin ginge, dann wäre eine Fotografie von ihr natürlich eine Sensation. Aber so?«

»Vielleicht wäre es aber trotzdem besser«, schlug Sophia vor, »wenn ich mir eine etwas andere Vita zulegen würde. Wisst ihr noch, wie ich einmal als Rudolfs vermeintliche Cousine eine Hauslehrerin gespielt habe? Das könnte ich doch jetzt wieder tun. Du hast doch noch genug Verbindungen, Vater, um mir ein erforderliches Dokument zu beschaffen?«

»Das ist das geringste Problem«, lachte ihr Vater. »Gegen Geld könnte sich das jeder beschaffen, aber ich bekomme es sogar offiziell, fast offiziell, sagen wir einmal, wenn ich einen meiner alten Kollegen darum bitte. Meint ihr nicht, dass der Zweck hier die Mittel heiligt?«

»Und was genau soll ich tun?«, fragte Sophia. »Falls sie mich überhaupt auswählen.«

»Das werden sie«, lachte ihr Vater. »Warte einmal ab, bis du dein Zeugnis liest, das ich dir beschaffen lasse! Und was du tun sollst? Am besten das, worin sowieso deine Zukunft in nächster Zeit bestehen wird: Aktenstudium. Lies jeden Papierfetzen.«

»Und lies ihn mit großem Misstrauen«, ergänzte Max Heger ernsthaft.

Der weitere Tag wurde genau abgesprochen.

Max Heger sollte mit Pospischil in die Wohnung seiner Mutter und das Schwesternwohnheim gehen, während von Wiesinger alles Erforderliche für Sophias Bewerbung am nächsten Tag in die Wege leiten sollte. Am Nachmittag wollte er dann mit Ada ins Waisenhaus gehen. »Auch deswegen ist es gut, wenn jetzt Sophia und nicht du die Sekretärin mimst«, sagte er. »Das ist bestimmt für den Jungen leichter, sich einzuleben, wenn du nicht den ganzen Tag weg sein musst. Und Karl wird seine Mutter schon entbehren können, wenn wir alle uns um ihn kümmern.«

»Anna kommt auch bald zurück«, sagte Sophia.

Für den Abend wurde ein gemeinsames Essen geplant. Das erste mit Albert, falls alles so lief, wie Ada und ihr Mann es sich ausmalten. Kurz bevor man sich trennte, hielt Sophia noch einmal alle auf: »Halt, wir haben jetzt nur über Olga von Falkenberg gesprochen. Aber haben wir wirklich genau überprüft, ob wir niemanden aus den anderen Familien kennen?« Von Wiesinger sagte, dass er alle Herren bis auf den Grafen und Pranger kenne, aber nur so, *wie man sich eben kennt*. Privat habe er noch keinen der Herren getroffen.

Man ging noch einmal die Namen durch. »Ich werde auch noch einmal mit Mascha sprechen. Sie kennt die Helferinnen im *Frauenrat* besser als ich. Und die Damen wechseln dort auch häufig. Wenn eine unserer Mitarbeiterinnen nicht kommen kann, schickt sie eine Freundin oder Bekannte vorbei. Oder Mascha bittet jemanden aus der großen jüdischen Gemeinde um Hilfe. Sie kennt ja in der Leopoldstadt jeden. Und ihre Kommilitoninnen und dann die Schwestern und die anderen Angestellten im AKH. Und die Gattinnen der Ärzte.«

»Ja, tu das. Und natürlich bringst du Mascha heute Abend mit, falls sie nichts anderes vorhat.«

Der genau geplante Tag verlief wie die meisten genau geplanten Tage: anders als geplant. Nur sein Anfang entsprach noch den Erwartungen, doch je weiter der Tag fortschritt, desto mehr unvorhergesehene Ereignisse und Erfahrungen brachte er mit sich.

Schieres Glück brachte der Tag Ada, ihrem Mann und vor allem Albert.

Das Ehepaar von Wiesinger betrat das Waisenhaus kurz nach dem Mittagessen. Im Haus war es trotz der vielen Kinder recht ruhig; die kleineren Kinder hatten sich wohl zu ihrem Mittagsschlaf hingelegt, und die größeren waren in ihren Zimmern und genossen ein wenig faul den schulfreien Tag, an dem auch in Haus und Garten für sie weniger Dienste anstanden als an den Wochentagen.

Die Oberschwester war, wie an allen Tagen, in ihrem Büro. Sie empfing Ada und Felix von Wiesinger bereitwillig, obwohl diese nicht angemeldet waren. Sie ging noch davon aus, dass der Besuch der seltsamen Säuglingsangelegenheit vom Mittwoch galt, und berichtete kurz das, was sie von Pospischil schon gehört hatten. Von Wiesinger fragte noch einmal nach, ob fremde Personen im Haus gesehen worden waren, woraufhin die Oberschwester etwas bedrückt den Kopf schüttelte. »Das weiß ich leider nicht so genau. Niemand hat jemanden konkret benannt oder beschrieben, aber es herrscht doch die Meinung vor, dass man darauf auch nicht geachtet hätte. Also war vielleicht jemand da, vielleicht auch nicht. Wissen Sie, hier kommen immer recht viele Menschen vorbei: die freiwilligen Helferinnen, die leider sehr oft wechseln, die Vorstände verschiedener karitativer Einrichtungen, die sich um Stipendien für begabte Kinder wie den Albert oder um Landaufenthalte für kranke Kinder einsetzen, Ehepaare, die sich überlegen, ein Waisenkind zu adoptieren oder als Pflegekind zu sich zu nehmen und andere. Die Polizei in letzter Zeit. Manchmal ist das hier der reinste Taubenschlag.«

»Sogar heute, an einem Sonntag«, stimmte von Wiesinger ihr bei.

»Ja, aber Sie haben ja wenigstens ein genaues Anliegen und reden nicht stundenlang um den Brei herum. Ich habe einfach hier zu viel zu tun. Sie glauben gar nicht, wie lang es manchmal dauert, bis jemand auf sein Anliegen zu sprechen kommt. Aber zurück zu dem Taubenschlag. Vielleicht sollten wir die Haustür nicht nur abends und nachts verschließen, wie wir es neuerdings tun, sondern den ganzen Tag über. Aber das gibt dann wieder ein Gerenne. Der Hof wird ständig genutzt, die größeren Mädchen hängen draußen die Wäsche auf oder machen Gartenarbeit vom Frühjahr an, die kleineren Kinder spielen manchmal dort draußen.« Sie zeigte auf eine große Rasenfläche hinter dem Haus, auf der einige angerostete Klettergerüste herumstanden. »Die größeren Kinder gehen allein zur Schule und kommen zu verschiedenen Zeiten zurück. Und soll dann jeder läuten, der rein oder raus will? Da müsste ich ja fast eine Schwester nur dafür abstellen.«

Von Wiesinger räusperte sich. »Da haben Sie recht. Und vielen Dank für Ihre Auskünfte. Aber nun zu unserem eigentlichen Anliegen. Da Sie nicht wollen, dass man um den heißen Brei herumredet, sage ich es direkt: Wir möchten Albert dauerhaft zu uns nehmen. Am liebsten sofort. Wir haben in der letzten Zeit eine enge Beziehung zu ihm aufgebaut. Wir wissen jetzt auch, warum er das Stipendium nicht annehmen möchte, dass er aber sehr gern das Gymnasium besuchen und dann studieren möchte. Und das wollen wir ihm gern ermöglichen und ihn auf diesem Weg unterstützen.«

Da die Schwester immer noch nicht nur schwieg, sondern keine Reaktion erkennen ließ, unterbrach Ada ihren Mann: »Wir haben ihn einfach liebgewonnen.«

Endlich gab die Oberschwester ihr langes nachdenkliches Schweigen auf. »Das freut mich sehr für Albert. Er wird es wunderschön bei Ihnen haben. Streben Sie eine Adoption an?«

»Langfristig ja, aber nicht sofort. Der Wunsch soll auch von Albert ausgehen. Der ist ja schließlich kein Kind mehr, im Gegenteil, er ist sehr reif für sein Alter. Wir wissen nicht, ob er bei einer sofortigen Adoption nicht das Gefühl hätte, seine Mutter zu verraten. Aber wir werden mit ihm darüber sprechen, es ihm anbieten. Selbstverständlich sichern wir seine Zukunft schon vor einer eigentlichen Adoption materiell ab.«

»Ich habe nur deswegen etwas gezögert«, sagte die Oberschwester, »weil das heute bereits das zweite Angebot für Albert ist. Die Kommission der *Kinderwünsche* hat mir nämlich heute durch einen Dienstmann ein Schreiben zukommen lassen, dass man sich nach längerer Beratung dazu entschlossen habe, Albert trotz seiner desaströsen Vorstellung bei der Kommission in das Förderungsprogramm aufzunehmen, da seine früheren Leistungen mehr als überdurchschnittlich gut gewesen seien und man geneigt sei, seine derzeitige Leistungsschwäche der Enttäuschung über sein Versagen vor der Kommission, das man wiederum mit seiner Nervosität zu erklären bereit sei, zuzuschreiben. Hier«, sie holte einen Brief aus ihrer obersten Schreibtischschublade, »lesen Sie selbst. Achten Sie auf den letzten Satz.«

Ada und Felix von Wiesinger beugten sich über das Schreiben mit seinem beeindruckenden Briefkopf und überflogen den Inhalt, der dem entsprach, was die Oberschwester ihnen mitgeteilt hatte. Und dann lasen sie den letzten Satz. Dieser enthielt die fast schon autoritär formulierte Anweisung, den Knaben morgen um zehn Uhr im Büro *Kinderwünsche* in der Magdalenenstraße abzuliefern. Er solle seine persönlichen Habseligkeiten bei sich haben, da er direkt dem hausinternen Internat zugewiesen werde.

Ada und Felix von Wiesinger waren über den Ton des Schreibens erstaunt. Er mochte auch die Oberschwester gestört haben, die ihnen erklärte, dass sie nicht bereit sei, einem derartigen Befehl zu folgen, von dem sie nicht auf Anhieb erkenne, dass er dem Wohl des Kindes diene: »Dabei kenne ich die Herren sehr gut. Beim letzten Weihnachtsfest haben sie meine Kinder hier mehr als generös bedacht. Und auch sonst sind sie immer bereit, uns bei finanziellen oder organisatorischen Problemen zur Seite zu stehen. Aber Albert war doch so verstört, als er bei der Kommission war. Nein, bei dieser Angelegenheit werde ich so entscheiden, wie ich es für richtig halte. Aber natürlich muss ich jeden Konflikt vermeiden. Wenn sie mich fragen, werde ich sagen, dass ich mir den Brief erst am Abend zur Bearbeitung vorgenommen hätte, und da sei alles schon anders entschieden gewesen. Seltsam schon, dieser Ton, nicht wahr? Aber manchmal denke ich, diese Wohltäter können auch ganz schön übergriffig werden.«

Von Wiesinger dachte noch über das nach, was die Oberschwester gesagt hatte, aber Ada drängte schon: »Und wie sollen wir es machen? Sagen Sie es Albert? Oder wir? Und was ist, wenn er gar nicht will?«

Natürlich wollte Albert.

Die Oberschwester hatte vorgeschlagen, dass sie mit dem Jungen sprechen werde, da dies der am wenigsten emotionale und deswegen am wenigsten belastende Weg sei. Das Paar solle solange im Büro warten. Von Wiesinger nahm noch einmal den Brief zur Hand und versuchte vergeblich, die Unterschrift auf dem Schreiben zu entziffern, doch Ada sah ihn so gequält an, dass er seine erwachte kriminalistische Spannung unterdrückte und einfach ihre Hand nahm. Zu sprechen wusste er nichts, doch schon nach wenigen Minuten kam die Oberschwester mit dem Jungen zu ihnen. Dieser strahlte sie an, doch die Sprache schien er vor Freude verloren zu haben. Stumm packte er seine wenigen Habseligkeiten, genauso schweigend verabschiedete er sich von seinen Freunden im Heim und von den Schwestern. Ada beschloss bei sich, dass Albert sich in einigen Tagen mit einem kleinen Abschiedsfest noch einmal von den Kindern verabschieden sollte. Doch für heute galt es nur, mit dem Jungen möglichst bald nach Hause zu fahren und ihm dort die Zeit zu geben, die er brauchte, um sich an sein neues Leben zu gewöhnen.

Der alte Pospischil gefiel Max Heger sehr gut.

Pospischil seinerseits konnte ein gewisses Misstrauen gegenüber dem freundlichen Mann, der sich nur mit einem gefälschten Pass hier in Wien aufhielt, nicht unterdrücken. So gingen sie ein großes Stück des Wegs schweigend nebeneinander her, bis sie am Naschmarkt vorbeikamen, und Pospischil, wie es seine Gewohnheit war, vorschlug, einen kleinen Schwarzen in dem Marktbeisel zu trinken. Heger folgte ihm bereitwillig in die düstere Stube, die nur zwei kleine Fenster zur Straßenseite hin aufwies, die durch die schmutzigen Scheiben einen verschwommenen Blick auf das lebhafte Markttreiben erlaubten. Der Tabakrauch hatte die Wände schon längst mit einer braunen Patina überzogen. Zwei zigarrenrauchende Männer saßen laut feilschend in einer Ecke, Markthändler wahrscheinlich, die einen Tauschhandel dem vorgeschriebenen Markthandel vorzogen. Doch diese schienen Heger weniger zu interessieren als die Buden draußen, und mit einem gemurmelten *sorry* öffnete er seine Aktentasche und entnahm ihr einen Zeichenblock. Schnell skizzierte er die Umrisse der runden Standbauten und wollte seinen Block wieder einstecken, als Pospischil ihn bat, ihm doch einige seiner Wiener Skizzen zu zeigen. Pospischil nahm vorsichtig einige der architektonischen Zeichnungen Hegers zur Hand und erkannte auf Anhieb die Plätze und Gebäude, die dieser festgehalten hatte.

»Eine bessere Auswahl hätten Sie gar nicht treffen können«, sagte er lobend. »Sie haben sich ganz auf die neuen Gebäude unseres Jahrhunderts konzentriert, nicht wahr?«

»Ja«, sagte Heger. »Solche Gebäude sehe ich zu Hause nicht in meinem Dorf. Und ich hatte doch kaum Zeit hier, da muss man sich eben auf etwas Bestimmtes konzentrieren. Schlösser und Paläste haben wir in England schließlich auch.«

»Leise«, flüsterte Pospischil, der keine Lust hatte, dass der Wirt und die anderen Beiselbesucher erfuhren, dass hier ein *feindlicher Ausländer*, wie man ihn wohl nennen würde, ihren Kaffee trank. An dem Tisch neben ihnen saßen zwei ebenfalls sehr leise sprechende ältere Männer.

»Tschechen«, erklärte Pospischil, »und sie unterhalten sich darüber, ob sie nach dem Krieg hier bleiben oder zurück in ihre Heimat wollen.«

»Warum verstehen Sie das?«, fragte Heger.

»Mein Vater kam aus Mähren nach Wien. Lange vor meiner Geburt.«

»Überlegen Sie auch manchmal, ob Sie zurückgehen wollen?«

»Daran habe ich nie gedacht«, sagte Pospischil überrascht. »Ich bin doch Wiener, wissen Sie.« Während der kurzen Unterhaltung hatte Heger den alten Polizisten aufs Papier gebannt, freundlich, bescheiden, gutmütig. Wie ein wohlbeleibter und fröhlicher *Santa Claus*, dachte er und überlegte, dass er die strenge Uniform, die Pospischil heute wieder trug, mit warmen rötlichen Farben kolorieren würde. Er reichte Pospischil das Blatt, das dieser mit großer Bewunderung betrachtete. »Das bin ich«, stellt er völlig unnötigerweise fest, und Heger antwortete: »Darf ich Ihnen das Blatt schenken? Aber ich würde es gern heute Abend noch etwas kolorieren. Sie können es sich dann morgen bei den Wiesingers abholen.«

Pospischil war sehr erfreut und malte sich schon aus, wie er das Blatt rahmen und dann neben seinen Schaukelstuhl hängen würde. »Da dank' ich aber schön, gnädiger Herr«, sagte er, und Heger lachte: »Ein gnädiger Herr bin ich aber nicht.«

»Das sagt der Herr von Wiesinger auch immer. Und trotzdem ist er einer.« So hatte Pospischil inzwischen den Fremden akzeptiert.

Das Allgemeine Krankenhaus lag vor ihnen. »Was für ein riesiger Komplex«, staunte Heger. »Ja, das ist das größte Krankenhaus der Welt«, erklärte Pospischil stolz wie ein Fremdenführer. »Sie geben sich hier am besten als mein Assistent aus, um unnötige Erklärungen und Fragen zu vermeiden.« Sie gingen zum Verwaltungsgebäude, wo Pospischil schon am Vortag seine Ermittlungen aufgenommen hatte. Wieder schien ihn die mürrische Dame im Vorzimmer als Störenfried zu empfinden und sagte bei seinem neuerlichen Erscheinen: »Ich habe Ihnen doch gestern schon alles gesagt, was ich über Schwester Helene weiß.«

»Bitte, was mir gestern an Auskünften gereicht hat, ist heute nicht mehr genug. Das müssen Sie schon mir zur Beurteilung überlassen«, sagte Pospischil so streng, dass Heger den gemütlichen, in sich ruhenden Mann aus dem Beisel kaum wiedererkannte. »Es geht um zwei Dinge: erstens, ich muss unverzüglich den Arzt sprechen, der am Montagabend das so schwer verletzte Kind aufgenommen hat, und zweitens will ich das Zimmer sehen, in dem Schwester Helene gewohnt hat.«

Am Ton des alten Beamten erkannte die Schwester hinter ihrem Tresen nun, dass es ihm ernst mit seinen Forderungen war, sodass sie von ihrem mürrischen Tonfall in den einer servilen, aber effizienten Professionalität wechselte. »Nach dem Arzt werde ich gleich rufen lassen, ich muss nur noch schnell die Dienstpläne überprüfen, um festzustellen, wer Dienst in der Notaufnahme hatte und wo der betreffende Herr Doktor heute eingesetzt ist. Aber das mit dem Zimmer, das wird schon schwieriger. Bei fristlosen Kündigungen verfahren wir immer so, dass wir die Habe der betreffenden Person in Kartons verpacken und für sie verwahren. Die Zimmer werden ja immer gleich wieder vergeben, wenn kein Anspruch mehr darauf besteht. Aber ich werde Ihnen die Kartons bringen lassen. Wenn Sie mögen, können Sie in dem kleinen Raum dort drüben alles durchsehen und auch auf den Doktor warten und vielleicht möchten Sie die Kollegin sprechen, die mit Schwester Helene das Zimmer geteilt hat? Ich nehme an, dass sie auch mit dem Einpacken betraut war.«

»Danke, das alles ist sehr hilfsbereit von Ihnen«, antwortete Pospischil, jetzt wieder sehr gemütlich und entgegenkommend. Ein Lächeln konnte er der Dame aber nicht entlocken, die jetzt Papiere durchforstete und Telefonate erledigte.

Doch dann ging alles ganz schnell.

Zunächst kam ein alter Mann, eine Art Faktotum, der auf einem Rollstuhl zwei Pappkartons brachte und sie grußlos vor Pospischil und Heger hinstellte. Im Weggehen murmelte er beiseite: »Das war eine sehr nette Dame, die Schwester Helene.« Pospischil hielt ihn zurück. »Wie meinen Sie das?« Der Mann schlurfte einen Schritt zurück ins Zimmer und sagte dann: »Gar nicht eingebildet. Hat mich immer gegrüßt und gefragt, wie es mir geht. Nicht wie der Drachen da draußen. Und sie hat immer *bitte* gesagt, wenn ich etwas für sie tun sollte. Einmal hab' ich sie draußen getroffen.«

»Draußen?«

»Na, eben nicht hier bei uns herinnen. Auf der Straße vor dem Haupteingang. Sie hat mich gegrüßt und mir einen schönen Abend gewünscht. Und dann hat sie mich auf ein Achterl Weißen eingeladen.«

»Worüber hat sie denn mit Ihnen gesprochen?«

»Ach, nichts B'sonders. Wir haben über diesen und jenen g'sprochen von hier drinnen. Über den Drachen natürlich. Ja, und dann wollt' s' noch wissen, was man sich so über die Herren aus der Gynäkologie erzählt. Wir haben eben geplaudert. Aber an dem Abend vor ihrer Kündigung, da hab' ich sie auch draußen g'sehn. Aber sie mich nicht. Sie war in ein Gespräch mit einer Dame vertieft. Vielleicht war das ihre Mutter. Genauso schön, nur ein bisserl älter. Wie ich sie so von Weitem g'sehn hab', schön, hab' ich 'dacht, da hat sie mal wer nach draußen eing'laden. Aber das war von Weitem. Wie ich näher komm', seh' ich, dass die Dame, also die ältere der beiden, kreidebleich ist. Der war der Schrecken ins Gesicht geschrieben. Und die Schwester Helene hat nur Augen für sie g'habt, deswegen hat sie mich auch nicht g'sehn. Und nicht gegrüßt«, fügte er noch kummervoll hinzu. Dann schlich er so grußlos hinaus, wie er gekommen war.

Pospischil überließ es Max Heger, die Kartons seiner Schwester zu öffnen. Was er dabei fand, ließ keinerlei Rückschlüsse zu, weder auf die Person selbst noch auf ihren derzeitigen Aufenthaltsort. Ordentlich gefaltete Wäsche und Kleidungsstücke, zwei Paar saubere Schuhe, überraschend viele medizinische Bücher sowie zwei Romane und ein Gedichtband mit einem Papierstreifen als Lesezeichen, einige Hygiene- und Kosmetikartikel, ein Zeichenblock mit Skizzen aus einem Krankensaal, drei Fotos in einem schönen Holzrahmen. »Das ist unser Gut in England, sehen Sie, das ist ein Foto meiner Eltern und das da, das sind meine Schwester und ich am Tag ihrer Einschulung«, klärte Max Heger Pospischil auf. Mehr war nicht zu finden. »Da muss sie wohl ihre persönliche Habe bei Ihrer Mutter gelagert haben«, meinte Pospischil. »Ich weiß ja gar nicht, was Frauen im Allgemeinen unbedingt in ihrem Zimmer brauchen und was nicht«, sagte Max Heger. »Aber das scheint mir doch sehr unpersönlich zu sein, oder? Wir hätten Sophia Sachtl oder Mascha Grünberg mitnehmen sollen, die könnten uns sagen, ob da etwas fehlt und wenn ja, was. Andererseits, für Mode und andere typische Frauendinge interessiert sich meine Schwester überhaupt nicht, und sie ist jemand, der immer schnell zusammenpackt und weiterzieht, das kann ich Ihnen sagen.«

Die junge Schwester Martha, die wenig später an die Tür klopfte, wusste offensichtlich nichts zu sagen, ob aus Schüchternheit oder wirklich aus Unkenntnis, konnte man nicht eindeutig erkennen. Immer wieder versuchte Pospischil mit väterlichen Aufmunterungen wie »Sie müssen Sie doch gut gekannt haben, nicht wahr?« oder »Worüber hat sie denn mit Ihnen gesprochen?« die geschlossenen Lippen der jungen Frau zu öffnen, und Max Heger setzte seinen ganzen Charme ein: »Sie hat Ihnen doch gewiss anvertraut, welche Pläne sie hatte, so vertrauenswürdig und verschwiegen, wie Sie sind. Schon von Berufs wegen sind Sie ja zur Diskretion verpflichtet, schwierig genug ist diese Arbeit für eine junge Dame wie Sie, die bestimmt gern auch einmal etwas Schönes und Lustiges sehen würde.« Sie seufzte tief auf, das war alles. Und als sie bemerkte, wie enttäuscht die Männer über ihre verhaltene Reaktion waren, brachte sie doch noch einige Sätze heraus: »Sie war eine sehr gute Krankenschwester. Und eine sehr gute Freundin.«

Max Heger erschrak, weil das eher wie zwei Sätze aus einem Nachruf klang.

Aufschlussreicher war da das Gespräch mit Doktor Horovitz, der sichtlich verärgert an die Tür klopfte, weil man ihn mitten aus seiner vormittäglichen Visite herausgerissen hatte. Als er hörte, dass die beiden Herren Nachforschungen über Schwester Helene anstellten, verschwand seine gereizte Stimmung. »Da helfe ich Ihnen gern. Schwester Helene ist eine sehr gute Schwester, mit ihr zusammenzuarbeiten, ist ein reines Vergnügen. Soweit man in unserem Beruf überhaupt von Vergnügen sprechen kann. Zuverlässig, fleißig, aber auch mutig und experimentierfreudig.«

»Mutig? Experimentierfreudig?«

»Ja. Wissen Sie, ich bin kein Freund ausgetretener Pfade. Wenn ich in der medizinischen Literatur etwas über neue Methoden erfahre, bin ich geradezu enthusiasmiert. Vor allem im Bereich seelisch verursachter physischer Krankheiten, um das einmal für Laien verständlich auszudrücken. Ich habe diesbezüglich viel von der Hysterieforschung gelernt. Wie Sie vielleicht aus der Bibel wissen: *Ein fröhliches Herz bringt gute Besserung, aber ein zerschlagener Geist vertrocknet das Gebein.** Aber Spaß beiseite. Letztes Jahr habe ich

* Spr. 17.22

einige Wochen bei Georg Groddeck in Baden-Baden assistiert. Seitdem gehe ich auch zu Freuds berühmtem Mittwoch-Kreis. Nicht, dass ich mich dort traute, viel zu sagen. Noch bin ich ein Lernender. Aber Schwester Helene hat viel durch Intuition erfasst, wofür ich ein langes Studium benötigt habe. Sie spricht mit meinen Patienten über deren Krankheit. Das ist das Wichtigste, was ich gelernt habe. Die Patienten müssen selbst herausfinden, warum sie erkrankt sind, warum jetzt und warum gerade an einer bestimmten Krankheit.«

»Das ist ja alles sehr interessant«, sagte Pospischil. »Wenn ich mir das nächste Mal eine Verkühlung einfange, werde ich mir diese Fragen auch stellen. Aber wie werd' ich dadurch gesund?«

»Spott bin ich gewöhnt«, sagte Doktor Horovitz gelassen.

»Entschuldigung«, sagte Pospischil, der sich über seinen wenig professionellen Einwurf selbst ärgerte. »Können wir wieder auf Schwester Helene zu sprechen kommen?«

»Ja selbstverständlich. Also: Ich hatte Dienst in der Notaufnahme. Sie leider nicht. Wissen Sie, es ist schön, mit einer Gleichgesinnten sprechen zu können, während man Dienst hat. Manchmal sind ja die Nächte ruhig, und es passiert kaum etwas. So war das aber am Samstag nicht, im Gegenteil. Da kam ich keine Sekunde zur Ruhe. Aber ich habe sie noch kurz vor ihrem Dienstschluss in der Gynäkologischen abgepasst, weil ich eine Frage zu einem meiner Patienten hatte. Sie sah übrigens sehr schick aus, sehr modisch. Aber sie hatte keine Zeit. Es war irgendetwas mit ihrer Familie. Ihre Mutter wollte sie nach ihrem Dienst abholen, ja, das war es, weil diese verreisen wollte und den letzten Abend in Wien noch mit ihrer Tochter verbringen wollte. Diese Familienpflichten eben ... Natürlich hatte ich Verständnis, und dann sind wir noch ein paar Schritte zusammen gegangen, ich zurück zur Notaufnahme, sie zum Ausgang. Gut, dass wir uns nicht verplaudert haben. Denn kaum war ich zurück, war dort eine Einlieferung. Schreckliche Sache war das. Ein Kind, an dem sich wer vergangen hat. Hab' es gleich in die Innere verlegen lassen. Obwohl es vielleicht eher einen Psychologen gebraucht hätte.«

Viel mehr konnten sie Doktor Horovitz nicht entlocken, der schon wieder daran war, auf sein Spezialgebiet zu sprechen zu kommen.

Sie versäumten nicht, dem *Drachen* noch einmal zu danken. Dieser hatte seinen Wirkungskreis weiterhin geordnet und berichtete ihnen, dass die Kartons mit dem Besitz der Schwester Helene zur Abholung und zum Weitertransport zu ihrer Familie bis zu ihrem Dienstschluss um 19 Uhr bereitstünden. Falls sie bis dahin nicht geholt würden, würde sie sie zur weiteren Lagerung in den Keller des Schwesternhauses zurückbringen lassen. »Wird erledigt«, sagte Pospischil, sie zum Abschied fast wie ein Soldat seinen Feldwebel grüßend.

Die Wohnungstür von Hegers Mutter Christine zu öffnen, war für den erfahrenen Beamten eine Sache von wenigen Sekunden. »Wir nennen das *lockpicking*«, sagte Max Heger, »das heißt so etwas wie *im Schloss herumstochern*. Das haben Sie ja auch getan, aber ich habe es mir irgendwie spektakulärer vorgestellt.« Pospischil überlegte, ob sich der junge Mann an seiner Seite mit derart lockeren Bemerkungen von seiner inneren Anspannung ablenken wollte oder ob er wirklich mit einem begnadet leichten Naturell ausgestattet war. Dann wäre er zu beneiden.

Während Max Heger beim Betreten der Wohnung weiterhin seinen *Small Talk* betrieb, konzentrierte sich Pospischil mit geschultem Blick auf alles, was einen Hinweis auf den Verbleib von Christine und Helene Heger geben könnte. Im fast quadratischen Vorraum der Wohnung blitzte es vor Sauberkeit. Kein Fitzelchen Papier befand sich in dem Papierkorb, der rechts von einer altmodischen, breiten Eichenkommode stand. Auch auf der schönen glänzenden Holzoberfläche der Kommode verdeckte keine Visitenkarte und keine schnell abgelegte Post die schönen, wenngleich etwas schlichten floralen Intarsien aus Kirschholz. Gegenüber hing eine vollkommen leere Garderobe, die ebenfalls aus dem Ende des 19. Jahrhunderts stammte und ähnliche Intarsien aufwies.

Von diesem Vorraum führten vier Türen ab, die rechte in eine in Pospischils Augen sehr gemütliche und große Küche, die jedoch ebenfalls beinahe unbenutzt wirkte. Kein Geschirr stand in der Spüle, nicht einmal ein abgespültes Glas stand irgendwo zum Trocknen. Das schien sogar Max Heger aufzufallen, der sich verwundert umschaute: »Meine Mutter ist eine wunderbare Hausfrau, sie kocht leidenschaftlich gern, obwohl unsere Köchin nicht begeistert war, wenn jemand ihr die Arbeit abnahm, aber sie ist, das muss ich schon sagen, jemand, der eher ein großes Chaos um sich verbreitet. Als mein Vater sie einmal liebevoll mit dem englischen Sprichwort *A tidy house, a tidy mind* aufzog, lachte sie ihn aus und versuchte, ihm das deutsche Äquivalent zu erklären: *Ordnung ist das halbe Leben.* Als er darüber nachdachte, meinte er, das sei doch ziemlich dasselbe. Doch sie sagte, seines sei viel moralischer, und ihres sage ja immerhin, dass man die andere Hälfte seines Lebens vernünftiger verbringen solle als die eine, die von Eltern und Erziehern geprägte, in der es eigentlich ständig um solche langweiligen Dinge wie Ordnung und Sauberkeit gehe. Da lachte er und sagte, zu Sauberkeit habe er auch etwas zu bieten: *Cleanliness is next to godliness.* Und dann warfen sie sich gegenseitig ihre Sprichwörter und *proverbs* an den Kopf und lachten miteinander, wie sie das so oft taten. Aber ich schweife schon wieder ab, tut mir leid, lieber Herr Pospischil. Alles, was ich meine, ist: Diese Küche und diesen Vorraum hat meine Mutter nicht allein aufgeräumt. Nun, vielleicht hat sie ja eine Putzfrau genommen.«

Sie öffneten die nächste Tür und standen in einem kleinen, gemütlich möblierten Schlafzimmer mit einem schönen, großen Biedermeierschrank. Pospischil öffnete die Türen, und sie blickten auf eine reichhaltige Damengarderobe.

»Wissen Sie etwas über Mode, Herr Pospischil?«, fragte Max Heger.

Dieser schüttelte betrübt den Kopf. »Ich kann nur sagen, ob mir etwas gefällt oder nicht. Das hier gefällt mir. Aber ob es modern ist oder nicht, das weiß ich nicht.«

»Jedenfalls kenne ich keines dieser Kleider«, sagte Max Heger. »Aber andererseits, als Mutter damals zurück nach Wien gegangen ist, hat sie auch wenig mitgenommen. Nur ihre neueren, besseren Stücke.«

»Ist Ihre Frau Mutter eigentlich vermögend?«, fragte Pospischil. »Schließlich ist das hier eine recht große Wohnung in einer sehr guten Lage.«

»Wir haben das Erbe meines Vaters nach seinem Tode nicht juristisch aufgeteilt, sondern so, wie wir es mit ihm schon Jahre zuvor besprochen hatten. Ich habe eben den Riesenbesitz mit dem Haus und allem, was sich darinnen befindet, erhalten. Meine Mutter und meine Schwester haben ein lebenslanges Wohnrecht, auf das sie leider zurzeit verzichten. Aber ich bin deswegen nicht reich, wissen Sie, wenn reich heißt, Geld in der Tasche zu haben. Natürlich könnte ich Möbel, Bilder, Teppiche und Porzellan verkaufen, wenn ich in Not gerate oder aus anderen Gründen Geld brauchte. Aber im Krieg wäre das doch sehr unklug. Und Mutter hat das ganze Bargeld und das Aktienpaket meines Vaters erhalten, das war recht beachtlich, ja. Und meine Schwester hat das kleine Londoner Haus bekommen, das sie zurzeit nicht nutzt. Ich habe allerdings einen Schlüssel und schlafe manchmal dort, wenn ich nach London muss. Eine hübsche kleine Stadtvilla. Und natürlich hat sie auch eine größere Bargeldsumme erhalten. Außerdem habe ich mich verpflichtet, meiner Mutter und meiner Schwester immer einen Anteil der Einnahmen zu geben. Aber das ist nicht kalkulierbar. Letztes Jahr war die Ernte miserabel, da hatte ich kaum Bares genug für mich und vor allem für das Dach meines Hauses, durch das es immerzu tropfte. Aber insgesamt würde ich sagen, dass sie recht gut dasteht.«

»Sie hätte also nicht arbeiten müssen?«

»Nein, aber sie ist nicht die Art vornehme Dame, die die Hände in den Schoß legt.«

Die nächste Tür führte in eine kleine Bibliothek, die Christine Heger offenbar gleichzeitig als Handarbeitszimmer nutzte. Max Heger seufzte, als er die wohlgefüllten Bücherschränke und ein Regal voller Pappkartons sah, auf deren vorderer Schmalseite je eine bunte Fadenschleife geklebt war. »Ja, so hat sie das schon in England gemacht. Hier, sehen Sie«, er zog eine beliebige Schachtel aus dem Regal, »da klebt eine blaue Schleife. Da sind dann alle ihre Vorräte an blauen Fäden und blauem Garn. Ja! Hier sehe ich sie. Und die vielen Bücher! Da hat sie in den wenigen Jahren, die sie hier ist, schon mächtig eingekauft. Auch bei uns zu Hause hat ihr die eigentliche Bibliothek nicht ausgereicht, obwohl die schon von Generationen von Penningtons angefüllt worden war, bevor sie kam.«

Pospischil öffnete einen der Bücherschränke und zog willkürlich ein paar Bände heraus und blätterte sie rasch durch. Schon oft hatte er bei Wohnungsdurchsuchungen in Büchern aufschlussreiche vergessene Briefe oder Karten gefunden. »Oh, sehen Sie, die sind fast alle mit einer Widmung und einer Signatur versehen«, wunderte er sich. »Da hat Ihre Mutter aber in guten Kreisen verkehrt. Hier, Arthur Schnitzler«, sagte er. »Den habe ich auch vor zwei Tagen kennengelernt. Na ja, ich bin ihm vorgestellt worden. Er wird sich kaum mehr an mich erinnern. Aber was für ein trauriger Titel, *Sterben* heißt das Buch. Und das da ist ein Buch von Raoul Auernheimer. Auch signiert. Klingt schon lustiger: *Laurenz Hallers Praterfahrt.* Und das da. Ein signierter Salten. *Wurstelprater*, das passt ja zu dem anderen Buch. Wirklich spannend. Aber da dürfen wir uns jetzt nicht hinein vertiefen. Schade eigentlich.« Er suchte konzentriert weiter, fand aber sonst nichts in den Büchern.

Fast unwillig trennte er sich von der Bibliothek und öffnete die nächste Tür. Pospischil erstarrte. Da war es wieder, dieses Erlebnis von Schönheit, das ihn immer zum Verstummen brachte und sein Herz einen Schlag lang aussetzen ließ. Er war froh, dass sein junger Begleiter so ungeniert weiterplauderte: »Das ist jetzt aber wirklich außergewöhnlich, dieser Salon. Ich kenne mich ja mit Innenarchitektur nicht aus, nur mit Häusern, aber das ist die Art Möbel, die genau in die Häuser passt, die ich mir in Wien angesehen habe. Würde mich nicht wundern, wenn die Architekten die Vorlagen gezeichnet hätten.«

»Das ist so«, antwortete Pospischil. »Das sind Möbel der Wiener Werkstätte. Schauen Sie, dieser Schrank. So schlicht und trotzdem so prachtvoll. Unglaublich.«

Heger musterte Pospischil von der Seite und erkannte, dass der vom selben Virus befallen war wie er selbst: »Schauen Sie dort, an der Wand. Das ist nicht Wiener Werkstätte, das ist Christine Heger.« Pospischil betrachtete ein Bild, das einen Phantasiegarten darstellte, mit schmalen, lanzenförmigen hohen Blättern und lilienartigen Blumen. Alles war in unterschiedlichen Blau- und Grüntönen gehalten mit wenigen roten und goldenen Klecksern. Und es war gar kein gemaltes Bild, sondern eine Stickarbeit. Aber das sah man nur, wenn man ganz nahe herantrat.

Das wiederum sehr schlichte Speisezimmer und ein winziges Gästezimmer ließen sie zunächst unkommentiert. Erst als sie sich in der Küche zu einem kurzen Abschlussgespräch niederließen, sagte Max Heger: »Das ist ein typisch englisches Gästezimmer, mit den gerüschten und geblümten Vorhängen und den Decken im gleichen Muster. Das erinnert mich sehr an zu Hause.«

»Ist Ihnen sonst etwas aufgefallen?«, fragte Pospischil.

»Ja, einiges. Das Wichtigste: Mutters großer tragbarer Handarbeitskorb ist nicht da. Den hätte sie aber nicht auf eine Reise mitgenommen, also müsste er hier sein. In ihm verwahrt sie ein riesiges Sortiment an Nadeln sowie angebrochenen Garn- und Fadenrollen auf, Reste eben, sowie Stoffreste, die sie besticken möchte. Und alle angefangenen Arbeiten. Und dann – warum sind keine Fotos hier? Nicht einmal auf der Kommode dort, mindestens ein Foto meines Vaters sollte dort stehen. Und, mit Verlaub, vielleicht auch eines von mir oder Helen. Aber am meisten irritiert mich, wie unpersönlich die ganze Wohnung ist, wie zurechtgemacht und wie ein wenig dekoriert für eine unserer englischen Inneneinrichtungszeitschriften, *House and Garden* oder *My Beautiful Home* und so weiter. Fehlt nur noch, wie es in den Zeitschriften immer ist, dass auf jeder geraden Fläche ein üppiger Blumenstrauß steht. Und dann – auf keinem Couchtisch liegt Post oder eine Zeitung herum. Zu perfekt, *artificial*, also künstlich, finden Sie nicht auch?«

Pospischil lauschte den Worten des *jungen Engländers*, wie er seinen Begleiter immer noch für sich nannte, etwas unsicher. Er wusste einfach nicht so genau, wie eine vornehme Dame ihre Wohnung dekorieren oder, und darum schien es vor allem zu gehen, aufräumen würde. Er hätte genau sagen können, ob eine Wohnung in der Leopoldstadt echt oder künstlich aussah. Dies galt sowohl für die Wohnungen der Tschechen als auch für die der Juden. Und für kleinbürgerliche Wohnungen wie seine eigene. Natürlich kam er im Laufe seiner Tätigkeit immer auch einmal in ein großbürgerliches oder reiches oder vornehmes Haus, wie erst vor zwei Tagen bei von Wiesinger, aber was dort als normal galt, das überstieg seine Kenntnis. Er fühlte sich dann immer wie ein Schauspieler in einem der von ihm so heiß geliebten Filme, nur dass dort das Stummsein eine technische Ursache und bei ihm eine soziale hatte. So war nun einmal das Leben. Oder, wie der junge Engländer neben ihm es wohl formulieren würde: *Such is life.* Eine der wenigen nicht lateinischen Sentenzen, die er kannte.

Obwohl ich wusste, wie sehr Sophias Schreibtherapie, wie sie ihre Aufzeichnungen immer ironisch nannte, ihr geholfen haben, bin ich doch überrascht, wie entspannend das Aufschreiben von Dingen ist, die man sich niemandem zu erzählen traut. Ob aus Feigheit oder Konventionshörigkeit oder aus dem, wie ich schon einmal überlegt habe, prinzipiellen Zweifel an der Mitteilbarkeit und sprachlichen Austauschbarkeit bestimmter Erfahrungen, weiß ich nicht.

Als ich mich von meinen Eltern verabschiedete, um nach Hause zu gehen – gut, dass sie nicht wussten, dass ich Sophias Haus inzwischen als mein Zuhause bezeichne -, traf ich auf der Taborstraße den jungen Arzt, den sie mir am Vorabend vorgestellt hatten. Obwohl es mir peinlich war, ging ich direkt auf ihn zu, um mich wegen meines unhöflichen und brüsken Verhaltens ihm gegenüber zu entschuldigen. Er nahm die Angelegenheit locker. »Ich habe das gleich verstanden. Meine Eltern suchen mir auch immer junge jüdische Frauen aus, die ich ihrer Ansicht nach heiraten könnte. Man kommt sich vor wie auf einem Viehmarkt, nicht wahr?« Ich nickte, schon etwas entspannter. »Sie dürfen das zu Hause nicht erzählen, Fräulein Dr. Grünberg, aber bei mir denke ich immer: koscheres Essen, koschere Kinder, koschere Bräute …«

Jetzt lachte ich wirklich gelöst. Was er formulierte, hätte ich nicht einmal in meinen Aufzeichnungen so zu bezeichnen gewagt, aber er drückte in einem Satz alles aus, was meine Eltern und mich so trennte. Ich bin Wienerin, und dass ich Jüdin bin, spielt eigentlich keine Rolle in meinen Überlegungen und in meinem Leben. Natürlich immer noch in meinem Leben als Tochter, wo ich jeden Freitagabend pflichtbewusst zu meinen Eltern gehe, um mit ihnen Sabbat zu feiern, aber überhaupt nicht mehr in meinem Leben als Frau und Ärztin. Natürlich nehme ich auch dort gelegentlich Ressentiments wahr, die aber eher der Dummheit dieser Menschen zuzuschreiben sind und mich eigentlich in nichts einschränken. Viele meiner Kollegen im Krankenhaus sind Juden, viele Freundinnen auch, und bei manchen weiß ich es nicht einmal genau.

Auf jeden Fall konnte ich mich danach gut mit dem Kollegen unterhalten, der mich ein paar Schritte in Richtung Donaukanal begleitete. Am Karmelitermarkt sagt er: »Dort ist doch Ihre Einrichtung. Ich würde sie mir gerne einmal ansehen, wenn Sie es erlauben. Man singt ja überall in der Leopoldstadt Ihr Loblied.«

»Am lautesten bei mir zu Hause, nicht wahr? Im Übrigen zeige ich sie Ihnen gerne, wenn Sie jetzt ein wenig Zeit hätten? Es wäre ja auch gut, wenn ich einmal einen Blick hineinwerfe, bevor wir wieder öffnen. Wir hatten nämlich am vorigen Dienstag einen schrecklichen Zwischenfall.«

Ich erzählte ihm die Geschichte und betrat den Frauenrat, der in den ehemaligen Ordinationsräumen eines verstorbenen Arztes seinen Platz gefunden hatte. »Wir hatten Glück«, sagte ich, als wir uns der Haustür näherten. »In den Räumen befand sich noch die alte, vorsintflutliche Praxiseinrichtung des Arztes. Und da ich hier ja nur berate, aber keine eingehende ärztliche Untersuchung ersetze, reicht die für unsere Zwecke völlig aus.«

Ich steckte den Schlüssel in die Haustür und öffnete sie. Wie immer quietschte die alte Tür, die etwas über den abgetretenen Steinboden schleifte. »Dort«, deutete ich auf die linke Tür, die vom Hausflur abführte. Als ich erneut an meinem Schlüssel nestelte, um ihn ins Schloss zu stecken, sagte ich: »Wie leise ist das heute hier. Sonst warten immer schon Frauen und Kinder auf mich.«

Plötzlich hatte ich ein Gefühl des Déja-vu. »Kommen Sie herein. Schauen Sie sich um. Aber seien Sie bitte ganz leise. Ich glaube, mir fällt gerade etwas ein.«

Während mein Kollege durch die Räume ging und sich jeder Frage oder Äußerung enthielt, dachte ich an den letzten Dienstag. Dienstags arbeite ich bis nachmittags um vier Uhr im AKH und fahre dann mit der Elektrischen hierher in die Leopoldstadt. Natürlich muss ich dort auch einen gewissen Weg bis zur Haltestelle zurücklegen und dann auch hier, sodass ich immer erst kurz vor fünf Uhr da bin. Ich lasse dann immer die Haustür auf, sodass die Frauen auch im Hausflur warten können. Um fünf Uhr klopfen sie dann und kommen herein. Doch am letzten Dienstag hat es so stark geregnet, dass ich beschlossen hatte, mich von einer Mietdroschke herbringen zu lassen. Deswegen war ich schon sehr früh hier, und es war auch noch leer vor dem Haus. Und eben ruhig. Und dann kramte ich ein wenig im Büro herum und bereitete mich auf meine Arbeit vor. Und da kam, lange vor der Öffnungszeit, eine Frau herein. Eine Witwe, nicht mehr ganz jung. Zumindest hielt ich sie für eine Witwe, denn sie war ganz schwarz gekleidet. Und dienstags haben *wir ja immer um sechs Uhr den Witwenkreis. Ich sagte ihr, dass wir erst um fünf Uhr öffnen, bot ihr wegen des Regens aber an, im Vorraum zu warten. Sie setzte sich dann auch auf einen der Stühle und stellte ihre ziemlich große Tasche neben sich. Als dann um fünf Uhr die Frauen klopften und eintraten und die Räume mit ihren Unterhaltungen belebten, schaute ich nach ihr. Sie war aber nicht mehr da. Aber das kommt oft vor, dass jemand nur hereinschnuppert und dann wieder geht, sich vielleicht auch ängstigt. Ich habe dem deswegen keinerlei Beachtung geschenkt. Aber gerade an diesem Dienstag? Wie konnte ich das nur vergessen!*

Vor Aufregung hatte ich inzwischen meinen Kollegen völlig vergessen, der vor meinem Aktenschrank stand. »Entschuldigen Sie, aber ich muss jetzt sofort zur Wache. Mir ist etwas im Zusammenhang mit dem Säugling eingefallen. Nein, da gehe ich nicht zur Sicherheitswache. Da gehe ich direkt zum Herrn Pospischil. Dem muss ich das erzählen.«

Ich rannte hinaus, doch er kam schnell hinterher: »Sie haben das Abschließen vergessen.«

»Danke, ich bin ja ganz durcheinander«, sagte ich und rief ihm, schon im Wegrennen, noch zu: »Verzeihen Sie mir, ich benehme mich schon wieder so entsetzlich unhöflich.«

Nachdem ich Pospischil alles erzählt hatte, tröstete er mich, dass mir die Begegnung mit der Witwe entfallen war. »Das ist alles ein bisserl viel für Sie, Fräulein Doktor. Die Arbeit im Krankenhaus und hier bei uns am Karmelitermarkt. Und die Eltern wollen auch noch besucht werden. Und dann haben Sie ja noch den Haushalt mit dem Fräulein von, ach, mit der Frau Sachtl zu erledigen. Kein Wunder, dass man da unwichtig erscheinende Sachen erst einmal vergisst.«

Ich ging den weiten Weg zu Fuß nach Hause, wo ich Sophia beim Spielen mit Karl antraf. Wir hatten in den letzten Tagen wenig Zeit miteinander verbracht, weil Sophia mit der Organisation ihres Festes und ihrer Rolle als Fremdenführerin für den Besuch ihrer Eltern so viel zu tun hatte, dass kaum Zeit für unsere gemütlichen Freundinnenabende geblieben war. Ich freute mich, dass wir beide für den Nachmittag keine weiteren Pläne hatten, sodass wir uns in Ruhe unterhalten konnten, als der kleine Karl zu seinem Mittagsschlaf hingelegt wurde.

Dabei bemerkte ich schon beim gemeinsamen Herumwerkeln in der Küche, dass Sophia sich verändert hatte. Kurz erwog ich, ob die verschiedenen rätselhaften Vorfälle mit den Kindern oder das geheimnisvolle Verschwinden der Bekannten ihrer Eltern sie wieder in eine schon überwunden geglaubte krisenhafte Seelenlage hineintreiben könnte, was, wie er mir neulich erzählt hatte, auch die große Angst ihres Vaters war. Sophia war unaufmerksam, antwortete auf Fragen einsilbig oder schien sie einfach überhört zu haben, stellte keine ihrer typischen präzisen Rückfragen, als ich ihr von meiner Erinnerung an die fremde Besucherin im Frauenrat *berichtete. Sie klapperte laut mit dem Geschirr und betrachtete voller Inbrunst, wie es mir schien, ein Weißweinglas, eines aus ihrer Bleikristallgarnitur, die sie und Rudolf zur Hochzeit erhalten hatten und die fast immer unbenutzt im Buffet im Esszimmer standen. »Hast du gestern Besuch gehabt?«, fragte ich sie, auf das Glas deutend.*

Sophia errötete. Das hatte ich schon so lange nicht mehr an ihr gesehen, sodass ich leise auflachte. Sie stimmte aber so fröhlich und unbeschwert ein, dass ich sicher war, jegliche

Sorge um sie vergessen zu können. Ich hoffte, dass meine Vermutung, dass sie sich in den Gast ihres Vaters verliebt haben könnte, zutraf. Aber ich verfolgte das Thema erst einmal nicht weiter.

Stattdessen erzählte ich ihr vom Besuch bei meinen Eltern und von der eher peinlich-schmachvollen Begegnung mit dem mir von ihnen als Ehemann angesonnenen jungen Mann. Sie hatte wie so oft ihre Freude daran, wie wenig emanzipiert ich mich in meinem Elternhaus verhielt: »Ausgerechnet du als moderne Frau. Studiert, berufstätig, alleinstehend. Alleinlebend.«

»Letzteres ja wohl nicht. Wir sind ja immerhin zu drittt hier. Bald sogar zu viert.«

»Wenn Anna zurückkommt. So ganz hat mich ihr Briefchen nicht beruhigt.«

»Und was wird sein, wenn du weggegangen bist? Wenn du schon im Sommer in Zürich dein Studium aufgreifst, wird das ja sehr bald, viel zu bald sein.«

»Jetzt keine traurigen Gedanken, wo wir endlich einmal ohne Pflichten hier zusammen sind.«

Und sie weihte mich in der kostbaren Stunde, die wir hier in aller Ruhe miteinander plaudern konnten, in alles ein, was ihren Vater und ihre Mutter sowie ihren Gast – und natürlich auch den braven Pospischil – zurzeit so intensiv beschäftigte. Ich freute mich auf den Abend, vor allem natürlich darauf, Albert, den ich bislang nur ein- oder zweimal flüchtig gesehen hatte, kennenzulernen. Das sagte ich auch. Nicht hingegen sagte ich, wie gespannt ich darauf war, zu sehen, wie sich Sophia mit Max Heger unterhalten würde.

Kurz bevor wir aufbrachen, kam völlig aufgelöst vor Glück, aber auch etwas verlegen, Anna zurück.

»Ihr werdet mich jetzt wahrscheinlich hinauswerfen, so unzuverlässig und treulos, wie ich bin. Aber alles ist so wunderschön ...«

Wir drängten sie, uns zu erzählen, wo sie die letzten Tage gewesen war und was sie getan hatte. Das Rätsel hatte eine simple Lösung: Ihr Paul, sie nannte ihn immer nur mein Paul, hatte überraschend Heimaturlaub erhalten und sie auf der Stelle geheiratet. Sie verbrachten dann die wenigen Tage seines Urlaubs bei seiner Mutter auf dem Land. »Ich bin so glücklich«, stammelte sie. »Und er freut sich auf das Kind. Und seine Mutter auch.« Zufrieden strich sie sich über ihren in den letzten Tagen noch umfangreicher gewordenen Bauch. »Sie wollten nur, dass ich bei meiner Schwiegermutter bleibe, bis der Krieg vorbei ist. Dem Kind gehe es auf dem Land besser als in der Stadt. Aber ich wollte nicht. Ich habe darauf bestanden, dass mein Paul mich hier wieder abliefert, bevor er wieder an die Front muss. Die Luft ist vielleicht besser auf dem Land, aber ich bin ein Stadtkind. Wenn ihr mich also wieder haben wollt, dann bleibe ich hier. Bis der Krieg vorbei ist und Paul zurückkehrt.«

Sophia schloss Anna zu meinem Erstaunen in die Arme und sagte: »Natürlich wollen wir dich.«

Der Abend verlief anders, als es sich die meisten vorgestellt hatten.

Wie erwartet war eigentlich nur die Qualität des Abendessens. Die Köchin wusste, dass sie mit einer viel bescheideneren Mahlzeit aufwarten musste als vor dem Krieg. Darüber ärgerte sie sich den halben Tag. Schließlich gehörte sich doch ein richtiges Festmahl, wenn ein neues Familienmitglied begrüßt werden sollte. Aber Herr von Wiesinger schaute immer sehr streng drein, wenn etwas aufgetischt wurde, das ihm zu luxuriös erschien. Dabei gab er überallhin so viel weg, dass man schon direkt heulen konnte. Und seine Frau, ausgerechnet in einer Suppenküche stand die sich vielleicht noch irgendwann Krampfadern. Aber Marie kochte oder backte oft etwas für das Fräulein Sophia und das Fräulein Mascha. Doch von Wiesingers sozialistische Gesinnung machte so viel unmöglich, was möglich gewesen wäre. Er hatte ihr eines Tages erzählt, dass sich sogar Kaiser Karl und Kaiserin Zita heimlich unter die Warteschlangen mischten, um sich ein Bild von der Ernährungssituation zu machen. Aber essen tun die dann bestimmt was anderes, davon war sie überzeugt. Und sie wusste, wo und wie sie alles bekommen würde, was man so gewohnt war. Alles eine Frage des Geldes, wie sie es pragmatisch und richtig erkannte. Früher gab es auch reiche Leute, die alles haben konnten, und arme, die nur wenig hatten. Und heute war es genauso. Nur ein bisserl mehr Mühe musste man aufwenden. Und natürlich hatten viele arme Leute heute nicht mehr nur wenig, sondern gar nichts. Aber die hatten auch nicht mehr, wenn sie ihrem Herrn etwas Gutes auftischte. Insgeheim war sie stolz auf ihn, aber er machte es ihr nicht direkt leicht, dafür zu sorgen, dass ihm nichts abging. Deswegen backte sie auch heute wieder, quasi als Alibi, eines dieser bröckelnden gelben Kukuruzbrote. Und ein simples Erdäpfelgulasch, da konnte er nichts sagen. Aber von einem Schweinsbraten, da ließ sie sich nicht abbringen. Sie musste sich nur eine gute Geschichte ausdenken, um den Braten zu erklären. Sie erwog verschiedene Erzählanfänge wie ein Dichter bei seinem ersten Roman und entschied sich dann dafür, dass einer der Pächter des Herrn heimlich ein Schwein geschlachtet habe und ein schönes Stück davon nach Wien geschmuggelt habe, weil er wieder den Zins nicht zahlen konnte. Das war gut, da konnte es auch in den nächsten Tagen noch manchmal Schweinernes geben. Und so etwas oder so etwas Ähnliches passierte hin und wieder wirklich, sodass sie nicht zu viel Fantasie brauchte, um die Geschichte auszuschmücken. Nur gut, dass sich das Fräulein Mascha nicht so anstellte mit dem Essen und einfach das mitaß, was auf den Tisch kam. Manchmal brachte sie nämlich auch bei Maschas Eltern etwas vorbei, und die fragten dann immer ganz genau nach, ob auch alles koscher sei. Natürlich, sagte sie dann immer so bestimmt, wie es ihr möglich war. Manche Menschen musste man eben zu ihrem Glück zwingen.

Den Tisch deckte sie sehr festlich. Dabei ließ sie sich von einer ehemaligen Hilfsköchin helfen, die immer noch im Haus in ihrem Zimmer unter dem Dach lebte, inzwischen aber ihren Dienst an der Heimatfront verrichtete, wie der gnädige Herr es immer nannte. Sie arbeitete in einer Fabrik, die Munition herstellte. Aber natürlich fiel in der Küche für sie etwas ab, wenn sie zu einem ihrer täglichen Plausche an ihren früheren Arbeitsplatz kam. Dass sie dafür gelegentlich ein ganz klein wenig half, wenn viel zu tun war, zum Beispiel vor zwei Tagen bei Sophias Fest oder heute bei dem Alberts, fand die Köchin selbstverständlich. Und selbst wenn sie es nicht auch selbstverständlich gefunden hätte, hätte die ehemalige Hilfsköchin es nie gewagt, ihrer resoluten ehemaligen Chefin zu widersprechen.

Nicht erwartet war die Stille, die über der Abendgesellschaft herrschte. Diese Stille hatte zwei völlig entgegengesetzte Gründe, die ihr auch widersprüchliche atmosphärische Impulse gaben.

Von Albert ging stummes, aber schieres und ansteckendes Glück aus. Ada hatte den ganzen Nachmittag mit ihm verbracht. Sie führte ihn durch das ganze Haus und den Garten. Dann suchte sie für ihn ein großes und helles Gästezimmer mit einem Blick in den Garten hinter dem Haus aus und erklärte, dass das jetzt sein Zimmer sei. Natürlich mussten einige Möbel und dekorative Einrichtungsgegenstände ausgewechselt werden. Doch auf dem Dachboden fanden sie einiges, was ihrer Meinung nach erforderlich und Alberts Ansicht nach – wenn man es aus seinen Blicken interpretierte – einfach herrlich war, zum Beispiel den alten Kinderschreibtisch von Felix von Wiesinger und einen Bücherschrank. Sie hängten die Bilder ab, harmlos gefällige, alte, kleinformatige Ölgemälde, und Ada sagte ihm, dass er sich überlegen solle, welche Pläne er langfristig für sein neues Zimmer habe. Doch bis zum Abend sprach er immer noch nicht, und Ada hoffte, dass es vielleicht dem kleinen Karl gelingen würde, ihm ein paar Sätze zu entlocken. Denn Albert war ja den Umgang mit Kindern jedes Alters mehr gewöhnt als den Umgang mit einer älteren Dame, wie sie etwas selbstironisch dachte.

Max Heger war genauso schweigsam wie Albert. Er hatte inzwischen viel von seiner sympathischen positiven Grundstimmung verloren. Er schien erstmals wirklich beunruhigt über das Geschick seiner Mutter und seiner Schwester. Vor allem, weil er in der unpersönlich und fremd wirkenden Wohnung seiner Mutter keine Nähe zu ihr spüren konnte.

Auch die wenigen Habseligkeiten seiner Schwester hätten jeder anderen Frau gehören können, bis auf die Fotografie natürlich. So sinnierte er über dem Erdäpfelgulasch, stocherte ein wenig in dem Schweinsbraten herum und ließ den Nachtisch, eine veritable Sachertorte, fast unberührt.

Auch Albert konnte vor Aufregung nur wenig essen.

»Da hätt' ich auch eine Steckrün'nsupp'n kochen können«, räsonierte die Köchin in ihrem Reich. Doch Ada, die nach dem Abtragen zu ihr in die Küche kam, um sich bei ihr für ihre Mühe zu bedanken, konnte sie wieder trösten. »Das ist alles für den Jungen zu aufregend«, sagte sie. »Wenn wir morgen Abend kalten Schweinsbraten essen, mit Kren, falls Sie welchen haben oder auftreiben, und als Nachtisch die wunderbare Sachertorte noch einmal anbieten, dann, das werden Sie sehen, wird Albert ganz anders zugreifen.«

»Das stimmt wahrscheinlich«, stimmte die Köchin zu, »ab morgen werden wir den dünnen Buben richtig aufpäppeln.«

Während Ada Albert zu seinem Zimmer brachte und Sophia Karl in dem Korb, der für solche Zwecke im Haus des Vaters für ihn bereitstand, zum Schlafen legte, gingen von Wiesinger, Heger und Mascha in den kleinen Salon. Sie warteten auf Pospischil. Von Wiesinger wollte ihn schon zum Nachtmahl einladen, aber Ada hatte ihm versichert, dass er sich bei einem Familienfest nicht wohlfühlen würde, sodass man sich zu dieser Lösung entschlossen hatte. Von Wiesinger stellte gerade die Weingläser zurecht, als er das Läuten an der Haustür hörte. Jean meldete Pospischil an und fügte hinzu, dass er zwei größere Kartons bei sich habe, die er ihn in den Wintergarten habe stellen lassen. Die Köchin hätte Pospischil noch abgefangen und in die Küche gebeten. »Er wird halt ein Stück von der Sachertorte probieren müssen«, meinte er.

Wenig später fanden sich alle im kleinen Salon ein, und von Wiesinger sagte Jean, dass er ihn heute nicht mehr brauche, und schenkte jedem ein Glas Rotwein ein. Danach begannen sie, sich gegenseitig über ihre Unternehmungen zu informieren und tauschten ihre Überlegungen untereinander aus.

Mascha erzählte, dass sie einige freie Tage im AKH vor sich habe. Sie schlug deswegen vor, dass sie sich anstelle von Sophia um die Sekretärinnenstelle bei *Kinderwünsche* bewerben könne. Sophia habe doch gewiss viel wegen ihres Umzugs nach Zürich vorzubereiten. Und außerdem sei es für Sophia auch wegen Karl so leichter, obwohl auch die Anna wieder da sei.

»Das ist kein Argument«, sagte Sophia. »Ich habe schon mit Ada gesprochen. Ich werde Karl die drei oder vier Tage, die ich dort brauchen werde, um alles herauszufinden, was es herauszufinden gibt, einfach hier lassen.«

»Ja«, bestätigte Ada. »Und ich werde ja sowieso wegen Albert jetzt mehr zu Hause bleiben. Im Waisenhaus habe ich schon Bescheid gesagt, dass ich nicht mehr komme, und morgen werde ich die Suppenküche darüber informieren. Und Jean und Marie werden sich darum streiten, wer von ihnen den Kleinen beaufsichtigen darf, wenn ich einmal keine Zeit habe.«

»Ich glaube auch«, sagte von Wiesinger, »dass Sophia mit ihren juristisch geschulten Augen vielleicht Unstimmigkeiten in den Akten leichter entdecken würde als du, Mascha. Aber ich finde es wunderbar, dass du uns deine freie Zeit zur Verfügung stellen willst. Es gibt eine ganze Menge anderer Dinge zu erledigen, bei denen du helfen könntest. Wenn du wirklich sicher bist, dass du deine freien Tage, die du ja wahrscheinlich anstrengenden Nachtschichten schuldest, nicht für deine Erholung benötigst.«

»Was könnte ich denn tun?«

»Na, beispielsweise mit dem Herrn Pospischil zum Einkaufen gehen. Er muss jetzt in ein großbürgerliches G'wand gesteckt werden, weil er sich ein wenig in der vornehmen Gesellschaft umtun soll, dort, wo man einem Gendarmen gegenüber vielleicht weniger mitteilsam wäre als gegenüber einem vermeintlich Seinesgleichen. Wenn die Sophia irgendetwas herausbekommt, muss er vorbereitet sein. Und dann könnt' ich mir vorstellen, dass du vielleicht Bekanntschaft mit der Tochter von Herrn Pranger schließen könntest. Du fährst doch sowieso viel mit der Elektrischen, da wirst du sie ja irgendwie finden, falls sie wirklich so eine Art Doppelleben führt. Wenn das nicht klappt, müssen Sie, lieber Herr Pospischil, nach den Dienstplänen fragen. Dann natürlich wieder in Uniform. Und du könntest dich vielleicht bei der Olga Falkenberg in der Suppenküche blicken lassen und Interesse an der karitativen Arbeit bekunden. Und dann mit ihr ins Gespräch kommen. Das wäre alles sehr, sehr hilfreich, und du schließt doch so schnell Kontakt mit anderen Menschen.«

»Das weißt du schon, dass ich die Konversationsgabe von der Ada und der Sophia nie haben werde.«

»Ja, ich erinnere mich, wie ruhig und schüchtern du auf uns gewirkt hast, als wir uns kennengelernt haben. Aber inzwischen ist das doch anders, meine liebe Mascha. Ich glaube, dass du längst so sicher und gewandt bist wie das Sopherl.«

»Na gut. Aber wie wäre es, wenn ich mir jetzt einmal die Kartons von Helen ansehe? Vielleicht gemeinsam mit Ada, weil ich ja von Mode und solchen Frauensachen wenig verstehe?«

Pospischil blickte mit großem Wohlgefallen auf Maschas ungeschminktes Gesicht, ihre einfache Haartracht – sie hatte ihre dichten und lockigen dunklen Haare, die sie sonst für die Arbeit zu einem schweren Knoten zusammenflocht, einfach im Nacken zusammengebunden – und ihre einfache unprätentiöse Kleidung, den schwarzen Rock und die weiße Bluse mit einer einfachen Stickerei am Ausschnitt. Nein, für *Mode und solche Frauensachen* interessierte sie sich herzlich wenig, aber, so fand er, reizender konnte man sowieso nicht aussehen als das Fräulein Doktor.

Beim Durchsuchen der Kartons fiel Ada und Mascha auf den ersten Blick auf, wie wenig persönliche Gegenstände sich darin befanden. Dabei waren alle Kleidungsstücke und Kosmetikgegenstände von hoher Qualität, wunderschöne Bürsten, Kämme und Haarspangen aus Silber oder Perlmutt, die wenigen Blusen aus Seide oder handgewebtem Leinen mit ausgefallenen Stickereien und wertvollen Knöpfen. Aber was völlig fehlte, waren Schmuckstücke, und man konnte der Garderobe Helens ansehen, dass dazu sicherlich auch Schmuck gehörte, mit dem sie ihrer Erscheinung weitere Eleganz verleihen konnte. Dass keine persönlichen Papiere vorhanden waren, hatten Pospischil und Heger schon bemerkt. Deswegen fiel ihnen der schöne Bilderrahmen mit den drei Fotografien um so mehr auf, den sie dann mit in den Salon nahmen.

Dort fanden sie die anderen nicht mehr um den Tisch sitzend, sondern in zwei Zweiergruppen: Von Wiesinger besprach mit Pospischil die nächsten Schritte, und Sophia saß etwas abseits mit Max Heger und sprach tröstend auf ihn ein.

Mascha wandte sich an ihn: »Mir ist aufgefallen, Herr Heger, dass ich nicht einmal weiß, wie Ihre Schwester aussieht. Ich habe solche Informationslücken, weil ich ja heute erst erfahren habe, was alles genau in den letzten Tagen passiert ist. Und wie heißt sie? Ich habe sie bestimmt schon sehr oft im AKH gesehen. Aber nach diesem Foto kann ich sie nicht identifizieren.« Sie zeigte ihm den ihm schon bekannten Rahmen.

»Helen«, antwortete er und suchte nach seiner Brieftasche.

»Die Schwester Helene vielleicht?«, fragte Mascha. »Aus der Gynäkologischen?«

»Hier«, sagte er und hatte ein Foto seiner Schwester aus seiner Brieftasche herausgeholt. »Das ist Helen.«

»Ja, ich kenne sie. Sie ist eine sehr gute Krankenschwester. Wir Ärzte freuen uns immer, wenn sie unsere Patienten betreut. Sie ist so tüchtig und entschlossen, aber auch sehr sensibel. Persönlich kenne ich sie allerdings kaum.«

Mascha reichte das Foto, das Helene in einer modischen Sommerbluse mit einer zarten Goldkette zeigte, an Ada weiter. »Siehst du, Ada, die Kette.«

Sie gab ihrem Mann das Foto. Dieser blickte darauf und erbleichte.

»Herr Heger, Max. Ich fürchte, dass ich Ihnen etwas Schreckliches sagen muss. Ihre Schwester Helene ist tot.«

»Tot?«

»Ja. Ich habe ihren Leichnam gestern in der Räumen der Gerichtsmedizin gesehen. Sie ist bislang noch nicht identifiziert worden, und man geht davon aus, dass sie Selbstmord begangen hat.«

»Helen?«

»Ja.«

»Niemals.«

Der als fröhliches Fest geplante Abend endete traurig und still. Max Heger zog sich schweigend in sein Zimmer zurück. Der liebe Pospischil und Felix von Wiesinger verständigten sich noch darüber, dass sie unverzüglich die Polizei benachrichtigen müssten. Auf dem Weg dorthin brachten sie mich, Sophia und Karl in seinem Körbchen nach Hause.

Sophia war es nicht nach Reden zumute, und so zogen wir uns jede in unsere Zimmer zurück. Ich lag noch wach im Bett und versuchte, mich mit einem Buch abzulenken, als ich hörte, wie es leise an der Haustür klopfte und wie jemand, Sophia natürlich, öffnete. Jetzt wusste ich, dass ich mich nicht getäuscht hatte und dass die Beziehung zwischen ihr und Max Heger enger war, als alle anderen dachten. Ich war froh, dass die Wände von Sophias Haus so dick waren, dass ich nicht Zeugin ihrer Begegnung werden musste. Nur einmal vernahm ich einen lauten Seufzer von Max Heger. Ob der von einem Gespräch über seine tote Schwester oder von einer verzweifelten Trostsuche in Sophias Armen herrührte, weiß ich nicht. Als ich Karl, der gegenüber von Sophias und meinem Schlafzimmer schläft, leise weinen hörte, ging ich sofort zu ihm, beruhigte ihn und holte ihn zu mir. Das war alles, was ich in dieser Nacht für meine Freundin tun konnte.

Er glitt durch die Flöte
Als schluchzender Schrei
An dämmernder Röte
Flog er vorbei.

III.

Von Wiesinger und Pospischil waren beide sehr zufrieden, als sie in der Sicherheitswache am Schottenring hörten, dass Inspektor Hadler mit der Causa der geheimnisvollen Frau aus dem *Grand Hotel* am Kärntner Ring betraut war.

Aus unterschiedlichen Gründen.

Von Wiesinger kannte ihn seit ca. drei Jahren. Damals ermittelte Hadler gemeinsam mit Sophia, die in einer Dienststelle in der Vorstadt ein Praktikum absolvierte, in einem Mordfall. Sophia hatte ihn dabei als derart zuverlässig, loyal, hilfsbereit und sensibel beschrieben, dass von Wiesinger seinen Namen bei einer anstehenden Stellenbesetzung im Morddezernat am Schottenring hatte fallen lassen. Erwartungsgemäß bei dem riesigen Einfluss, den er damals hatte, erfolgreich.

Pospischil kannte ihn von einer Mordsache in seinem Bezirk her, bei der der junge Hadler es seiner Meinung nach sehr gut verstanden hatte, der Gerechtigkeit Genüge zu tun, obwohl das Recht vielleicht eine andere Priorität erfordert hätte. Seitdem schimpfte er auch nicht mehr so laut im Kreis seiner Kollegen über die vornehmen und arroganten Beamten aus dem 1. Bezirk, doch selbstverständlich konnte er nie jemandem sagen, warum er seine bisherige Meinung geändert hatte.

Sie hinterließen dem diensthabenden Beamten ihre Erkenntnisse über die Identität der Toten im *Grand Hotel* und meldeten, dass sie am nächsten Morgen um acht Uhr bei Hadler vorsprechen wollten, um ihm detaillierte Auskünfte zu erteilen. Dieser wurde schon vor dem Frühstück aus seiner Dienststelle von einem jungen Beamten, der ihn sehr schätzte, angerufen, damit er dort auch pünktlich eintreffe. Nicht, dass Hadler unpünktlich oder faul war, im Gegenteil, aber man hatte in der Dienststelle schon gewisse Erfahrungen mit unvorhergesehenen und spontanen Ermittlungen oder Dienstgängen des Vorgesetzten gemacht, die dazu führten, dass dieser häufig nicht dort war, wo er sein sollte. Seit Hadler sein neues Zimmer am Alsergrund hatte, führte ihn so mancher sogenannte *Dienstgang* von dem Frühstück in der Küche ins Bett seiner Vermieterin, vermutete der junge Beamte, der ihn einmal zu Hause abgeholt hatte und dabei einen sehr wenig formellen Abschied zwischen der Vermieterin und ihrem Mieter beobachtet hatte. Denn Hadlers Umgang mit der Dienstzeit war seitdem noch viel *kreativer* als früher. Abends aber war er immer der Letzte, der ging. Und seine Aufklärungsrate war nicht nur beachtlich, sondern außergewöhnlich hoch.

Hadler freute sich auf die beiden ihm avisierten Herren.

Er wusste natürlich, dass von Wiesinger, der Vater der von ihm seinerzeit ebenso heimlich wie heftig verehrten Sophia von Wiesinger, viel dazu beigetragen hatte, dass er seine jetzige angesehene Position am Schottenring erlangt hatte.

Und Pospischil? Ihn hielt er für so ehrlich und verschwiegen, dass man sich einen besseren Kollegen nicht wünschen konnte. Pospischil fühlte sich, ein wenig wie er, seinen eigenen inneren Gesetzen verpflichtet, vor allem dem, sich menschlich zu verhalten. Er konnte viel von dem alten

Kollegen lernen und hatte schließlich bei ihrer gemeinsamen *Causa* vor einem oder zwei Jahren so viel Vertrauen zu ihm gefasst, dass er die Angelegenheit *unkonventionell*, so nannte Pospischil das damals, regeln konnte, ohne zu befürchten, dass je ein Wort darüber nach außen dringen würde. Er wünschte, in seiner Dienststelle jemanden zu finden, dem er ein ähnliches Vertrauen entgegenbringen könnte wie dem einfachen alten Gendarmen vom Karmelitermarkt.

Als die beiden Männer nach einem kurzen, eigentlich nur angedeuteten Austausch von Höflichkeitsfloskeln alles erzählten, was sie über die tote Frau wussten, warf Hadler den Akt, der vor ihm lag, unwirsch in die Ecke und sagte: »Das passiert hier immer wieder bei uns, dass wir als Tote lieber geheimnisvolle ausländische Spioninnen hätten, wie sie in Büchern und auf Theaterbrettern vorkommen, als brave Krankenschwestern. Die Kollegen draußen in Fünfhaus haben auch eine noch nicht identifizierte tote Frau gefunden, ähnlich wie wir hier. Aus der haben sie einfach schnell eine Prostituierte gemacht. Dass die Spioninnen und Huren einfach brave Bürgerstöchter sein könnten, das übersteigt ihre Phantasie, ist vielleicht aber auch zu bedrohlich für das Fundament ihres eigenen Leben als Familienväter und gute Bürger. Es gibt bei uns eben kein zentrales Abgängigenregister, wo jeder Mensch erfasst wird, der von irgendjemandem vermisst gemeldet wird. Stattdessen lassen wir uns von unseren Fantasien leiten. Beziehungsweise unserer Fantasielosigkeit.«

»Nun«, entgegnete von Wiesinger, »da haben Sie vollkommen recht. Nur dass zumindest in diesem Fall solch ein Register niemandem genutzt hätte, weil niemand die

Schwester Helene Heger vermisst hat. Im Krankenhaus lag eine Kündigung vor, ihre Mutter sollte eigentlich verreist sein.«

»Froh bin ich, dass ich mit dieser Information zuerst einmal die Herren Diplomaten vom Außenministerium und die Herren vom Geheimdienst loshabe, die seit Tagen hier leise flüsternd durch unsere Korridore schleichen, nein, vielmehr schweben in ihrer Wichtigkeit, verglichen mit uns normalen Sterblichen. Aber der wirkliche Fall, den Sie mir hier präsentieren, ist bei Weitem verzwickter als der, den diese Herren konstruiert haben.«

»Was wissen Sie denn genau über die Begleitumstände des Hotelaufenthalts von Helene Heger?«

»Das ist schon ein wenig seltsam. Eigentlich hat sie keiner so richtig gesehen. Nur der Portier. Eine Stunde, bevor sie eintraf, hat er einen Anruf erhalten. Ein Herr, der die Ankunft seiner Nichte ankündigte. Sie sei sehr erschöpft und bedürfe absoluter Ruhe. Er fragte nach der Zimmernummer, die für seine Nichte reserviert werde. Für sich ließ er das benachbarte Zimmer reservieren. Ihr Gepäck träfe später ein, sie sollten es dann in ihrem Gepäckbewahrungsraum lagern, um sie nicht in ihrem Schlaf zu stören. Er selbst käme auch sehr spät und würde dann die Anmeldung und alles andere erledigen.«

»Das klingt wirklich seltsam. Und ist Gepäck gekommen? Und der Onkel?«

»Das ist das Problem. Sie selbst kam, hat beim Portier gesagt, dass ihr Onkel sie avisiert habe, hat ihren Zimmerschlüssel verlangt und ist sofort in ihr Zimmer gegangen. Der Portier meint, sie habe gar nichts bei sich gehabt, er kann sich nicht einmal an eine Handtasche erinnern. Eine halbe

Stunde später hat sie sich etwas zu trinken bestellt: Mineralwasser. Und das war das letzte Lebenszeichen von ihr. Weder ist ihr Gepäck gekommen noch irgendein Onkel.«

»Und wie haben sich das die Herren vom Geheimdienst erklärt?«

»Nun, das hat ihnen auch große Schwierigkeiten gemacht. Aber es hätte ja jederzeit jemand ins Hotel kommen können, die Vorhalle ist so riesig, dass da niemand auffällt. Jemand, der ihre Zimmernummer gekannt hat, also der sogenannte Onkel oder einer seiner Hintermänner, hätte sich bei ihr Eintritt verschaffen können und ihr das Gift ins Glas schütten können.«

»Aber wieso hat sie denn jemanden hereingelassen, der ihr nicht gut wollte?«

»Sie wusste vielleicht nicht, wer ihr Freund oder wer ihr Feind war. Wir werden jetzt jedenfalls unsere Nachforschungen zielsicherer führen können als die geheimen Herrn. Wir werden noch einmal jeden fragen, der sie in ihren letzten Lebensstunden gesehen hat oder gesehen haben könnte, im Hotel und im Krankenhaus, und wir werden die beiden Kisten bei Ihnen holen lassen und jedes Teil untersuchen. Aber ich fürchte, dass wir Ihren Gast bitten müssen, seine Schwester zu identifizieren. Können wir das noch heute Vormittag machen?«

»Ja, sicherlich. Er muss allerdings heute Abend noch abreisen. Dies mag vielleicht lieblos klingen, aber er hat nachvollziehbare Gründe. Es ist in England nicht anders als bei uns, die Felder müssen bestellt werden und können nicht warten. Der frühere Verwalter und die erfahrenen Knechte sind im Krieg, er ist dort wirklich unentbehrlich. Meinen Sie, dass das vertraulich behandelt werden kann?

Die Sache mit dem Pass? Die Tatsache, dass er ein *feindlicher Ausländer* ist?«

»Wenn ich zu der Überzeugung komme, dass er mit den Vorfällen nichts zu tun hat, dann werde ich das nicht weiter verfolgen. Wenn er wirklich drei Tage nachweisbar in Zürich war – und dort auch gesehen worden ist, also *wirklich* nachweisbar – dann wird das in keinem Akt auftauchen. Ich wollte aber noch zu Ihren weiteren Plänen sagen, dass ich es sehr wünschenswert finde, wenn Ihr Fräulein Tochter sich um die Sekretärinnenstelle bei *Kinderwünsche* bemüht. Kann ich Ihnen da mit den Unterlagen behilflich sein? Empfehlungen verschaffen?«

Von Wiesinger schüttelte den Kopf: »Das habe ich alles schon erledigt. Alte Verbindungen …«

Hadler überlegte: »Ich weiß allerdings nicht, ob es opportun ist, wenn Sie, Herr Pospischil, so quasi parallel zu uns Ermittlungen anstellen. Wenigstens weiß ich es nicht, was die Causa Heger betrifft. Da sollten Sie mit uns zusammenarbeiten. Wenn Sie morgen um elf Uhr hier sein könnten? Hinsichtlich der Angelegenheit mit den toten, verschwundenen und wiederaufgetauchten Säuglingen jedoch können Sie Ihr Glück gern selbstständig weiter versuchen. Diese Angelegenheiten sind ja in den betreffenden Revieren wahrscheinlich mehr oder weniger ad acta gelegt worden und werden dort bestimmt nicht weiter verfolgt. Wie auch. Völlig ohne Spuren und nur mit einer vagen Personenbeschreibung. Eine Witwe in den frühen Dreißigern? Da kommt man nicht weiter.«

»Gut«, stellte von Wiesinger abschließend fest. »Wir werden nun mit Herrn Heger direkt in das Gerichtsmedizinische Institut gehen und Sie dort treffen. Bis dahin werden

Sie einen Kontakt nach Zürich hergestellt haben. Wenn das alles für Sie zufriedenstellend ausfällt, wovon ich jetzt einmal ausgehe, können Sie mit Herrn Heger sprechen und ihn dann sozusagen *entlassen*. Um die Beerdigung werden meine Frau und ich uns kümmern. Ich nehme ja an, dass die Leiche nach der Identifizierung bald freigegeben wird.«

»Ja selbstverständlich.«

Von Wiesinger und Pospischil wandten sich schon zum Gehen, als Hadler sie noch einmal zurückrief: »Und bitte, schärfen Sie Ihrer Tochter ein, dass sie vorsichtig sein soll. Übervorsichtig sogar. Und ich möchte sie jeden Tag nach ihrer Arbeit treffen und erfahren, was sie gesehen und beobachtet hat. Wie machen wir das am besten? Sie sollte ja nicht hierher kommen, wenn sie da zufällig gesehen wird, könnte das gefährlich für sie werden. Ja, ich schlage vor, jeden Tag um fünf im Café Landtmann. Da könnte man ihr höchstens ein kleines Techtelmechtel unterstellen.«

»Nein«, widersprach von Wiesinger. »Da könnte Sie auch jemand erkennen. Oder meine Tochter. Treffen Sie sie lieber bei ihr zu Hause.«

»Dasselbe«, murmelte Pospischil.

»Wie dann?«

Pospischil schlug vor: »Machen Sie es doch, wie die vornehmen Herrn es früher getan haben. Fahren Sie mit einem geschlossenen Fiaker durch die Praterallee. Da können Sie lang genug sprechen. Am Praterstern ist eine Haltestelle der Elektrischen, da kann die Frau Sachtl leicht hinkommen. Sie haben ja wahrscheinlich einen Dienstwagen, der Sie hinbringen kann. Und den Fiaker müssen Sie eben rechtzeitig bestellen und einsteigen, vielleicht schon ein paar Straßenzüge vor dem Praterstern. Wichtig ist nur, dass Frau Sachtl in den Fiaker einsteigt, während Sie schon für andere verborgen drinsitzen. Und zurück in die Stadt verfahren Sie genauso.«

»Ist das nicht ein wenig wie in einem schlechten Lustspiel?«, wandte von Wiesinger ein.

»Operette eher«, sagte Pospischil amüsiert.

»Und kompliziert?«, fragte von Wiesinger.

»Schon, aber es könnte funktionieren«, sagte Hadler. »Sagen Sie Ihrer Tochter, dass ich ab heute täglich um 17 Uhr in einem geschlossenen Fiaker am Praterstern auf sie warten werde.«

Der gute Pospischil musste sehr früh aufgestanden sein. Denn er war trotz meiner Versicherungen, alleine herauszufinden zu können, wann und wo die junge Julia Pranger Dienst hatte, schon vor seinem Treffen mit Hadler tätig gewesen. So fand ich, als ich weggehen wollte, ein Briefchen von ihm im Postkasten. Julia Pranger hatte heute, wie überhaupt die ganze Woche, Dienst auf der Elektrischen zum Praterstern, einer mir wohlbekannten Linie. Frühschicht, Dienstende 18 Uhr Praterstern. So beschloss ich also, die letzte Fahrt stadtauswärts zurückzulegen in der Hoffnung, dass sich irgendetwas ergeben würde, was zu einem Kontakt zwischen uns führen würde. Am Praterstern würde ich sie dann zu einem Kaffee einladen.

Aber das Wichtigste an diesem Tag war, dass ich endlich ein Gespräch führen musste. Ein Gespräch, das seit Sophias Fest anstand, vor dem ich mich aber so fürchtete, dass ich es immer wieder hinausschob. Er seinerseits machte keine Anstalten, mit mir zu sprechen. Dabei erwartete ich seit

Freitagnacht einen Anruf oder ein Briefchen. Obwohl ich nicht wusste, was er mir sagen sollte; seine Worte könnten das, was ich gesehen hatte, nicht abändern oder umdeuten. Dabei war es genau das, was ich mir erhoffte, eine Erklärung wie das die ganze Welt verwandelnde Hokuspokus eines großen Zauberers, und danach sollte alles wieder so sein wie früher. Die attraktive und kluge Ehefrau war wieder ein schwerkrankes und leidendes Wesen, seine liebevollen Gesten wieder die tröstenden Hilfestellungen eines verantwortungsbewussten Mannes, der seine arme Frau nicht verlassen konnte. Was er sowieso nicht tun konnte, ohne seine glänzende soziale Stellung aufzugeben, was ich ja auch nie von ihm erwartet hatte. Ich wollte nur wieder seine Geliebte sein, seine einzig geliebte Geliebte, seine aufrichtig geliebte Geliebte, ohne deren Zuwendung er an seiner ehelichen Situation verzweifeln würde. Seine und nur seine Mascha.

Zwischen diesem gefürchteten Gespräch und der kriminalistischen Abwechslung am frühen Abend sollte am späten Vormittag der Kleiderkauf mit Pospischil stattfinden, von dem ich mir auch Ablenkung und Trost versprach, weil mir seine hingebungsvolle Zuneigung und Bewunderung guttaten, vor allem jetzt, wo ich mich winzig, schäbig, betrogen fühlte. Aber der große Zauberer, das wusste ich, konnte auch Pospischil nicht sein.

Während Mascha sich auf ihren schweren Weg machte und von Wiesinger schon in seinem Büro über neue Maßnahmen nachdachte, wie er durch Regulierung von Lebensmitteln das Leben der armen Bevölkerung Wiens zumindest bis zum späten Frühjahr, wenn die ersten frischen Produkte zu ernten sein würden, erleichtern oder zuminderst ihr Überleben sichern könnte, wartete Ada im Wintergarten darauf, dass Albert aufwachen würde. Sie war früh aufgestanden, weil sie davon ausging, dass auch der Junge sehr früh wach würde, doch anscheinend half ihm ein tiefer und langer Schlaf dabei, seine Aufgeregtheit und seine innere Zerrissenheit zu verarbeiten.

Erst spät hörte sie ihn die Treppe hinuntergehen und dann stehen bleiben. Sie wollte gerade zu ihm eilen, als sie die Stimme Jeans erkannte, der Albert vorschlug, erst einmal in die Küche zu gehen, wo ein kleines Frühstück auf ihn warte. Sie überlegte kurz, ob sie ihm folgen sollte, entschied dann aber, in die unkonventionelle Normalität der häuslichen Abläufe nicht einzugreifen. Sie hatte zwar mit dem Frühstück hier auf Albert gewartet, doch vielleicht war es so besser. Sie aß sie allein eine Kleinigkeit und wartete, bis Jean Albert zu ihr brachte.

Das geschah wenig später. Erleichtert hörte sie, dass er dabei einige Worte zu dem alten Mann sagte. Als Albert sie erblickte, sagte er ein ausgesprochen unoriginelles »Guten Morgen«, das sie ebenso unoriginell erwiderte.

»Magst du dich zu mir setzen?«, fragte sie ihn und bot ihm einen Platz auf dem zweiten Liegestuhl an.

Er setzte sich.

Beide wussten nicht so recht, womit sie das gemeinsame Leben anfangen sollten.

Es war Albert, der als Erster das Wort ergriff.

»Der alte Diener hat gesagt, ich solle ihn einfach Jean nennen, und die Köchin hat gemeint, sie heißt Marie. Ist das richtig, wenn ich das so mache?«

»Ja«, sagte Ada. »Wir nennen sie ja auch so.«

»Und Frau Sachtl hat gestern Abend zu mir gesagt, sie sei jetzt so etwas wie eine Schwester. Deswegen solle ich sie Sophia nennen und natürlich mit Du anreden. Und ihr Sohn sei jetzt so eine Art Neffe für mich.«

»Das stimmt«, sagte Ada, die jetzt schon ahnte, worauf er hinauswollte. »Du fragst dich jetzt, wie du zu mir und meinem Mann sagen sollst?«

»Ja.«

»Und was wir für dich sind, wenn Sophia eine Art Schwester und Karl eine Art Neffe ist?«

»Ja.«

»Das musst du selbst entscheiden. Natürlich würden wir gern eine Art Eltern für dich sein, aber deswegen musst du nicht *Mutter* und *Vater* zu uns sagen. Du kannst uns mit unseren Vornamen ansprechen, wie das unsere Freunde machen.«

»Sophias Freundin Mascha nennt Sie *Ada* und Ihren Mann *Felix*. Und sie sagt *du* und *ihr*.«

»Dann mach' es doch auch so, Albert.«

»Sophia sagt auch nur *Ada*. Dabei sind Sie ... bist du ihre Mutter.«

»Stiefmutter.«

»Mir hat sie aber gesagt, dass du zwar ihre Stiefmutter seist, aber schon lang zu ihrer Mutter geworden bist. Aber sie sei zu sehr daran gewöhnt, dich beim Vornamen zu nennen, um das zu ändern.«

»Das hat sie gesagt?«

»Ja. – Und ich: Werde ich eigentlich adoptiert?«

»Wenn du das möchtest, Albert, dann wirst du adoptiert. Wenn du das nicht willst oder noch nicht willst, dann verschieben wir das.«

»Mir wäre es sehr recht, wenn Sie … wenn ihr mich adoptiert.«

»Das freut mich. Dann hat doch alles seine Ordnung, nicht wahr?«

Nach diesem schwierigen Beginn wurde der Tag für Ada und Albert sehr fröhlich.

Max Heger stand bleich und erschöpft vor der Liege, auf der seine tote Schwester in dem dunklen und kühlen Kellerraum der Gerichtsmedizin lag. Der Arzt hatte das Laken, das auf ihr lag, so weit heruntergeschlagen, dass er Helen betrachten konnte. Er schaute lang in das Gesicht des Menschen, mit dem er seine Kindheit und Jugend verbracht hatte und der ihm näher stand als all die vielen Menschen, die er dann als erwachsener Mann kennengelernt hatte. Ihm kam es vor, als seien es Stunden gewesen, in denen er Abschied von seiner Schwester genommen hatte, indem er sich an ihr gemeinsames Leben auf dem riesigen Landsitz erinnerte, an unbeschwerte sonnige Sommertage, an Spaziergänge und Spiele auf den grünen Hügeln und entlang der klaren Bäche, an die vielen Weihnachtsfeste, die ihre Mutter ganz nach alter Wiener Tradition ausgerichtet hatte. Das fing schon im Dezember mit der Furcht seiner jüngeren Schwester an, dass sie statt der wunderschönen Geschenke des Heiligen Nikolaus nur mit den Qualen des entsetzlichen Krampus zu rechnen habe. Sie war den ganzen Dezember lang lieb und brav und folgsam, wohl in der kindlichen Hoffnung, die weihnachtlichen Gestalten so spät im Jahr noch täuschen zu können. Doch in keinem Jahr erschreckte sie der Krampus oder tat ihr noch Schlimmeres an. Stattdessen wartete der mit Süßigkeiten und buntem Schmuck reich beladene

Christbaum auf sie, unter dem viele Geschenke lagen. Selbst als er nicht mehr an den Krampus glaubte, den er sowieso nie zu fürchten hatte, da er zum Unterschied von seiner Schwester mit einem friedlichen und zufriedenen Naturell gesegnet war, das ihn immer zu einem *braven Jungen* und später zu einem unkomplizierten Mann machte, ließ der Glaube seiner Schwester den Weihnachtszauber noch lang auf ihn wirken. Er dachte an ihre Ausbrüche und Eskapaden, als diese begann, erwachsen zu werden. Dann dachte er an die Frau, die er gar nicht kannte: die pflichtbewusste und fleißige Krankenschwester in Wien.

Endlich wandte er sich ab. »Entschuldigen Sie, dass ich Sie so lang habe warten lassen«, wandte er sich an Inspektor Hadler, der ihn hierher begleitet hatte.

»Ich bitte Sie«, antwortete der Inspektor. »Das ist doch selbstverständlich. Ich würde vorschlagen, dass wir jetzt in mein Büro gehen und uns ein wenig unterhalten.«

Hadler hatte inzwischen in Zürich angerufen, und der Portier des von Heger genannten Hotels hatte alle seine Angaben bestätigt. So versprach er sich eigentlich keine weiteren Erkenntnisse über die Lebensumstände und die letzten Stunden Helene Hegers, immerhin aber ein genaueres Bild vom Charakter der toten Frau.

Den Rest des Tages verbrachte der Inspektor mit Nachforschungen im AKH, wobei er aber feststellen musste, dass seine geschulten Ermittlungstechniken nicht mehr über die Schwester Helene Heger zutage brachten als die simpleren des alten Pospischil. Bis auf eine, allerdings entscheidend wichtige Tatsache. Nach dieser jedoch hatte, um ehrlich zu sein, Pospischil auch nicht geforscht.

Sie betraf die Identität des misshandelten Jungen sowie die des Mannes, der ihn hergebracht hatte. Und sie verfestigte, als er sie später telefonisch von Wiesinger erzählte, dessen Unbehagen in Bezug auf den allgemein so hoch angesehenen Verein *Kinderwünsche*. Denn derjenige, der den misshandelten Jungen gebracht hatte, war durchaus nicht unbekannt. Er war sogar wohlbekannt. Es handelte sich nämlich um den Baron Clemens von Falkenberg. Und der Junge selbst war ein Bewohner des *Kinderwünsche*-Internats in der Magdalenenstraße.

Diese Mitteilung machte ohne jeglichen Vorbehalt der Direktor der Klinik selbst, den er am Ende seiner unbefriedigenden Ermittlungsarbeit aufgesucht hatte. Er berichtete Hadler, dass Falkenberg ihn sofort nach der Einlieferung des Jungen aufgesucht und ihm berichtet habe, wie er auf seinem Weg zum Büro von *Kinderwünsche*, wo er noch einige von seiner Sekretärin vorbereiteten Briefe unterzeichnen wollte, im Hauseingang eines unbewohnten Hauses den misshandelten Jungen, den er sogleich als einen seiner Stipendiaten erkannte, gefunden habe. Er habe sofort gesehen, dass eine schwerwiegende Verletzung vorliegen müsse, und sei unmittelbar danach mit dem Knaben ins Krankenhaus gefahren. Dort habe er das Kind umgehend durch einen Notarzt behandeln lassen. Der Direktor des AKH hatte die zuständige Wache informiert, von wo auch zwei Beamte gekommen seien. Er selbst kenne den Baron seit vielen Jahren und wisse keinen Menschen anzugeben, von dessen Integrität er mehr überzeugt sei. Man habe sich schließlich mit den Beamten dahingehend geeinigt, dass diese ihre Nachforschungen so diskret anstellten, dass keinerlei Mitteilung an die Presse ergehen und auch im Krankenhaus die Identität des Knaben sowie die des Barons geheim bleiben konnte. Nur auf diese Weise sei, so habe ihm von Falkenberg mit größter Überzeugungskraft erläutert, zu gewährleisten, dass die Wohltätigkeitsorganisation *Kinderwünsche*, die den Wiener Kindern so viel Gutes erweise, ihre segensreiche Wirkung weiterhin entfalten könne, ohne von der Sensationspresse in den Schmutz gezogen zu werden. Der Junge sei inzwischen wieder in der Obhut des Vereins. Was aber die Nachforschungen der Beamten in seinem Krankenhaus betreffe, so könne er Hadler voller Anerkennung versichern, dass sie wirklich äußerst diskret und unauffällig gearbeitet hätten. Dies hätte er auch dem Polizeipräsidenten gegenüber, mit dem das ganze Vorgehen und dessen Geheimhaltung detailliert abgesprochen gewesen sei, lobend erwähnt. Sie hätten ihre Nachforschungen inzwischen aber leider ohne Ergebnis einstellen müssen, wie sie ihm bei einem Abschiedsbesuch dargelegt hätten. Der Direktor kramte noch ein wenig in seinen Papieren und überreichte Hadler schließlich einen Zettel mit den Namen der beiden Beamten, die ihm jedoch beide unbekannt waren.

Unmittelbar nach diesem Gespräch, das Hadler so schnell beendete, wie es der Anstand zuließ, weil er fürchtete, seine Fassung zu verlieren, ließ er die Akten dieses Falls bei der zuständigen Dienststelle holen. Der ganze Tonfall der schriftlichen Unterlagen bewies, dass die damit befassten Beamten sogleich von der Wahrheit der Darstellung von Falkenbergs überzeugt gewesen waren. Welche Rolle dabei die hohe Stellung von Falkenbergs und des Direktors des AKHs sowie die Autorität des im Hintergrund agierenden Polizeipräsidenten gespielt hatten, war der Akte nicht zu entnehmen. Hadler las, dass laut von Falkenbergs Aussage der Junge bei seinem Auffinden nichts gesagt habe, ob wegen seiner Schmerzen oder aus Kummer, wisse er nicht. Der Inspektor blätterte weiter in der Akte. Der zuständige Beamte hatte trotz alledem seine Sache recht ordentlich gemacht. Er hatte mit dem diensthabenden Arzt gesprochen, der ihm gesagt habe, dass nach seiner Untersuchung er davon überzeugt sei, dass der Junge Opfer einer brutalen Vergewaltigung geworden sei. Die ihm assistierende Schwester habe er nicht sprechen können. Der Junge habe bei seiner Befragung am nächsten Tag eine Auskunft zwar nicht expressis verbis verweigert, aber einfach keinerlei Information gegeben. Handschriftlich war dem Akt noch der Zusatz hinzugefügt worden, dass der Unterzeichnende im Vorjahr einmal mit einem Fall von Vergewaltigung eines Mädchens betraut gewesen sei, wo es ihm ebenfalls unmöglich gewesen sei, aus dem Kind auch nur geringste Hinweise zur Identität des Täters herauszulocken. Vielmehr habe das Mädchen sich selbst wie eine Schuldige verhalten, fast verstockt. Er schlage vor, einmal mit einem Psychologen über dieses Problem zu sprechen. Dieser Vorschlag war wohl nicht auf fruchtbaren Boden gefallen, denn irgendjemand – es konnte eigentlich nur der Vorgesetzte des Beamten sein – hatte diesen Zusatz mir festem Federstrich durchgestrichen. Inspektor Hadler befürchtete, dass der arme Kollege sich mit seinem Vorschlag allerlei Hohn und Tadel eingefangen hatte.

Viele Stunden früher an diesem Montag läutete Sophia um zehn Uhr an der Haustür der *Kinderwünsche*. Ein Herr, der sich als von Falkenberg vorstellte, öffnete die Tür und führte sie dann ins Sekretariat. Dort saß an dem kleinen, runden, mit Papieren übersäten Tisch, den sie bereits aus Pospischils Beschreibung kannte, ein weiterer Herr, der von Falkenberg in Kleidung, Haartracht, Bart und Auftreten sehr ähnlich sah. »Herr Fabrikant Pranger«, stellte von Falkenberg formvollendet vor.

Sophia nannte ihren Namen, reichte den Herren Zeugnisse, einen Lebenslauf und einige hervorragende Referenzen, die sie zuvor gründlich studiert hatte. Sie wusste, dass keine Frau, die sich bisher vorgestellt hatte oder noch vorstellen würde, Papiere vorweisen könnte, die besser zu dem Inserat passen könnten als ihre.

Zudem hatte sie sich sehr passend gekleidet. Sie trug einen dunkelgrauen, leicht ausgestellten Rock mit einer Jacke aus demselben Material, darunter eine weiße Spitzenbluse mit einem nicht allzu tiefen V-Ausschnitt, an dem eine etwas altmodische, aber gediegene dunkelrote Granatbrosche befestigt war. Ihr hellbraunes Haar war im Nacken zu einem Knoten zusammengeflochten, der aber nicht so fest war, dass ihm nicht einige kurze Haarsträhnen wie zufällig entglitten waren und ihrer Erscheinung die Strenge nahmen. Auf ihr Konversationstalent konnte sie sich schon von Jugend an verlassen.

Wie erwartet, machten ihre Erscheinung, ihr Auftreten und ihre Papiere großen Eindruck auf die beiden Herren, die sie baten, kurz auf sie zu warten, während sie das Zimmer verließen. Schon nach wenigen Minuten kamen sie lächelnd wieder zurück, erklärten Sophia in ausgesuchten Höflichkeitsfloskeln, dass sie sich sicher wären, keine geeignetere Bewerberin finden zu können als sie, sodass sie sich befugt fühlten, ihr die annoncierte Stelle auch ohne Rücksprache mit den anderen Vereinsvorsitzenden übertragen zu dürfen. Sie bedauerten ein wenig, dass das Gehalt wohl nicht ganz ihren Qualifikationen entspräche, doch Sophia beruhigte sie lächelnd mit dem Argument, dass sie glücklicherweise trotz der schwierigen Zeiten gewissermaßen abgesichert sei und zwar gern ein wenig dazuverdiene, aber mehr sei sie daran interessiert, etwas Gutes zu tun bzw. ihre Dienste Menschen zur Verfügung zu stellen, denen das Gemeinwohl wichtiger sei als das eigene. So viele floskelhafte Wendungen sie auch verwenden mochte, so reichten die doch in ihrer Quantität und Inhaltsleere nicht an die heran, mit denen die Herren ihr den Sinn ihres Vereins ans Herz legten.

Spät am Abend in dem geschlossenen Fiaker auf der Praterallee dahinrollend, einem leicht anrüchigen Abenteuer, das sie sehr genoss, erzählte sie Hadler Folgendes darüber:

»Der Verein *Kinderwünsche* vertritt eine einzige Grundüberzeugung: Ein Kind braucht mehr als Essen und Trinken. Deswegen überlässt der Verein alle direkten Fragen der Ernährung und der Unterstützung armer und hungernder Menschen den staatlicherseits dafür vorgesehenen Einrichtungen sowie entsprechenden privaten Wohlfahrtsorganisationen, zu denen er nicht in Konkurrenz treten möchte. Was ein Kind darüber hinaus nämlich braucht, ist dreierlei: Liebe und Zuwendung, Bildung und Ausbildung sowie Freude. Aus diesen Überlegungen heraus hat die Arbeit von *Kinderwünsche* drei Säulen, die in den Grundstatuten festgelegt sind. Warten Sie, die lese ich Ihnen lieber vor. Es strengt mich zu sehr an, wie ein Papier zu sprechen.«

Sophia kramte in ihrer Handtasche und fand dann ein gefaltetes Papier, aus dem sie Hadler zitierte:

»1. Zu einem glücklichen Kinderleben gehört es, dass ein Kind Erfahrungen machen kann, die es mit Glück erfüllen. Deswegen möchte *Kinderwünsche* auch in Kriegszeiten garantieren, dass möglichst viele arme Kinder, vor allem natürlich die Söhne und Töchter gefallener Soldaten, durch unsere Veranstaltungen jenseits ihres traurigen Alltags Freude erfahren können. In der Weihnachtszeit geschieht dies durch groß angelegte Geschenkaktionen für durch den Krieg zu Voll- und Halbwaisen gewordene Kinder, im Sommer durch große und fröhliche Kinderfeste.

2. Die beste Voraussetzung eines glücklichen Lebens ist eine gute Bildung. Deswegen bieten wir begabten Kindern Stipendien für eine gymnasiale Ausbildung an. Für begabte Waisenkinder suchen wir dafür die Unterbringung als Pflegekinder in guten österreichischen Familien.

3. Wir sind der Überzeugung, dass das Leben in einer gebildeten und moralisch intakten Familie für die glückliche Entwicklung eines Kindes besser ist als das Aufwachsen in einem Heim. Deswegen suchen wir für kleine Kinder Adoptiveltern aus der besten Gesellschaft. Dabei bevorzugen wir solche Adoptiveltern, denen der Krieg einen Sohn genommen hat.«

Dann berichtete Sophia Hadler detailliert, was zu ihrem Tätigkeitsfeld gehörte. Als Juristin und bereits erfahrene Kriminalistin wusste sie, dass sie dabei keine Einzelheit übergehen durfte, selbst wenn sie ihr von nur geringer Relevanz zu sein schien. Sophia hatte den beiden Herren, auf den Tisch deutend, angeboten, ihre neue Arbeit bereits an diesem Vormittag anzufangen, falls dies erwünscht sei und man ihr die notwendigen Erklärungen geben konnte, sodass sie am nächsten Tag bereits selbstständiger und effizienter in der Büroorganisation sein könnte. Anscheinend kamen ständig unangemeldet Spender und Spenderinnen mit Geld- oder Sachspenden vorbei. Diese sollte sie annehmen und buchhalterisch vermerken, das Geld am Abend zur Bank tragen und die Sachspenden im Archiv im Keller, zu dem ihr der Schlüssel ausgehändigt wurde, in die Schränke sortieren. Jeder Spender musste in einem dicken Spenderverzeichnis vermerkt werden. Des weiteren musste sie die eingehende Post öffnen, lesen und nach Möglichkeit selbstständig bearbeiten, was ihr am Beginn noch einige Mühe machen werde, im Laufe der Zeit aber immer schneller von der Hand ginge, da sich die Briefe in ihrem Inhalt doch wiederholten, andere zur Bearbeitung an die Vorstände verteilen. Von diesen seien Baron von Falkenberg und Professor Kaiser für die Stipendien, Graf Haid und Herr Pranger für die Adoptionen zuständig. Herr von Hochwald halte sich aus dem Tagesgeschäft eher heraus. Sie solle sich viel Zeit nehmen, um die von ihrer Vorgängerin, Frau Heger, sorgfältig und vorbildlich angelegten Ordner durchzusehen, damit sie mit den Abläufen vertraut werde. Sophia war von ihren ersten Arbeitsstunden verwirrt. Das diffuse Unbehagen, mit dem sie ihre Arbeit angetreten hatte, ließ sich durch nichts begründen. Alles, was sie sah und hörte, war bewundernswert. Die Ziele der Organisation, der Umfang ihrer breiten Aktivitäten, die überzeugende Ordnung und Organisation von Büro und Haus.

Im Erdgeschoss befand sich neben dem Büro, das auch als Besprechungszimmer diente, ein schlicht eingerichtetes Restaurant, das aber nicht öffentlich war, sondern nur Gästen des Hauses und Mäzenen des Vereins zur Verfügung stand.

»Wir essen alle hier zu Mittag, wenn wir anwesend sind. Sie natürlich auch, Frau Sachtl. Sie werden sich wundern, wie voll es hier werden kann. Wir haben an alle unsere Förderer kleine Mitgliedskärtchen ausgegeben, wenn sie die zeigen, werden sie hier bedient. Und zwar, das muss ich sagen, vorzüglich. Unsere Küche kann sich mit den besten der Stadt messen. Wir sind keine Anhänger der These, dass man selbst Hunger leiden soll, wenn man Hunger bekämpft. Beziehungsweise, dass man sich selbst Wünsche versagen soll, wenn man anderen Wünsche erfüllt.«

Im ersten Stock befanden sich vier Schlafzimmer. Sophia, die um die frühere Widmung des Hauses wusste, wunderte sich. »Das ist unser Hotel. Aber wie das Restaurant nur für Mitglieder. Sie würden sich wundern, wie oft hier ein auswärtiger Spender die Nacht verbringt, wenn er etwas in der Stadt zu tun hat. Aber auch manche von uns Wienern schlafen manchmal hier, wenn wir ein abendliches Souper mit Gästen im Restaurant hatten und es spät geworden ist. Der Baron von Hochwald zum Beispiel wohnt ja sehr weit draußen, in Baden bei Wien.«

»Das erinnert mich fast an einen englischen Club.«

»Ja, an so etwas haben wir auch gedacht. Krieg hin oder her, ich habe diese Einrichtung Ende des letzten Jahrhunderts in London kennengelernt und fand dieses angelsächsische männliche Refugium sehr angenehm. Etwas Derartiges hatten wir wirklich im Sinn.«

Im zweiten Stock fanden sich ca. ein halbes Dutzend karg eingerichtete Kammern. »Das sind die Räume der Kinder, die nur temporär bei uns untergebracht sind. Sie wissen, dass wir Ausbildungsstipendien an Kriegswaisen vergeben und für die Kinder geeignete Familien suchen, in denen sie gefördert und geliebt werden. Wir nennen das *Haussöhne* und *Haustöchter*, obwohl wir, das wird Ihnen als Frau wahrscheinlich nicht gefallen, wesentlich mehr Jungen als Mädchen im Programm haben. In diesem Internat sind sowieso nur die Jungen, die Mädchen bleiben bis zu ihrer Vermittlung im Waisenhaus. In der Zeit, in der die Jungen hier sind, kümmert sich eine Hausdame um sie, und täglich kommt am späten Nachmittag für zwei Stunden ein Hauslehrer, der ihnen beim Schließen ihrer Bildungslücken behilflich ist. Dort hinten«, er deutete auf die andere Seite des Korridors, »befindet sich der Schlafraum der Hausdame. Unsere anderen Angestellten, so auch der Koch und seine Küchenhilfe sowie die Frau, die hier alles so sauber hält, wohnen nicht im Haus.«

Den restlichen Vormittag verbrachte Sophia mit dem Versuch, die auf dem Tisch angehäufte Post zu sichten und zu bearbeiten. Dafür machte sie sich mit der Ablage von Christine Heger vertraut, weil sie hoffte, dort auf ähnliche Vorgänge zu stoßen, die ihr dann einen Hinweis für die jeweils angemessene Reaktion liefern könnten.

Sie konnte den Papierstapel in kurzer Zeit abarbeiten. Für die eingegangenen Barbeträge verfasste sie freundliche Dankesbriefe, wie sie sie in dem entsprechenden Ordner vorfand, und überprüfte, ob die Spender bereits in der Spenderliste vermerkt waren. Dann fügte sie Datum und Höhe der neuen Spende hinzu. Erstspender nahm sie neu in die Liste auf.

Viele Briefe betrafen das für den Sommer geplante große Kinderfest. Es handelte sich dabei um Spendenangebote, aber auch um die Angabe konkreter Geschenke, die man für die Kinder zur Verfügung stellen wollte. Viele Menschen boten aber auch an, bei der Organisation und Durchführung des Festes helfen zu wollen. Auch in all diesen Fällen reagierte Sophia mit einem netten Dankesbrief und dem Hinweis, dass man sich zu gegebener Zeit mit den Briefschreibern wieder in Verbindung setzen wollte. Im Aktenschrank fand sie entsprechende Ordner mit der Aufschrift *Kinderfest – Spenden, Kinderfest – Geschenke, Kinderfest – Hilfsangebote.* Hier legte sie die beantworteten Schreiben mit einem Durchschlag der Antwort ab.

Sophia war enttäuscht, dass sie nicht den geringsten Anhaltspunkt für eine nicht korrekte Transaktion fand. Gleichzeitig wusste sie natürlich, dass der schnelle Erfolg nicht immer der beste war, und dass sie sich wohl mit Geduld wappnen musste.

Das Einzige, was sie wirklich wunderte, waren die hohen Spenden der Adoptionswilligen. Die fand sie in dem recht schmalen Ordner mit der Aufschrift *Adoptionen*, der weniger als ein Dutzend Fälle enthielt. Den meisten Adoptionen ging eine mindestens einjährige Wartezeit voraus, während der die Eltern einen monatlichen Spendenbeitrag von ca. drei durchschnittlichen Monatseinkommen zahlten, gemessen beispielsweise an Maschas Einkommen im AKH. Nach der erfolgten Adoption ging noch einmal ein Betrag von ca. der Hälfte der vorher geleisteten Zahlungen ein.

Was Sophia dabei erstaunte, war, dass es doch so viele Waisenkinder gab, die man einfach, schnell und kostenfrei adoptieren konnte. Das wusste sie von Ada, die während ihrer Zeit im Waisenhaus immer wieder Paare gesehen hatte, die das Waisenhaus zu diesem Zweck besuchten und nur wenige Tage später nach Erledigung der erforderlichen Formalitäten ein Kind auf dem Arm hielten. Sicherheitshalber schrieb sich Sophia die Namen der Adoptiveltern aus dem Ordner auf, Namen im Übrigen, die einen guten Klang in Wien hatten.

Was sie Hadler nicht erzählen sollte, war, dass sie, obwohl sie sorgsam arbeitete, den ganzen Tag lang fühlte, dass sie nicht die innere Ruhe hatte, die sie sonst bei jeder Arbeit auszeichnete, selbst in der Zeit, als sie um Rudolf getrauert hatte. Sie wusste natürlich auch, dass diese Unruhe mit den aufwühlenden Nächten zusammenhing, die sie mit Max Heger verbracht hatte, der ersten leidenschaftlichen Nacht, obwohl ihr das Wort ›Leidenschaft‹ fast zu schwach erschien für die Ekstase, in die sie nicht geahnte Hingabefähigkeit und noch weniger geahnte eigene ungezügelte Forderungen gestürzt hatte, und der zweiten, in der sie ihre Leidenschaft wiederentdeckte, sowie der folgenden, in der ihre Umarmungen immer wieder unterbrochen wurden von Gesprächen voller Trauer, sodass ihre Vereinigungen eher einer trotzigen Kampfansage des Lebens gegen den Tod glichen. Im Morgengrauen schmeckte die Umarmung nach Abschied. Dem stummen Abschied ließen sie kaum mehr Worte folgen. Sophia wusste, dass Max Heger wahrscheinlich schon im Zug in die Schweiz sitzen würde, bald musste sie ihn sich als das vorstellen, was er zu sein immer behauptete: als einen Landwirt, der seine Felder bearbeitete. Nicht der enthusiastische Architekt, nicht der leidenschaftliche Liebhaber, nicht der familienbezogene Sohn und Bruder, nicht der amüsante und etwas leichtsinnige Mann.

Obwohl ich das Schreiben nutzen wollte, um meine Situation zu entwirren und zu klären, sehe ich mich außerstande, jetzt schon die erste meiner vier Unternehmungen des heutigen Tages zu beschreiben. Ich glaube, ich habe alles getan, um es so tief hinein in mein Unterbewusstes zu drängen, wie es nur möglich ist, was durch die anderen Programme, die ich mir für meinen freien Tag vorgenommen hatte, auch möglich war. Zwei davon waren schließlich recht unterhaltsam.

Mit Herrn Pospischil war ich in einem vornehmen Herrenausstattergeschäft in der Inneren Stadt. Der etwas arrogante, leicht näselnd sprechende ältere Verkäufer – junge Männer gibt es ja kaum mehr in der Stadt, außer in den Behörden und Krankenhäusern – schaute Pospischil und mich von der Seite an. Offensichtlich konnte er uns nicht eindeutig taxieren. Als er sich dann entschloss, uns zu bedienen, legte er Pospischil, der in seiner zwar nicht völlig abgetragenen, aber absolut aus der Mode gekommenen und doch um etliches zu engen Sonntagskleidung eindeutig weniger ehrfurchtgebietend aussah als sonst in seiner Dienstuniform, eine karierte Hose und ein Sakko aus dickem Stoff vor, den ich nicht beurteilen konnte, weil ich dieser ganzen Modesache ja wenig Interesse entgegenbringe. Herrenmode übrigens noch weniger als Damenmode. Doch dass einen solchen Anzug selbst in Kriegszeiten kein vornehmer Herr tragen würde, sah sogar ich auf den ersten Blick. Ich schüttelte energisch den Kopf und orderte streng etwas anderes von dem Verkäufer.

»Ja, aber diese Preise«, begann er vorsichtig einschränkend unseren Kaufwunsch auf ein realistisches Objekt zu richten. »Dieser Anzug ist sehr günstig, fast schon wie in Vorkriegszeiten, und er ist sehr robust.«

»Wir wollen kein robustes Modell, sondern ein elegantes. Vielleicht sollten Sie uns lieber Ihren Direktor rufen?«

In der ihn verunsichernden Diskrepanz zwischen meinem bescheidenen und Pospischils eindeutig kleinbürgerlichem Auftreten auf der einen und meiner Sicherheit auf der anderen Seite schien er jetzt einen anderen Weg einzuschlagen und zeigte ein dunkelgraues modernes Sakko und eine bequeme, noch etwas dunklere Hose aus fein gewebtem Stoff.

»Ja«, stimmte ich zu, und Pospischil ging in die Umkleidekabine. Als er wieder heraustrat, war er nicht wiederzuerkennen. Der Anzug passte wie maßgeschneidert, da immerhin hatte der Verkäufer seine Professionalität bewiesen. Und weil ja bekanntlich Kleider Leute machen, war er nun Pospischil gegenüber ehrerbietig und von ausgesuchter Höflichkeit: »Der gnädige Herr sehen sehr vornehm aus. Der Anzug sitzt wie angegossen.« Er zupfte ein wenig an den Rockschößen herum und strich den Rücken des Sakkos glatt. »Dürfte ich vielleicht eine passende Krawatte offerieren? Oder ein Hemd? Wir haben einige von bester Qualität hier liegen. Die bieten wir natürlich nicht jedem an.« Wirklich holte er unter der Ladentheke ein weißes Hemd hervor, das sich in Schnitt und Qualität wohl sehr von den anderen, die auf einem Regal an der Wand gestapelt lagen, unterschied. Wir ließen uns von dem immer dienstbeflissener agierenden Verkäufer noch eine Krawatte aussuchen: »Für eine vornehme Gesellschaft, nehme ich an. Da nehmen wir ein kleines Muster, nicht zu auffallend. Dezent und elegant.«

Pospischil probierte alles an. Er flüsterte mir zu: »Ich komme mir vor wie verkleidet. Aber das hilft doch nicht. Sowie ich den Mund aufmache, merkt doch ein jeder, wo ich herkomm' und wo ich hing'hör.«

»Dann müssen Sie eben ein wenig böhmakeln wie die andern Tschechen in der Leopoldstadt. Dann hält man Sie überall für einen reichen mährischen Fabrikanten. Von dem erwartet man kein ausgesuchtes Wienerisch.«*

»Wohin darf ich denn die Sachen schicken?«, fragte der Verkäufer.

»Er lässt sie an«, sagte ich und nannte dem Verkäufer meine Adresse in der Josefstadt, die ihm vornehm genug zu sein schien. Dorthin solle er die alten Kleidungsstücke bringen lassen, aber erst am Abend.

Pospischil bezahlte, indem er aus einem dicken Briefumschlag die erforderlichen Scheine herauszog, ein Vorgehen, das den Verkäufer völlig fassungslos zurückließ.

Auf der Straße wirkte Pospischil zunächst unsicher. »Warum musste ich das G'wand anlassen?«, fragte er.

»Sie müssen sich daran gewöhnen, es mit einer gewissen Selbstverständlichkeit tragen. Schauen Sie, wie die Menschen Sie ansehen.«

Mit seinem geschulten Gendarmenblick bemerkte mein alter Freund, wie er die wohlwollenden Blicke einiger Damen auf sich zog. Ein bettelndes Kind zupfte ihn am Ärmel: »Bitt' schön, gnä' Herr. Mei Muaterl is krank, und wir hab'n Hunger.«

Doch dann warf er einen Blick auf die Uhr und sagte erschrocken: »Jetzt muss ich mich aber beeilen. Ich muss um elf Uhr bei dem Hadler sein. In meiner Uniform. Da heißt's jetzt, losgehen. Entschuldigen Sie mich, liebes Fräulein Doktor.«

»Ich nehme an, dass wir uns heute noch einmal sehen?

---

* böhmakeln: mit tschechischem Akzent sprechen

Sie kommen doch auch zu der Beerdigung des toten Kindes auf den Zentralfriedhof?«

»Natürlich.«

Genauso herzerwärmend war das Gespräch mit der jungen Julia. Ich hatte mir überlegt, sie anzusprechen und mich als Journalistin auszugeben, die eine Serie über Frauenarbeit im Krieg verfasst. Ich stieg schon in der Stadt ein und fuhr die vertraute Strecke bis zum Praterstern mit. Vorher war ich kurz zu Hause, um die langweiligen, aber zumindest eindrucksvollen Kleider, die ich für mein Einkaufsabenteuer mit Herrn Pospischil gewählt hatte, gegen solche einzutauschen, die ich für ein wenig schicker und jugendlicher hielt. Ob ich die richtige Wahl getroffen hatte, wusste ich nicht, aber einige der jungen Frauen in der Elektrischen sahen zumindest ähnlich aus, die Röcke kürzer als vor dem Krieg, und sie trugen kein Korsett. Leichte Jacken statt schwerer langer Mäntel. Während der Fahrt betrachtete ich Julia Pranger, eine fröhliche junge Frau, die die Elektrische mit viel Stolz und Freude lenkte. Dabei grüßte sie manche Passagiere, die sie offensichtlich aus ihrer Schicht kannte, freundlich. Beim Aussteigen, nachdem sie ihre Elektrische einer Kollegin übergeben hatte, sprach ich sie an: »Wären Sie einverstanden, wenn ich mit Ihnen ein Interview für die Zeitung mache? Wir planen eine Serie über junge Frauen, die unkonventionelle Berufe ausüben.«

»So unkonventionell ist das doch mittlerweile gar nicht mehr«, entgegnete Julia Pranger. »Viele Frauen lenken jetzt die Elektrische. Aber ich unterhalte mich gerne mit Ihnen.«

»Darf ich Sie zu einem Kaffee einladen?«, fragte ich.

»Gerne. Aber eigentlich wäre es mir lieber, ein paar Schritte zu gehen. Können wir ein bisschen hinüber in den Prater spazieren? Das ist doch lustiger als diese Kaffeehäuser, in denen nur noch alte Leute herumsitzen und den schönen Tagen nachjammern.«

»Wunderbar. Dazu habe ich auch Lust.«

»Eigentlich ist Reporterin doch auch ein unkonventioneller Beruf für eine junge Dame«, eröffnete Julia Pranger das Gespräch.

»Ja, das stimmt. Ich bin schon neugierig, was nach dem Krieg aus uns allen wird, wenn die Männer zurückkommen und ihre Arbeitsplätze zurückwollen.«

»Was soll schon werden? Mich jedenfalls wird keiner mehr vertreiben. Aber vielleicht geh' ich dann ja auch freiwillig. Ich träume von einer Autohandlung. Mit einer großen Reparaturwerkstatt. Außerdem möchte ich Fliegen lernen oder Autorennen fahren.«

»Was gefällt Ihnen denn so sehr an Ihrer jetzigen Arbeit?«

»Das muss ich doch wohl nicht beschreiben! Sie kommen mit der großen Tram durch die ganze Stadt, Sie fühlen sich frei und stark dabei, keiner kann Ihnen in Ihrer Elektrischen Vorschriften machen. Wenn Sie längere Zeit eine bestimmte Schicht fahren, lernen Sie die Menschen kennen, die zu einer festen Uhrzeit irgendwohin müssen. Sie bekommen einen Einblick in fremde Lebensweisen. Sie kennen die Stadt auf einmal sehr gut. Sie haben Kolleginnen und Kollegen und können sich nach Dienstschluss mit denen noch ein wenig unterhalten. Es ist nie langweilig. Sie können auch einmal undamenhaft schimpfen. Sie haben die schöne Uniform und müssen sich nicht mehr darum kümmern, was modern ist und was man so trägt.«

»Ich sehe schon, Sie könnten ewig weiter so schwärmen. Aber ich habe auch gehört, dass man nicht so viel verdient.«

»Darüber sollten Sie mit einer meiner Kolleginnen sprechen. Wissen Sie, ich bin nicht ganz typisch, obwohl ich mir Mühe gebe, dass keiner etwas davon merkt. Ich bin nämlich die Tochter eines reichen Vaters. Eines entsetzlich reichen Vaters sogar. Schreiben Sie das aber bitte nicht.«

»Nein, natürlich nicht, wenn Sie nicht wollen.«

»Die Kolleginnen und Kollegen sollen das nicht wissen. Sonst bin ich keine mehr von ihnen. Sie versprechen es mir, ja?«

»Aber Ihre Eltern wären doch sicherlich stolz, wenn sie Ihr Interview in der Zeitung lesen würden.«

»Jesses Maria«, seufzte sie ganz undamenhaft auf. »Das wären sie überhaupt nicht. Ich glaube, sie würden mich verstoßen oder ermorden oder enterben. Letzteres wäre in ihren Augen ja die schlimmste Strafe. Stellen Sie sich vor, sie wissen es nicht einmal.«

»Ich komme auch aus einem guten Haus«, sagte ich. »Aber ich könnte nicht so viele Stunde weg sein, ohne dass die Eltern wissen wollten, wo ich bin. Heimlich arbeiten, das geht doch bei unsereins gar nicht.«

»Na ja, Ihr Beruf ist doch nicht ganz so unschicklich. Das ist ja eine Tätigkeit, die gebildete Menschen ausüben. Ärztin, Lehrerin, überhaupt irgendwas Studiertes, das dürfte ich vielleicht. Aber ich – das ist ja für meine Eltern die reinste Fraternisierung mit der Unterschicht. Es tut gut, sich einmal auszusprechen, sage ich Ihnen, denn mein Leben ist so voller Geheimnisse wie das von Mata Hari.«

Ich musste laut auflachen.

»Sie denken nämlich, also meine Eltern, dass ich an der

Universität studiere. Nach den Vorlesungen den ganzen Tag in der Bibliothek herumsitze. Und mich an vielen Abenden – das hängt von meinen Dienstplänen ab – privat weiterbilde. Fremdsprachen. Ausgerechnet ich, die ich nicht einmal fehlerfrei Deutsch kann.«

»Aber das kommt irgendwann doch heraus, fürchte ich.«

»Daran mag ich jetzt nicht denken. Bis ich wie Mata Hari enttarnt werde, freue ich mich einfach daran. Einmal, da war's fast soweit. Der Vater stand am Ring und wollte ihn gerade überqueren, als ich mit meiner Tram vorbeiwollte. Er hat nach links geschaut und ich bin von links gekommen. Dort, wo er stand, war die Haltestelle. Aber ich bin einfach ganz schnell an der Haltestelle vorbeigefahren, ohne zu halten, die Passagiere haben schon geschrien und geklopft, und ich hab' nach hinten gebrüllt: ›Ruhe bitte! Technische Störung!‹ An der nächsten Haltestelle hab' ich sie dann rausgelassen. Am lustigsten war der Abend. Der Papa hat erzählt, dass eine Tram direkt durch die Haltestelle gefahren sei und dass es natürlich eine Frau gewesen sei, die die Elektrische gefahren habe. ›Typisch‹, hat er noch gemurmelt. ›Was will man da schon erwarten.‹ Das sind eben diese Vorurteile, die er hat.«

Wir waren inzwischen bis zum Schweizer Haus gekommen. Ich fragte, ob wir noch etwas tun sollten, was wir eigentlich nicht tun sollten, nämlich uns ein Achterl gönnen. Sie kicherte vor Freude.

Als wir saßen, habe ich sie noch genauer nach ihrem Vater gefragt. Wir waren inzwischen schon so im Gespräch, dass sie gar nicht mehr darauf achtete, dass wir mein vorgeschobenes Interviewthema schon längst verlassen hatten.

»Es ist so schrecklich«, sagte sie. »Er hat nur einen einzigen Wunsch. Ich soll nämlich in die allervornehmste Gesell-

schaft einheiraten. Dass ich bis dahin ›studiere‹, findet er gut, weil ich dann wüsste, worüber ich mit den Damen und Herren reden kann. Dabei rede ich eigentlich nur gerne über Elektrische und Kraftfahrzeuge und Flugzeuge. Und viel lieber als reden fahre ich damit. Ich liebe auch unser Automobil. Und wissen Sie, was das Schönste ist? Wenn etwas kaputt ist und ich daran rumrepariere. Mit viel mehr Geschick als Vaters Chauffeur natürlich. Aber das ist unser Geheimnis.«

»Ihr Vater hat in diesen Zeiten sogar noch einen Chauffeur?«

»Ja. Er braucht ihn auch, weil er ständig von Geschäft zu Geschäft muss. Geld scheffeln. Aber in letzter Zeit hat er die Wohltätigkeit entdeckt. Er ist schon ein guter Kerl, der wirklich helfen will. Aber eigentlich glaubt er, dass er dort einen Mann für mich findet. Erst wollte er, dass ich für den Verein die Büroarbeit mache. Aber dann habe ich ihn davon überzeugt, dass das Studium mich weiterbringt. Aber dauernd will er, dass ich ihn zu einem der Wohltätigkeitsveranstaltungen begleite. In einem engen Korsett unter einem bonbonfarbenen Ballkleid, so sieht er mich gerne. Aber können Sie sich mich so vorstellen?«

Ich schaute sie genauer an. Sie platzte fast vor Lebensfreude und Energie, eine etwas vollschlanke, blondgelockte junge Frau mit leicht ölverschmierten Fingern, die genau das tat, was im Moment richtig für sie war.

»Meine Eltern wollen mich auch dauernd verheiraten«, sagte ich ihr. »Sie stellen mir dauernd junge, ihrer Ansicht nach passende Männer vor.«

»Mir haben meine bislang nur alte Männer gezeigt. Manche sogar im Alter meines Vaters. Unheimlich steife

Herren, die nur über den Krieg und ihre Wohltätigkeit sprechen.«

»Was für eine Einrichtung unterstützt denn Ihr Vater?«

»Sie heißt ›Kinderwünsche‹. Ganz gut eigentlich. Kinderfeste, Geschenke, Stipendien usw. Obwohl – die Stipendiaten sind irgendwie komisch.«

»Inwiefern?«

»Alle so eingeschüchtert. Vater bringt oft an Sonntagen welche mit zu uns. Unternimmt mit ihnen etwas. Aber ihnen ist keine Regung anzumerken. Als hätten sie Angst vor ihm. Vor ihm braucht man sich aber nicht zu fürchten. Nur ich, wenn er mich einmal wirklich verheiraten will.«

»Steht Ihre Mutter nicht auf Ihrer Seite?«

»Sie hat mich furchtbar lieb, das schon. Aber ich mag sie nicht in einen Konflikt mit Vater stürzen. Die beiden mögen sich wirklich. Aber ihre Lebenswege verlaufen zurzeit in verschiedene Richtungen. Ich bin ein wenig wie Mutter. Sie arbeitet auch am liebsten mit den Händen. Aber nicht Handarbeiten wie die vornehmen Damen, sondern mit Teig.«

»Mit Teig?«

»Ja, ihr Vater war Bäcker und sie hat von Kind an gerne in der Backstube gearbeitet. Als sie dann erwachsen war, hat sie ihre Kunst regelrecht perfektioniert. Die Haberer-Schnitte, kennen Sie die?«

Ich dachte an das knusprige Mürbgebäck mit einer Schicht Topfencreme auf süßer Marillenmarmelade, überkrönt von einem zart gebräunten Baiser. »Ja«, sagte ich. »Das wurde bei uns vor dem Krieg oft gebacken.«

»Das ist eine Kreation meiner Mutter. Karoline Haberer, so hieß sie, als sie noch glücklich in der Backstube stand. Jetzt

ist sie Karoline Pranger, Gattin des Erfinders des Pranger-Brots, Besitzerin oder Mitbesitzerin vieler Kaffeehäuser, in denen die Haberer-Schnitte gebacken wird, aber sie darf dort nur noch jausnen gehen und im übrigen die Erträge dieser Kaffeehäuser ausgeben, sonst darf sie selbst nichts mehr machen. Der Papa hat ihr erklärt, dass sich das nicht schickt. Er sagt auch immer, dass die Kaffeehäuser sowieso eher Verlustgeschäfte sind, aber nach dem Krieg würden sie wieder zu richtigen Goldgruben werden. Aber bei uns zu Hause, da sieht es in der Küche oft aus wie in einer Backstube, da werkelt die Mama halt herum. Der Papa sagt immer, sie solle sich ein Hobby suchen, das besser zu einer Dame passt. Aber essen tut er nichts lieber als ihre Mehlspeisen.«

»Das klingt ja trotz allem nach großer Harmonie?«

»Ja, aber so klingt es nicht nur. Meine Eltern sind beide schlichte und ehrliche Menschen, die eine große Zuneigung verbindet. Aber dann, als mein Vater so entsetzlich reich geworden ist, hat ihm das nicht mehr gereicht. Und da fingen Mutters und auch meine Probleme an. Dabei, davon bin ich überzeugt, wird es nach dem Krieg nicht wieder so wie vor dem Krieg. Das, was er für die vornehme Gesellschaft hält, wird sich nach dem Krieg irgendwohin in die Vergangenheit verkriechen und wehmütig über ›die gute alte Zeit‹ jammern.«

»Und Sie?«

»Ich werde auch dann an die Gegenwart denken. Und natürlich an die Zukunft.«

Wir stießen fröhlich miteinander an. »Sehen Sie«, sagte Julia Pranger, »das hätte es doch früher nicht gegeben. Dass zwei junge und wohlerzogene feine junge Damen am Abend miteinander ausgehen und Wein trinken. Heute ist das mög-

lich. Und in der Zukunft wird es noch ganz andere Dinge geben.«

Ich dankte Julia Pranger innerlich für die schöne Zeit, die wir miteinander verbracht hatten, und dafür, dass es ihr gelungen war, mich von meinem traurigen Tagesbeginn abzulenken.

Aber ich will nicht feiger sein als Julia Pranger, die ja auch eine Art Doppelleben führt, aber voller Stolz und Energie. Deswegen versuche ich noch einmal, mich der ersten Unternehmung meines Tages zuzuwenden.

Also: Ich bin in der Früh zu ihm gegangen.

»Schön, dass du dich endlich bei mir blicken lässt, Mascha.« Das hat er tatsächlich gesagt.

Nein, ich werde das Aufschreiben noch aufschieben müssen. Ich kann es noch nicht.

Nach dem Treffen mit Sophia sehnte sich Hadler nach einem angenehmen Stündchen ablenkenden Vergnügens, doch sein Pflichtgefühl ließ ihn zurück in sein Büro fahren, um die Ergebnisse der heutigen Ermittlungen noch einmal zu überdenken und sie in Zusammenhang mit Sophias Bericht zu bringen. Zu seiner Überraschung war sein Assistent Auer noch anwesend, den er aber unverzüglich nach Hause schickte, da dessen umständliche Vorgehensweise und seine gedrechselte und langatmige Sprechweise ihn stets ein wenig nervös machten. Auer wünschte ihm noch einen schönen Abend und schloss die Tür hinter sich, um kurz danach noch einmal anzuklopfen und ihm einen jungen Mann anzukündigen, der ihn unbedingt wegen Schwester Helene sprechen wolle.

»Ich habe im Krankenhaus gehört, dass Helene Heger tot

sein soll«, sagte der junge Mann ohne jegliche Einleitung. »Das glaube ich aber nicht.«

»Doch, leider stimmt das. Das müssen Sie mir glauben. Aber zunächst: Ich bin Inspektor Hadler«, stellte Hadler sich ihm vor. »Nehmen Sie bitte Platz und sagen Sie mir zuerst, wer Sie sind.«

Er musterte den jungen Mann, der nicht unsympathisch wirkte. Seine zerknautschten Kleider, seine unfrisierten Haare und seine, ja, schmutzigen Fingernägel ließen aber nur den Schluss zu, dass er eher am Rande der Gesellschaft lebte als in deren Mitte. Er wirkte müde und hatte sicherlich seit einigen Tagen kein bequemes Bett mehr gesehen und wahrscheinlich auch keine Waschmöglichkeit mehr gehabt.

»Muss ich Ihnen sagen, wer ich bin?«

»Ja, schon. Außerdem – Sie sind hier auf einem Polizeirevier. Und wir würden sowieso herausbekommen, wer Sie sind, wenn wir das wollen.«

»Und Sie würden das definitiv wollen?«

»Das kann ich Ihnen jetzt noch nicht sagen. Das hängt davon ab, was Sie mir zu erzählen haben.«

»Ich möchte Ihnen von Helene Heger erzählen. Und angenommen, Sie könnten nach meinem Bericht nicht erkennen, dass meine Person von irgendeiner Relevanz für die Aufklärung der Todesumstände Helenes ist? Würden Sie dann darauf bestehen, zu erfahren, wer ich bin?«

Hadler überlegte. Der junge Mann hatte offensichtlich ein großes Risiko auf sich genommen, um der Polizei bei der Aufklärung behilflich zu sein. Das hätte er nicht getan, wenn er nicht aufrichtig wäre.

»Möglicherweise nicht. Aber Sie müssen verstehen, dass ich Ihnen das nicht ins Blaue hinein zusichern kann.«

»Das verstehe ich. Da bleibt mir wohl nicht viel anderes über, als Ihnen zu vertrauen. Ins Blaue hinein, wie Sie sagen würden.«

Erst jetzt setzte er sich hin.

In diesem Augenblick betrat Hadlers Assistent erneut das Zimmer. Er hatte eine Tasse dieses entsetzlichen Gesöffs aus Zichorien bei sich, das er beharrlich Kaffee nannte und das er zwei- bis dreimal am Tag für seinen Inspektor zubereitete. Unter den Arm hatte er seinen Schreibblock geklemmt, da er vorhatte, wie es seine Aufgabe war, mitzunotieren, was das Gespräch mit dem übelriechenden Sandler*, den er zu seinem Inspektor gebracht hatte, zutage bringen würde, obwohl er keinerlei Beziehung zwischen ihm und der toten Krankenschwester erkennen konnte. Höchstens dass es sich um einen ehemaligen Patienten handelte, und dann würde man, wie so oft an diesem Tag, wieder einmal hören, wie tüchtig und gewissenhaft und freundlich Schwester Helene gewesen sei.

Hadler bedankte sich für den *Kaffee* und wiederholte erneut, dass sein Assistent für heute Feierabend machen solle. Es sei auch für ihn ein langer Tag gewesen, und er würde die eventuellen Fakten selbst aufschreiben und sie dann in den Akt heften. Er zwinkerte seinem Assistenten zu, woraus dieser schloss, dass sein Vorgesetzter sich genauso wenig von dem Gespräch, eine Einvernahme würde es ja kaum werden, erhoffte wie er selbst.

»Danke schön«, sagte der Fremde, als der Assistent das Zimmer verlassen hatte.

Hadler schob ihm das warme Getränk zu. »Das schmeckt grässlich«, sagte er. »Aber vielleicht wärmt es ein wenig.«

---

* österreich.: Obdachloser

Der Mann legte beide Hände um die warme Steinguttasse. Dann nahm er einen großen Schluck. »Ja, es wärmt. Sagen Sie bitte, Herr Inspektor, müssen Sie das auch trinken?«

»Ja. Jeden Tag mehrere Male.«

»Helenes Kaffee war besser«, sagte der junge Mann.

Hadler schwieg, um dem jungen Mann selbst zu überlassen, was er erzählen wollte und in welcher Reihenfolge.

»Ich kenne Helene seit vier Jahren. Also seit fast einem Jahr vor dem Krieg. Sie kam damals mit ihrer Mutter aus England, aber das wissen Sie ja sicherlich alles. Helene war so voller Leben …« Er brach ab, und Hadler sah mit Anteilnahme, dass dem Fremden erst jetzt so richtig zu Bewusstsein kam, dass diese Lebensfülle für immer verschwunden war. Und Helene tot.

»Entschuldigung. Ich muss es anders formulieren. Aber bei Helene fallen einem immer nur Wörter mit Leben ein: Lebensfreude, Lebenslust, Lebensmut …«

»Das haben viele Menschen auch so empfunden, mit denen ich über Helene Heger gesprochen habe. Waren Sie ein Liebespaar?«

»Ja. Nein. Nein, eigentlich nicht. Aber wir wären eines geworden, deswegen meine irritierend verworrene Antwort. Damals, als ich sie kennenlernte, war sie noch zu jung dafür. Dachte ich jedenfalls. Und jetzt, also in der letzten Zeit, da waren die Verhältnisse nicht so, dass ich es hätte verantworten können. Also ich fange noch einmal an. Damals, vor vier Jahren, haben wir uns rasch angefreundet. Sie hat Wien ja kaum gekannt, und ich habe sie dabei begleitet, die Stadt zu entdecken. Dass ich sie dabei selbst auch neu entdeckt habe, brauche ich nicht zu sagen. Dann wurden wir getrennt. Wir standen aber in brieflichem Kontakt. Na ja, so weit das ging. Und haben uns auch nur selten sehen können. Aber vor zwei Monaten bin ich wieder auf Dauer nach Wien zurückgekommen. Ich habe mich gleich bei Helene gemeldet, und sie hat mir sofort geholfen. Da war sie wie früher, eine völlig furchtlose Frau. Erstaunlich. Ich habe nämlich inzwischen alle Formen von Furcht beobachten können … und erfahren. Ach, was soll's, Sie haben doch inzwischen längst erraten, wo ich war?«

Hadler nickte: »Das war jetzt nicht so schwer. Sie waren an der Front, nicht wahr? Und das ist Ihnen nicht so gut bekommen, obwohl Sie sich ja offensichtlich keine dauerhafte Verletzung oder Versehrung zugezogen haben. Äußerlich wenigstens nicht.«

Hadlers Besucher nickte bekümmert: »Und auch keine innerliche, zumindest keine, die man beweisen kann. Aber ich habe es nicht mehr ausgehalten. Ich war immerzu an unserer östlichen und südlichen Front. Przemysl, Sommer 1915. Isonzo, Frühling 1916. Diese permanente Anspannung. Inhaltsleere Wartestunden, die dich vergessen lassen, wer du bist. Plötzliche Angriffsbefehle oder überraschendes Angegriffenwerden. Die Männer neben dir fallen sehen. Einen Mann auf der anderen Seite töten müssen, obwohl du nicht einmal weißt, wer er ist. Vielleicht ist er, wie du bist. Aber das gehört nicht hierher. Um es kurz zu machen: Ich bin von der Front desertiert und habe mich bis nach Wien durchgeschlagen.«

»Das tun heutzutage Tausende und Zehntausende.«

»Das macht es aber nicht erlaubter. Ich jedenfalls hatte es leicht, weil Helene, als ich hier war, sich meiner angenommen hat und mir eigentlich alles abgenommen hat. Sie hat gemeint, ich brauche jetzt nichts als Zeit, irgendwann würde ich wieder zu mir selbst finden und wissen, was ich tun will. Und so hat sie sich um mich gekümmert. Sie war in den Verstecken, die sie für mich aufgetan hat, von verblüffender Kreativität. Ich glaube, es hat ihr grenzenlosen Spaß gemacht, obwohl sie wusste, in welche Gefahr sie sich begab, indem sie mich versteckte. Sie liebte jede Form von Abenteuer.«

»Und wo und wie hat sie Sie versteckt?«

»Sie glauben gar nicht, wie leicht das für eine erfinderische Person wie Helene war. Ich hielt mich die ganze Zeit in den Kellern der vielen Gebäudekomplexe des Krankenhauses auf. Sie hat mir einen Arztkittel gegeben und ein Patientenhemd. Also zwei Verkleidungsmöglichkeiten. Und sie hat mir die Zeitabläufe erklärt. Zu Zeiten der Visite habe ich mich wie ein Arzt in das Gebäude begeben, in dem sie gerade arbeitete. Dann hat sie mir irgendwo Essen hingestellt. Im Patientenkittel bin ich zum Waschen gegangen, wenn sie mir einen zufällig leerstehenden Raum benannte. Und außerdem ist das Gelände riesengroß und zu Besuchszeiten voller Menschen, oft voller verzweifelter, die ihr Gesicht bedecken. Da konnte ich in meinem Gewand, in dem Sie mich jetzt vor sich sitzen sehen, auch ungefährdet hinaus. Von einem Sandler will keiner was, nicht einmal die Gendarmerie. Diese Unglücklichen lässt man unbehelligt vor sich hinvegetieren. Und wann immer sie Zeit hatte, hat sie mit mir geredet. Eigentlich nicht mit mir geredet, sondern mir zugehört. Irgendwann habe ich mich leichter gefühlt, sicherer. Pläne gemacht. Aber seit ein paar Tagen ist sie nicht mehr gekommen. Ich habe mir zuerst keine Sorgen gemacht und kam auch ohne sie irgendwie zurecht. Aber heute bin ich in meinem Arztkittel umhergeschlichen und habe meine

Ohren gespitzt, und da war auf einmal Schwester Helene das Hauptthema überall. Ihr Tod. Sie habe ich auch gesehen, wie Sie mit dem einen und anderen gesprochen haben, und ein bisschen gelauscht. Aber Sie sehen, alles, was ich erzähle, hat nichts mit ihrem Tod zu tun, sondern nur mit mir.«

Hadler versuchte, eine konkrete Frage einzuschieben: »Aber sie kann doch nicht nur zugehört haben, irgendetwas wird sie doch auch über sich erzählt haben.«

»Ja natürlich, eine ganze Menge. Sie war ja auch in keiner einfachen Situation.«

»Warum?«

»Weil sie schon so lang die fleißige Schwester war. Sie liebte ihren Beruf, aber sie hielt Verhältnisse nie lang aus. Sie hat daran gedacht, in einem Lazarett zu arbeiten, aber ihre Mutter wollte das nicht. Nicht, dass sie ihr immer gefolgt hätte, aber das Argument, dass es schon schwierig genug sei, einen Sohn in England zu wissen, hat meine Freundin überzeugt. Und die Überlegung, dass sie sich völlig aus dem Krieg heraushalten wollte. Sie war Pazifistin, und zwar aus tiefster Überzeugung. Das Pflegen und Heilen Verwundeter habe zwar gar nichts damit zu tun, ob der Patient ein Soldat sei oder einen Unfall erlitten habe, aber sie fände es schon überzeugender, wenn sie nicht nur österreichische und deutsche, sondern auch englische und französische Soldaten pflegen würde. Irgendwie war das für sie ein Dilemma. In den letzten drei Monaten hat sie dann eine neue Idee entwickelt, verrückt, sage ich Ihnen. Sie war begeistert von Alice Schalek. Wissen Sie, wer das ist? Eine Fotografin. Kriegsberichterstatterin. Helene hat ihren Mut so bewundert. Und dann hat sie, wie gesagt, die Idee entwickelt, die Wahrheit des Krieges anders darzustellen als durch Worte, wofür sie sich zu wenig begabt fand. Sie wollte den Krieg fotografieren. Anders als diese Schalek aber nicht die militärischen Aktionen und die Gräuel, sondern die Auswirkungen des Krieges auf die Menschen, in deren Lebenszusammenhänge der Krieg einbricht. Aber auch nicht nur Flüchtende, Verletzte usw. dort, wo der Krieg stattfindet, sondern auch Betroffene weit weg von der Front wie hier in Wien, Hungernde, Obdachlose, Waisenkinder …«

»Und da wollte sie allein aufbrechen, um ihre Fotografien zu machen?«

»Ja, das war der Plan. Aber weil sie bei aller Spontaneität immer auch Perfektionistin war, hat sie in letzter Zeit jede freie Minute, die ihr der Dienst und ich ließen, bei einem schmierigen Fotografen in Favoriten verbracht, um dort ihr Handwerk richtig zu erlernen. Auch Entwickeln und solche Dinge. Ich verstehe da leider nichts davon. Aber haben Sie ihre Fotografien nicht bei ihren Sachen gefunden?«

»Nein.«

»Dann hat sie sie sicher irgendwo versteckt. Vielleicht im Krankenhaus. Mir hat sie sie jedenfalls gezeigt, und die Fotografien wurden immer besser. Kriegsinvaliden, Warteschlangen vor den Bäckereien und Lebensmittelausgabestellen, leere Auslagen, große Demonstrationen, das private Bestellen der Erde in öffentlichen Parks, sie hatte schon ein ganzes Päckchen zusammen.«

»Was wollte sie mit ihren Fotografien machen?«

»Ein Buch, eine Ausstellung, da war sie sich noch nicht so sicher. Aber in der letzten Woche, also in der letzten Woche, in der sie noch lebte, da hatte sie ein neues Problem. Sie können sich gar nicht vorstellen, wie aufgebracht sie war.«

»Und hat sie Ihnen den Grund dafür genannt?«

»Ja sicher. Sie hat bei diesem Fotografen zufällig in einem Karton, den sie aus Versehen umstieß, Bilder von Kindern gefunden, von nackten Kindern. Aber keine süßen Säuglinge fürs Familienalbum, sondern ältere Kinder, und die Bilder hielt sie für eindeutig erotisch. Nein, *pornografisch*, hat sie gesagt. *Erotische Kunst*, hat der kleinlaute Fotograf entschuldigend gesagt, als sie ihn zur Rede gestellt hat. Und er fand die Bilder unschuldig und harmlos. Sie fand sie aber so entsetzlich, dass sie am liebsten gleich zur Polizei gerannt wäre. Sie hat eine Handvoll Fotografien mitgenommen und mir gezeigt. Krank, sage ich Ihnen. Dann hat sie aber auf einem Foto im Hintergrund etwas gesehen, das sie erkannt hat, aber sie wollte mir nicht sagen, was es war. Aber ich denke, sie wusste, wo die Fotografien gemacht worden sind. Sie könne nicht zur Polizei gehen, bis sie wisse, wie das nackte Kind in diesen Raum gekommen ist, hat sie gesagt. Ich schwöre Ihnen, dass ich nicht mehr weiß.«

»Wissen Sie die Adresse des Fotografen?«

»Nein, leider nicht. Sie hat immer von Favoriten gesprochen, das weiß ich genau. Aber Sie werden ihn nicht finden.«

»Wieso?«

»Na, sie ist am nächsten Tag noch einmal hingegangen, weil sie den Fotografen noch einmal zur Rede stellen wollte. Aber die Ladentür war verriegelt und die Rollläden vor der Auslage zu. Darauf klebte ein Schild: »Wegen Umzugs geschlossen«.

»Das dürfte für uns trotzdem kein Problem sein«, sagte Hadler, der nicht recht wusste, was er mit dem Mann, dessen Namen er nicht einmal kannte, tun sollte. Natürlich musste der Deserteur gemeldet werden, doch was dann mit ihm geschah, war ihm nur allzu gut bekannt. In seinem großen Dilemma beschloss er, die Sache erst einmal zu überdenken.

»Was passiert jetzt mit mir?«, fragte der Mann, als habe er Hadlers Gedanken gelesen.

»Das weiß ich noch nicht«, antwortete der Inspektor ehrlich.

»Ich habe eine Bitte. Ich möchte Helene gern noch einmal sehen.«

»Das lässt sich einrichten«, sagte Hadler. »Ich weiß nur auch noch nicht, wie das geschehen soll. Irgendeine Begründung muss ich mir ausdenken. Heute war ihr Bruder in der Gerichtsmedizin. Die Leiche ist jetzt freigegeben, aber ich weiß, wer sich um die Beerdigung kümmert. Ich kläre das.«

»Danke.«

In das Schweigen hinein sagte der Inspektor: »Sie können sich jetzt natürlich einfach wieder verstecken. Dann bin ich in der Bredouille. Vor allem, wenn ich dann doch noch Fragen an Sie habe.«

»Ja, ich werde mich wieder verstecken. Zumindest eine Zeitlang. Aber nicht vor Ihnen. Ich werde morgen um dieselbe Zeit wieder bei Ihnen vorsprechen.«

»Und wo kann ich Sie finden?«

»Gar nicht. Sie müssen mir einfach vertrauen. Ins Blaue hinein, das wissen Sie doch.«

Ada war beim Frühstück am nächsten Morgen nicht besonders fröhlich.

»Habe ich etwas falsch gemacht?«, fragte der schon sehr sensibel auf Ada reagierende Albert besorgt.

»Nein, was sagst du denn da«, sagte von Wiesinger spontan. »Ada liebt nur im Unterschied zu den meisten Wienern

Beerdigungen nicht besonders. Und heute Nachmittag muss sie zu einem Begräbnis und am Freitag schon wieder. Ich glaube, das ist ihr zu viel.«

»Wer ist denn noch gestorben? Jemanden, den ihr gern hattet?«, fragte Albert. »Ich weiß bisher nur, dass die Schwester von Herrn Heger am Freitag beerdigt wird. Und die habt ihr doch gar nicht persönlich gekannt.«

»Den anderen Toten, den wir heute beerdigen, auch nicht. Von dem wissen wir nicht einmal den Namen«, sagte Ada und erzählte ihm in wenigen Worten von dem toten Kind.

»Aber traurig ist das schon«, sagte Albert. »Ich werde dich begleiten, Ada.«

»Nein«, wehrte Ada ab. »Heute ist dein letzter freier Tag. Du weißt doch, dass du morgen im Gymnasium anfängst. Genieße diesen Tag noch.«

»Ich komme mit«, insistierte Albert. »Wir haben den gestrigen Tag doch schon im Übermaß genossen, die ganzen Einkäufe für mein Zimmer und alles. Und Sophia arbeitet heute wieder, und dann wärst du ganz allein dort. Wir könnten anschließend noch zum Grab meiner Mutter gehen, wenn du nichts dagegen hast. Das täte ich sehr gern.«

»Lass Albert doch mitgehen«, sagte von Wiesinger. »Er hat recht. Man muss einfach zusammenhalten, nicht wahr? Und ich kann mich heute nicht vom Amt freimachen. Am Freitag gehe ich mit dir, Ada, und heute hast du dann auch ein männliches Familienmitglied bei dir, nicht wahr?«

Ada sah, wie Alberts Augen bei der Bekräftigung seiner Verantwortung durch diese Worte aufleuchteten, sodass sie ihm nicht widersprechen wollte.

»Meint ihr, dass die Mutter des toten Kindes auch dort sein wird?«, fragte Albert.

»Wenn sie es kann und wenn sie davon erfahren hat, dann wohl schon«, sagte von Wiesinger. »Haltet ruhig die Augen offen.«

Doch Ada kannte alle Menschen, die dem toten Kind das Geleit gaben. Die Helferinnen des *Frauenrats* waren bis auf Sophia vollständig anwesend, als der kleine Sarg in das Grab gesenkt wurde. Jede trug ein kleines Blumensträußchen in der Hand. Auch einige der regelmäßigeren Besucherinnen waren erschienen. Und natürlich war auch Pospischil gekommen, der alle Anwesenden genau beobachtete.

Albert stand während der kurzen Trauerrede aufrecht neben Ada. Zuvor waren sie gemeinsam am Grab seiner Mutter gewesen und hatten dort ein schönes Gesteck aus Frühlingsblumen hingelegt. Ada sah, wie erschrocken Albert über den verwahrlosten Zustand des Grabes gewesen war. Auf dem schlichten und schon verwitterten Holzkreuz war der Name kaum mehr lesbar. Ein großer Strauch, der seine noch ganz blattlosen Äste von sich streckte, war höher als das Kreuz gewachsen; auf dem Grab wuchs nur Gras. Ada hatte Albert versichert, dass sie das Grab in Zukunft regelmäßig besuchen und pflegen würden, was diesen etwas tröstete.

»Wenn ich einmal Geld verdiene«, sagte er, »dann werde ich einen kleinen Grabstein setzen lassen.«

»Nein«, sagte Ada, »damit warten wir nicht so lang. Wir werden heute schon nach der Beerdigung des Kindes zu einem Steinmetz gehen, und du suchst dir einen aus.« Albert war sehr glücklich über diese Aussicht, und Ada fürchtete schon, dass er mit einem lächelnden Gesicht am Grab des Kindes stehen würde, was sie unpassend gefunden hätte.

Doch Albert wusste sich offensichtlich in jeder Situation zu benehmen.

Als Ada dann gemeinsam mit Albert auf das offene Grab zutrat, um ihr Sträußchen auf den Sarg zu werfen, waren auf einen Schlag ihre Zuversicht und ihr in die Zukunft gewandtes Glücksgefühl verflogen. Sie starrte auf den Sarg und stellte sich den Säugling vor, den sie kurz in den Armen gehalten hatte. Sie hatte den Eindruck, als öffne sich der Deckel und das tote Kind schaue sie an. Erschrocken warf sie ihre Blumen auf den Sargdeckel. Sie fielen fast lautlos nieder. Nach ihr und Albert kam Pospischil, der mit der bereitgestellten Schaufel Erde auf den Sarg schüttete, die dumpf aufprallte. Sie meinte, das Geräusch nicht aushalten zu können, und wandte sich abrupt ab. Albert ergriff ihre Hand und sagte: »Ich glaube, wir gehen jetzt besser.«

Ada gehorchte ihm wie ein Kind, und so liefen sie schweigend die lange Allee zum Ausgang entlang.

Doch schon vor dem Tor hatte Ada sich wieder gefangen. »Entschuldige, Albert, wenn ich dich erschreckt habe. Aber ich habe so intensiv an das Kind gedacht und da war ich auf einmal so traurig.« Albert nickte verständnisvoll.

»Und jetzt gehen wir zu den Steinmetzen. Schau, dort betreiben einige ihre Geschäft.«

»Aber das muss wirklich nicht heute sein, wenn es dir nicht gut geht.«

»Doch, das muss heute sein. Das war so ausgemacht. Und: Wir werden danach noch einmal in die Stadt gehen und dir neue Hosen, Pullover und Schuhe kaufen.«

Albert wehrte sich natürlich nicht dagegen, und so gingen er und Ada nach dem Besuch bei dem Steinmetz noch einmal in die Innere Stadt. An einer Ecke, sie schauten gerade eine Auslage an, meinte Ada, wieder den jungen Soldaten zu sehen, dem ein Arm fehlte. Sie überlegte sogar flüchtig, ob ihr Mann ihr den zu ihrem Schutz folgen ließ, doch das fand sie dann doch abwegig. Albert zupfte sie am Ärmel und sagte überraschend, er wolle lieber gleich nach Hause. Ada blickte sich erneut um und sah, dass auf der anderen Straßenseite ein sehr distinguierter alter Herr stand. Ein Engel und ein Teufel, dachte sie, um im selben Moment diesen Gedanken selbst peinlich zu finden. Wieso soll ein einarmiger Soldat mich schützen und ein vornehmer Herr mich gefährden? Schutzengel und Teufel. Sie versuchte, ihre Gedanken wieder in die Realität einzubinden und blickte bewusst weg von der Straße nach oben und sah zu ihrer Erleichterung die beiden großen Engel auf dem Dach der Postsparkasse. Sie liebte die vielen Dachfiguren, die sich auf den Gebäuden ihrer Stadt befanden, und machte auch Albert auf die beiden Aluminiumfiguren aufmerksam.

»Aber warum blicken sie ausgerechnet auf das Kriegsministerium?«, fragte Albert.

Beim Abendessen erzählte Albert von dem schönen Tag, den er und Ada verbracht hatten: »Mein Zimmer ist jetzt schon fast fertig. Wir haben eigentlich alles eingerichtet … Nur etwas, Felix«, Albert errötete leicht bei der ungewohnten Anrede, »du solltest mit Ada darüber sprechen, ob sie am Freitag wirklich wieder zu dieser Beerdigung gehen soll. Ich bin mir ganz sicher, dass ihr das nicht guttut.«

Als Ada abends, Albert war schon schlafen gegangen, ihrem Mann den gemeinsamen Tag mit dem Jungen aus ihrer Sicht erzählte, begriff Felix von Wiesinger auf einmal, welcher Teil im Wesen seiner Frau ihm bislang unbekannt gewesen war. Und vielleicht sogar ihr selbst.

Sie saßen noch lang schweigend zusammen.

Erst viel später, kurz vor dem Einschlafen, kam es noch einmal zu einem kurzen Gespräch.

»Weißt du, Ada, es ist furchtbar viel passiert in der letzten Woche. Letzten Dienstag hast du den toten Säugling im *Frauenrat* gefunden, und heute, es ist wieder Dienstag, wurde er beerdigt. Inzwischen haben wir den Besuch eines jungen Mannes gehabt, der seine Mutter sucht. Wir konnten sie nicht finden, stattdessen mussten wir ihn damit konfrontieren, dass seine Schwester tot ist. Andererseits haben wir zwei frohe Feste gefeiert wie früher so oft, zuerst Sophias Fest und dann Alberts Aufnahme in unsere Familie. Alles in allem eigentlich eher eine Woche voller privaten Glücks für uns, oder?«

»Ja«, sagte Ada langsam. »Obwohl ich mich trotzdem so fühle, als schwebe ständig eine schwarze Wolke über mir, die sich immer tiefer auf mich herabsenkt und mich am Ende in ihrer nassen und kalten Schwärze verschlingen wird.«

Am Abend dieses Tages resümierte auch Hadler, was er an diesem Tag erreicht hatte.

Es war herzlich wenig.

Sein Assistent war den ganzen Tag unterwegs gewesen und hatte ihm erst kurz vor Dienstschluss Bericht erstatten können. Ein Bericht, wie er unergiebiger nicht sein konnte. Er hatte sieben der Adoptivfamilien besucht, deren Namen und Adressen Sophia ihm am gestrigen Abend gegeben hatte. Nun erzählte er mit gleichbleibender Lautstärke, gleichbleibendem Tempo und mit immer den gleichen Wörtern, wie sein Tag verlaufen war. Die wenigen Verben, die er einzusetzen bereit war, waren: aufsuchen, bewohnen, fragen, antworten, ersuchen, zeigen, tun. So begann er: »Zuerst suchte ich die Familie Hofmiller in der Sperlingsgasse 5 auf. Die Familie bewohnt dort das Parterre und den ersten Stock. Ich fragte sie nach den näheren Umständen der Adoption. Sie antworteten, dass keine besonderen Umstände vorgelegen seien. Ich ersuchte sie, mir das Kind zu zeigen, was sie mit viel Stolz auch taten. Dann suchte ich die Familie Grebenhorst im Tiefen Graben 4 auf. Die Familie bewohnt dort das Parterre und die Beletage. Ich fragte sie nach den Umständen der Adoption. Sie antworteten, dass sie von keinen besonderen Umständen wüssten. Ich ersuchte sie, mir das Kind zu zeigen. Das taten sie auch. Dann suchte ich die Familie …« Hadler wusste nicht, wie er die sieben identischen Berichte überstehen sollte, ohne einzuschlafen, denn seine Nacht war wieder einmal sehr kurz gewesen. Zudem musste er sich zusammennehmen, damit sein Assistent weder seine zunehmende Langeweile noch seinen Ärger bemerkte. Der Ärger bezog sich darauf, dass sein Assistent die Adressen der sieben Familien, die überwiegend in der Inneren Stadt und in der Josefstadt lebten, in der Reihenfolge, die auf dem ihm übergebenen Notizzettel stand, aufgesucht hatte, ohne sich der Mühe zu unterziehen, Kilometer und somit Zeit zu sparen, indem er sich eine ökonomischere Reihenfolge überlegt hätte.

»Haben Sie Ihre Ermittlungen allein angestellt? Sie sollten doch den Kollegen Pospischil mitnehmen, der mit dem Fall vertraut ist«, unterbrach Hadler ihn ungefähr in der Mitte seines Vortrags.

»Ja, der war auch dabei. Aber mit dem haben Sie mir eine Laus in den Pelz gesetzt. Er kam wie verabredet um neun Uhr. Der war mir keine große Hilfe. Hat immer gemeckert, dass wir Riesenumwege gingen. Ich habe versucht, ihm zu erklären, was Sie mir über ordnungsgemäßes kriminalistisches Vorgehen beigebracht haben, und habe viel Zeit damit verschwendet, ihn zur Ordnung zu rufen. Auch in den Häusern. Er stellte viele Zwischenfragen, er ließ sich teilweise die Kinderzimmer zeigen, er fragte nach weiteren Bewohnern usw. Deswegen hat auch alles so sträflich lang gedauert. Wir waren bis eben unterwegs. Allein wäre ich schon längst wieder hier und hätte weitere Aufträge erledigen können. Dazwischen war er sogar fast zwei Stunden weg, während ich Mittag gemacht habe. Er hat gesagt, er müsse zu einer Beerdigung.«

»Wo ist er jetzt?«

»Ich habe ihm aufgetragen, den schriftlichen Bericht für den Akt zu verfertigen. Er sitzt draußen und arbeitet daran.«

»Holen Sie ihn doch bitte zu unserem Gespräch.«

»Aber ich bin doch noch gar nicht mit meinem Bericht fertig.«

»Bitte«, wiederholte Hadler streng. Sein Assistent verließ murrend das Zimmer, um mit einem ziemlich erschöpften und nachdenklichen Pospischil wiederzukommen.

»Er hat seinen schriftlichen Bericht erst zur Hälfte fertig«, beklagte sich Hadlers Assistent.

»Sie Ihren mündlichen doch auch erst zur Hälfte, Herr Auer«, entgegnete der Inspektor.

»Aber ich würde es vorziehen, wenn Sie mir einfach erzählen, ob Ihnen etwas Besonderes aufgefallen ist. Den schriftlichen Bericht kann Herr Pospischil in den nächsten

Tagen für die Akten nachtragen. Sie werden ihn natürlich auf seine Korrektheit hin überprüfen«, fügte er hinzu, um seinen recht unfähigen Assistenten nicht noch zusätzlich zu verunsichern.

»Aufgefallen?«, fragte dieser auch schon wieder recht besänftigt nach. »Mir ist nur aufgefallen, dass alle Familien einen sehr guten Eindruck gemacht haben. Vorbildliche Wiener Familien.«

»Wie im Bilderbuch?«, fragte Hadler nach, doch Auer, der mit Ironie noch nicht umzugehen gelernt hatte, nickte ernsthaft mit dem Kopf: »Ja, wie im Bilderbuch.«

»Das stimmt«, bekräftigte Pospischil. »Aber leider auch mit den Knicken und Löchern und sonstigen Gebrauchsspuren, die eine österreichische Familie heutzutage aufweist wie ein altes Bilderbuch.«

»Wie meinen Sie das?«, fragte der Assistent.

»Nun«, sagte Pospischil, der versuchte, sich, Hadler und dem jungen Mann klarzumachen, was ihn bei seinen Besuchen bei diesen Bilderbuchfamilien in eine fast melancholische Stimmung versetzt hatte, obwohl er überall einen fröhlichen Säugling oder ein munteres Kleinkind gesehen hatte. »So genau kann ich das gar nicht in Worte fassen. Sie müssen wissen, ich habe ein Enkelkind, den Franz. Und wenn ich einmal lange Zeit allein auf ihn aufpasse, dann bin ich doch recht erschöpft. So lieb der Fratz auch ist. Und die Eltern, die ich heute gesehen habe, also die Adoptiveltern, die hatten auch alle diese Erschöpfungsanzeichen. Vor allem die Adoptivmütter. Da ist mir aufgefallen, dass sie alle eher in meinem Alter waren. Im Alter von Großeltern halt. Nicht in dem von Eltern.«

»Und ist das schlimm?«, fragte der Assistent.

»Nein, das ist nicht schlimm. Aber irgendwie nicht so, wie es sein sollte. Und dann war da noch etwas. In jeder Familie standen oder hingen Fotografien von einem anderen Kind. Einem Sohn. Dem Sohn als Säugling, als Schulkind, dann als Soldat. Und um diese Fotografie war ein Trauerband gebunden. Und keine dieser Familien hatte ein zweites Kind. Ich hab' ja überall ein wenig spontan drauflos gefragt.«

»Das ist ein guter Ausdruck für das, was Sie gemacht haben. Drauflos gefragt. Das werde ich mir merken. Dabei sollten wir doch ermitteln.«

»Es kam mir so vor, als hätten sie alle ihren Sohn, ihren einzigen Sohn, ihr einziges Kind im Krieg verloren. Und als hätte keiner dieser Söhne ihnen ein Enkelkind hinterlassen. Sodass sie alle völlig ohne Nachkommen waren, bevor sie sich zur Adoption entschlossen haben. Ohne Erben. Erben ihres Vermögens, ihres Namens, ihres Lebens, wenn man so sagen kann.«

»Ich verstehe, was Sie sagen wollen«, sagte Hadler. »Adoptionen gegen die eigene Vergänglichkeit.«

Der Assistent starrte die beiden Männer verständnislos an.

»Morgen werden Sie allein die anderen Familien von der Liste aufsuchen, mein Lieber«, wandte sich Hadler an ihn. »Und Sie werden unauffällig herausbekommen, ob Sie dort dieselben Beobachtungen machen können.«

»Durch drauflos fragen?«

»Ja, oder durch andere indirekte Fragetechniken. Und durch Beobachtungen natürlich. Sie werden das schon richtig machen.«

Pospischil fühlte sich unwohl und verkleidet in seinem neuen Anzug. Auch wusste er nicht recht, wie er einen vornehmen Herrn spielen sollte. Zwar hatte er während seiner langen Dienstzeit mit Angehörigen aller Gesellschaftsschichten zu tun gehabt, aber mit ihnen als Gendarm Pospischil zu sprechen war doch etwas anderes, als mit ihnen als Fabrikant Pospischil ins Gespräch zu kommen.

Zu seinem Unbehagen trug auch bei, dass er schon so viel Geld ausgegeben hatte. Auch heute hatte er sich dazu entschlossen, notgedrungen mit einer Mietdroschke in das Kaffeehaus in der Inneren Stadt zu fahren, von dem von Wiesinger ihm erzählt hatte. Zum einen war es trotz der an diesem Tag stärker scheinenden Märzsonne noch zu kalt, um ohne Mantel durch die Straßen zu laufen, wie er es neulich gemacht hatte. Und eine Verkühlung durfte er sich wirklich nicht einfangen, dazu gab es zuviel zu tun. Und sich außer dem Anzug noch einen neuen Mantel zu kaufen, das erschien ihm wie die schiere Geldverschwendung. Noch dazu Verschwendung fremden Geldes. Zum anderen aber wollte er sich in seinem Quartier nicht in seinem neuen Anzug sehen lassen. Die Leute würden ja denken, dass der alte Pospischil größenwahnsinnig geworden sei. Wie einen das G‹wand doch verändert, dachte er. Sogar den kleinen Fratzen hatte er in der Früh angefahren, als dieser ihn mit seinen Breihändchen am Kragen fassen wollte, um ihn zu sich heranzuziehen. Aber ein Fleck auf dem Anzug, das hätte ihm gerade noch gefehlt.

Der Wagen brachte ihn zügig zu seinem Ziel. Dorthin zu gehen, war ein Vorschlag Felix von Wiesingers gewesen, dem die Herren mit ihren schmuddeligen Fotografien unter dem Tisch und die zweideutigen Bemerkungen der

Frau nicht aus dem Kopf gingen und der, wie übrigens auch Pospischil, ständig an den Jungen denken musste, der da im AKH vor sich hinlitt, ein Opfer brutalster sexueller Gewalt. Offensichtliche Zusammenhänge sah er zwar nicht, aber es wäre ihm wohler, so sagte er Pospischil, wenn man sie definitiv ausschließen konnte. Als Pospischil das Kaffeehaus betrat, sah er allenthalben die Zeichen der Verwahrlosung, von denen ihm Felix von Wiesinger schon erzählt hatte, die schmutzigen Tischdecken, die rauchgedunkelten Vorhänge, die übervollen und lang nicht geleerten Aschenbecher. Erstaunlich, dachte er, dass Herr von Wiesinger hier hereingekommen sein soll. Aber die Adresse stimmte.

Es waren nur wenige Menschen anwesend, die alle einzeln an ihren Tischen saßen. Nur Männer, aber das war ja durchaus nicht ungewöhnlich. Ungewöhnlich war allerdings, dass einer von ihnen einen Anzug von ähnlicher Qualität anhatte wie er. Doch andererseits war ja auch von Wiesinger zufällig hier hereingeschneit. Man darf nicht immer alles gleich als kriminalistische Nuss, die es zu knacken gilt, ansehen, dachte er. Wie üblich hatten sich die Kaffeehausbesucher Tische an der rückwärtigen Wand ausgesucht, sodass er an einem Tisch am Fenster Platz nehmen musste. Doch das war so unrecht nicht, dachte er, schließlich hatte er so alle Besucher im Blick und konnte auch sehen, was draußen auf der Straße vor sich ging. Soweit die schmutzigen Scheiben das zuließen.

Der Kaffee schmeckte immerhin besser als der zu Hause. Aber der Rand seiner Tasse war so verfärbt, dass es ihn ekelte, aus ihr zu trinken.

Nach einiger Zeit betrat ein weiterer Mann das Kaffeehaus. Auch dieser war gut gekleidet und trug einen Stock mit einem silbernen Beschlag in der Hand. Grußlos sah er sich um und setzte sich dann zu dem Mann, der Pospischil bereits aufgefallen war. Sie schienen sich gut zu kennen, aber nicht recht zu wissen, worüber sie sich unterhalten sollten. Pospischil fing einige belanglose Bemerkungen über das Wetter auf.

Sie riefen nach dem Ober. Hansi, tatsächlich, so heißt doch kein anständiger Ober, dachte Pospischil. Hansi stellte den beiden Männern wortlos zwei Tassen Kaffee hin und reichte ihnen einen Umschlag. Den Kaffee ließen die Männer völlig unbeachtet, wie auch die erste Tasse des zuerst anwesenden Mannes noch unberührt zu sein schien.

Stammgäste, schlussfolgerte Pospischil bei sich. Jeden Tag herkommen, aber den Kaffee nicht anrühren. Die kommen wegen etwas anderem.

Schwer seufzend stand er auf.

Er trat an den Tisch der beiden Herren.

»Entschuldigung, wenn ich steere. Bittscheen, darf ich mich vorstellen?« Pospischil fürchtete, mit dem ›bittscheen‹ das Böhmakeln übertrieben zu haben, aber die Herren schauten nicht irritiert, nur gelangweilt zu ihm auf.

»Pospischil. Aus Brinn. Weizen. Bier. Maschinen.«

Der Blick der Herren auf den tschechischen Fabrikanten wurde interessierter.

»Ja bitte?«

»Darf ich mich ein wenig zu Ihnen setzen? Man hat mir etwas erzählt …«

Nun wurden die Blicke der Männer angespannter: »Wer hat etwas erzählt? Was? – Aber bitte, nehmen Sie doch Platz.«

»Ich mecht Sie nicht stören. Aber bitte gerne. Aber wenn Sie ein wenig Zeit hätten? Und meine privaten Mitteilungen nicht als aufdringlich empfinden? In Wien ist es immer schwer für einen so grobschlächtigen Menschen wie mich. Und die Zeiten sind so hart. Und der Krieg ist so hart. Und die Familie ist so hart. Eine Frau und drei Töchter. Wie einsam da ein Mann wie ich ist in einem Haus, das eigentlich nur den Frauen gehört. Wo man als Mann nur geduldet ist. Weil man sie nicht versteht. Weil man ein grober Mensch sei. Kein Verständnis habe. Keine Fantasie habe. Dabei habe ich Träume … solche Träume.«

Die Herren blickten jetzt mit großer Neugier auf Pospischil, der sich schrecklich fühlte. Es war ihm alles so peinlich. Er hatte es schon als Kind in der Schule gehasst, eine Rolle zu spielen, und sei es einen der vielen Hirten im Weihnachtsspiel, wo er nicht einmal ein Wort sprechen musste. Und hier hatte er ja ganze Romane zu erzählen. Und zur Sache zu kommen, traute er sich immer noch nicht. Deswegen dieses ganze Gerede von den harten Zeiten … Aber es half ihm alles nichts, da musste er jetzt durch.

»Ich träum', bittscheen, davon, wie ich ein Knabe war. Es war Sommer, wir badeten nackt im Fluss. Die Luft war warm und weich, der Fluss umgab einen und trug einen wie eine zweite Haut, wir waren alle noch ganz schmal und ganz dünn und ganz jung. Das Leben schien so leicht, so leicht …«

Pospischil kam sich entsetzlich albern vor. Das Leben schien so leicht, so leicht … So einen Blödsinn hatte er nie gedacht. Das Leben war, davon war er überzeugt, durchgängig eine Riesenplackerei. Unterbrochen von wenigen Momenten privaten Glücks und vielen Momenten beruflicher Zufriedenheit. Aber leicht, das wusste er nach seinen vielen Dienstjahren und nach seinen vielen privaten Schicksalsschlägen, leicht war es nie.

Doch die Herren schienen seinen Blödsinn für geistreiche Nostalgie zu halten und hingen geradezu an seinen Lippen, sodass er fortsetzte: »Und da hab' ich gedacht, ich schaue hier in Wien, ob ich Bilder finde, Fotografien, die mir helfen, mir diese Zeit leichter vor Augen zu führen. Halbnackte oder nackte Knaben, grazil und unschuldig. Schön anzuschauen wie ein Kunstwerk. Ich muss Ihnen gestehen, dass ich an allen Bahnhöfen der Stadt danach gesucht habe, aber was man mir angeboten hat, war grauenhaft. Mädchen und junge Frauen, davon hab' ich z' Haus genug. Kaum Knaben, nur zwei oder drei Bilder, aber die waren nicht schön anzuschauen. Ich will ja nichts Brutales, Perverses, ich will was Scheenes.«

Pospischil hoffte, dass er nicht übertrieben hatte. Obwohl er sicher war, dass jeder, der sich solchen Schund anschaute, meinte, er sehe etwas Schönes und nichts Perverses. Er ekelte sich vor sich selbst in dieser Rolle und trank mutig einen Schluck von dem Kaffee aus der Tasse mit dem braunen Rand, die er von seinem Tisch mitgenommen hatte. Zur Strafe, dachte er. Und nicht nur die Tasse, auch der Kaffee war eine Strafe.

»Einer hat mir g'sagt, hier könnt' ich was in der Art finden, wie ich es suche. Aber bittscheen, es war doch unverschämt von mir, mit Ihnen darüber zu sprechen. Ein älterer Fabrikant aus der Provinz hier mit den vornehmen Wiener Herren? Entschuldigen Sie, dass ich Sie behelligt habe.«

Pospischil tat so, als wolle er zurück zu seinem Platz. Eine schamrote Miene aufzusetzen, das tat sein Gehirn ganz automatisch, da brauchte er seine schauspielerischen Fähigkeiten gar nicht erst auszuprobieren. So peinlich war ihm selten etwas gewesen.

Doch die Herren hielten ihn auf.

»Setzen Sie sich doch zu uns, werter Herr. Vielleicht, also *vielleicht* können wir Ihnen helfen. Nur ist das wirklich nicht billig. Sogar sehr teuer.«

Pospischil setzte sich und zog seinen oder vielmehr von Wiesingers Umschlag aus der Rocktasche. Er öffnete ihn ein wenig, sodass die Herren sehen konnten, wie wohlgefüllt der Umschlag war: »Das dürfte das Problem nicht sein.«

Die Herren beratschlagten ein wenig untereinander und riefen dann den Ober und flüsterten ihm etwas zu.

Wenig später kam dieser mit einem Umschlag zurück, auf dem eine vierstellige Zahl stand. Pospischil zog aus seinem Umschlag die gewünschte Summe, die mehr als die Hälfte seines Jahresgehalts war, und versuchte, dabei gleichmütig zu erscheinen. Hoffentlich war Herr von Wiesinger nicht verärgert, wenn er erfuhr, dass sein Geld für G'wand, Droschkenfahrten, Kaffeehausbesuche und jetzt auch noch für pornografische Fotografien ausgegeben wurde.

»Eine brandneue Serie«, sagte Hansi zu den Herren. »Die kennen Euer Wohlgeboren selbst noch nicht.« Und zu Pospischil sagte er, voller Dienstfertigkeit: »Wenn ich dem Herrn Baron wieder einmal dienen dürfte.«

Pospischil setzte noch einige tschechische Wörter für eine formvollendete Verabschiedung ein, in der Hoffnung, dass die beiden Männer so genau nicht wüssten, wie ein tschechischer Fabrikant sich zu verhalten pflegte. Und welche Floskeln er zum Abschied verwendete und welche nicht. Zumindest so wenig genau wie er selbst. Sicherheitshalber murmelte er beim Hinausgehen noch »Na shledanou*«.

---

* tschech.: Auf Wiedersehen

Vor den Fotografien grauste ihm nicht wenig. Es war inzwischen noch wärmer geworden, und er fuhr mit der Elektrischen nach Hause. Selbstverständlich rührte er den verfänglichen Umschlag nicht an, der aber in seiner Rocktasche brannte wie Feuer. Von der Haltestelle schlich er wie ein Krimineller nach Hause, immer, wenn er sah, dass jemand ihm entgegenkam, versteckte er sich mit seinem Anzug in einem Hauseingang. Daheim tobte der Franz herum, und seine Schwiegertochter bat ihn, ein wenig nach dem Kind zu sehen, damit sie allein einkaufen gehen konnte. Für den lebhaften Kleinen war das Schlangestehen immer so langweilig, dass sie ihn nur ungern mitnahm. Pospischil zog sich zunächst um und hatte Mühe, dem Franz auszureden, den neuen Rock des Großvaters anzuprobieren. Als er endlich alles im Kasten verstaut hatte, versuchte er, den frustrierten Enkel von dem ihm entgangenen Spaß abzulenken. Er schaffte es erst, als er das Billet der Elektrischen, das er als Passagier dem Enkel, der den Schaffner spielte, zur Kontrolle hinhielt. Immer und immer wieder. Am lustigsten fand das Kind dabei, dass er für seine Rolle die Gendarmenkappe des Großvaters aufsetzen durfte. Dass sie ihm immer wieder herunterfiel, schien ihn nicht zu stören.

Als seine Schwiegertochter zurück war, ging er in die gute Stube, also sein Schlafzimmer. Er holte die beiden Umschläge aus dem Rock.

Zunächst zählte er das in dem ersten Umschlag verbliebene Geld, trug die Ausgaben des heutigen Tages in ein kleines Notizbuch – die Mietdroschke, den Kaffee, die Fotografien und die Fahrt mit der Elektrischen – und berechnete die Summe, die er noch übrig haben musste. Glücklicherweise stimmte alles, sodass er den Umschlag in der Kommode verstauen konnte.

Danach öffnete er den zweiten Umschlag. Er entnahm ihm eine schlichte kartonierte Mappe, auf der mit einem gewissen kalligrafischen Anspruch *Wiener Knaben. 12 künstlerische Lichtbildstudien aus der Gegenwart* stand. Er öffnete die Flügelmappe, und seine schlimmsten Befürchtungen wurden wahr. Verschiedene Knaben, alle ungefähr zwischen zehn und zwölf Jahren, standen, saßen oder lagen in einem zugegebenermaßen kunstsinnigen Interieur, das ihn aber zunächst nicht interessierte. Die Knaben nahmen ihre meist unnatürlichen Posen mit leeren Augen ein und wirkten völlig abwesend. Je drei Fotografien gehörten zu einer kleinen Serie. Pospischil sortierte die Bilder zu vier schmalen Stapeln. Es waren also vier verschiedene Knaben abgelichtet worden. Auf den drei Fotografien der ersten Serie stand ein blondgelockter Knabe hinter einem schwarzen Stuhl, dessen Rücklehne aus drei schmalen Holzleisten bestand. Pospischil identifizierte den Stuhl sogleich als ein Erzeugnis der Wiener Werkstätte, die er so schätzte. Auf der ersten Fotografie stand der Knabe mittig hinter der Lehne, sodass nur seine schmalen Lenden rechts und links von der Mittelleiste zu sehen waren. Auf der zweiten Fotografie war er einen winzigen Schritt nach rechts getreten, sodass zwischen der mittleren und der äußeren Leiste sein kleines baumelndes Geschlechtsteil zu erkennen war. Die dritte Fotografie schließlich zeigte ihn neben dem Stuhl, dessen Lehne er nur noch als Stütze nutzte. Der arme Junge war den Augen seiner Beschauer völlig nackt ausgeliefert.

Die zweite Serie zeigte eine ähnliche Abfolge vor einem Kasten, dessen eine Tür geöffnet war und auf der ersten

Fotografie den Unterleib dieses Knaben noch völlig verdeckte. Auf der zweiten Fotografie kletterte er in den Kasten hinein, sodass sein schmales, mageres Hinterteil sich weiß von dem schwarzen Möbelstück abhob. Die dritte Fotografie zeigte ihn in dem Kasten kauernd, ein Bild des Elends, wie Pospischil fand.

Eigentlich wollte er die weiteren Fotografien gar nicht mehr sehen, aber er zwang sich dann doch zur Betrachtung der nächsten Serie. Sie präsentierte einen dunkelhaarigen, recht kleinen Jungen, der sich in der Pose eines Kunstkenners einem Bild näherte, das er frontal von vorn und dann einmal von rechts und einmal von links mit einer Lupe in der Hand ansah. Auf diese Weise war er von allen Seiten zu sehen. Jetzt erst richtete Pospischil seinen Blick auf das Bild, dem vorgeblich die Aufmerksamkeit des Kindes galt.

Pospischil ließ vor Schreck die Fotos der vierten Serie, die er noch in der Hand hielt, fallen. Fast automatisch bückte er sich, um sie aufzuheben. Doch in seinem Herzen spürte er eine Folge extraschneller und arhythmischer Schläge, die ihm große Angst einjagten. Denn das Bild, das er sah, kannte er. Es war nicht gemalt, es war gestickt, wie er wusste. Und es hing in der Wohnung von Christine Heger.

Natürlich hatte er bereits die anderen Möbel erkannt, die alle zur Produktion der Wiener Werkstätte gehörten. Eindeutig identifizierbar wurde der Raum aber erst durch das Bild, das auch auf den Fotografien der letzten Serie, die er vom Boden aufgehoben hatte, eine Rolle spielte. Der eher derb wirkende und etwas ältere Junge hielt sich nämlich eben dieses Bild auf allen drei Fotografien vor den Körper, wobei er auf jedem Bild einen anderen Teil seines nackten Leibes verdeckte.

Pospischil stopfte die Fotografien zurück in den Umschlag und suchte ein Versteck, das vor seiner Schwiegertochter und dem Franzi sicher war. Doch er mochte das *Dreckszeug*, wie er bei sich dachte, nicht in seinem Zimmer wissen. Deswegen steckte er es in die Tasche seines Uniformrocks, zog auch die Uniformhose dazu an und eilte in die Küche, um dem Kleinen die Uniformkappe zu entreißen. Dann ging er hinaus, um die Fotografien direkt zu Hadler zu bringen. Unterwegs aber schlug er rasch eine andere Richtung ein: Er wollte mit seinem neuen Wissen zunächst bei Herrn von Wiesinger vorbeigehen und alles mit ihm besprechen, bevor er die Bilder beim Inspektor abgab.

Pospischil fand nur Ada von Wiesinger und Albert vor, als er mit seinen schrecklichen Informationen in die Hietzinger Villa stürmte. Felix von Wiesinger war noch im Amt. Doch Ada bat nach einem Blick auf Pospischils erschrockenes und wütendes Gesicht Jean, ihren Mann im Amt anzurufen.

»Soll er Sie hier treffen, Herr Pospischil?«

»Nein, er soll, Entschuldigung, der Herr Hofrat möge sich bitte an den Schottenring begeben und zu Inspektor Hadler kommen. Ich werde dort auf ihn warten.«

Eine gute Stunde später saßen Hadler und von Wiesinger so entsetzt über den Fotografien wie vor einer Stunde Pospischil. Sie konnten sich kaum von dem Anblick lösen und hatten Mühe, sich auf die Erstellung eines Aktionsplans für den nächsten Tag zu konzentrieren, genauer gesagt für zwei solche Pläne, einen für Pospischil und einen anderen für die offiziellen Mitarbeiter Hadlers. Natürlich stand jetzt die Suche nach dem Fotografen des pädophilen oder besser gesagt pornografischen Schunds im Mittelpunkt, und weder Hadler noch von Wiesinger oder Pospischil zweifelten daran, dass dieser derselbe war, bei dem Helene Heger solche Bilder entdeckt hatte.

Bei seiner abendlichen Fiakerfahrt mit Sophia schwieg Hadler mehr als sonst, doch auch Sophia war sehr schweigsam. Beide blickten versonnen auf die noch kahlen Kastanienbäume, die die breite Allee säumten.

Er flog mit Schweigen
Durch flüsternde Zimmer
Und löschte im Neigen
Der Ampel Schimmer.

IV.

Am Donnerstag überstürzten sich die Ereignisse.

Es war kurz vor elf Uhr, als Hadlers Assistent ins Zimmer stürmte und aufgelöst herausstotterte, dass Julius Graf Haid sich zu ihnen begeben hätte, um einen Mord zu melden. Er hatte seine Meldung noch nicht zu Ende gebracht, als der Graf sich schon eher barsch als höflich an ihm vorbei ins Zimmer drängte.

»Sie sind Inspektor Hadler? Der mit der Causa Heger befasst ist? Sie haben doch zumindest Nachforschungen angestellt.«

»Ja, das stimmt. Und Sie sind, wie mein Assistent mir gemeldet hat, Graf Haid.«

»Ja. Julius von Haid. Entschuldigen Sie mein ungestümes Eindringen. Aber ich habe soeben die Leiche von Frau Christine Heger gefunden und bin sehr erschüttert.«

»Und wo haben Sie die Leiche aufgefunden?«

»Das ist ja das Schreckliche. In meinem eigenen Haus. Wo sie sich zu ihrem Schutz befand. Einem Schutz, den ich ihr garantiert hatte.«

»Wir müssen sofort zu Ihrem Haus aufbrechen. Unterwegs können Sie mir ja die näheren Umstände dieser Sache berichten.«

Der Graf nickte stumm und beobachtete die Vorbereitungen des Inspektors, der die ganze Maschinerie seiner Behörde in Gang setzte. Er forderte Beamten für die Sicherung der Spuren an, bestellte den Gerichtsmediziner an die ihm von Graf Haid angegebene Adresse, murmelte einige Worte zu seinem Assistenten, den er unter anderem daran erinnerte, einen Fotografen mitzunehmen. Anschließend, all diese umfangreichen Vorbereitungen hatten nur wenige Augenblicke gedauert, bat er den Grafen, mit ihm in seinem Dienstwagen zu seinem Haus zu fahren.

»Wie sind Sie eigentlich hierher gekommen?«

»Ich habe eine Mietdroschke genommen«, erwiderte der Graf und stieg in das Automobil ein. Hadler hatte sich, wie so oft, entschieden, selbst zu fahren. Er liebte das Autofahren und träumte davon, einst ein eigenes Automobil zu besitzen. Er setzte sich also ans Steuer und bemerkte, wie der Graf in den Fond des Wagens einsteigen wollte, ganz so, als sei Hadler sein Chauffeur.

»Wenn Sie, Herr Graf, hier nach vorn zu mir kommen würden?«

»Selbstverständlich. Entschuldigen Sie bitte.«

Es herrschte nur wenig Verkehr, und der Weg war nicht weit.

Trotzdem gelang es Hadler, die wesentlichen Tatsachen von dem Grafen zu erfahren, obwohl dieser nur mit Mühe seiner Erschütterung Herr werden konnte.

»Die Geschichte, die ich Ihnen zu erzählen habe, klingt sehr wirr. Aber ich versichere Ihnen, dass ich nicht mehr weiß, als ich Ihnen sage, und dass es mir in der ganzen Zeit, die Frau Heger in meinem Hause gelebt hat, nicht gelingen konnte, die Ungereimtheiten, die diese Geschichte meiner Meinung nach aufweist, aufzulösen. Frau Heger war einfach zu aufgeregt und voll panischer Angst. Ihr war jegliches Sprechen untersagt worden, deswegen fürchtete sie sich schon wegen der paar Andeutungen, die sie gemacht hatte und aus denen ich die wirre Geschichte abgeleitet habe.«

Hadler bog in die Wollzeile ein und fragte: »Und wie lautet die wirre Geschichte?«

Haid seufzte auf: »Sie muss wohl am letzten Sonntag, das war der Tag, an dem sie mit dem Nachtzug verreisen wollte, mit ihrer Tochter verabredet gewesen sein. Freitag war ja ihr letzter Arbeitstag. Wenn ich es richtig verstanden habe, wollte sie ihre Tochter vom Krankenhaus abholen und dann mit ihr in ein Restaurant zu einem frühen Abendessen gehen. Dort wollte Frau Heger ihrer Tochter einen Mann vorstellen, mit dem sie sich in der letzten Zeit angefreundet hatte. Doch das Treffen verlief nicht so, wie es sich die Mutter gewünscht hatte. Ihre Tochter nämlich meinte, in dem Mann einen *Verbrecher* zu erkennen, wie sie ihn laut und heftig beschimpfte. Ihre Mutter und der Mann konnten die Tochter nur mit Mühe aus dem Restaurant drängen, um einen größeren Skandal zu vermeiden. Doch dort habe der Mann eine Pistole aus seiner Rocktasche gezogen und beide Frauen unter Morddrohung gezwungen, ihm in seine Wohnung zu folgen. Dort habe er sie separiert. Frau Heger hörte ihn durch die geschlossene Tür einige Telefongespräche führen, später, wie er mit ihrer Tochter sprach; doch sie konnte kein Wort verstehen. Er habe dann die Tür des Zimmers, in dem sie eingeschlossen war, geöffnet und die beiden Frauen angewiesen, sich voneinander zu verabschieden. Beiden, so versicherte er, geschehe nichts, wenn sie seinen Anweisungen uneingeschränkt Folge leisteten. Er teilte Frau Heger mit, dass er ihre Tochter unter Bewachung an einen anderen Ort schicke. Sie selbst solle in ihrem Zimmer auf seine Rückkehr warten. Auch zu ihrer Beaufsichtigung habe er einen Mann im Vorraum. Er selbst habe einige Vorkehrungen zu treffen, würde aber beide Frauen noch am selben Abend über ihr weiteres Geschick informieren. Im übrigen sei er nicht der Verbrecher, als den ihn Helene erkannt haben wollte, es liege eine Verwechslung vor, der er nachgehen werde. Er bat sowohl Frau Heger als auch ihre Tochter ein letztes Mal, im Interesse des Lebens der jeweils anderen haargenau das zu tun, was er ihnen befehle. Dann habe sie ihre Tochter noch einmal umarmt und gebeten, auf keinen Fall einen ihrer spontanen Entschlüsse zu fassen, sondern zu tun, was man von ihr verlange. Danach habe er sie eingeschlossen. Viel später sei er zurückgekehrt und habe ihr versichert, dass aufgrund der Missverständnisse von ihrer Tochter große Gefahr für ihn ausgehe. Er sei aber kein Mörder und wolle sowohl ihre Tochter als auch sie weiterleben lassen, das sei allerdings hier in Wien zumindest für die Tochter, die hinter einige nicht kriminelle, aber äußerst gefährliche Geheimnisse in seinem Umkreis gekommen sei, nicht mehr möglich. Zu leicht könne sie ihn oder seine Freunde verraten und dadurch in Lebensgefahr kommen. Frau Heger habe ja mehrmals über das unbedachte und spontane Wesen ihrer Tochter geklagt. Deswegen lasse er sie aus Wien wegbringen. Er plane, sie in Deutschland auf ein Schiff bringen zu lassen, das ein möglichst weit entferntes Ziel ansteuere. Bis sie auf dem Schiff sei, müsse Frau Heger sich unauffällig verhalten, ein Blick, eine Frage, ein Stirnrunzeln könne ihren Bekannten verraten, dass sie in Sorge und Not sei. Deswegen schlage er vor, dass sie sich bei einer Freundin oder in einer kleinen Pension möglichst außerhalb von Wien verstecke, und zwar für ca. zwei Wochen. Dann solle sie zu ihm kommen, und er werde sie über das Reiseziel und den Gesundheitszustand ihrer Tochter informieren. Im übrigen aber gelte, was er auch der Tochter gesagt hätte. Der Kreis, dem er angehöre, sei weitgespannt. Wenn eine von ihnen beiden zur Polizei gehe, sei das Leben der anderen nicht mehr sicher. Die Rache würde unverzüglich erfolgen und sei nicht zu verhindern.

Ich habe keinerlei Vorstellung davon, worum es sich bei alledem handelt, mehr hat sie nie verraten. Ich habe allerdings den Verdacht, dass es in irgendeiner Weise um eine politische Geheimorganisation geht, Spionage oder Sabotage oder irgendetwas Ähnliches. Immerhin sind beide Frauen ja lange Zeit in England gewesen; Helene Heger genaugenommen fast ihr ganzes Leben lang.«

Hadler war so von der Erzählung des Grafen gefesselt, dass er nicht bemerkt hätte, dass sie inzwischen vor dessen Haus angekommen waren, wären da nicht auf der Straße bereits einige seiner Kollegen versammelt gewesen, die auf ihn warteten.

Doch bevor er ausstieg, fragte er noch: »Und wieso ist sie ausgerechnet zu Ihnen gekommen?«

»Das allerdings weiß ich auch nicht genau. Gut, wir kannten uns vom Sekretariat her, aber auch nicht besser, als sie die anderen Vereinsvorstände gekannt hat. Vielleicht hat sie einfach Zutrauen zu mir gehabt, vielleicht habe ich sie an ihren Vater erinnert oder auch an das alte Österreich, das sie vor fast 30 Jahren verlassen hat.«

Psychologisch schien Hadler diese Überlegung so einfühlsam wie schlüssig zu sein. Er hatte zwar noch viele Fragen, wollte aber zunächst die tote Frau sehen.

»Führen Sie mich bitte ins Haus«, sagte er.

Obwohl der Inspektor in seinem Leben schon viel Grässliches gesehen hatte, erschrak er beim Anblick der toten Christine Heger. Sie lag zwar friedlich vor dem Kamin in dem fast leeren Salon des heruntergekommenen Stadtpalais des Grafen, und im Kamin flackerten einige Holzscheite, aber um ihren Kopf hatte sich eine große Blutlache ausgebreitet, die dem ehemals weiß-hellgrauen, nach vielen Generationen schmutzig-dunkelgrau gewordenen Marmor des Fußbodens wohl ein bleibendes Mahnmal hinterlassen würde. Doch das war nicht das Schrecklichste, sondern die drei kleinen Stecknadeln, die wie eine makabre Brosche in ihrem Hals staken.

Es konnte kein Zweifel daran bestehen, dass ihr Tod einem Hieb mit dem eisernen Kaminhaken zuzuschreiben war, denn dieser lag blutbeschmiert auf dem Kaminsims. Ob ihr der entsetzliche Halsschmuck vor oder nach ihrem Tod verpasst worden war, konnte Hadler nicht sagen. Für den Gerichtsmediziner würde das aber ein Leichtes sein, wie er wusste. Er wies die kriminaltechnischen Assistenten, die bereits in das Zimmer drangen, an, den Kaminhaken vorsichtig zu verstauen, um eventuelle Fingerabdrücke zu sichern. Hinter dem Haken entdeckte er etwas Flaches, Metallenes. Er glaubte, eine kleine Dose, in der sich die Stecknadeln befunden haben mochten, ausgemacht zu haben, und holte sie mit spitzen Fingern herunter, denn auch auf dieser Dose konnten sich Fingerabdrücke befinden. Doch das, was er in der Hand hielt, war kein Nähutensil. Es war ein silbernes Zigarettenetui, auf dessen Deckel sich ein Wappen befand: ein über einem hohen Berg kreisender Falke.

Der Inspektor ging sofort zu Graf Haid, der, wohl um sich den erneuten Anblick der Toten zu ersparen, im Vorraum auf ihn wartete. »Haben denn die anderen Herren von *Kinderwünsche* Sie häufiger aufgesucht?«, fragte er ihn. »Nein, niemals. Doch, einmal ist Herr Pranger gekommen, um mir Unterlagen über unsere Stipendiaten vorbeizubringen. Und er ist auch nur ein paar Minuten geblieben. Aber sonst war nie einer der Herren bei mir.«

»Auch Baron von Falkenberg nicht?«

»Nein, niemals. Sie haben doch bemerkt«, setzte Graf Haid mit leiser Stimme hinzu, wobei er fast entschuldigend die Arme hob, »dass die Räume meines ehemals schönen Hauses nicht mehr sehr, wie soll ich sagen, repräsentativ sind.«

»Ja, die Zeiten sind schwierig«, entgegnete der Inspektor, wobei er sich vornahm, später darüber nachzudenken, warum er kein Mitleid mit dem Grafen empfand. »Ich muss Sie jetzt verlassen. Aber stellen Sie sich darauf ein, dass sich hier bald noch ein ganzes Heer an Fachleuten einfinden wird, ein Arzt, ein Fotograf und einige Techniker, die nach Spuren suchen werden.«

Die Verhaftung von Falkenbergs war natürlich das beherrschende Thema der Wiener Tageszeitungen. Dass der geachtete Baron nicht nur ein Mörder war, sondern auch pornografische Kinderfotografien vertrieb, war eine solche Sensation, dass sogar die Kriegsnachrichten vorübergehend in den Hintergrund traten. Die Veröffentlichung einer der Fotografien wurde, obwohl schwarze Balken das Gesicht und das Geschlecht des Knaben verdeckten, eine Sensation. Die findigen Reporter breiteten die ganze Geschichte der Familie aus: die glänzende militärische Laufbahn des Barons, sein bis heute ungebrochener politischer und militärischer Einfluss, der frühe Tod seiner Gattin, der Heldentod seines einzigen Sohnes auf dem Felde. Seine Tochter Olga stand bei der Berichterstattung im Hintergrund. Aus ihrer völlig unglamourösen Erscheinung und ihrer Lebensgeschichte, in der auch nicht der Hauch einer Romanze oder eines sonstigen Abenteuers zu finden war, konnte selbst der fantasiereichste und findigste Reporter keinen ausführlichen Bericht basteln. Während die schaurigen Ereignisse um den schurkenhaften Vater und die heldenhafte Geschichte des tapferen Sohns mit Fotografien versehen wurden, konnte man nur in Nebensätzen etwas von einer ›sich aufopfernden Tochter‹, einer ›pflichtbewussten Frau‹ und einer ›unermüdlich für die Armen sorgenden Helferin‹ lesen. Nur in einem Blatt wurde angedeutet, dass sie im Dienst für Vater, Familie und die Armen ›ihr Lebensglück‹ gefunden habe, das ihr sonst vom Schicksal verwehrt worden sei. Ada hatte großes Mitgefühl mit der Frau, die ihr immer als Inbegriff zufriedener Redlichkeit und Tüchtigkeit erschienen war. Sie überlegte sich, wie Olga von Falkenberg mit den Berichten der Sensationspresse umgehen würde. Doch die Dekuvrierung ihres Vaters würde wohl völlig in den Hintergrund treten lassen, dass sie selbst als alte und vertrocknete Jungfer, denn nichts anderes deuteten die vorgeblich lobenden Attribute an, diffamiert wurde. Ada überlegte, ob sie Olga von Falkenberg aufsuchen sollte. War ihre Bekanntschaft zu flüchtig, sodass ein Besuch als aufdringlich und übergriffig erscheinen mochte? Oder war in den Wochen, in denen sie miteinander gearbeitet hatten, eine Basis entstanden, die tragfähig genug war, dass Olga das Angebot zur Hilfe annehmen konnte? Oder zumindest als Zeichen dafür, dass sie nicht mit dem Vater in Sippenhaftung genommen würde? Sie beschloss, am Abend mit ihrem Mann darüber zu sprechen.

Inzwischen versteckte man im Hause Wiesinger jeden Zeitungsfetzen. Felix und Ada von Wiesinger hatten nämlich beschlossen, dass sie Albert erst zu gegebener Zeit über die Vorfälle informieren würden, bis dahin sollte er unbehelligt sein neues Leben führen. Da er ja den Namen seiner Mutter trug, war auch nicht zu befürchten, dass einer seiner Klassenkameraden ihn auf die Vorfälle ansprechen würde. Allerdings wollten sie Albert, der ja erst den zweiten Tag sein neues Gymnasium besuchte, in den nächsten Tagen mit dem Wagen in die Schule bringen und auch dort wieder abholen, damit er nicht auf seinem Schulweg zufällig auf einen Zeitungsverkäufer traf, der ihm ein Blatt mit der ihm bekannten Fotografie entgegenhielt. »Oder sollen wir ihn doch lieber zu Hause behalten?«, war sich Ada unsicher. »Vielleicht erwähnt einer seiner Kameraden zufällig die Angelegenheit, die doch in ganz Wien Stadtgespräch ist.«

»Meinst du nicht, dass alle Eltern genauso wie wir versucht haben, vor ihren Söhnen Zeitungen zu verbergen, in denen von Kindesmissbrauch und Mord die Rede ist?«

»Doch, eigentlich schon. Und Kinder lesen ja sowieso sehr selten Zeitungen. Du hast recht, wir sollten es riskieren.«

Noch wussten sie nicht, ob Falkenberg der Mann war, den Albert für seinen Großvater hielt. Zwar hatte Sophia inzwischen auch den Bericht über Alberts Vorstellung bei der Kommission herausgekramt, aber dessen Aussagen waren nicht eindeutig. Es war eine Prämisse des Vereins, dass neben zwei oder drei Vorständen immer auch zwei oder drei der Mäzene anwesend waren. In Alberts Fall war von

Falkenberg zwar anwesend gewesen, aber außer ihm noch Pranger, Kaiser und zwei weitere Männer, deren Unterschrift unter dem Gesprächsprotokoll Sophia nicht entziffern konnte. Beide Namen aber waren adlig. Ada wollte Alberts Eingewöhnungsprozess in ihrem Haus nicht durch direkte Fragen gefährden.

Aber natürlich war das Risiko zu groß gewesen. Ada und Felix von Wiesinger hatten die Neugier von Jungen und ihre seismographische Wahrnehmungsfähigkeit von sexuellen Abnormitäten unterschätzt. Und nicht jeder der Gymnasiasten des Schottenstifts wurde von Vater oder Mutter in die Schule gebracht, sodass so mancher auf dem Schulweg mit dem Geschrei der Zeitungsverkäufer oder in der Elektrischen mit der Zeitungstitelseite lesender Passagiere konfrontiert geworden war. Und natürlich wurden in der Pause anrüchige Einzelheiten durchdiskutiert, mehr auf Grundlage pubertärer Phantasie als auf der von Fakten.

Und so erkannte Ada, die Albert mit einer Mietdroschke abholte, schon an seinem Gang, seinen gebeugten Schultern und seinem zu Boden gewandten Blick, dass da etwas ganz und gar nicht so gelaufen war, wie sie es sich erhofft hatten.

Zu Hause rief sie ihren Mann im Amt an, was sie nur in allerdringendsten Notfällen zu tun pflegte. Dieser versprach ihr, baldmöglichst nach Hause zu kommen und mit Albert zu sprechen. Bis dahin ließ Ada Albert in der Bibliothek herumkramen, was er sowieso am liebsten tat, setzte sich aber mit einer Handarbeit auch hinein. Sie stichelte ein wenig auf ihrem Stoff herum, ohne dass ihre Arbeit irgendeinen ersichtlichen Fortschritt nahm. Das bemerkte trotz seiner trüben Stimmung auch Albert, der ihr irgendwann die Stickerei aus der Hand nahm und sagte: »Ada, in hausfraulichen Dingen bist du nicht so recht bewandert, nicht wahr? Ich dachte immer, das könnten alle Frauen.«

»Die meisten«, sagte Felix von Wiesinger, der bei diesem Satz Alberts die Tür geöffnet hatte. »Aber sie kann dafür ganz viel, was andere Frauen überhaupt nicht können.«

Ada hätte gerne gewusst, was das denn sein könnte. Denn eigentlich hatte sie nie im Leben irgendetwas *besonders gut* gekonnt. Sich gut anziehen, ja, aber das war ja nicht wirklich wichtig. Ein wenig charmant plaudern, ja, aber wer konnte das denn nicht?

Felix von Wiesinger setzte sich zu seiner Frau und zu Albert und erklärte einfühlsam und ohne etwas zu verschweigen, welches Delikts Clemens von Falkenberg verdächtigt wurde. Albert hörte genau zu, sagte aber selbst kein Wort.

»Du wirst jetzt über all das nachdenken, was ich dir gesagt habe. Falls du noch Fragen hast, kannst du jederzeit zu uns kommen«, sagte Felix von Wiesinger und schnitt dann ein anderes Thema an.

Über ähnliche Fragen sprach am frühen Nachmittag auch Hadler mit den fünf Jungen, die sich in dem temporären Internat von *Kinderwünsche* aufhielten.

Doch vorangegangen war ein arbeitsintensiver Tag, der mit langwierigen Befragungen des Barons begonnen hatte. Von Falkenberg wollte ihm zwar bei der Einvernahme zunächst dieselbe Geschichte erzählen wie damals im Amtszimmer des Direktors des AKH, doch Hadler hatte mehr Argumente als der Erstbefrager, um von Falkenberg dazu zu bringen, seine Aussage noch einmal zu überdenken. Allein schon die Fülle der ihm zu Last gelegten Verbrechen machte von Falkenberg Ausflüchte unmöglich. Dabei erschien Hadler der Mord an Christine Heger, eventuell auch an ihrer Tochter Helene, fast schon bewiesen, doch noch wollte er das Ergebnis der gerichtsmedizinischen Untersuchungen abwarten. Deswegen konfrontierte er den Baron zunächst mit den Vorwürfen des Handels mit pornografischen Aufnahmen von Kindern und der Vergewaltigung eines der ihm anvertrauten Knaben. Doch von Falkenberg stritt alles ab und hielt sich immer noch gerade. Er gab natürlich zu, das Kind ins AKH gebracht zu haben. Er gab genauso aufrichtig zu, dass die Zigarettendose mit dem Familienwappen ihm gehöre, und er bekräftigte diese Aussage sogar noch mit der Zusatzinformation, dass es sich dabei um ein Unikat handle, die Sonderanfertigung eines renommierten Silberschmieds. Allerdings sei es ihm vor kurzer Zeit abhandengekommen. Und er gestand als Drittes, quasi freiwillig, dass er Frau Heger und ihre Tochter an dem betreffenden Abend vor dem Krankenhaus gesehen hatte.

Und als Folge der immer wieder gleichen Frage Hadlers, wo er den Knaben aufgefunden habe, gestand er schließlich noch ein Viertes ein: »Nun gut, ich muss einiges an meiner Darstellung korrigieren.«

Der Inspektor forderte ihn nur mit einem Hochziehen der Augenbrauen zu dieser Richtigstellung auf.

»Das Entsetzliche ist, wo ich den Jungen gefunden habe. Bis auf den Fundort jedoch stimmt meine Darstellung. Ich traf gegen 17.30 Uhr im Verein ein und hörte zu meiner Überraschung ein heftiges Getuschel auf der Stiege. Ich ging dem nach und sah vier unserer fünf Jungen auf der Treppe sitzen. Sie berichteten mir, dass sie ein seltsames Wimmern gehört hätten, und zwar aus einem der Hotelzimmer. Sie wüssten jetzt nicht, was sie tun sollten. Der Hauslehrer sei bereits gegangen, und die Hausdame sei auch noch einmal kurz in der Stadt unterwegs, um etwas zu erledigen. Ich fragte nach dem fünften Jungen, woraufhin sie unter Zaudern verrieten, dass dieser nach der Schule noch nicht nach Hause gekommen sei. Ich sagte ihnen, dass ich mich um die Sache kümmern würde und scheuchte sie wieder zurück in den zweiten Stock. Ich war sehr aufgebracht. Wir stellen manchmal unsere Zimmer auswärtigen Spendern zur Verfügung, und dabei mussten wir schon das eine oder andere Mal feststellen, dass unsere Gäste ihren Aufenthalt in Wien nicht nur für geschäftliche oder kulturelle Zwecke nutzten. Was ich meine, ist, dass es schon vorgekommen ist, dass einer der Herren jemanden – ich meine eine Frau – mit ins Zimmer genommen hat. Das ist natürlich nicht gestattet. Etwas Ähnliches vermutete ich auch jetzt und klopfte energisch an die mir von den Knaben gezeigte Tür. Als keine Reaktion erfolgte, öffnete ich einfach – und da sah ich unseren Knaben nackt und blutend auf der Decke liegen. Er schaute mich verzweifelt an, sagte aber nichts. Ich wickelte ihn in die Decke und brachte ihn unverzüglich ins AKH. Ich war der Ansicht, dass ich ihm auf diese Weise raschere Hilfe verschaffen konnte, als wenn ich nach einem der mit uns zusammenarbeitenden Ärzte gerufen hätte. Außerdem hatte ich Angst um das Ansehen unseres Vereins. Ich hoffte auch, so unseren Namen rein halten zu können. Deswegen habe ich dann auch einen falschen Fundort genannt und alles getan, damit die Angelegenheit nicht bekannt wird. Natürlich habe ich bei uns nachgeforscht, wer das betreffende Zimmer für die Nacht gemietet hatte. Das allerdings ist mir nicht gelungen, denn eine Vergabe des Zimmers war unerklärlicherweise nirgendwo verzeichnet. Meine Kollegen habe ich selbstverständlich über alles informiert und sie teilten meine Ansicht, dass strikte Geheimhaltung der Orientierungsrahmen für unsere nächsten Schritte sein sollte.«

Nach der Einvernahme des Barons hatten sich vornehme Herren in Hadlers Dienstzimmer die Türklinke in die Hand gegeben. Zunächst waren es hochgestellte Persönlichkeiten aus allen gesellschaftlichen Bereichen, die von Falkenberg ein Leumundszeugnis ausstellen wollten. Natürlich sei er nach dem *Heldentod* seines Sohnes nicht mehr derselbe gewesen und habe gebrochen gewirkt. Aber dadurch sei sein Charakter doch eher noch lauterer geworden, was man daran sehen könne, dass er seine ganze Kraft der Wohltätigkeit gewidmet hatte. Dann kamen hohe Beamte, ein Staatsanwalt, ein Richter. Zum Schluss war sogar der Polizeipräsident selbst erschienen. Mit dem wechselte ein normaler Beamter während seiner ganzen Dienstzeit meist kein Wort, weil sich dieser ›dem übergeordneten Ganzen‹, ein Begriff, den er auch Hadler gegenüber mehrfach erwähnte, widmete. Und ›das übergeordnete Ganze‹ schien es erforderlich zu machen, dass man von Falkenberg nach einer neuerlichen Einvernahme entlasse. Der Präsident gebärdete sich, als sei nicht nur das Kaiserreich, sondern auch der glückliche Ausgang des Kriegs durch ihn, Hadler, in Gefahr geraten: durch seinen Übereifer, durch schlechte Ratgeber, durch mangelnde Kenntnis gesellschaftlicher Verflechtungen, durch fehlende Menschenkenntnis und völlige Verkennung aller Zusammenhänge, ja durch bedauerliche kriminalistische Unfähigkeit. Er hatte bereits den Assistenten des Inspektors befragt und diesem entlockt, dass dieser zwei Arbeitstage damit verbracht hatte, angesehene Wiener Familien nach ihren Adoptivkindern zu befragen, zur größten Befremdung der meisten dieser Familien. Dies deckte sich damit, dass er selbst einige entsprechende Anrufe erhalten hatte. Außerdem wusste der Präsident, dass ein einfacher Gendarm, der eigentlich sogar schon pensioniert sei, mit ihm diese diffizilen Ermittlungen durchgeführt hatte, und er fragte Hadlers Assistenten, auf wessen Veranlassung hin dies geschehen sei. Glücklicherweise hatte der Inspektor seinem Assistenten alles Weitere, ja, alles Entscheidende, verschwiegen, kannte er doch aus langer und leidvoller Erfahrung dessen simplen und überall mit Stentorstimme vorgetragenen Schlussfolgerungen. Herr von Wiesinger war ihm nicht vorgestellt worden, und auch von seiner Zusammenarbeit mit von Wiesingers Tochter wusste er nichts. So konnte er dem Polizeipräsidenten nur die Indizien vortragen, die den Verdacht gegen von Falkenberg erhärteten, wobei insbesondere das Zigarettenetui eine entscheidende Rolle spielte. Dagegen konnte auch der Polizeipräsident nichts vorbringen; er verlangte allerdings, bei der nächsten Einvernahme nicht nur zugegen zu sein, sondern diese unverzüglich durchzuführen. Das war natürlich kontraproduktiv für Hadlers Konzept, hatten sich doch in der Zwischenzeit keinerlei neue Anhaltspunkte ergeben. Nur mit äußerstem Einsatz gelang es Hadler, dem Polizeipräsidenten klar zu machen, dass eine neue Vernehmung frühestens am nächsten Tag durchgeführt werden könnte, wenn neue Erkenntnisse, auch bezüglich der Fingerabdrücke, vorlägen. So hatte er zumindest eine Verschnaufpause erreicht, die ihm allerdings sehr knapp bemessen schien. Immerhin hatte ihm der Polizeipräsident jegliche Unterstützung zugesichert, die zunächst ganz konkret darin bestand, dass er ihm vier zusätzliche Beamten zur Aufklärung zuweisen ließ. Darüber hinaus solle er sich aller Ressourcen bedienen, derer er bedürfte.

Hadler musste sich etwas unfroh eingestehen, dass der Tag ihm kein Mittagessen mit seiner Vermieterin erlauben würde. Er wusste, dass der heutige Tag sich als der letzte vor seiner beruflichen *Hinrichtung*, also das Ende seines raschen Aufstiegs, erweisen könnte.

Hadler verabschiedete sich von Pospischil und rief alle seine Mitarbeiter zusammen; auch die neu mit dem Fall betrauten Männer waren bereits informiert. Sie alle galt es einzuweisen. Er legte für die Weiterarbeit drei Hauptrichtungen fest. Die erste war es, den Fotografen aufzufinden, bei dem Helene ihr Handwerk gelernt hatte. Die zweite war, minutiös den Tag des Mordes zu rekonstruieren. Jeder Schritt von Falkenbergs musste nachvollzogen werden. Die dritte war, mit dem Knaben zu sprechen, den Falkenberg ins Krankenhaus gebracht hatte und der inzwischen wieder der Obhut von *Kinderwünsche* unterstellt war. Natürlich auch mit den anderen Knaben, die in dem schönen Haus in der Magdalenenstraße untergebracht waren. Die meisten der Beamten wies er der ersten Gruppe zu. Er machte ihnen klar, dass sie sich ohne den Fotografen gar nicht erst zurücktrauen sollten. Sie müssten ein vor Kurzem geschlossenes Fotoatelier in Favoriten, so viele könne es ja dort nicht geben, finden, dann jeden Bewohner des Hauses, in dem sich dieser Laden befand, befragen, jeden Bewohner der umliegenden und gegenüberliegenden Häuser, jeden Ober und jeden Stammgast der Beisel und Kaffeehäuser in der Nähe. Für die zweite Gruppe sah er zwei der neu zugeteilten Beamten vor, die er als äußerst zuverlässig und erfahren kannte. Die dritte Aufgabe wollte er selbst übernehmen. Da er vielleicht jemanden brauchen könnte, der Notizen machte, ließ er nach dem jungen Beamten schicken, der das erste Gespräch mit dem vergewaltigten Knaben geführt hatte. Sein Assistent reagierte beleidigt darauf: »Und was soll ich tun? Bin ich nicht derjenige, der Sie zu begleiten hätte?«

Hadler löste die Anspannung seines Adlatus schnell auf: »Haben Sie nicht gesehen, welche Personen heute hier bei uns gewesen sind?«

»Ja, sogar der Polizeipräsident. Ich kenne ihn übrigens persönlich, er ist ein Bekannter meines Vaters.«

Das wunderte Hadler nicht wirklich. Sehr unvermittelt, aber für seinen Assistenten sofort verständlich, murmelte er leise und wie verschwörerisch:

»Und da braucht es doch hier im Büro jemanden, der weiß, wie diese Herrschaften zu begrüßen sind und wie man nach ihrem Anliegen fragt, oder?«

»Sie können sich diesbezüglich voll auf mich verlassen, Herr Inspektor.«

Der junge Polizist, der ihn zur Befragung der Knaben begleiten sollte, war ein bescheidener und recht blasser junger Mann namens Hausdorfer, der sich sofort ohne Ziererei oder auch nur das leiseste Anzeichen von scheinheiliger Unterwürfigkeit für das Vertrauen bedankte, das der Inspektor ihm entgegenbrachte. »Ich habe die Geschichte gar nicht mehr aus dem Kopf bekommen. Und deswegen bin ich sehr dankbar, dass ich bei der weiteren Arbeit zur Aufklärung der schrecklichen Vergewaltigung hinzugezogen werde.«

Im Büro des Hauses wurden sie von Sophia empfangen. Keiner der Vorstände war anwesend, und Hadler sah, dass Sophia sich mit der Durchsicht verschiedener Akten beschäftigte. Er stellte sich und seinen Kollegen in aller Form vor, schließlich sollte seine enge Beziehung zu Sophia geheim bleiben. Sophia wirkte wie immer sehr professionell und ruhig. Sie trug ein graues Kostüm und eine weiße Bluse und wirkte darin wie das Musterbild einer eleganten Vorzimmerdame. Sie war nicht geschminkt und trug bis auf eine schmale dunkelrote Granatbrosche am Revers ihrer Jacke keinen Schmuck. Dass das das Besondere an Sophia war, hatte Hadler schon vor Jahren, als er sie kennengelernt hatte, bemerkt: Sophia wirkte vornehm, aber völlig unauffällig. Beide Merkmale hatten sich nun, da sie eine junge Frau war, verstärkt. Ihre Vornehmheit, normalerweise ein Ergebnis sorgfältiger Kleidung und perfekten Verhaltens, wirkte gleichsam natürlich, wie eine angeborene Charaktereigenschaft. Und wenn man ihr unauffälliges Gesicht eingehender betrachtete, konnte man nicht mehr verstehen, wie man zu diesem ersten Eindruck gekommen war. Ihr Gesicht war ebenmäßig, ihr Teint glatt und makellos. Ihre hellgrauen Augen schauten jeden offen und so unverstellt an, dass man ihr automatisch Vertrauen entgegenbrachte. Hadler bemerkte, dass auch sein Kollege Hausdorfer seinen ersten Eindruck schon revidiert hatte, denn er konnte den Blick kaum von Sophia abwenden.

»Wir möchten mit dem Jungen sprechen, der im Krankenhaus war.«

»Mit Paul«, sagte Sophia. »Ich werde ihn sofort herunterholen. Vielleicht ist ein Gespräch hier im Büro entspannter als oben in seinem Zimmer? Ich könnte Ihnen aber auch das Restaurant anbieten; es ist um diese Zeit ganz leer, das Mittagessen ist vorbei. Der Koch bereitet schon das Abendmenu vor und macht Ihnen gewiss eine Tasse Kaffee. Sie sehen beide so aus, als könnten Sie einen brauchen.«

»Das wäre wunderbar«, stimmte Hadler zu, und auch Hausdorfer nickte.

»Später müssten wir auch mit den anderen Knaben sprechen, die bei Ihnen leben.«

»Selbstverständlich. Kann ich Ihnen sonst noch behilflich sein?«

»Im Augenblick nicht. Aber später möchten wir uns kurz mit Ihnen über den Tag der Ermordung von Frau Heger unterhalten. Sie sind doch sicherlich informiert darüber.«

»Natürlich. In den Zeitungen wird ja kaum mehr über etwas anderes geschrieben. Sogar die Kriegsberichterstattung ist in den Hintergrund getreten. Heute Vormittag haben sich hier Menschen die Klinke in die Hand gegeben, die einfach nur neugierig waren oder besorgt oder irritiert, teilweise haben sie ihr Vertrauen zu Herrn von Falkenberg ausgedrückt, andere wiederum wollten von der Liste der Förderer gestrichen werden. Nachmittags ist ja das Büro normalerweise geschlossen, deswegen ist es jetzt so ruhig hier. Ich bin nur hier geblieben, weil so viel Post gekommen ist. Schauen Sie einmal auf diesen Stapel dort auf dem Tisch. Ich möchte ihn heute noch bearbeiten, denn es ist nicht damit zu rechnen, dass die Lage sich bis morgen beruhigt hat.«

Hadler und Hausdorfer standen auf.

»Ich bringe Sie jetzt zum Restaurant und bestelle Ihnen einen Kaffee. Vielleicht gibt es ja auch noch eine Mehlspeise. Und dann hole ich Ihnen den Paul herunter.«

Wenig später genossen Hadler und Hausdorfer einen wirklich erstklassigen Kaffee. »So einen habe ich schon lange nicht mehr getrunken«, flüsterte Hausdorfer dem Inspektor zu. Und dann setzte er lauter hinzu: »Meinen Sie nicht, dass es für den Jungen vielleicht leichter wäre, mit uns zu sprechen, wenn eine vertraute Person bei ihm ist? Und Frau Sachtl scheint ihn zu kennen. Ich würde die Hand dafür ins Feuer legen, dass sie vertrauenswürdig ist. Oder ist das kriminalistisch gesehen kein Kriterium, die eigene Einschätzung eines Menschen? Aber vielleicht sollten wir sie doch bitten, bei uns zu bleiben?«

Hadler dachte nach: »Wird es ihm nicht noch peinlicher sein, vor einer Frau zu sprechen?«

Hausdorfer warf ein: »Aber eine Frau war es nicht, die ihm das angetan hat.«

Hadler nickte. Vielleicht sollte er Hausdorfers Vorschlag folgen.

Sophia brachte Paul herein. Der Junge sah verängstigt zu Boden.

Hadler sagte: »Frau Sachtl wird sich zu uns setzen und uns beim Gespräch helfen. Dir geht es schon wieder besser, hoffe ich?«

Paul nickte.

Sophia sagte: »Paul, das sind der Inspektor Hadler und der Herr …«

Paul unterbrach sie: »Den kenne ich schon. Vom Krankenhaus.«

»Ja, das ist Herr Hausdorfer.«

»Was wollen die beiden von mir?«, wandte sich Paul direkt an Sophia.

»Nun, sie wollen natürlich wissen, wer dir das angetan hat, damit er bestraft werden kann.«

»Das hilft nichts.«

»Wie meinst du das?«

»So was kommt halt vor.«

»Nein, Paul, so etwas darf nicht vorkommen. Das verstößt gegen unsere Moral und unsere Religion und unsere Gesetze, verstehst du?«

»Schon, aber manche Dinge sind, wie sie sind.«

»Und wie sind sie?«

»Schrecklich.«

Paul verstummte wieder.

»Gibt es solche Dinge denn häufiger?«, begann Sophia erneut die vorsichtige Unterhaltung.

Paul nickte wieder.

Sophia schob ihm ein Glas Milch hin, das inzwischen aus der Küche gebracht worden war.

»Hier?«

»Nicht nur.«

»Aber warum tun Menschen so etwas?«, fragte Sophia den Jungen, als könne er ihr diese Frage wirklich beantworten.

»Man muss dankbar sein«, sagte Paul ergeben.

Hadler hatte plötzlich ein Bild im Kopf, in dem ein spendenfreudiger Mann ein nacktes und wehrloses Kind auf seinen Schoß zog und ihm zuflüsterte, es solle doch ein bisschen dankbar sein für alles, was für es getan werde.

»Dankbar?«, wiederholte Sophia.

»Ja. Dankbar. Und ein bisschen lieb.«

Hadler konnte den gequälten Blick des Knaben kaum mehr ertragen, und auch in Sophias Gesicht war das tiefe Mitgefühl mit dem Kind deutlich zu sehen.

Sie lenkte ab: »Weißt du noch, wie du mir gestern im Büro geholfen hast?«

Paul nickte, und Sophia wandte sich erklärend an die beiden Männer: »Paul ist die ganze Woche noch von der Schule beurlaubt. Aber er hat mir gestern im Büro geholfen. Wir haben da einen Ordner mit all den Sachspenden, die für unser Kinderfest angeboten worden sind. So viele, dass man glatt die Übersicht verlieren könnte. Und Paul hat eine Liste angelegt, in der er alles aufgeschrieben hat.«

Paul korrigierte, fast ein wenig stolz: »Ich habe sie getippt. Auf der Schreibmaschine.«

»Ja«, sagte Sophia. »Da hast du mir wirklich viel Arbeit abgenommen. Und hast du gesehen, wie viele verschiedene Leute uns ihre Angebote gemacht haben? Meinst du, denen muss man allen dankbar sein, so wie du es beschreibst?«

Paul schüttelte den Kopf: »Natürlich nicht. Darum geht es nicht. Es geht nur um die Stipendiaten.«

Hadler nickte Sophia zu, um ihr zu signalisieren, dass sie das Gespräch zu Ende bringen solle, um den Jungen nicht länger zu quälen. Sophia verstand sein Zeichen und sagte zu Paul: »Wir wollen dich jetzt in Ruhe lassen, Paul. Aber überlege dir, ob du uns nicht doch sagen kannst, wer es war, der das mit dir gemacht hat.«

Paul schüttelte voll Panik den Kopf: »Das darf ich nicht. Sonst ist alles aus …«

»Gut, Paul. Du hast jetzt einfach zu viel Angst. Aber etwas noch. Du weißt, dass jemand verhaftet worden ist? Der dir dann doch nicht mehr gefährlich werden kann?«

»Nein, das weiß ich nicht. Ich war doch im Krankenhaus. Und ich bin erst gestern wieder hierher gekommen.«

»Er ist gestern Abend erst verhaftet worden.«

»Deswegen haben's die anderen auch noch nicht gewusst? Aber ich habe sie vorhin von der Schule kommen hören, da werden sie es inzwischen wissen.«

»Da bin ich sicher. Aber du musst dich doch dann auch nicht mehr fürchten.«

»Wenn es nur einer wäre, Frau Sachtl!«

»Es sind viele?«

»Ja, einige. Und welcher …«

»Welcher verhaftet wurde, meinst du?«, fragte Sophia.

»Ja.«

»Es ist der Herr von Falkenberg.«

Paul schien verwirrt: »Aber der … der hat doch gar nichts damit zu tun. Der hat mich doch sogar gerettet.«

Hadler erbleichte. Sophia mochte die überraschende Wendung kaum glauben. Konnte man dem Jungen Glauben schenken, der den Männern, die er für seine Gönner hielt, in einem Gefühlswirrwarr von erpresster Dankbarkeit, Abhängigkeit, Scham und Hass ausgeliefert war? Würde er seinen Peiniger, den zu verraten er nicht imstande war, sogar decken?

Sophia sagte zu Paul, er solle jetzt wieder in sein Zimmer gehen und sich ausruhen. Das sei alles viel zu anstrengend für ihn. Hadler und Hausdorfer fragte sie, ob sie die andern Jungen getrennt oder gemeinsam herunterbringen solle.

»Gemeinsam«, entschied Hadler.

Hausdorfer machte sich wie wild Notizen. »Ich wollte den Jungen nicht nervös machen, indem ich jedes Wort, das er sagt, gleich aufschreibe, als sei er ein Verbrecher«, erklärte er dem Inspektor. Als er fertig war, sagte er zu ihm: »Das hätte ich nie aus dem Jungen herausgebracht. Bei mir hat er ja kein Wort gesagt. Die Frau Sachtl hat ja eine geradezu psychologische Ermittlungstechnik.«

»Ja, da können wir noch etwas lernen«, stimmte Hadler in das Lob ein.

Die vier Jungen kamen zögernd die Treppe hinunter. Der Inspektor erkannte auf den ersten Blick einen von ihnen als einen der sogenannten *Wiener Knaben* aus den Lichtbildern. Er bat Hausdorfer, das Gespräch zu übernehmen, und vernahm eine Geschichte, die der, die von Falkenberg zu Protokoll gegeben hatte, in allen Einzelheiten entsprach. Die Jungen waren sehr aufgeregt, weil sie natürlich von den Zeitungsausrufern auf dem Schulweg von der Verhaftung von Falkenbergs gehört hatten. Sie beteuerten, dass Falkenberg nie einem von ihnen etwas angetan hätte, und ergingen sich im übrigen in vorsichtigen Andeutungen, die sich in etwa mit den Angaben Pauls deckten. Hadler und Hausdorfer ließen sich ganz genau zeigen, wo sie sich an dem betreffenden Spätnachmittag versammelt hatten, von wo her sie das Wimmern gehört hatten, von wo Herr von Falkenberg gekommen sei und was er zu ihnen gesagt habe. Ihre Aussagen bestätigten die Geschichte, die von Falkenberg zu Protokoll gegeben hatte.

Als sie gehen wollten, bat Hadler den *Wiener Knaben*, noch kurz zu bleiben. Er hatte das Kuvert noch in seiner Rocktasche, weil auch er sich gescheut hatte, die Lichtbilder auf oder in seinem Schreibtisch im Büro liegen zu lassen. Er entfaltete die Mappe und entnahm ihr eines der drei Bilder, die den Knaben zeigte. Er wählte mit Bedacht dasjenige aus der Serie, das den Jungen am wenigsten nackt zeigte. Er hielt es ihm vor die Augen.

Der Junge wurde schamrot. Er starrte auf die Tischdecke und saß völlig reglos.

»Das bist du doch?«, sagte Hadler. Er versuchte, dem Kind die Befangenheit zu nehmen. »Du musst dich nicht schämen. Du bist doch bestimmt gezwungen worden, dich so fotografieren zu lassen. Und deswegen trägst du keine Schuld daran.«

Der Junge schwieg.

Hausdorfer griff den Faden auf: »Schämen muss sich nur der, der dich dazu gebracht hat.«

Der Junge war völlig verzweifelt. Aber er traute sich offensichtlich nicht, etwas zu sagen.

Hadler und Hausdorfer mussten einsehen, dass sie hier nicht weiterkamen und den Jungen nur quälten. Deswegen stellten sie die Befragung ein.

Sie verließen das Restaurant und klopften im Büro, wo Sophia bereits wieder an der Arbeit saß. Paul war bei ihr und klebte Briefmarken auf adressierte Umschläge. »Er wollte nicht in sein Zimmer, sondern mir lieber ein wenig helfen«, sagte Sophia. »Aber wenn ich gehe, Paul, dann legst du dich hin. Das versprichst du mir.« Paul nickte.

Sophia schaute auf die Pendeluhr, die in der Ecke des Büros stand. Es war schon vier Uhr. Sie blickte Hadler an und zeigte mit einer leisen Frage in den Augen unauffällig fünf Finger in die Höhe. Hadler, der noch in seine Dienststelle gehen musste, um herauszufinden, ob die Nachforschungen seiner Männer etwas ergeben hatten, schüttelte den Kopf und zeigte sechs Finger, um ihr anzudeuten, dass ihr heutiges *Rendezvous*, wie er ihre Fiakerfahrten im Prater bei sich nannte, verschoben werden musste. Sie nickte.

Auf dem Rückweg sagte Hausdorfer zögernd: »Kannten

Sie Frau Sachtl schon vorher? Das wirkte wie ein Geheimzeichen, das Sie mit ihr ausgetauscht haben.«

Hadlers Respekt vor dem bleichen jungen Mann wuchs.

Um sechs Uhr fuhr Hadler mit dem geschlossenen Fiaker am Praterstern vorbei, ließ den Kutscher anhalten, und die schon wartende Sophia stieg ein.

Er hatte ihr wirklich etwas Aufsehenerregendes zu berichten: Seine Männer hatten herausgefunden, wo der Fotograf wohnte. Zwar hatten sie ihn noch nicht aufgreifen können, aber das war nur noch eine Frage der Zeit. »Wir werden spätestens morgen wissen, wer den Fotografen beauftragt hat, diese Lichtbilder zu machen. Und dann wird sich alles klären.«

Sophia hatte im Vergleich dazu nur wenige Neuigkeiten. Die eine stand im Widerspruch zu den entlastenden Aussagen der Kinder. Sie hatte im sorgfältig geführten Kassenbuch regelmäßig hohe, nicht spezifizierte Arztrechnungen für einen Professor gefunden, der im AKH praktizierte und lehrte. Sie kannte ihn sogar, es war der Mann ihrer Tante Helene, der Primarius in Maschas Abteilung. Ihr Vater sollte einmal mit ihm darüber sprechen, schlug sie Hadler vor, vielleicht wisse ja auch Mascha etwas darüber. Schließlich sei es ja bekannt, dass ein Chefarzt häufig private Behandlungen abrechne, die seine Assistenzärzte durchführen. Aber das wisse sie eigentlich nicht so genau. Wahrscheinlich sei es im Augenblick auch nicht so wichtig. Auf jeden Fall habe von Falkenberg sämtliche dieser Überweisungen getätigt.

»Der Fall wird zu undurchsichtig«, klagte Hadler. »Und unser Wissen tragen wir nicht konzentriert genug zusammen. Zum Beispiel hat der Herr Pospischil mehr an

Erkenntnissen zusammengetragen als meine Männer, dabei ist er offiziell mit gar nichts betraut und auch schon im Ruhestand. Aber ich konnte ihm heute nicht alles erzählen, was wir herausgefunden haben. Und Ihr neues Wissen kennt er auch noch nicht. Ich würde ihn gern aufsuchen, aber ich weiß nicht einmal genau, wo er wohnt. Irgendwo in der Leopoldstadt. Aber die ist groß.«

»Da kann ich Ihnen helfen«, lächelte Sophia. »Und wir würden ihm bestimmt eine große Freude machen, wenn wir ihn im Fiaker abholen und irgendwo hier im Prater mit ihm nachtmahlen.«

»Das würden Sie tun? Sie würden mir eine große Freude machen. Und dem Herrn Pospischil auch«, sagte Hadler.

»Aber gern«, sagte sie. »Ich bin ja in der glücklichen und privilegierten Situation, dass ich so viele Helferinnen habe, die während meiner kurzfristigen Mission meinen Sohn beaufsichtigen und hegen und pflegen und vor allem lieben, dass ich mir kein schlechtes Gewissen machen muss, wenn ich Ihnen und dem Herrn Pospischil die Freude mache.« Hadler wunderte sich, wie fröhlich Sophia war, obwohl so viel Schreckliches passiert war und sie mit so viel Grauen konfrontiert wurde. Oder gab sie sich nur so?

Sophia kam sehr spät nach Hause an diesem Tag. Anna und ich hatten schon längst gegessen und unseren Haushalt gemacht. Karl, der von Jean kurz vor dem Nachtmahl nach Hause gebracht worden war, schlief fest, satt von den vielen Leckereien, die ihm von der Köchin im Hause Wiesinger zugesteckt worden waren, und müde von den vielen Spielen, mit denen Ada und Albert ihn beschäftigt hatten. Anna ging früh in ihr Zimmer, weil sie noch einen langen

Brief schreiben wollte. Es war eine Freude, sie so glücklich zu sehen.

Aber ich versuche, mich vor mir selbst zu verstecken. Da schreibe ich über Sophia, über Karl, über Anna, nur um nicht das aufschreiben zu müssen, was ich schon bei meinem letzten Eintrag nicht vermocht habe.

Ich habe ihn also aufgesucht. Was heißt: aufgesucht? Eigentlich wollte ich ihn stellen, so wie Pospischil einen fliehenden Verbrecher stellen würde. Ihn stellen und ihm sagen, wessen ich ihn anklage. Der Lüge. Des Verrats. Der Ausnutzung des immer noch kindlichen Zutrauens einer erwachsenen Frau. Und dann wollte ich ihn nicht nur anklagen, sondern verurteilen. So heftig und leidenschaftlich, dass er vor Scham auf seine Knie fallen und mich um Vergebung anflehen würde. Die ich ihm aber nicht gewähren würde.

Hadler war froh, dass er noch den Kopf auf seinen Schultern hatte, als der Polizeipräsident mit ihm fertig war. Er hatte von Falkenberg noch in der vorigen Nacht, nach seiner Fiakerfahrt im Prater und einem ausführlichen Gespräch mit Pospischil und Sophia in einem ruhigen Praterbeisel, aus der Haft entlassen, obwohl er, verstärkt durch Sophias Beobachtungen über die seltsamen Überweisungen Falkenbergs, überzeugt davon war, dass Falkenberg im Rahmen seines exklusiven karitativen Vereins Aktivitäten entfaltet hatte, die von den wohltätigen und idealistischen Zielformulierungen weit entfernt waren. Doch es gab inzwischen keinen Grund mehr, von Falkenberg länger zu befragen, umso mehr, als er in seinem Büro endlich die Ergebnisse der Laboranalysen vorfand, die besagten, dass das Kaminbesteck des Grafen Haid völlig frei von Fingerabdrücken war.

Der Polizeipräsident hatte ihn nicht nur der Unfähigkeit bezichtigt, sondern ihm auch jeglichen Verstand, jeglichen Takt, jegliches Feingefühl und sogar jeglichen Patriotismus abgesprochen: »Sie sind auf die Stützen unserer Gesellschaft losgegangen. Wie ein Berserker. Aber die Schmerzen werden noch kommen, das verspreche ich Ihnen. Denn Sie Berserker haben sich in Ihrem klassenkämpferischen Rausch bereits Wunden zugezogen, die bald platzen werden wie Eitergeschwüre.« Bei anderer Gelegenheit hätte Hadler Freude an der unlogischen Metaphernwut seines höchsten Vorgesetzten gehabt, doch jetzt traf ihn nur das eine, und zwar schmerzlich: Sein Präsident verbot ihm jegliche weitere Befragung des zu Unrecht festgehaltenen Falkenberg.

Noch einmal bäumte Hadler sich auf: »Wenn es Herr von Falkenberg nicht war, dann waren es der Fabrikant Pranger, der Baron Otto von Hochwald, Professor Dr. Kaiser oder der Graf Haid.«

»Niemals!«, schrie sein Vorgesetzter auf. »Wollen Sie jetzt immer höher hinaus in der Gesellschaft? Warum verdächtigen Sie nicht gleich den Kaiser selbst? Ich sage es ja, Klassenkampf. Dass wir hier auf unseren Revieren so viele Sozis haben, das hätt' ich mir nicht träumen lassen. Dabei hat Sie doch jemand empfohlen von denen, die Sie jetzt bekämpfen, war es nicht der Wiesinger, der mich damals auf Sie aufmerksam gemacht hat?«

Hadler nickte und versuchte, demütig zu wirken: »Aber wir müssen doch die Morde an den beiden Frauen aufklären. Und den Zusammenhang mit den Fotografien können wir auch nicht übergehen.«

Der Polizeipräsident befahl ihm, immer noch schreiend: »Und Sie werden die Morde aufklären. Das ist Ihre letzte

Chance, bevor ich Sie entlasse.« Da ihm aber trotz seiner Wut bewusst war, dass nicht einmal er einen Beamten, noch dazu mit der hohen Aufklärungsquote, die Hadler glänzen ließ, so einfach entlassen konnte, setzte er beschwichtigend hinzu: »Oder in die tiefste Provinz versetze. Aber das eine sage ich Ihnen: Suchen Sie die Mörder dort, wo die Mörder auch sind! Und Ihrer ist nicht in der Inneren Stadt, Ihrer ist in Favoriten. Es wird nämlich der Fotograf sein, den Sie immer noch nicht gefunden haben. Lassen Sie sich das von mir sagen.«

Der Polizeipräsident verließ Hadlers Zimmer mit einem lauten Zuschlagen der sowieso nicht schalldichten Tür. Vor dieser standen betroffen Hadlers Kollegen, obwohl sie sich bewusst unauffällig verhielten, so wie Leute, die von nichts wissen. Doch Hadler konnten sie nicht täuschen. Er würde Mühe haben, einen von denen zu heimlichen Ermittlungen in der Inneren Stadt zu bewegen. Er ging zurück in sein Zimmer und dachte nach. Er würde sich jetzt auf Menschen verlassen müssen, die er gar nicht offiziell in seine Arbeit einbinden durfte: auf einen alten pensionierten Gendarmen aus der Leopoldstadt und auf eine junge Frau. Da klopfte es an seiner Tür, und herein trat blass, aber entschlossen, der junge Hausdorfer: »Wenn Sie bitte über mich verfügen wollen, Herr Inspektor.«

Hadler nickte dankbar. Also hatte er doch noch einen Getreuen.

Als hätten sie nur einen gebraucht, der ihnen einen Anstoß gab, betraten nun auch die anderen Beamten sein Dienstzimmer.

»Wir machen also alle weiter?«, fragte Hadler.

»Ja natürlich. Wir müssen halt vorsichtig sein. Keine direkten Verhöre und offensichtlichen Ermittlungen«, sagte ein älterer, erfahrener Mann. »Aber was es über unsere Herren *von und zu* zu erfahren gibt, das bekommen wir auch so heraus.«

Hadler teilte seine Leute in vier Gruppen auf, die sich die anderen vier ›Vons und Zus‹ von *Kinderwünsche* vornehmen sollten. Weitere Anweisungen musste er seinem erfahrenen Team nicht geben.

Etwas verspätet traf heute sein Assistent Auer ein. »Oh, Dienstversammlung«, sagte er überrascht, als er die vielen Beamten im Zimmer seines Vorgesetzten fand.

»Für Sie habe ich heute eine besonders schwierige Aufgabe«, sagte Hadler. »Der Polizeipräsident war schon hier und hat angeordnet, dass wir alle Kräfte einsetzen sollen, um den Fotografen aus Favoriten zu finden. Da habe ich gleich an Sie gedacht. Nehmen Sie sich einen Kollegen Ihrer Wahl mit.«

Der Assistent war beglückt über die verantwortungsvolle Aufgabe und wählte den älteren Kollegen, von dessen Erfahrung er zu profitieren dachte. Dieser zwinkerte Hadler völlig inkorrekt zu, bevor er sich mit Auer auf den Weg machte.

Ein dunkler und regenschwerer Wolkenhimmel verdüsterte die ohnehin schon grauen Mietskasernen Favoritens. Es war nach den frühlingshaft hellen letzten Tagen wieder sehr kalt geworden, sodass die wenigen Menschen, die durch die Straßen eilten, wieder in ihre dunklen, schweren Mäntel geschlüpft waren.

Hadlers Assistent hatte, verlockt durch das Wetter der letzten Tage, seinen hellbraunen Frühlingsmantel aus dem

Kasten herausgeholt, den er noch vor Kriegsbeginn erworben hatte, aber immer noch sehr vornehm fand. In diesem Mantel war ihm kalt, und er kam sich in seiner Pracht fehl in dem ärmlichen Arbeiterbezirk vor. Zu seiner Freude erblickte er gegenüber des Hauses, in dem der gesuchte Fotograf leben sollte, ein kleines Vorstadtbeisel. Sie läuteten an der Hausklingel, doch niemand reagierte. So schlug Auer vor, dass er selber in dem Beisel warten und den Eingang des Hauses beobachten könnte, während der Kollege anderweitige Nachforschungen in der Nachbarschaft anstellen sollte. Dieser nickte gleichmütig.

Auer blickte sich indigniert in dem immerhin beheizten kleinen Schankraum um. Wenige dunkle Eichentische standen etwas unstrukturiert herum. Er wählte einen Tisch direkt am Fenster. Seinen Mantel behielt er an, denn er scheute sich, ihn in Berührung mit den undefinierbaren dunklen Kleidungsstücken kommen zu lassen, die an den Haken neben der Eingangstür hingen. Seinen Hut legte er auf einen freien Stuhl neben dem seinen. Dabei streifte er die Oberfläche des Tisches und zuckte sogleich zurück, so schmierig war die ehedem hellbraune Eichenfläche. Er bestellte sich eine Melange, was, wie er sah, als er die hellbraune dünne Flüssigkeit in einem dickwandigen Kaffeehäferl serviert bekam, ein Fehler war. Doch trotz des in nichts mit Kaffee verwandtem Geschmack erwärmte ihn die heiße Flüssigkeit innerlich und ließ ihn in sanfte Träumereien gleiten, in denen er nicht nur allein den bewussten Fotografen festnehmen, sondern diesen sogar dazu bewegen konnte, den ihm zur Last gelegten Mord zu gestehen.

Doch alles kam anders.

Denn sein Kollege drängte sich durch lautes Klopfen an die schmutzige Fensterscheibe in seine Träume und winkte ihn autoritär zu sich hinaus. Inzwischen hatte heftiger Regen eingesetzt, dessen schwere Tropfen durch einen stürmischen und unberechenbaren Wind nicht senkrecht zu Boden, sondern direkt in sein Gesicht platschten. Auf der schlecht gepflasterten Straße ergossen sich wahre Wasserfluten, aber ihm blieb nichts anderes über, als sich mit seinen hellbraunen Lederschuhen durch diese Fluten zu kämpfen, um dem Kollegen, der ihm in seinen Regenstiefeln vorauseilte, zu folgen. Dieser ging zurück in das Haus, und er folgte ihm. Der entsetzliche Gestank nach angebranntem Kohl, der aus dem Haus herausdrang, wurde durch die feuchte Luft, die von draußen hereinkam, unangenehm verstärkt. »Vierter Stock«, sagte sein alter Kollege ungerührt und spurtete die Stiegen hinauf, als bedeute das keinerlei Anstrengung. Er ging, so schnell er konnte, hinterher, doch eine sich anbahnende Verkühlung zwang ihn, gelegentlich innezuhalten. Im vierten Stock wartete sein Kollege vor einer offenen Wohnungstür, umgeben von einigen schweigenden Frauen, die ihren kreischenden Kindern die Münder zuhielten. Eine hustete entsetzlich und sprühte dabei feine Tröpfchen auf ihn, sodass er die Bakterien direkt auf seinem Gesicht sich niederlassen fühlte.

»Wer hat die Tür geöffnet?«, fragte Auer, noch keuchend.

»Das war ich selbst. Ich habe alle Nachbarn und Nachbarinnen gesprochen. Sie haben unseren Gesuchten das letzte Mal vor drei Tagen in seine Wohnung hineingehen sehen. Heraus scheint er nicht mehr gekommen zu sein, wenigstens hat ihn keiner dabei gesehen. Ich dachte, dass ich in der Wohnung nach weiteren Hinweisen nach ihm suchen sollte, und was ich gefunden habe, müssen Sie sich sofort ansehen.« Er riss demonstrativ die Wohnungstür auf und winkte seinen jungen Kollegen zu sich. Zu den Frauen und Kindern sagte er streng: »Sie sollten wieder in Ihre Wohnungen gehen. Es wird für Sie nichts mehr zu sehen geben. Aber bleiben Sie dort. Wir werden Sie nachher alle noch einmal befragen.«

In der kleinen Wohnung, die aus Zimmer, Küche und Kabinett bestand, stank es wie im Hausflur. Nur lag über dem Geruch nach verdorbenem Essen noch ein anderer, süßlicher Geruch, dessen Ursache Auer sofort klar war. Der Geruch des Todes. Mitten in der Küche lag neben dem Küchentisch ein Mann, tot, mit einer Schusswunde in der Brust. Aus dieser war, wie es Auer schien, literweise Blut geflossen und hatte eine Lacke auf dem Estrich hinterlassen, die aber schon getrocknet war, zumindest an den Rändern. Zu seiner größten Verblüffung beobachtete er, wie sein Kollege gerade den rechten Zeigefinger mitten hineinsteckte und ihn überzogen mit einer braunroten Masse wieder herauszog. »Noch feucht«, sagte er überflüssigerweise.

»Da hat sich der Mörder selbst gerichtet«, sagte Auer moralisch zufriedengestellt.

»Und danach die Pistole weggeräumt?«, fragte sein Kollege süffisant.

Dann ging alles vonstatten wie immer. Es kam das übliche Heer der professionellen Sachverständigen, der Arzt, der Fotograf und die Techniker, die Spuren sicherten.

Hadlers Assistent und sein älterer Begleiter durchsuchten inzwischen die restliche Wohnung. Dass es sich bei dem

Toten wirklich um den bewussten Fotografen handelte, wurde durch eine rasch um Identifizierung gebetene Nachbarin bestätigt, überraschte aber auch niemanden mehr. Die Wohnung selbst war sauber und aufgeräumt. »Muss viel Geld mit seinem kleinen Laden gemacht haben, in dieser Gegend wohnt kaum jemand allein in so einer Wohnung«, sagte der ältere Mann. »Es hat auch einige Gegenstände hier, die durchaus von Wert sind«, bestätigte Auer und zeigte auf mehrere Bronzefiguren auf einem gläsernen Regal, die allesamt nackte Knaben in verschiedenen Positionen darstellten. »Eine etwas ungewöhnliche Sammlung. Aber bestimmt teuer.«

»Da müssen wir einen Kunstverständigen fragen, ob der Wert eher im Materiellen, Ästhetischen oder Erotischen besteht.«

Der Satz gefiel Auer, und er nahm sich vor, ihn sich zu merken und bei einer passenden Gelegenheit selbst anzuwenden.

Im Kabinett standen ein großes Bett mit weichen weißen Daunenkissen und ein großer, weißgestrichener Holzkasten. Auer öffnete ihn interessiert und sah rechts ein paar sehr vornehme Herrenjacken von guter Qualität hängen, links dagegen befanden sich abgetragene Kleidungsstücke, wie er sie bei den typischen Bewohnern Favoritens gesehen hatte. »Zwei Gesichter hat der Mann«, schlussfolgerte er. »Hatte, um es genauer zu sagen.«

Der Kollege spann diesen Gedanken weiter: »Gute Überlegung. Vielleicht diente diese Wohnung nur zum Verwandeln eines schmierigen Vorstadtfotografen in einen Mann, dem sich aufgrund seiner Erscheinung alle Türen öffnen und der dann seine Ware in der Innenstadt feilbieten kann.

Und vielleicht ruhte er sich manchmal hier aus. Sonst hat er hier aber nichts aufbewahrt, die Schreibtischschubladen sind leer, keine Papiere, keine Fotos. Ich denke, wir sollten noch einmal das geschlossene Geschäft durchsuchen. Aber zuerst müssen wir die Nachbarn befragen.«

Inzwischen war auch ihr Inspektor eingetroffen und ließ sich von den bisherigen Ergebnissen in Kenntnis setzen. Er lobte seine beiden Beamten sehr und verstärkte sie in ihrer Absicht, noch einmal den Laden und das Labor zu durchforsten. Die vor zwei Tagen gemachte Durchsuchung war recht oberflächlich gewesen, da der damalige Erkenntnisstand nur den pornografischen Lichtbildern, nicht aber der Person des Fotografen gegolten hatte, dessen Identität ja bekannt gewesen war.

Er selbst nahm sich die Nachbarn, eigentlich ja die Nachbarinnen des Fotografen vor. Denn die Männer waren entweder an der Front oder bei der Arbeit, und auch von den Frauen waren viele in der Fabrik oder beim Einkauf. Doch die Nachbarinnen, die er antraf, wussten alle schon Bescheid, hatten sie doch lang genug um die offene Wohnungstür herumgestanden, um sich das Nötige zusammenreimen zu können. So musste er wenigstens keine umständlichen Erklärungen abgeben und konnte sich gleich anhören, was die Frauen zu sagen hatten.

Sie waren sich einig: Er sei ein Strizzi* gewesen oder etwas noch Schlimmeres. Nein, richtig gekannt hatten sie ihn nicht. Er hatte nur manchmal da geschlafen. Man wisse aber nicht, wo er sonst seine Nächte verbracht

* kleiner Ganove

hätte. Im Beisel vis-à-vis habe er nie gesessen. Habe ein Geschäft gehabt, ein paar Straßen weiter. Aber von dem hätte er sicher nicht leben können. Zu den Kindern sei er nett gewesen, habe ihnen manchmal Zuckerln zugesteckt. Über sie, die Frauen, hätte er einfach arrogant hinweggesehen. »Amoi wollt' er mein Buam in sei Wohnung ziagn, da gabat's vü Zuckerln«, erklärte wütend eine von ihnen. »Dem hob' i am Abn'd mein' Gatten g'schickt, der hat ihm derzöhlt, wos es zu derzöhln'n 'geben hat.« Der Fotograf sei daraufhin einige Tage mit einem blauen Auge herumgelaufen. Danach habe er sich völlig zurückgezogen. Und mit den Zuckerln war es auch aus. Eines der Kinder mischte sich ein: »Aber nur herinnen im Haus. Draußen hat er immer noch Zuckerln austeilt. Und er wollt immer Lichtbüider machen von uns.« Die Frauen erzählten noch, dass er manchmal wie ein Sandler ausgesehen habe und manchmal wie ein Baron. Sie hätten ihm nicht getraut. Ob er Besuche gehabt habe? Sehr selten. Aber wenn, dann war es sicher ein vornehmer Herr. Denn vor dem Haus habe manchmal, ganz selten, in der Nacht ein Fiaker gestanden, das sei ja bei ihnen eher rar, und der Kutscher habe gewartet. Aber wirklich gesehen habe man den Herrn nie im finsteren Stiegenhaus: »Der wird wissen, warum er net bei Tag kommen is.« Aber seine schweren Schritte hätten sie auf der Stiege gehört. »Heut in der Früh, vor zwei oder drei Stunden, war er auch da«, sagte eine Frau. Sie habe sich noch gewundert, weil er sonst immer nur nachts gekommen sei, aber gesehen hätte sie ihn auch heute nicht. Nur die Schritte habe sie wieder gehört und dann durchs Fenster jemanden in den Fiaker steigen sehen. Unter einem Schirm verborgen, nein, leider, mehr wisse sie nicht.

Hadler war sich sicher, dass er alles von den Frauen erfahren hatte, was diese wussten. Er gab ihnen noch ein Visitenkärtchen und forderte sie auf, zu ihm zu kommen, wenn ihnen oder den jetzt nicht anwesenden Hausbewohnern und Hausbewohnerinnen noch etwas einfalle.

Am Nachmittag traf man sich wieder in Hadlers Dienstzimmer.

Alle Männer waren sehr fleißig gewesen, sodass lückenlose Lebensläufe der vier Gründungsmitglieder von *Kinderwünsche* zusammengestellt werden konnten. Auf den ersten Blick waren, außer der gemeinsamen Hingabe an ihre karitative Tätigkeit, keinerlei Gemeinsamkeiten zwischen ihnen zu erkennen. Die Männer verkehrten privat nicht miteinander. Nach einer internen Arbeitsteilung schienen sich Graf Haid und Professor Kaiser mehr um die Stipendiaten zu kümmern, Pranger und Falkenberg mehr um die Adoptionen. Hochwald um gar nichts Spezielles. Aber das war ihnen ja bereits bekannt.

Nach den detaillierten Einzelberichten bat der Inspektor den Kollegen Hausdorfer, ihm bis zum nächsten Morgen eine kurze schriftliche Zusammenstellung der jetzt viel umfangreicheren Fakten vorzubereiten.

Professor Dr. Franz J. Kaiser, Dr. phil., Dr. hc rer.nat.

Gilt als einer der fähigsten Vordenker der Universität. Insbesondere stellt er sich hinter feministische Bewegungen, so unterstützt er aktiv alle Belange des Frauenstudiums. Eine der ersten Studentinnen Wiens absolvierte bei ihm ein Geschichtsstudium. Er gilt als eitel, zumindest neigt er nicht dazu, sein Licht unter den Scheffel zu stellen. Er hat drei

Töchter, von denen zwei verheiratet sind und die jüngste noch zu Hause lebt. Sie unterstützt die Mutter im Haushalt. Keine seiner Töchter hat studiert, allerdings haben alle ein Mädchengymnasium besucht. (Die Mutter eines der Beamten arbeitet im Sekretariat der betreffenden Schule und hat herausgefunden, dass alle Töchter überdurchschnittlich begabt waren, soweit sich das an den Zeugnissen ablesen ließ, die jüngste scheint sogar über ein mathematisches Ausnahmetalent zu verfügen.) Zu prüfen wäre, wieso alle Töchter auf ein Studium verzichtet haben. Entweder wollten sie den renommiersüchtigen Vater ärgern, oder sie hatten keine Lust, oder aber der Professor hat zu Hause ein anderes Gesicht als an der Universität und hat es ihnen einfach nicht gestattet. Diese Frage konnte durch die vorgeschriebenen *unauffälligen Ermittlungen* nicht beantwortet werden. Die älteren Töchter sind gut verheiratet, keine Mesalliancen oder Familiengeheimnisse. Ein Schwiegersohn ist als Offizier an der Front, einer arbeitet als Arzt. (Frage: Warum wurde dann ein fremder Arzt mit den immer noch unklaren Untersuchungen bei *Kinderwünsche* betraut und nicht dieser Schwiegersohn herangezogen?) Hat vier Enkelkinder von der ältesten Tochter, die andere hat noch keine Kinder. Erstaunlich ist, dass keine seiner Töchter sich in seinem karitativen Lieblingskind *Kinderwünsche* engagiert hat. Seine Frau tritt selten öffentlich in Erscheinung, lebt sehr zurückgezogen. Er hingegen ist Mitglied in zahlreichen Vereinen, Organisationen und wissenschaftlichen Vereinigungen. Gilt als äußerst konservativ, was im Widerspruch zu seiner Haltung in der Frauenfrage zu stehen scheint. Ist Mitglied der Nationalkonservativen Partei. Als Historiker legt er den Schwerpunkt seiner Forschungen auf Militärgeschichte. Hat im zweiten Kriegssommer eine vielbeachtete Studie über den *Stellungskrieg in Vergangenheit und Gegenwart* veröffentlicht.

Er legt Wert auf ein sehr geregeltes Leben. Er trifft täglich, unabhängig davon, ob er eine Vorlesung oder ein Seminar zu halten hat, um neun Uhr in seinem Institut ein und arbeitet eine Stunde lang (Korrektur von Studentenarbeiten, Beantwortung eingehender Post usw.). Wenn er keine Vorlesung oder kein Seminar hat, arbeitet er von zehn bis elf Uhr in der Bibliothek seines Instituts. Gilt als fleißiger Wissenschaftler mit langer Veröffentlichungsliste. Dann begibt er sich für zwei Stunden ins *Café Central*, wo er einen Stammplatz hat. Er führt dort, obwohl er fast jedem bekannt ist, kaum Gespräche, vielmehr widmet er sich der ausführlichen Zeitungslektüre. Er nimmt eine kleine Jause ein, oft auch eine Mehlspeise. Anschließend geht er zu Fuß zum Mittagessen nach Hause. Gegen drei Uhr geht er drei- oder viermal in der Woche in die Magdalenenstraße und erkundigt sich nach dem Stand der Dinge bei *Kinderwünsche*. Um vier Uhr ist er wieder in seinem Institut und bereitet dort seine Vorlesungen oder Seminare vor, spricht mit seinen Assistenten und *lässt sich sehen*. Abends geht er sehr oft zu Vorträgen, manchmal hält er selbst welche oder er besucht Sitzungen seiner Partei oder anderer Vereine, deren Mitglied er ist.

Über seinen Sohn war nichts herauszubekommen. Es heißt, er sei vor vielen Jahren ausgewandert. Man hat ihn seit mehr als einem Dutzend Jahren nicht mehr in Wien gesehen; er gilt als tot oder verschollen. Professor Kaiser spricht nie über ihn.

Julius Graf Haid

Unumstritten eines der angesehensten Mitglieder der Wiener Gesellschaft. War nie verheiratet, sodass der Name mit ihm aussterben dürfte. Keine festen Gewohnheiten. Als er noch jünger war, war die Frage einer eventuellen ehelichen Verbindung Haids ein häufig erörtertes Thema in der Gesellschaft und in den Klatschspalten der Zeitungen. Haid hat nämlich schon als junger Mann ein ausgesprochenes Faible für schöne Frauen gehabt. Außerdem erwarteten seine Eltern von ihm eine sehr reiche Heirat, um die familiäre Situation wieder zu normalisieren, sprich: wieder ein standesgemäßes Leben führen zu können. Doch Julius Graf Haid konnte sich zwischen den schönen reichen Erbinnen wohl nicht entscheiden und hat nach dem frühen Tod seiner Eltern offenbar die gezielte Brautschau aufgegeben. Dennoch blieb er weiterhin ein großer Liebhaber des weiblichen Geschlechts, allerdings – aus Altersgründen – sind seine Begleiterinnen inzwischen schon längst keine Debütantinnen und jungen Mädchen mehr. Er gilt als ein Mann, der die Frauen versteht und dem sie ihre Geheimnisse eher anvertrauen als ihren Ehemännern. Obwohl er nach wie vor viel eingeladen wird und sein Erscheinen jede Gesellschaft aufwertet, veranstaltet er in seinem Stadtpalais selbst keine Gesellschaften. Das Stadtpalais sieht von außen so aus, als müsse es dringend renoviert werden. Man munkelt, dass es innen weitgehend leer sei. Julius Graf Haid soll die in diesem Palais noch vorhandenen wertvollen Dinge wie Gemälde, Möbel, Porzellan, Silber usw. zum Großteil verkauft haben. Als sichtbaren standesgemäßen *Luxus* hält er sich die Familienloge in der Oper. Der Billeteur hat aber ausgesagt, dass die Loge seit Jahren nicht mehr bezahlt sei, die Operndirektion sie aber wegen des Ansehens und Glanzes, den der Graf auf jede Premiere wirft, nicht aufkündigt. Wenngleich Haids Begleiterinnen in der Loge nicht mehr mit der Frage nach einer eventuellen Eheschließung konfrontiert werden, so erscheinen sie doch immer auf einem Foto mit ihm in den Gesellschaftsnachrichten. Es ist aber nie zu einem Skandal gekommen, weil er sehr diskret ist und sich inzwischen mit Witwen schmückt. Falls verheiratete Frauen zu seinem *Bekanntenkreis* gehören, so treten diese nicht öffentlich in Erscheinung. Er gilt als sehr verschwiegen und loyal, engere Freunde hat er nicht.

Offensichtlich hat er auch mit Frau Christine Heger zweimal die Oper besucht.

Seine Tage weisen zum Unterschied von denen des Professors bis auf sein tägliches Mittagessen in dem Restaurant *Kinderwünsche* keine feste Struktur auf. Es ist nicht bekannt, wie er seinen Tag verbringt. Allerdings geht er ebenfalls häufig am Nachmittag in ein Kaffeehaus. Anders als der Professor beehrt er aber verschiedene Etablissements mit seinem Besuch. Er spielt dort gerne eine Partie Schach. Nicht selten sieht man ihn auch mit seinen Freundinnen beim Spazierengehen oder Einkaufen in der Inneren Stadt. Abends ist er oft eingeladen. (Ein Beamter meint, dass er sich auf diese Weise neben dem kostenlosen Mittagessen, das ihm als Vorstandsmitglied von *Kinderwünsche* dort zusteht, auch ein kostenloses Dinner sichert.) Bei den Abendeinladungen wirbt er intensiv um Geldspenden für *Kinderwünsche*.

Ein Beamter, dessen Schwester als Sekretärin beim Grundbuchamt arbeitet, will von dieser einmal gehört haben, dass Haid in der letzten Zeit Immobilienkäufe getätigt hat. Das muss aber noch überprüft werden.

Oskar Pranger

Pranger scheint keinerlei Geheimnisse zu haben. In der guten Gesellschaft amüsiert man sich heimlich über ihn, da sei Bestreben, *dazuzugehören*, nicht zu übersehen ist. Dafür tut er alles. Er besorgt alles, schenkt alles, organisiert alles. Seine Hilfsbereitschaft garantiert ihm inzwischen einen sichereren Platz in der Gesellschaft als sein Reichtum. Man erzählt sich, dass er sogar vor praktischen Hilfen nicht zurückschrecke, so habe er beispielsweise bei einer Gesellschaft, bei der die Hausherrin aufgelöst von einem Küchendrama, einer geplatzten Wasserleitung, gewesen sei, seinen Frack ausgezogen und die Ärmel hochgekrempelt, um den Schaden eigenhändig zu reparieren. Seine Gattin lässt sich bei den meisten Einladungen *wegen Migräne* entschuldigen.

Sein Reichtum wächst täglich. Obwohl kein typischer Kriegsgewinnler, hat sich sein Reichtum auch im Krieg vermehrt. Dabei ist er spendenfreudig über *Kinderwünsche* hinaus. Er lädt regelmäßig auch zu Gesellschaften in sein Wiener Stadthaus ein. Diesen Einladungen wird gern gefolgt, da selbst in Kriegszeiten exquisite Speisen und Getränke angeboten werden. Sein Haus ist etwas *zu prächtig* ausgestattet, um allgemeinen Gefallen zu finden. Seine Gattin fühlt sich bei ihren eigenen Gesellschaften sichtlich unwohl und flüchtet oft in die Küche. Seine Tochter gilt als nettes, junges Mädchen und ist ein begehrtes Heiratsobjekt. Es wird jedoch kritisch angemerkt, dass sie sich weder auf Kleidung noch auf Konversation verstehe. Ihre Eltern stecken sie bei gesellschaftlichen Ereignissen in ebenfalls *zu prächtige* Kleider über *zu engen* Korsetts, die in Widerspruch zu ihrem Alter stehen. Doch sie hat sich trotzdem dieselbe Natürlichkeit bewahrt wie ihr Vater. Das Gerücht, dass sie heimlich als Straßenbahnfahrerin arbeitet, kann bestätigt werden.

Pranger scheint die temporären Internatsschüler von *Kinderwünsche* regelmäßig, mindestens aber einmal im Monat, an einem Sonntag zu sich nach Hause einzuladen. Er verwöhnt sie dann mit Essen, Trinken und Geschenken. Gelegentlich, aber ohne erkennbare Regelmäßigkeit, nimmt er sie irgendwohin mit, sei es in den Prater, sei es zu einem Konzert oder einer anderen Veranstaltung, von der er meint, dass sie für Kinder interessant ist.

Sein Tagesrhythmus ist recht regelmäßig. Morgens sucht er abwechselnd eine seiner Fabriken auf, wo er sich um betriebliche und buchhalterische Vorgänge kümmert. In allen seinen Fabriken wird für die Arbeiterinnen und Arbeiter eine Mittagsspeisung angeboten. An dieser nimmt Pranger täglich im Kreise seiner Arbeiter teil. Er kennt viele seiner Arbeiter und Arbeiterinnen persönlich, manche in seinen Brotfabriken schon seit der Kindheit und Lehrzeit. Obwohl seine Arbeiter ihn in höchsten Tönen loben, kann nicht ausgeschlossen werden, dass auch heimlicher Neid mitspielt.

Die Berichte über Pranger sind reich an Anekdoten.

Obwohl seine Gattin augenscheinlich den Anforderungen, die Pranger an eine Ehefrau stellt, nicht genügt, scheint er ihr nach wie vor sehr zugetan zu sein. Eine Anekdote handelt davon, wie Pranger und seine Frau ihre Köchin am Sonntag in aller Herrgottsfrühe aus der Küche gescheucht haben und gemeinsam eine Torte gebacken haben. Sie hätten dabei gelacht wie die Kinder.

Otto von Hochwald

Ist äußerst selten in Wien, da er auf seinem Landsitz in der Nähe von Baden bei Wien wohnt. Alle Befragten ergehen sich in satirischen Geschichten über seinen Geiz. Seine Arbeiter haben große Angst vor ihm, mehr aber noch vor seiner Frau. Vor der scheint er selbst Angst zu haben. Die Direktoren seiner Fabriken deuten an, dass er vor jeder geschäftlichen Entscheidung mit seiner Frau Rücksprache hält. Beide scheinen sehr gemütskalt zu sein. Mit ihren vier wohlgeratenen Kindern, denen sie auch einige Enkelkinder verdanken, stehen sie in keinerlei Kontakt. Die Kinder selbst aber treffen sich regelmäßig und betreuen gemeinsam liebevoll ihre hochbetagten Großeltern, bei denen sie aufgewachsen sind.

Wenn Hochwald einmal nach Wien fährt, so übernachtet er in *Kinderwünsche*. An dem Verein scheint er keinerlei Interesse zu haben. Aus dem Umfeld Prangers, dem am wenigsten zurückhaltenden Mitglied des Vorstands, war zu erfahren, dass er Hochwald für einen eiskalten Geschäftsmann hält. Den Direktor seiner Marmeladenfabrik (die Schwägerin von dessen Buchhalter hat ein Gspusi mit dem Bruder eines der Beamten) hat er angewiesen, alle Lieferungen Hochwalds zu kontrollieren. In jeder Obstlieferung fehlten zwei oder drei halbe Kilos. Dieser Direktor hat sich auch einmal bei einer größeren Fehlmenge so geärgert, dass ihm herausgefahren ist, dass Pranger erzählt habe, dass Hochwald für *Kinderwünsche* so nötig sei wie ein Kropf. Das ganze Konzept gefalle Hochwald nicht, weil er das, wofür bei *Kinderwünsche* Gelder investiert werde, für eine schiere Verschwendung halte. Pranger scheint sich seit Längerem dafür eingesetzt zu haben, dass Hochwald abgesetzt werde, betreibe das aber wegen der Wahrung seiner geschäftlichen Interessen nur vorsichtig. Hochwald ist nachweisbar seit über einer Woche nicht mehr in Wien gewesen.

Am nächsten Morgen brütete Hadler über diesen Informationen. Er hoffte inständig, dass seine Beamten bei ihren Recherchen wirklich so unauffällig vorgegangen waren, dass keiner der Betroffenen das behördliche Interesse an seiner Person bemerkt hatte. Doch wie nun weiter? Direkte Befragungen anzustellen, war ihm ja aufgrund der Intervention des Polizeipräsidenten fast unmöglich.

Er blickte auf die Uhr und entschloss sich, für eine Stunde nach Hause zu gehen, um sich etwas auszuruhen. Die Organisation der heimlichen Ermittlungen hatte sehr an seinen Nerven gezerrt. Auf dem Heimweg malte er sich seine Erholungsstunde aus. Er würde sich nicht angekleidet auf seinen Diwan legen, sondern ausgekleidet in sein sauberes Bett. Dann würde es sacht an der Tür klopfen und seine Zimmerwirtin würde hereinkommen und ihn leise und unaufdringlich fragen, ob sie etwas für ihn tun könne. Sie hätte ihr blumengemustertes Hauskleid aus Baumwolle an und röche nach ebendiesen Blumen. Ich muss ihr wieder einmal ein kleines Fläschchen Sommerblumenduft-Parfüm mitbringen, dachte Hadler liebevoll. Er würde sagen, dass er alles habe, was er brauche, fast alles. Und dann würde er seine Bettdecke ein wenig lüpfen und sie würde langsam, ganz langsam die Knöpfe ihres geblümten Kleides öffnen, und er würde dabei immer ein wenig mehr von ihrem weißen und weichen Körper sehen, und dann würde sie zu ihm ins Bett schlüpfen, und er könnte den Polizeipräsidenten vergessen und den Auer und den Hausdorfer und den toten

Fotografen und die Not der Menschen in Favoriten und die tote Helene, die so lebensgierig gewesen war, und ihre tote Mutter und überhaupt alle die Toten, auch seinen Jugendfreund, der irgendwo an der Isonzofront zerfetzt worden war. Und dann, im tiefsten Vergessen, wäre alles wieder gut.

Leider kam alles anders.

Schon als er die Tür öffnete, hörte er ein leises Murmeln aus der Küche. Seine Zimmerwirtin hatte also Besuch, und sein Ausruhen würde zu einem quälenden Auf-dem-Rücken-Liegen und An-den-Plafond-Starren werden, und von dem Plafond würden seine quälenden inneren Bilder wie ein Echo zu ihm zurückkommen. Also beschloss er, sich wenigstens durch den appetitlichen Anblick seiner Zimmerwirtin abzulenken und ihr vielleicht trotz des Besuchs ein kleines Häferl Kaffee zu entlocken, und klopfte an die nur angelehnte Tür, die er gleichzeitig aufschob. Dort sah er einen der anderen Untermieter an dem Küchentisch sitzen, und auf seinem Schoß, im blumenübersäten Kleid, dessen Knöpfe alle offen waren, sodass es wie Frackschöße rechts und links von ihrem Leib herunterhing, seine Wirtin.

Er rannte mehr, als dass er ging, zurück in sein Büro, nur um festzustellen, dass alle seine Leute entweder ausgeflogen oder, wie sein Assistent, noch nicht zurückgekehrt waren. Außerdem war es sowieso schon fast Zeit für sein Treffen mit Sophia, das er unbedingt durchführen wollte. Ermittlungstechnisch war es wahrscheinlich nicht mehr erforderlich, aber vielleicht würden Sophias klare Gedankengänge seine verwirrten Gefühle entwirren. Oder ihre klaren Augen.

Bei der Beerdigung Helene Hegers an diesem Tag waren mehr Menschen anwesend als wenige Tage zuvor bei der des toten Kindes.

Der Tag war überraschend heiß, die sich fast frühsommerlich strahlende Sonne stand grell am Himmel. Die vielen Krankenschwestern, die ihrer Kollegin das letzte Geleit gaben, standen an der rechten Seite des ausgehobenen Grabes. Sie hatten ihre dunklen Mäntel über ihren weißen Schwesterntrachten etwas geöffnet und wandten ihre Gesichter der Sonne entgegen. Doch die anderen Menschen bestimmten Gruppen zuzuordnen, war nicht einfach, da sehr viele Schaulustige gekommen waren. Hatte schon der Tod der jungen Frau im *Grand Hotel* viel Aufsehen in der Presse erregt, so gab die Tage spätere Meldung, dass es sich bei ihr um eine Krankenschwester aus dem AKH handle, noch mehr Anlass zu Spekulationen und Rätselraten. Denn das teure und vornehme *Grand Hotel* war kein Etablissement, in dem man junge bürgerliche Frauen allein in einem Hotelzimmer vermutete. Dass es sich bei der Toten nun aber gar um die Tochter einer vor zwei Tagen ermordet aufgefundenen Frau handelte, deren Mord überdies einem der angesehensten Mitglieder der Wiener Gesellschaft zugeschrieben wurde, machte aus dieser Beerdigung geradezu ein *Ereignis*, wie Sophia Max Heger später erzählen sollte. Die mittlerweile erfolgte Haftentlassung von Falkenbergs würde von den Zeitungen erst am nächsten Tag verbreitet werden. Bestimmt waren auch viele ehemalige Patienten unter den Menschen, die sich zunächst in der großen Trauerhalle drängten und dann dem Sarg bis ans Grab folgten, aber sie von den sensationslüsternen Gaffern zu unterscheiden, gelang weder Pospischil noch von Wiesinger.

Pospischil, diesmal in seinem alten Anzug und angesichts der strahlenden Sonne in seinem warmen Winterrock schwitzend, versuchte trotzdem, aus der riesigen Menschenmenge diejenigen herauszufiltern, die wirklich in einer Beziehung zu Helene gestanden waren. Neben den Krankenschwestern konnte er auch einige Ärzte aus dem Krankenhaus erkennen, unter ihnen Mascha, deren liebes Gesicht sehr ernst dreinschaute. In ihrer Nähe stand ein gut gekleideter Mann, der einen großen Kranz trug und wohl ein offizieller Vertreter des Krankenhauses war. Einige Schritte hinter ihr stehend, nahm er den Chefarzt der Gynäkologie wahr, den er schon bei Sophias Fest gesehen hatte. Auch Doktor Horovitz und den ›Drachen‹ sah er in dieser Gruppe. Links des Grabes erwies *Kinderwünsche* mit zwei ihrer Direktoren, dem Grafen Haid und Oskar Pranger, der Tochter ihrer ermordeten Sekretärin die letzte Ehre. Da sie das vermutete, war Sophia der Beerdigung ferngeblieben. Ihre Anwesenheit hätte sicherlich Anlass zu Fragen gegeben. So war die Gruppe der von Wiesingers nicht vollständig, da nur Felix von Wiesinger und seine Frau am Grab standen. Alberts Einspruch war Ada nicht gefolgt, aber sie war an diesem Tag an der Seite ihres Gatten erstaunlich gefasst und ruhig. Sie und ihr Mann lauschten den offiziellen Ansprachen und nahmen dann im Namen von Helenes Bruder die Kondolenzgrüße der Anwesenden entgegen.

Da Helenes Tod behördlicherseits als Selbstmord galt, war kein Vertreter der Polizei zu dem Begräbnis gekommen. Pospischil stand inoffiziell, also deswegen nicht in Uniform, bei den Trauernden und folgte damit einer Bitte Hadlers: Er sollte beobachten, ob jemand anwesend war, der sich eigentümlich verhielt oder über dessen Hintergrund man wenig wusste. Pospischil war bekümmert, dass so wenige enge Freunde oder Freundinnen und gar keine Verwandten der Toten anwesend waren, sodass die ganze Zeremonie sich wie ein oft geprobtes Theaterstück vollzog, mit Statisten, die keine guten Schauspieler waren. Nur zwei schienen ihre Rolle besser gelernt zu haben. Die erste war Schwester Martha, die die ganze Zeremonie hindurch weinte und schluchzte. Pospischil war jedoch immer noch der Meinung, dass Marthas Weinen mehr mit ihrem schlechten Gewissen wegen des verschwundenen Schmucks als mit ihrer Trauer um Helene zu tun hatte. Der zweite, der bewegte Zeichen von Trauer zeigte, diese aber zu unterdrücken suchte, war das alte Faktotum.

Und um die Mitarbeiter des Krankenhauses, die Vertreter von *Kinderwünsche* und die Wiesingers herum standen lauter Fremde, die ihre Augen in das offene Grab zu bohren schienen. Sie störten die Begräbnisrituale nicht und beteten das Abschiedsgebet, das der Priester anstimmte, bevor der Sarg ins Grab hinabgelassen wurde, laut mit.

Etwas weiter entfernt, hinter großen Büschen, die unter der hellen Sonne schon ein zartes Grün ahnen ließen, nahm Pospischil einen jungen Mann in abgerissener Kleidung wahr, der die ganze Zeremonie unauffällig beobachtete. Als er später Hadler davon berichtete, schien dieser nicht überrascht zu sein.

Schon drei Tage später, nach einem langen Wochenende, das endlich einmal keine neuen Aufregungen brachte, mussten Ada und Felix von Wiesinger wieder an einer Beerdigung teilnehmen, für Ada die dritte in kurzer Zeit.

Aber auch bei dieser gelang es ihr, ruhig zu bleiben. Sie hatte Christine Heger zwar sehr sympathisch gefunden und ihre wenigen Gespräche vor allem über Mode und Christines Handarbeiten genossen, aber zu einem engen Kontakt war es nicht gekommen. Für Sophia, die Frau Heger ebenfalls kaum kannte, spielte diese jedoch als Gouvernante ihrer Mutter zumindest emotional eine größere Rolle. Sie hatte sich für die Beerdigung ihrer Vorgängerin, wie die Lesart im Büro von *Kinderwünsche* lautete, von ihrer Arbeit beurlauben lassen. Das Büro blieb an diesem Vormittag geschlossen, da die Herren selbstverständlich an der Beerdigung teilnehmen wollten. Das Büro war sowieso wie ausgestorben; Posteingänge blieben aus, Besucher mieden das Haus. Die im Vorstand verbliebenen Herren diskutierten, wie es Sophia schien, ausschließlich darüber, ob man den Verein auflösen sollte, da durch die intensive Presse der Ruf von *Kinderwünsche* wahrscheinlich sowieso dauerhaft so gelitten hätte, dass eine erfolgreiche Weiterarbeit kaum möglich erschien.

Ada beobachtete Sophia, die neben Max Heger am Grab seiner Mutter stand. Es war ihrem Mann gelungen, Max Heger die Todesnachricht auf diplomatischem Wege zukommen zu lassen. Von Wiesinger fand doch eine gewisse Zukunftshoffnung in der Tatsache, dass es angesichts extremer Situationen wie der eines gewaltsamen Todes selbst in Kriegszeiten Menschen gab, die menschliche Interessen über politische oder gar militärische stellten. Max Heger war schon am übernächsten Tag wieder wie bei seinem ersten Besuch von England aus über Frankreich in die Schweiz gefahren, von wo aus er mit einem Wechsel seines Passes seinen Weg nach Österreich fortsetzte. Er hatte während der langen

Reise kein Auge zugetan und sah entsprechend erschöpft und müde aus. Er war am Abend vor der Beerdigung bei ihnen eingetroffen, hatte aber Adas Angebot, wieder bei ihnen zu logieren, ausgeschlagen, ohne einen Grund dafür zu nennen. Aber er aß er mit ihnen zu Abend. Dabei erzählten sie ihm alles, was sie bislang über den Tod seiner Mutter wussten. Er war darüber so verstört wie sie alle. Vor allem natürlich darüber, dass die Tatsache, dass die Fotografien in ihrer Wohnung gemacht wurden, auch über sie einen Verdacht legten. Aber, so erklärte er ihnen, er lege für sie seine Hand ins Feuer: »Jemand hat sich ihres Schlüssels bedient. Sie war immer so großzügig und leider auch unvorsichtig. *But I vouch for her**.«

Nach dem Essen verabschiedete er sich und ging mit seinem Koffer weg.

»Er wird vielleicht in der Wohnung seiner Mutter übernachten«, sagte Ada.

Doch Jean, der das Zimmer betreten hatte, um die Teller zurück in die Küche zu tragen, murmelte leise, aber überzeugt: »Herr Heger wird sich bei unserem Fräulein Sophia einquartieren.«

»Frau Sachtl«, verbesserte die Köchin laut von der offenstehenden Küchentür her.

Das Begräbnis fand im engsten Kreis statt. Um die Scharen sensationslüsterner Zuschauer abzuhalten, konnte von Wiesinger es mit seinen guten Beziehungen ins Innenministerium erreichen, dass der Termin nicht öffentlich bekannt gemacht wurde. Ähnliche Bitten mochten auch von von Fal-

* engl.: Ich verbürge mich für sie

kenberg und Haid dorthin gesandt worden sein. So trauerten nur Graf Haid, Baron von Falkenberg und Oskar Pranger um ihre Sekretärin, auch der Außenminister hatte einen seiner Beamten gesandt. Hadler nahm als offizieller Vertreter der Mordkommission an der Zeremonie teil. Inoffiziell und deswegen nicht in Uniform stand auch Pospischil am Grab der Mutter des jungen Engländers. Die Familie von Wiesinger war vollständig erschienen und vertrat sozusagen die Freunde der Toten. Max Heger war der Einzige, der sichtbare Trauer empfand. Er starrte mit gefalteten Händen endlos lang auf den Sarg seiner Mutter, ohne dabei eines der üblichen Rituale einzuhalten. Er schaufelte keine Erde ins Grab, er streute keines der auf einer Messingschale zurechtgelegten Blütenblätter hinein, er rückte keine Schleife auf den wenigen Kränzen zurecht, er wandte sich nicht ab, um seinen Platz neben dem Grab einzunehmen und die leise geflüsterten Kondolenzbezeugungen der anderen Trauergäste entgegenzunehmen. Der Graf und der Baron zeigten schon leichte Anzeichen von Ungeduld. Hadler fragte sich, welche Beziehung wohl inzwischen zwischen den beiden Männern bestehe, und beobachtete ihre Gesichter. Sie blickten aber beide so starr nach vorn wie Heger nach unten. Aber immerhin war die Tote von einem der beiden Männer gefunden worden, und der andere war ihres Mordes verdächtigt gewesen.

Es war Sophia, die schließlich neben Max Heger trat, drei Schaufeln voller Erde in das Grab warf, einige Blütenblätter darüber streute, die aber von einem heftigen Windstoß weggeweht wurden. Eines landete auf Max Hegers Händen, die er immer noch gefaltet vor sich hielt, wobei niemand so recht deuten konnte, ob das eine Geste des Gebets oder

der Verzweiflung war. Er wischte es weg und trat endlich zur Seite. Er schaute zurück nach Sophia und schien nach ihrer Hand greifen zu wollen. Ada trat schnell hinzu und trat zwischen Sophia und Max Heger und tat das, was das Trauerzeremoniell von ihr zu tun erwartete.

Zwei Stunden nach dem Begräbnis kam Max Heger mit einigen Gepäckstücken bei Felix und Ada von Wiesinger vorbei, um sich von ihnen zu verabschieden. Am nächsten Morgen wollte er die Heimreise antreten.

»Kann ich noch irgendetwas für Sie tun?«, fragte von Wiesinger. »Möchten Sie übrigens die Wohnung Ihrer Mutter behalten? Bald wird schließlich Frieden sein, und dann wird die Reise nach Wien einfacher werden. Vielleicht wollen Sie einmal eine Theater- und Opernsaison hier verleben?«

»Nein«, sagte Heger. »Ich werde sie auflösen. Darum wird sich Sophia kümmern. Ich möchte nur die schönen Möbel meiner Mutter behalten. Sophia schlug vor, dass sie hier im Haus auf dem Dachboden eingelagert werden könnten. Falls Sie das nicht inkommodiert.«

»Nein, keineswegs. Sie können auch die übrigen Dinge wie Porzellan oder Geschirr oder Bücher bei uns abstellen, bis Sie wissen, wie Sie darüber verfügen wollen.«

»Ich bedanke mich sehr bei Ihnen, Herr von Wiesinger. Hier habe ich übrigens noch ein kleines Geschenk für Herrn Pospischil.« Er zog aus seiner Jackentasche ein schmales Buch heraus und reichte es von Wiesinger. Dieser blickte auf den Titel und sah, dass Max Heger dem alten Beamten Schnitzlers Novelle *Sterben* zugedacht hatte.

»Eine etwas traurige Gabe«, sagte er. Max Heger sagte: »Schlagen Sie das Buch auf.«

Von Wiesinger öffnete das schmale Büchlein und erblickte auf dem inneren Titelblatt die handschriftliche Widmung Schnitzlers. Jetzt lächelte er: »Das wird ihn sicherlich freuen.«

Heger nickte und wandte sich an Ada: »Und für Sie, gnädige Frau, habe ich auch ein kleines Geschenk.« Er holte die Ada zugedachte Gabe aus dem Flur. Es war der große Handarbeitskorb seiner Mutter: »Den hat mir der Inspektor nach dem Begräbnis überreicht. Er stand im Haus des Grafen. Ich hatte diesen Korb ja in der Wohnung meiner Mutter vermisst.«

Albert, der immer noch sehr ernst und zurückhaltend war, musste unwillkürlich schmunzeln: »Adas handarbeitliche Fähigkeiten bedürfen noch starker Entfaltung.«

»Wo hast du nur diese Formulierung her?« fragte ihn von Wiesinger.

»Von dir. Du hast neulich so einen Satz über ihre hauswirtschaftlichen Fähigkeiten gesagt.«

Max Heger sah Albert an. »Für dich habe ich auch etwas. Extra aus England mitgebracht.« Er öffnete seine Reisetasche und holte ein großes altes englisches Lexikon heraus, das mit vielen Holzstichen versehen war. »Damit du die Sprache besser kennst, wenn du mich einmal besuchen willst. Nach dem Krieg.«

Nach dem Krieg, dachte Ada, wie oft wir das jetzt denken oder sagen. Max Heger wandte sich ihr wieder zu. »Ich dachte nicht daran, dass Sie jetzt anfangen zu sticken, gnädige Frau. Aber Sophia und ich, wir haben gesehen, dass in dem Korb sehr viele fertige Stücke sind. Und als ich Sie kennengelernt habe, erinnern Sie sich an meinen ersten Abend hier, da trugen Sie ein wunderschönes lindgrünes weiches

Kleid mit einer roten Borte. Sie haben gesagt, das sei eine Hegerborte. Und da habe ich gedacht, dass Sie sich vielleicht über die eine oder andere Hegerborte freuen würden, die Sie in dem Korb finden. Wenn Sie sich wieder einmal ein neues Kleid nähen lassen.«

Ada freute sich aufrichtig: »Kann ich das wirklich annehmen? Die Borten Ihrer Frau Mutter sind so schön und so wertvoll.«

»Dann wird es mich freuen, wenn Sie sie tragen.«

Hadler beschrieb Sophia seine Schwierigkeiten, weil ihm trotz inzwischen dreier ungeklärter Todesfälle, darunter mindestens zwei Morden, die Hände zu umfassender und direkter Überprüfung gebunden seien. »Da muss es eben anders gehen«, tröstete Sophia. »Meine Freundin Mascha könnte sich aufgrund ihrer zwar kurzen, aber intensiven Bekanntschaft mit Julia Pranger sicherlich Eintritt in das Pranger'sche Haus verschaffen. Was den Unikaiser betrifft, werde ich unter unseren Bekannten bestimmt eine seiner Studentinnen finden, der man vertrauen kann und die man an seine Fersen heften kann. Geben Sie mir bitte auch die Familiennamen seiner verheirateten Töchter. Vielleicht kennen wir ja auch jemanden, der mit ihnen verkehrt. Meine Familie hat einen riesigen Bekanntenkreis. Mit Graf Haid wird es schwierig werden; vielleicht sollte ich meinen Vater einschalten. Im Büro übrigens sind nur noch Haid und Pranger, der Unikaiser hat sich beim ersten Zeichen des Schattens, der durch Falkenbergs Verhaftung auf den Verein gefallen ist, abgesetzt. Wenn ich Sie richtig verstehe, dann sind Sie auch noch nicht von der völligen Unschuld Falkenbergs überzeugt. Da könnte meine Stiefmutter vielleicht ein wenig nachforschen, sie kennt doch seine Tochter.«

»Es sind zu viele offene Enden«, klagte der Inspektor. »Was wissen wir eigentlich? Dass Falkenberg die Knaben nicht fotografiert und vergewaltigt hat, wenn man den Knaben trauen kann, die seine Unschuld bestätigt haben. Dass sein Zigarettenetui auf dem Kaminsims des Grafen Haid lag. Dieses aber ist ihm vor einiger Zeit abhandengekommen. Dass alte Ehepaare kleine Kinder adoptieren und davon erschöpft sind. Sonst eigentlich nichts.«

»Doch, eine ganze Menge«, widersprach Sophia. »Wir wissen definitiv, dass die Stipendiaten von der Magdalenenstraße zu Fotografien und zum Geschlechtsverkehr missbraucht worden sind. Wir wissen definitiv, dass Helene Heger herausgefunden hat, wer dafür verantwortlich ist. Wir wissen, dass die Fotografien, zumindest eine der Serien, in der Wohnung von Christine Heger aufgenommen worden sind. Und dass auch Frau Heger als Sekretärin eine enge Beziehung zu *Kinderwünsche* hatte. Wir wissen, dass zwischen den Fotografien und dem Mord an Frau Heger und wahrscheinlich auch dem Mord an Helene Heger – oder gehen Sie etwa noch immer von einem Selbstmord aus? – ein Zusammenhang bestehen muss. Wir können davon ausgehen, dass der Mord an dem Fotografen ebenfalls zu dem Fall gehört. Er wird, da bin ich mir sicher, die Fotografien nicht nur gemacht haben, sondern auch ihre Vervielfältigung und Verteilung organisiert haben. Sein armseliger Laden diente nur zur Tarnung. Einer der Herren von *Kinderwünsche* wurde von Helene Heger als jemand enttarnt, der Kinder missbraucht. Und seitdem geht dieser Jemand umher und bringt jeden um, der auch um sein Geheimnis weiß oder wissen könnte. Ich jedenfalls habe Angst um die Knaben, die dort noch leben. Auch sie kennen schließlich den Täter.«

»Daran habe ich noch gar nicht gedacht. Entschuldigen Sie, Frau Sachtl, aber ich muss sofort veranlassen, die Kinder da herauszuholen. Die Kinder werden wohl zurück ins Waisenhaus müssen. Unverzüglich.«

»Beruhigen Sie sich, das ist heute alles schon erledigt worden. Herr Pranger und Graf Haid hatten dieselbe Sorge. Wir haben heute Nachmittag alle Familien kontaktiert, die eine prinzipielle Bereitschaft zur Aufnahme eines Pflegekinds erklärt haben, und konnten dort spontan fast alle Kinder unterbringen. Einen Jungen hat Pranger selbst aufgenommen. Übrigens hat keiner der Jungen mehr etwas erzählt. Und ich bin sicher, dass sie erst in ein paar Jahren über diese schrecklichen Erlebnisse reden werden, wenn überhaupt.«

»Wie verantwortungslos von mir«, klagte der Inspektor trotz der inzwischen vorgenommenen Lösung. Sophia legte tröstend ihre Hand auf die des jungen Mannes. Dieser betrachtete ihre Hand auf der seinen. Er erkannte dabei zweierlei: zum einen, dass von dieser Hand nur ein freundschaftlicher, aber kein erotischer Impuls ausging, und zum anderen, dass er auf die Dauer eben solch eine Hand auf der seinen liegen wissen wollte. Seine bisherigen Erfahrungen mit Frauen waren alle – er suchte nach einem passenden Wort – eindimensionaler gewesen. Bislang hatte er noch nie mit seiner Zimmerwirtin oder einer anderen seiner bisherigen oberflächlichen Frauenbekanntschaften sprechen wollen, wie er mit Sophia sprach. Aber da, das wusste er nun, hatte er sich selbst um etwas Wichtiges gebracht. Er würde sein Zimmer aufkündigen.

Der Fiaker blieb mit einem lauten Wiehern des Pferdes stehen. »Praterstern«, brüllte der Kutscher draußen. Sophia stieg aus, verabschiedete sich und ging schnell zu einer Mietdroschke. Sie entschied sich gegen die Elektrische, um keine Sekunde ihres letzten Abends mit Max Heger, der ja inzwischen wohl von ihren Eltern wieder zurück in ihrem Haus sein würde, zu verschwenden.

Hadler blieb niedergeschlagen in dem Fiaker sitzen. Als der Kutscher sich unwillig an ihn wandte, bat er ihn spontan, ihn noch zum Karmeliterplatz zu bringen. Er hatte beschlossen, Pospischil aufzusuchen. Vielleicht konnte er den alten Mann zu einem Bier einladen. Allein wollte er jedenfalls heute Abend nicht sein.

Pospischil freute sich, ihn zu sehen.

»Treten Sie ein, Herr Inspektor.«

»Ich wollte Sie eigentlich zu einem Glas Bier einladen, irgendwo hier in der Leopoldstadt.«

»Leider muss ich Ihnen absagen. Ich bin heute zuständig für meinen Enkel, weil meine Schwiegertochter sich einmal mit ihrer Freundin treffen wollte. Sie wird bestimmt noch eine Stunde oder zwei weg sein.«

Der Inspektor wandte sich etwas enttäuscht zur Tür.

»Aber ich habe eine andere Idee. Schauen Sie, der Herr Hofrat von Wiesinger hat mir neulich ein paar Flaschen Wein und Bier bringen lassen. Er ist immer so großzügig. Und das wäre doch ein Ersatz, wenn wir uns hier zusammen daran erfreuen?«

Der Inspektor nahm das Angebot gern an und folgte Pospischil in dessen gemütliche Küche, wo in einem Laufstall erschöpft und rotwangig dessen Enkelkind schlief.

»Ja, ich glaube, ich hab' zu sehr mit ihm getobt. Da ist er so müde geworden. Und jetzt weiß ich nicht, was ich tun soll: ihn hier schlafen lassen oder gleich ins Bett bringen. Dabei wird er aber ganz bestimmt wieder wach, und mit einem gemütlichen Plausch unter Männern ist's vorbei.«

Die beiden Männer entschieden sich augenzwinkernd, den Kleinen schlafen zu lassen und unterhielten sich in aller Ruhe, zunächst über den Fall, dann aber auch über dies und das. Später kam Pospischils Schwiegertochter zurück.

»Ja, was sitzt du denn im Finstern, Vater?«, wandte sie sich an Pospischil, schaltete das Licht an und bemerkte da erst, dass ihr Schwiegervater Besuch hatte und ihr Sohn immer noch in seinem Laufstall schlief. Sie lachte unbeschwert und fuhr fort: »Da will ich nicht weiter stören, aber ich werde zum Wein eine Suppe aufwärmen. Und hier, schau, Vater, Brot habe ich auch bekommen. Wenn das Essen fertig ist, wecken wir den Franz auf und essen miteinander. Sie geben uns doch die Ehre?«, fragte sie Hadler, der sich etwas verspätet vorstellte und keinerlei Einwände gegen dieses Abendprogramm erhob.

»Wie wirst du an Wien denken, daheim in deinem englischen Haus?«, fragte Sophia Max Heger, als sie sich im Morgengrauen voneinander verabschiedeten.

»Das weiß ich noch nicht. In mir sind zwei Wienbilder, die sich nicht nur widersprechen, sondern sich geradezu gegenseitig bekämpfen. Welches mir bleiben wird?«

Sophia schmiegte sich an ihn und schwieg. Sie wusste, dass er Zeit brauchte, um seine Empfindungen in Worte zu fassen.

»Wien war zunächst die Stadt der Verführung. Mich hat die Schönheit der prachtvollen alten Stadt und der in und auf und mit ihr neu entstandenen Stadt mit ihren klaren Strukturen, den weißen Flächen, den grünen und goldenen Kuppeln, den schlichten Ornamenten, die auch verspieltere Ausuferungen erlauben, in ihren Bann gezogen. Und dann deine Schönheit. Zu Hause konnte ich in den letzten Tagen meinen sanften grünen Hügeln zunächst nichts mehr abgewinnen. Am Tag erfüllte ich meine Pflicht. Aber nachts zog es mich mit Macht zurück zu dir. Große Worte. Beauty. Sense. Sensibility. Passion. Love. Ich habe schon vor dem Frühstück, und das ist bei uns Landwirten zu sehr unchristlich früher Zeit, an meinem Zeichenblock gesessen und habe eigene Häuser skizziert, zu denen mich die Stadt angeregt hat. Vielleicht kehre ich doch wieder zu meinem Beruf zurück. Aber auch das weiß ich noch nicht.«

Er küsste ganz zart ihre nackten Brüste, zuerst die linke, von der er behauptete, sie sei weniger vorwitzig als die andere, dann auch die rechte. Sophia hatte sich nach ihrem ersten Abschied von Max Heger im Spiegel betrachtet, um herauszufinden, was er mit dieser Bemerkung gemeint haben könnte, und sie bemerkte zu ihrer Verblüffung, dass die Brustwarze auf ihrer rechten Brust möglicherweise minimal höher saß als auf ihrer linken. *»Snub nose«*, hatte er damals gelacht, »Stupsnase, das kennt jeder. Aber wer kennt schon eine *snub breast* wie deine?«

Bei seinen *snub breast kisses* spürte Sophia, wie sie sich mit neu erwachter Leidenschaft an ihn klammerte. Doch sie wusste, dass die Zeit nur noch für wenige Küsse reichen würde; selbst wenn er ganz pünktlich in dem telefonisch bestellten Wagen sitzen würde, wäre die Zeit knapp bis zur Abfahrt des Zuges. Sie hatten am Vorabend spielerisch darum gestritten, wie lang der Wagen von Sophias

Haus zum Südbahnhof brauchen könnte, und dem Fahrer nur wenige Minuten zugestanden, um die Zeit, die sie miteinander verbringen konnten, zu verlängern. Sophia hatte sich dagegen entschieden, ihn zum Bahnhof zu begleiten: »So will ich dich nicht in Erinnerung behalten. Als einen müden Mann in einem Eisenbahnabteil mit einem etwas zu großen Hut, den er leicht lüftet, um jemanden zu grüßen, der draußen stehen bleibt, während er wegfährt. Nein, ich will dich als einen nackten Mann in meinem Bett in meinem Herzen behalten.«

»Vielleicht«, hatte Max Heger geantwortet, »doch auch ein ganz kleines bisschen als einen Mann, der in deiner Küche eine Tasse Tee zum Frühstück bekommt?«

Schon jetzt, wo Max noch bei ihr im Bett lag, diese letzten kostbaren gemeinsamen Minuten, glitt ihre kurze gemeinsame Zeit in das Reich der Erinnerungen ab, dachte Sophia. Sie ermahnte sich mit aller Gewalt zur Gegenwart und zur Vernunft und stand auf. »Ich mache dir jetzt deine Tasse Tee, nein, es wird eine Tasse Kaffee werden. Du bist schließlich noch in Wien. Und wenn du dich angezogen haben wirst, kommst du in die Küche und erzählst mir von dem anderen Wienbild, das du mit heimnehmen wirst.«

Sie schlüpfte in ihr Nachthemd und ging in die Küche. Von Karl war nichts zu hören. Sie schaute kurz in sein Zimmer und sah, dass sein Bett leer war. Die liebe Mascha, dachte sie, da hat sie ihn doch wieder heimlich zu sich geholt. Und wirklich hörte sie in der morgendlichen Stille aus Maschas Zimmer ein leises Gemurmel und Kichern.

Sie brühte den Kaffee auf und dachte dabei an Max' Wienerfahrung. Sie kannte sein zweites Bild der Stadt, noch bevor er es ihr beschrieb. Wien war für ihn die grausame und dunkle Stadt des Todes, in der er die beiden Menschen, die ihm am meisten bedeuteten, für immer verloren hatte, noch dazu unter bislang rätselhaften und vielleicht auch immer ungeklärt bleibende Umstände. »Eros und Thanatos*«, sagte sie zu ihm, als er, schon vollständig begleitet, zu ihr kam. »Gefühle in Begriffe zu kategorisieren«, setzte sie hinzu, »ist vernünftig. Und Vernunft hilft.«

Dann reichte sie ihm den Kaffee.

Der nächste Tag brachte viel Arbeit für Hadler und sein Team, sie ermittelten in alle Richtungen, ohne irgendetwas Greifbares zutage zu fördern. Er stand unter enormem Druck, wusste er doch, dass der Polizeipräsident äußerst *ungnädig* darauf reagierte, dass er ihm nach dem Debakel mit von Falkenberg immer noch nicht den richtigen Mörder präsentieren konnte.

Hausdorfer sprach an diesem Tag noch einmal mit allen Knaben, die im temporären Internat von *Kinderwünsche* gelebt hatten, und versuchte sich einen Eindruck darüber zu verschaffen, ob sie sich bei ihren Pflegefamilien wohlfühlten. Das Ergebnis seines Arbeitstages empfand er selbst als wenig ergiebig, er konnte lediglich vermelden, dass sich zwei der Knaben erstmals in mehr als stockenden Sätzen ihm gegenüber geäußert hätten. Doch das war allenfalls ein psychologischer, kein kriminalistischer Fortschritt.

Zwei andere Beamte sprachen mit allen Nachbarn und Nachbarinnen Christine Hegers, auch mit denen, die im

---

* Thanatos: Gott des Todes

Haus gegenüber wohnten. Mit wem immer sie auch sprachen, stets hörten sie freundliche Worte über die allein lebende Frau, die sich durch Höflichkeit und Bescheidenheit ausgezeichnet habe. Nur ein Student, der ihr schräg gegenüber in einem Mietshaus wohnte, teilte ein vielleicht interessantes Detail mit. Er habe nämlich manchmal, obwohl er sie am Morgen habe weggehen sehen, in ihrer Wohnung helles Licht beobachtet. Sein Schreibtisch stehe nämlich direkt am Fenster zur Straße, und er pflege hinauszuschauen, wenn er über etwas nachdenke. Einmal, nachdem das Licht erloschen war, habe er zwei Männer mit einem Knaben aus dem Haus gehen sehen. Der eine Mann hatte eine Fotoausrüstung bei sich.

Pospischil machte sich in seinem neuen Anzug noch einmal recht ziellos auf den Weg durch Kaffeehäuser, die etwas außerhalb der Inneren Stadt, aber dennoch nicht allzu weit entfernt von der Ringstraße lagen. Am Abend war ihm ganz schlecht von den vielen Tassen Kaffee, an denen er genippt hatte, von den schrecklichen Fotografien, die ihm dabei angeboten worden waren, und von dem sentimental-brutalen Fabrikanten aus Brünn, den er dabei verkörpern musste. Übrigens zeigten die meisten Fotografien junge Mädchen, meist so um die zwölf oder 13 Jahre. Knabenbilder bekam er keine zu sehen. Nur in einem Café in der Nähe des Rathauses hörte er gerüchteweise, dass es solche Fotografien schon gebe, dass man aber gute Beziehungen und sehr viel Geld brauche, um in ihren Besitz zu gelangen. Denn diese Fotografien seien *hochkarätig* und *künstlerisch wertvoll.* Man habe davon sprechen gehört, dass sie von einem ambitionierten Fotografen gemacht worden seien und in einigen Jahren bestimmt in Kunstausstellungen zu finden sein würden. Das glaubte Pospischil zwar nicht, aber dennoch war das das einzige und äußerst magere Ergebnis eines langen Arbeitstages.

Der älteste von Hadlers Beamten beschäftigte sich den ganzen Tag mit Johann Schmücker. Johann Schmücker war der ›Hansi‹ genannte Ober in dem kleinen schmuddeligen Kaffeehaus, in dem zuerst von Wiesinger verdächtige Beobachtungen gemacht hatte und in dem dann Pospischil in den Besitz der Fotografien gelangt war.

Hansi wurde von zwei Beamten in die Sicherheitswache geholt und dort fast acht Stunden lang einvernommen. Danach war der Beamte davon überzeugt, dass Hansi nicht mehr wusste als das, was er ihm im Lauf des Tages gestanden hatte. Und das war herzlich wenig. Verschiedene Männer, deren Namen er nicht kannte, brachten ihm ungefähr ein bis vier Mal im Monat einen kleinen Pappkarton mit künstlerischen Lichtbildern mit einer Auswahl von Serien zu je zwölf Fotografien, nannten ihm den Preis, den er zu verlangen habe, und rechneten mit ihm die letzte Lieferung ab. Er könne nicht sagen, wie viele unterschiedliche Männer ihn belieferten. Sie kämen zu keiner bestimmten Zeit; er erkenne weder in der Häufigkeit noch in der Wahl des Wochentags oder der Uhrzeit ein System. Die Männer hätten außerdem immer Wollmützen auf und einen breiten Schal nicht nur um den Hals, sondern auch noch halb über ihr Gesicht gezogen, sodass er daran zweifle, sie wiedererkennen zu können. Außerdem habe er große Angst vor ihnen, da sein erkrankter Vorgänger im Kaffeehaus, als er in das Geschäft eingestiegen sei, ihn nachdrücklich davor gewarnt habe, etwas falsch zu machen. Einmal habe seine Abrechnung nicht gestimmt, und er sei heftig zusammengeschlagen worden. Man bezeichnete dies als ›letzte Warnung‹. Er bekomme für seine Dienste zwar recht viel Geld. Der Inspektor würde wahrscheinlich sagen, es sei so gut wie gar nichts, aber es sei immerhin mehr als sein Hungerlohn im Kaffeehaus. Trotzdem frage er sich manchmal, wenn er nachts nicht schlafen könne, ob es das wert sei, immer diese Angst, die ihn vor allem in der Nacht heimsuche. Angst vor den Männern, vor ihren Hintermännern, vor den Kieberern, davor, dass er im Häfn* landen würde, was jetzt ja zweifellos der Fall sei.

Auch die immer wiederholten Fragen nach seinen Kunden brachten nichts unmittelbar Verwertbares zum Vorschein. Es sei ihm verboten, sagte Hansi aus, die Lichtbilder Fremden anzubieten. Er bediene nur den Kunstsinn weniger Stammkunden, Abonnenten sozusagen, und den von Männern, die ihm direkt von diesen Stammkunden empfohlen wurden. Diese Männer kenne er nicht mit Namen, aber selbstverständlich könne er sie jederzeit identifizieren. Dieses letzte Wort ging ihm nur schwer über die Lippen. Er versuchte es mehrmals im Dialekt, bis er die hochdeutsche Version fast korrekt herausbrachte: »ündentifizier'n.« Hansis Intelligenz schätzte der erfahrene Beamte als eher gering ein. Deswegen war er sich auch sicher, dass mehr aus Hansi nicht herauszubekommen war. Wäre er intelligenter, wüsste er vielleicht mehr. So schickte er den Mann schließlich nach Hause, wo dieser in der Nacht einen neuen Albtraum hatte: eine mehrstündige Einvernahme ohne Wasser und Brot.

* österreich.: Gefängnis

Natürlich, so schlug der Beamte Hadler am Abend vor, ließe sich langfristig etwas aus dieser Aussage machen. Er könne vom nächsten Tag an einer der *Stammkunden* des schmierigen Etablissements werden. Hansi sei eingeschüchtert genug, um ihm jeden seiner Zulieferer und jeden seiner Kunden zu zeigen. »Ich fürchte aber«, fügte er resigniert hinzu, »dass mit dem Tod des Fotografen auch dessen Vertriebssystem zusammengebrochen ist, sodass ich nur auf Staatskosten wochenlang vergeblich meine Melange trinke. Aus einem schmutzigen Häferl übrigens, wie Pospischil erzählt hat.«

»Und die Kunden?«, fragte Hadler etwas zögerlich. »Könnten die uns nicht weiterhelfen?«

»Das glaube ich, ehrlich gesagt, nicht. Die sind doch nur am Produkt interessiert. Je weniger sie über die Hersteller und den Vertrieb wissen, desto lieber ist es ihnen. Natürlich gehörten sie alle vor Gericht gestellt, das schon.«

Hadler nickte: »Wenn wir Zeit hätten, wäre das eine lohnende Aufgabe, obwohl sie sich damit herausreden würden, dass sie ein ästhetisches Interesse an künstlerischen Lichtbildern hätten. Das wäre aber trotzdem der Mühe wert. Ich fürchte, wir müssen alle unsere Kräfte auf die Aufklärung der Morde konzentrieren.«

Hadlers Kollege nickte: »Das sehe ich genauso. Aber in meiner Freizeit, Herr Inspektor, da darf ich doch meine Melange dort trinken. Natürlich nicht auf Staatskosten, sondern auf eigene Rechnung. Und den einen oder anderen der Herren werde ich mir schon schnappen. Wissen Sie, ich habe drei Enkelkinder in dem Alter der fotografierten Knaben.«

Hadler dachte an Pospischils Enkel Franz und sagte: »Lassen Sie uns Ihre Rechnungen wenigstens teilen. Und vielleicht geht ja auch die Aufklärung sehr schnell. Dann haben wir hoffentlich mehr Zeit. Und dann holen wir uns die Herren. Jeden einzelnen.«

Außer seinen Beamten waren auch etliche Frauen und Mädchen aus dem Bekanntenkreis der von Wiesingers unterwegs. Eine Kollegin Maschas war, wie sie wusste, mit dem Mann einer der Töchter von Professor Kaiser verwandt. Doch sie wusste nichts Wesentliches über den Schwiegervater ihrer Verwandten, nur das Geheimnis seines zweiten Vornamens konnte sie enthüllen, und damit eine eher traurige Familienanekdote. Offensichtlich hatte Kaiser von Kindesbeinen an unter seinem Namen gelitten, vor allem unter der von seinen Eltern originell gefundenen Entscheidung, ihren Sohn vor dem Familiennamen *Kaiser* mit den Vornamen *Franz Josef* auszustatten. Das hatte in der Schule dazu geführt, dass immer, wenn der Lehrer seine alphabetische Liste vorlas, der junge Kaiser schon spätestens ab dem Buchstaben *H* ganz ängstlich auf die Reaktion seiner Mitschüler gewartet hatte. Nach *Hochbauer*, *Peter* und *Jirgl, Erich* hatte der Lehrer sein *Kaiser* kaum ausgesprochen, als die ganze Klasse voll Spott ergänzte: *Franz Josef.* Vielleicht, so meinte Maschas Kollegin, wisse er deswegen so genau Bescheid über Kindernöte und arbeite in diversen Organisationen mit.

Mascha war es auch sehr leicht gefallen, in ihrer Gemeinde zwei Studentinnen zu finden, die ein Seminar bei Professor Kaiser besucht hatten. Beide waren zwar des Lobes über seine fachliche Kompetenz voll, hatten aber nach dem einen Seminar kein zweites belegt. »Nein«, erzählten sie Mascha, »er war nicht übergriffig. Er hat sich uns auch in keiner irgendwie unangenehmen oder unangebrachten Weise genähert. Aber er war so eitel und außerdem so neugierig. Er hat uns immerzu nach unseren Familien befragt, vor allem auch danach, welche akademischen Karrieren es in unserer Familiengeschichte schon gegeben hätte. Und da wir ja beide einfache jüdische Mädchen aus der Bukowina sind wie du auch, konnten wir dazu gar nichts sagen. Aber das hat ihn regelrecht enthusiasmiert. Wir fürchteten sogar, in einem seiner Aufsätze zum Frauenstudium aufzutauchen, als zwei proletarische oder kleinbürgerliche Mädchen, die einen sozialen Aufstieg wagen. Allerdings um einen hohen Preis, denn wir hatten den Eindruck gewonnen, dass er von Frauen eine klare Entscheidung erwartet: Studium oder Ehe.« Mascha konnte zwischen diesen Erzählungen und dem Gesprächsanlass keinen Zusammenhang erkennen und verabschiedete sich von ihren Freundinnen, ohne das Gespräch zu vertiefen. Denn sie wollte an diesem Tag auch noch mit Julia Pranger sprechen. Auch diese Unterredung führte jedoch zu keinen neuen Erkenntnissen über Julias Vater, nur zu einer Vertiefung ihrer Sympathie für das fröhliche, motorbegeisterte Mädchen.

Ernster als das Geplänkel zwischen Mascha und Julia verlief das Gespräch zwischen Ada und Olga von Falkenberg. Ada war am späten Vormittag in die Kriegsküche gegangen. Schon beim Eintreten, als ihr der Dampf einer kochenden Kartoffelsuppe entgegenströmte, war sie froh, diesem Ort entkommen zu sein. Sie grüßte freundlich und wandte sich dann Olga von Falkenberg zu: »Ich wollte mich von Ihnen in aller Form verabschieden. Ich habe hier ja meine Tätigkeit gekündigt, aber Sie sollten wissen, welchen großen Eindruck Ihre Redlichkeit und Tüchtigkeit auf mich gemacht haben. Und es hat mir so leidgetan, dass Ihr Vater zu Unrecht in die Presse geraten ist. Diese Sensationsgier wird ihm sicher sehr zu schaffen machen. Es würde mich sehr freuen, wenn Sie mich einmal zu Hause zu einer Tasse Kaffee besuchen würden.«

Zu ihrer Überraschung willigte Olga von Falkenberg ganz selbstverständlich ein. Ein Termin wurde schon für denselben Nachmittag verabredet.

Beim Kaffee erzählte Olga von Falkenberg ganz unverkrampft davon, wie niedergeschlagen ihr Vater gewesen sei. Jetzt aber habe er den Kampf um die Wiederherstellung seiner Ehre aufgenommen. Er wolle auch sein Projekt nicht aufgeben. Ihr sei andernorts eine verantwortungsvolle Stelle angeboten worden und sie habe sich, obwohl sie großes Mitgefühl mit ihm empfunden habe, entschlossen, diese anzunehmen. Schon in wenigen Tagen wolle sie ihre Arbeit antreten. Wie eine hohe Mauer stehe jedoch vor ihr die hierfür nötige Unterredung mit ihrem Vater.

Da Albert von der Schule kam und sich zu Ada und ihrem Besuch setzte, wandte sich das Gespräch heitereren und leichteren Themen zu.

Auer war von seinem Fahndungserfolg bei der Auffindung der Wohnung des Fotografen noch immer so überwältigt, dass er sich nach Absprache mit Hadler erneut dessen Wohnung und Laden vornehmen wollte. Die für einen Vorortladen phänomenal ordentliche Buchführung hatte ihn schon bei der Erstdurchsuchung fasziniert, weil der Tote jeden Heller, den er in seinem kleinen Laden einnahm und ausgab, genau notierte. Die Einnahmen durch den Laden deckten kaum dessen Miete. Auer konnte sich einfach nicht vorstellen, dass ein Mann mit einer solchen Krämerseele seine eigentlichen Einnahmen völlig unverzeichnet ließ. Deswegen suchte er ganz gezielt nach Quittungen aller Art. Hadler hatte ihn zwar vor allzu großem Optimismus gewarnt, denn für die Nebengeschäfte des Fotografen, eigentlich ja seine Haupteinnahmequelle, sei jeder schriftliche Beleg eine Gefahr gewesen. Dennoch gestattete er ihm, den ganzen Tag lang selbstständig seinen geplanten Ermittlungen nachzugehen. Auch deswegen, um ihn aus dem Weg zu haben.

Auer öffnete zunächst alle Schränke und Kommoden, die voller Berufsutensilien und sorgfältig beschrifteter Gelatineplatten waren. Überall herrschte große Ordnung, aber nur drei Schubladen enthielten Papiere. Auf die wollte er sich konzentrieren.

Auer konnte man alles vorwerfen, aber nicht, dass er ungenau war. Auch neigte er nicht dazu, schnell aufzugeben oder sich bei eintönigen Arbeiten zu langweilen. Im Gegenteil, er empfand eine tiefe Zufriedenheit dabei, aus den vielen Schubladen des Ladens säuberlich aufeinandergelegte Papiere herauszuholen und zu lesen und sie danach ebenso ordentlich wieder zurückzulegen. Der Tote schien ein Ordnungsfanatiker gewesen zu sein. Die unterste Schublade enthielt, chronologisch geordnet, Briefe junger Mädchen und Frauen, die sich – aus Gründen, die Auer nicht nachvollziehen konnte – in den Fotografen *verguckt* hatten. Die untersten, ältesten, waren harmlose Jungmädchen-Anhimmeleien aus der Hauptschule, die obersten, späteren, waren von einer erotischen Direktheit, die der wenig erfahrene Auer mehr als anregend fand. Nur ungern wandte er sich der nächsten Schublade zu, aber schließlich war es ja sein Ziel, Quittungen und Ähnliches zu finden, nicht das Liebesleben des Toten zu analysieren.

Und Quittungen fand er mehr als genug in der zweiten Schublade. Alles Quittungen von Kaffeehaus-, Beisel-, Heurigen- und Restaurantbesuchen. Wieder chronologisch geordnet wie die Liebesbriefe, erlaubten sie einen Nachvollzug des kriminellen Erfolgs des Fotografen, der sich an den immer besser werdenden Adressen und den immer höher werdenden Rechnungen ablesen ließ. Wie die Briefe rief auch das Studium dieser Belege körperliche Reaktionen in Auer hervor, die unmittelbarste war ein kräftiger Hunger. Da Auer nicht ganz unvermögend war, nahm er die oberste der Quittungen zur Hand, die von einem sehr vornehmen Restaurant am Graben ausgestellt war. Also wahrscheinlich die letzte Mahlzeit des Toten. Hadler studierte den Beleg und beschloss, dorthin zu gehen und genau dasselbe zu sich zu nehmen: Weiße kälberne Vögerl* mit einem Viertel gemischten Satz**.

In dem Dilemma zwischen Hunger und Pflichtgefühl, schließlich wartete noch eine dritte Schublade auf ihn, gewann nach einem Blick auf die Uhr der Diensteifer. Es war schließlich noch nicht einmal elf Uhr. Trotzdem war er erfreut, dass die dritte Schublade nur wenige Dokumente enthielt. Links lag eine Mappe mit allen Zeugnissen und Urkunden des Fotografen, wenig überraschend auch diese in chronologischer Ordnung. Immerhin entnahm er diesen Dokumenten, dass der Fotograf einmal ein Studium an der Graphischen Akademie aufgegriffen, aber dann abgebrochen hatte. Also hatte er doch einmal den Traum gehegt, ein

---

* dünne gefüllte Kalbsrouladen
** typische Wiener Weinspezialität aus gemischten Rebsorten

Künstler zu werden. Rechts davon lag eine Schachtel mit Papieren, die der Tote noch nicht sortiert hatte. Sie trugen alle das Datum seines vorletzten und letzten Lebenstages. Einige geringfügige Ladeneinnahmen, ein Zettel von einer Wäscherei, die Quittung eines Spenglers über die Reparatur einer undichten Wasserleitung zu einer Badewanne.

Enttäuscht verließ Auer den Laden, um die geplante Mittagspause einzulegen. Danach wollte er sich die Wohnung noch einmal vornehmen.

Das Faschierte* seiner weißen Kalbsvögerln war perfekt, die Soße lang eingekocht und deshalb schön sämig. Es schmeckte so, wie es zu schmecken hatte, trotzdem sah Auer, wenn er auf seinen Teller blickte, aus einem Grund, den er selbst nicht verstand, statt der drei kleinen dünngeklopften und zusammengewickelten Fleischröllchen immer kleine Rohre vor sich, kleine, gefüllte Rohre. Und die Soße auf seinem tiefen Teller verwandelte sich in seinem Kopf zu cremefarbigem Schaumwasser in einer Badewanne, in die es immerzu tropfte. Er war über sich selbst verärgert, dass er ein so schmackhaftes Mittagessen mit so profanen Vorstellungen verknüpfte, bis ihm klar wurde, was ihn zu solchen halluzinatorischen Ideen veranlasst hatte: Die Wohnung des toten Fotografen in Favoriten hatte keine Badewanne.

Eine derartige kriminalistische Genialität hatte Auer bislang noch nicht an sich entdeckt, und er feierte sie mit einem zweiten Viertel Wein. Dabei malte er sich aus, wie zufrieden Hadler mit seinem Assistenten sein würde und wie er ihn

---

* österreich.: Hackfleischfüllung

bei dem Polizeipräsidenten wegen seiner genialen Schlussfolgerungen loben würde, ein Lob, das natürlich auch bei seinem Vater bekannt werden würde. Erst als er sich überlegte, wie er seine Entdeckung formulieren sollte, wurde ihm bewusst, dass noch einiges fehlte, wodurch er seinen Triumph aufwerten könnte. Schließlich konnte er ja nicht nur erzählen, dass seine Kalbsvögerln sich vor seinen Augen in Wasserleitungsrohre verwandelt hatten.

So beschloss er, schnell seine Rechnung zu bezahlen und dann zurück nach Favoriten zu eilen, auf der Rechnung des Spenglers dessen Anschrift zu finden und diesem die Adresse der Wohnung zu entlocken, in der die Badewanne stand, deren undichte Wasserleitung er repariert hatte.

All das gelang Hadlers Assistenten scheinbar mühelos, und so konnte er schon gegen 15 Uhr vor Hadler treten und ihm mitteilen, dass er die zweite Wohnung des Fotografen ausfindig gemacht hatte. Er hatte sogar sämtliche Schlüssel, die er in dessen Wohnung gesehen hatte, mitgebracht, sodass Hadler unverzüglich mit ihm und einer ganzen Schar von Beamten und Technikern in diese Wohnung des Fotografen gehen konnte, wo sie wirklich alles fanden, um dessen schreckliches Handwerk lückenlos dokumentieren zu können. Große Geldbeträge lagen in einem Kasten, in einer Schublade fanden sie die Schlüssel zur Wohnung Christine Hegers. Sie fanden außerdem Belege sämtlicher bislang erschienener Mappen *Künstlerischer Lichtbilder*, von denen viele in Christine Hegers Wohnung fotografiert worden waren, z. B. die Serie *Lesende Knaben* in ihrer Bibliothek oder die Serie *Englische Knaben* in ihrem Gästezimmer. Sie fanden Belege zu den Einnahmen, die mit den Fotografien erzielt worden waren. Kurz: alles, nur nicht den Namen seines direkten Auftraggebers, der in allen Belegen nur als N.N. erschien.

Es läuft der Frühlingswind
Durch kahle Alleen,
Seltsame Dinge sind
In seinem Wehn.

V.

Abends trafen sich Hadler und Pospischil wie verabredet zu einem Bier in einem kleinen tschechischen Beisel in der Leopoldstadt. Hadler genoss die für ihn fast exotische Atmosphäre. Die Tische waren mit rot-weiß karierten Tischdecken belegt, die Wände mit dunklem Holz getäfelt, das dort sicher schon vor Generationen seinen Glanz gegen den Tabakrauch und den Dampf der Speisen behauptete. Das Bier kam in großen Gläsern auf den Tisch. Viele Männer sprachen tschechisch. Pospischil schien bekannt, aber nicht gefürchtet zu sein. Vielmehr grüßte man ihn allenthalben ehrerbietig. Die Wirtin brachte unaufgefordert zwei Teller dampfende Kartoffelsuppe an ihren Tisch. »Bramboračka*«, murmelte Pospischil erfreut. »Das ist ja ein Glückstag heute. Vor dem Krieg gab's das hier jeden Tag, das kann ich Ihnen sagen. Mit Pilzen und frischer Petersilie. Was heute alles drin ist, weiß man lieber nicht so genau.« Der Wirt, der sich noch in der Nähe des Tisches aufhielt, sagte stolz: »Alles, was hineing'hört. Wir haben ja letzten Herbst so viele Schwammerl im Wienerwald g'sammelt und dann getrocknet, und heute haben wir eine Portion von diesem Schatz in die Bramboračka gegeben, weil ich Geburtstag habe. Deswegen gibt's heute für unsere Stammgäste auch davon, und für Sie, Herr Gendarm, sogar umsonst. Und für Ihren jungen Freund natürlich auch.« Pospischil hob das Glas und sagte: »Vše nejlepši k narozeninám**«, eine sehr konsonan-

* tschechische Kartoffelsuppe

** tschech.: Alles Gute zum Geburtstag

tenreiche Ansprache, wie Hadler fand, aber offensichtlich genau das Richtige, denn der Wirt antwortete: »Děkuju«, was, wie wohl jeder Wiener wusste, einfach »dankeschön« hieß. Hadler tauchte seinen Löffel in die heiße Suppe. Er spürte, wie ihn die cremige Flüssigkeit von innen wärmte und war Pospischil dankbar für die Gesellschaft.

Sie waren schon beim zweiten Bier angelangt, und Hadlers Stimmung hatte sich sehr gehoben. Er hatte in der Früh sein Zimmer kündigen wollen, was seine Wirtin nach dem gestrigen Vorfall auch nicht verwunderte. »Aber muss es denn sein?«, fragte sie. »Es hat doch alles gepasst mit uns.«

»Ja, schon«, antwortete er. »Aber leider eben nicht nur mit uns.«

»Und ist Ihnen was abgegangen?«, fragte sie, schon wieder in das frühere *Sie* übergehend.

Diese schlichte Frage konnte er für sich nur verneinen. Nein, *abgegangen* war ihm nichts, gar nichts. Aber das war ja das Problem. Es müsste einem was *abgehen* in einer Beziehung, die nur aus gelegentlichem Beieinanderliegen in einem Bett bestand.

»Dann müssen Sie doch nicht ausziehen«, wandte sie ein.

»Eigentlich nicht«, sagte er. »Aber ich möchte gern. Wenn ich nur noch hier bleiben könnte, bis ich etwas Passendes gefunden habe?«

»Solang Sie möchten, Herr Inspektor.«

Der Wirt näherte sich ihrem Tisch und fragte höflich, ob sie noch einen Nachschlag wollten. Hadler blickte Pospischil an, weil er nicht recht wusste, ob es sich gehöre. Als dieser lächelnd nickte, tat er das gleiche. Der Wirt näherte sich zufrieden mit einer großen Terrine und schöpfte ihre

Teller erneut voll bis zum Rand. Hadler tauchte seinen Löffel vorsichtig in die Suppe, um nur ja keinen Tropfen zum Überlaufen zu bringen, als sein Blick auf einen alten Mann in einem schäbigen Mantel fiel, der etwas unschlüssig in der Eingangstür stand und einen großen Pappkarton vor sich hielt.

»Kennen Sie den Mann dort?«, fragte er Pospischil.

»Ja, und ob«, antwortete dieser. »Wo mag der herkommen? Und was er wohl hier sucht?«

Offensichtlich suchte er Pospischil. Als er ihn unter den vielen lärmenden, teilweise auch laut singenden Männern endlich ausgemacht hatte, kam er etwas scheu auf ihren Tisch zu. »Es war gar nicht so schwer, Sie zu finden«, sagte er. »Ich hab' mich ja an Ihren Namen erinnert und dann hab' ich einfach auf der nächsten Wache gefragt, ob einer Sie kennt. Und die haben mir gesagt, dass Sie hier in der Leopoldstadt zu Hause sind. Da bin ich eben hergekommen, und auf der Wache hat man mir g'sagt, dass Sie schon in Pension sind und keine Ermittlungen mehr anstellen. Aber Ihre Adresse hat man mir gegeben. Und dort hat ein hübsches junges Weiberl mir g'sagt, dass Sie heute Abend ausnahmsweise in einem Beisel seien, in diesem Tschecherl* hier, und da bin ich also. Ich möchte Ihnen gern etwas geben, auch wenn Sie in der Pension sind, werden Sie besser wissen als ich, was damit zu tun ist.«

Er stellte den Karton heftig zwischen die beiden Suppenteller, deren Inhalt gefährlich zu schwappen begann.

»Riecht ja gut«, sagte der alte Mann.

---

* österreich.: kleines Kaffeehaus

»Darf ich vorstellen?«, sagte Pospischil. »Das ist mein Kollege, der Herr Inspektor Hadler, und das ist einer der Hausverwalter des AKH. Und ein guter Freund von Fräulein Helene Heger. An Ihren Namen erinnere ich mich jetzt leider nicht mehr, Herr …?«

»Ich bin der Alfons«, antwortete der alte Mann.

»Und was bringen Sie uns, Herr Alfons?«

»Das ist noch ein Karton von der Schwester Helene. Sie hat ihn mir zum Verstecken gegeben, aber sie hat g'sagt, dass ich ihn keinem zeigen darf. Unter keinen Umständen. Und da hab' ich lang mit mir gekämpft, ob die Umstände auch noch nach ihrem Tod gelten. Und hab' gedacht, ja. Aber als ich dann in der Zeitung gelesen hab', dass ihre Mutter ermordet worden ist, da hab' ich gedacht, dass ich vielleicht doch …?«

»Das war ganz richtig von Ihnen, Herr Alfons. Sie wissen doch sicher auch, was drinnen ist?«

»Schon. Und ich kann mir gar nicht vorstellen, dass Ihnen das was hilft. Aber vielleicht wissen Sie jemanden, dem man es geben sollte. Es sind alles Fotografien. Aber keine schönen. Nur arme Leut'. Die in der Schlange auf ihr Essen warten. Sandler unter der Bruckn. Bettler. Schmutzige Kinder, die in Lock'n* herumspielen. Unsere schöne Wienerstadt sieht drauf aus wie ein einziges Elendsviertel. Sie hat das Fotografieren gelernt. Und immer die Büldln in den Karton gesteckt. Am Anfang hab' i, wie g'sagt, g'schaut. Die Neugier eben. Aber dann wollt' i gar nicht mehr. Sie werd'n 's ja eh seh'n.«

Natürlich erhielt der Herr Alfons für seinen Einsatz einen Teller von der Suppe, die ihm sehr viele lobende Worte entlockte. Er habe gar nicht gewusst, sagte er, dass die *Bosnia-*

* österreich.: Lacke, Pfütze

ken so etwas Gutes kennen. Und ein Seidl Bier. Dann trollte er sich wieder, und Hadler und Pospischil betrachteten sich in aller Ruhe die Bilder. Hadler dachte, wie viel der Nachwelt dadurch entgangen sei, dass Helene Heger ihr Fotografieprojekt nicht zu Ende führen konnte. »Ich werde die Bilder Herrn von Wiesinger übergeben«, sagte er, als sie beim letzten Lichtbild angekommen waren. »Vielleicht sollte man sie nach dem Krieg an ihren Bruder schicken.«

Da bemerkte er, dass unter der letzten Fotografie ein dünnes Japanpapier lag, unter dem sich noch ein paar Bilder zu befinden schienen. Na gut, dachte er, sehen wir uns die auch noch an. Er hob das Papier in die Höhe und griff nach den Fotografien, die ein wesentlich kleineres Format hatten als die großen Stadtbilder. Da sah er, dass Helene, offensichtlich, um einen Beweis für das, was sie bei dem Fotografen entdeckt hatte, einige seiner pornografischen Fotografien eingesteckt hatte, und außerdem das Foto eines der fünf Vorstandsmitglieder des Vereins *Kinderwünsche*. Der Zusammenhang war eindeutig, denn der Mann stand in dem schönen Wiener Salon von Christine Heger. Das Foto war etwas unscharf, offensichtlich hatte der Fotograf es heimlich gemacht, aber trotzdem war eindeutig, wen es zeigte.

Während Pospischil und Hadler den Deckel von Helenes Schachtel hochhoben, beschloss Ada, den Handarbeitskorb von Christine Heger zu öffnen. Es war früher Abend, Albert arbeitete noch mit dem Hauslehrer. Von Wiesinger hatte darauf bestanden, dass der Junge altersgemäß eingeschult wurde, und hatte deswegen einen pensionierten Lehrer gebeten, täglich am frühen Abend zwei Stunden mit Albert zu arbeiten. Bis zum Nachtmahl.

Aus der Küche war leises Töpfeklappern zu vernehmen. Ada hatte Albert wieder von der Schule abgeholt, eigentlich nicht mehr, um ihn zu schützen, sondern einfach, weil sie meinte, dass ihre Fürsorge und Zuwendung ihm durch die schwere Zeit helfen würde. Sie konnte sich nicht vorstellen, wie sich ein Junge in Alberts Situation fühlen musste, mit all den vielen unerwarteten Ereignissen in seinem Leben: dem Bekanntwerden mit einer neuen Familie, die zwar die besten Absichten hatte, ihm einen leichten Einstieg in die neuen Zusammenhänge zu ermöglichen, aber dauernd in unklare Todesfälle verwickelt war, der Konfrontation mit den Zeitungsnachrichten, die von Falkenberg, der vielleicht sein Großvater war, zu einem Mann machten, der Kinder missbraucht und zum Verbergen seiner Verbrechen zum Mörder wird, die Entlastung des Großvaters und seine Rehabilitation. Selbst wenn man diesen Großvater abgrundtief hasste und verachtete, musste einen all dies quälen. Vielleicht stand er vor einem ähnlichen Abgrund wie sie seit einiger Zeit.

Max Heger hatte nicht zu viel versprochen. Fast ein Dutzend fertiger Borten lag in dem Korb, eine ausdrucksstärker als die andere. Auf der ersten, die sie sorgfältig in ihre Hände nahm, waren lilafarbene Fliederdolden auf einen hellgrünen Leinenstoff gestickt. Ada bewunderte die feinen Stiche, die wie immer auf Christine Hegers Arbeiten kleinere und größere Flächen entstehen ließen, die wie gemalt wirkten. Sie sah schon ein hellgraues Kleid vor sich, dessen Ausschnitt durch diese Borte geziert war. Das Kleid durfte keinerlei weitere Raffinesse oder Schmuck aufweisen, sondern sollte nur durch die Borte seine Wirkung erzielen. Ada sah hinaus in den Garten, der sich in den letzten Tagen schon manchmal frühlingsmäßig präsentierte. Doch bis zum Erblühen der beiden Fliederbüsche in der Ecke ihres Gartens würde es noch dauern. Auf der nächsten Borte, die sie in die Hand nahm, hoben sich rot-grün gefiederte Papageien expressiv von einem schwarzen Hintergrund ab. Fast einem Bild glich die dritte Arbeit, auf der ein detailgenau gearbeiteter Pfau vor zwei Birkenstämmen posierte. Man könnte, so überlegte Ada, die Tasche eines einfarbigen Kleides damit zieren. Oder, das war eigentlich naheliegender, man konnte die Stickerei in einen geschwungenen Rahmen spannen und sich die Handarbeit wie ein Bild an die Wand hängen. Ja, das würde sie machen. Sie würde für dieses Stoffviereck einen silbernen Jugendstilrahmen besorgen und es dann Christines Sohn zukommen lassen. Wenn der Krieg vorbei wäre, würde sie es ihm schicken. Diese Arbeiten waren vermutlich in der Zeit entstanden, in der sie bei Julius Haid Zuflucht gesucht hatte, und sie waren Christines letzte Lebenszeugnisse. Die nächste Arbeit, die sie in die Hand nahm, irritierte sie. Ein grüner Seidenstoff war dicht mit weiß-gelben Gänseblümchen, blauen Veilchen, grellroten Zyklamen und vielen anderen bunten Frühlingsblumen bestickt, eigentlich ein für Christine Heger untypisches Motiv. Die Arbeit war nicht so fein wie die anderen gearbeitet, und sie bestand nicht aus linearen Stichen wie die anderen Borten, sondern aus Kreuzstichen. Sie drehte die Borte um. Sie mochte ja viel von der modischen oder gar künstlerischen Wirkung von Handarbeiten verstehen, von der Technik aber hatte sie, wie schon Albert erkannt hatte, wenig Ahnung. Kreuzstiche kannte sie natürlich noch aus ihrer Schulzeit, und die Rückseite der Borte würde zeigen, ob ihre Vermutung zutraf. Doch im Gegensatz zu Christines sonstigen Arbeiten war eine zweite Borte gegen die Blumenwiesenborte genäht. Warum nur? Welchen Verwendungszweck konnte Christine Heger im Sinn gehabt haben? Umso mehr, als die dagegen genähte Borte ein grobgearbeitetes Tierwirrwarr zeigte. Fast zum Fürchten waren die einen frontal anblickenden gefährlichen Tierköpfe, die alle ihre Mäuler oder Schnäbel aufsperrten, als wollten sie einen verschlingen. Ada hielt die Borte in der Hand, beide Seiten gefielen ihr eigentlich nicht, die eine zu lieblich, die andere zu bedrohlich. Sie wollte sie schon beiseitelegen, aber sie wandte sie unschlüssig doch noch mehrere Male um. Wollte Christine mit ihnen vielleicht etwas sagen über ihr Leben in ihren letzten Tagen? Vielleicht Lebenssehnsucht mit der einen und Todesangst mit der anderen Seite ausdrücken? Aber hätte die kunstsinnige Frau diese Botschaft nicht eher als Meisterwerk gestaltet denn als ästhetisch wenig beeindruckende Stickereien? Sie wollte sich nun lieber den anderen noch im Korb liegenden Arbeiten widmen und ergriff eine neue Borte, als ihr auffiel, dass diese Leinenborte dünner war als die vorige, obwohl die doch auf feinen Seidenstoffen gearbeitet war. Sie holte sie erneut aus dem Korb, um ihren Eindruck zu verifizieren, dabei rieb sie sie ein wenig zwischen den Fingern. Aufgeregt stellte sie fest, dass sie wirklich zu dick war, um nur aus zwei bestickten Stoffschichten bestehen zu können.

Ada rannte ins Bad, um aus ihrem Necessaire ihre kleine Nagelschere zu holen. Das war einfacher, als in ihrem eigenen, kaum genutzten und deswegen recht unordentlichen Nähtischchen nach einem entsprechenden Werkzeug zu suchen. Sie schaltete zusätzlich zu der gemütlichen, aber nicht sehr hellen Tischlampe, die sie bislang genutzt hatte, die Stehlampe ein und schob ihren Stuhl so zurecht, dass sie das helle Licht für ihr Vorhaben nutzen konnte. Vorsichtig, um nur ja nichts zu beschädigen, trennte sie die winzigen Stichlein auf, mit denen die beiden Borten aneinandergenäht waren. Sie brauchte recht lang dafür, und ihre Erregung wuchs, als sie nach einigen auseinandergetrennten Zentimetern mit zwei Fingern in den Spalt griff und bemerkte, dass sich da wirklich ein weiteres Stoffstück befand. Sie arbeitete so schnell, wie sie es eben trotz der gebotenen Vorsicht konnte, und dann, endlich, ließ sich das Stoffstück herausziehen. Es war ebenfalls aus Seide, aber der Länge nach gefaltet, sodass es sich um eine recht große Arbeit handeln musste. Stieß sie jetzt auf das erwartete Meisterwerk, die Botschaft?

Sie entfaltete den bestickten Stoff.

Ja, er enthielt eine Botschaft.

Eine gestickte Botschaft.

Aber es handelte sich nicht um ein Bild, sondern um einen langen Text, der mit feinsten schwarzen Stichen auf den weißen Seidenstoff gestickt, fast könnte man sagen: geschrieben war. Denn die Stickerei sah aus wie ein Brief.

Obwohl sie die Spannung kaum aushalten konnte, wollte sie mit dem Entziffern des Textes auf Felix warten. Manches war zu zweit einfach besser auszuhalten als allein.

Vielleicht konnte sie sich zu Albert und Professor Gabor setzen, ohne diese bei der Arbeit zu stören? Nein, das war kein guter Gedanke. Sie würde die beiden sicherlich ablenken.

Sollte sie in der Küche helfen? Aber Marie war nie so glücklich, wenn sie dort auftauchte und vielleicht einige der häuslichen Küchengeheimnisse aufdeckte.

Vielleicht konnte sie den Tisch für das Nachtmahl decken?

Sie öffnete die Tür zum Speisezimmer, musste aber feststellen, dass schon alles vorbereitet war.

Im Vorraum traf sie auf Jean. »Kann ich Ihnen helfen, gnädige Frau?«, fragte er, ihre Unruhe bemerkend.

»Ich fürchte, nein«, sagte sie. »Außer, Sie könnten meinen Mann herbeizaubern.«

Er lächelte: »Das kann ich. Er hat nämlich gerade angerufen und mich gebeten, ihn mit dem Wagen von einer Ankerfiliale in Favoriten, wo er mit demonstrierenden Frauen über deren Forderungen gesprochen hat, abzuholen.«

»Darf ich mitfahren, Jean?«, fragte Ada, die nicht recht wusste, wie sie die Wartezeit sonst überbrücken sollte.

»Aber gnädige Frau«, antwortete Jean. »Das würde den gnädigen Herrn sicher sehr freuen.«

Während Ada noch nicht wusste, wie dicht sie vor der Auflösung aller Rätsel stand, meinten Pospischil und Hadler, es schon durch einen Zufall gelöst zu haben, und waren so eilig zum Revier aufgebrochen, dass Pospischil, was er hasste, dem tschechischen Wirt noch über die lärmenden Menschenköpfe hinweg zubrüllen musste, dass er bitte anschreiben sollte.

»Ich werde mir jetzt zwei Gendarmen von der Nachtwache holen und dann den Grafen Julius Haid zur Einvernahme bringen lassen.«

»Warum lassen Sie ihn nicht gleich verhaften?«, fragte Pospischil.

»Nach meinem Fiasko mit Falkenberg würde ein erneuter Fehlgriff meinen Kopf kosten«, erklärte Hadler. »Aber ich werde den Polizeipräsidenten verständigen lassen, soll der doch entscheiden, ob ihm die Verdachtslage für eine Verhaftung ausreicht.«

»Was genau haben wir an Indizien?«, fragte Pospischil. »Außer der Fotografie natürlich.«

»Nun, er ist einer der fünf Direktoren des Vereins. Das macht ihn verdächtig wie alle andern. Er ist offensichtlich sehr arm. Somit ist er der Einzige, der wirklich Interesse an Geld haben könnte.«

»Arm würde ich ihn nicht gerade nennen. Wer in einem solchen Palais wohnt, der ist nicht arm. Und jeden Tag ein exquisites Mittagessen für nix. Und abends ein Nachtmahl für ein bisserl vornehme Unterhaltung. Opernloge. Vornehme Freunde. Und Geld? Ist Geld nicht immer von Interesse? Die Reichen reden mehr vom Geld als die Armen. Die reden vom Essen. Nehmen die sehr reichen Leut' die Vermehrung ihres Geldes nicht sogar wichtiger als die anderen? Was ist mit der Gier nach Geld? Ich will Ihnen nicht widersprechen, aber das allein kann es nicht sein.«

»Gut, darüber müsste man länger diskutieren. Etwas anderes: Er war der Einzige der Männer, der Frau Heger sogar privat und nicht nur vom Büro her kannte.«

»Oder der Einzige, von dem wir das wissen.«

»Und die diffuse Geschichte, die er erzählt hat über den Aufenthalt der Frau Heger bei ihm?«

»Die Wahrheit ist auch oft diffus.«

»Was machen Sie hier mit mir, Herr Pospischil? Spielen Sie den *Advocatus Diaboli*?«

Pospischil schmunzelte: »Ich bereit' Sie nur ein bisserl auf Ihren Präsidenten vor.«

Das erwies sich auch als bitter nötig, aber erst Stunden später. Vorher gab es schieren Aktionismus. Sowohl Graf Julius von Haid als auch der Polizeipräsident waren schwierig zu finden. In beiden Häusern wurde auf das Klopfen und Läuten nicht reagiert, sodass Gendarmen davor Aufstellung nahmen. Lang kam und ging kein Mensch. Die Gendarmen froren vor den Häusern, und Pospischil und Hadler wurde es vor Nervosität in der Wache immer heißer. Endlich näherte sich ein junger Mann, fast ein Knabe noch, dem Haus des Polizeipräsidenten und öffnete mit dem Schlüssel die Haustür. Als die Gendarmen auf ihn zugingen, sagte er fröhlich: »So spät bin ich doch jetzt auch nicht dran, dass mein Herr Vater mich schon auf die Wache bringen lässt.« Als die Gendarmen ihm sagten, dass nicht er, sondern sein Vater das Objekt ihres Wartens sei, bat er sie hereinzukommen. Dort lag im Vorraum neben dem Telefon ein dicker Kalender, in dem die privaten Termine des Präsidenten und seiner Frau notiert waren. »Sehen Sie, heute Abend sind meine Eltern in der Oper. Mit einem anderen Ehepaar, wenn ich das richtig entziffere.« Die beiden Beamten bedankten sich und eilten zum Opernring. Sie hatten viel Mühe, den Beschließer dazu zu bewegen, ihnen die Loge zu zeigen, in der ihr oberster Dienstherr einen ungestörten Abend verbringen wollte. Doch schließlich drangen sie zu ihm vor und erklärten ihm die Dringlichkeit der Situation. Als er hörte, dass nun Graf Julius von Haid verdächtigt würde, allerdings noch nicht aufgefunden worden sei, sagte er wütend: »Sie können doch nicht eine der Spitzen unserer Gesellschaft nach der anderen festnehmen.« Die Gendarmen erklärten ihm in ruhigen Worten, dass es um keine Festnahme, sondern nur um eine Einvernahme gehe, die in seiner Anwesendheit stattfinden solle. Daraufhin sagte er, weit davon entfernt, ruhiger zu werden: »Dann nehmen wir ihn doch gleich mit. Er sitzt zwei Logen weiter.«

Im Revier bat er den Grafen zunächst, kurz zu warten. Er selbst ging ohne anzuklopfen in das Zimmer des Inspektors und brüllte ihm laut seine Verärgerung entgegen. Dabei wiederholte er alle seine Vorwürfe und Beschuldigungen, nur in sowohl von der Lautstärke als auch von der Wortwahl her gesteigerter Form. Danach bat er den Grafen, einzutreten. Er setzte sich demonstrativ an Hadlers Schreibtisch und bat den Grafen mit vielen schönen Worten, doch so freundlich zu sein, ihm gegenüber Platz zu nehmen. Hadler wies er einen Platz an der Schreibtischecke zu und richtete dann die Schreibtischlampe direkt auf Hadlers Gesicht, während er selbst und der Graf im gemütlichen Halbdunkel versanken. Er schob Hadler einen Notizblock zu wie einem Schuljungen und begann dann das Gespräch. Eigentlich machte er Konversation. Hadler wusste gar nicht, was er von diesem Gespräch notieren sollte. Es ging um die Stimme einer italienischen Sopranistin, die Hadler völlig unbekannt war, und die Frage, ob ihre Stimme durch ihre Schwangerschaft Schaden genommen habe oder nicht. Dann endlich lenkte der Polizeipräsident das Gespräch auf *Kinderwünsche*. Der Graf äußerte sein Bedauern darüber, wie viel Schaden die ungerechtfertigte Festnahme des Herrn von Falkenberg dem Verein zugefügt habe, und gab seiner Sorge Ausdruck, dass das Renommee seines Lieblingsprojektes auf Dauer geschädigt sein könnte: »Wir wissen ja, dass die Richtigstellungen in den Zeitungen nicht von den Zeitungsjungen ausgeschrien werden, sondern einen sehr bescheidenen Platz auf der letzten Seite einnehmen. Bis die Ehre des Herrn von Falkenberg wiederhergestellt sein wird, das kann dauern. Wenn es ihm überhaupt je gelingt.«

Der Polizeipräsident nickte.

Graf Haid fuhr fort: »Sie wollen wahrscheinlich noch einmal mit mir über meine liebe Bekannte, die unglücklich verstorbene Frau Christine Heger, sprechen.«

Der Polizeipräsident nickte betätigend.

»Haben sich etwa neue Anhaltspunkte ergeben?«

Der Polizeipräsident zuckte mit den Schultern und wies auf den Inspektor, dem schon die Augen von dem hellen Licht schmerzten.

»Ja, einige«, sagte Hadler und holte aus seiner Akte die Fotografie heraus, die den Grafen zeigte.

»Ja, das bin ich. Und was ist daran interessant?«, fragte dieser.

»Interessant ist, dass Sie in demselben Interieur stehen, in dem auch die pornografischen Bilder der Knaben aufgenommen worden sind«, sagte der Inspektor.

»Wofür Sie natürlich eine Erklärung haben werden«, fügte der Polizeipräsident hinzu.

»Selbstverständlich habe ich die. Wo sollen diese ganzen abscheulichen Bilder aufgenommen worden sein? Zeigen Sie einmal her.«

Der Inspektor zeigte ihm das Bild, das ihn zeigte, und die beiden Bilder, die zwei Knaben zeigten.

»Wiener Werkstätte«, sagte Graf Julius Haid mit Kennermiene. »Beste Handarbeit. Vorzügliche Materialien. Ausgesucht modernes Design. Aber doch keine Unikate, diese Stühle. Ich kenne verschiedene Salons, in denen sie stehen.«

»Aber in Zusammenhang mit diesem gestickten Bild«, Hadler zeigte auf die gerahmte Sticklandschaft hinter einem der Jungen, »doch nur in einem.«

»Ach ja, jetzt erkenne ich ihre Handschrift, wenn man so sagen darf: Das hat die arme Christine Heger gearbeitet. Aber glauben Sie im Ernst, dass sie mit diesem Schmutz etwas zu tun hatte? Glauben Sie mir: definitiv nicht. Ich verbürge mich für die Integrität dieser Frau.«

»Wir glauben ja auch nicht, dass sie damit zu tun hatte. Aber wir glauben, dass jemand, ein Freund vielleicht, sich einmal ihres Zweitschlüssels bemächtigen konnte und seitdem ihre Wohnung nutzte, wenn er sie bei ihrer Arbeit wusste.«

»Und wie wollen Sie dann beweisen, dass mein Lichtbild, das mich lediglich vor einem der Stühle, aber vor einem völlig leeren Hintergrund zeigt, in dem gleichen Zimmer aufgenommen worden ist wie das des Knaben, wo das Stickbild zu sehen ist? Und selbst wenn meine Fotografie in ihrer Wohnung entstanden sein sollte, da ich sie zugegebenermaßen gelegentlich besucht habe, wie wollen Sie dann auf einen Zusammenhang zwischen meinem Bild und dem Schund da schließen?«

Der Polizeipräsident nickte.

Der Inspektor bewegte etwas bekümmert den Kopf: »Lichtverhältnisse, Format, Technik.«

»Ach ja?« Der Graf zeigte sich unbewegt und stoisch.

»Nehmen wir einmal an«, setzte der Inspektor neu an, dankbar für die kleine Vorübung mit Pospischil, »nehmen wir einmal an, die Geschichte, die Sie von den letzten Lebenstagen der Frau Heger erzählt haben, sei nicht ganz wahr, sondern nur zur Hälfte.«

Der Graf zuckte mit den Schultern: »Warum sollten wir das annehmen? Wenn wir uns hier um erfundene Geschichten kümmern wollen, dann, das versichere ich Ihnen, sollten wir besser zurück in die Oper gehen. Dort wird das besser beherrscht als hier bei Ihnen, nicht wahr? Denken Sie doch nur an Ihre erfundenen Geschichten über den armen Herrn von Falkenberg.«

»Wir verfassen hier keine Opernkritiken, und uns ist auch nicht zum Scherzen zumute«, erwiderte der Inspektor. »Nehmen wir also einmal an, dass derjenige, vor dem sich Frau Heger gefürchtet hat, nicht der große Unbekannte war, sondern dass Sie es waren, Sie, der sich als ihr Beschützer ausgegeben hat?«

Der Graf lachte melodisch und völlig entspannt.

»Und warum hätte ich das tun sollen? Frau Heger war eine anregende Gesprächspartnerin und eine gute Freundin.«

»Vielleicht hat sie von ihrer Tochter Dinge erfahren, die sie besser nicht wissen sollte?«

»Und dann habe ich wohl auch das Fräulein Tochter mit Veronal vergiftet?«

»Woher wissen Sie, dass es Veronal war? Das hat in keiner Zeitung gestanden.«

»Es ist doch eigentlich immer Veronal.«

Das Gesicht des Polizeipräsidenten verfinsterte sich ein wenig.

»Wir haben von Gerüchten gehört«, ließ Hadler sich vorsichtig vernehmen, »dass Sie, nun, verschiedene Immobilien gekauft haben sollen.«

»Und das ist ein Verbrechen?«

»Nein, aber Ihre finanzielle Situation ist, um es einmal vorsichtig auszudrücken, doch eher angespannt.«

»War, mein Lieber. War. Ich habe in den letzten Jahren nicht schlecht verdient.«

»Und womit?«

»Sie werden die Nase rümpfen. Aber ein gewisses Anfangskapital habe ich mir durchaus beim Kartenspiel verdient. Und dann habe ich die Börse entdeckt. Anleihen. Aktien. Oft riskant, aber es ist sich ausgegangen. Und immer wieder Kartenspiel. Ist das verboten?«

»Nein, aber ich fürchte, wir brauchen Ihre Nachweise«, sagte der Inspektor.

»Nachweise? Über nächtliche Pokerspiele mit Offizieren und anderen Herren? Das dürfte ein Problem werden«, sagte der Graf verächtlich. »Aber etwas anderes: Können Sie sich erklären, warum ich Frau Heger so lang bei mir habe wohnen lassen, statt sie gleich zusammen mit ihrer Tochter zu ermorden?«

»Nein, das kann ich noch nicht. Aber ich könnte mir vorstellen, dass Sie gehofft haben, dass man die beiden Fälle nicht in Zusammenhang miteinander bringt. Wäre die Geschichte mit der toten Spionin nicht bei uns gelandet, sondern in diplomatischen Kreisen und im Außenministerium behandelt worden, hätte es klappen können.«

»Ich werde müde«, sagte Graf Haid mit fester Stimme. »Ich möchte jetzt nach Hause gehen und mich erholen. Ich werde Ihnen meinen Anwalt vorbeischicken, dem können Sie auseinandersetzen, was Sie gegen mich vorzubringen haben. Er wird seine große intellektuelle und juristische Freude daran haben, dass Sie eigentlich nichts haben, außer einem Foto, das mich vor einem schönen Stuhl zeigt. Künstlerisch leider wird es ihm wenig Freude machen, so unscharf, wie es ist.«

Der Inspektor blickte auf den Polizeipräsidenten. Der schien unschlüssig zu sein.

Hadler nutzte die Unentschlossenheit seines Präsidenten für einen entschlossenen Vorschlag: »Ja, es ist verständlich, dass Sie etwas erschöpft sind. Wenn Sie gestatten, begleiten wir Sie zu Ihrem Haus. Wir möchten uns den Fundort der Leiche von Frau Heger noch einmal im Licht unserer neuen Erkenntnisse genauer ansehen.«

Der Polizeipräsident schien einverstanden, und auch Graf Haid erhob keine Einwände.

Das Haus des Grafen wollte Hadler nun mit anderen Augen betrachten. Als der Graf ihnen seinerzeit gemeldet hatte, dass er Frau Heger tot in seinem Salon gefunden habe, hatte er nur Interesse an diesem Raum, nicht aber an den übrigen Räumen des Hauses gehabt. Dieses Mal wollte er nichts auslassen.

Man stand also auf und zog sich wieder die Mäntel über. In diesem Augenblick hörten sie vor der Tür von Hadlers Dienstzimmer eine laute Männerstimme, die eine hohe Autorität ausstrahlte. Ohne sich anmelden zu lassen, nach einem nur angedeuteten Klopfen, öffnete von Wiesinger die Tür.

Der überraschte Polizeipräsident rang sich trotz von Wiesingers unkonventionellem, eigentlich sogar unangebrachtem Verhalten ein Lächeln ab: »Mein sehr geehrter, mein lieber Herr Hofrat. Das freut mich aber, dass Sie sich hier sehen lassen. Aber warum zu so später Stunde? Und warum unangekündigt?« Zu dem Grafen gewandt fügte er erklärend hinzu: »Sie kennen ja sicher den Herrn Hofrat. Baron von Wiesinger hat bis zu Kriegsbeginn in meiner Behörde gearbeitet, als einer der ranghöchsten Beamten nach mir, an meist sehr geheimen Fällen. Dann ist er in den diplomatischen Dienst gewechselt. Jetzt arbeitet er im Inneren. Darf ich Sie vorstellen?«

Graf Julius Haid antwortete: »Wir kennen uns ein wenig. Nicht gut, aber eben so, wie man sich kennt in Wien. Ich weiß vielleicht mehr über ihn als er über mich. Frau Heger hat mir nämlich erzählt, dass sie einmal die Gouvernante der ersten Frau des Barons war. Wie klein doch die Welt ist.« Er lächelte verbindlich, doch von Wiesingers Gesicht blieb ernst. Er konnte die Freundlichkeit kaum erwidern.

»Inzwischen aber, glaube ich, weiß ich definitiv mehr über Sie als Sie über mich. Auch von Frau Heger übrigens.«

»Oh, wir wechseln jetzt von der Kriminalistik in die Metaphysik oder direkt ins Jenseits. Geheimnisvolle Botschaften von drüben?«

»Es ist simpler, Graf Haid.«

Von Wiesinger öffnete den Handarbeitskorb, den er mitgebracht hatte.

»Ja, daran kann ich mich erinnern«, sagte der Graf. »Sie hat stundenlang an ihren Sticheleien gesessen und dabei geweint. Oft konnte ich sie kaum aufmuntern. Wie kommt der Korb in Ihren Besitz?«

»Das ist einfach. Der Sohn von Frau Heger, Max Heger, hat ihn meiner Frau überreicht, da diese eine große Bewunderin der Handarbeitskunst von Frau Heger ist.«

»Und warum bringen Sie diesen Frauenkram hierher?«

Von Wiesinger breitete eine Borte nach der anderen auf Hadlers Schreibtisch aus. »Und diese beiden«, er wies auf die beiden schmalen bunt bestickten Stoffstreifen, »waren wie eine Tasche oder ein – Briefkuvert zusammengenäht. Und sie enthielten diesen Brief.« Von Wiesinger zeigte den dünnen weißen Seidenstoff, der mit winzigen Buchstaben bestickt war. »Das ist gewissermaßen Frau Hegers letzte Aussage. Ihr Testament, ihre Anklage. Wie auch immer Sie es nennen wollen. Sie hat es sogar geschafft, dass die Stickerei fast wie ihre eigene Handschrift aussieht. Das haben wir herausgefunden, als wir sie mit einer Grußkarte verglichen haben, die wir bei uns im Haus gefunden haben. Soll ich sie Ihnen vorlesen?«

Hadler und der Präsident nickten zustimmend, der Graf wirkte erstmals während seiner Einvernahme angespannt.

Von Wiesinger las mit lauter Stimme vor:

»Ich, Christine Heger, bezeuge hiermit, dass ich von Graf Julius von Haid in dessen Haus festgehalten werde. Wenn er außer Haus ist, schließt er mich in einem fensterlosen Kellerraum seiner Villa ein. Wenn er im Haus ist, befiehlt er mich zu sich in seinen Salon, überwacht allerdings jede meiner Bewegungen mit seiner Pistole.

Ich bin inzwischen sicher, dass er meine Tochter, Helene Heger, getötet hat.

Ich habe meine Tochter vor einer Woche, am Abend, bevor ich zu einem Urlaub mit meinem Sohn aufbrechen wollte, im Krankenhaus abgeholt. Graf Julius Haid, mit dem ich mich in den letzten Wochen etwas angefreundet hatte, hat mich und meine Tochter, die er bislang noch nicht gekannt hat, zu einem frühen Abendessen eingeladen. Als sie den Grafen erblickte, wurde sie kreidebleich und bat mich, einige Worte unter vier Augen mit mir sprechen zu dürfen. Dabei hat sie mir mitgeteilt, dass sie ein Foto des Grafen besitze, das diesen in meiner Wohnung zeige, sowie einige porno-

grafische Fotos von Knaben, die ebenfalls in meiner Wohnung entstanden sein mussten. Obwohl ich es ihr zunächst nicht glauben konnte, fiel mir dann ein, dass ich seit einigen Wochen meinen Zweitschlüssel vermisste. Ich glaubte, dass ich ihn irgendwie verlegt hatte, maß dem aber keine Bedeutung bei. Es wäre ihm ein Leichtes gewesen, sich bei einem seiner Besuche bei mir diesen Schlüssel zu beschaffen. Auch wusste er, wann ich im Büro seines Vereins und somit die Wohnung leer war. Selbstverständlich glaubte ich meiner Tochter uneingeschränkt, ist sie doch die ehrlichste Person, die man sich vorstellen kann. Unmittelbar nach ihrer Mitteilung gingen wir zurück zu dem Grafen, den sie sofort mit ihren Vorwürfen konfrontierte. Er zog eine Pistole aus seiner Tasche und zwang uns, in sein Haus zu gehen. Dort sperrte er uns in den oben erwähnten Kellerraum und erledigte offensichtlich einige Telefongespräche. Dann kam er wieder zu uns und sagte uns, dass wir uns voneinander verabschieden sollten. Er beteuerte uns, dass uns nichts geschähe, wenn wir seinen Befehlen Folge leisten würden. Mich schloss er ein und verließ mit meiner Tochter das Haus. Wenig später kam er zurück und erklärte mir, dass meine Tochter außer Landes gebracht werde. Wenn sie ihr Ziel erreicht hätte, würde er auch mich freilassen. Weder ihr noch mir geschähe etwas, wenn wir strengstes Stillschweigen bewahrten.

Mir war bald klar, dass das alles abenteuerliche und unglaubwürdige Versprechungen waren. Er musste meine Tochter töten, die durch einen Zufall hinter sein Geheimnis gekommen war, und er wird auch mich töten, die ich es ebenfalls kenne. Ich habe lange gerätselt, warum er uns nicht gleich alle beide umgebracht hatte, aber ich vermute inzwischen, dass er erreichen wollte, dass die beiden Morde durch eine zeitliche Trennung nicht unbedingt als zusammengehörend angesehen werden, außerdem muss er sich bestimmt überlegen, wie er mich töten kann, ohne dass eine Spur zu ihm führt. Denn bislang, davon bin ich überzeugt, hat er sein Leben auf seinen Namen, seine Ehre und seinen Charme gegründet, und Morde haben nicht dazugehört.

Warum er dann aufgehört hat, ein Ehrenmann zu sein, weiß ich nicht. Und ich werde sterben, ohne es zu erfahren.

Ich beobachte ihn jeden Nachmittag, wenn er nach Hause kommt, genau und suche nach Zeichen, ob dieser Nachmittag mein Todestag sein wird. Aber ich kann ihn, der beinahe mein Freund gewesen ist, nicht mehr verstehen und sein Verhalten nicht mehr deuten.

Aber er das meine auch nicht. Ich spiele ihm nach wie vor die besorgte Mutter vor, die ihm dankbar dafür ist, dass er ihre Tochter verschont hat. Ich unterdrücke meinen Ekel und meinen Abscheu. Aber ich kann genauso wenig wissen, ob er meiner Komödie traut, wie ich wissen kann, was er plant. Als sprächen wir verschiedene Sprachen. Als lebten wir in verschiedenen Welten. Als kennten wir uns nicht.

Ich möchte noch sagen, dass es zwischen Graf Julius Haid und mir nie zu Annäherungen körperlicher Art gekommen ist. Er hat mich mit einem Handkuss begrüßt und verabschiedet. Mehr war nicht.

Inzwischen denke ich mir, dass ich wie seine zahlreichen Freundinnen vor mir nur zur Tarnung eingesetzt worden bin. Ein alternder Don Juan aus bester Familie ist eine interessante Figur, hinter der niemand jemanden vermutet, der mit Kindern ein Geschäft macht.

Gestern Nachmittag habe ich übrigens gesehen, dass er kaum mehr Einkäufe gemacht hat. Für sich braucht er zu

Hause sowieso fast nichts, da er meistens außer Haus isst. Ich habe daraus den Schluss gezogen, dass ich den heutigen Tag nicht mehr überleben werde.

Wenn jemand dies liest: Ich danke Gott für mein schönes Leben und für meine wunderbare kämpferische und kompromisslose Tochter. Ich trauere so um sie, dass mich der Abschied aus meinem Leben nicht schmerzt. Meine letzten Gedanken gelten meinem wunderbaren Sohn, der mit seinem heiteren und lebensbejahenden Naturell hoffentlich nie in solche Kämpfe verwickelt werden wird wie meine Tochter.

Gezeichnet: Christine Heger

Nachdem von Wiesinger das erschütternde Dokument vorgelesen hatte, herrschte Schweigen. Hadler war erleichtert, dass der mysteriöse Fall endlich aufgeklärt war. Pospischil war erschüttert über die Kaltblütigkeit, mit der der Graf sein Doppelleben gespielt hatte, und über die Grausamkeit, mit der er agiert hatte. Der Polizeipräsident versank bereits in schwierige taktische Überlegungen, wie die erschreckende Tat eines bislang hoch geschätzten Mitglieds der Wiener Gesellschaft der Öffentlichkeit mitgeteilt werden sollte, wobei unbedingt der Makel, der der Behörde seit der ungerechtfertigten Festnahme des Barons von Falkenberg anhaftete, wieder getilgt werden musste.

Der Graf schien aufgegeben zu haben und gestand wie entfesselt alle seine Taten. Er legte wortreich dar, unter welche Zwänge die Gesellschaft jemanden stelle, dessen Interessen und Neigungen nicht mit ihr konform gingen. Sein Leben lang, so erzählte er, musste er ein Doppelleben führen, musste sich mit Frauen umgeben und den Casanova spielen, damit niemand erkannte, dass es Knaben waren, die sein Herz und seine Seele berührten. Bevor er in den Vorstand von *Kinderwünsche* berufen wurde, so sagte er, habe er sich kasteit, habe nur gelegentlich Lichtbilder auf sein Nachtkastl gelegt und sich an ihnen erfreut, ja: erfreut. Nichts weiter. Doch dann waren die Knaben immer da, zwei Stockwerke über dem Büro, und sie waren verängstigt, ob sie allen Ansprüchen genügen würden, und sie waren dankbar, so dankbar für seine Zuwendungen. Es habe harmlos angefangen. Er habe die Knaben auf seinen Schoß gezogen und sie gestreichelt. Wie ein Vater. Doch dann sei alles gekippt. Sein finanzieller Engpass wurde immer beklemmender, und er fürchtete, um den Verkauf des Familienpalais nicht herumzukommen. Er müsse gestehen, dass er sich gelegentlich sogar geringfügiger Barspenden bedient hatte, die gutwillige Menschen immer wieder im Büro in der Magdalenenstraße vorbeibrachten. Aber seine nächtlichen Kartenspiele verliefen unglücklicher, je dringender er auf einen Gewinn angewiesen war. »Spielen«, sagte er, »darf man nur, solange man daran Spaß hat. Nicht, wenn das Spiel zur Arbeit um den Lebensunterhalt ausartet.« Als er trotz seines finanziellen Engpasses, wie er es immer noch nannte, obwohl es sich schon längst um ein finanzielles Desaster handelte, wieder einmal am Spittelberg einige Lichtbilder erstand, nette Bilder von nackten Knaben, die sich spielerisch mit viel zu großen Leutnantsuniformen und Leutnantskappen verkleideten, sei ihm urplötzlich der Gedanke gekommen, dass er doch mit Bildern der ihm anvertrauten und ihm vertrauenden Knaben aus seiner Misere herauskommen könnte. Denn die paar Bilder, die er gekauft hatte, hatten seine letzte Barschaft gekostet. »Stellen Sie sich vor«, erzählte er, »ich, der Graf Julius Heinrich Otto von Haid, dessen Urgroßvater wie mit einem Heiligenschein durch die Lesebücher unserer Nation schwebt, und der um riesige Spenden unserer vornehmen Familien, sofern sie noch über Geld verfügen, werben kann, bin am Ende. Muss das Palais verlassen, das Einzige, was von unserer Familie sich in Wien erhalten hat. Ein leeres Palais übrigens, in dem alles, was sich nicht in meinem sogenannten Salon befindet, verkauft und versteigert worden ist. Sogar die Ölgemälde meiner Vorfahren zieren inzwischen die Speisezimmer neureicher Kapitalisten. Und sogar im Salon ist das meiste inzwischen billiges Imitat. Ich hatte also nichts als ein leeres Haus, wenn man so sagen will. Und selbst das war ich drauf und dran zu verlieren.« Er habe also am Spittelberg über die Verkäufer Kontakt zu deren Hintermännern aufgenommen und ihnen Waren von einer bislang unbekannten Qualität angeboten. Sie brachten ihn mit einem seltsamen Individuum zusammen, das zwischen zwei Welten sozusagen vazierte*, der Inneren Stadt und der Vorstadt. Mit einem Zweitschlüssel zur Wohnung der Frau Heger, den er dieser einmal entwendet habe, habe er daraufhin Lichtbildserien seiner Knaben in den Heger'schen Räumen herstellen lassen. Im Laufe der Wochen und Monate habe er mithilfe dieses Fotografen ein eigenes Verteilungsnetz hergestellt. Er selbst sei selbstverständlich immer im Hintergrund geblieben. Mit den Knaben habe es nur wenige, eigentlich kaum Probleme gegeben. Er habe ihnen gesagt, dass sie ihm auch etwas zuliebe tun müssten, etwas, das sie nie jemandem erzählen dürften. Und sie seien so verängstigt gewesen, dass sie sich nie gesträubt

* österreich.: hin- und herziehen

hätten. »Ich bin aber sehr froh, dass alles vorbei ist«, sagte der Graf, »denn ich bin mir immer fremder geworden. Die Knaben auf meinem Schoß gaben mir ein ungeahntes Gefühl der Intimität und Erfüllung, und sie posieren zu lassen, in Stellungen, die mich erregten, gaben mir ein Gefühl der Macht. Mein Streicheln führte von Mal zu Mal in intimere Zonen ihrer schmalen Körper, und irgendwann befahl, nein, bat ich sie, mein Streicheln zu erwidern, und dann genügte mir das nicht mehr, und ich wollte ihre dünnen Hände und ihre Lippen auf mir spüren, und dann passierte das Schreckliche, dass ich mich nicht mehr beherrschen konnte und einem dieser Jungen, die ich doch so liebte, Gewalt antat. Da habe ich schon gewusst, dass ich dem ein Ende setzen musste, und ich habe mir geschworen, nie wieder einen von ihnen zu berühren. Doch ich hatte inzwischen mehr Geld verdient, als mein Vater bei der Wirtschaftskrise verloren hatte. Meine Idee mit den Serien war es, die sich als absolut gewinnbringend entpuppte. Immer drei Bilder, auf denen ein Knabe in unterschiedlichen Phasen der Verhüllung und Enthüllung zu sehen war. Motive suchten wir in Frau Hegers Wohnung, die uns absolut sicher schien, da ich ja schließlich ihre Arbeitszeiten kannte.«

Hadler fragte, ob denn keiner der anderen Männer von seiner besonderen Nähe zu den Knaben gewusst habe. Der Graf schüttelte verächtlich den Kopf. »Diese Dummköpfe«, sagte er. »Der fette Pranger, ein neureicher Prolet, der hat sie immer zu sich eingeladen und sie mit Mehlspeisen gefüttert. Und der Unikaiser, der hat sich immer ihre Schularbeiten zeigen lassen. Für jedes Sehr Gut hat er ihnen einen Brockhausband geschenkt. Von A angefangen. Er hoffte, dass der Wunsch, die komplette Serie zu besitzen, sie zu großem Arbeitseifer anregen würde. Und der Hochwald? Der ist doch nur eine Karteileiche. Und Falkenberg? Der ist in seinen idealistischen Tagträumen gefangen. Der merkt gar nicht, was um ihn herum vorgeht.«

Der Polizeipräsident wollte wissen, warum die Knaben niemandem erzählt haben, was ihnen angetan wurde. »Das weiß ich nicht. Aber ich habe ja auch als Junge immer getan, was mein Vater von mir wollte. Noch als junger Mann habe ich ihm zuliebe so getan, als wählte ich unter den Heiratskandidatinnen, die er mir wöchentlich präsentierte, wirklich eine Frau aus. Ich nehme an, dass ich so etwas wie ein Vater für diese Knaben war, und dass sie wussten, dass sie beim geringsten Vertrauensbruch meine Gunst verlieren würden. Und aus dem Internat flögen. Und aus dem Stipendienprogramm. Wissen Sie, dass sogar die Knaben, die ich als Pflegesöhne in Familien vermitteln konnte, mich weiterhin besuchten? Und dabei freundlich zu mir waren, anstatt froh zu sein, mir endlich entronnen zu sein?«

Pospischil musste das Zimmer verlassen, so sehr ekelte ihm vor dem Grafen, der sich sogar einbildete, dass die, die er gepeinigt hatte, ihren Peiniger liebten. Er wollte auch keine weiteren Details mehr erfahren, sondern zurück in die Leopoldstadt und in das Gesicht seines Enkelsohns schauen, dem noch nie jemand etwas Schlimmes angetan hatte und dem auch niemand etwas Schlimmes antun würde, solange er, sein Großvater, noch lebte. Schlimm genug, dass er seinen Sohn nicht hatte beschützen können. Oft lag er nachts wach und verstrickte sich in fast staatsfeindliche Fantasien, in denen er seinen Sohn irgendwo versteckte, wo kein Mensch ihn finden und zur Armee bringen konnte.

Durch die glatten
Kahlen Alleen
Treibt sein Wehen
Blasse Schatten.

VI.

Seit der nachgewiesenen Entlastung Falkenbergs, der möglicherweise sein leiblicher Großvater war, ging Albert wieder unbegleitet zur Schule. Trotz der belastenden Ereignisse hatte er dort große Fortschritte gemacht und beim Frühstücksgespräch erzählt, dass er an dem Tag einen Deutschaufsatz schreiben werde, worauf er sich aber regelrecht freue. Besorgter sah er der Lateinarbeit in der nächsten Woche entgegen, woraufhin Felix und Ada dem ehrgeizigen Jungen aber zum wiederholten Male auseinandersetzten, dass er sich freuen sollte, wenn er in dem Text, den es nächste Woche zu übersetzen galt, auch nur vereinzelte Wörter erkennen würde. »Nicht ganz«, widersprach er. »Ich habe die deutsche Übersetzung des Textes, an dem gerade gearbeitet wird, in unserer Bibliothek gefunden und gelesen.« Ada stieß Felix unter dem Tisch bei dem Wort ›unser‹ mit dem Knie an, während er im selben Augenblick nach ihrer Hand griff. »Und seit ich weiß, worum es sich handelt, erkenne ich gelegentlich sogar einen Zusammenhang zwischen den paar Worten, die ich bis jetzt kenne. Dass Herr Gabor so darauf besteht, dass wir täglich wie die Maschinen deklinieren und konjugieren, schadet der Sache auch nicht gerade.«

»Manchmal habe ich Sorge, dass dir das alles zu viel wird«, sagte Ada vorsichtig. »Jeden Nachmittag die Paukerei mit Herrn Gabor.«

»Nein«, sagte Albert leicht. »Vergiss nicht: Vorher gibt mir die Marie eine Mehlspeise und nachher kommt schon das Nachtmahl. Dafür lohnt es sich schon.«

Felix von Wiesinger lachte.

Albert auch. Dann fiel ihm ein: »Nein, da war etwas in meiner Aussage nicht korrekt: Seit ein paar Tagen gibt es die Mehlspeise erst, wenn Herr Gabor schon da ist. Aber das wird euch ja vermutlich nicht überraschen. Ich vermute, Marie will ihm auch für seine Mühe danken, obwohl ihr ihm ja schon Geld gebt.«

Jetzt lachte auch Ada, da Albert inzwischen schon so gut verstanden hatte, wie ihr ebenso großzügiger wie chaotischer Haushalt funktionierte.

In diese entspannte Stimmung hinein wurde Felix von Wiesinger ernst: »Ich muss dir etwas sagen, Albert.«

Er spürte, wie angespannt Albert reagierte.

»Wir haben gestern in der Nacht endlich den Mann überführt, der die Mutter von Max Heger ermordet hat und der die Knaben von *Kinderwünsche* missbraucht hat. Es wird also definitiv so sein, dass ab morgen die Zeitungen wieder voll von diesen Meldungen sein werden und dass deine Mitschüler in der Pause von nichts anderem sprechen werden.«

Albert blieb vorsichtig: »Ist der Täter jemand aus *Kinderwünsche*?«

»Ja.«

»Und wer?«

Von Wiesinger räusperte sich. Immer noch wusste er ja nicht, wen Albert für seinen Großvater hielt, wer vielleicht wirklich sein Großvater war.

»Graf Haid. Julius von Haid.«

Albert blickte erstaunt auf: »Der, der angeblich Frau Heger Schutz geboten hat?«

»Ja, der.«

»Gut, dass ihr ihn habt. Da kann ja endlich Ruhe einkehren.«

»Das stimmt.«

»Aber dass ihr ja nicht auf den Gedanken kommt, mich wieder in die Schule zu begleiten.«

Albert war fröhlich aufgebrochen, von Wiesinger ins Büro gefahren und Ada dachte in ihrem Liegestuhl über die Wendungen der letzten Zeit nach. Ein totes, ein entführtes und ein wiedergebrachtes Kind, zwei ermordete Frauen, die zwar in entfernter, aber doch in gewisser emotionaler Beziehung zu ihrer Familie standen, drei Beerdigungen und Albert.

Sie fühlte dankbar, wie sich ihr seelischer Zustand trotz der Aufregungen wieder normalisierte, sie wieder Freude am Leben verspürte und manchmal sogar ihr Lachen wiederfand.

Das schien auch Marie zu spüren, die mit einer Gießkanne im Wintergarten auftauchte und nach einem Blick auf Ada vor sich hin murmelte: »Ein Kind ist wie eine Medizin.«

Aber trotz der von der Köchin diagnostizierten heilenden Wirkung ihres jungen Hausgenossen war Ada noch weit entfernt von ihrer früheren Leichtigkeit.

Nach einigen äußerlich ruhig verlaufenen Tagen war Ada bereit, über andere Ursachen für ihren Zustand nachzudenken als über die von ihrem Mann immer wieder angeführte Erschöpfung und Überarbeitung. Sie hatte es zwar in den letzten Tagen als erholsam empfunden, nicht jeden Tag zu einer anderen Arbeit aufbrechen zu müssen, sie hatte neben den vielen deprimierenden Erlebnissen viele positive Erfahrungen gemacht, aber tief in ihr lauerte wie ein Feind ein

Geheimnis, über das zu sprechen sie sich seit über 20 Jahren verboten hatte. Statt dessen hatte sie die Kunst der klugen und leichten Konversation zu einer bemerkenswerten Perfektion entwickelt, die sie überall zu einer geschätzten Freundin und Ratgeberin machte, die es ihr aber erlaubte, Grenzen abzustecken, die nicht zu überschreiten waren. Nur Felix war es gelungen, auch hinter diese Grenzen zu Ada vorzudringen, doch auch ihm, das war ihm bewusst, blieb ein geheimer Kern verschlossen. Der Kern, den Ada aber auch vor sich selbst verschlossen hielt.

Was sie aber, wie sie erkannte, nicht mehr lang tun durfte.

Und wollte.

Deswegen rief sie ihren Mann im Büro an und bat ihn, schon um 17 Uhr nach Hause zu kommen, weil sie ihm ungestört etwas erzählen wollte. Albert habe ja zu dieser Zeit seinen Unterricht bei Herrn Gabor.

Doch dann kam Albert nicht nach Hause.

Herr Gabor wartete schon eine Viertelstunde in der Bibliothek. Er beruhigte Ada, die sehr nervös und beunruhigt war: »Gnädige Frau, ich habe in meinem Leben Tausende von Gymnasiasten unterrichtet. Ich kann Ihnen versichern, dass jeder Einzelne von ihnen in Alberts Alter einmal nicht pünktlich nach Hause gekommen ist. Und Albert war in der letzten Zeit doch für sein Alter sehr gut bewacht; vielleicht genießt er einfach seine wiedergewonnene Freiheit und die schöne Sonne und trödelt ein wenig herum.«

Ada wäre es an sich ja recht gewesen, wenn der so pflichtbewusste Albert etwas weniger ›vorbildlich‹ gewesen wäre, wusste sie doch nicht, inwieweit die nicht alterstypische

Pünktlichkeit, der Fleiß und die Bescheidenheit des Jungen einer drückenden Dankbarkeitslast entsprangen. So wie die anderen dankbaren Knaben dort ihr Dankbarkeit dadurch ausdrückten, dass sie sich fotografieren und auch sexuell missbrauchen ließen. Nein, dieser Vergleich war völlig unangebracht, wies sich Ada selbst zurecht.

Aber leider war Alberts Aufnahme in der Familie zu einem äußerst ungünstigen Zeitpunkt erfolgt, als sie sich alle nicht restlos auf Albert konzentrieren konnten und einen Logiergast hatten, dessen Schwester und Mutter ermordet worden war. Das war sicher alles zu viel für das sensible Kind, das durch seine Zuverlässigkeit dazu beitragen wollte, dass seine neue Familie wenigstens durch ihn keine zusätzlichen Sorgen hätte.

Auch Alberts Lehrer war keineswegs so ruhig, wie er sich gab. Er hatte in den wenigen Tagen, die er mit Albert lernte, die schon lang nicht mehr verspürte Lust am Lehren wieder entdeckt und bereitete seinen Unterricht deswegen mehr als gründlich vor. Albert hatte ihm erklärt, dass er an jedem Tag 20 neue Vokabeln lernen wollte, außerdem natürlich immer ein kleines Grammatikkapitel. Erstaunlich war, mit welcher Freude an logischen Schlüssen sich Albert mit seinen kaum 100 Vokabeln den einfachen Sätzen näherte, die der Professor ihm zum Übersetzen vorbereitet hatte. Spielerisch hatte er Albert außerdem verdeutlicht, dass er mindestens genauso viele Vokabeln auch ohne Unterricht bereits beherrschte, indem er mit ihm deutsche Wörter sammelte, die eine lateinische Wurzel hatten.

Da fanden sich in der Grammatik, um die sie sich gemeinsam bemühten, viele Begriffe, an denen Albert seine Freude hatte, angefangen von den Kasusbezeichnungen bis hin zu den Namen der Wortarten. Auch Begriffe aus der Schule natürlich, die Bezeichnungen der Klassen, die Professoren, der Direktor, ja, und natürlich die Matura, die Albert anstrebte. Eine Fundgrube lateinischer Begriffe bildete auch der Beruf des Hausherrn. Besondere Freude machte es Albert, als er ihm erklärte, dass der Vorname von Herrn von Wiesinger ›glücklich‹ bedeutete. »Das stimmt«, sagte Albert. Und Herr Gabor fügte hinzu: »Du meinst also: nomen est omen.«

Und er erklärte ihm die Bedeutung des Spruchs.

Je mehr Minuten verstrichen, desto unglaubwürdiger kam es dem idealistischen alten Professor vor, dass Albert draußen herumschlendern sollte, wo hier in der Bibliothek solche intellektuellen Abenteuer auf ihn warteten.

Inzwischen war auch Felix von Wiesinger nach Hause gekommen und erfuhr, dass Albert noch nicht zu Hause gekommen war. Auch er dachte im ersten Augenblick wie der alte Herr Professor Gabor an die unzähligen Male, wo man in seinem Elternhaus auf den Gymnasiasten gewartet hatte, der auf dem Heimweg von der Schule so oft etwas Aufregendes in der Stadt entdeckt hatte, das ihn von einer pünktlichen Heimkehr abgehalten hatte. Die Erbauung der prächtigen Ringstraße war eine besonders häufige Ursache seines Zuspätkommens gewesen, später natürlich die ersten heimlichen Zigaretten und dann die ersten genauso heimlichen Verabredungen mit Mädchen. Aber seinetwegen hatte niemand zu Hause Angst gehabt. Sein liberaler Vater war von einer solchen Großzügigkeit gewesen, dass die schon fast gleichgültig wirkte.

Doch Albert, darüber war er sich im zweiten Augenblick des Nachdenkens sicher, würde in diesem frühen Stadium ihres Zusammenlebens nichts tun, was sie – und insbesondere Ada – beunruhigen könnte.

Dennoch sagte er: »Wir wollen noch ein wenig warten, Ada. Ich glaube nicht, dass wir uns Sorgen machen müssen. Albert ist vernünftig und wird bald heimkommen, und er wird eine sehr gute Erklärung für seine Verspätung haben. Du wolltest doch mit mir über etwas sprechen? Deswegen bin ich ja überhaupt so früh hier.«

»Das muss jetzt aber warten«, sagte Ada.

Und von Wiesinger bemerkte voller Anteilnahme, dass seine Frau wieder in ein tiefes Loch gefallen war. Dagegen wusste er kein anderes Mittel als die Entfaltung umfassendster Aktivitäten.

Er schickte Jean mit dem Wagen zu Pospischil, der leider kein Telefon hatte, um ihn herzubitten. In seiner Dienstuniform. Er selbst überlegte mit Ada, wo Albert hingegangen sein könnte. Ada zählte ihm die wenigen Möglichkeiten auf, die ihr einfielen: zu Frau Häuptl, zu seiner Mutter auf den Friedhof, zu einem Besuch seiner alten Freunde im Waisenhaus. Er könnte auch zufällig jemanden aus seiner alten Schulklasse oder seinen alten Lehrer getroffen haben. Es könnte aber auch sein, meinte sie, dass ein Klassenkamerad aus der neuen Klasse ihm irgendetwas vorgeschlagen habe. Dann könnte es eventuell sein, dass er den Vorschlag angenommen hätte, denn seine Integration in die neue Gemeinschaft war ihm wohl recht wichtig.

»Dann aber«, sagte von Wiesinger, »wird es schwierig sein, ihn zu finden. Wenn ich daran denke, was wir in

Alberts Alter manchmal unternommen haben und was für einen großen Radius wir dabei hatten.«

»Schon«, widersprach Ada. »Aber das war doch alles vor dem Krieg.«

»Ich glaube nicht, dass das in diesem Fall eine Rolle spielt.«

Die Köchin schaltete sich ein: »Zur Frau Häuptl wird er nicht gegangen sein, gnädige Frau. Das hätt' er mit Ihnen oder mir abgesprochen, wo er doch weiß, wie sehr sie sich immer über unsere kleinen Mitbringsel freut.«

»Mitbringsel?«, fragte Herr von Wiesinger.

»Frauensachen«, antwortete die Köchin. »Was für die Küche. Aber sicherheitshalber fahre ich mit der Elektrischen hin, um nachzugucken. Sie hat mir eh das letzte Mal nicht so gut gefallen. Sie war ein bisserl verkühlt.«

»Vielleicht doch am ehesten auf dem Friedhof«, überlegte Ada.

»Aber das wäre ja ein kleine Weltreise für ihn, das glaube ich nicht«, widersprach die Köchin.

»Aber vielleicht hat er heute in der Schule etwas erlebt, was er allein verarbeiten möchte. Oder es geht noch um die Ereignisse um Falkenberg. Vielleicht will er da am Grab seiner Mutter drüber nachdenken. Ich könnte mir vorstellen, dass etwas von seinem Hass abgebröckelt ist, als Falkenberg so zu Unrecht ins Licht der Öffentlichkeit gezerrt und diffamiert worden ist. Und vielleicht hat er sich gar nicht so klargemacht, wie lange das dauern kann, eine Fahrt zum Zentralfriedhof und dann wieder zu uns hierher,« meinte Ada.

»Falls Falkenberg überhaupt der Großvater ist«, schwächte von Wiesinger ab. »Es könnte ja, nach dem, was wir wissen, immer noch auch der Hochwald sein. Der Kaiser und der Pranger sind ja nicht adelig. Aber du meinst …?« Von Wiesinger wusste gar nicht genau, was sie meinen könnte. Plötzlich fürchtete er, dass der Junge sich doch stärker zu dem alten Mann hingezogen fühlte.

»Nein«, sagte Ada, die genau wusste, woran er dachte. »Ich habe eher gemeint, dass er seinen Hass, wenn man so sagen kann, auffrischen möchte. Oder umwandeln. Er wird sich sagen, dass er seiner Mutter und eigentlich auch seinem Vater und ihm viel Schlimmeres angetan hat als das, was ihm jetzt geschehen ist.«

Von Wiesinger wusste nicht genau, was er glauben sollte.

»Immerhin«, sagte Ada, »ist der Friedhof doch eigentlich das einzige Ziel, das ich mir irgendwie vorstellen könnte. Ich fahre jetzt da hin.«

»Nein«, sagte von Wiesinger. »Das tust du bitte nicht. Du warst in den letzten Tagen oft genug auf dem Friedhof. Jemand anderes soll dort nachschauen. Sophia werde ich bitten. Ich gehe sie anrufen und sie soll zum Friedhof fahren. Oder besser noch Mascha. Oder beide. Sie können sich am Friedhof teffen. Du bleibst einfach hier und wartest. Bitte.«

Ada nickte.

Von Wiesinger sagte: »Und dann ruf ich noch den Hadler an, er soll mit seinem Dienstwagen zu uns kommen und ebenfalls helfen.«

Er sah, wie Ada erschrocken zusammenfuhr.

»Nein, Ada. Nicht dass meine Sorge jetzt auch so gestiegen wäre. Es geht mir eher darum, noch ein Auto zum Suchen zu haben außer unserm eigenen.«

Wenig später, von Wiesinger hatte seine Anrufe getätigt,

war Pospischil gekommen. Jean führte ihn herein und blieb ebenfalls unaufgefordert im Raum.

»Entschuldigen Sie, lieber Herr Pospischil, Sie haben so viel für uns getan und waren wahrscheinlich froh, endlich die ersehnte häusliche Ruhe zu haben, die Ihnen doch auch zusteht. Aber wir sind ein wenig beunruhigt und brauchen wieder einmal Ihre Hilfe.«

Er erzählte Pospischil von Alberts Ausbleiben und sah, wie froh der alte Beamte war, dass man nach ihm geschickt hatte. »Er ist also noch keine Stunde überfällig? Ja, da interessiert das die Gendarmen noch nicht. Wenn jemand abgängig ist, dann muss schon eine gewisse Zeit verstrichen sein, bis man ermittelt. Und Ihr Albert ist ja auch kein kleines Kind mehr. Und so behütet ist er ja leider auch nicht aufgewachsen, dass er nicht wüsste, welche Gefahren es gibt in der Stadt, auch für einen Jungen in seinem Alter. Er weiß, dass die Stadt kein Wurstelprater ist … Was ich machen werd'? Ihn suchen gehen natürlich.«

Inzwischen war auch Hadler eingetroffen und von Jean eingeweiht worden. Pospischil grüßte ihn zufrieden: »Gut, dass Sie da sind. Fahren Sie mit mir in Alberts Schule? Vielleicht finden wir noch einen seiner Professoren im Gymnasium, der wird uns sicher sagen, ob heute etwas Besonderes vorgefallen ist. Und dann fahren wir seinen Schulweg ab und halten die Augen offen.«

»Ich gehe mit Ihnen«, sagte Professor Gabor.

»Ich auch«, sagte Jean.

Seltsame Diener hat es hier, dachte Pospischil. Die bestimmen selbst, was sie tun wollen.

Doch außer ihn schien das keinen zu wundern.

Felix von Wiesinger und Ada waren jetzt also die Einzi-

gen, die zu Hause blieben und auf Albert oder Informationen über seinen Verbleib warteten. Von Wiesinger wurde zusehends so nervös wie Ada; Untätigkeit war seine Sache nicht.
Zwei Stunden später waren alle unverrichteter Dinge wieder zurück.

Von Albert hatte niemand auch nur eine Spur gefunden. Sie kamen mit viel Lobesworten über Albert, nicht unerwartet dabei Frau Häuptls ›der liebe, gute Albert‹, überraschend und erfreulich das ›ein kluger und fleißiger Schüler, dieser Londres, der wird sie noch alle überflügeln‹ und sehr beruhigend das ›ein klasse Kamerad, der Londres‹, zu dem sich zwei auf dem Hof des Gymnasiums herumkickende Klassenkameraden Alberts herabgelassen hatten, die sich noch zu einer späten Chorprobe dorthin hatten bemühen müssen. Sophia und Mascha waren nicht nur am Grab der Mutter Alberts gewesen, sondern hatten auch das Grab des unbekannten Säuglings sowie das von Christine und Helene Heger aufgesucht. Mithilfe eines alten Friedhofwächters suchten sie sogar die Familiengrabstätte der von Falkenbergs auf. Von Albert keine Spur. Sogar im Waisenhaus hatten sie noch vorbeigeschaut. Ebenfalls ohne Erfolg.

»Was also machen wir jetzt?«, fragte von Wiesinger.

Alle waren sehr still und bekümmert, nur Marie schluchzte laut in ihren Schürzenzipfel hinein.

Und Ada schien wieder in einem gefährlichen Stimmungstief gefangen zu sein. Auch Mascha bemerkte das, und sie fragte Ada leise, ob sie ein Beruhigungspulver wolle. Ada lehnte fast unhöflich laut ab.

»Gehen wir zur Polizei?«

»Nein«, sagte Hadler, »lassen Sie uns die Sache noch einmal inoffiziell genau durchdenken.«

»Sollen wir noch bis acht Uhr warten?«

Niemand wollte die Entscheidung treffen.

Kurz vor acht Uhr läutete es an der Haustür.

»Albert«, schrie Ada auf und stürmte zur Tür.

Die anderen folgten ihr.

Vor der Tür stand ein Fremder. Ein junger Soldat, dessen linker Rockärmel leer herunterhing. Er blieb am Eingang stehen.

»Ich nehme an, Sie sind beunruhigt wegen des Jungen«, sagte er.

»Ich kann Ihnen sagen, wo er sich befindet. In einem großen Stadtpalais in der Helferstorfer Straße.«

Er wandte sich zum Gehen.

»Halt!«

Der Fremde drehte sich um und schaute den laut schreienden Pospischil an: »Mehr weiß ich wirklich nicht, tut mir leid.«

Er schritt die wenigen Stufen hinunter.

»Wer sind Sie?«, fragte von Wiesinger. »Und woher wissen Sie, wo der Knabe ist?«

»Ich habe gesehen, wie jemand ihn mitgenommen hat. Niemand aus der Familie. Ein Fremder, den ich aber schon das eine oder andere Mal in seiner Nähe gesehen habe. Deswegen bin ich ihnen bis zu dem Haus, für das der Fremde einen Schlüssel hatte, gefolgt. Ich nehme deswegen an, dass er dort wohnt. Und dann bin ich hierher gegangen, um Sie zu informieren. Es tut mir leid, dass ich so spät komme, aber es war ein recht weiter Weg von dort bis hier heraus nach Hietzing.«

»Und wo ist die Hausnummer von dort?« fragte von Wiesinger erregt.

Der junge Mann nannte ihnen eine Zahl, die allen wohlbekannt war.

»Aber wer sind Sie?«, wiederholte von Wiesinger. »Sie müssen hereinkommen und uns Aufschluss geben.«

»Ich habe Ihnen alles gesagt.«

»Sagen Sie uns doch wenigstens Ihren Namen, damit wir wissen, bei wem wir uns bedanken müssen.«

»Lass' ihn gehen, wenn er möchte«, sagte Ada und schaute den jungen Mann an. Er erwiderte ihren Blick offen.

»Ich kenne ihn. Ich glaube, er ist mein Schutzengel.«

Alle schauten Ada verwirrt an. Aber sie sagte nur: »Er wird wiederkommen, wenn er es will. Und dann auch hereinkommen.«

Von Wiesinger wusste nicht, was er tun sollte.

Mit den anderen zu der angegebenen Adresse fahren oder bei der offensichtlich verwirrten Ada bleiben?

Glücklicherweise nahm ihm Pospischil die Entscheidung ab: »Ich hole den Jungen heim.«

Und Jean und Hadler sagten gleichzeitig: »Ich fahre Sie dorthin.«

Pospischil entschied, dass sie zu dritt mit von Wiesingers Wagen fahren solltem.

Die Köchin ging eilig in die Küche: »Der Junge wird Hunger haben. Wie Sie alle. Ich muss etwas zum Nachtmahl richten.«

Wie auf Verabredung ließen die anderen Anwesenden, Sophia, Mascha und Professor Gabor, Felix von Wiesinger und seine Frau alleine. Er nahm ihre Hand.

»Willst du mir jetzt sagen, Ada, was das ist, das da zwischen uns steht? Ich weiß ja, dass ich früher sehr, wie soll man das nennen, lebenslustig war. Aber ich versichere dir, dass ich dir, seit wir verheiratet sind, nicht untreu war. Nicht einmal untreu sein wollte.«

»Felix, nein, damit hängt es überhaupt nicht zusammen. Im Gegenteil, ich bin mit dir sehr glücklich.«

»Wenn ich es nicht bin, was ist es dann? Hat es damit zu tun, dass ich wirklich so wenig Zeit für dich habe? Zuerst das Jahr, in dem ich dauernd in diplomatischen Bemühungen unterwegs war, jetzt meine wirklich aufreibende Tätigkeit im Amt.«

»Nein, nein, Felix. Es hat überhaupt nichts mit unserem Leben zu tun. Es ergreift nur etwas … etwas aus meiner Jugend wieder Besitz von mir, etwas, das ich mein ganzes Leben lang verdrängt habe.«

»Dann musst du es jetzt erzählen, Ada.«

»Ich weiß.«

»Begonnen hat es irgendwann nach Weihnachten, lang nach Weihnachten, nicht wahr?«

»Ja. Du erinnerst dich an meine Großtante, die ich gelegentlich im Heim besuche.«

»Oh ja, natürlich, ich war doch sogar einmal mit. Leider ein völlig verwirrtes altes Tantchen. Dement.«

»Ja, völlig verwirrt. Sie kennt mich überhaupt nicht mehr. Auch ihre eigene Tochter nicht. Aber manchmal, ganz selten, hat sie einen klaren Moment. Und so einen hatte sie, als ich sie im Jänner besucht habe. Sie hat mich mit meinem Namen angesprochen und dann hat sie gesagt, dass … mein Kind nicht gestorben sei.«

»Ada!«

»Ich hatte es wirklich völlig verdrängt. Nicht vergessen, aber so verdrängt, dass ich nur ganz selten einmal daran gedacht hatte. Ja, ich habe, als ich noch nicht einmal 17 Jahre alt war, ein Kind zur Welt gebracht. Du weißt doch noch, wie das damals war, wenn junge unverheiratete Frauen schwanger wurden?«

»Ich kann dir jede einzelne Möglichkeit nennen. Wenn die junge Frau aus einer guten Familie stammte. War die Familie reich, ist die Mutter mit ihr zu einer Bildungs- und Erholungsreise ins Ausland gefahren, wo das Kind zur Welt gekommen ist und einer Pflegefamilie übergeben wurde. In Wien hat nie einer davon erfahren. War die Familie nicht ganz so reich, fand dasselbe statt, nur dass das Mädchen allein zu einem Erholungsurlaub irgendwo in der Nähe von Wien geschickt wurde, wo es bis nach der Geburt in einer dafür gut bezahlten und verschwiegenen Familie versteckt wurde. Wenig erfreulich für das arme Ding. Dann konnte man natürlich auch noch einen Mann für die schwangere Tochter suchen, dem man ein bestimmtes Angebot machte. Zum Beispiel Geld oder die Aussicht auf eine Teilhaberschaft im eigenen Betrieb. Das war meistens noch schlimmer für die junge Frau, die dann ihr Leben lang mit einem ungeliebten Mann geschlagen war. Je tiefer man die soziale Schichtung hinabgeht, desto klüger wurde das gehandhabt. In bäuerlichen Familien und auch in Arbeiterfamilien, aber das weißt du ja sicher, waren voreheliche Kinder so normal, dass man kaum ein Wort darüber sprach. Neulich habe ich eine Zahl gelesen: Fast ein Viertel unserer Kinder ist nicht ehelich geboren worden. Nur die sogenannten *guten Familien*, die haben ein Drama daraus gemacht. Ein Drama für die junge Frau.«

Was sagt sie da?, dachte er, während er sprach. Und was red' ich denn da für einen Blödsinn zusammen? Ich spreche wie ein statistisches Jahrbuch oder eine wissenschaftliche Studie, während meine Frau mir sagt, dass sie ein Kind hat.

»Entschuldige«, sagte er, »dass ich so viel zusammenschwätze.«

Und er nahm seine Frau in den Arm.

»Wir gehörten zu deiner zweiten Gruppe«, erzählte sie. »Ich wurde nach Leesdorf gebracht. Dort lebte eine entfernte Verwandte von uns, die völlig unpassend geheiratet hatte. Weit unter ihrem Stand. Einen sehr guten, aber sehr armen Weinhauer. Zu denen wurde ich gebracht, als meine Schwangerschaft sichtbar zu werden drohte. Es waren liebe Leute. Ich bin dort allein durch den Ort gewandert, es gab ein schönes Schloss dort, aber auch graue Fabriken, und ich war eigentlich nicht unglücklich. Es kommt mir so vor, als habe immer die Sonne geschienen.«

Von Wiesinger stellte sich seine Frau als junges Mädchen in Leesdorf vor, einem eher verschlafenen und recht glanzlosen Dorf, einer Häuseransiedlung eher, die zu dem sehr mondänen Kurort Baden gehörte. Die Männer dort arbeiteten in der Papierfabrik oder der Maschinenfabrik, auch einige Weinbauern fristeten dort ihr bescheidenes Leben.

»Ein- oder zweimal bin ich auch heimlich nach Baden hineingelaufen, aber das war doch zu gefährlich. Du weißt, wie viele Wiener dort im Sommer ihren Vergnügungen nachgingen.«

»Jetzt weiß ich wenigstens, Ada, warum du über solche Kenntnisse über Wein verfügst. Das ist mir schon oft aufgefallen.«

»Ja, darüber wurde halt geredet am Abend. Und wenn mir fad war, hab' ich auch geholfen. Zum Beispiel bei der Lese in dem Herbst, bevor mein Kind zur Welt gekommen ist. Harte Arbeit. Und das, was du vorhin gesagt hast, habe ich selbst erfahren. Ich war nicht die einzige unverheiratete schwangere Frau, die dort mithalf, aber die einzige, die von ihrer Familie versteckt worden ist. Ich weiß nicht, was meine Eltern dem Ehepaar versprochen haben für ihren ›Dienst‹, den sie mir geleistet haben. Aber einmal haben sie mir gesagt, dass sie einen neuen kleinen Weinberg gekauft hätten. Die ganze Zeit dort ist heute so unwirklich für mich. War sie eigentlich damals schon. Das war nicht ich, dieses junge schwangere Mädchen in Leesdorf. Das mit dem älteren Hauer über seine Rebsorten gesprochen hat, das stundenlang in die Schwechat hinuntergeschaut hat von der Brücke aus und sich dabei überlegt hat, wo der Fluss herkam und wo er hinfloss. Und als dann das Kind kam, da war es auch nicht ich, die dieses Kind geboren hatte. Sondern dieses fremde Mädchen. Und dem ist dann auch zugestoßen, dass das Kind gestorben ist. Man hat es ihr nicht gezeigt, aber man hat ihr erzählt, dass es ein Junge gewesen sei. Und eine Woche später ist die Mutter des Mädchens gekommen und hat es nach Hause geholt.

Und in Wien habe ich mein früheres Leben wieder aufgenommen. Zuerst habe ich noch oft an das tote Kind gedacht, aber das hat mir immer so wehgetan, und dann immer seltener. Und irgendwann hatte ich es verdrängt. Bis zu dem Besuch bei meiner Großtante an diesem Tag im Jänner. Es war eiskalt, es lag hoher Schnee, aber ich bin weggerannt von meiner Tante, so schnell, dass ich sogar meinen Mantel dort vergessen habe, und trotzdem habe ich nicht gefroren auf dem Heimweg.«

»Aber verkühlt hast du dich, daran erinnere ich mich noch. Jean hat am Abend deinen Mantel dort geholt.«

»Ja, an dem Tag war das. Und es war so gut, dass ich mich verkühlt habe. Da konnte ich einfach im Bett liegen bleiben und mich schlafend stellen oder zumindest Müdigkeit vortäuschen, wenn du mit mir sprechen wolltest. Und dann hab' ich Halsweh vorgeschützt, um nicht sprechen zu müssen. Und ich habe immerzu nur daran gedacht, was die Mizzi-Tante gesagt hat. Ich weiß ja, dass sie in einem seltsamen Zwischenreich zu Hause ist zwischen Realität und Fantasie. Und ihre Realität ist nicht die unsere. Ich habe versucht, mich in ihre Welt zu versetzen, aber da war alles so wirr, so zusammenhanglos. Irgendwann war ich dann soweit, dass ich davon überzeugt war, dass dieser Satz von ihr, dieser eine Satz, eine Fährte gelegt hatte, die nichts mit mir zu tun hatte. Und dann bin ich wieder aufgestanden und habe versucht, mein Leben weiterzuführen. Ich habe daran gedacht, mit dir darüber zu sprechen, aber ich habe mir vorgemacht, dass das ja mit dir gar nichts zu tun hat, auch nicht mit uns und nicht einmal mit mir. Das war die Geschichte eines Mädchens, das mit der Frau, die ich heute bin, nichts zu tun hat. Auch eine Art Zwischenreich, auch verworren, auch irreal.«

»Das verstehe ich schon. In meiner Vergangenheit gibt es auch einige Phasen, an die zu denken ich mir selten erlaube. Und die mit dir zu teilen sie unnötig aufwerten würden«, tröstete Felix von Wiesinger seine Frau ehrlich.

Er dachte an ein Gespräch, das er an Sophias Fest mit Arthur Schnitzler hatte, dessen Tochter ja noch recht jung war, gerade erst acht Jahre alt. Es ging, er erinnerte sich nur vage, darum, wie sich die Gefühle der Väter ihren Kindern gegenüber von denen der Mütter unterschieden, und darum, wie sich die Liebe zu den Söhnen von der zu den Töchtern unterscheidet. Und dann auch noch darum, ob die Liebe zu den Kindern quasi naturwüchsig mit dem Kind in einem geboren werde oder ob sie im Zusammenleben mit dem Kind entstehe. Schnitzler hatte etwas angedeutet, die Idee zu einer Novelle oder auch einer Komödie, das sei noch nicht ausgereift, in dem eine Mutter in einige Vorfälle verwickelt werde, die ein von ihr zwar geborener, aber eben nicht bei ihr aufgewachsener junger Mann verursacht hat. Sie schwanke zwischen Verachtung, da der junge Mann, ein Abbild seiner Pflegeeltern, ein recht plumpes und ungebildetes Auftreten hat, und Zuneigung, weiß sie doch, dass jede Mutter ihr Kind liebt. Felix von Wiesinger überlegte sich, was wäre, falls Adas Sohn wirklich noch leben würde. Er stellte sich vor, wie dieser sich als Sohn eines kleinen Weinhauers dann wahrscheinlich als junger Maschinenarbeiter in Leesdorf *werweißwie* und später als Soldat in *werweißwo* entwickelt haben mochte. Er hoffte, dass Ada darüber noch nicht nachgedacht hatte, wenngleich er wusste, dass sie irgendwann anfangen würde, nach ihm zu suchen. Oder er würde das tun. Vielleicht wäre das auch eine Aufgabe für den braven Pospischil. Wir kommen ja ohne einen eigenen Privatdetektiv gar nicht mehr durch unser Leben, sinnierte er, irgendwie erleichterter als vor dem Gespräch.

»Es tut mir gut, Ada«, sagte er, »dass du mir jetzt endlich alles gesagt hast. Und dir wird es jetzt auch bald wieder besser gehen.«

Dann brachten Pospischil, Hadler und Jean Albert wieder nach Hause. Inzwischen hatten Sophia und Mascha den Tisch gedeckt, während Professor Gabor seine Karteikarten sortierte und sich zum Aufbruch vorbereitete. »Das kommt nicht infrage, Herr Professor«, sagte Sophia. »Wir müssen doch unseren Vermissten vollzählig willkommen heißen.« Professor Gabor blieb gern da, wüsste doch auch er gern, welches Abenteuer sein Zögling hinter sich gebracht hatte.

Pospischil schob Albert zum Esstisch. Dieser schaute etwas missgelaunt, aber nicht verängstigt auf Ada und Felix von Wiesinger. Jean war im Weinkeller verschwunden und kehrte mit einer Flasche Schlumberger-Sekt zurück, aus der er allen einschenkte, auf von Wiesingers Augenzwinkern hin auch einen winzigen Schluck für Albert.

Die Suppe wurde aufgetragen. Ada hob den Deckel von der Terrine und blickte in eine wässrige, gelbliche Flüssigkeit, die sie nicht genau identifizieren konnte und in der ein paar winzige Nockerln schwammen. Sie tauchte unerschrocken den Schöpflöffel hinein und wollte gerade austeilen, als Jean hereinstürmte: »Entschuldigung, aber da liegt ein Irrtum vor, wird mir in der Küche gesagt. Es gibt heute leider keine Suppe, weil die Marie ja bei der Frau Häuptl war und deswegen keine Zeit hatte, eine Suppe zu kochen.« Er nahm Ada den Schöpflöffel ab, legte den Deckel wieder auf die Terrine und trug sie hinaus.

Ada lächelte ihrem Mann zu, fast so gelöst wie früher: »Wollen wir wissen, was das war?«

Er schüttelte den Kopf.

Dann betrat Jean wieder das Zimmer und trug gravitätisch eine Platte mit kaltem Braten herein, gefolgt von einem Korb frischen Brots und einigen Tellern, auf denen geriebener Kren, saure Gurken und verschiedene eingelegte Gemüse lagen.

»Wir sollten jetzt anstoßen«, sagte von Wiesinger und hob sein Glas in die Höhe. »Zuerst mit dir, Albert. Aber denk' daran, das ist eine absolute Ausnahme. Den nächsten Schluck bekommst du erst zu Sylvester.«

Albert verzog ein wenig sein Gesicht, als er das perlende Getränk, das wie ein Kracherl* aussah, herunterschluckte. Er fand es eher sauer und war froh, dass sein Anteil an der Flasche so gering war. Den anderen schien es zu schmecken, auch seinem Professor, der sein Glas ebenfalls in seine Richtung erhob: »Prosit, Albert«, sagte er, »das heißt auf Deutsch: Es wird nützen!«

»Und jetzt, Albert«, sagte von Wiesinger, »wirst du uns erzählen, wo du heute gewesen bist.«

Da schaltete Pospischil sich vorsichtig ein.

»Entschuldigung, Herr Hofrat, aber soll der Junge nicht erst essen? Ich hab' ihn auf dem Heimweg schon ausg'horcht. Der Albert ist regelrecht entführt worden. Ja, das kann man so sagen.«

»Danke, Herr Pospischil, aber ich will es hinter mir haben. Also: Vor dem Gymnasium hat heute jemand auf mich gewartet, jemand, den ich nicht sehen wollte. Und vor allem nicht sprechen. Aber er hat gesagt, ich müsse mit ihm mitgehen. Ich wollte nicht, aber da sagte er, dass ihr das veranlasst hättet. Erst wollte ich es ja nicht glauben, aber er wirkte so sicher. Überzeugend. Und dann glaubte ich, dass ihr zugestimmt hattet. Aber ich verstand nicht, warum.

---

* österreich.: süßer Sprudel

Und auch nicht, warum ihr mich nicht gefragt habt, ob ich es überhaupt will. Und dann hat er noch gesagt, dass er mir etwas Wichtiges geben wolle. Und dann bin ich eben mitgegangen.«

»Ach, du Armer«, sagte Ada. »Wie konntest du glauben, dass wir dem zustimmen würden? Wir waren völlig aufgelöst vor Sorge, wir haben dich alle überall in der Stadt gesucht.«

»Dann ist ja alles gut«, sagte Albert und wandte sich dem Nachtmahl zu.

»Geschehen ist dem Buben ja nichts«, sagte Pospischil. »Und er hat mir den Albert sofort ausgeliefert, als ich nach ihm gefragt habe. Er hat nur düster gesagt, dass er ihn ›für diesmal‹ noch herausgeben werde.«

Ada blickte ihren Mann stumm an. Da würde sie Albert wohl wieder in die Schule bringen und abholen müssen.

Erst nach einiger Zeit fragte sie: »Und was hat er dir gegeben?«

Albert holte aus seiner Hosentasche eine silberne Taschenuhr und legte sie auf den Tisch. Auf ihrem Deckel war das Wappen der Falkenbergs eingraviert: ein Falke, der wachsam über einem Berg kreist.

Als Albert im Bett lag und Pospischil und der Professor nach Hause gegangen waren, saßen Ada und Felix von Wiesinger, Sophia und Mascha noch eine Weile zusammen.

»Eigentlich ist nun alles, was mit den Verbrechen zu tun hat, geklärt«, sagte Sophia. »Das Private aber noch lang nicht. Mit dem Baron Falkenberg werdet ihr noch ein zähes juristisches Hühnchen zu rupfen haben. Wenn er aussagt, dass er Alberts Großvater ist, werdet ihr mit eurem Adoptivantrag Probleme haben.«

»Das fürchte ich auch«, gestand von Wiesinger.

»Übrigens habe ich beschlossen, meine Arbeit bei *Kinderwünsche* noch eine Weile weiterzuführen«, fuhr Sophia fort. »Aber jetzt, wo alles geklärt ist, nicht in der Rolle als Rudolfs Cousine, sondern als die, die ich bin, als Rudolfs Witwe und eure Tochter. Zwei oder drei Wochen kann ich mir noch Zeit nehmen. Es ist noch so viel Geld da, um Gutes zu tun, und ich bin ganz verliebt in die Idee des riesigen Sommerfests für Kinder. Herr Pranger allein kann die Einrichtung nicht leiten. Ich weiß nicht, ob *Kinderwünsche* nach all den Skandalen weiterbestehen kann, aber ich werde versuchen, zusammen mit Herrn Pranger die nächsten Wochen zu überstehen. Und in dieser Zeit einen Ersatz für mich suchen.«

»Und dann gehst du?«, fragte Ada.

»Ja, dann gehe ich. Und wenn ich zurückkomme, wird dieser Krieg vorbei sein. Und dann werde ich mir hier eine richtige Arbeit suchen. Ich nehme an, in dem neuen Land, in dem wir dann leben werden, wird man auch eine neue Juristin brauchen.«

»Und du, Mascha? Hast du auch schon Träume für dein Leben nach dem Krieg?«

»Nein. Träume nicht. Aber Pläne. Sie sind leider noch zu unausgereift, um darüber zu sprechen. Im *Frauenrat* jedenfalls werde ich erst einmal aufhören oder wenigstens für eine Weile pausieren.«

»Schade ist«, schnitt Sophia ein neues Thema an, »dass wir wohl nie erfahren werden, was hinter der Geschichte mit den Säuglingen gesteckt hat.«

»Pospischil hat mir auch gesagt, dass er keine Hoffnung auf Aufklärung mehr hegt«, stimmte Mascha zu.

Das Gespräch setzten Sophia und ich noch zu Hause fort, wo Anna und Karl schon friedlich schliefen. Ich wies Sophia darauf hin, dass ihre Antwort auf Adas Frage, was wir uns für unser Leben nach dem Krieg vorstellten, wieder ganz nach der Sophia von früher klang: vernünftig, emotionslos, klug.

Sophia lachte: »Aber sagst du denn deinen Eltern alles, Mascha?«

Gerade ich! Die ich vor meinen Eltern sogar das verheimliche, was ihnen Freude bereiten würde.

»Also willst du nicht nur das: eine gute Mutter sein und eine tatkräftige Rechtsgelehrte?«

»Nein, Mascha. Ich weiß, dass ich mehr will. Aber ehrlich gesagt: war ich nicht sogar sehr offen, wenn man es mit dir vergleicht? Was für Pläne hegst du denn nun?«

»Ich muss erst noch etwas klären, bevor ich darüber sprechen kann.«

Sophia stellte keine weiteren Fragen. Ich war froh, dass sie mir zugestand, noch eine ganze Zeit lang zu schweigen. Morgen früh, nahm ich mir vor, morgen früh werde ich endgültig alles klären. Und dann wäre ich wieder frei. Viel später wünschte ich meiner Freundin eine gute Nacht und ging in mein Zimmer.

Jetzt sitze ich hier und denke darüber nach, wie oft wir in letzter Zeit bei Sophias Eltern etwas gefeiert hatten. Obwohl man unsere Zusammenkünfte kaum Feste nennen konnten. Richtig gefeiert hatten wir eigentlich nur einmal: als Sophia eingeladen hatte, um ihre Pläne zu offenbaren. Das war ein fröhlicher Abend gewesen, geprägt von Sophias Zukunftsoptimismus und der tiefen Gewissheit ihres Vaters, dass sie mit diesem Schritt alle ihre belastenden Erfahrungen aus der

Vergangenheit als abgeschlossen betrachten konnte. Doch auch dieses Fest war schon überschattet von den Sorgen Max Hegers um seine Familie. Zwei Tage später trafen wir uns an diesem Sonntag, als Felix und Ada Albert in ihre Familie aufnahmen. Dann saßen wir zusammen, als mit Falkenbergs Verhaftung das Rätsel um Frau Heger gelöst schien, ein Fest war das zwar nicht, aber ein herbeigesehnter Abschluss eines belastenden Rätsels. Dann war Albert verschwunden, und der heutige Abend schien endlich alles zu beenden, was von außen an Fremdem und Bedrohlichem in unser Leben trat. Wieder trafen wir uns am späten Abend in einem größeren Kreis, weil Albert wohlbehalten wieder aufgetaucht und mit dem Grafen Haid der wirkliche Mörder gefunden worden war. Wir waren so sicher, dass wir jetzt alles hinter uns lassen konnten und unser normales Leben wieder aufgreifen könnten.

Nun hatte, das wusste ich, nur ich noch etwas zu beenden.

Bei meinem letzten Versuch war alles gescheitert.

Ich blättere in meinem Tagebuch und sehe, was ich sowieso weiß: dass ich damals nicht aufschreiben konnte, was mir geschehen war. Aber jetzt, bevor der Morgen graut, muss ich das tun.

Also: Ich war bei der Visite im Krankenhaus wie immer an seiner Seite, ganz die lernbegierige, eifrige Assistenzärztin, die ihren Chefarzt voller Bewunderung und Hingabe unterstützt. Er war zu mir wie immer, wenn wir nicht allein sind, voll kollegialer Höflichkeit und männlicher Freundlichkeit. Unsere Fälle an diesem Vormittag waren nicht kompliziert, aber vielleicht erkannte ich auch nur nicht, was mit den Menschen, deren Wohlergehen wir fast komplizenhaft mit Sachbegriffen erörterten, die ihnen selbst unverständlich sein mussten, vor sich ging. Wie immer war ich nicht die einzige Person, die an seinen weißen Mantelschößen hing, wir waren ein gutes halbes Dutzend junger Ärzte und Ärztinnen. Sonst waren diese Visiten häufig wie ein verbales Vorspiel für uns, das wir perfektioniert hatten, indem wir den Austausch von Befunden zum Gesundheitszustand unserer Patienten mit nur uns verständlichen Anspielungen über die besondere Nähe zwischen uns spickten. Natürlich waren wir professionell genug, beim geringsten Anzeichen komplexerer Zusammenhänge auf die rein medizinische Ebene zurückzukehren. Auch an diesem Morgen versuchte er das eine oder andere Mal, sich der besonderen Nähe zwischen uns zu versichern, aber ich stellte mich davon unberührt und gab seine Bälle in Form von direkten Fragen oder Aufforderungen an eine Kollegin weiter, deren Verehrung für ihn uns allen bekannt war, und was wir gelegentlich mit leisem Amüsement beobachteten. Beglückt über die intensive Kommunikation, die auf diese Weise zwischen ihm und ihr entstand, blühte meine junge Kollegin auf und konnte ihr tatsächlich äußerst präzises und fundiertes Fachwissen ausbreiten, was sich nun auch ihm wohl zum ersten Mal so deutlich zeigte. Sein Lob beflügelte sie noch, ihre Augen leuchteten, und sie begann mit ihren schönen und gepflegten Fingern nervös an ihren Haaren zu zupfen, eine Verhaltensweise, die mir sehr bekannt war, hatte doch auch ich vor wenigen Monaten, als unsere Beziehung entstanden war, immer etwas an meinen Haaren zu glätten oder zurückzustecken oder eben auch eine kleine Strähne herauszuzupfen. Ich sah ihm an, dass er sich das erste Mal der Qualitäten der jungen Ärztin, die jetzt schon seit Monaten neben mir und den vier männlichen Kollegen hinter ihm her eilte, bewusst wurde, und dass außer seiner professionellen Freude an medizinischen Erörterungen und der kontroversen Diskussion unterschiedlicher Thesen auch sein männliches Interesse an der bescheidenen, wie sich ihm jetzt zeigte, zu bescheidenen jungen Frau erwachte. Ich könnte ihr jetzt zeigen, wie sich alles weiterentwickeln würde. Zuerst ein intensiveres Fachgespräch zu zweit nach der gemeinsamen Visite, dann eine Bitte um besondere Aufmerksamkeit für einen Patienten oder eine Patientin bei einem Fall, der ihr auf den ersten Blick komplizierter erscheinen musste, als er tatsächlich war, schließlich die gemeinsame Sorge um diesen Menschen. Nach seiner übertriebenen Dankbarkeit und dem Lob für ihren Einsatz ihre Bewunderung für dessen Rettung. Unausweichlich würde dann sein Vorschlag kommen, einmal gemeinsam auf diese Rettung eines Menschen, der ›doch fast so etwas wie unser gemeinsames Kind‹ gewesen sei, anzustoßen. Sein die junge Frau völlig verwirrendes Lavieren zwischen einer gleichberechtigten kollegialen Gesprächsebene und der Ebene des Werbens und Verführens eines äußerst erfahrenen Mannes, auf der sie jegliche Chance auf Symmetrie verlieren würde, würde der Sache zum Erfolg verhelfen: dem ersten Ausgehen würde die erste gemeinsame Nacht auf der schmalen Liege in seinem Dienstzimmer folgen – nein, weiter wollte ich mir das nicht ausmalen.

Ich jedenfalls mied bei meinem Versuch, mit ihm zu sprechen, jeden Blick auf diese schmale Liege.

Jetzt habe ich also deine Frau kennengelernt«, begann ich. Er nickte. »Sie ist sehr sympathisch«, fuhr ich fort.

»Natürlich, meine Kleine«, sagte er, und sein Kosewort für mich, das mich normalerweise beglückte und mich in eine hingebungsvolle Geliebte verwandelte, stieß mich ab.

»Meinst du, ich hätte je eine unsympathische und hässliche Frau geheiratet?«

»Und du liebst sie noch«, sagte ich.

»Wieso soll ich jemanden nicht mehr lieben, der 20 Jahre ein schönes Leben mit mir geteilt hat?«

»Weil du doch mich liebst?«, sagte ich, als wäre das ein Argument, das ihm schlagartig die Widersinnigkeit seines Verhaltens klarmachen würde.

»Ach, meine Kleine«, wiederholte er und breitete die Arme aus, und ich fiel in seine Arme wie eine Maus in eine Falle, die mit fettem Speck lockt, und dann fiel ich mit ihm auf seine schmale Liege und später in tiefe Scham.

Und dann musste ich mich wieder aus der Falle lösen. Außerdem hatte ich immer noch nicht mein Versprechen eingelöst, zu klären, wie es zu den hohen Arztrechnungen kam, die er, der Primarius der Gynäkologie des Allgemeinen Krankenhauses, regelmäßig an ›Kinderwünsche‹ ausstellte.

Am nächsten Morgen versuchte man überall, das Leben wieder normal zu sehen und zu leben. Von Wiesinger verließ das Haus sehr früh, um liegengebliebene Vorgänge zu erledigen. Albert wollte natürlich wieder allein zur Schule gehen, und Ada fügte sich seinem Wunsch, bat allerdings Jean, ihm heimlich und unauffällig wenigstens bis zur Haltestelle zu folgen.

Pospischil stellte seine Aufzeichnungen über seine Ausgaben als Privatdetektiv zusammen. Seinen Anzug hatte er sorgfältig in seinem Kleiderkasten verstaut und wollte ihn dieser Tage zurück an von Wiesinger geben, ebenso wie das restliche Geld. Um sich zu erholen, packte er danach seinen

Enkel in den Kinderwagen und ging mit ihm im Augarten spazieren. Er bemerkte, dass auf den Wiesen schon winzige Gänseblümchen zu sehen waren und am Wegrand entdeckte er unter einem Busch das erste Veilchen dieses Jahres. Natürlich lenkte das seine Gedanken sofort zu dem gestickten Bild Christine Hegers. Der Fall war geklärt, und nach einem Tag, an dem Ruhe vor dem Sturm geherrscht hatte, da die Verhaftung des Grafen zu spät in der Nacht erfolgt war, um schon in den Morgenzeitungen ausgebreitet zu werden, würden heute die Zeitungen voll davon sein. Franz war sehr tatenfroh heute und wollte nicht in seinem Wagen sitzen bleiben und dabei gar einschlafen, vielmehr machte er deutlich, dass er neben seinem Großvater einhertrippeln wollte, was meistens die ganze Konzentration Pospischils erforderte, da sein Enkelsohn bei jedem dritten Schritt seine Kräfte und sein Standvermögen überschätzte und auf den sandigen Weg fiel. »Geh, du Tschapperl«, sagte er, »lass dich doch durch den Park kutschieren von mir.« Doch Franz ließ nicht von seinen Gehversuchen ab, sodass sein Großvater seine Gedanken wieder von seiner Arbeit abwenden musste.

Hadler besprach die Untersuchungsergebnisse des Vortags mit dem Staatsanwalt, der sich um eine schnelle Anklage bemühte. Diese kam ihm zu Recht sehr einfach vor, da der Graf alles, was man ihm vorwarf, gestanden hatte. Den Mord an Helene Heger, der er einfach eine große Menge Veronal in die Mineralwasserflasche geschüttet hatte, den Mord an Christine Heger, den Mord an dem Fotografen. Und noch viel mehr. Am frühen Morgen überreichte er ihnen noch den Schlüssel zu seinem Haus und sagte ihnen, in welchem seiner Kellerräume sie den Rest des von ihm in den letzten zwölf Monaten angehäuften Vermögens finden könnten. Nicht nur in Form notarieller Urkunden über neu erworbene Immobilien, wie er ihnen sagte. »Aber Sie werden das ja selbst sehen. Ich konnte einfach nicht aufhören«, sagte er, weinerlich in Selbstmitleid schwelgend. »Zuerst wollte ich ja nur die erforderlichen Summen erwirtschaften, um die Hypotheken meines Hauses zu tilgen, danach wollte ich wieder aufhören. Doch es überkam mich wie ein Rausch. Ich wollte das Haus in seinem alten Glanz wiedererstehen lassen und habe zu diesem Zweck Möbel, Teppiche, Porzellan, Gemälde und Gebrauchsgegenstände gekauft. Aber nicht solche, wie ich sie im Laufe meines Lebens verkauft habe, kein Porzellan und Gläser mit Gebrauchsspuren und kleinen Rissen, keine vergilbten Teppiche und Stoffe, kein zerkratztes Silber, keine lichtgeschädigten Möbel, keine Gemälde mit einem Firnis von Dampf und Tabak. Nein, alles ganz exquisit, einmalig, kostbar. In meinem Bekanntenkreis gibt es so viele Menschen, die im Krieg verarmt sind, weil sie schlecht gewirtschaftet oder aus falschem Patriotismus in faule Kriegsanleihen investiert haben. Und in dem Fotografen hatte ich den perfekten Strohmann, den ich überall da mit Kaufangeboten hinschicken konnte, wo ich erfahren hatte, dass ein gewisser Verkaufszwang entstanden war. Nach dem Krieg wollte ich dann mein Haus wieder für Geselligkeiten eröffnen. Als Gastgeber fungieren in einem einmaligen standesgemäßen Ambiente, nicht als zwar gern gesehener, aber immer nur nehmender Gast. Schade nur, dass ich auch den Fotografen töten musste. Er war mir ein wirklich treuer Diener, solche wie es sie nur vor dem Krieg gab. Wenngleich ich sicher bin, dass auch er auf seine Kosten gekommen ist.«

Nur die Sache mit den drei Nadeln im Hals Christine Hegers konnte er nicht erklären. »Sie hat gestickt, als ich sie getötet habe«, sagte er. »Sie hat ja immerzu gestickt. Nein, aber ich habe ihr keine Nadeln in den Hals gesteckt«, wiederholte er mehrfach. »Das wäre ja pervers.«

Wie der Graf seine erste Nacht in der Zelle verbracht hatte, wusste Hadler nicht, er selbst allerdings hatte in den wenigen Stunden, die ihm nach der langen Einvernahme am Morgen noch zum Ausruhen verblieben waren, keinen Schlaf gefunden. Er sah immer noch den Grafen vor sich, einen distinguierten und angesehenen Mann, der sich an den ihm anvertrauten Knaben verging und sich trotzdem mit feinsten psychologischen Mitteln deren Dankbarkeit und Zuwendung sichern konnte. Ein Mann, dem sie ein neues, ein strahlendes Leben verdanken würden. Sie, elternlose Kinder, für deren Ernährung und Kleidung und Obdach zwar seit Jahren professionell gesorgt wurde, die aber keine Zeichen persönlicher Zuwendung erhalten hatten, bis der Graf sein Interesse an ihnen überdeutlich gezeigt und ihre freiwillig gegebene Zuneigung erpresserisch in erzwungene Zärtlichkeiten umwandelte. Er sah, was der Graf nicht gesehen hatte, die verängstigten, verzweifelten und ratlosen Augen der Kinder, die nicht mehr wussten, was zu tun richtig und was falsch war.

Er dachte daran, wie seltsam es war, den Grafen das Wort *pervers* benutzen zu hören, war doch sein gesamtes Leben genau das. Zumindest in Hadlers Augen. Außerdem aber hinderte ihn ein ihm vertrauter Lärm aus seinem Nachbarzimmer am Einschlafen, wo der andere Zimmerherr seiner Vermieterin sich jetzt laut ächzend und stöhnend ihrer Gunst erfreute. »Klingt eigentlich nicht genussvoll«, versuchte er sich abzulenken, »sondern hat zumindest akustisch etwas von einem Todeskampf an sich.«

Aber der Morgenkaffee, den seine Vermieterin ihm wenig später servierte, war so gut wie eh und je, und obwohl er wusste, was ihre Wangen so rosig gemacht hatte, verleitete es ihn zu völlig unpassenden Spekulationen, ob auch ihr Körper noch solche Spuren nächtlicher Leidenschaft trug oder schon wieder so weiß war, wie er ihn geliebt hatte. So weiß wie die leeren Papiere, die rechts auf dem Schreibtisch des Staatsanwalts auf dessen Notizen warteten. Nein, weißer, denn Papier war inzwischen schon längst nicht mehr glatt und weiß wie vor dem Krieg, sondern dünn und wegen des hohen Holzanteils bräunlich, rau und brüchig. Hadler merkte, wie er errötete. Glücklicherweise bemerkte der Staatsanwalt davon nichts.

Seltsamerweise war es ausgerechnet Pospischils Schwiegertochter, die zufällig das Rätsel um die Stecknadeln löste. Ihr Schwiegervater hatte ihr inzwischen alles erzählt, was ihn in der Zeit seit seiner Pensionierung davon abgehalten hatte, sich um seinen Enkelsohn so zu kümmern, wie sie es besprochen hatten. Sie stopfte während der langen Berichte seine Socken. Sie ging mit ihrer Nadel ganz geschickt um, fand er. Als er ihr das sagte, lachte sie ganz entspannt: »Ach geh, Vater. Ich bin eine rechte Stümperin. Schon in der Schule war ich so schlecht in Handarbeit. Ich habe mir immerzu in den Finger gestochen. Meine Lehrerin hat geschimpft und gesagt: ›Du machst nur den Stoff schmutzig mit deinem Blut. Aber vielleicht merkst du es dir einmal, dass du aufpasst. Vergiss das nicht.‹«

Pospischil lachte: »Heute würde sie sich entschuldigen bei dir, wenn sie sehen würde, wie gut du das inzwischen kannst.«

»Weil ich es mir gemerkt habe«, entgegnete sie. »Sag einmal, Vater, ist die Frau Heger eigentlich sofort gestorben nach dem Schlag?«

»Der Arzt hat gesagt, sehr bald danach. Wenige Minuten.«

»Ich hab' mir nämlich gedacht, dass sie sich vielleicht die Nadeln selbst hineingestochen hat. Sie saß doch über ihrer Stickarbeit. Vielleicht wollte sie auf ihre Stickerei hinweisen. Wo sie alles aufgeschrieben hat. Aufgestickt. Und hat gehofft, dass jemand das merkt.«

»Das musst du dem Hadler erzählen.«

Gleichzeitig arbeitete Sophia zügig in ihrem Büro. Zu ihrem größten Erstaunen machte ihr die Arbeit Vergnügen, wenngleich das Haus jetzt ruhiger war, da die Knaben nicht mehr hier lebten und von ihren früheren fünf Direktoren eigentlich nur noch einer regelmäßig vorbeikam, und das war Herr Pranger. Baron Otto von Hochwald hatte seinen offiziellen Rücktritt als Vorstand erklärt. Der Unikaiser ließ sich zurzeit nicht mehr blicken, offensichtlich wog er noch ab, ob sein weiterer karitativer Einsatz seinem Ruhm und seiner Ehre schaden oder nützen würde. Von Falkenberg war auch noch nicht wieder erschienen, obwohl er vollständig rehabilitiert war. Doch wahrscheinlich benötigte er noch einige Tage Ruhe und Zurückgezogenheit. In einem langen Gespräch mit Pranger hatte Sophia geklärt, dass das Sommerfest für die armen Wiener Kinder auf jeden Fall stattfinden sollte, zu zahlreich waren bereits die eingegangenen Sach- und Geldspenden, um das Fest noch absagen zu können. Sophia schlug Pranger vor, eine Presseerklärung zu verfassen und an die Wiener Tageszeitungen zu schicken. Diese sollte möglichst am nächsten Tag, also zeitnah zu den vermutlich alles Bisherige in den Schatten stellenden Meldungen über die Untaten des Grafen erscheinen und die Integrität der Arbeit des Vereins und der anderen Vereinsvorsitzenden betonen. Gleichzeitig sollte den Spendern versichert werden, dass jedem Heller ihrer Spenden nachgegangen werde, so dass gesichert werden könne, dass nicht auch nur ein einziger iher Heller unlauteren Zwecken diene. Sophia gelang es, Pranger davon zu überzeugen, dass nur rückhaltlose Offenheit die Chance eröffnete, den Verein oder zumindest das Sommerfest zu retten. Sie schlug des Weiteren vor, alle bisherigen Spender persönlich anzuschreiben, selbst diejenigen, die nur Kleinstspenden wie selbstgestrickte Kindersocken oder Hauben beigesteuert hatten, und ihnen die Sachlage zu erläutern. Auch eine Suche nach neuen Vereinsvorsitzenden mit bestem Leumund könnte helfen. Der aufgewühlte und enttäuschte Pranger war mit allem einverstanden und überließ Sophia alle erforderlichen Schritte.

Am späten Vormittag läutete es an der Haustür. Sophia ging nachschauen, wer da so unangemeldet vorbeikam, und sah ein junges Mädchen vor der Tür stehen. »Guten Tag. Ich bin Julia Pranger. Ich wollte fragen, ob ich hier irgendetwas helfen kann«, sagte sie und lächelte Sophia offen und freundlich an. »Das ist schön, dass Sie vorbeikommen«, sagte Sophia. »Ihr Vater wird sich freuen. Er ist am Boden zerstört.« Sie führte Julia in das Büro, wo der ältere Mann immer noch schwitzend und schwer atmend am Tisch saß und desorientiert in einem vor ihm liegenden Papierstapel herumkramte, ohne genau zu wissen, welchen Zweck er damit verfolgte. Sophia hoffte, dass sich mit diesem Besuch die Suche nach ihrer Nachfolgerin aufs Allerbeste erledigt hatte.

Ada saß zu dieser Zeit zu Hause in ihrem Wintergarten und ließ sich von ihren Tagträumen in eine entfernte und unerwartet glückliche Zukunft entführen.

Felix hingegen fand in seinem Büro wenig Ruhe. Nachdem er äußerst konzentriert eine Menge anstehende Arbeit erledigt hatte, trieb es ihn hinaus in die Stadt. Es war gegen Mittag, und die Sonne schien erstaunlich warm zu scheinen, sodass er seinen Winterrock aufknöpfte und seinen Schal lockerte. Er überquerte gerade die Albrechtgasse und wollte ein paar Schritte im Hofgarten gehen, als er auf Professor Freud stieß. Dieser hatte seinen schmalen Körper noch fest in einen warmen Wintermantel eingeknöpft und blickte durch seine funkelnden Brillengläser von Wiesinger entgegen. »So in Eile, Herr Baron?«, sagte er freundlich. »Und wovon ist Ihnen denn nur so heiß? Merken Sie nicht, dass die Luft wieder nach Schnee riecht?« Von Wiesinger blickte ihn erstaunt an. »Ich rieche keinen Schnee«, sagte er, »ich rieche Veilchen und Frühling.«

»Lassen wir das mit dem Riechen«, lächelte Freud, »ich rieche sowieso nur wenig. Wahrscheinlich rauche ich zu viel. Oder wir riechen heute beide nicht mit der Nase.«

»Womit sonst sollen wir riechen?«, fragte von Wiesinger recht unaufmerksam. »Eine sehr schwierige Frage«, antwortete Freud. »Ich glaube, dass man nicht nur physiologisch riecht, sondern auch psychologisch. Man kann mit Gefühlen oder mit Erinnerungen oder mit Antizipationen riechen, vielleicht sogar mit dem Verstand. Also bewusst und unbewusst. Erinnern Sie sich beispielsweise nicht intensiv an Gerüche aus Ihrer Kindheit? Wenn Sie im Sommer gemähtes Heu riechen oder zu Weihnachten Zimt und Vanille? Führen nun die Gerüche zu Erinnerungen oder die Erinnerungen zu Gerüchen? Ich muss darüber nachdenken. Ich jedenfalls rieche heute mit dem Verstand. Oder mit der Erfahrung. Und Erfahrung ist so etwas wie eine vernünftige Erinnerung. Ich habe nämlich heute Morgen darüber nachgedacht, wie oft hier in Wien zu Ostern noch Schnee liegt. Und da Ostern uns ja noch bevorsteht, rieche ich noch Schnee.«

Von Wiesinger nickte, plötzlich doch gefesselt von den Überlegungen Freuds. »Und wie habe ich dann gerochen?«, sinnierte er.

»Wie ein junger Mann«, antwortete Freud im Ton einer leichten Konversation, »dessen Frau einen Kinderwunsch hat. Wenn ich mich richtig an unser letztes Gespräch erinnere. Haben Sie eigentlich schon mit Ihrer Frau Gemahlin darüber gesprochen?«

Von Wiesinger lächelte. »Ja. Und es ist, wie mir scheint, alles geklärt.« »Hoffentlich«, antwortete Freud. »Aber dann brauchen Sie doch auch nicht so zu rennen wie ein junger Mann im Frühling.«

»Nein, das brauche ich eigentlich nicht«, sagte von Wiesinger.

»Ich glaube, ich muss mich entschuldigen«, sagte Freud. »Ich halte Sie von etwas Wichtigem ab.«

»Nein, wirklich nicht. Ich wollte nur ein paar Schritte im Hofgarten spazieren gehen.«

»Den Frühling genießen?«, fragte Freud zurück und zog beziehungsreich seinen Schal ein wenig fester. »Schön, aber verkühlen Sie sich nicht dabei.«

Von Wiesinger setzte seinen Weg in den Hofgarten fort, aber, wie ihm schien, ein wenig langsamer als zuvor. Eigentlich wollte er ja darüber nachdenken, ob er sich wieder einmal an Pospischil wenden wollte, damit dieser herausfinde, was damals mit Adas Kind passiert war. Schwierig konnte das ja nicht sein, unter den wenigen Leesdorfer Winzern den herauszufinden, dessen Frau ›etwas Besseres‹ war und der in seinen mittleren Jahren ein Pflegekind angenommen oder gar ein Kind adoptiert hatte. Falls das Kind gestorben war, dann ließe sich ebenfalls bei der Badener Stadtverwaltung oder auf dem Friedhof ein Hinweis darauf finden. Vor allem aber wollte er darüber nachdenken, ob er, falls er sich für diese Nachforschungen entscheiden würde, diese mit oder ohne Adas Wissen anstellen lassen sollte. Beides schien ihm möglich, beides aber auch mit Gefahren verbunden. Er wusste, dass er sich in einem bedrohlichen Dilemma zwischen Vertrauen und Fürsorglichkeit bewegen würde. Konnte er wirklich angesichts der neuen Offenheit zwischen seiner Frau und ihm heimliche Ermittlungen in die Wege leiten? Und weswegen eigentlich hatte Ada kein Wort davon gesagt, dass sie herausfinden wollte, ob ihr Sohn wirklich noch am Leben war? Er sah wie ein paar Monate vor ihm Ada, die Glücksgöttin auf der Hofburg ihr sicheres Glücksversprechen in den Himmel jubeln. Von hier unten sah Fortuna mit ihren großen Flügeln wie ein Engel aus. Ein

Schutzengel. *Ein Schutzengel?* Ihm wurde heiß. Suchte Ada nicht nach ihrem Sohn, weil sie ihn bereits gefunden hatte? Nein, nicht sie ihn, er sie?

Im Hofgarten angelangt, sah er, dass trotz der hellen Sonne er der Einzige war, der seinen Mantel geöffnet hatte. In dem gleißenden Licht sah er vom strahlend blauen Himmel einige weiße Schneeflocken herabtanzen. *Kinderwünsche*, dachte er plötzlich, Freuds Begriff für sich wiederholend, Singular: *Kinderwunsch*. Was ist ein Kinderwunsch? Eigentlich vielerlei. Der Wunsch eines Kindes. Aber auch: der Wunsch nach einem Kind. Hatte Ada wirklich noch diesen Kinderwunsch, den Freud andeutete? War es nicht der angesichts ihrer erst 39 Lebensjahre eigentlich zu frühe *Wechsel*, der sie so verändert hatte, nicht nur *der Wechsel*, sondern eben die damit verbundene Gewissheit, niemals mehr ein Kind bekommen zu können? Ein eigenes Kind? Hatte die Äußerung ihrer dementen Tante über das Kind, das Ada als ganz junges Mädchen bekommen hatte, verbunden mit eben doch *dem Wechsel* seine Frau in diesen Zustand zwischen Anspannung und Traurigkeit versetzt?

Heute Vormittag war ich zuerst bei der Krankenhausverwaltung und habe dort meine Kündigung eingereicht. Sogar die Oberschwester, die Pospischil den ›Drachen‹ nennt, war überrascht und voller Anteilnahme, als sie mein Schreiben in die Hand nahm: »Warum wollen Sie bei uns aufhören, Fräulein Dr. Grünberg?«, fragte sie verständnislos. »Sie haben doch hier in kürzester Zeit zwei Karrierestufen erklommen, für die andere jahrelang brauchen. Und die Patienten lieben Sie. Wenn Sie wüssten, wie viel Lob ich hier über Sie höre. Und bei Ihren Kollegen sind Sie beliebt, und die Schwestern respektieren Sie. Das kann man doch nicht einfach aufgeben.« Ich war gerührt über ihre freundlichen Worte, sagte aber bestimmt, dass persönliche Gründe diesen Schritt nötig machten, und bat sie darum, mein Schreiben weiterzuleiten und nicht darüber zu sprechen.

Erst dann, nachdem ich meine Brücken hier abgebrochen hatte, ging ich in meine Abteilung. Dort war alles von einer erschreckenden und kalten Normalität. Die jungen Assistenzärzte und -ärztinnen standen schon in ihren weißen Kitteln im Besprechungszimmer und warteten auf den Beginn der Visite. Ich schlüpfte auch in meinen Kittel, der wie jeden Tag an seinem Haken hing, dem Haken links von der Tür. Die Abläufe in einem Krankenhaus sind streng ritualisiert und geordnet, wohl auch, um sowohl in Notfällen als auch in der kargen Freizeit keine Zeit zu verlieren. Deswegen hat alles seinen festen Platz, nicht nur die medizinischen Geräte und Arzneien, was ja wohl selbstverständlich ist, sondern auch die privaten Dinge wie eben der Kittel oder die Kaffeetasse oder die Handtasche oder das Buch, in dem man gelegentlich liest. Der Professor war wohl noch in seinem Zimmer, es war auch noch über eine halbe Stunde Zeit bis zur Morgenvisite, und als ich die Zahl der anwesenden Kollegen überprüfte, bemerkte ich, eher voller Mitgefühl, als wütend, dass auch meine junge Kollegin fehlte. Gerade als ich an der Tür des Professors klopfen wollte, kam sie heraus, weniger scheu als sonst, aber mit einem Lächeln im Gesicht, das mir alle ihre Gefühle verriet. »Es tut mir sehr leid, Fräulein Doktor Grünberg, aber der Professor wünscht noch ein wenig Ruhe vor der Visite. Er leidet an leichten Kopfschmerzen. Vielleicht kann Ihre Angelegenheit noch ein wenig warten.«

»Das tut mir leid«, entgegnete ich freundlich, »aber ich muss vor der Visite noch einen Befund abklären.« Ich schob mich an ihr vorbei und betrat das Zimmer. Er saß an seinem Schreibtisch und sah freundlich auf, als er mich erblickte. »Guten Morgen, mein liebes Fräulein Doktor«, sagte er mit sanfter Stimme und streckte die Hand nach mir aus, wie er es so oft tat, um mich auf seinen Schoß zu ziehen. »Komm' her, meine liebe Mascha, meine Kleine, ich habe Kopfschmerzen. Vielleicht können deine lieben Finger mich heilen.«

»Ich muss mit dir sprechen«, sagte ich.

»Nicht schon wieder, Mascha, wir haben doch neulich erst eine Aussprache gehabt.«

Ich riss mich zusammen, um zunächst Sophias Bitte nachzukommen, Klarheit in die dubiosen Banküberweisungen zu bekommen.

»Keine Sorge, ich will nichts Persönliches besprechen. Noch nicht. Sag' mir doch einfach, was du mit dem Verein ›Kinderwünsche‹ zu tun gehabt hast.«

»Ich? Das ist lieb von dir, dass du dir Sorgen um mich machst. Aber es gibt keinen Anlass dazu. Ich habe überhaupt nichts mit diesen Schundbildern zu tun. Aber das weißt du doch eh, nicht wahr?«

»Natürlich weiß ich das. Es geht um das Geld, das du von dort bezogen hast.«

»Hast du dich in einen kleinen Detektiv verwandelt? Was geht dich das an?«

»Mich gar nichts. Aber eine sehr gute Freundin, der ich gerne einen Gefallen tun würde.«

»Ich habe gar nichts zu verbergen. Ich warte sowieso schon seit Tagen auf die Polizei, weil es diese Zahlungen ja

tatsächlich gibt. Obwohl viel davon als Spenden zurücküberwiesen worden ist, das kannst du mir glauben. Aber wenn du es wissen willst? Ich habe junge Frauen hier in meiner Privatkonsultation gehabt, die meisten so ungefähr ein Jahr lang. Und die Rechnungen gingen an den Verein. Bei der ersten Untersuchung habe ich ihren Gesundheitszustand untersucht. Sie waren alle junge und gesunde Frauen, gut erzogene und gebildete Bürgerstöchter zumeist, und virgo intacta. Und dann habe ich die meisten einige Wochen oder Monate später wieder bei mir gehabt und eine Schwangerschaft festgestellt. Nur bei einer hat es viel länger gedauert. Und dann Schwangerschaftskontrolle, ja, und die Entbindung. Und eine Nachuntersuchung. Das war es. Alles ganz ordentlich und normal.«

»Und warum sind die Rechnungen nicht an die Familien der jungen Frauen gegangen?«

»Das habe ich nicht nachgefragt. Die Bezahlung war, wie gesagt, extrem gut, und es gab keine Veranlassung zum Misstrauen.«

»Aber haben die jungen Frauen nicht mit dir geredet? Einem Arzt vertraut man doch während Schwangerschaft und Geburt so einiges an.«

»Das aber, wie du weißt, meine Kluge, Arztgeheimnis ist.«

»Du willst mir also nicht mehr sagen?«

»Eigentlich bin ich nicht dahintergekommen, sondern meine Frau, der ich davon erzählt habe.«

»Wohinter?«

Er zuckte mit den Schultern. »Mascherl, meine Kleine, jetzt lass' das doch. Komm ein wenig näher, gib' mir die Hand. Kommst du heute nach Dienstschluss noch einmal bei mir vorbei? Dringende Befunde besprechen?«, fügte er scherzhaft hinzu. Das war immer unsere Ausrede dafür gewesen, wenn ich nicht mit den anderen Ärzten nach Hause gegangen, sondern noch ein wenig länger in der Klinik geblieben war, in diesem Zimmer, auf der schmalen Liege in der Ecke.

»Nein, das tue ich nicht. Das tue ich nie mehr. Ich habe heute meine sofortige Kündigung eingereicht. Wir sehen uns hier in diesem Zimmer zum letzten Mal. Und ich finde, dass du mir eine gewisse Aufrichtigkeit schuldest. Sag' mir also bitte: Warum hast du mich glauben lassen, mich zu lieben?«

»Aber ich hab' dich doch lieb.«

»Zu lieben, habe ich gesagt.«

»Weil du so ein kluges und braves jüdisches Mädchen bist. So moralisch und so bemüht, allen Erwartungen zu entsprechen. Hättest du dich auf mich eingelassen, wenn ich dir nur gesagt hätte, dass du eine reizende junge Frau bist?«

Ich wollte nur noch davonrennen, aber ich wusste, dass er mir noch nicht alles gesagt hatte.

Ich schaute ihn an und las in seinen Augen nichts von der Leidenschaft und dem Charme und der Klugheit, die ich sonst dort immer gefunden hatte. Nur kalte und beherrschte Enttäuschung. Enttäuschung worüber? Über meine Trennung von ihm? Über meine Trennung von der Klinik, meine Kündigung?

»Sag' mir alles«, insistierte ich. »Nur dann kann ich mich ruhig von dir trennen.«

»Du drohst mir mit einem Skandal? Du erpresst mich?«

»Du hast mir nicht genau zugehört. Weder drohe ich dir noch erpresse ich dich. Aber ich benötige die Wahrheit, um irgendwann meine eigene innere Ruhe wiederzufinden.«

Wieder blickte er auf mich, doch dann schien er sich zu einem Entschluss durchzuringen. »Wahrscheinlich hast du recht und ich bin dir das wirklich schuldig.«

Und dann erzählte er mir alles.

Nach der Visite verließ Mascha die Klinik. Sie wollte Sophia erzählen, was sie herausgefunden hatte. Beziehungsweise was die Frau ihres vorgesetzten Professors herausgefunden hatte. Mascha fuhr bis zum Naschmarkt und ging dann die Magdalenenstraße hinunter bis zum Sitz des Vereins, wo sie ihre Freundin im Büro wusste. Sie klopfte laut an die dunkle Holztür mit dem Messingschild. Zu ihrer Überraschung öffnete ihr Julia Pranger die Tür. Als sie Mascha erblickte, schrie sie sie fast an: »Sie sollten sich jetzt besser sofort zurückziehen. Müssen Sie sogar hier in dem Leid der Menschen wühlen, nur um Zeilengeld für Sensationsmeldungen zu erhalten?«

»Entschuldigen Sie, Fräulein Pranger, aber ich bin nicht die, für die Sie mich halten. Ich bin Doktor Mascha Grünberg, Ärztin am AKH. Ehemalige Ärztin am AKH, um genau zu sein. Ich bin die Freundin von Frau Sachtl, die hier im Büro arbeitet. Ja, ich habe mich bei Ihnen für jemanden ausgegeben, der ich nicht bin, weil ich Erkundungen über Ihren Vater anstellen wollten. Und Ihre lieben Worte haben ja auch neben anderen Hinweisen dazu geführt, dass er nicht unter so einen entsetzlichen Verdacht geraten ist wie der Baron.«

»Wer ist eigentlich hier der, der er zu sein vorgibt? Frau Sachtl hat sich ja auch hier als ihre eigene Cousine eingeschlichen, wie mein Vater mir erzählt hat, weil sie hier ermitteln wollte. Sie ist nicht ihre Cousine, Sie sind keine Reporterin, wem kann ich hier trauen?«

»Ja, liebes Fräulein Pranger, Sie haben recht. Meine Eltern wären entsetzt, wüssten sie, welcher Lügen ich mich hier bedient habe. Aber, ehrlich gesagt, es gibt vieles in meinem Leben, über das sie noch entsetzter wären.« Gegen Maschas Willen flossen ihr einige Tränen über die Wangen. Diese schienen den Ärger von Julia Pranger zu besänftigen.

»Und außerdem«, fuhr Mascha deswegen wieder entschlossener fort, »sind Sie ja auch nicht die Studentin Julia Pranger, als die Ihr Herr Vater Sie sieht, sondern die Straßenbahnfahrerin Julia Pranger, als die ich Sie kennengelernt habe.«

»Das stimmt. Aber einer ist wirklich der, der zu sein er vorgibt, und das ist mein armer Vater, der jetzt ganz gebrochen von der Erkenntnis ist, wer seine vornehmen Freunde in Wirklichkeit sind. Deswegen bin ich auch hierher gekommen, um ihn ein wenig aufzubauen.«

»Wie wäre es dann in diesem Augenblick mit der Wahrheit, Fräulein Pranger? Wahrscheinlich ist er nie wieder so empfänglich dafür wie in diesen Tagen.«

»Daran habe ich auch schon gedacht. Vielleicht sage ich ihm jetzt einfach alles. Und Sie, kommen Sie doch herein und sprechen Sie mit Ihrer Freundin. Sagen Sie ihr dann auch alles? Das Entsetzliche, von dem Sie gesprochen haben, und das noch viel Entsetzlichere?«

Von Wiesinger eilte, jetzt wieder fester in seinen Mantel gehüllt, zu seinem Haus. Der lange Weg tat ihm gut, und die Luft, die er jetzt eindeutig als frisch und kalt wahrnahm, blies einige seiner trüben Gedanken davon. Als er den Wintergarten betrat, sah er gleich, dass Ada wieder besserer Stimmung war und ihn herzlich begrüßte. »Schau, dort hinten in unserem Garten blüht schon irgendetwas Gelbes«, zeigte sie ihm. »Und wir müssen dringend die Fenster putzen, sonst kann die Frühlingssonne gar nicht mehr herein, die ja jetzt wohl bald die Herrschaft übernehmen wird.«

»Fenster kann man schon putzen, Ada, aber vergiss nicht, dass wir hier im März und sogar im April oft noch Schnee haben«, entgegnete von Wiesinger, sich sogleich über sich selbst ärgernd, dass er Adas heiterer Stimmung wieder einen negativen Gedanken entgegenstellte, den sie aber zu ignorieren schien. »Hast du nicht einmal erzählt, dass dort hinten in der Ecke früher ein kleiner Sandkasten für Sophia war? Sollen wir den vielleicht wieder herrichten lassen, für Karl?«

»Meinst du, dass sich das lohnt? Wo er doch kaum mehr da sein wird? Aber wenn er zu Besuch bei uns ist, wird er sicher seine Freude daran haben. Machen wir das also. Falls Marie uns Platz lässt. Als ich neulich einmal im Garten war, weil ich etwas im Gartenhaus gesucht habe, habe ich den ganzen hinteren Zaun entlang Bohnenstangen liegen sehen. Ich glaube, wir werden hier bald keine Blumen mehr im Garten haben und keine Wiese, sondern nur noch Nutzpflanzen.«

»Das werde ich verhindern, Felix. Wir werden einen Sandkasten haben und wir werden das kleine Salettl herrichten lassen, in dem wir lesen können und wo Albert seine Schulaufgaben machen kann, und wir werden Blumen haben, Blumen in allen Farben. Und mit Marie werde ich sprechen und ihr anweisen, welche Fläche sie für ihren Nutzgarten nutzen kann.«

»Habe ich das richtig verstanden? Du wirst ihr *Anweisungen* geben?«

»Ja, das werde ich. Hast du nicht bemerkt, dass sie mich seit einiger Zeit um meine Meinung fragt? Seit ein paar Tagen eigentlich erst.«

Felix von Wiesinger musste lachen, als er sich vorstellte, dass seine Köchin, diese selbstbewusste und vom Leben gehärtete Frau, die eigentlich nur ihm aus Hochachtung und Sophia aus Liebe gehorchte, ausgerechnet in dieser schweren Zeit angefangen haben sollte, seiner Frau, die ja in Haushaltsdingen erwiesenermaßen ungeschickt war, zu folgen. Er beschloss, diese amüsante Wendung, so Ada sich nicht irrte, zu beobachten.

Damit musste er nicht lang warten, denn wenig später klopfte Marie schon an die offenstehende Tür des Wintergartens und wandte sich an Ada: »Gnädige Frau, wenn der gnädige Herr heute schon einmal ausnahmsweise zu Mittag zu Hause ist, soll ich da einen kleinen warmen Imbiss herrichten? Vielleicht eine Mehlspeise?«

»Das wäre wunderbar, Marie«, antwortete Ada. »Wie lang willst du bleiben, Felix?«, wandte sie sich an ihren Mann.

»Ich hatte nicht vor, heute noch einmal wegzugehen.«

»Dann würde ich vorschlagen, dass Sie uns in circa einer Stunde etwas servieren. Dann wird nämlich auch Albert da sein, und wir könnten zusammen essen.«

»Jawohl, gnädige Frau.«

Von Wiesinger konnte sich das Lachen nicht verkneifen bei der ungewohnten Höflichkeit, mit der Marie seine Frau Vorschläge und Anweisungen formulieren ließ, deren Ausführung sie längst beschlossen hatte. Ada zwinkerte ihm von der Seite zu. Diese vertraute Geste ließ ihn sich ganz unbeschwert fühlen.

Marie zog sich zurück, nicht ohne an der Tür noch zu fragen: »Ich nehme an, gnädige Frau, dass es Ihren Wünschen entspricht, wenn ich Jean zum Gymnasium schicke, damit er den Jungen unauffällig auf seinem Heimweg bewacht.«

»Ja, Marie. Albert sollte nur möglichst nichts davon bemerken.«

»Auf keinen Fall«, stimmte Marie gnädig zu. »Das werde ich Jean einprägen.«

Leider störte wenig später ein Anruf die gelöste Stimmung im Wintergarten. Von Wiesingers Schulfreund Rudolf von Sachtleben verlangte ihn dringend zu sprechen: »Nicht am Telefon, bitte. Darf ich kurz bei dir hereinschauen? Für ein paar Minuten vor dem Mittagessen?«

»Ja, natürlich, komm nur. Unser Mittagessen ist eh keine große Angelegenheit, sondern nur ein kleiner Imbiss, weil wir zufällig alle da sind. Wir versuchen eigentlich eher, immer alle gemeinsam das Nachtmahl einzunehmen. Aber du kannst gern bei uns mitessen, wenn du magst. Wir würden uns alle sehr freuen. Dann kannst du auch Albert ein wenig besser kennenlernen.«

Wenig später führte Jean Herrn von Sachtleben in den kleinen Salon.

»Es hat mir die ganze Zeit auf der Seele gelegen, Felix. Als ich von Falkenbergs Verhaftung gehört habe, wollte ich mit der Geschichte nicht herausrücken, weil er sowieso so tief in der Bredouille steckte. Umso mehr, als es ja eigentlich keine Geschichte ist, sondern nur eine Empfindung. Und dann, als er glücklicherweise entlassen wurde, da wollte ich nicht neues Misstrauen säen. Schließlich ist Falkenberg zu

Recht einer der geachtetsten Männer hier in der Stadt. Und er teilt meine trauriges Schicksal.«

»Ja, ihr habt beide eure Söhne verloren.«

»Aber er trägt es bewundernswert. Und ich ertrage es eigentlich gar nicht. Er hat sich dazu entschlossen, seinem Land zu dienen und sich für die Schwächsten der Schwachen einzusetzen, für die armen Kinder. Und ich ertappe mich immer öfter bei dem Gedanken, dass das Land das nicht lohnt. Nicht den Tod eines einzigen seiner Söhne. Vor allem dieses untergehende Land.«

»Aber für die Schwächsten der Schwachen, für die lohnt es doch.«

»Du hast wahrscheinlich recht. Aber ich muss erst aus meinem dunklen Loch herauskriechen. Und noch stecke ich bis über beide Augen drin. Kann also noch nicht klar sehen.«

»Und Falkenberg?«

»Nun, der hat mich aufgesucht, nachdem der Tod meines Sohnes bekannt geworden war. Hat mir und meiner Frau kondoliert. Und hat dabei Worte gefunden, die wirklich nichts mit den konventionellen Floskeln der unzähligen Beileidsbriefe gemein hatten, aufrichtige Worte, verständnisvolle Worte. Wir verwaisten Väter, wenn man so sagen kann, sind, glaube ich, ein besonders bedrohter Menschenschlag. Die Mütter können wenigstens weinen, ihre Trauer zeigen. Wir müssen so tun, als glaubten wir fest und unerschütterlich das Märchen vom Heldentod. Müssen Haltung zeigen. Tapfer sein. Falkenberg hat all das angesprochen. Sein Händedruck war einer der wenigen, die tröstlich waren.«

»Du sprichst wirklich mit guten Worten über ihn.«

»Ja. Nur dann – dann hat er etwas gesagt, über das ich lang nachdenken musste.«

»Und das war?«

»Er hat gesagt, dass wir kinderlosen Väter keine kinderlosen Väter bleiben müssen. Und er hat auf seinen Verein hingewiesen.«

»Ach so, er wollte dir eine Adoption ans Herz legen?«

»Das habe ich ihn auch gefragt. Und er sagte, dass ich unbedingt für mich behalten müsse, was er mir sagen werde. Und seine Worte waren so … so unheimlich.«

»Unheimlich?«

»Ja. Er sagte, ein adoptierter Sohn sei nicht dasselbe wie ein eigener. Und man könne ja noch einmal einen Sohn bekommen, einen aus seinem eigenen Fleisch und Blut. Aber ich sagte, dass wir wohl nicht mehr in dem Alter seien, in dem wir diese Hoffnung hegen dürften. Und er meinte ganz kryptisch: »Ihre Frau vielleicht nicht. Aber Sie?« Ich habe das erst nicht verstanden. Das hat er mir ganz genau angesehen. Und mit viel Mitgefühl nachgesetzt: »Unser Verein könnte Ihnen da vielleicht behilflich sein.«

»Wie hat er das denn gemeint?«

»Ich wusste auch nicht genau, was er damit andeuten wollte. Aber seine Worte haben sich tief in mich eingegraben und dort, ja, man könnte sagen, Irritationen eingepflanzt. Ich sezierte seine Sätze, drehte und wendete sie. Und dazu kamen ein paar Gerüchte. Nein, Gerüchte kann man es gar nicht nennen. Eher Informationen über zwei oder drei Ehepaare in meinem Alter, die nach dem Kriegstod ihres einzigen Sohnes einen Säugling vermittelt bekamen, dem sie ein neues Lebensglück verdanken. Und über die wieder Väter gewordenen Männer, die mit diesem Säugling ›ganz närrisch‹ seien, so, als ob er ihr eigenes Kind wäre.«

Von Wiesinger dachte nach. Sein Freund schwieg ebenfalls.

Erst nach einer Weile ergriff von Wiesinger wieder das Wort: »Du meinst …?«

In diesem Augenblick stürzte Sophia, ohne anzuklopfen, in das Zimmer. Das war für sie sehr ungewöhnlich, achtete sie doch sonst peinlich genau auf dezentes und diskretes Verhalten. »Vater, ich glaube, ich weiß …« Erst da erblickte sie den Freund ihres Vaters, den sie von Kindheit an *Onkel Rudolf* nannte, und nickte ihm kurz zu: »Verzeih, Onkel Rudolf, es ist nur so ungeheuer dringend.« An ihren Vater gewandt, fügte sie hinzu: »Ich muss dich unbedingt sprechen. Es betrifft *Kinderwünsche*.«

Ihr Vater wies ihr einen Stuhl an und sagte: »Setz dich erst einmal, Sopherl. Ich glaube, wir wissen, was du uns sagen willst. Rudolf hat mir nämlich eben von einem gewissen Angebot erzählt, das er erhalten hat …«

Sophia fuhr fort: »Sie haben junge anständige Mädchen gekauft. Direkt oder über ihre Eltern. Zum Zweck der Zeugung und des Austragens von Kindern. Unter der Aufsicht erstklassiger Ärzte. Unschuldige Mädchen, nicht nur im übertragenen, sondern auch im medizinischen Sinne, weil das bei einer ersten medizinischen Untersuchung geprüft wurde. Und in dem Teil des Hauses, der bei uns in der Magdalenenstraße *Hotel* heißt, wohl auch gelegentlich so benutzt wird, fand der systematische Beischlaf dieser jungen Mädchen mit jeweils einem festen Partner statt, immer einem *verwaisten* Vater, bis eine Schwangerschaft eintrat. Medizinisch bestätigt und in ihrem Verlauf kontrolliert. Entbindung im Krankenhaus. Entlassung der jungen Mutter in ihre Familie und Übergabe des Säuglings an die glücklichen Adoptiveltern, von denen zumindest der männliche Teil auch der leibliche Vater ist. Ob und inwieweit die betreffenden Adoptivmütter eingeweiht waren, ist mir nicht bekannt. Ich denke schon den ganzen Weg hierher über die juristischen Konsequenzen nach. Was meinst du, Papa? Was ist da juristisch machbar?«

»Das ist, wie der alte Briest bei Fontane immer sagt, ein *weites Feld*. Ein *sehr weites Feld*.«

Von Sachtleben mischte sich ein. »Ich glaube zum Unterschied von euch beiden Juristen, dass da gar kein juristisch verwertbarer Aspekt dabei ist. Keine arglistige Täuschung, keine persönliche Bereicherungsabsicht, keine Unzucht mit Abhängigen, keine Vergewaltigung, keine Prostitution, wenn es in gegenseitigem Einvernehmen geschah, keine Kuppelei. Nichts. Ich kenne mich da ja nicht so aus, aber ich lege meine Hand dafür ins Feuer, dass der Baron von Falkenberg sich keinen Heller selbst genommen hat, sondern aus reinem Idealismus gehandelt hat. Und aus Mitgefühl. Er hat so oft mit Trauer von aussterbenden Geschlechtern gesprochen. Ich halte es für möglich, dass auch die Mädchen respektive ihre Eltern von dem Wunsch beseelt waren, den verwaisten Eltern zu helfen. Wenn sie dafür in diesen schweren Zeiten außer einem Dank noch eine gewisse Unterstützung erhalten haben, weniger übrigens als eine Maitresse, wer will es ihnen übel nehmen. Umso mehr, als keiner je wird nachweisen können, dass die jungen Mädchen sich nicht auch ein wenig in ihre achtsamen, zärtlichen und dankbaren älteren Galane verliebt haben?«

»Wie konnten diese *Galane* aber so sicher davon ausgehen, dass ihr legal oder illegal gezeugtes Kind ein Junge sein wird?«, fragte von Wiesinger. Sophia und Sachtleben zuckten mit den Schultern.

Von Wiesinger setzte fort: »Man wird darüber nachdenken müssen. Aber vielleicht ist das, was du da als juristischer Laie sagst, schon des Pudels Kern. Oder, wie Albert neulich gesagt hat, unser geschriebenes Recht ist wenig flexibel, auch nicht unbedingt gerecht. Und wem nützt es, wenn alle diese Adoptionsfälle jetzt kriminalistisch untersucht werden?«

»Höchstens«, mischte Sophia sich ein, »wenn eine der jungen Mütter darunter litte, ihr Kind hergegeben zu haben.«

»Das müsste sehr diskret überprüft werden. Und vielleicht außergerichtlich gelöst«, antwortete ihr Vater.

»Pospischil«, sagte Sophia. Und von Wiesinger nickte.

»Muss ich das verstehen?«, fragte Rudolf von Sachtleben.

Sophia und ihr Vater schüttelten den Kopf.

Sophia weiß jetzt alles. Nur nicht, dass ich ein Opfer desselben perfiden Gedankens geworden bin. Das erzähle ich ihr heute Abend. Und dann gehe ich zu meinen Eltern und erzähle ihnen, ja, was soll ich ihnen erzählen?

Es war also seine Frau, die ihn auf den Gedanken gebracht hat, sich ein anständiges, kluges, hübsches, junges jüdisches Mädchen zu suchen und zu versuchen, mit diesem ein Kind zu zeugen. Er hatte ›Kinderwünsche‹ nicht nötig, um ein entsprechendes williges ›Objekt‹ präsentiert zu bekommen, um Abmachungen und Verträge, mündliche natürlich, zu schließen, um ein schönes Schlafzimmer zur Verfügung gestellt zu bekommen und vorher verführerisch luxuriöse Abendessen im feinen Restaurant des Vereins. Um Verabredungen organisiert zu bekommen. Um die medizinische Unschuld der jungen Frau festgestellt zu bekommen. Er konnte das alles auch ohne finanzielle Auflagen oder Kosten bekom-

men. Nein, ihm genügte, wie seine Frau ihm klarmachte, sein Charme, sein Fachwissen, seine Autorität und ... die schmale Liege in seinem Chefarztzimmer. Ich sollte also schwanger werden, und dann hätte er mir angeboten, irgendwo heimlich das Kind zu bekommen. Wie es schon so oft geschehen ist. Auch die Geschichte für meine Eltern war schon ausgedacht. Eine Weiterqualifikation in einem auf Lungenkrankheiten spezialisierten Krankenhaus am Semmering. Meine Eltern hätten sich sogar gefreut. Und dann wäre er mit dem Angebot gekommen, mein Kind zu adoptieren. Ich wäre ihm wahrscheinlich ewig dankbar dafür gewesen, zumindest dachte er das. Dass ich ein Kind nie hergegeben hätte, auf den Gedanken ist er nicht gekommen. Und das war der Mann, von dem ich dachte, er liebe mich. Und von dem ich dachte, ich liebte ihn.

Aus dem Vorraum drang Alberts Stimme, der Jean begrüßte: »Guten Tag. Warum sind Sie denn so abgehetzt? Man könnte fast meinen, Sie hätten einen schnellen Marsch hinter sich.« Jean hüstelte: »Das Alter, junger Herr, das Alter.«

»Zeit zum Essen«, sagte von Wiesinger. »Sophia, Rudolf, kommt bitte. Und vergesst für eine Weile unser Gespräch.«

Am Nachmittag, Sophia war schon wieder nach Hause gegangen und von Wiesingers Freund hatte sich ebenfalls schon längst verabschiedet, spielte der Hofrat in der Bibliothek Schach mit Albert. Ada saß daneben und träumte über einem aufgeschlagenen Buch vor sich hin. Sie fühlte sich glücklich, ihren Mann und Albert so konzentriert, gleichzeitig aber auch zufrieden über das Spielbrett gebeugt zu sehen. Trotzdem quälte sie eine unerklärliche körperliche

Müdigkeit. Sie freute sich darüber, dass ihr Mann einmal den Nachmittag zu Hause verbrachte, und überlegte, ob man noch etwas gemeinsam unternehmen solle. Doch eigentlich war es so, wie es war, am besten, und schließlich käme ja bald auch Professor Gabor, um mit Albert zu arbeiten. Und sie könnte vielleicht wieder mit Felix im Wintergarten sitzen und ein wenig plaudern.

Und den Duft,
Den er gebracht,
Von wo er gekommen
Seit gestern nacht.

VII.

Doch es kam anders.

Jean klopfte an die Tür und meldete einen Besuch an. Auf ihre Nachfrage, wer denn der unerwartete Gast sei, schüttelte er mit einem Blick auf Albert leise den Kopf, sodass Ada sich hinaus in den Vorraum begab und dort Baron von Falkenberg erblickte. Die Vorkommnisse der letzten Tage hatten ihn sichtlich mitgenommen; auch seine Haltung war weit entfernt von der für ihn typischen aufrechten Würde. Ada bat ihn, in den kleinen Salon einzutreten, und ging zurück in die Bibliothek: »Felix, da möchte dich jemand dienstlich sprechen. Könnt ihr beide euer Schachspiel kurz unterbrechen? Du, Albert, könntest doch Marie helfen, die Jause für deinen Professor hier hereinzubringen. Und dann bereitest du dich ein wenig auf deinen Unterricht vor, ja?«

Während Felix ihren Vorschlägen sofort folgte, schien Albert unschlüssig: »Dienstlich? Warum hat dann Jean so ein Geheimnis gemacht?« Doch dann sah er Adas ernste Miene und schwieg.

Felix von Wiesinger folgte seiner Frau in den kleinen Salon. Er zuckte unwillig zusammen, als er Baron von Falkenberg erblickte. »Sie hier? Was wünschen Sie? Meinen Sie nicht, dass Sie mit der Entführung unseres Pflegesohns genug Unruhe in unserer Familie gestiftet haben? So sehr mir Ihre ungerechtfertigte Festnahme und die schwierige Situation, in die Sie dadurch geraten sind, leidtun und ich Ihnen meine Bedauern darüber ausdrücken möchte, so will ich doch keinerlei Kontakt zwischen unseren Familien. Sie verstehen?« Von Wiesinger wies höflich, aber entschieden auf die Tür.

Von Falkenberg ignorierte die eindeutige Geste und richtete sich, so gut er es vermochte, auf und blickte von Wiesinger ins Gesicht: »Ich verlange von Ihnen«, sagte er, auf von Wiesingers Äußerungen mit keinem Wort eingehend, »die sofortige Herausgabe Alberts. Gestern haben Sie ihn durch einen Gendarmen zurückholen lassen, der aber ohne jegliche amtliche Legitimation in mein Haus gekommen ist. Inzwischen habe ich mich mit meinem Rechtsanwalt beraten, der mich dahingehend informiert hat, dass Sie keinerlei Recht auf Albert haben.«

»So? Er ist mir und meiner Familie behördlicherseits als Pflegesohn zugewiesen worden. Auch ein Adoptionsantrag ist bereits in die Wege geleitet. Ich bin, wie Sie wissen, ebenfalls Jurist, und die Auskünfte Ihres Anwalts, das muss ich Ihnen leider sagen, sind nicht stichhaltig.«

»Ein Großvater soll kein Recht auf seinen Enkelsohn haben?«

»Großvater?«

»Großvater.«

»Und kann der Großvater seinen Status auch beweisen?«

»Albert ist der Sohn meines gefallenen Sohnes.«

»Das sagen Sie. Aber wie beweisen Sie es? Uns liegt die Geburtsurkunde Alberts vor. Laut dieser ist er der uneheliche Sohn einer Frau Londres. Ein Vater wird in dieser Urkunde nicht benannt.«

»Sie wissen doch, die Zeiten waren damals anders als heute.«

»Ich weiß. Aber ich weiß auch, dass allein Ihre Behauptung vor keinem Gericht der Welt als Beweis gelten kann.

Oder haben Sie andere Unterlagen? Briefe Ihres Sohnes an Frau Londres oder Briefe der Mutter selbst? Haben Sie irgendetwas?«

Von Falkenberg wandte seinen Blick ab und richtete ihn starr auf Ada: »Sie haben mir meinen Enkel gestohlen.«

Ada fühlte sich, als fiele sie sogleich in Ohmacht. Sie konnte sich gerade noch entschuldigen und eilte hinaus. Aus der Bibliothek hörte sie Albert deklinieren, nur unterbrochen von gelegentlichen freundlichen Korrekturen seines inzwischen eingetroffenen Professors. In ihrem Badezimmer überkam sie eine große Übelkeit, und sie musste sich übergeben. Danach wusch sie sich ihr Gesicht, putzte sich die Zähne und erschrak, als sie im Spiegel ihr bleiches Gesicht sah. Nach einigen Minuten verließ sie das Badezimmer, aber sie vermochte es nicht, in den kleinen Salon zurückzugehen und Falkenbergs kaltes Gesicht zu sehen. Stattdessen ging sie in den Wintergarten, legte sich erschöpft in einen der Liegestühle und wartete auf ihren Mann. Dieser kam auch bald und nahm besorgt ihre Hand: »Was war los, Ada? Du wirst doch nicht krank werden?«

»Nein, nein«, beruhigte sie ihn. »Das war nur alles ein wenig zu anstrengend für mich, die letzten Tage. Meinst du, dass er uns Albert wieder wegnehmen kann?«

»Wir werden mit allen Mitteln dagegen kämpfen. Allerdings hat er gesagt, dass er einen Beweis dafür habe, dass Albert wirklich sein Enkel ist. Er habe einen Zeugen. Und er werde binnen Kurzem mit diesem Zeugen wieder herkommen.«

»Und wer soll dieser Zeuge sein?«

»Das hat er nicht gesagt. Mach' dir bitte keine Sorgen, Ada. Ich tue, was ich kann. Ich schicke jetzt den Wagen und lasse Sophia holen, schließlich sind deren Rechtkenntnisse sicherlich aktueller als die meinen.«

»Ach komm. Du bist doch in allem so firm.«

»Jetzt mach' mir keine Komplimente, meine Liebste. Ich habe schon lang nicht mehr als Jurist gearbeitet. Zurzeit betätige ich mich vor allem als Mathematiker. Ich rechne im Amt den ganzen Tag. Und es geht sich nie aus.«

Sophia kam bald mit Karl und Mascha. Albert war mit seinen Unterrichtsstunden fertig und freute sich, als ihm der kleine Karl zum Spielen anvertraut wurde.

»Wir wären sowieso gekommen«, sagte Sophia. »Denn stellt euch vor, was sich bei uns Schreckliches tut. Mascha, *meine Mascha*, will Wien auch verlassen. Und ihre Familie, und euch. Und ihre Arbeit aufgeben. Ich bin so traurig.«

Sophia brannte innerlich noch vor Wut über das, was Mascha ihr vor einer Stunde eröffnet hatte. Sie hatte unter der Demütigung ihrer Freundin fast so gelitten wie diese selbst, und danach hatten die beiden Freundinnen ein Gespräch über Liebe geführt, so aufrichtig, wie man es häufig nur in Stunden eines bevorstehenden Abschiedes vermag. »Wir wissen noch nicht genau«, hatte Mascha gesagt, »was das ist: Liebe. Ich habe geglaubt, es zu wissen, aber ich habe mich getäuscht. Es gibt offensichtlich zu viele Formen davon. Ich hoffe nur, dass man sie nicht alle durchleben muss, bevor man zu seinem eigenen Liebeskonzept findet.«

»Ich bin in letzter Zeit auch in meinem bislang für sicher geglaubten Wissen erschüttert worden«, hatte Sophia geantwortet.

»Dabei ist es an anderen leichter zu wissen«, hatte Mascha gegrübelt. »An dir habe ich drei Erscheinungsformen beobachtet: Verliebtsein, Freundschaft und Sexualität, oder Leidenschaft, oder Erotik, wenn du sanftere Worte vorziehst.«

»Das stimmt vielleicht«, hatte Sophia ihr beigepflichtet. »In Ferdinand war ich verliebt, als ich ein junges Mädchen war. Das hieß: eine helle Mondsichel in der Nacht, das hieß ein Kuss, der ewig dauerte, aber nie zu etwas so Trivialem wie der Geschlechtlichkeit führte, das hieß Verse, Ewigkeit, Ausschließlichkeit. Und Rudolf, ja, der war mein Freund. Das hieß grenzenloses Vertrauen, auch Zärtlichkeit. Ich habe ja durchaus gern mit ihm meine Nächte verbracht, wenn ich dir das so gestehen darf. Aber neulich, die paar Nächte mit Max Heger, das war das erste Mal, dass ich verstanden habe, was man unter Leidenschaft versteht: eine willenlose und grenzenlose Hingabe ohne Scham. Vielleicht war es das, was dich mit deinem Professor verbunden hat.«

»Ich fürchte, dass es das war. Obwohl ich das noch gestern abgestritten hätte. Da dachte ich durchaus noch, dass uns die innigste Freundschaft verbindet, die man sich vorstellen kann.«

»Wahrscheinlich muss das alles zusammenkommen: Verliebtsein, Freundschaft und Leidenschaft. Vielleicht wie bei meinem Vater und Ada. Und wir hatten bislang immer nur einen Teil davon. Wenn du jetzt weggehst, Mascha, wirst du danach suchen?«

»Nein«, hatte ihr Mascha traurig geantwortet. »Ich weiß ja noch nicht einmal, wo ich hingehe. Wahrscheinlich werde ich morgen in der Früh mit einem kleinen Koffer am Bahnhof stehen und fragen, wohin die nächsten Züge fahren.«

»Und wenn du mit mir nach Zürich kommst?«, schlug Sophia vor.

»Nein, danke, meine Liebe. Aber ich muss es ganz allein noch einmal versuchen.«

Sophia hatte das Bild der mit ihrem Koffer am Bahnsteig stehenden Mascha vor Augen, während sie versuchte, ihre Eltern, die natürlich starken Anteil an Maschas ungewissem Schicksal nahmen, davon abzuhalten, diese nach ihren Plänen zu fragen.

»Wir müssen sie jetzt gehen lassen, wisst ihr. Sie wird uns schon schreiben, wenn sie es für richtig hält.«

»Danke, Sophia«, antwortete Mascha. »Ada, Felix, entschuldigt bitte. Ich will hier keine mystischen Geheimnisse vor euch aufbauen, aber ich bin in einer ähnlichen Situation wie Sophia vor drei Jahren.«

»Aber sie hatte damals dich, uns und Rudolf. Und du willst alles allein durchstehen, Mascha?«

»Ja. Ich glaube, dass ich das muss.«

Ada und Felix schlossen Mascha innig in ihre Arme, als es erneut klingelte.

Jean meldete ›den Herrn von vorhin mit einer Dame‹.

Von Wiesinger bat ihn, den Baron wie vorhin in den kleinen Salon zu führen, und begleitete Mascha in den Vorraum, wo sie auf den Baron und seine Tochter stießen. Ada begrüßte Olga von Falkenberg mit einem freundlichen Nicken, bevor sie sich wieder Mascha zuwandte. Die aber flüsterte ihr erregt ins Ohr: »Diese Dame da, die in deinen kleinen Salon gegangen ist, Ada, das war die Witwe, die ich im *Frauenrat* gesehen habe, die *vermeintliche* Witwe, muss ich jetzt sagen, denn heute ist sie ja ganz anders gekleidet, mit ihrem lilafarbenen Kostüm und der zartrosa Bluse.«

Dann schmiegte sich Mascha noch einmal an Ada und küsste sie, und auch Felix umarmte die treue Freundin seiner Tochter mit großer Trauer zum Abschied. »Dich sehe ich doch heute noch, Sophia?«, fragte Mascha im Gehen. »Ich werde mich nicht so lang bei meinen Eltern aufhalten. Was soll ich ihnen denn auch sagen. Sie werden untröstlich sein.«

»Ich werde mich um sie kümmern«, versprach Sophia.

Traurig folgte Ada ihrem Mann in den kleinen Salon, wo die ungebetenen Besucher Platz genommen hatten. Sophia gesellte sich zu Albert und Karl, um ein Zusammentreffen zwischen dem Jungen und dem Baron zu verhindern.

Ada bot den Besuchern angesichts der fortgeschrittenen Zeit – sie sollten sich eigentlich schon zu ihrem Nachtmahl zusammensetzen – ein Glas Wein und Wasser an. Die konventionelle Geste sollte ihr dabei helfen, einen Rahmen für ein sicherlich emotionsgeladenes Gespräch aufzubauen, dessen Regeln sie als Gastgeberin in ihrem eigenen Haus bestimmen und beherrschen konnte. Der Baron und seine Tochter entschieden sich für einen leichten weißen Spritzer, während ihr Mann ein Glas Rotwein nahm. Sie selbst bat angesichts ihrer vorherigen Übelkeit lediglich um eine Tasse Tee.

Trotz ihrer Anspannung ergriff Ada als Erste das Wort. »Fräulein von Falkenberg, wir haben eine ganze Zeitlang miteinander gearbeitet. Ich habe Sie, wie Sie wissen, in dieser Zeit schätzen gelernt. Jetzt aber bin ich schockiert über das, was mir Fräulein Doktor Grünberg beim Abschied gesagt hat: nämlich, dass wahrscheinlich Sie es waren, die in der Aufmachung einer Witwe ein totes Kind im *Frauenrat* am Karmeliterplatz abgelegt haben.«

Von Wiesinger, der von dieser Tatsache noch nichts wusste, schaute erschrocken auf die Tochter des Barons.

»Sie waren das?«, fragte er. »Ausgerechnet Sie? Wenn Sie wüssten, wie respektvoll meine Frau immer von Ihnen gesprochen hat. Aber ich fürchte, dass ich jetzt sofort die Polizei rufen muss. Das ist keine Angelegenheit, über die wir im privaten Kreis sprechen sollten.«

Von Falkenberg schaltete sich entschlossen ein: »Wir sind nicht wegen dieser Sache hier. Lassen Sie uns lieber über mein eigentliches Anliegen sprechen.«

Alle schauten ihn ungläubig an, selbst seine Tochter.

»Das wird nicht gehen. Zunächst muss der andere Vorfall, wenn ich das Ablegen eines Kindes einmal so nennen darf, geklärt werden. Außerdem müssen wir darüber sprechen, warum Sie, Herr Baron, sich in der Nähe des Waisenhauses befanden, als dort ein Säugling verschwunden ist. Sie wurden dort nämlich gesehen; wir dachten nur immer, dass Sie wegen *Ihres eigentlichen Anliegens*, wie Sie es formulieren, dort waren, und haben es deswegen nicht mit der Kindesentführung in Verbindung gebracht. Aber auch das wird die Polizei interessieren.«

Erst jetzt schien von Falkenberg, der so auf *sein eigentliches Anliegen* fokussiert war, zu bemerken, dass sich zwischen den Wiesingers und diesem Thema eine hohe Mauer aufbaute, die er nur einreißen konnte, wenn er darauf einging, um dann erst in einem zweiten Schritt auf Albert zu sprechen zu kommen. »Lassen Sie die Polizei einmal beiseite«, sagte er fast unwirsch, als erweise er den Wiesingers einen Gefallen damit, »ich werde Ihnen zu dem Sie interessierenden Vorfall alles Erforderliche sagen, wenn Sie danach mit meiner Angelegenheit genauso verständnisvoll umgehen.«

Ada wechselte einen Blick mit ihrem Mann und gab ihm zu verstehen, dass er auf den Wunsch des Barons ruhig eingehen solle. Von Wiesinger dachte kurz nach und kam zu derselben Meinung. Schließlich konnte jederzeit nach der Polizei gerufen werden, aber der alte Mann, der so nach seinem Enkelsohn verlangte, würde vielleicht offener sprechen, wenn er sich gleichsam einen Dank dafür erwartete, nämlich das Entgegenkommen von Alberts Pflegefamilie.

Olga von Falkenberg hatte dem kurzen Wortwechsel aufmerksam gelauscht und auch die Blicke zwischen Ada und ihrem Mann beobachtet. Ihr Vater hatte sie von ihrer Arbeitsstelle geholt, nein, eher müsste man es *gezerrt* nennen. Wie üblich hatte er ihr keinerlei Auskunft darüber gegeben, warum er sie brauchte und wohin er mit ihr gehen wollte. Seit einigen Tagen wechselte er sowieso kein Wort mehr mit ihr, weil sie die ihr angebotene Position gegen seinen ausdrücklichen Wunsch angenommen hatte. Olga von Falkenberg war jetzt für die Koordination staatlicher und karitativer Notküchen zuständig, und sie fühlte eine tiefe innere Befriedigung bei dieser Aufgabe, wo sie ihre organisatorische Begabung, ihre schnelle Reaktionsfähigkeit und ihre mathematischen Fähigkeiten gleichermaßen einsetzen konnte. Schon nach wenigen Arbeitstagen hatte sie sich den Respekt ihrer Mitarbeiterinnen und Mitarbeiter erworben, einen Respekt, der ihrer Tätigkeit galt und nicht ihrer gesellschaftlichen Position. Denselben Respekt hatte ihr auch Ada von Wiesinger bei ihrer gemeinsamen Wohltätigkeitsarbeit entgegengebracht, und Olga wollte ihn nicht verlieren. Sie hatte als Tochter eines überstrengen Vaters auf so vieles verzichten müssen. Früher, als junges Mädchen, dachte sie, dass es vor allem Lebensfreude und Spaß sei, die er ihr verweigert hatte. Später, als junge Frau, war sie der Ansicht, dass er ihr kein Lebensglück und keine Liebe gönne, beispielsweise als er ihr – wie übrigens auch vor Jahren ihrem Bruder – eine in seinen Augen unpassende Verbindung verbot, die sie mit einem jungen Philosophiestudenten aus kleinbürgerlichem Haus unterhielt. Inzwischen wusste sie, dass anderes demgegenüber noch viel schwerer wog: dass nämlich ihr Vater ihr das Recht, über ihr Leben selbst zu bestimmen, prinzipiell verweigerte.

Sie bewunderte auf ihre unterkühlte Art und Weise Ada von Wiesinger, die ihr einmal fröhlich erzählt hatte, dass ihr Gatte eigentlich nicht wolle, dass sie sich in karitativen Organisationen aufreibe, weil er voller Sorge sei, dass sie ihre Gesundheit untergrabe. »Schade«, hatte Olga von Falkenberg damals gesagt, »ich habe gern mit Ihnen zusammengearbeitet.«

»Aber das werden Sie doch auch weiterhin«, hatte Ada verständnislos geantwortet.

»Aber Ihr Mann?«

»Der wird sich weiterhin wünschen, dass ich mehr Zeit zu Hause verbringe. Und das wünsche ich mir eigentlich auch. Aber die Zeiten erlauben das doch nicht, oder?«

Olga von Falkenberg hatte irritiert die Schultern angehoben: »Betätigt sich Ihre Frau Tochter eigentlich auch karitativ?«

»Ja, aber nicht ganz so intensiv wie ich. Und um sie ist mein Mann noch besorgter als um mich. Sie ist Witwe, ihr Mann ist nach kaum einem Jahr Ehe gestorben. Außerdem ist sie Mutter, hat ein kleines Kind. Sophia hat als junges

Mädchen eine sehr traumatische Erfahrung machen müssen, deswegen würde ihr Vater sie am liebsten in einen goldenen Käfig sperren. Was meinen Sie, wie er gewettert hat, als sie nicht zurück nach Hause gekommen ist, als ihr Mann starb! Aber sie möchte nun einmal ihr eigenes Leben führen.«

»Manchmal denke ich«, hatte Olga von Falkenberg nachdenklich gemeint, »dass ich doch selbst Schuld daran trage, wenn ich mich gegen meinen Vater so selten durchsetzen kann.«

»Kann man da von Schuld sprechen?«, hatte Ada nachgefragt. »Schließlich entstehen bestimmte Verhaltensmuster in der Familie und prägen einen dann ein Leben lang.«

»Aber muss das so sein?«

An dieses Gespräch dachte Olga von Falkenberg nun zurück, und entschlossen wandte sie sich an ihren Vater: »Vater, ich werde alles erzählen. Zumindest das, was ich weiß.«

»Aber du weißt ja nichts.«

»Was ich getan habe, möchte ich dennoch erzählen.

»Ich verbiete es dir.«

»Nein, Vater. Du kannst es mir nicht verbieten. Außerdem halte ich es für klüger, alles zunächst einmal hier und nicht auf der Sicherheitswache zu erzählen. Also«, Olga von Falkenberg wandte sich entschlossen an Felix und Ada von Wiesinger, »mein Vater hat mich vor gut zwei Wochen gebeten, nein, er hat mir befohlen, sofort in die Magdalenenstraße zu kommen. Dort fand ich ihn völlig aufgelöst. Eine junge Frau, wohl eine jener, die ihr Kind zur Adoption freigeben wollten und die er bei der Suche nach einer Adoptionsfamilie unterstützte, war verschwunden. Und ihr Kind war tot. Nicht getötet, sondern einfach nur gestorben, wie er mir versicherte und wie das wohl auch manchmal unerwartet vorkommt. Und er trug mir auf, das tote Kind in der Wohlfahrtseinrichtung *Frauenrat* am Karmeliterplatz abzulegen. Er begründete das damit, dass er seinen Verein nicht durch einen toten Säugling in die Schlagzeilen der Presse gelangen lassen wolle, außerdem hätten, so führte er an, die Frauen am Karmeliterplatz allesamt ein gutes und verantwortungsvolles Naturell und würden alles dafür tun, diesem Kind eine angemessene Bestattung zukommen zu lassen. »Was«, sie wandte sich an Ada, »dann ja auch geschah.« Weiter in Adas müdes Gesicht blickend, fügte sie hinzu: »Ich weiß inzwischen, dass ich mich meinem Vater hätte widersetzen müssen. Aber seine Argumentation erschien mir so schlüssig, seine karitativen Aktivitäten so bewundernswert, dass ich mich einfach fügte. Außerdem war das Fügen die einzige Reaktion auf väterliche Befehle, die ich mein Leben lang gelernt hatte. Ich eilte also schnell nach Hause und zog schwarze Trauerkleidung an, nicht meine, sondern die altmodische und abgetragene meiner Mutter, um in der Leopoldstadt nicht so aufzufallen, und ergriff eine alte Tasche unserer Köchin. Dann fuhr mein Vater mich und das Baby, das ich in die Tasche gelegt hatte, in die Nähe des Karmeliterplatzes. Ich stieg aus und ging mit meiner traurigen Last zu dem Haus. Warum mir die Tasche so schwer vorkam, das habe ich mich später oft gefragt. Schließlich lag nur ein schöner neugeborener Junge darin. Aber ich trug an der Tasche wie an einer kaum zu bewältigenden Last. Ich wartete ein wenig, dann kam wirklich Fräulein Doktor Grünberg und ließ mich hinein. Ich blickte mich ein wenig um und sah dann einen offenstehenden kleinen Raum mit allerlei Spielzeug, unter anderem einen kleinen, alten Puppenwagen. In den legte ich das tote Kind und schlich unbemerkt wieder hinaus. Ich ging dann zurück zu meinem Vater, und wir fuhren nach Hause.«

Ada blickte Olga von Falkenberg fast mitleidig an: »Und wie war das am nächsten Tag? Als im Waisenhaus ein Kind verschwand? Und dann wieder aufgetaucht ist?«

Von Falkenberg blickte drohend auf seine Tochter: »Du hast jetzt genug gesprochen.« An Ada und Felix von Wiesinger gewandt, setzte er hinzu: »Können wir jetzt endlich zu der anderen Angelegenheit übergehen?«

Ada schüttelte den Kopf: »Nein, zuerst will ich alles über diesen Kindesraub wissen.«

»Kindesraub!«, brüllte von Falkenberg, der eine Sekunde lang seine Fassung verlor, »*Kindesraub!* Genau. Das ist es, was Sie mit meinem Enkel getan haben, Frau Baronin. Reden wir über *Kindesraub*.«

Überraschend griff Olga von Falkenberg ein, die verbale Entgleisung ihres Vaters ignorierend. »Bitte, Vater, fasse dich. Ich möchte auch von dieser Sache erzählen. Und ich werde es tun. Also, Frau Baronin, liebe Ada«, wandte sie sich an ihre frühere Kollegin, als ihr Vater sie erneut unterbrach: »Du sprichst diese Person mit Vornamen an?« Von Wiesinger schaltete sich erregt ein: »Ich untersage Ihnen, so über meine Frau zu sprechen. Vielleicht ist es doch besser, das Gespräch auf der Sicherheitswache fortzusetzen.«

Olga von Falkenberg blickte Ada bittend an: »Ada, lassen Sie mich erst einmal erzählen. Dann können Sie immer noch entscheiden, was Sie tun möchten.«

Ada nickte zustimmend.

Die entschlossene Frau fuhr fort: »Es war am nächsten Tag. Vater befahl mich zu sich und drückte mir eine

Schwesternuniform in die Hand: ›Zieh dich um‹, sagte er zu mir. Ich bat ihn, mir zu erklären, was er vorhabe, aber er sagte, ich solle einfach tun, was er mir anordne, es diene einer guten Sache und sei zum Besten für seine hochgestellten Freunde. Mein mehrmaliges Nachfragen ignorierte er. So zog ich mich um und folgte ihm wie immer willenlos zum Auto. Wie gebrochen darüber, dass ich mich seinen Anordnungen wieder nicht widersetzt hatte. Doch ich hatte damals schon das ehrenvolle Stellenangebot erhalten und ich wusste, dass es meine ganze Kraft erfordern würde, dies gegen seinen Willen anzunehmen. Weiteren Kämpfen fühlte ich mich nicht gewachsen. Wir fuhren zum Waisenhaus, und er befahl mir, aus der Säuglingsstation einen Knaben zu, ja, zu entwenden. Ich tat, was er wollte, und ich fiel keinem in meiner Verkleidung auf. Wieder zu Hause musste ich das Kind ausziehen und ihm eine bereitgelegte, viel kostbarere Kleidung anziehen. Dabei stellte sich heraus, dass ich, wieso, weiß ich bis heute nicht, aus einem Bettchen mit einem Jungennamen ein Mädchen herausgehoben hatte. Mein Vater schalt mich, bezichtigte mich der Unfähigkeit und verlangte von mir, noch einmal in das Waisenhaus zu gehen und das Kind gegen ein anderes umzutauschen. Wieder fuhren wir dorthin, wieder sah mich niemand, als ich mich dem Haus näherte. Es war ja auch schon dunkel. Das von mir Verlangte tat ich aber nur zur Hälfte. Ich brachte zwar das kleine Mädchen zurück, legte es warm verpackt in den Vorgarten, aber ich nahm keinen Knaben mit. Mein Vater war aus dem Auto gestiegen und wartete nervös auf meine Rückkehr. Wieder hatte ich die große Tasche bei mir wie am Vortag. Ich stellte sie im Fond des Wagens ab und eröffnete ihm erst zu Hause, dass ich seinen Befehl nicht ausgeführt hatte. Dann habe ich mit verstellter Stimme im Waisenhaus angerufen, damit man das kleine Mädchen ins Haus holt. Sie können sich nicht vorstellen, wie wütend mein Vater war, Ada. Er wollte noch einmal dorthin, doch ich weigerte mich entschieden. Stattdessen teilte ich ihm mit, dass ich eine richtige Arbeit angenommen hätte und dass ich sehr froh darüber sei. Das waren bis heute die letzten Worte, die wir miteinander gesprochen haben. Mehr weiß ich nicht zu sagen.«

»Und das ist mehr, als Sie wissen müssen«, polterte von Falkenberg.

»Das zu entscheiden, überlassen Sie bitte uns«, sagte Ada in für sie ungewöhnlich barschem Ton. Und ihr Mann fügte hinzu: »Wessen Kind war der verstorbene Säugling?«

»Gut«, sagte von Falkenberg. »Ich werde es kurz darstellen. Ich nehme an, Sie wissen, dass wir in *Kinderwünsche* Adoptionen vermitteln.«

»Da können Sie sich ganz kurz fassen«, erwiderte von Wiesinger. »Wir kennen sogar die Umstände, unter denen das geschah, und wir wissen, welche Familien auf diese Weise von Ihnen Kinder erhalten haben. Diese Familien wurden inzwischen von der Polizei aufgesucht.«

Jetzt war von Falkenberg mehr als durcheinander. »Woher haben Sie diese Informationen?«, fragte er.

»Sie sind nicht in der Position, in der man Fragen stellt, sondern nur in der, in der man Fragen beantwortet. Wir wissen, dass Sie junge Frauen und ältere Männer, deren einzige Söhne im Krieg gefallen sind, zum Zwecke der Zeugung eines künftigen Adoptivkinds *aus eigenem Fleisch und Blut* in Ihrem Haus in der Magdalenenstraße, bezeichnenderweise einem ehemaligen Bordell, zusammengeführt haben.

Und dass dabei viel Geld für die jungen Frauen und deren Familien geflossen ist.«

Ada sah, wie die Tochter von Falkenbergs zusammenzuckte: »Das, Vater, war es also, was du wirklich getan hast, während du Idealismus und Solidarität gepredigt hast? Zuhälterei? Prostitution?«

Von Falkenberg beachtete den entsetzten Ausruf seiner Tochter kaum und wandte sich direkt an von Wiesinger: »Sie als Jurist werden wissen, dass keinerlei Makel an dem liegt, was zu tun mir eine Herzenssache war. Und ich hatte einen sehr guten juristischen Beistand, der jeden einzelnen Schritt mit mir abgesprochen hat. Sie kennen ihn gut«, von Falkenberg lächelte zynisch, »und Sie halten ihn für Ihren Freund: Leopold von Gaupern.« Von Wiesinger erschrak. Es kam selten vor, dass er sich in Menschen täuschte. Und da hatte er tatsächlich versucht, von seinem alten Studienkollegen Auskünfte über dessen Klienten zu erhalten. Voll Vertrauen. Vertrauensselig. Vertrauensunselig.

»Ja«, fuhr von Falkenberg inzwischen fort, seinen kleinen Triumph nur kurz auskostend, »wir haben verwaiste Väter mit jungen Frauen zusammengeführt, meist mit solchen, die im Krieg einen Freund oder Verlobten verloren hatten und die jetzt ihrerseits ein Opfer für ihr Vaterland bringen wollten. Sie alle hatten Eltern, die ihr Vorhaben unterstützten. Dass sie dafür eine gewisse Entschädigung erhielten, ist doch wohl selbstverständlich ….«

Von Wiesinger unterbracht ihn: »Aber wie konnten Sie den *verwaisten Vätern* einen Sohn garantieren?«

Falkenberg entgegnete: »Das konnten wir selbstverständlich nicht. Deswegen haben wir ja, wie gesagt, nur solche Familien in unser Programm aufgenommen, die nur ein

Kind, eben den gefallenen Sohn, hatten. In diesen war dann natürlich auch ein Mädchen herzlich willkommen, wenngleich, das gebe ich zu, alle sich einen Sohn gewünscht haben. Und einen erneuten Versuch haben wir in diesem Fall auch zugesichert. Was soll ich noch dazu sagen? Ob im Krieg mehr Knaben als Mädchen zur Welt kommen? Ich weiß es nicht. Aber es scheint so zu sein, denn es kamen überwiegend Knaben zur Welt. Bis auf zwei Geburten. In dem einen Fall war die Familie sehr glücklich darüber, als sie das kleine Mädchen in den Armen hielten, in dem anderen wird eine Wiederholung erwogen. Aber zurück zu dem, was Sie eigentlich wissen wollten. Das war ein Fall, in dem ich mich bedauerlicherweise geirrt habe. Zu mir ist eine junge Frau gekommen, die erzählte, sie habe von Freunden gehört, dass und warum wir unbescholtene junge Damen suchen. Sie erzählte, dass ihr Verlobter gefallen sei und dass sie nie mehr im Leben eine andere Verbindung eingehen werde. Sie wolle aber unbedingt einer Familie helfen, indem sie ihnen zu einem Kind verhilft, wie sie es gehört habe. Ich zögerte lang, denn sie war ohne Familie. Und wir bevorzugten es, wenn unsere jungen Damen unter der Obhut und dem Schutz ihrer Eltern standen. Doch sie war so überzeugend, dass ich einwilligte, um so mehr, als ein Freund von mir gerade seinen einzigen Sohn verloren hatte. Ein altes Geschlecht war damit ausgestorben, eine Familientradition verloren, ein großer Besitz sozusagen ohne Erben. Und so nahm ich gegen mein besseres Wissen das Angebot der jungen Frau an. Und der Rest war eine reine Katastrophe. Beim ersten Zusammentreffen mit ihrem vorgesehenen Partner in unserem Büro benahm sie sich noch mustergültig, vornehm und bescheiden. Doch schon bei ihrer ersten Zusammenkunft in unseren Hotelräumen, wenn ich es so nennen soll, benahm sie sich so, dass ihr Partner irritiert war von ihrer – ja, er wusste nicht, wie er es bezeichnen sollte – kurz, er meinte, sie sei *sehr erfahren.* Ich wollte sie daraufhin wieder aus unserem Programm nehmen, aber wie der Zufall es so wollte, sie war schon schwanger geworden, und so beschloss ich gemeinsam mit meinem Freund, dem Projekt die erforderlichen neun Monate zuzubilligen. Die ganze Schwangerschaft war eine schwierige Zeit für uns. Sie schwankte zwischen Euphorie und Depressionen, einmal wollte sie ihn dazu zwingen, seine Ehe ihr zuliebe aufzulösen, dann wollte sie mehr Zuwendungen und Geld, es gab immer etwas. Ich mache mir große Vorwürfe, dass ich keinen Psychiater hinzugezogen habe, aber unser Arzt sprach immer nur von *Stimmungsschwankungen*, wenn wir ihn auf ihre desolate seelische Verfassung hinwiesen. Die letzte Woche vor der Geburt, als ihr wohl endgültig klar war, dass sie meinen – wohlhabenden! – Freund nicht auf Dauer würde halten können, denn selbstverständlich traf er sie nie mehr im Hotelzimmer, nachdem die Schwangerschaft festgestellt worden war, sprach sie kaum mehr. Sie war völlig teilnahmslos. Nach der Geburt, die im Übrigen die unkomplizierteste war, die man sich vorstellen kann, drehte sie wieder auf, wollte, wie sie sagte, endlich ihr Leben genießen, war laut und völlig unzugänglich. Unser Arzt hinterließ Veronal für einige Tage, erklärte mir die erforderliche Dosierung und meinte, sie müsse sich nur erholen. Als sie zu schlummern schien, ging ich in unser Büro, um meinen Freund davon in Kenntnis zu setzen, dass er einen wunderschönen und gesunden Sohn habe. Aber als ich wieder nach ihr schauen wollte, war sie verschwunden. Mit ihr der gesamte Veronalvorrat. Ich überlegte, wohin sie gegangen sein konnte, aber sie hatte es während der ganzen Zeit verstanden, uns ihre wirklichen Lebensumstände zu verheimlichen. Ich bat unsere Hausdame, nach dem Neugeborenen zu sehen, und ging zu der Adresse, die sie für unsere Akten hinterlegt hatte. Doch die erwies sich als falsch; sie hatte die Kurzstraße angegeben, aber die Hausnummer, die sie genannt hatte, gibt es nicht. Diese Straße besteht ja wirklich nur aus ein paar Häusern, aber wer weiß das schon. So eilte ich zurück zur Magdalenenstraße, wo die Hausdame schon längst wieder ihren Pflichten bei den Knaben nachgehen musste. Ich überlegte, eine Schwester zu besorgen, die den Säugling betreuen sollte. Wir geben die Kinder normalerweise immer erst drei Tage nach der Geburt, wenn alle medizinischen Untersuchungen bei Mutter und Kind absolviert sind, an die Adoptiveltern weiter. Ich stand lang an dem Korb, in dem das Kind lag, und betrachtete es. Es war sehr schön. Doch nach einiger Zeit fiel mir auf, dass es auch sehr still war. Mich ergriff eine furchtbare Angst und ich beugte mich über das ebenmäßige Gesicht des Neugeborenen. Da musste ich feststellen, dass es tot war. Ich rief nach dem Arzt, der sofort kam und feststellte, dass das Kind eines plötzlichen tragischen, von niemandem verschuldeten Todes gestorben war. Er stellte den Totenschein aus und ging wieder weg, in der Annahme, dass ich alles Erforderliche erledigen würde. Doch ich konnte nicht. Obwohl meine Tätigkeit nach dem strengen Maßstab meines Gewissens hochmoralisch war und auch juristisch einwandfrei, fürchtete ich den Skandal, der entstehen könnte, wenn die breite sensationslüsterne Masse mit ihren heimtückischen Fantasien davon erfahren würde. Also beschloss ich, das Kind in den *Frauenrat* bringen zu lassen.«

»Und der Raub im Waisenhaus?«, fragte von Wiesinger.

»Eine schreckliche Dummheit von mir. Eigentlich unverzeihlich sentimental. Aber als ich meinen Freund anrief, um ihn über den entsetzlichen Vorgang zu informieren, war er immer noch so glücklich, dass ich es einfach nicht übers Herz brachte, ihm zu erzählen, dass sein Sohn tot war. Niemand weiß besser als ich, welcher Schmerz das ist. Und deswegen dachte ich, es gibt so viele verwaiste Kinder in Wien, und wenn er nie erfährt, dass er ein fremdes hat, wird ein glückliches Leben vor der ganzen Familie liegen. Umso mehr, als ich der vertraglich versprochenen Treue der jungen Frau in diesem Fall nie getraut habe und sowieso insgeheim Zweifel hegte, wer wirklich der Vater dieses Kindes war. Das Ganze war ein furchtbarer Fehler. Und als dann Olga noch so versagte bei ihrem Versuch, ein anderes Kind zu bringen, indem sie ein Mädchen ergriff, obwohl mein Freund sich schon auf seinen kleinen Sohn freute, da beschloss ich, das Mädchen wieder zurückbringen zu lassen und einen neuen Versuch zu unternehmen. Als auch dieser scheiterte, ging ich zu meinem Freund, um ihm vom Tod seines Sohnes zu erzählen. Das war eine schlimme Stunde für ihn, aber auch für mich.«

Ada blickte zu Olga von Falkenberg, auf deren Gesicht blankes Entsetzen stand: »Vater, in was für zwielichtige Unternehmungen hast du dich doch verstrickt.«

»Dem kann ich nur zustimmen«, sagte von Wiesinger. »Sie wissen natürlich, dass sich die junge Frau, von der Sie gesprochen haben, umgebracht hat? In einem Hotel am Gürtel. Sie haben doch sicher in der Zeitung davon gelesen?«

»Ja, und das war bestimmt feige von mir, dass ich nicht zur Sicherheitswache gegangen bin. Aber was hätte ich sagen können? Ich kannte ja ihre Adresse nicht, und der Name, den sie uns angegeben hat, war bestimmt auch falsch. Und zum Leben konnte sie ohnehin nichts mehr erwecken.«

»Alles in allem«, fasste von Wiesinger zusammen, »waren Ihre Tätigkeiten moralisch und juristisch höchst bedenklich.«

»Aber sie waren von tiefstem Idealismus, Traditionsbewusstsein und Loyalität zu unseren guten alten Familien geprägt. Ich habe oft über alles nachgedacht.«

»Aber immer geprägt von der Überzeugung, dass der Zweck die Mittel heiligt?«

»Ja.«

»Haben Sie je überprüft, was das alles für die jungen Frauen bedeutet hat?«

Von Falkenberg triumphierte: »Ja. Für alle hat es eine erstaunliche Lebensveränderung hin zum Bessern gebracht. Für sie und für ihre Familien.«

»Inwiefern?«

»Sie alle haben es vermocht, das ökonomische Fundament ihrer Familien trotz der Kriegsläufe abzusichern und dadurch ihren Eltern zu helfen. Vier der Frauen befinden sich in unterschiedlichen Stadien einer neuen Beziehung, die ihnen ein neues Lebensglück bereiten wird, eine ist bereits verlobt, eine weitere bereits verheiratet und erwartet ein Kind. Zwei andere Frauen haben sich dazu entschlossen, ein Studium aufzunehmen und absolvieren ihre Universitätsausbildung sehr zufriedenstellend. Eine andere lässt sich zur Krankenschwester ausbilden und will in einem Lazarett weiterhin der Gesellschaft dienen. Eine weitere pflegt ihren betagten Vater, seit die Mutter überraschend verstorben ist. Aber sie tut das wenigstens ohne finanzielle Sorgen. Nur in einem Fall ist nicht alles so gelaufen, wie wir es uns versprochen haben. Diese Frau nämlich war nicht in der Lage, den Verlust ihres Kindes zu verwinden.«

»Und was ist mit ihr geschehen?«

Wieder strahlte Triumph in von Falkenbergs Augen auf: »Sie ist zu der Adoptivfamilie gezogen. Offiziell als Gesellschafterin der Adoptivmutter, de facto als eine Art neue Tochter. Und alle leben zufrieden miteinander.«

»An dieses kitschige Konstrukt glauben Sie?«

»Ich habe es mit eigenen Augen gesehen.«

»Das alles werde ich nachprüfen lassen«, sagte von Wiesinger. »Jeden einzelnen Fall.«

»Davor fürchte ich mich nicht«, sagte der Baron stolz.

Jetzt griff Ada in das Gespräch ein: »Etwas muss ich noch wissen. Warum haben Sie das Kind in den *Frauenrat* gebracht, wo ich tätig bin? Und warum haben Sie dann ausgerechnet in dem Waisenhaus, wo ich ebenfalls mithalf, ein Kind entwendet?«

Von Falkenberg blickte Ada direkt ins Gesicht. Seine kalten Augen versetzten sie in Angst. »Das können Sie sich nicht denken, Frau Baronin? Ich sage es Ihnen gern. Weil ich Sie hasse, aus tiefstem Herzen hasse. Und ich habe gehofft, ich könnte Ihren in Wien so gerühmten und beliebten heiteren Gleichmut zerstören. Ich weiß alles über Sie, kenne auch die Orte und Zeiten, wo und wann Sie sich so *bewundernswert*«, er dehnte das Wort mit tiefer Ironie, »betätigen.«

»Aber warum?«

»So naiv können Sie doch gar nicht sein.«

»Wenn Sie meine Frau beleidigen wollen, ist der Versuch, alles hier und nicht im Amt am Schottenring zu besprechen, gescheitert«, sagte von Wiesinger fest. Aber Ada wiederholte nur bittend hinzu: »Warum?«

»Ich hasse Sie, weil Sie mir meinen Enkel genommen haben.«

»Das heißt, dass Sie meine Frau bewusst mit diesen Kindern, dem toten und dem geraubten, konfrontiert haben, um sie zu bestürzen und in Angst und Sorge zu versetzen?«

»Ja, das stimmt so.«

»Und welcher Zweck wurde durch dieses Mittel *geheiligt*?« Von Wiesinger dehnte das letzte Wort so ironisch, wie es vorhin der Baron getan hatte.

»Ich sah sie immer«, brach es aus Falkenberg heraus, »wie sie mit Albert durch die Straßen ging, wie sie sich immer vertraulicher dabei unterhielten, wie sie ihn dann mit hierher in Ihr Haus nahm, wie zwischen ihr und Albert eine Freundschaft wuchs, auf die sie keinerlei Anrecht hat. Nur ich habe das Recht auf diesen Knaben, und es ist das tiefste aller Rechte, das des Bluts.«

»Jetzt sind wir also bei Ihrem *eigentlichen Anliegen* gelandet«, sagte von Wiesinger. »Sie haben uns doch einen Beweis angekündigt, dass Albert *Ihres Blutes* ist?«

»Ja, hier, meine Tochter kann alles bezeugen. Fräulein Londres war ja damals ihre Gouvernante, und meine Tochter hatte eine starke Bindung zu dieser Person aufgebaut.«

»Mit *Person* meinen Sie Alberts Mutter?«

»Sie war nicht lang bei uns, vielleicht ein halbes Jahr, aber in dieser kurzen Zeit hat sie meine beiden Kinder völlig um den Verstand gebracht, meine Tochter entwickelte feministische Zukunftsvorstellungen, mein Sohn simple kleinbürgerliche Familienpläne. Und dann wurde sie schwanger. Selbstverständlich musste sie uns sofort verlassen. Zu

Beginn erhielt sie noch eine gewisse finanzielle Unterstützung. Aber meine Kinder haben sie nie wieder gesehen.«

»Und Ihr Sohn hat sich dem gefügt?«

»Er war gewohnt, mir zu gehorchen. Seine militärische Ausbildung hat ein Übriges getan, um ihm beizubringen, sich einer besseren Einsicht zu fügen. Und sich auf seine glänzenden Zukunftsaussichten zu konzentrieren.«

Nach einer Pause fügte er hinzu: »Und er war noch sehr jung damals.«

Er blickte seine Tochter an: »So, Olga, bestätige nun meine Angaben. Sie werden sehen, dass Ihr Adoptionsantrag keinerlei Chance hat, wenn ich als Großvater des Knaben Albert zu mir nehmen möchte. Und der Staat ist mir nach all den Diskriminierungen der letzten Tage sowieso etwas schuldig.«

Ada ergriff die Hand ihres Mannes. Sie wusste, dass er so wenig auf Alberts Gesellschaft verzichten wollte wie sie selbst. Sie fühlte, wie kalt seine Hand war und wie sie zitterte, obwohl er äußerlich ruhig blieb. Sie blickte in das Gesicht der Tochter des Barons.

Da hörte sie Olga von Falkenberg ruhig aber fest sagen: »Ich kann deine Angaben nicht bestätigen, Vater.«

»Wie meinst du das?«

»Ich habe es gesagt. Ich kann zu der Sache nichts sagen. Ich war ein junges Mädchen damals, fast noch ein Kind, und kann mich an solche Vorgänge, wie du sie schilderst, nicht erinnern.«

»Olga!«

»Vater?«

»Du musst mir gehorchen. Und die Wahrheit sagen. Das habe ich dir beigebracht.«

»Das stimmt. Aber ich habe inzwischen auch dazugelernt. Zum Beispiel, dass der Zweck die Mittel heiligt.«

»Wie meinst du das?«

»Das weißt du. Albert wird hier in dieser heiteren und liberalen Familie gut und glücklich aufwachsen und sich frei entwickeln können.«

»Damit gibst du doch zu, dass du lügst!«

»Nein. Ich wiederhole: Ich kann deine Angaben nicht bestätigen.«

»Dann kann ich nur sagen, dass du mein Haus verlassen musst. Du kannst noch einmal vorbeikommen und deine Sachen packen. Dann möchte ich dich nicht mehr sehen.«

»Gut, Vater.«

Von Wiesinger läutete nach Jean. Als dieser eintrat, sagte er zu ihm: »Der Herr Baron möchte sich verabschieden.«

Von Falkenberg stand auf. Seine bislang so typische aufrechte Haltung konnte er nicht mehr einnehmen. Gebeugt stand er vor seiner Tochter, ohne sie anzublicken. Vor Felix und Ada von Wiesinger neigte er zur Verabschiedung kurz den Kopf. Er wusste, dass er verloren hatte. Er ging langsam die wenigen Schritte zur Tür, gefolgt von Jean.

Dort blickte er sich noch einmal um, umfasste den schlicht, aber stilsicher eingerichteten kleinen Salon mit seinen Blicken. Auf der Anrichte standen in silbernen Rahmen Fotografien einzelner Familienmitglieder. Von einer Fotografie lächelte ihm Albert entgegen. Von Falkenberg konnte den Blick kaum von dem fröhlichen Knabengesicht abwenden. Neben den Fotografien lagen einige ungeordnete Bücher, und neben der Anrichte stand eine schmale Chaiselongue, auf der ein aufgeschlagenes Buch lag, halb verborgen von einer Wolldecke, mit der es sich das Familienmitglied, das hier gelesen hatte, gemütlich gemacht hatte. Auf dem Fußboden vor der Chaiselongue lagen einige Bauklötze sowie eine kleine Holzlokomotive, mit der von Wiesingers Enkelkind gespielt haben mochte. Es schien so, als sei es diese leichte Unordnung, Spuren eines heiteren Familienlebens, die den Baron endgültig lähmte.

»Herr Baron?«, wandte sich Jean höflich an von Falkenberg, der wie erstarrt im Türrahmen stehen geblieben war.

Ada sagte leise, den Baron dabei nicht anblickend: »Falls Albert je den Wunsch verspüren sollte, mit Ihnen in Kontakt zu treten, werden wir ihn nicht davon abhalten.« Ihr Mann sah sie verwundert an, widersprach ihrer Aussage aber nicht.

Endlich verließ von Falkenberg den Raum. Auch Olga von Falkenberg stand auf: »Ich will Sie nicht länger stören.«

»Wenn Sie möchten, können Sie in unserem Gästezimmer übernachten«, schlug Ada vor.

»Nein, vielen Dank. Ich werde für heute in ein Hotel gehen und mir so schnell wie möglich eine eigene Wohnung suchen.«

Ada verstand, dass Olga von Falkenberg an diesem Abend lieber allein sein wollte. Sie stand auf und reichte ihr freundlich die Hand. »Sie sind in diesem Haus jederzeit willkommen. Und selbstverständlich können Sie Albert hier besuchen, so oft Sie es wünschen.«

Olga von Falkenberg blickte sich beim Hinausgehen nicht um, wie ihr Vater es getan hatte. Sie ging aufrecht und selbstbewusst, und Ada fühlte ihre alte Bewunderung für diese Frau wieder in sich aufsteigen.

Ada und ihr Mann umarmten sich einige Minuten lang, als Marie den Kopf in den kleinen Salon steckte: »Gnädige Frau, soll ich jetzt das Nachtmahl servieren?«

Ada überlegte kurz. »Es ist schon spät. Können Sie uns trotzdem etwas ganz Besonderes herrichten? Wir sollten das glückliche Ende all dieser Vorgänge etwas feiern.«

»Das habe ich mir schon gedacht, gnädige Frau.«

»Jean soll den Lieblingswein meines Mannes aus dem Keller holen. Felix, wir sollten jetzt schon mit Sophia anstoßen. Heute wäre vielleicht ein Champagner angemessen?« Sie lächelte ihren Mann unbeschwert an.

»Sie sollten nichts trinken, gnädige Frau. Wenn ich mir das erlauben darf.« Marie verließ den Raum.

»Was hat sie denn jetzt schon wieder? Sie hat doch eben erst diese große, für Marie schon fast unterwürfige Hochachtung vor dir entwickelt?«

»Das weiß ich auch nicht«, sagte Ada. »Aber ich werde zu ihr in die Küche gehen und Details für den Abend besprechen.

Ada ging zu Marie in die Küche, wo, wie sie vermutete, ihr Beratungs- und Hilfsangebot zwar akzeptiert wurde, aber keinesfalls erforderlich war. Marie hatte schon allerhand Speisen auf Platten gelegt und Salate in Schüsseln angerichtet. Aus dem Backofen drang ein süßer Duft nach Zimt und Äpfeln.

»Liebe Marie«, sagte Ada, »warum wollen Sie mir heute kein Glas Champagner gönnen? Ich möchte doch auch mit Ihnen und Jean anstoßen.«

»Das ist sehr freundlich. Aber in Ihrem Zustand sollte man keinen Alkohol genießen.«

»In meinem *Zustand*? Sie meinen den *Wechsel*? Das habe ich noch nie gehört, dass die Beschwerden dabei durch ein Glas Sekt oder Wein schlimmer werden.«

»*Wechsel?* Damit kenne ich mich aus, gnädige Frau. Davon sind Sie noch weit entfernt. Worunter Sie leiden, das ist etwas ganz anderes. Und, weiß Gott, keine Krankheit.«

Die resolute Köchin blickte mit komplizenhafter Sympathie auf die Frau ihres *gnädigen Herrn*, die immer noch darüber nachgrübelte, was sie wohl meinen könnte. Marie wartete voller Freude darauf, Zeugin des Augenblicks zu werden, in dem sie auf Adas noch ratlosem und irritiertem Gesicht das erste Anzeichen von Erkenntnis sehen würde, gefolgt von einer ungestümen und haltlosen Freude.

Mit einem Zipfel ihrer Küchenschürze wischte sich Marie eine etwas voreilige Träne aus den Augenwinkeln.